BARBARA BÜCHNER
HURRIKAN

BARBARA BÜCHNER

HURRIKAN

ROMAN

Brendow
VERLAG + MEDIEN

Bibliografische Information Der Deutschen Nationalbibliothek
Die Deutsche Nationalbibliothek verzeichnet diese Publikation in der Deutschen Nationalbibliografie; detaillierte bibliografische Daten sind im Internet über http://dnb.d-nb.de abrufbar.

ISBN 978-3-86506-185-0

Ein Projekt von AVA international GmbH, Autoren- und Verlagsagentur Herrsching
www.ava-international.de
Einbandgestaltung: Miriam Gamper, www.dko-design.de
Titelfotos: Getty Images
Satz: Hans Winkens, Wegberg
Druck und Bindung: Bercker Graphischer Betrieb, Kevelaer
Printed in Germany

www.brendow-verlag.de

Gewidmet dem Andenken von
Mutter Oberin Mary Joseph Dallmer
Rabbiner Henry Cohen
Mutter Oberin Mary Camillus Tracy
und all den anderen Galvestonern,
die in diesem Sturm ihr Bestes gaben.

INHALT

FÜNFTER TEIL:
9. BIS 10. SEPTEMBER 1900

»KEIN WIRBELSTURM KÖNNTE EINE FLUTWELLE ERZEUGEN, DIE IMSTANDE WÄRE, DER STADT SUBSTANZIELLEN SCHADEN ZUZUFÜGEN.«

Dr. Isaac Cline, Chef-Meteorologe des Nationalen Wetteramtes in Galveston

TELEGRAMM
Houston, Texas
19 Uhr 37
9. Sept. 1900
An: Willis Moore, Direktor, Nationales Wetteramt, Washington D. C.

»WIR HABEN SEIT GESTERN NACHMITTAG, 16 UHR, ABSOLUT KEINE NACHRICHTEN AUS GALVESTON MEHR BEKOMMEN KÖNNEN ...«

G. L. Vaughan, Geschäftsführer, Western Union, Houston

ERSTER TEIL:
AUGUST 1886

INDIANOLA, TEXAS

1

Am 20. August des Jahres 1886 lag der 10-jährige Oscar Tim Leibowitz, Sohn eines reichen Schuhfabrikanten aus Boston, in seinem Hotelzimmer im Miranda – einem der besten Hotels der texanischen Küstenstadt Indianola – unter dem Bett und fragte sich, ob der Sturm aufhören würde, ehe er wahnsinnig wurde. Sein Körper war eiskalt, und dennoch stand ihm der Schweiß in dicken Tropfen auf der Haut. Ihm war übel – auf dieselbe Weise, wie ihm beim Karussell fahren übel wurde. Der unablässige, keine Sekunde lang aussetzende Lärm und die fortwährenden gewaltigen Erschütterungen zermürbten ihn. Die Luft, die er einatmete, schmeckte salzig und sauer. Seine Blase drückte, aber er wagte sich nicht unter dem Bett hervor, um auf die Toilette zu gehen. Sein Kopf schmerzte und die Augen brannten ihm von dem Staub, der in der Luft wirbelte. Im Zimmer war es dunkel. Die Aufforderung, die Fensterläden zu schließen, war eine der letzten Anweisungen gewesen, die die Hotelleitung dem Personal erteilt hatte. Oscar sah noch die weiß gekleidete Mulattin vor sich, die unter unheilvoll bebendem Gemurmel und Kopfschütteln die Läden eingehakt hatte, wodurch das geschmackvoll eingerichtete Zimmer sich plötzlich in ein grünlich erhelltes Mausoleum verwandelte.

Nie zuvor hatte er etwas dergleichen erlebt. Stürme gab es auch daheim in Boston, sogar sehr massive, aber das waren immer noch *Stürme,* nicht diese rasende Höllenbestie, die sich seit endlosen Stunden über die Stadt hin und her bewegte und dazu kreischte – kreischte wie eine ungeheure Kreissäge, während unablässig Riesenfäuste auf die zitternden Mauern einschlugen und an den Fensterläden zerrten. Bilder fielen von den vibrierenden Wänden. Der Wasserhahn, der sich allmählich im zerreißenden Mauerwerk lockerte, tropfte und tropfte. Die Tapeten an der Wand bildeten Blasen, die aufplatzten. Er hörte Mauern knirschen und merkte, dass das Ungeheuer an den Türmchen des *Mirandas* fraß, diesen hübschen Türmchen, die gestern noch wie die Zuckergussverzierung auf einer Torte gewirkt hatten. Neben den schrill kreischenden Geräuschen war auch ein gleichmäßiges dumpfes, tiefes Brüllen zu hören, das eindeutig nach einer Stimme klang, wenn auch nach keiner menschlichen, und die den Jungen mehr als alles andere in Angst und Schrecken versetzte. Es schien ihm, als brüllte der Teufel persönlich da draußen – brüllte nach ihm, Oscar, von dessen heimlicher Anwesenheit in dem Hotelzimmer er wusste.

Nicht enden wollende Sturzbäche von schmutzigem Regen überschütteten wie Wasserfälle das Hotel, aber dennoch war die Hitze in dem geschlossenen Raum unerträglich. Bei jeder kleinsten Bewegung lief ihm brennender Schweiß in Strömen über den Körper. Der Sturm brachte einen üblen Gestank, der an fauligen Hafenschlamm und Verwesung erinnerte, mit sich. Oskar fragte sich, ob der Hurrikan in sein Zimmer eindringen würde und ob es dem grauen, stinkenden Ungeheuer gelingen würde, ihn unter dem Bett hervorzuschleifen und wie eine Fliege an der Wand zu zerklatschen. Er wimmerte vor sich hin. *Lieber Gott, hilf. Hol mich hier heraus, bitte hilf ... Mama, warum hast du mich allein gelassen? Es bringt mich um ... lieber Gott ....* Er rief nach der Mutter, obwohl er genau wusste, dass sie – nachdem sie vor gut drei Stunden an die Bar hinuntergegangen war – jetzt keinesfalls mehr in der Lage sein konnte, ihm zu helfen. Oscar, Sohn einer heillosen Alkoholikerin, hatte gewusst, dass sie nicht wiederkommen würde. Was immer die nächsten Stunden bringen mochten, sie würde es in der Cocktailbar aussitzen. Er konnte von Glück reden, wenn er sie morgen, oder wann immer dieses Teufelsgeheul da draußen aufhörte, noch lebendig vorfand.

Erst konnte er es kaum glauben, als das Toben plötzlich nachließ, aber bald war kein Irrtum mehr möglich. Mit einem zitternden Nachhall hielten die Wände still, das Zerren an den Fensterläden ließ nach und auch die gewittrige Dunkelheit draußen schwand. Zögernd drang ein helles Licht durch die Spalten der hölzernen Jalousien und erfüllte das Zimmer. Oscar, der sich bis zum Rand des Bettes vorwagte, sah mit Staunen einen klaren, rosigen Schein, ähnlich einem hellen Morgenrot, über die düsteren Möbel des Zimmers fließen.

Er kroch unter dem Bett hervor, zutiefst erleichtert, dass die Begegnung mit dem Teufel überstanden war. Aber bevor er noch überlegen konnte, was er mit der neu gewonnenen Freiheit anfangen sollte, wurde an der Türe gepocht und diese geöffnet. Ein schwarzer Diener in der prächtigen Livree des Hauses – die jetzt jedoch über und über von Staub bedeckt war – steckte den Kopf herein und stieß einen lauten Schrei der Erleichterung aus, als er den Jungen heil und gesund vor sich stehen sah. Erst rief er ihn auf Französisch an, und dann, als er sah, dass er nicht verstanden wurde, auf Englisch. »Hierher, *garçon*, hierher, schnell, schnell, bevor es wieder anfängt! Ich bin Pierre Robineau, der Hausdiener. Komm mit! Du darfst nicht im Zimmer bleiben, das Wasser kommt!«

Oscar starrte ihn verständnislos an. Das Zimmer lag im zweiten Stock des *Mirandas.*

Der Hausdiener nahm sich nicht die Zeit, ihm etwas zu erklären. »Komm«, befahl er, ergriff seinen Arm und zog ihn hinter sich her. »Schnell, wir müssen sehr schnell sein, wir haben nicht viel Zeit.«

Oscar fragte nicht, warum sie keine Zeit hatten, da der Hurrikan doch ganz offensichtlich vorüber war. Er spürte deutlich, dass er – obwohl er sich für einen sehr klugen und gewitzten Jungen hielt – im Augenblick ein Kind war, das verzweifelt nach Geborgenheit bei einem Erwachsenen verlangte, und Pierre konnte ihm jetzt genau dieses Gefühl geben. Er war der größte Farbige, den Oscar je gesehen hatte. Die Uniform verlieh ihm eine Autorität, die beruhigend auf Oscar wirkte. Also lief er hinter ihm her.

Pierre Robineau führte ihn hinaus auf den Korridor und die Wendeltreppe des Hotels hinunter, deren Stiegenschacht von dem feenhaften, aber auch ein wenig gespenstischen rosa Licht erfüllt war, einem Licht, das nicht zur Tageszeit passte und aus einer anderen Welt herüberzustrahlen schien.

Pierre eilte einen Stock tiefer hinunter, wo er die Türen der Zimmer eine nach der anderen mit seinem Generalschlüssel öffnete und hineinschrie, man solle eiligst das Hotel verlassen, der Sturm würde in Kürze wiederkehren und dann noch schrecklicher wüten als zuvor. Die Zimmer im ersten Stock waren verlassen bis auf eines, in dem ein etwa achtjähriges Mädchen mit einer älteren Frau saß, beide steif und bleich vor Schreck. Robineau sprach auf Französisch mit den beiden, und Oscar konnte dem Gespräch nur entnehmen, dass die Frau sich weigerte, mitzukommen, das Mädchen Emily aber dazu entschlossen war, sodass es sich schließlich den Händen der Frau entriss und sich an die breite Brust des Dieners warf. Oscar beschloss, sich als erwachsen und vernünftig zu erweisen, obwohl ihm bei der Ankündigung, der Sturm würde zurückkehren, die Knie weich wurden. Er fasste das Mädchen an der Hand, legte ihr den Arm um die Schultern und versicherte ihr mit einer Stimme, die sich der Pierre Robineaus anzugleichen bemühte, dass sie bald in Sicherheit sein würden, sie müssten nur dem Diener folgen. Trotz seiner Aufregung fiel ihm auf, dass die dunkelhaarige Kleine in ihrem rosa Schürzenkleid ein sehr hübsches Mädchen war.

Oscar hatte keine klare Vorstellung von der Anlage des Hotels, da sie erst am Vorabend hier Halt gemacht hatten – eben weil der heiße Sturm immer heftiger geworden war, sodass die Kutsche umzustürzen drohte und die Pferde alle naselang scheuten. Er folgte Robineau blindlings durch das winkelige, immer noch von dem mysteriösen Licht erfüllten, Gebäude. Es begann jedoch bereits nachzulassen, wurde schwächer und schmutziger, als strahlte es aus einer staubbedeckten Birne. Robineau hob das Mädchen auf seine Arme, befahl dem Jungen, unter allen Umständen an seiner Seite zu bleiben, und eilte den fensterlosen Korridor zur Rückseite des Gebäudes entlang. Oscar sah, dass sie die Küche und eine Werkstatt passierten und schließlich bei einem Bootshaus herauskamen, in dem das Wasser bereits fast bis zur Decke stand. Sie mussten sich ducken, um in das Boot zu kriechen, das darin vertäut lag.

Als Robineau es ins Freie paddelte, schrien die beiden Kinder gleichzeitig auf. Keines war auf das Bild des Schreckens gefasst gewesen, das ihnen entgegenstarrte. Die Stadt bot nach dem Sturm ein Bild der totalen Verwüstung. Kein einziges Haus war unversehrt geblieben und die meisten Gebäude, die noch standen, waren in äußerst wackligem Zustand. Viele der hölzernen Häuser waren fortgeschwemmt und über die Felder hinter der Stadt verstreut worden, wo sie teilweise wie Pappkartons ineinandergestapelt lagen. So bizarr war der Anblick, dass Oscar nicht glauben wollte, was er sah. Wo gestern noch die Kutsche, die seine Mutter, ihn und die Dienerin nach Indianola brachte, über die holzgepflasterte Straße gerollt war, breitete sich jetzt ein öliger, schwarzgrauer See aus. Bretter, Haushaltsgegenstände, ertrunkene Katzen und Hunde, tote Fische und Wasserschlangen, Fenster und Türgiebel, alles dümpelte in einem wüsten Durcheinander in den überfluteten Straßen. Die Häuser standen bis zu den Fenstern des ersten Stockes unter Wasser. Es strömte einen so fürchterlichen Gestank aus, dass das Mädchen sich über den Rand des Bootes beugte und erbrach.

»Wo kommt all das Wasser her?«, rief Oscar in der Hoffnung, eine Erklärung würde den maßlosen Schrecken mildern, der ihn erfasst hatte.

»Der Wind treibt es vom Meer herein«, erklärte ihm Pierre. »Seit gestern schiebt er das Wasser des Golfs und der Matagordabucht ins Landesinnere. Vom Kirchturm könntest du sehen, dass das, was vorgestern noch Prärie war, auf dreißig Kilometer hinaus ein offenes Meer ist. Komm, hilf mir rudern, wir müssen fort, bevor der Sturm wiederkehrt.«

Oscar gehorchte, fand aber, dass Pierre mit seiner Meinung allein stand. Überall wurden Fenster geöffnet und die Menschen riefen einander jubelnd zu, das Schlimmste sei überstanden, sie hätten es geschafft. Zwar waren viele in Booten unterwegs, doch kehrten sie offensichtlich zu ihren Wohnstätten zurück. In den stabilsten Gebäuden der Stadt, wie dem Rathaus und den Kirchen, brannten überall Lichter. Dorthin hatten sich viele Menschen geflüchtet, die sich in ihren zerbrechlichen Holzhäusern nicht sicher genug fühlten. Sie kamen jetzt heraus, um nachzusehen, was von ihren Häusern übrig geblieben war. Pierre schrie ihnen zu, sie sollten bleiben, wo sie waren, aber sie achteten nicht auf ihn.

»Warum meinst du, dass der Sturm zurückkommt?«, fragte Oscar, während er paddelte, so viel seine Schuljungenmuskeln hergaben.

»Der Hauch des Teufels kehrt immer zurück«, antwortete Pierre. »Dieser Sturm ist ein Hurrikan, der sich im Kreis dreht, während er über Meer und Land zieht. Sobald er zur Hälfte über uns hinweg ist, herrscht eine kurze Zeit Ruhe, dann kehrt er zurück und dreht sich nach der anderen Seite. Ich komme aus Kuba, dort kennen wir solche Winde schon seit langem und wissen, wie heimtückisch sie sind. Aber hier an der texanischen Küste hat es noch nie einen Hurrikan gegeben und die Leute hier haben keine Ahnung. Sie werden allesamt untergehen.«

Er sagte es in einem trockenen, selbstverständlichen Ton, bei dem es Oscar eisig über den Rücken lief. Er dachte an seine Mutter. Mama war garantiert so betrunken, dass sie nichts mehr um sich herum wahrnahm. Der Arzt hatte immer gesagt, sie würde sich zu Tode trinken, aber er hatte dabei an Gin rosé gedacht, nicht an schmutziges Wasser.

Das feenhafte Licht schwand zusehends. Bald war es nur noch ein schmieriger Hauch am Horizont, dann verschwand es völlig und die trübe Dunkelheit kehrte zurück. Der Wind frischte auf. Beide Kinder halfen jetzt paddeln, das Mädchen mit einem Brett, das sie im Vorbeitreiben aufgefischt hatte. Pierre strebte auf das offene Hinterland zu. Das Wasser, erklärte er ihnen, würde in einer mächtigen Welle zurückkommen, einer größeren Welle, als sie jemals gesehen hätten, und diese Welle würde sie auf ihrem Rücken weit nach Norden tragen. Deshalb mussten sie darauf achten, auf dem flachen Land zu sein, wo die Welle sie sachte absetzen würde, statt sie gegen Häuser oder Bäume zu schmettern. Sie könnten Gott danken, dass er hinter Indianola nur Prärie gemacht hatte, die so flach wie ein Teller war.

Tatsächlich sah Oscar, als sie die letzten wackeligen Holzhäuser der Außenbezirke hinter sich gebracht hatten, eine unendliche schlammige Ebene vor sich, die bis zum schmutzig trüben Horizont reichte. Das Wasser war hier so seicht, dass der Kiel des Bootes auf dem Gras entlangschürfte und das Fahrzeug mehrmals stecken zu bleiben drohte.

Pierre befahl den Kindern, mit dem Paddeln aufzuhören. Er sagte ihnen, sie sollten sich auf den Boden des Bootes legen, und band sie dann mit einer sehr langen Reepschnur fest, die er aus dem Bootshaus mitgebracht hatte. »Wir können nicht weiter«, sagte er, während er sich selbst die Schnur um die Brust schlang. »Wir können jetzt nur noch warten. Haltet euch fest und betet, das ist alles, was ihr tun könnt.«

Mit dem stetig heulenden Wind kam auch der Regen zurück. In Kürze waren alle drei nass wie Badeschwämme. Oscar fror und merkte, dass auch Emily fröstelte. Er drückte sie eng an sich und versuchte sie mit seinem schmalen, knochigen Körper zu wärmen. Es wurde zusehends dunkler und in dieser halben Dunkelheit kam etwas heran, das Oscar in seinen wildesten Albträumen noch nicht gesehen hatte. Eine schwarzgrüne Wasserwand türmte sich auf. Mit einem Dröhnen wie ein heraneilender Schnellzug raste sie über die Stadt hinweg, alles zerschmetternd, was ihr im Weg stand, und schoss in die flache Prärie hinaus.

Das Boot, in dem sich die drei Menschen befanden, wurde herumgeschleudert, und eine Weile lang war Oscar überzeugt, dass der Sturm ihn herausreißen und in dem öligen See ertränken würde wie ein unerwünschtes Kätzchen. Das Boot schleuderte ihn trotz der Schnüre gegen den Sitz und die Seitenwände und er fühlte heftige Schmerzen am ganzen Körper. Dennoch ließ er Emily, die sich mit dünnen Fäusten an ihm festklammerte, nicht eine Sekunde los und drückte sie an sich. Plötzlich wurde ihm klar, dass ihm auch gar nichts zustoßen durfte, solange er das Mädchen beschützte, und er hielt sie mit aller Kraft fest, während er sich mit Armen und Beinen an dem Sitz festklammerte, so gut er konnte.

Dann sah er etwas, das seine Vorstellung davon, wie der Teufel aussehen mochte, entscheidend prägte: Riesenhaft, borstig und zackig schob es sich im Wind heran, drei Stockwerke hoch und so breit, dass er das ferne Ende im Zwielicht nicht ausmachen konnte. Ein Wall von Trümmern rollte, robbte und wälzte sich vorwärts, und die ganze Zeit über stieß das Monstrum Laute aus – unerträglicher Missklang von Quietschen und Scharren und, was das Schrecklichste war, von menschlichen Schreien: Denn in dieser tödlichen Walze waren Menschen gefangen – Verwundete, die noch lebten und in Todesangst und Schmerzen brüllten, während sie gnadenlos vorwärtsgeschoben und gegen neue Hindernisse gepresst wurden. Sie versuchten, sich durch das wüste Durcheinander von Häuserteilen, Fensterrahmen, Treppengeländern, Hundehütten, Möbeln, Vorhängen und Teppichen, von Bäumen, Ästen und ganzen Brückenteilen durchzukämpfen. Sie wurden dabei aber regelrecht zerquetscht und nach oben oder unten gedrückt, bis ihre wimmernden Schreie verstummten.

Dann begriff der Junge, dass das Monstrum sich daran machte, ihn und Emily und Pierre Robineau zu verschlingen. Von der immensen Kraft des Sturms vorwärtsgedrückt, kam es mit beängstigender Geschwindigkeit näher und näher, wobei es alles auf seinem Weg verschlang und in sich aufnahm, während vor ihm Windstille herrschte und das Wasser in nur schwacher Bewegung war. Oscar konnte sich nichts Grässlicheres vorstellen, als von diesem sich vorwärtswälzenden Moloch verschlungen zu werden. Sie hatten jedoch Glück, dass das Boot an eine Stelle geschoben wurde, wo ein Hang abfiel, und mit dem abfließenden Wasser rasch davonschoss, außerhalb der Reichweite des Trümmerwalls.

Irgendwann endete der rasende Wirbel aus Wasser und Sturm. Oscar war ohnmächtig geworden. Er kam erst wieder zu sich, als Männer in Öljacken und schweren Stiefeln den Rand des Bootes packten und nachsahen, was sich darin befand. Sie fanden einen böse zugerichteten Mann und zwei bewusstlose Kinder, aber alle drei lebten.

Oscar bekam nur ein ungefähres Bild davon mit, wie Indianola nach der großen Flutwelle aussah. In eine Decke gewickelt wurde er von den Rettern zu einem Wagen getragen; zwischendurch versank er immer wieder in Ohnmacht. Emily jedoch war bei Bewusstsein und sah, während sie zitternd am Wagenfenster saß, was aus der Stadt geworden war, in der sie mit ihrer Tante zwei Wochen verbracht hatte. Das Ausmaß der Verwüstung war unwahrscheinlich. Die Stadt war ausradiert. Drei Viertel aller Gebäude waren vollkommen von der Bildfläche verschwunden, und von den wenigen, die übrig geblieben waren, lag ein großer Teil in Trümmern. Viele der verbliebenen Häuser waren von ihren ursprünglichen Fundamenten fortgerissen worden – manche ein paar Meter, andere mehrere Straßen weit – und der Sturm hatte sie in andere Häuser hineingepresst oder über diese gestapelt. Überall lagen Leichen und die Kadaver von Tieren, die in der Hitze bereits anzuschwellen begannen. Emily zog sich die Decke über den Kopf und fühlte sich so elend, dass sie nicht einmal weinen konnte.

2

Die Kinder, die der Sturm von ihren Verwandten getrennt hatte, waren in der noch erhaltenen Halle eines vom Sturm halb zerstörten Herrenhauses zusammengetrieben worden. Dort fragte man sie nach ihrem Namen und hängte dann jedem von ihnen an einem Bindfaden ein Stück Pappe um den Hals, auf dem dieser Name stand und ob sie Einheimische oder Fremde waren. So erfuhr Emily, dass der Junge, der mit ihr zusammen gerettet worden war, Oscar Tim Leibowitz hieß und aus Boston stammte. Er gab ihr sogar seine Adresse, verlangte die ihre und versprach: »Wenn ich wieder zu Hause bin, schreibe ich dir.« Dann wurden die Kinder getrennt, die Mädchen in einen Raum, die Jungen in einen anderen. Während man sie mit Tee und belegten Broten fütterte, versuchten die Hilfskomitees festzustellen, ob die Eltern und Verwandten der Kinder noch lebten und wo sie sich aufhielten.

Emilys Tante war bald gefunden worden. Zwei Frauen vom Hilfskomitee traten an Emily heran und fragten: »Bist du Emily Lillebjöring aus Galveston, Texas? Du warst mit deiner Tante Mabel hier zu Besuch, nicht wahr?«

Emily knickste. »Ja, Ma'am.«

»Komm mit. Du musst jetzt sehr tapfer sein.«

Emily folgte ihnen gehorsam. Sie wurde aus der dunklen

Halle hinausgeführt in einen strahlend hellen Morgen, den nur der unangenehm ranzige Geruch in der Luft von anderen Morgen unterschied. Sie stieg in eine einachsige Kutsche und fuhr ein Stück weit mit den Frauen, bis sie zu einem großen Platz in der Stadt kamen. Das Wasser war wieder abgelaufen, aber in den Unebenheiten des Bodens standen noch Priele, die im Sonnenschein glitzerten. Rund um den Platz lagen viele große Säcke, und erst dachte Emily, es seien Sandsäcke, die man verwendet hatte, um die Flut einzudämmen. Dann sah sie, dass die Säcke bekleidet waren.

Eine der Frauen ergriff fest ihre Hand und führte sie zu der langen Reihe. »Schau genau hin«, sagte sie. »Du musst uns sagen, ob das deine Tante ist.«

Emily schaute. Sie sah etwas, das im schwarz-beige gestreiften Kleid ihrer Tante steckte und aussah wie ein dicker toter Fisch, mit glasigen Glotzaugen und einem schrecklich aufgequollenen Mund. Emily erstarrte. Ein Gefühl eisiger Kälte stieg langsam von den Zehen aufwärts in ihrem Körper hoch. Der Gedanke, dass dieses Ungeheuer ihre Tante Mabel sein sollte, mit der sie vorgestern noch an der Strandpromenade spazieren gegangen war, erschien ihr unfassbar. Es trug zwar Tante Mabels Kleid und ihren Schmuck, aber es hatte ansonsten überhaupt nichts zu tun mit der lustigen alten Frau, die ihr Zuckerstangen gekauft und mit ihr am Strand Muscheln gesammelt hatte. Die Tante Mabel, die sie kannte, war im Sturm verschwunden – spurlos.

Der Platz erschien ihr plötzlich riesengroß, und von seinen Rändern kroch eine merkwürdig flimmernde Dunkelheit auf sie zu. Die Stimmen der Menschen um sie hallten hohl. Emily begriff, dass sie kurz davor war, zusammenzubrechen. Sie musste sich beeilen, um wieder von hier wegzukommen. Rasch sagte sie: »Es ist dasselbe Kleid, aber das Gesicht kann ich nicht erkennen.«

Eine der Frauen bückte sich. Indem sie den nassen Ärmel

ergriff, hob sie die Hand der Toten hoch. Es war eine unglaublich dicke Hand, an der die Ringe sich tief ins blau angelaufene Fleisch gruben. »Kennst du die Ringe und das Armband?«

Emily nickte. »Das sind Tante Mabels Ringe und es ist ihr Armband. Aber das Gesicht kenne ich nicht. Sie sieht aus wie ein toter Fisch.«

Die beiden Frauen sahen einander an. Die eine ließ die Hand der Toten fallen, die mit einem kräftigen Schlag auf den Boden zurückklatschte. Die andere sagte: »Ich glaube, das genügt für eine Identifizierung«, und schrieb etwas in ein Notizbuch.

Dann brachten sie Emily zurück in die Halle und sagten, sie solle ruhig warten. Es würde bald jemand von der Kirchengemeinde kommen und sie nach Galveston zurückbringen.

Emily, die daran gewöhnt war, sich gut zu benehmen, saß mit im Schoß gefalteten Händen still auf einer Decke und dachte an den Bostoner Jungen. Sie konnte nicht vergessen, wie tapfer er sie festgehalten hatte, als sie beide, von vielen Längen Reepschnur umschnürt, auf dem Boden des Bootes gelegen hatten. Er hatte ihr tröstende Worte ins Ohr gerufen, obwohl sie bei dem Sturm kein Wort verstehen konnte, und als sie zu weinen begann, hatte er sie auf die Wange geküsst – so zart, so süß. Er war ganz anders als alle die groben Jungen mit ihren langen Armen und Beinen und großen Füßen, die sie von zu Hause her kannte. Er war zart und adrett und hatte hübsch ausgesehen in seinem blauen Matrosenanzug, der so gut zu seinem rotbraunen Haar passte.

Sie flüsterte vor sich hin: »Ich werde ihm schreiben und wenn ich groß bin, heirate ich ihn.«

ZWEITER TEIL:
14 JAHRE SPÄTER, IM SOMMER 1900

GALVESTON, TEXAS

1

Über der Stadt Galveston ging die Sonne auf. Sie schien auf ein lang gestrecktes Eiland fünf Kilometer vor der texanischen Küste, an dessen Florida zugewandtem Ende die Stadt lag. Ansonsten gab es auf der Insel nur noch eine militärische Anlage, Fort Crockett, den Rest des Landes nahmen Sanddünen ein. Galveston erwachte frühzeitig. Schon mit Sonnenaufgang war überall der Geruch von frisch gemahlenem Kaffee zu riechen, die Pferde wieherten in den Ställen, und die ersten Kutschen machten sich auf den Weg.

Die Glocken des Ursulinenklosters riefen zur Frühmesse, bald schlossen sich ihnen die Glocken von St. Marys und der St. Patricks-Kirche an.

Im St. Mary's Waisenhaus, das fünf Kilometer entfernt von der Stadt an einer Bucht mit weißem Sandstrand lag, wurden ebenfalls die Glocken geläutet. In den beiden Schlafsälen für Knaben und Mädchen kam Bewegung in die Betten, noch bevor die Nonnen zum Wecken erschienen. Dreiundneunzig Kinder blickten unternehmungslustig unter den Decken hervor.

Sandy McAllister erwachte mit dem Wissen, dass heute ein bedeutender Tag war. Sie wurde zwölf Jahre alt, und das hieß, dass sie von der Gruppe der »Kleinen« in die Gruppe der »Großen« verlegt wurde, die von einer anderen Nonne betreut wurde. Groß zu sein bedeutete mehr Arbeit, aber auch mehr Privilegien. Sandy hatte während der letzten Monate die Tage bis zu ihrem Geburtstag gezählt. Ihr war geradezu feierlich zumute, als sie daran dachte, dass sie jetzt so gut wie erwachsen war. Die Nonnen würden sie allein in die Stadt einkaufen schicken und sie durfte jüngere Kinder beaufsichtigen. Außerdem bekam sie jetzt einen Strohhut, wenn sie in die Stadt fuhr, und sie durfte sich die Fahrräder der Nonnen ausleihen. Die Zukunft lag strahlend vor ihr.

Gedrillt wie Soldaten, standen die Kinder auf, wuschen sich, zogen schwarze Strümpfe, braune Kleider, Hosen und Jacken an und machten säuberlich ihre Betten, bevor sie zu zwei und zwei in den großen Speisesaal marschierten, wo die Mutter Oberin, Schwester Mary Camillus Tracy, sie bereits erwartete. Licht fiel strahlend durch die hohen Fenster. Es roch nach Toast, Haferbrei und Kaffee.

Die Nonne begrüßte sie lächelnd, mit ausgebreiteten Händen. »Guten Morgen, Kinder. Wir wollen ein Lied singen, bevor wir uns zum Frühstück setzen, Gott und unserer lieben Frau zur Ehre.«

Die Kinder standen stramm. Ihre Stimmen schallten durch das mächtige, steinerne Gebäude, das sich wie eine Festung aus dem Sand erhob. Sie sangen gerne.

»Und nun wollen wir Gott danken und frühstücken.«

Nach einem kurzen Gebet klapperten dreiundneunzig Löffel in den Tellern. Der Tag hatte für St. Marys begonnen.

2

In der Innenstadt von Galveston erhob sich der Chefmeteorologe des Nationalen Wetteramtes, Dr. Isaac Monroe Cline, aus dem Bett, zog sich an und machte sich noch vor dem Frühstück in seinem leichten Einspänner auf den Weg zu der Wetterbeobachtungsstation, die auf dem Dach eines vierstöckigen steinernen Gebäudes in der City, des Levy-Gebäudes, untergebracht war. Er war ein kleiner, adretter Mann mit etwas zu langem, hellblondem Haar und scharf geschnittenen, attraktiven Gesichtszügen. Seine Erscheinung in dem weißen Anzug hatte etwas Geckenhaftes an sich, und tatsächlich war er eitel und arrogant, aber das tat seinen beruflichen Fähigkeiten keinen Abbruch. Beim Wetteramt der Vereinigten Staaten galt er als einer der fähigsten Meteorologen, die jemals dort beschäftigt gewesen waren.

Er band seinen Apfelschimmel an den steinernen Pfosten neben der Haustür, tätschelte ihm den Nacken und reichte ihm ein Stück Zucker. Vor sich hinsummend stieg er die steilen Treppen hinauf ins Büro und dann eine weitere, hölzerne Treppe, die zu einer Falltür im Dach führte. Auf der flachen Dachterrasse befand sich das Häuschen, in dem die Instrumente untergebracht waren. Sorgfältig prüfte er Thermometer und Barometer, die beide auf Schönwetter zeigten, und notierte die unbedeutenden Windgeschwindigkeiten, die das Anemometer registriert hatte. Es würde ein freundlicher Sommertag werden, allerdings ziemlich heiß. Außerdem blies in Galveston immer ein frischer, feuchter Wind, entweder vom Golf herein oder von der großen Galveston-Bucht auf der anderen Seite der Stadt, das machte die hohen Temperaturen erträglicher. Kein Vergleich zu Städten wie Houston, wo die Hitze zwischen den Ziegelhäusern stand, dass man sie mit dem Messer schneiden konnte.

Dr. Cline kodierte seine Messungen, verfasste ein Telegramm an die Zentrale des Nationalen Wetteramtes in Washington, an das alle Landesstellen ihre Messungen schickten, sandte den Bürodiener damit zum Telegrafenbüro der Western Union und machte dann noch einen Abstecher zum Strand, um sich das Meer anzusehen. Es war seine Gewohnheit, das jeden Morgen zu tun. Instrumente waren unbestechlich, aber es ging nichts über den Augenschein.

Galveston war berühmt für seine langen, silbrig glitzernden Strände mit ihrem schneeweißen Sand, in dem Muschel- und

Krabbenschalen schimmerten, aber den kleinen Mann mit dem kühn gedrechselten Schnurrbart und dem Spitzbart interessierte nur, wie hoch die Flut auf dem Sand stand, ob das Meer glatt oder unruhig war und wie der Wind wehte. Langsam schritt er am Strand auf und ab, die Uhr in der Hand, maß die Zeit zwischen dem Anrollen der kleinen, trägen Wellen und beobachtete den klaren Himmel. Er war ein ebenso gewissenhafter wie wissbegieriger Mann, der in der Erfüllung seiner Pflichten aufging. Die Galvestoner waren überzeugt: Wenn es etwas über das Wetter zu wissen gab, dann wusste es Dr. Cline.

Was er an diesem Morgen beobachtete, war zufriedenstellend. Das Meer verhielt sich so ruhig, wie es sich an einem klaren Tag mit gutem Wetter verhalten sollte, der Wind wehte richtig und der Himmel war klar. Dr. Cline spürte, wie er Hunger bekam. Er kehrte zu seinem Gespann zurück und machte sich auf den Weg nach Hause, wo seine schwangere Frau Cora und seine drei Kinder – alles Mädchen – ihn erwarteten.

Jetzt, wo seine dienstlichen Aufgaben ihn nicht mehr ablenkten, brachen die privaten Sorgen über ihn herein. Mit Coras Gesundheit stand es nicht zum Besten. Die Clines hatten sich über den zu erwartenden späten Nachzügler gefreut, aber die Schwangerschaft machte Cora zu schaffen. Sie erbrach sich häufig und war ständig müde. Er fragte sich, ob irgendetwas mit ihrem Blut nicht in Ordnung war, weil sie immer so blass und kraftlos war. Der Hausarzt hatte ihn zu beruhigen versucht: Es sei nicht ungewöhnlich, dass eine Schwangerschaft in späten Jahren den Frauen mehr abverlange als in jungen. Trotzdem fühlte Dr. Cline sich bedrückt.

Außerdem gab es wieder Schwierigkeiten mit Joseph. Er wünschte, sein jüngerer Bruder wäre irgendwo anders tätig als im Wetteramt von Galveston. Sie hatten sich nie gut miteinander verstanden. Wie Dr. Cline die Sache sah, erbitterte Joseph die Tatsache, dass sein älterer Bruder tüchtiger war als er und ständig Lob von seinen Vorgesetzten einheimste, und er ließ diese Erbitterung an Isaac aus, indem er ständig irgendetwas an ihm auszusetzen hatte. Unablässig versorgte er ihn mit unerwünschten Ratschlägen, was er tun und lassen sollte, sei es nun im Beruf oder in der Familie. Das Dumme war, dass Cora und die drei Mädchen ihn mochten. Das verbot ihm, grob zu Joseph zu werden. Aber in seinem Innersten schwelte der Groll.

Er hielt den Wagen vor seinem Haus an, das er ganz nach seinen eigenen Vorstellungen hatte erbauen lassen. Es sollte für alle Neubauten in Galveston als Vorbild dienen. Solide verankert stand es auf vier plumpen Mauerstützen eineinhalb Meter hoch über dem Boden. Dr. Cline liebte sein Haus. Es war ebenso ein Teil seines Lebens wie seine Arbeit und seine Familie.

Er spannte den Apfelschimmel aus, führte ihn in den Stall und fütterte ihn. Dann stieg er die weiß gestrichenen Holzstufen zur Veranda hinauf und ging in die Küche.

Cora stand am Herd. Sie trug eine mit Rüschen besetzte weiße Schürze über dem grün gestreiften Kalikokleid, das sich über ihrem Bauch bereits sichtbar nach vorne wölbte. Dr. Cline trat von hinten an sie heran, legte beide Hände auf ihren Bauch und küsste sie in den Nacken.

Sie kicherte. »Isaac, lass das!«, schalt sie ihn zärtlich. »Wenn nun die Mädchen hereinkommen!«

Tatsächlich ertönte auf den Holzstufen draußen das Getrappel von drei Paar Kinderfüßen. Mit einem Seufzer des Bedauerns ließ Isaac Cline seine Frau los und wandte sich zur Türe, um die Kinder zu begrüßen.

3

Emily Lillebjöring erwachte in der Morgendämmerung. Wie immer, war sie sofort hellwach, kaum dass sie die Augen aufgeschlagen hatte. Sie schlüpfte aus dem Bett, wusch sich an dem zinnernen Waschtisch und frisierte ihr Haar. Von den vornehmen Damen verlangte die Mode, dass sie ihr oft extrem langes Haar in komplizierten Frisuren mit vielen Kämmen, Spangen und Nadeln auftürmten, aber für ein arbeitendes Mädchen wie Emily genügte eine Samtmasche, mit der sie ihr ungewöhnlich dickes und kräftiges Haar im Nacken zusammenband. Sie hätte es gerne zu einem Knoten geschlungen, aber es war zu widerspenstig, als dass sie es mit noch so vielen Haarnadeln bändigen konnte. Sie schlüpfte in lange Strümpfe, Unterrock und Rock, ein leichtes Mieder und eine langärmelige Bluse. Das war einer der Vorteile ihres einfachen Lebens: Das mörderische Korsett blieb ihr erspart. Sie war vernünftig genug, dass sie das zu schätzen wusste, aber manchmal wünschte sie, sie könnte sich eine Wespentaille schnüren, so schmal und von graziler Eleganz, dass die Hände eines Mannes sie umfassen konnten.

Mit einem Seufzer setzte sie sich aufs Bett, hakte die Strümpfe fest – trotz der hohen Temperaturen wäre es undenkbar gewesen, mit bloßen Beinen zu gehen, und sei es unter einem knöchellangen Rock – und zog die Stiefel über, die zuzuschnüren ein langwieriges Geschäft war.

Sie stieg die steile Holztreppe ins Erdgeschoß hinunter. Dem kleinen, blank geputzten Wohnzimmer war anzusehen, dass die Seefahrt eine wichtige Rolle im Leben der Familie gespielt hatte: An der Wand hing in einem mächtigen Messinggehäuse ein Schiffskompass, und ein Bilderrahmen umschloss das Kapitänspatent von Lars Lillebjöring, der vor zehn Jahren mit seinem Schiff »Josephine« in der Galveston-Bucht untergegangen war.

Emily durchquerte das Wohnzimmer, trat in die Küche und machte sich ans Kaffeekochen. Das Kochen und der größte Teil der Hausarbeit waren ihre Pflichten, denn ihre Mutter war zu alt und ihre drei Jahre ältere Schwester Elsa litt an Arthritis in den Händen, die es ihr unmöglich machte, feinere Bewegungen auszuführen. Dafür übernahm es Elsa, der alten Frau Gesellschaft zu leisten, ihr vorzulesen und ihr den neuesten Klatsch aus der Kirchengemeinde zu erzählen.

Ihre Kleidung mit einer langen Schürze vor Schmutz schützend, kehrte Emily den Herd aus, legte frisches Holz hinein und zündete es an. Dann ging sie hinaus und ließ an der Wasserleitung einen Eimer volllaufen, aus dem sie den Wasserkessel füllte. Während das Wasser heiß wurde, füllte sie die Kaffeemühle, klemmte sie zwischen die Knie und setzte sich auf den Küchenstuhl. Die Bohnen knirschten laut, als sie mit kräftigen Bewegungen zu reiben begann. Sie füllte den gemahlenen Kaffee in einen Krug, goss siedendes Wasser auf und seihte die Brühe dann in die Kaffeekanne, gerade rechtzeitig, bevor ihre Mutter und ihre Schwester zum Frühstück erschienen.

Mrs. Lillebjöring kam, auf ihren Gehstock gestützt, aus ihrem Schlafzimmer im Erdgeschoss. Seit sie Wasser in den Beinen hatte, war es ihr zu mühsam geworden, die steile Hühnertreppe in den ersten Stock hinaufzusteigen. Sie war eine kleine, rundliche Frau, die ihr weißes Haar in einen immer noch üppigen Knoten schlang. Ihr Gesicht war blass, mit rosa Flecken auf den Wangenknochen, die wie gepudert aussahen, was Mrs. Lillebjöring natürlich niemals getan hätte. Seit dem Tod ihres Mannes trug sie ständig Witwenkleidung – hoch geschlossene Blusen und schwere, nachschleppende Röcke aus einem mattschwarzen Stoff. Als Emily sie mit einem Kuss auf die Wange begrüßte, stieg ihr der Duft von Lavendel in die Nase, den die alte Frau zwischen ihre Wäschestücke legte.

Elsa sah der Mutter ähnlich, war ihr auch im Wesen ähnlich, während Emily nach dem Vater geraten war. Die beiden verstanden sich untereinander viel besser als mit Emily, sodass diese sich manchmal in ihrer eigenen Familie einsam fühlte. Früher, als ihr Vater noch gelebt hatte, war das anders gewesen.

Die alte Frau ließ sich unter viel Ächzen und Murmeln am Tisch nieder, hängte ihren Gehstock hinten an den Stuhl und faltete die runzligen Hände auf dem Tisch. »Lasset uns Dank sagen.«

Sie beteten und aßen dann ihr bescheidenes Frühstück aus Kaffee und Butterbroten. Mrs. Lillebjöring fragte zwischen zwei Schlucken Kaffee: »Fährst du heute wieder ins Waisenhaus?«

Emily blickte gereizt auf. Sie wusste genau, was jetzt kam. »Natürlich, Mutter. Ich arbeite schließlich dort.«

»Ich verstehe nicht, warum du ausgerechnet für die Papisten arbeiten musst. Ich verstehe nicht, warum du überhaupt arbeiten musst. Warum heiratest du nicht, wie es sich für ein Mädchen schickt? Sind dir die Jungen aus der Gemeinde nicht gut genug?«

Emily gab keine Antwort. Sie wusste, dass ihre Mutter mit diesem letzten Satz Recht hatte. Nein, die Jungen aus der Gemeinde waren ihr nicht gut genug, auch wenn sie deshalb im Ruf stand, hochmütig zu sein. Sie wollte keinen Fischer oder Dockarbeiter heiraten. Ihre Pläne gingen weit über alles hinaus, was ihre Mutter ihr zugedacht hatte – ja, was ihre Mutter sich vorstellen konnte. Mrs. Lillebjöring hatte nie verstanden, dass ein junges Mädchen in einem meteorologischen Institut arbeiten wollte.

»Komm wenigstens rechtzeitig nach Hause«, maulte die alte Frau. »Die Vorhänge im Schlafzimmer müssen gestopft werden, das kann Elsa mit ihren wehen Händen nicht.«

»Ja, Mutter. Ich mache das schon.«

Emily pflegte das Frühstück schnell hinter sich zu bringen, während ihre Mutter und Elsa gerne noch zu einem ausgiebigen Kaffeeklatsch sitzen blieben, um sich erst nach der dritten oder vierten Tasse an ihre Tagesarbeit zu machen. Den letzten Bissen Butterbrot noch im Mund, eilte sie aus dem Haus, holte ihr Fahrrad aus dem Schuppen und schwang sich in den Sattel.

Sie pfiff vor sich hin, während sie vorsichtig durch die Stadt strampelte, immer auf der Hut vor rücksichtslosen Kutschern. Bald hatte sie das Ende der Hauptstraße erreicht und bog in die Gasse ein, die zum Levy-Gebäude führte. Es würde zwar vermutlich nichts Neues zu berichten geben – selbst ein Laie konnte erkennen, dass das Hochdruckwetter noch eine Weile anhalten würde – aber sie hatte es sich zur Gewohnheit gemacht, bei jeder Gelegenheit im Wetterbüro nachzufragen. Dr. Cline fand sie lästig, darüber gab sie sich keinen Illusionen hin, aber sein jüngerer Bruder Joseph war nett, und der Angestellte John Blagden ebenfalls. Außerdem waren sie ja dazu da, jedem, der wissen wollte, wie das Wetter sich entwickelte, Auskunft zu geben.

Emily erreichte das Levy-Gebäude und stieg mit leichten Schritten die vier Stockwerke bis zum Büro unter dem Dach hinauf. Oben fand sie John Blagden an der Arbeit, einen nett aussehenden jungen Mann mit hellblauen Augen, die durch eine Drahtbrille blickten, und einem hellblonden Ziegenbärtchen. Er war erst vor Kurzem nach Galveston versetzt worden. Sie wusste, dass er sich heimlich Hoffnungen machte, ihre Besuche könnten eher ihm gelten als den Instrumenten, und auch sie war ihm nicht ganz abgeneigt. Seine immer freundliche Art gefiel ihr – er war ein sehr anständiger junger Mann. »Guten Morgen, Mr. Blagden«, rief sie freundlich, »ich komme –«

Er versuchte es wieder. »Wollen Sie nicht John zu mir sagen, Fräulein Emily?«

Sie überlegte, ob es bereits an der Zeit war, ihm weitergehende Vertraulichkeiten zu gestatten, und gab schließlich gnädig nach. »Gut, also dann John. Wie sieht es aus? Bleibt es heiß?«

»In den nächsten Tagen sicherlich.«

Sie wandte sich neugierig den Notizen zu, die über dem Schreibtisch des Meteorologen an die Wand gespießt waren, vor allem der Acht-Uhr-Wetterkarte, die der Drucker der Station an diesem Morgen anhand der von der Washingtoner Zentrale gelieferten Einzelheiten angefertigt hatte. Sie zeigte verschlungene Isobare, die Bereiche gleichen Luftdrucks miteinander verbanden, und gepunktete Isotherme, die dasselbe mit den Zonen gleicher Temperaturen taten. Die Angaben ließen auf eine zyklonale Störung schließen, die von Afrika her durch die Karibik zog und in einigen Tagen die Insel Kuba erreichen würde. Tatsächlich hatte der dortige Wetterdienst – der seltsamerweise von Ordenspriestern geleitet wurde – eine telegrafische Warnung nach Amerika geschickt.

»Sieh einer an!«, rief sie. »Die Kubaner rechnen mit einem Sturm.«

Blagden lachte. »Die rechnen immer mit Stürmen. Sie sind nicht glücklich, wenn sie nicht eine Katastrophenwarnung herausgeben können. Auf Kuba gehört es zum Lebensstil, den Himmel zu betrachten, düster den Kopf zu schütteln und zu murmeln: ›Schlechte Vorzeichen, schlechte Vorzeichen!‹«

Emily studierte das Telegramm. Es war kodiert, sodass es einiges an fachlichen Kenntnissen brauchte, um es zu verstehen. »Sie schreiben aber, dass über die Kapverdischen Inseln ein Wirbelsturm hinweggezogen ist, der schwere Unwetter zur Folge hatte.«

Blagden zuckte die Achseln. »Ja, warum nicht. Die Karibik ist eben Sturmgebiet. Aber die meisten Stürme biegen nach Norden ab, bevor sie die USA erreichen. Dieser Sturm wird sich über dem Atlantik austoben und den Schiffern dort die Hölle heißmachen.«

»Arme Kerle«, sagte Emily mitleidig.

»Ja. Wir haben Glück, dass wir am Golf wohnen, wo es ruhig ist. An der Atlantikküste geht es manchmal sehr rau her.«

»Ich kann mich nicht erinnern, dass es je so heiß war«, sagte sie.

Blagden nickte. »Es ist auch außergewöhnlich. Dr. Cline, der doch schon lange im Wetterdienst ist, sagt, er hätte noch nie eine solche Hitzewelle erlebt – nicht nur, was die Spitzentemperaturen betrifft, sondern auch die Dauer. Das hat es noch nie gegeben, dass die Werte eine Woche lang über 35 Grad lagen, ohne das geringste Gewitter. Das Meer ist heiß wie eine Badewanne. Und das heißt, die Kubaner werden in dieser Saison noch einige Stürme aushalten müssen.«

Emily nickte. Sie wusste, was er meinte. Ein aufgeheiztes Meer bedeutete, dass Wirbel feuchtheißer Luft über der Oberfläche entstanden, die sich zu einem Tropensturm oder, wenn alles schlecht ging, einem Hurrikan entwickeln konnten.

»Ich bin froh, dass uns das hier in Galveston nicht passieren kann«, sagte sie.

John Blagden nahm seine Brille ab, putzte sie ausgiebig und setzte sie wieder auf. »Darf ich Sie einmal etwas fragen, Fräulein Emily? Etwas Persönliches?«

Sie zuckte die Achseln. »Fragen Sie schon.«

»Ich würde gerne wissen, woher es kommt, dass ein junges Mädchen sich so für das Wetter interessiert. Ich habe gehört, dass Sie sogar mit den alten Kapitänen im Hafen darüber diskutieren. Die meisten Mädchen interessieren sich dafür gerade so weit, dass sie wissen wollen, ob sie ihr gutes Kleid anziehen können.« Er zögerte unsicher, dann fuhr er fort: »Dr. Cline sagt, es hängt damit zusammen, dass Sie als Kind den Wirbelsturm in Indianola miterlebt haben.«

»Das stimmt.« Emily wusste wohl, dass die meisten Leute ihr Interesse an der Meteorologie für einen Tick hielten. »Als Kind hatte ich solche Angst, noch einmal einen Hurrikan erleben zu müssen, dass ich ständig den Himmel beobachtete und das Barometer ablas. Ich fragte die Fischer im Hafen, ob ein Sturm kommen würde, und war glücklich, wenn sie unbesorgt hinausfuhren. Als dann das Wetterbüro eröffnet wurde, habe ich immer hier nachgefragt. Solange ich noch ein kleines Mädchen war, haben die Leute das ganz niedlich gefunden, aber jetzt denken sie, ich hätte einen Dachschaden.«

»Sie sind eine ungewöhnliche Frau, Fräulein Emily. Direktor Samuel Young sagt, er könnte sich mit Ihnen über Hoch- und Tiefdruckgebiete und ihren Einfluss auf das Wetter unterhalten, als hätten Sie die Sache studiert. Und er ist ja selber ein ausgezeichneter Hobbymeteorologe.«

Sie lächelte und zwinkerte ihm zu. »Lassen Sie das bloß nicht Dr. Cline hören, sonst sind Sie gefeuert.« Blagden lachte. Sie wussten Bescheid über den ständigen Zank zwischen den beiden Männern.

»Ich muss jetzt weiter, sonst komme ich zu spät zur Arbeit.« Emily nickte ihm zu und stieg die Treppe wieder hinunter.

Sie dachte nach. John Blagden war sehr verliebt in sie und sie mochte ihn gerne. Aber es war nicht seine Person, die sie faszinierte, sondern sein Beruf. Sie wusste, dass sie als Frau niemals eine Chance bekommen würde im Wetterdienst zu arbeiten, nicht einmal als Sekretärin. Aber als Ehefrau eines Meteorologen säße sie im Zentrum der Ereignisse, würde unmittelbarer mitbekommen, was geschah.

Sie wusste nicht recht, ob es John Blagden gegenüber eine Gemeinheit war, ihn auf diese Weise für ihre eigenen Pläne zu nutzen. Unehrlich war es sicherlich. Aber er verlor ja nichts dabei. Er bekam die Frau, von der er träumte, und sie war entschlossen, ihm eine gute Ehefrau zu sein. Was wollte ein Mann mehr?

Unten bestieg sie ihr Fahrrad und trat in die Pedale. Der frische Morgenwind blies ihr scharf ins Gesicht und milderte die aufkommende Hitze.

Ein paar Kisten am Straßenrand, in die der Bestimmungsort »Boston« eingebrannt war, lenkten ihre Gedanken auf Oscar. Sie hatte schon eine ganze Weile nichts mehr von ihm gehört. Das war nichts Besonderes – manchmal schrieb er ein halbes Jahr lang nicht, dann folgte ein Brief auf den anderen. Auch der Inhalt der Briefe war höchst unterschiedlich. Manche waren witzige Beschreibungen des mondänen Lebens in Boston, andere waren so weinerlich im Ton und so zerfahren in den Gedanken, dass sie den Verdacht hegte, er sei betrunken gewesen, als er sie schrieb.

Als er vor zwei Jahren eine Dame der Gesellschaft geheiratet hatte, hatte Emily kurzfristig erwogen, die Korrespondenz abzubrechen. Aber das Band, das der Hurrikan geknüpft hatte, ließ sich nicht so leicht zerreißen. Sie schrieb weiter und er schien sich darüber zu freuen. Inzwischen wusste sie, dass die Ehe nicht glücklich war und dass er bei ihr, der Gefährtin aus der Kindheit, Trost suchte. Manchmal hatte sie das Gefühl, er sehe in ihr ein nebuloses, fast mythisches Wesen, das sich immer noch in den lang vergangenen Tagen befand, in denen sie einander kennengelernt hatten. Er schien gar nicht auf den Gedanken zu kommen, dass sie auch eine Frau war, der er etwas bedeutete.

Dann dachte sie daran, dass sie am Abend in die Kirche gehen musste, dass es in dem kleinen Holzgebäude der Nordischen Gemeinde erstickend heiß sein würde und die Gebete endlos dauern würden, weil für Mrs. Larssen gebetet wurde, die an Schmerzen im Bauch litt.

Es war nicht das Gebet, das sie störte. Von Kind an hatte sie gerne gebetet, ohne dass es ihr jemand befahl. Sie liebte das Gefühl, sich jemand anvertrauen zu können, der sie völlig erkannte und völlig verstand. Nie brauchte sie Gott etwas zu erklären, nie musste sie Angst haben, dass er vielleicht nicht wusste, was sie meinte, weil sie sich unbeholfen ausdrückte. Sie konnte einfach sagen: ›Du weißt ja, was ich denke‹, und er wusste es wirklich. Über die Jahre hinweg war dieses Vertrauensverhältnis immer tiefer und inniger geworden, sodass sie es oft gar nicht merkte, dass sie betete, so selbstverständlich war es ihr geworden.

Nein, es lag nicht an den üblichen stundenlangen Gebeten. An die war sie von klein auf gewöhnt. Das Problem war der neue Prediger, Edgar Falstad.

Trotz der allgemeinen Begeisterung, die er in der Nordischen Gemeinde erweckte, konnte sie mit ihm nicht richtig warm werden. Er beunruhigte sie. Einerseits hatte die schlichte Gemeinde noch nie einen so gewaltigen Prediger gehabt, ja mehr als das, einen Propheten, der auch noch Wunder tat, von denen Emily genauso tief beeindruckt war wie alle anderen. Andererseits stieß seine derbe, bäurische Art sie ab; sie fand, dass er eher einem Metzger ähnelte als einem Geistlichen. Und sie fürchtete sich vor seiner Gewohnheit, nach den Gottesdiensten die Gemeindemitglieder zu küssen. Gut, es war gewiss nichts Unrechtes daran, denn er küsste auch die alten Männer und Frauen, aber ihr graute, wenn sein Mund ihre Wange berührte. Sie machte sich selbst Vorwürfe deswegen. Konnte Gott nicht auch einen Mann erwählen, der wie ein Metzger aussah? Waren nicht auch die Propheten Israels vielfach ungeschlachte Männer gewesen, einfältig und grob?

Sie erreichte das Waisenhaus, das dicht am Meer inmitten der trostlosen Dünenlandschaft lag, die den größten Teil der Insel bedeckte. In der strahlenden Morgensonne sah das Gebäude nicht ganz so dunkel und düster aus wie sonst. Ein schmaler Streifen Garten zog sich rundherum, karg und schäbig. Am Tor des Geländes hielt sie an, stieg ab und schob das Rad in einen der hölzernen Werkzeugschuppen, damit die Sonne nicht die Reifen ruinierte. Sie zog noch einmal die Ärmel ihrer hoch geschlossenen Bluse glatt, strich über den Rock und öffnete die massive zweiflügelige Eingangstür.

Kühle Luft schlug ihr im Halbdunkel entgegen. Die hohe Halle mit den gotischen Strebepfeilern hatte etwas Geisterhaftes an sich: Die lange bleiche Treppe, die in die oberen Stockwerke führte, wurde von dünnen Sonnenstrahlen, die durch die bleigerahmten Spitzbogenfenster hereinfielen, beleuchtet; Schatten hingen wie verstaubte Spinnennetze in den Winkeln. Links lag die Pförtnerloge, aus der jetzt eine vom Alter brüchige Stimme herausrief: »Sind Sie das, Fräulein Emily?«

»Ja, Schwester Beata. Guten Morgen!«

Emily stieg die Treppe hinauf und suchte oben den Handarbeitsraum auf. Das war ein langer Saal, in dem statt der üblichen Pulte in den Klassenzimmern verstreute Tische und Stühle standen. Zwei mächtige Schränke enthielten die halb fertigen Arbeiten der Zöglinge.

Die kamen gleich darauf hereingestürmt, vierzig Mädchen in allen Altersgruppen von fünf bis sechzehn. Sie suchten lärmend in den Schränken nach ihren Stricksachen, Stickrahmen und Flickendecken und nahmen ihre Plätze ein. Emily lächelte, als Sandy McAllister auf sie zugelaufen kam. Das Mädchen trug an der braunen Uniform eine bunte Papierrosette, das Abzeichen eines Geburtstagskindes.

»Fräulein Emily, ich gehöre jetzt zu den Großen! Ich brauche nicht mehr stricken! Kann ich jetzt mit einer Stickerei anfangen?«

»Das kannst du. Such dir eine Vorlage aus.«

Sandy lief sofort los und kam bald darauf mit einem Stickrahmen wieder, in den ein rundes Stück Stramin mit einer Zeichnung von Papageien und Pfingstrosen eingespannt war. »Darf ich das machen? Ich könnte ein Kissen daraus nähen, wenn es fertig ist.«

»Mach nur. Aber schön langsam und aufmerksam, beim Sticken muss man sehr genau sein.«

Emily klatschte in die Hände zum Zeichen, dass der Unterricht begonnen hatte, und der fröhliche Lärm verebbte. Die Mädchen machten sich eifrig an ihre Arbeiten. Im hinteren Winkel saßen die Kleinsten auf dem Boden, die damit beschäftigt waren, aus Stoffresten Flicken für eine Decke zu schneiden. Dann kamen die Älteren, die nähten, strickten und häkelten, und zuletzt die paar Großen, die sich bereits an die komplizierten Stickereien wagen durften. Emily schritt zwischen den Tischen auf und ab, half aus, erklärte und ermahnte. Die Arbeit gefiel ihr und sie war stolz auf die vielen hübschen Dinge, die hier schon entstanden waren, von einfachen Pulswärmern für die alten Nonnen bis hin zu dem prächtigen Altartuch, an dem sie selber stickte. Ihre Mutter, dachte sie, wäre fuchsteufelswild gewesen, hätte sie erfahren, dass ihre Tochter ein Tuch für einen »Götzenaltar« stickte, deshalb hatte Emily ihr wohlweislich nichts davon erzählt.

Es gab einiges in ihrem Leben, von dem sie zu Hause nichts erzählte.

4

Im Garten des Waisenhauses waren die Zöglinge Will Murney, Albert Campbell und Francis Bulnavic damit beschäftigt, Unkraut zu jäten. Es war eine Strafarbeit für einen ihrer häufigen Verstöße gegen die Regeln. Sie waren alle drei 16 Jahre alt, robuste Burschen, die sich schon sehr erwachsen fühlten, mehr als Männer denn als Knaben, und den Nonnen gegenüber oft eine entsprechende Aufmüpfigkeit an den Tag legten. Nicht, dass sie vom Wesen her aufsässig oder bösartig gewesen wären. Es war eher so, dass sie das Gefühl hatten, ihre junge Männlichkeit gegen das Übermaß an frommer Weiblichkeit stemmen zu müssen, das sie dominierte: fünfzehn Nonnen, die es gewohnt waren, ihren Willen durchzusetzen und – bei aller Liebe – nicht gerade viel Rücksicht auf die Individualität der Kinder nahmen. Deshalb muckten die drei auf, wo es nur ging, und bekamen so manche Strafe dafür, sicherten sich aber auch den Respekt und die Bewunderung der Kleinen, die sie anstaunten wie Helden. Was Will oder Francis Freches gesagt hatten und wie Albert wieder mal nicht gehorcht hatte, machte im Knabenschlafsaal die Runde.

Francis Bulnavic war der Älteste der drei, ein hagerer, sehniger, melancholisch wirkender Junge, der sich viele Gedanken machte – vor allem über Emily Lillebjöring. Auf die Harke gestützt, stand er am äußersten Rand des Gartens und wischte sich mit dem Ärmel den Schweiß vom Gesicht. Sein Herz klopfte heftig, als er beobachtete, wie Emily sich graziös vom Rad schwang und, nachdem sie dieses im Schuppen untergebracht hatte, zur Haustüre schritt. Seit gut einem Jahr verzehrte er sich in unerfüllter Liebe zu der Handarbeitslehrerin, einer Liebe, von der nicht einmal seine besten Freunde etwas wussten.

Albert, der für gewöhnlich das Sagen in der Gruppe hatte, bemerkte: »Mir reicht es! Wenn wir bis Mittag so weitermachen müssen, bricht mir das Kreuz ab. Ich fühle mich jetzt schon so, als steckten Nägel darin.«

Da Albert kein Junge war, der einfach nur so rumjammerte, fragte Will: »Was hast du vor?«

»Erstens: Niemand hat uns gesagt, wo genau wir das Unkraut jäten müssen. Also verziehen wir uns hinters Haus und arbeiten dort, wo uns die Nonnen nicht sehen können, dann brauchen wir uns nicht so abzuschuften. Zweitens: Ich habe im Geräteschuppen eine ganze Dose Zigaretten gebunkert.«

»Hey! Wo hast du denn die her?«

Albert grinste und machte eine Handbewegung, als steckte er verstohlen etwas ein.

Der kleine Will starrte ihn bewundernd an. »Wenn das die Nonnen herausfinden, kriegst du Prügel, dass du drei Tage nicht sitzen kannst.«

»Wie sollen sie es denn herausfinden? Ihr beiden seid die Einzigen, die davon wissen, und ihr verpfeift mich nicht.«

Zu dritt bogen sie um die Ecke des Gebäudes. Dort lag im

tiefen Schatten der Hintergarten, ein struppiges, von Strandhafer durchwachsenes Stück Rasen, über das ein halbes Dutzend Bäume seine Äste breitete. Die Nonnen hatten sich bemüht, zwei Rosenbeete anzulegen, die als rote Flecken aus dem Graugelb der Dünen leuchteten, aber die Blumen wollten nicht so recht gedeihen. Nur das Unkraut in den Beeten wucherte, unbekümmert um den scharfen, salzgeschwängerten Wind, der den Rosen zu schaffen machte.

Eine Weile arbeiteten die Burschen fleißig, damit sie etwas vorzuweisen hatten, falls eine der Schwestern auf den Gedanken kam, ihre Arbeit zu überprüfen. Dann verzogen sie sich in den Geräteschuppen. Albert hob ein paar ölgetränkte Lappen auf, die in einem Winkel lagen, und zog darunter eine Blechschachtel hervor. Sie war bis zum Rand gefüllt mit Zigaretten – richtigen Filterzigaretten, nicht den aus halb verbranntem Tabak gedrehten, krummen Röllchen, die sie sonst geraucht hatten. Mit feierlicher Gebärde reichte er sie herum und zündete dann alle drei an.

Francis lehnte an der Bretterwand des Schuppens und starrte in den Rauch. Er dachte an Emily. Immer wieder ging ihm der Gedanke durch den Kopf, ob er sich ein Herz fassen und ihr seine Liebe anvertrauen sollte. Aber was, wenn sie Nein sagte? Und schlimmer noch, wenn sie sagte: »Du bist ja nur ein kleiner Junge«? Nichts hätte ihn mehr gekränkt. Er fühlte sich vollkommen erwachsen, und außerdem war sie nur sechs Jahre älter als er, was bedeutete das schon?

Er beneidete die Mädchen, die stundenlang ihre Gesellschaft genießen konnten. Wenn er an der Türe des Handarbeitsraumes vorbeiging, hörte er ihr Gelächter und Geschwatze drinnen. Die Handarbeitsstunden verliefen immer sehr munter, denn Emily führte längst nicht ein so strenges Regiment wie die Klosterfrauen. Das war es ja, was er an ihr so liebte – die freundliche und fröhliche Stimmung, die sie um sich verbreitete. Jeder hatte sie gern. Sogar die grämliche alte Schwester Beata, die die Pforte bewachte, verzog den zahnlosen Mund zu einem Lächeln, wenn Emily eintrat.

Francis sehnte sich sehr danach, einmal unbeschwert fröhlich zu sein. Er hatte sich an das Leben im Waisenhaus gewöhnt, fand es ganz anständig, war vernünftig genug um zu wissen, dass elternlose Kinder einfach nichts Besseres erwarten konnten. Er konnte von Glück reden, dass er hier aufgenommen worden war. Aber er war jung und das Leben lockte: Freiheit, Vergnügen, einmal die Flügel ausbreiten und fliegen, ohne an die Mauern von St. Marys zu stoßen.

Albert stieß ihn an. »He, du verbrennst dir gleich die Finger!«

Er starrte seine Zigarette an und merkte, dass sie bis zum Filter herabgebrannt war. »Kommt«, sagte er. »Wir machen uns besser wieder an die Arbeit.«

5

Gegen Abend brach ein Gewitter über Galveston herein, das die Schlaglöcher in den Straßen mit Regenwasser auffüllte und die Stadt in einen grünlich-weißen Dunst hüllte. Es brachte keine Abkühlung, nur Feuchtigkeit. Die Bäume, Büsche und Blumen waren die Einzigen, die davon profitierten.

Der heftige Regen hatte bereits wieder aufgehört, als Emily, begleitet von ihrer Mutter und ihrer Schwester, in die Seitengasse der Hauptstraße »The Strand« einbog, in der sich die Kirche der Nordischen Gemeinde befand. Sie näherten sich einem schmalen, turmartig in die Höhe gestreckten Holzhaus, dessen Außenseite mit Schindeln in einem Fischschuppenmuster gedeckt und mehrfarbig bemalt war, was ihm ein typisch skandinavisches Aussehen verlieh. Licht brannte hinter den Fenstern, obwohl es noch nicht einmal dämmerte.

Wie immer beim Kirchgang empfand Emily ein Gefühl von Frieden und Geborgenheit. Seit ihrer Kindheit hatte sie diese Kirche besucht und fühlte sich so vertraut damit wie mit ihrem Elternhaus. Sie kannte jede Kleinigkeit in dem hohen Innenraum, durch dessen offene Balkendecke hindurch man den spitzwinkeligen Dachboden sehen konnte. Es gab freilich nicht viel zu sehen. Ein Lesepult, ein schmuckloses hölzernes Kreuz an der Stirnwand, auf die Mauertünche gemalte Psalmverse, das war alles. Die Nordische Gemeinde hielt nichts von prunkvollen Versammlungsräumen. Man kümmerte sich mit dem Geld lieber um die Armen, als die Kirche damit auszustatten.

Sie wusste, dass andere Leute die Gemeinschaft eine schäbige kleine Sekte nannten, aber sie war nun einmal darin aufgewachsen, sie war an das altmodische Ritual ebenso gewöhnt wie an die ernste, einfältige Frömmigkeit der einfachen Leute, die die Gemeinde bildeten. Sie war daran gewöhnt, die großen reichen Glaubensgemeinschaften in der Stadt, die Katholiken, Baptisten, Episkopalisten und Methodisten, als verdächtig weltliche Vereine zu betrachten, die von der Schlichtheit des wahren Glaubens abgefallen waren zugunsten prächtiger Gottesdienste und aufwändiger Wohltätigkeitspartys. Der Geruch nach Holz und brennenden Kerzen schlug Emily entgegen, als sie eintrat und sich einen Platz auf der Frauenseite suchte. Die wenigen Leute, die bereits in den Bänken saßen, waren einfach und altmodisch gekleidet: die Männer in grobe schwarze Anzüge, viele Frauen in bodenlange blaue Baumwollkleider, zu denen sie Häubchen aus demselben Material trugen. Die Nordische Gemeinde war eine sehr konservative Kirche. Ihre Mitglieder stammten zumeist aus den Kreisen armer skandinavischer Einwanderer, die sich hier mit einem Stück Heimat verbunden wähnten, da die Kirche in Oslo entstanden war. Sie verlangten nichts von der Stadt und waren nicht bereit, ihr etwas zu geben; sie bezahlten ihre Prediger selbst und waren misstrauisch gegenüber Fremden, die in ihren Kreis eindringen wollten.

Emily schloss die Augen und lauschte dem unterdrückten Gemurmel in den Bänken. Das Holz knarrte und krachte, sobald sich jemand zu heftig bewegte. Hin und wieder drang ein lauteres Wort vom Eingang herüber, wo die Leute sich noch nicht verpflichtet fühlten zu flüstern. Immer mehr Gläubige drängten in den Versammlungsraum. Emily wusste, dass sie alle von derselben Neugier hergetrieben wurden. Würde heute wieder ein Wunder geschehen? Würde der Geist des Herrn über Edgar Falstad kommen und ihm die Kraft geben, Mrs. Larssen von ihren Schmerzen zu heilen?

Die meisten Leute fanden es wunderbar, dass Gott ihnen einen so mächtigen Mann geschickt hatte, auch Mrs. Lillebjöring und ihre ältere Tochter Elsa. Emily konnte diese Begeisterung jedoch nicht so ganz teilen. Eigentlich hatte es ihr früher, bevor Vater Edgar aufgetaucht war, besser gefallen. Damals hatte es keine Aufregung gegeben, keine Wunder, keine verzückten Schreie. Der Gottesdienst war still und harmonisch verlaufen, ohne die ständigen heftigen Unterbrechungen, die jetzt an der Tagesordnung waren. Sie verriet jedoch niemand, dass sie solche Gedanken hegte, denn sie schämte sich dafür. Wenn so großartige Dinge geschahen, wenn Gott sie durch seinen Propheten geschehen ließ, dann spielte es wohl keine Rolle, ob ihr die Gottesdienste früher lieber gewesen waren. Die Ältesten hatten recht, wenn sie Gott dafür priesen, dass er ihnen solche Zeichen und Wunder zu sehen erlaubte. Und wunderbar war es gewiss, über welche Kräfte Vater Edgar verfügte. Er hatte es ihnen an dem Abend gezeigt, an dem Margersons Junge wieder einmal darüber klagte, dass er einen Klumpen im Bauch spüre und ihm andauernd übel sei. Und das war nicht etwa das einzige Mal gewesen, dass Edgar Falstad seine mächtigen Fähigkeiten als Heiler bewies, er hatte es ein um das andere Mal getan. Er hatte ihnen jedoch streng verboten, darüber zu reden, damit die Ungläubigen nichts zu lästern hatten.

Beim Eingang wurde die Türe geschlossen zum Zeichen, dass der Gottesdienst begann. Mrs. Pederson, die für die musikalische Untermalung zuständig war, begann auf dem Pianino zu spielen. Ihr Mann Ingmar, Kapitän eines Fischkutters, leitete die Zeremonie, sagte die Lieder an und sprach in seinem schönen Bass die Gebete vor. Die Gemeinde begann zu singen, eine Hymne, dann noch eine, dann eine dritte. Sie sangen wie immer, aber Emily spürte, dass sie nicht bei der Sache waren, dass sie ungeduldig auf den Augenblick warteten, in dem Vater Edgar ans Lesepult treten würde. Er kam immer erst, nachdem ein Gutteil des Singens und Betens erledigt war. Das machte sein Erscheinen noch eindrucksvoller, als es ohnehin schon war. Nur seine Jünger waren schon da, vier grobschlächtige junge Männer in der Kleidung von Arbeitern und drei blasse, unterwürfige Frauen, die bodenlange Baumwollkleider und Hauben trugen. Sie hießen Deborah, Thyrza und Rahab. Diese sieben folgten Falstad auf Schritt und Tritt, waren immer um ihn wie Kammerherren und Hofdamen um einen Monarchen, stets bereit, alle seine Wünsche und Befehle zu erfüllen.

Als Mr. Pederson der Gemeinde verkündete, dass nun Vater Edgar zu ihnen sprechen würde, breitete sich eine erwartungsvolle Stille im Raum aus. Alle Augen hingen starr an der niedrigen Plattform, auf der das Lesepult stand. In der Stille war jedes Knarren der Bänke, jedes Rascheln der schweren Frauenkleider deutlich zu hören.

Dann trat Edgar Falstad durch eine Seitentüre ein, und wie immer erfüllte seine Anwesenheit den Kirchenraum bis zur letzten Bank. Alle Aufmerksamkeit richtete sich auf ihn, manche Leute, vor allem Frauen, seufzten und stöhnten leise, überwältigt von der Kraft, die er ausstrahlte. Noch bevor er ein Wort gesagt hatte, war er zu der einzigen Person geworden, die zählte. Alle anderen waren Staffage. Er ließ den Blick langsam über die Versammelten gleiten und Emily errötete wie jedes Mal, wenn der Prediger sie aus seinen stechenden graugrünen Augen ansah – Augen, die in sich schillerten wie Perlmutt. Es irritierte sie, wenn er sie anblickte, so sehr, dass ihr schwindlig wurde und sie blinzeln musste, um nicht das Gleichgewicht zu verlieren. Er hatte den Gläubigen einmal gezeigt, dass er ein Huhn allein durch die Kraft seines Blickes dazu bringen konnte, zu erstarren und wie tot hinzufallen. Emily fühlte sich genauso wie dieses arme Huhn.

Der Prediger war ein kleiner Mann, aber überaus muskulös; seine Hände und Füße waren unverhältnismäßig groß und breit, so dass sie an die Scheren von Krabben erinnerten. Er hatte üppiges schwarzes Haar, das ihm, in der Mitte gescheitelt, bis über die Schultern fiel, und einen gewaltigen schwarzen Vollbart, sodass er tatsächlich einem alttestamentarischen Propheten ähnelte. Sein Gesicht war nicht unschön. Jeder seiner Züge sprach von Kraft und Energie: Die breite Stirn, die mächtig vorspringende Nase, die vollen Lippen zeugten, wenn auch nicht von hoher Intelligenz, so doch von einem Gutteil Bauernschläue. Er trug ein Kostüm, das ihm bei seinen öffentlichen Auftritten die Aufmerksamkeit sicherte, noch bevor er zu reden begann. Über seine groben Arbeiterstiefel und die bauschigen schwarzen Hosen hing ein knielanges, über der Brust offenes weißes Hemd herab, das zottiges Brusthaar sehen ließ. Um die Hüften war es mit einem Kälberstrick gegürtet, der wie die Schlinge eines Galgenstricks um seinen Bauch hing. Um den Hals trug er ein handgroßes goldenes Kreuz an einer dicken Goldkette. Trotz dieser erstaunlichen Aufmachung hatte Emily nie erlebt, dass jemand über ihn gelacht hätte, jedenfalls nicht in seiner unmittelbaren Umgebung. Die Leute – auch ganz ungläubige Leute – spürten die brennende Energie, die von ihm ausströmte, spürten die Kraft, die aus seinen Augen strahlte und sie zwang, den Blick abzuwenden, wenn er sie anstarrte. Jetzt schien die kleine Kirche zu bersten von seiner Gegenwart.

Als er zu predigen begann, zog er die Versammelten mit einer geradezu quälenden Intensität an sich. Er sprach laut und rau und wie gewöhnlich schimpfte er auf Galveston, die Stadt, in der er ein amerikanisches Babylon sah. Dabei erregte er sich so sehr, dass seine Kutte bei der im Raum herrschenden stickigen Hitze bald völlig durchnässt war. Der Schweiß rann in Strömen über sein gerötetes Gesicht. Die Leute lauschten gebannt, und doch schienen ihre Gedanken nicht so richtig bei der Predigt zu sein, weil sie alle an das Wunder denken mussten, das vielleicht geschehen würde.

Emily war so ungeduldig wie die anderen und sie atmete auf, als der Prediger endete und sich mit einem großen weißen Tuch die Stirn abtrocknete. Als er mit Abtrocknen fertig war, reichte er es Mr. Pederson, der das Tuch mit einer Verbeugung entgegennahm, ehrfürchtig faltete und in eine mit rotem Papier ausgelegte Schachtel legte. In der Nordischen Gemeinde waren diese Schweißtücher sehr gefragt; sie galten als wundertätig und heilkräftig, und nach jeder Predigt kamen Gläubige, um ein kleines Stück Tuch gegen Kopfweh, gegen Zahnweh oder auch gegen anhaltendes Pech beim Krabbenfang zu erbitten.

»Wir beten heute um Mrs. Larssens Gesundung«, sagte Falstad. »Sie möge vortreten.«

Emily spürte, wie ihre Schwester bei diesen Worten eine unwillkürliche Bewegung machte, als wollte sie aufspringen und zugleich mit Mrs. Larssen nach vorne eilen. Elsa Lillebjöring klammerte sich an Edgar Falstad in der Hoffnung, er könnte sie von ihrer schmerzhaften Krankheit heilen, wie er andere geheilt hatte. Deshalb klebte sie an ihm, lauschte unterwürfig jedem seiner Worte und machte ihm kleine Geschenke, um ihn günstig zu stimmen, aber er hatte sie noch nicht für würdig befunden.

Erregtes Gemurmel lief durch die Sitzreihen, als Mrs. Larssen, eine dicke Frau mit blühendem Gesicht und hellblondem Haar, sich aus ihrer Bank zwängte und mit kleinen Trippelschritten auf die Plattform zuging. Sie trug nicht ihre üblichen Kleider, sondern – um bereit zu sein, falls ein Wunder an ihr geschehen sollte – nur ein langes, vorne durchgeknöpftes Leinenhemd und darüber ein blaues Cape. Mr. Pederson half ihr hinaufzusteigen und führte sie zu einem Stuhl. Dort saß sie nun, verlegen ihre Hände knetend, vor der ganzen Gemeinde und wartete darauf, dass sie von ihren Magenschmerzen geheilt wurde.

»Lasset uns beten!«, rief Edgar Falstad, überließ es dann jedoch Mr. Pederson, die Gemeinde im Gebet anzuführen. Lange hallte die Kirche von den Fürbitten, die rhythmisch wiederholt wurden. Die Leute begannen, mitgezogen vom Steigen und Fallen der Stimmen, mit dem Oberkörper vor und zurückzuschaukeln. Sie fassten einander an den Händen und nickten im Chor bei jedem Amen. Emily spürte, wie eine leichte Benommenheit sie überkam. Ihre Augen schlossen sich halb, öffneten sich ruckartig wieder. Sie blickte nach vorne zu Falstad, der hinter Mrs. Larssen getreten war und beide flachen Hände auf ihren Kopf legte. Die Frau wirkte wie in Trance. Ihre Augen waren starr, ihr Gesicht heftig gerötet. Ihr ganzes Bewusstsein schien an dem Punkt zusammenzuströmen, den Falstads Hände bedeckten. Sonst nahm sie offensichtlich nichts um sich herum wahr, denn einmal wäre sie, vor- und zurückpendelnd, beinahe vom Stuhl gefallen, hätte der Prediger sie nicht festgehalten.

Dann, plötzlich, ein gedämpftes, aber berührtes »Ah!« aus einem Dutzend Kehlen. Der Anlass war Mr. Pederson, der die Gaslampen an der Wand abdrehte, sodass die Kirche nur noch von den beiden Kerzen am Lesepult erleuchtet wurde. Das Löschen der Lichter bedeutete, dass Falstad den Geist über sich kommen fühlte. Jetzt – jetzt gleich würde das Wunder geschehen!

»Betet, betet!«, rief er. Er selbst flehte jetzt mit lauter Stimme den Himmel an, ihm Gewalt zu geben über die Krankheit, die Mrs. Larssen peinigte. Die Gläubigen riefen Amen und nahmen dann sofort den Singsang ihrer Fürbitten wieder auf.

Emily spürte, wie ihr Magen sich verkrampfte und ihr Herz pochte. Es war nicht das erste Mal, dass sie einer Wunderheilung beiwohnte, aber jedes Mal fühlte sie sich von tiefer Ehrfurcht, beinahe von Angst ergriffen, wenn es geschah. In solchen Augenblicken vergaß sie alles, was sie an Falstad auszusetzen hatte. Dann sah sie in ihm nur mehr den begnadeten Diener Gottes. Er schien ihr von einer übernatürlichen Kraft und Macht erfüllt, gewaltig und schrecklich wie ein Engel. Viele Leute in der Gemeinde behaupteten, dass sie eine goldene Aura sehen konnten, die ihn umhüllte. Obwohl Emily selbst nichts dergleichen sah, fühlte sie das Feuer, das in ihm loderte. Sie wusste, dieses Feuer war vom Himmel auf ihn gefallen, denn es kam nicht aus ihm selbst. Er, als bloßer Mensch, hatte nicht viel an sich, was ihn auszeichnete. Umso gewaltiger erschien ihr der Segen, der auf ihm ruhte.

Eine Kopfbewegung des Predigers rief die vier jungen Männer an seine Seite. Sie wussten genau, was sie zu tun hatten. Zwei holten Stühle herbei, die sie einander gegenüber aufstellten, die beiden anderen brachten ein mannslanges Brett, das in einem Winkel gewartet hatte. Sie legten es über die Stühle, sodass ein improvisierter Tisch entstand. Unter dem erregten Ächzen und Keuchen der Gläubigen hoben sie Mrs. Larssen von ihrem Stuhl, nahmen ihr das Cape ab und trugen sie, die wie eine Puppe in ihren Armen hing, zu dem Brett, auf dem sie sie der Länge nach hinlegten. Zwei kauerten sich neben ihrem Kopf nieder, die beiden anderen zu ihren Füßen. Sie hielten sie sorgfältig fest, damit sie nicht bei einer unbedachten Bewegung von ihrem schmalen Lager fiel. Wie eine aufgebahrte Leiche lag sie da in ihrem langen weißen Hemd, reglos, die Arme an den Seiten lang ausgestreckt.

Im unruhigen Licht der Kerzen wirkte die Szene wie ein altes Gemälde, als Falstad langsam auf die Liegende zutrat. Er winkte Deborah, die beflissen herbeieilte, und wies sie an, Mrs. Larssens Hemd über dem Bauch eine Handbreit zu öffnen.

Atemloses Schweigen herrschte, als er sich, das Gesicht in Ekstase erstarrt, über die Leidende beugte. Emily schluckte, sie wusste genau, was jetzt geschehen würde. Da streckte er auch schon die Hand aus, fuhr mit den steifen Fingern über den entblößten Bauch – und dann, mit einer ruckartigen Bewegung, stieß er die Hand tief ins Fleisch. Erschreckend viel Blut strömte über Mrs. Larssens weißes Hemd und tropfte auf den Boden. Die Leute schrien auf und Emily schrie mit. Falstad schien sie weder zu hören noch zu sehen. Langsam und konzentriert schob er die Finger immer tiefer in den aufgerissenen Leib, suchte darin herum und zog dann plötzlich mit einem gellenden Schrei einen abscheulichen Klumpen hervor. Er hielt ihn mit ausgestrecktem Arm über den Kopf. Der Geruch von Fäulnis erfüllte die Kirche. Falstad ließ das böse Fleisch in eine Schüssel fallen, die Deborah bereithielt, und sie legte den Deckel darauf. Der Geruch ließ nach.

Wilde Erregung brach aus. Viele schrien Halleluja, manche weinten, überwältigt von ihrer inneren Bewegung. Andere stimmten Hymnen an. Emily fühlte sich erschüttert. Ihr war schwindlig, sie wünschte, sie könnte heimgehen und sich niederlegen, und doch starrte sie in atemloser Faszination den Schauplatz des Wunders an.

Der Prediger ließ sich einen Eimer warmes Wasser und ein Tuch bringen und wischte Mrs. Larsson, die immer noch unbeweglich dalag, damit sauber. Sobald er die Hand hervorzog, hatte sich auch die Wunde auf geheimnisvolle Weise wieder geschlossen, nichts, gar nichts mehr war zu sehen. Als er zwei alte Frauen herbeirief und sie die Stelle begutachten ließ, bestätigten beide, dass der Bauch trotz des vielen Blutes, das das Hemd durchtränkt hatte, vollkommen glatt und heil war.

Falstad ergriff die Schüssel und befahl, sie durch die Reihen zu reichen, damit jeder die Ursache von Mrs. Larssens Leiden betrachten konnten. Der Gestank war jedoch so ekelerregend, dass die meisten das Gefäß hastig an den Nachbarn weitergaben, ohne hineinzusehen.

Als der Letzte die Schüssel wieder dem Prediger zurückgegeben hatte, trug dieser sie durch die Hintertüre der Kirche hinaus in den kleinen Garten, der das Gotteshaus von den angrenzenden Gebäuden trennte. Die gesamte Gemeinde folgte ihm. Es dämmerte bereits, in den Fenstern der umliegenden Häuser brannte Licht, der Garten lag in tiefem Schatten. In einem von Ranken überwucherten Winkel war ein knietiefes Loch gegraben worden, in das Falstad jetzt den Fleischklumpen hineinkippte. Mit dem plumpen Stiefel scharrte er das Loch zu und trat die lose Erde fest. Zu Mrs. Larssen, die, auf zwei Freundinnen gestützt, mit glasigen Augen danebenstand, sagte er: »Du bist geheilt. Geh hin und sündige nicht mehr! Denn wenn du es doch tust, wird dieses böse Gewächs, das wir hier begraben haben, in deinen Leib zurückkehren, und es wird am Ende schlimmer sein als am Anfang.« Damit wandte er sich abrupt ab und verschwand in dem Häuschen am Ende des Gartens, das er bewohnte.

Mr. Pederson baute sich vor der Gemeinde auf. »Geht nach Hause, Schwestern und Brüder! Der Vater ist erschöpft, es hat ihn viel Kraft gekostet gegen das Böse anzukämpfen. Er muss jetzt ruhen und beten.«

Langsam, immer noch betäubt von dem Ereignis, dessen Zeugen sie geworden waren, gingen die Gläubigen in die verschiedenen Richtungen davon. Auch die Familie Lillebjöring wollte gehen, als plötzlich Thyrza an sie herantrat und sie mit leiser Stimme ansprach. »Wartet noch einen Augenblick, liebe Schwestern. Der Vater möchte mit euch sprechen.«

Elsa merkte auf, sichtlich voll Hoffnung, er würde sie zu sich rufen, um ihr zu sagen, dass er demnächst ihre Hände heilen würde. Die alte Mrs. Lillebjöring sah überrascht, aber auch sehr geschmeichelt aus – eine Privataudienz bei Edgar Falstad war immer eine Auszeichnung. Emily wusste nicht recht, was sie erwartete, folgte aber gehorsam der Dienerin.

Die Lillebjörings hatten erwartet, sie würden das Häuschen am Ende des Gartens betreten, aber die Frau führte sie zurück in die Kirche und bat sie, in der ersten Reihe, unmittelbar vor der Plattform, Platz zu nehmen. Nur die beiden brennenden Kerzen erleuchteten den Raum, sodass außerhalb des Lichtkreises schwere, grauschwarze Schatten in den Ecken und Winkeln hingen. Falstads Hofstaat hatte sich auf der anderen Seite der Plattform niedergelassen. Es sah ganz so aus, als hätte der Vater ihnen eine wichtige, hochoffizielle Mitteilung zu machen, und Emily wurde unbehaglich zumute. Ob er es wieder auf sie abgesehen hatte? Ihm fiel immer etwas ein, wie er sie vor allen Leuten demütigen und heruntermachen konnte. Sie sei zu stolz, sagte er dann, und Gott habe keinen Gefallen an stolzen Menschen. Sie müsse Demut lernen, und die lerne man am besten durch Demütigung.

Falstad trat durch die Hintertüre ein. Er hatte seine verschwitzten Kleider abgelegt und trug eine lange Soutane wie ein römischer Priester, auf der sein goldenes Brustkreuz glänzte. Haar und Bart, noch nass vom Schweiß, waren glatt gekämmt. Hinter dem Lesepult blieb er stehen und betrachtete die Versammelten. Mit ungewohnt leiser, dumpfer Stimme sagte er: »Ich habe euch eine wichtige Mitteilung zu machen.« Sein Blick glitt zu seinen Begleitern hinüber, als nehme er die Lillebjörings gar nicht wahr.

Aller Augen hingen erwartungsvoll an ihm.

»Als ich heute für Mrs. Larssen betete«, fuhr er fort, »wurde mein Geist erhoben und ich hatte eine Vision. Vor meinem inneren Auge sah ich einen Engel vor mich hintreten, der ein glühendes Schwert in der Hand trug. Damit bedrohte er mich und zürnte mir, und als ich ihn fragte, was ich mir hätte zuschulden kommen lassen, sprach er: ›Warum hast du noch kein Weib? Ist es nicht so geboten, dass ein Heiliger des Herrn eines Weibes Mann sein soll, wie es in der Bibel geschrieben steht?‹ In meinem Geist fiel ich auf die Knie und bekannte mich schuldig. Ich versprach ihm augenblicklich nach einer Frau zu suchen, die meine Ehefrau zu werden würdig sei. Er sprach jedoch: ›Es ist dir verboten, dir selbst eine Frau zu suchen. Gott hat bereits eine für dich auserwählt. Diese wirst du heiraten und keine andere, oder‹ – und dabei setzte er die Spitze seines flammenden Schwertes auf meine Brust – ›ich durchbohre dein Herz.‹« Bis dahin hatte er gesprochen, ohne irgendjemand anzusehen, sein Blick war in einen fernen Winkel des Raumes gerichtet gewesen. Jetzt aber blickte er Emily an. »Ich wollte es zuerst nicht glauben«, sagte er, »denn du bist zu gering, als dass ich dich von mir aus erwählt hätte; du bist ungehobelt und einfältig und ich hätte dich nicht genommen, aber da der Engel dich bezeichnet hat, müssen wir dem Herrn gehorchen.«

Emily begriff erst überhaupt nicht, was er meinte. Dann, als sie die Halleluja-Rufe seiner Begleiter hörte, kam sie allmählich zur Besinnung. »Ich?«, wiederholte sie fassungslos. »Ich bin gemeint?«

»Ja, du!«, rief Falstad verächtlich. »Du unwürdiges kleines Ding, das der Herr in seiner Güte erwählt hat. Bist du bereit, seinen Willen zu tun?«

»Emily!«, rief Mrs. Lillebjöring. »Oh Emily, das ist wunderbar!« Die anderen fielen ein, sodass Emily sich ein paar Minuten lang von einer Woge von Gratulationen überschwemmt fühlte. Sie war zu Tode erschrocken. Wie konnte Gott etwas so Schreckliches von ihr verlangen? »Das … das kann ich nicht so schnell entscheiden«, stammelte sie.

Edgar Falstad blickte sie aus seinen schillernden Augen

eindringlich an. Seine Stimme klang sanft, als er sagte: »Du kannst dich nicht entscheiden, ob du Gottes Willen tun willst oder nicht?«

»Das schon, aber …«

»Willst du lieber einen anderen Mann? Einen jungen? Einen reichen?« Seine Stimme wurde von Wort zu Wort bedrohlicher. »Suchst du einen Mann, der mit dir tanzen geht, der dich in seiner Kutsche spazieren führt und dir zu Ehren Feste veranstaltet?«

Ihr war zumute, als würde sie unrettbar in einen schwarzen Strudel gezogen. Ihre Gedanken flohen panisch im Kreis. Wie sehr sie Edgars Wundertaten auch beeindruckten, der Gedanke, ihn zu heiraten, war schrecklich. Und doch – wenn es Gottes Wille war – musste sie sich ihm beugen. Was war das für ein Glaube, der nur gehorchte, wo es leicht und angenehm war? Musste nicht jeder sein Kreuz auf sich nehmen?

Urplötzlich sprang Falstad von der Plattform herunter, packte sie am Arm, riss sie hoch und stieß sie so wütend von sich, dass sie hinfiel. »Geh, du Dirne!«, brüllte er. »Such dir den Mann, den du haben willst, such ihn unter den Sündern und Gottlosen und dann fahr zur Hölle mit ihm!«

Emily lag auf dem Boden und konnte erst an überhaupt nichts anderes denken als an ihren Ellbogen, der jämmerlich schmerzte. Sie hörte kaum den Schwall von Flüchen, den Falstad über sie ergoss. Benommen und unsicher richtete sie sich auf, wobei sie sich an der Lehne der Kirchenbank hochzog, und starrte in sein wutverzerrtes Gesicht. Ihre Stimme flatterte wie ein sterbender Vogel, als sie erwiderte: »Ich will keinen reichen Mann. Ich will keine Feste und Kutschenfahrten. Ich habe nur gesagt, dass ich mich nicht auf der Stelle entscheiden kann.«

Er ließ brummend von ihr ab. »Wie lange brauchst du, um dich zu entscheiden?«

»Ich … ich weiß nicht genau. Ein paar Tage.«

»Meinetwegen. Die paar Tage sollst du haben. Aber bedenke wohl, ob du es wagen willst, dich gegen Gottes Willen aufzulehnen.« Er winkte ihr, sie solle sich entfernen. »Geh jetzt. Deine Mutter und deine Schwester sollen auch gehen.«

Emily wusste kaum, wie sie es geschafft hatte, die Kirche zu verlassen. In ihrem Kopf drehte sich alles. Sie wäre beinahe gegen den Pfosten der Eingangstüre gerannt, so verwirrt war sie. Draußen musste sie erst ein paar Mal die weiche Abendluft in tiefen Zügen einatmen, ehe ihr Kopf wieder klar wurde. Wie von ferne drangen die Stimmen ihrer Mutter und ihrer Schwester an ihr Ohr, die ihr heftige Vorwürfe machten. Gab es eine größere Ehre, als die Frau eines Propheten zu werden? Alle in der Gemeinde würden sie beneiden, alle Frauen würden wünschen, an ihrer Stelle zu sein. Und sie stieß den Mann zurück, der ihr ein so großartiges Angebot machte!

BOSTON, MASSACHUSETTS

1

»Hier hinein bitte, Mr. Leibowitz ... Madam.« Der farbige Butler öffnete weit die Türe zum Empfangszimmer von Professor Merckers Nervenklinik. Die Kirschholzmöbel schimmerten in der Sonne wie Bernstein. Warme Luft wehte vom Garten herein und der Duft blühender Fliederbüsche.

Die beiden Besucher traten ein. Voran ging ein schwarzhaariger junger Mann mit ausgeprägten Zügen, der einen eleganten, kaffeebraunen Gehrock trug und seinen Zylinder unter den Arm geklemmt hatte. Ihm folgte eine außergewöhnlich schöne junge Frau. Ihre Gesichtszüge waren stolz, kühn und aristokratisch, die Augen groß und veilchenblau. Doch war ihr Gesicht wie von einer schweren Krankheit gezeichnet. Sie war blass und hatte schwarzbraune Ringe um die Augen. Ihre Augenlider und Lippen schimmerten bläulich. Ihr elendes Aussehen bildete einen merkwürdigen Kontrast zu ihrer ausgesuchten Garderobe: zu dem faltenreichen Sommerkleid mit der hohen Tournüre – einer luftigen Wolke in Weiß und Blassgrün – und dem extravaganten weißen Hut, der keck auf ihren hoch getürmten schwarzen Locken saß. Als sie sich auf einem der zierlichen Stühle niederließ, raschelte das Kleid um sie herum und die zahllosen Raffungen und Falten bewegten sich wie ein lebendiges, von ihr unabhängiges Wesen. Das Sonnenlicht, das durch das weit offene Erkerfenster hereinfiel, beleuchtete mit grausamem Glanz ihr Gesicht: Es hob die Fältchen um die Augenwinkel und die verkniffenen

Linien um den Mund hervor, die sonst nicht zu sehen waren. Sie sah krank aus und das war sie auch.

Ronald Leibowitz trat ans Fenster und blickte hinaus in den Park der Anstalt. Er sah gepflegten Rasen, auf den der Schatten mächtiger Platanen fiel, Kieswege und Rosenrabatten. Eine ganze Schar der harmlosen Insassen spazierte, von Wärtern begleitet, im Park herum. Andere saßen auf Gartenstühlen und genossen die Sonne. Sie alle trugen ihre eigenen Kleider, denn Professor Mercker wusste, was er seinen vornehmen Patienten und ihren Familien schuldig war. Seine Klinik war die beste und teuerste in Boston. Niemals hätte der alte Samuel Leibowitz seinen Sohn Oscar, auch wenn er der Schandfleck der Familie war, in ein öffentliches Irrenhaus einliefern lassen.

Ronald, Samuels älterer Sohn, fühlte sich äußerst unbehaglich, obwohl der freundliche Park und das elegant eingerichtete Empfangszimmer ganz anders aussahen, als er sich eine psychiatrische Klinik vorgestellt hatte. Außerdem wünschte er, seine Schwägerin Blanche wäre nicht mitgekommen. Er wollte nicht, dass der Professor sie sah und sich gleich einen Reim auf ihr Aussehen machte. Man musste nicht den Eindruck erwecken, die gesamte Familie Leibowitz sei drogen- und alkoholsüchtig.

Er bemerkte, wie sie in dem gehäkelten Beutel wühlte, den sie am Handgelenk trug, und erriet ihre Absicht. Mit scharfer Stimme sagte er, wobei er betont laut und deutlich zu ihr sprach: »Du hast eben erst zwei Gläser Champagner getrunken.«

»Ich trinke nicht«, widersprach sie beleidigt. »Ich nehme nur etwas für meine Nerven. Das kannst du doch wohl verstehen, dass ich außer mir bin.« Sie zog ein Fläschchen mit Beruhigungstropfen heraus, schraubte es auf und tat dann einen langen Zug an der heimtückischen Mischung aus Äther und Alkohol.

Ronald resignierte. Es hatte keinen Sinn, sie zur Vernunft bringen zu wollen. Bei Oscar hatte es auch nichts genützt. Was wollte sie überhaupt noch hier? Vor zwei Wochen hatte sie Oscar mit großem Theater verlassen und die Scheidung eingereicht. Jetzt, wo er krank war, fiel ihr plötzlich wieder ein, dass sie mit ihm verheiratet war. Aber so war sie schon immer gewesen: launisch, unberechenbar, eigensinnig und vollkommen auf sich selbst fixiert.

Er blickte auf, als der Butler von Neuem die Tür öffnete und Professor Mercker eintrat. Der berühmte Psychiater war ein hoch gewachsener Mann in den Sechzigern, weißhaarig, mit einem gepflegten Vollbart. Er trug einen schwarzen Gehrock und einen hohen steifen Kragen, der in sein leichtes Doppelkinn schnitt. Auf seinem Nasenrücken saß ein goldener Kneifer, den er jetzt abnahm, um seine Besucher genau zu betrachten, als hinderte der Kneifer ihn am Sehen, statt ihm dabei behilflich zu sein. Dann setzte er ihn wieder auf.

»Mr. Leibowitz.« Seine Stimme klang tief und melodisch, eine Stimme voll väterlicher Autorität. »Ich bin froh, dass Sie so bald kommen konnten. Die Dame ist …«

»Blanche Leibowitz, die Frau meines Bruders.«

»Ach ja. Freut mich, Sie kennenzulernen, Mrs. Leibowitz. Nun, zur Sache. Mr. Leibowitz, ich hätte einige Fragen an Sie.«

Ronald unterbrach. »Erst sagen Sie mir, wie es ihm geht – bitte.«

Der Arzt zögerte. Er legte sich die Worte sorgfältig zurecht, bevor er sie aussprach. »Den Umständen entsprechend. Er war in einem katastrophalen Zustand, als er eingeliefert wurde – aber das wissen Sie selbst. Sein Körper ist sehr geschwächt und seine Psyche vollkommen zerrüttet. Wir müssen außerdem befürchten, dass es zu einem Entzugsdelirium kommt. Wenn der Körper an so gewaltige Mengen Alkohol gewöhnt ist und dann plötzlich trockengelegt wird, kann das sehr heftige Reaktionen zur Folge haben. Aber ich bin überzeugt, dass er sich wieder erholen wird. Wir tun jedenfalls, was wir können.«

Ronald dachte: Das erwarten wir auch, in Anbetracht dessen, was diese Klinik uns kostet. Laut sagte er jedoch nur: »Ihre Fragen?«

Professor Mercker legte das Klemmbrett, das er mitgebracht hatte, auf ein Knie, zog einen Stift aus der Tasche und adjustierte seinen Kneifer. »Wie lange ist Ihr Bruder schon Alkoholiker?«

Blanche fiel mit schriller Stimme ein: »Um Himmels willen, was heißt hier Alkoholiker? Wollen Sie behaupten, mein Mann sei ein Penner? Er stammt aus einer der reichsten Familien von Boston!«

Der Arzt warf ihr einen scharfen Blick zu, als wollte er eine fotografische Aufnahme ihres Gesichts machen. Es war eindeutig, dass ihm keine der verräterischen Einzelheiten darin entging. »Keineswegs, Madam. Alkoholismus ist ein Zustand, der völlig unabhängig ist von der sozialen Stellung des Patienten. Wenn Sie mich jetzt bitte nicht mehr unterbrechen wollen – meine Zeit ist knapp bemessen.«

Blanche zuckte mürrisch die Achseln und schwieg. Ihre zarten Hände, die sie im Schoß ineinandergelegt hatte, zitterten merklich.

Mercker wandte sich wieder an Ronald. »Nun? Können Sie meine Frage beantworten?«

»Nicht wirklich. Oscar wohnt nicht bei uns, er hat seine eigene Wohnung. Ich sah ihn nur, wenn er zu Besuch kam. Erst in den letzten drei, vier Jahren fiel mir auf, dass er eigentlich immer etwas angetrunken war, wenn ich mit ihm zusammentraf. Allerdings konnte man nicht von Rausch reden – er war einfach ein bisschen angeheitert. Erst seit er Blanche …«, mit einem kurzen Blick auf seine Schwägerin stockte er, fuhr dann aber weiter fort. »Ich meine, erst seit zwei Jahren wurde es wirklich schlimm. Er war regelrecht betrunken. Mein Vater machte ihm deswegen heftige Vorwürfe, aber er nahm sie nicht an.« Verlegen fügte er hinzu: »Das Verhältnis zwischen meinem Vater und meinem Bruder ist etwas … gespannt.«

»Ich verstehe. Welchen Beruf übt Ihr Bruder denn aus?«

»Keinen. Er lebt von der Erbschaft unserer Mutter und vom Geld unseres Vaters.«

»Die Mutter ist demnach verstorben? Wann?«

»Sie kam bei der Sturmkatastrophe in Indianola 1886 ums Leben. Vermutlich ertrunken. Oscar behauptet immer, seine Nervenzustände kämen davon, dass er damals bei ihr war und selbst die Sturmflut nur knapp überlebte. Aber ich nehme an, er sucht einfach einen Vorwand, seine Laudanumtropfen zu nehmen und sich zu betrinken.«

»Laudanum?« Der Arzt zog die Augenbrauen hoch.

»Ja. Der Hausarzt hatte es ihm verschrieben, als seine Gewitterangst nicht besser werden wollte.«

»Er hat Angst vor Gewittern?«

»Ja. Furchtbare Angst. Als Kind kroch er unters Bett und kam nicht heraus, bevor nicht alles vorbei war. Als Erwachsener betrank er sich immer sinnlos, sobald Wolken aufzogen. Die Laudanumtropfen beruhigten ihn, aber er gewöhnte sich an, viel zu viel davon zu nehmen. Und zuletzt nahm er auch andere Mittel: Medikamente und Drogen, alles durcheinander. Es kam öfter vor, dass er völlig hinüber war. Aber es genügte bislang immer, wenn man ihn zu Bett brachte und seinen Rausch ausschlafen ließ. So durchgedreht wie dieses Mal hat er noch nie.«

Der Professor zuckte die Achseln. »Körper und Psyche halten viel aus, aber irgendwann kommt der Punkt, wo beide zusammenbrechen. Wissen Sie, welche Drogen er konsumierte?«

»Auf jeden Fall Äther. Das weiß ich, weil man es riechen konnte. Alles andere« – dabei warf er Blanche einen bösen Blick zu – »müssen Sie meine Schwägerin fragen, sie kann Ihnen das sicher besser beantworten als ich.«

Die junge Frau schwieg trotzig.

»Madame?«, fragte der Arzt in einem freundlichen, zugleich aber warnenden Ton. »Wollen Sie bitte antworten? Ich muss das wissen, um die Behandlung Ihres Gatten entsprechend gestalten zu können.«

Blanche wandte den Kopf von ihm ab und starrte mürrisch durch das Erkerfenster. Aus dem Mundwinkel antwortete sie: »Alles Mögliche. Opium. Kokain. Äther, wie Ronald schon sagte. Lachgas. Was er bekommen konnte. Er probierte alles aus. Aber nichts konnte ihm wirklich helfen.«

»Gegen seine Ängste?«

»Ja.«

»Gibt es weitere Fälle von Alkoholismus oder anderen Suchterkrankungen in der Familie?« Er blickte Ronald an. »Sie verstehen, dass ich das aus rein medizinischem Interesse frage. Also? Vater? Mutter?«

Ronald biss sich auf die Lippen. Ihm war anzusehen, wie schwer ihm die Antwort fiel. Zuletzt stieß er gequält heraus: »Mama hatte ein bisschen die Neigung dazu. Sonst niemand.« Dabei huschte sein Blick zu Blanche hinüber, aber er sagte nichts.

Professor Mercker legte beide Hände flach auf das Klemmbrett und blickte vor sich hin, als hätte er die Anwesenheit seiner Besucher völlig vergessen. Er dachte nach. Erst nach einer Weile sagte er: »Es ist anzunehmen, dass ein Zusammenhang besteht zwischen der Katastrophe, die Ihr Bruder als Zehnjähriger miterleben musste, und seiner Angst vor Gewittern sowie seinem verzweifelten Bedürfnis, sich zu betäuben. Das heißt, wir haben es hier nicht nur mit seiner Trunksucht zu tun, sondern mit einer seit langem bestehenden, tief sitzenden psychischen Schädigung, die nicht leicht zu behandeln sein wird.« Er stand auf. »Nun, dafür ist später noch Zeit. Zunächst müssen wir zusehen, dass wir ihn körperlich wieder auf die Beine bringen.«

Ronald erhob sich ebenfalls. »Können wir ihn sehen?«

»Nein. Es ist ein Prinzip meiner Klinik und ein wichtiger Teil der Behandlung, dass wir keine Besuche gestatten. Er würde Sie jetzt auch gar nicht erkennen. Sie können natürlich jederzeit anrufen und fragen, wie es ihm geht. Sollte sich sein Zustand verschlechtern, werde ich Sie selbstverständlich umgehend verständigen.« Er reichte erst Ronald, dann Blanche die Hand. Wieder blieb sein Blick an deren Gesicht hängen, und Ronald sah, wie er die Lippen verzog, als wollte er pfeifen. Er sagte jedoch nichts, sondern verabschiedete sich mit einem väterlichen Lächeln.

2

Die beiden jungen Leute traten hinaus auf den breiten Kiesweg, der sich vom kastenartigen, gelben Ziegelgebäude der Anstalt zu ihrem schmiedeeisernen Tor schlängelte. Ein warmer Wind raschelte in den Buchen, die den Weg beschatteten. Sie gingen nebeneinander her, zwei Menschen, die einander nichts zu sagen hatten und nur durch die Entscheidung eines Dritten zu Verwandten geworden waren. Ronald dachte darüber nach, dass Blanche, die Tochter eines Zeitungsmagnaten und einer Rennstallbesitzerin, mit achtzehn Jahren der Star der Bostoner guten Gesellschaft gewesen war – eine wilde Schönheit, eine ausgezeichnete Reiterin, eine begnadete Pianistin. Jetzt, mit vierundzwanzig, war sie ein Wrack. Er wagte nicht sich vorzustellen, wie sie mit dreißig aussehen würde.

Blanche spannte ihren zierlichen Sonnenschirm auf, obwohl unter den Bäumen ein grünliches Halbdunkel herrschte, durch das goldene Lichtflecke tanzten. »Ich verstehe nicht, wieso wir Oscar nicht besuchen durften«, bemerkte sie verdrießlich.

»Du hast doch gehört, was der Arzt gesagt hat. ›Keine Besuche‹ ist ein Teil der Behandlung. Übrigens« – dabei wandte er sich ihr beinahe aggressiv zu – »frage ich mich, was dich bewogen hat, mitzukommen. Erst hast du Oscar verlassen und einen Skandal verursacht, der die gesamte High Society von Boston in Aufregung versetzt hat, und jetzt spielst du wieder die liebende Gattin?«

Blanche zuckte die Achseln. »Es ist ja nicht so, dass ich ihn nicht mehr mag. In gewisser Weise liebe ich ihn noch immer. Aber ich kann nicht bei ihm bleiben.«

»Hast du einen anderen?« Er stellte die Frage mit betont lauter und deutlicher Stimme.

»Nein. Aber ich würde einen anderen Mann brauchen. Einen, der mir eine Stütze ist, an dem ich mich festhalten kann, der mich tröstet und mich versteht. Das Leben mit Oscar war lustig, aber in einer Krise ist er zu nichts zu gebrauchen. Er ist einfach unreif.«

Ronald musste zugeben, dass das stimmte. Er mochte seinen jüngeren Bruder nicht besonders, aber wenn dieser angegriffen wurde, fühlte er sich schon der Familienehre wegen genötigt, ihn zu verteidigen. »Ich habe stark den Eindruck, dasselbe trifft auf dich zu.« Bösartig fügte er hinzu: »Der einzige Mann, den du im Moment brauchst, ist Dr. Mercker. Warum lässt du dich nicht bei ihm behandeln? Dann könnt ihr gemeinsam ausnüchtern, du und Oscar.«

»Ich bitte dich, Ronald. Stell mich nicht so hin, als sei ich eine Trinkerin – nur wegen der zwei Gläser Champagner zum Frühstück. Musst du immer ein solcher Puritaner sein? Du hast keinen anderen Gedanken im Kopf als Arbeit und deine Familie.«

»Damit machst du mir ein Kompliment, weißt du das?« Sein Ärger über sie wuchs mit jedem Wort; er wünschte sich, sie tief zu verletzen. »Zwei Gläser Champagner? Und wie viele davor, wie viele danach? Du siehst aus, als hättest du drei Nächte nicht geschlafen. Du hast Tränensäcke so dick wie Sofakissen. Du kannst deine Hände nicht einen Augenblick lang ruhig halten. Die ganze Stadt redet darüber, dass du dich in den Ruin säufst.«

Sie drehte den Griff des Sonnenschirms mit schnellen, nervösen Bewegungen zwischen den Fingern, sodass der Schirm herumwirbelte wie das Dach eines Karussells. »Das ist lächerlich. Das ist überhaupt nicht wahr.« Ihre Stimme klang spröde, verriet, wie tief die Worte sie getroffen hatten. »Wenn ich schlecht aussehe, dann höchstens deswegen, weil ich Sorgen habe. Das wenigstens wirst du doch verstehen, oder? Mein Leben steht auf der Kippe. Ich muss mich retten. Verstehst du? Ich kann jetzt keine Rücksicht auf Oscars Gefühle nehmen. Ich muss mich selber retten. Also mach mich nicht noch zusätzlich damit verrückt, dass du wegen jedem Schluck Alkohol einen Skandal machst.«

Ronald war froh, dass sie das Gittertor erreicht hatten und das Gespräch von selbst ein Ende nahm. Blanches Kutscher wartete draußen mit dem leichten zweirädrigen Wagen. Sie grüßte kurz, raffte ihre Röcke zusammen, stieg auf und lehnte sich in die cremefarbene Polsterung zurück.

Ronald sah ihr nach, bis der Wagen um die Ecke verschwand. Irgendwie enttäuschte es ihn, dass sie Oscar nicht wegen eines anderen Mannes verlassen hatte. Dann wäre sie jetzt wenigstens mit einem anderen Narren beschäftigt. Er wünschte sehr, sie würde verschwinden – ganz und für immer.

3

Sobald die Besucher gegangen waren, rief der Professor einen seiner Assistenzärzte zu sich und stieg mit ihm in den zweiten Stock hinauf, wo sich die Krankenzimmer der akuten Fälle befanden. Hier waren die weiß lackierten Türen mit festen Gitterstäben und die Fenster mit Maschendraht gesichert. Das Sonnenlicht zeichnete Gittermuster auf die schwarz-weißen Fliesen. Erregte Schreie, die durch die Türen drangen, hallten geisterhaft im Korridor wider. Es herrschte ein stechender Geruch nach Desinfektionsmitteln und Äther.

»Interessante Sache, Masters«, sagte der Professor zu dem jungen Mann an seiner Seite. »Das Delirium tremens auf Nr. 17 hat eine merkwürdige Vorgeschichte. Erinnern Sie sich an die Sturmflut unten im Süden, im Jahr 1886?« Er warf einen Blick auf Masters, als sähe er ihn zum ersten Mal, und korrigierte sich dann lächelnd: »Nein, da waren Sie ja noch ein Junge und haben sich sicher mehr für Baseball interessiert als für Katastrophen. Aber ich erinnere mich gut. Damals waren alle Zeitungen voll davon, weil es so ungewöhnlich war. Ein Hurrikan an der texanischen Küste, so etwas gab es bisher noch nie.«

»Ich dachte, dort unten gibt es andauernd Hurrikans.«

»Nein, in Texas eben nicht. Fragen Sie mich nicht, warum, ich verstehe nichts von Meteorologie. Jedenfalls wurden damals drei Viertel der Stadt Indianola zerstört und tausende Menschen kamen ums Leben. Unser Patient war nicht nur Augenzeuge, er verlor dabei auch seine Mutter. Anscheinend ist er nie darüber hinweggekommen. Angst vor Gewittern, allgemeine Unruhe, Missbrauch narkotischer Substanzen ... Wie sah er denn bei Ihrer letzten Visite aus?«

»Mehr tot als lebendig«, antwortete der junge Masters, der zu flapsigen Antworten neigte. Sie gaben ihm das Gefühl, ein hartgesottener Nervenarzt mit großer Erfahrung zu sein. »Und sehr unruhig. Wir mussten ihn fixieren, sonst wäre er aus dem Bett gefallen. Miserabler Blutdruck, miserable Herztätigkeit. Einfach alles, was wir messen konnten, war miserabel. Außerdem steuert er auf ein Entzugsdelirium zu. Ich habe einen Wärter in sein Zimmer gesetzt, falls die Unruhe sich noch steigern sollte, was ich eigentlich erwarte.«

»Sehr gut.«

Sie waren inzwischen vor Nummer 17 angekommen. Der Assistenzarzt schloss die massive Türe auf und ließ den Professor vorangehen in einen von der Nachmittagssonne erhellten Raum, der nur wenig Mobiliar aufwies. Ein Krankenbett, ein einfacher Metalltisch, der an der Wand festgeschraubt war, daneben ein ebenfalls fix montierter metallener Klappsitz. An der dem Bett gegenüberliegenden Wand befanden sich eine Toilette und eine Badewanne. Nicht nur, dass Bäder zur Behandlung gehörten, es war auch oft nötig, die ihrer selbst nicht mehr mächtigen Patienten zu reinigen.

Beim Eintritt des Professors erhob sich von dem Klappsitz ein stämmiger schwarzer Wärter in einem Drillichanzug. »Guten Tag, Herr Professor.«

»Guten Tag, Jenkins. Nun, was macht das Delirium?« Er trat an das weiß lackierte, eiserne Krankenbett und beugte sich darüber. Mit Lederriemen an die hohen Seitengitter geschnallt, in einen grau und blau gestreiften Krankenhauskittel gekleidet, lag darin ein schmächtiger junger Mann mit einem verquollenen, verzerrten Gesicht und einem dicken Schopf mahagonifarbener Haare, die jetzt vom Schweiß durchtränkt waren. Er zitterte krampfhaft am ganzen Körper. Seine braunen Augen standen weit offen, ihr glasiger Blick wanderte ruckartig von einer Seite zur anderen. Offenbar sah er etwas, das die anderen nicht sehen konnten, und nach seinem Gesichtsausdruck zu schließen war es etwas höchst Unerfreuliches. Immer wieder verkrampfte er sich, zog den Bauch ein und krümmte sich, als wollte er bis in die Matratze zurückweichen. Dann stieß er einen gurgelnden Schrei aus, der damit endete, dass er eine gallige Flüssigkeit ausspuckte.

»Wie sieht es aus, Jenkins?«

Der Wärter erstattete Bericht. »Die meiste Zeit war er so, wie Sie ihn jetzt sehen. Aber vor einer Stunde etwa hatte es ihn richtig böse erwischt. Er wollte unbedingt aus dem Bett raus und brüllte, weil er sich einbildete, er hätte seine Frau umgebracht und sitze jetzt in der Todeszelle. Er wollte sofort seinen Anwalt sprechen. Ich bemühte mich, ihn zu beschwichtigen, aber Sie wissen ja, wie das ist – in diesem Zustand hören sie einen nicht. Nach einer Weile hat er sich dann wieder beruhigt. Ansonsten sieht er die üblichen Sachen – Schlangen, Tausendfüßler, graue Würmer.«

»Woher wissen Sie, was er sieht?«, fragte der unerfahrene Masters.

Jenkins lächelte breit – das Lächeln eines Mannes, der mehr delirierende Patienten gesehen hatte, als er zählen konnte. »Er versucht sie wegzuwischen, und da er das wegen der Riemen nicht kann, versucht er ihnen auszuweichen. Er dreht und windet sich die ganze Zeit. Er presst die Lippen zusammen und beißt die Zähne aufeinander, weil er meint, das Ungeziefer will ihm in den Mund kriechen.«

Masters schauderte, als er sich diesen Schrecken vorstellte.

Der Professor fühlte den Puls des Patienten, schüttelte besorgt den Kopf und gab dem Assistenzarzt Anweisung, welche Spritzen er ihm verabreichen sollte. »Wir können ihn durchbringen, wenn das Herz nicht schlappmacht«, sagte er. »Aber ich bin froh, dass ich in den nächsten vierzehn Tagen nicht an seiner Stelle bin.«

4

Diese nächsten vierzehn Tage waren die schlimmste Qual, die Oscar Tim Leibowitz je in seinem Leben mitgemacht hatte, schrecklicher noch als das Erlebnis des Sturms. Sein Körper wurde von Krämpfen gepeinigt, seine Seele von furchtbaren Halluzinationen, die auf ihn einstürmten. Er wusste nicht, wo er war und was mit ihm geschah. Er wusste nur, dass er am ganzen Körper Schmerzen hatte. Seine Knochen, seine Gelenke, seine Muskeln, seine Haut – alles tat weh. Vor allem seine Haut fühlte sich an, als sei sie ihm eine Nummer zu klein. Sie spannte sich heiß und trocken über die Knochen. Eine ständige Übelkeit quälte ihn, sodass er nichts bei sich behalten konnte und, ohnehin schon von der Sucht ausgemergelt, bedrohlich abmagerte. Unablässig wanderte er durch ein dunkles Land bizarrer Schrecknisse.

Er versuchte die Erscheinungen abzuwehren, indem er die Lider schloss, aber davon ließen sie sich nicht abhalten. Sie waren dann eben in seinem Gehirn. Tag und Nacht waren gleich schrecklich. Immer wieder träumte er, dass er über eine schlammige Einöde rannte, während ein gewaltiger Schatten über ihn fiel und sich von hinten der Trümmerwall an ihn heranschob, dem er in Indianola so knapp entkommen war. Er hörte das fürchterliche Geräusch, mit dem das Ungeheuer sich damals vorwärtsbewegt hatte, ein Rattern und Klappern, Knirschen und Ächzen, und dazwischen die gellenden Schreie der Menschen, die es verschlungen hatte. Wenn er dann aufwachte, meinte er, in seinem Zimmer im *Miranda* zu sein und versuchte, aus dem Bett zu gelangen und darunterzukriechen, aber etwas hielt seine Arme und Beine fest. Er begann zu schreien, als er daran dachte, dass er reglos hier liegen bleiben müsste und sich nicht verstecken konnte, obwohl der Hurrikan bedrohlich nahe kam.

»Ruhig, mein Junge, ruhig.« Pierre Robineaus freundliches, schwarzes Gesicht beugte sich lächelnd über ihn. Kräftige Hände drückten ihn zurück auf die schweißgetränkte Matratze. »Es wird alles gut. Nur ruhig liegen bleiben.«

»Der Hurrikan kommt«, ächzte Oscar.

»Nein, heute nicht. Heute ist schönes Wetter.« Die Hände ließen ihn los. »Es kann gar nichts passieren. Sie sind hier in Sicherheit.«

Oscar schloss stöhnend die Augen. Wenn Pierre es sagte, musste es stimmen. Heute würde kein Sturm kommen. Vielleicht morgen, aber bis dahin war noch Zeit. »Pierre«, stammelte er mit schwacher Stimme, »wenn der Sturm kommt, holst du mich dann hier heraus?«

Wieder blickte ihn das breite, lächelnde Gesicht an. »Aber ja. Klar. Keine Angst. Wir haben alles im Griff. Sie sollten jetzt ein bisschen schlafen.«

Oscar wunderte sich ein wenig, warum Pierre ihn mit »Sie« ansprach, aber er verfolgte den Gedanken nicht weiter. Hauptsache, Robineau war bei ihm.

Für Oscar war sein Retter zu einer mythischen Figur geworden: Er tauchte oft in seinen Träumen auf, wo er ihn vor Gefahren beschützte, und wenn er sich etwas Tröstliches vorstellen wollte, so war es der riesige schwarze Mann, der seine kleine Hand fest umklammert hielt und ihn durch das Labyrinth des *Miranda-Hotels* in Sicherheit brachte. Auch jetzt fühlte er sich getröstet.

Einige Tage vergingen und allmählich kam er so weit zu sich, dass er seine Umgebung erkannte. Er lag auf dem Rücken und musterte die weiße, von dünnen Sprüngen durchzogene Decke über seinem Kopf, das Gitterbettgestell und die Türe, in deren Mitte ein gläsernes Guckloch wie ein groteskes Auge zu ihm herüberstarrte. Die schlimmsten Schmerzen waren verschwunden und sein Kopf wurde klarer. Er konnte sich jedoch nicht erinnern, wie er in diesen eigentümlichen Raum gelangt war und was er hier eigentlich machte. Langsam wandte er den Kopf zur Seite und dann lächelte er erleichtert. Pierre war da. Er saß auf dem Klappsitz unter dem vergitterten Fenster und las die Zeitung.

»Pierre«, flüsterte er. Der Anblick des schwarzen Mannes machte ihn froh, obwohl er das Gefühl hatte, dass irgendetwas nicht stimmte. Pierre sah nicht wie Pierre aus. Er trug auch nicht seine Uniform, sondern einen zerknitterten weißen Drillichanzug. Jetzt hob er den Kopf und fragte: »Na, wie geht's Ihnen, Mr. Leibowitz?«

Wieder diese merkwürdige Anrede.

»Ganz gut«, murmelte Oscar. »Aber mein Kopf brummt.«

»Ich gebe Ihnen etwas, dann fühlen Sie sich besser.« Ein Löffel wurde in seinen Mund geschoben, auf dem sich ein nach Maische schmeckender Sirup befand. »So, und jetzt entspannen Sie sich, dann sind Sie Ihr Kopfweh los.«

Oscar gehorchte. Eine Weile döste er vor sich hin. Der Sirup wirkte. Das Gefühl, dass jemand mit einer scharfen Zange seinen Schädel quetschte, ließ tatsächlich nach.

Weitere zwei Wochen vergingen. Allmählich ging es ihm besser. Körperlich fühlte er sich immer noch so elend, dass er froh war, im Bett liegen zu können und sich nicht rühren zu müssen, aber die Halluzinationen ließen nach. Er begriff, dass er im Krankenhaus war, obwohl er noch immer nicht verstand, warum. Inzwischen wusste er auch, dass der dunkelhäutige Mann im Drillichanzug nicht Pierre Robineau war, sondern jemand namens Tom Jenkins. Er war nett zu ihm gewesen, hatte ihm die Riemen abgenommen, die seine Handgelenke und Fußknöchel festhielten, sodass er sich wieder frei bewegen konnte – oder hätte bewegen können, wäre er nicht so jämmerlich schwach gewesen. Bei jeder kleinsten Bewegung brach ihm von Kopf bis Fuß der kalte Schweiß aus. Tom musste ihn füttern, denn seine Hände zitterten zu sehr, um einen Löffel zu halten.

Eines Tages wurde die Türe geöffnet und ein würdig aussehender alter Mann im schwarzen Gehrock trat ein, gefolgt von einem jüngeren, der seinen Zylinder unter dem Arm trug. Der Weißbärtige trat ans Bett und betrachtete Oscar forschend durch seinen Kneifer, dann setzte er sich auf den Klappstuhl, von dem Tom Jenkins bei seinem Eintritt ehrerbietig aufgesprungen war. »Ich bin Professor Mercker, der Leiter dieses Krankenhauses«, stellte er sich vor. »Das ist mein Assistenzarzt, Dr. Masters.« Der Jüngere machte eine angedeutete Verbeugung.

Oscar setzte sich mühsam auf und lehnte den Rücken gegen die Bettlehne. »Sehr erfreut, Sie kennenzulernen«, murmelte er. »Sagen Sie mir, warum bin ich denn eigentlich im Krankenhaus? Habe ich einen Unfall gehabt?«

»Nein. Sie hatten eine schwere Alkoholvergiftung und einen Anfall von Säuferwahn. Sie waren nahe daran zu sterben.« Offenbar war es dem Professor wichtig, wie diese Worte auf ihn wirkten, denn er blickte ihn aus seinen grauen Augen forschend an.

»Alkohol … ich war betrunken?«

»Mehr als das. Sie waren eine Zeit lang tief bewusstlos, und dann ging es Ihnen sehr schlecht. Delirium tremens. Erinnern Sie sich? Halluzinationen? Angstzustände? Kleine garstige Tiere, die auf Ihrem Bett herumwuselten?«

Oscar erinnerte sich. Sein ganzer Körper erschauerte vor Entsetzen.

»Das war Ihre Krankheit«, sagte der Professor. Dann fuhr er mit einem freundlichen Lächeln fort: »Aber jetzt sind Sie über den Berg. Sie haben sich tapfer gehalten. Bald werden Sie imstande sein, eine kleine Spazierfahrt in den Garten zu machen, und in einem Monat können wir Sie wohl schon entlassen, wenn Sie weiterhin so gute Fortschritte machen.« Er wandte sich zu seinem Assistenten, der ihm ein Klemmbrett und einen Stift reichte. Von da an notierte er sich die Äußerungen des Patienten. »Ihre Frau war hier, kurz nachdem Sie eingeliefert wurden. Sie wollte Sie auch besuchen, aber das habe ich in Ihrem Interesse untersagt.«

Oscar lächelte dünn. »Sieh an. So viel eheliche Treue hätte ich Blanche gar nicht zugetraut.« Er begann zu kichern, nahm sich dann verlegen zusammen, setzte sich gerade hin und erklärte: »Es wundert mich deshalb, weil sie mich vor Kurzem verlassen hat. Das war ja auch der Grund, weshalb ich in diesen Alkoholexzess hineingerutscht bin.«

»Oh. Ein anderer Mann?«, fragte der Arzt mit höflichem Interesse.

»Nein, das nicht. Ich glaube nicht, dass sie einen anderen hat. Ich weiß nur, dass sie mich satt hat bis oben hin. Sie ist aus unserer gemeinsamen Wohnung ausgezogen und wohnt bei einer Freundin, bis sie alles für den Umzug vorbereitet hat. Sie will nach New Orleans.«

»Werden Sie sie sehr vermissen?«

Oscar überlegte. »Ich weiß nicht recht. Unsere Gemeinsamkeiten waren in erster Linie Opium und Alkohol. Aber ich habe sie auch sehr begehrt. Sie ist eine wunderschöne Frau, wie Sie wohl gesehen haben. Und wir hatten viel Spaß miteinander. Das ist der Hauptgrund, warum mein Vater und Ronald sie nicht ausstehen können. Die beiden sind solche Arbeitstiere, dass ihnen jedes Vergnügen verdächtig ist. Aber ich glaube, meine Meinung zählt hier gar nicht. Sie kann sehr starrsinnig sein, wenn sie etwas will, und derzeit will sie die Scheidung.«

»Das freut mich«, sagte Professor Mercker. »Nicht, dass ich Ihnen eine Scheidung wünsche, aber ich muss Ihnen ehrlich sagen, meine größte Sorge für Ihre Zukunft ist Ihre Frau. Sie wissen natürlich, dass sie mindestens so schwer abhängig ist wie Sie selbst.«

»Natürlich weiß ich das. Das war vom ersten Tag an klar.« Er lächelte schwach. »Gleich und gleich gesellt sich gern. Ich brauchte etwas, um Indianola zu vergessen, und sie will nicht an ihre Ohren denken.«

»Ihre Ohren?«, fragte der Arzt, augenscheinlich überrascht.

»Sie wird langsam taub«, erklärte Oscar. »Das Innenohr verknöchert oder verkalkt, genau habe ich das nicht verstanden. Jedenfalls hört sie immer schlechter. Und das ist besonders schlimm für sie, weil sie Musikerin ist. Pianistin. Sie ist sehr gut, ist einige Male in großen Konzertsälen aufgetreten. Aber jetzt fällt es ihr zusehends schwerer. Sie hat schon alle Kapazitäten auf diesem Gebiet konsultiert, und da die ihr nicht helfen können, versucht sie es jetzt mit Wunderheilern.

Vielleicht will sie deswegen nach New Orleans. Dort laufen ja genug solche Medizinmänner herum.«

»Ich verstehe. Das ist ein tragisches Schicksal.« Er richtete sich auf und blickte Oscar eindringlich an. »Dennoch, bei allem Mitleid und Verständnis für Ihre Frau, ist es ein Glück, dass sie aus Ihrem Leben verschwindet.« Dann, als handelte es sich um einen Gedanken, der ihm ganz beiläufig gekommen war, fragte er: »Bestehen eigentlich Ähnlichkeiten zwischen Ihrer Frau und Ihrer Mutter?«

Oscar errötete. Seine Muskeln spannten sich an, als wollte er aufspringen. Dann zuckte er die Achseln und sank wieder in die Kissen zurück. Als er sprach, wollte seine heisere Stimme nicht zur gewollten Beiläufigkeit seiner Rede passen. »Ja, eine gewisse oberflächliche Ähnlichkeit ist da. Meine Mutter war eine sehr schöne Frau, allerdings auch eine sehr schwierige. Sie war ruhelos, immer unzufrieden und gereizt. Mein Vater pflegte zu sagen, sie laufe vor sich selber davon. Blanche ist auch so.«

Mercker nickte, als hätte er genau diese Antwort erwartet. Ohne weiter auf das Thema einzugehen fragte er: »Sind Sie religiös, Mr. Leibowitz? Sind Sie ein frommer Jude?«

Oscar lachte verlegen und schüttelte den Kopf, als hätte der Arzt ihn etwas peinlich Dummes gefragt. »Nein, absolut nicht. Für meinen Vater besteht Religion darin, dass er einmal im Jahr die Feiern zum Yom Kippur besucht und Ronald und mich zwingt, den Gottesdienst mit ihm abzusitzen, aber weiter geht das nicht. Bei mir auch nicht.«

»Ich verstehe. Was für ein Mensch ist Ihr Bruder? Er scheint sehr solide zu leben.«

Oscar grinste verächtlich. »Ronald? Oh, der ist der brave jüdische Junge, wie er im Buch steht. Er arbeitet fleißig, trinkt nicht, hat eine liebe Frau und vier süße Kinder und ist der Stolz unseres alten Vaters.« Bitterkeit schwang in seiner Stimme mit. »Während ich von Anfang an ein Außenseiter war.«

Professor Mercker überging die Bemerkung, obwohl er sie sehr aufschlussreich fand. »Gut, das wäre es fürs Erste.« Er stand auf und wandte sich zur Türe, während er sich im Gehen verabschiedete. »Guten Morgen, Mr. Leibowitz.«

Dann kam der Tag, an dem Jenkins ihn in einen Rollstuhl setzte und in den Garten des Krankenhauses hinausschob. Es war ein warmer, sonniger Tag, und als Oscar den Wind und die Sonnenstrahlen auf seiner fahlen, klebrigen Haut fühlte, wusste er, dass das Leben in ihn zurückkehrte.

Wenig später war er in der Lage, auf einen Stock gestützt im Korridor auf und ab zu gehen. Schließlich, als er es schon schaffte, ohne Stock im Park spazieren zu gehen, wurde ihm mitgeteilt, dass er entlassen werden konnte. Ronald würde ihn abholen. Vorher wollte ihn jedoch noch der Klinikleiter sprechen.

Oscar war sehr unbehaglich zumute, als er sich die Treppe hinabmühte und langsam den langen, schwarz-weiß gefliesten Korridor entlangging, der zum Allerheiligsten des Professors führte. Er hatte immer schon Probleme mit Autoritätspersonen gehabt. Aber weigern konnte er sich nicht, also biss er die Zähne zusammen und pochte zaghaft an die Türe.

Professor Mercker öffnete ihm. »Ah, Mr. Leibowitz. Kommen Sie nur herein. Nehmen Sie Platz.« Er wies auf zwei Lehnstühle, die mit grünem Samt bezogen und mit langen Troddeln geschmückt waren und links und rechts von einem kleinen Tisch standen.

Oscar gehorchte und schenkte sich mit zitternder Hand ein Glas Wasser aus der Karaffe ein, die auf dem Tisch wartete. Sein Mund und sein Hals fühlten sich an, als hätte er Sand geschluckt. Er sah sich in dem Raum um, der mit schweren, antiken Möbeln aus schwarzem Walnussholz vollgestellt war. Diplome, auf Pergament geschrieben und hinter Glas gerahmt, hingen über dem Schreibtisch und zwischen den Bücherschränken. Die Lampen hatten Schirme aus blank poliertem Messing und grünen Glasstäbchen. Das Zimmer hätte bedrückend düster gewirkt, wäre da nicht die Tür mit einem Oberlicht im französischen Stil gewesen, die in den Garten hinausführte und jetzt weit offen stand, sodass der warme Duft eines Sommertages eindringen konnte. Eine Biene, die sich verirrt hatte, summte ärgerlich in den Schatten herum.

Professor Mercker ließ sich feierlich in seinem Lehnstuhl nieder und legte die Fingerspitzen vor der Brust zusammen. »Nun, Mr. Leibowitz, ich höre mit Freuden die Berichte, dass Ihr Zustand sich täglich weiter bessert und wir Sie heute in häusliche Pflege entlassen können. Ihr Bruder wartet bereits auf Sie. Ich möchte Ihnen aber noch einige gute Ratschläge mit auf den Weg geben, Ratschläge, die Sie in Ihrem eigenen Interesse beherzigen sollten.«

»Ja, Sir«, antwortete Oscar, bereits fest entschlossen, nicht hinzuhören. Er hasste es, wenn Leute ihm gute Ratschläge gaben, vor allem, wenn es sich dabei um Ärzte handelte.

»Andernfalls«, fuhr der Arzt, der seine Gleichgültigkeit sehr wohl bemerkt hatte, mit erhobener Stimme fort, »sind Sie ein toter Mann. Wir haben schwer zu kämpfen gehabt, um Sie wieder auf die Beine zu stellen, und das wird kein zweites Mal gelingen. Entweder war das Besäufnis, das Sie in unsere Klinik gebracht hat, Ihr letztes, oder Sie brauchen keinen Arzt mehr, sondern einen Bestatter.« Er beugte sich vor und fixierte den jungen Mann. »Oscar, ich sage Ihnen das im vollen Ernst: Sie haben noch eine letzte Chance. Wenn Sie die verspielen, wartet entweder der Tod auf Sie – und das ist noch die gnädige Variante – oder unheilbarer Säuferwahnsinn.«

Jetzt horchte Oscar auf. Er hatte die Folterqualen der letzten Zeit noch zu lebhaft in Erinnerung, um bei dieser Drohung nicht zu erschrecken. »Sie meinen«, fragte er mit spröder Stimme, »das Delirium würde nicht mehr aufhören? Ich würde dann immerzu solche Tiere sehen und solche schrecklichen Gespenster?«

»Das meine ich. Und kommen Sie erst gar nicht auf die Idee, Sie brauchten ja nur in Maßen zu trinken, um diesem Schicksal zu entgehen. Das können Sie nicht mehr. Ein Glas, und Sie werden sich wieder bis zur Bewusstlosigkeit betrinken, und dann ...« Er ließ den Satz bedrohlich ausklingen.

Oscar fühlte, wie ihm der Schweiß ausbrach. Sein Magen verknotete sich. Angst überschwemmte ihn wie eine eiskalte, nachtschwarze Welle. Das Letzte, was er wollte, war, noch einmal diese wimmelnden Tiere und die gespenstischen, gesichtslosen grauen Gestalten, die sich drohend über sein Bett gebeugt hatten, zu sehen. Er schlang die Finger ineinander, um das Zittern seiner Hände zu verbergen. »Meinen Sie denn, dass ich das schaffe?«, fragte er ängstlich.

Der Arzt ignorierte seine Frage. »In Zukunft werden Sie darauf achten müssen, dass Sie strikt jeglichen Umgang mit Trinkern vermeiden. Das Gleiche gilt für Menschen, die Drogen anderer Art konsumieren. Sie müssen sich ein Umfeld suchen, in dem Sie geschützt sind und Ihre Kräfte in Ruhe aufbauen können.« Er betrachtete Oscar lange mit einem forschenden Blick, als versuchte er herauszufinden, wie es in dessen Inneren aussah. »Ich habe mehrmals mit Ihrem Vater telefoniert«, sagte er dann. »Er macht sich große Sorgen um Sie. Sie dürfen nicht denken, dass Sie ihm gleichgültig wären. Er war auch sehr angetan von meinem Vorschlag, Sie einmal aus Ihrem gewohnten Umfeld herauszuholen und den Kontakt mit Ihren früheren Freunden zu unterbrechen ... Sie an einen Ort zu bringen, wo Sie in Ruhe wieder zu sich selbst finden können.«

Oscar sah in Gedanken ein frommes jüdisches Erholungsheim in einer abgelegenen ländlichen Gegend vor sich und verzog den Mund.

»Da es nicht gut für Sie wäre«, fuhr der Arzt fort, »völlig untätig zu sein, hat Ihr Vater angeregt, dass Sie Ihren Bruder auf einer Geschäftsreise begleiten. Ronald wird demnächst in den Süden reisen, um dort die Möglichkeiten zu erkunden, Filialen Ihrer Firma zu eröffnen, und wenn Sie mitfahren, haben wir drei Fliegen mit einem Schlag getroffen: Sie sind in guter Obhut und familiärer Gesellschaft, Sie haben etwas zu tun und Sie werden interessante neue Eindrücke gewinnen. Galveston soll ein ganz reizender Ort sein.«

Oscars Kopf ruckte hoch. »Galveston? Habe ich Sie richtig verstanden?«

»Aber ja, doch. Es ist eine der modernsten und fortschrittlichsten Städte von Texas, man sagt, es würde Houston bald den Rang abgelaufen haben. Deswegen möchte Ihr Vater ja seine Geschäftsbeziehungen dorthin ausdehnen.«

Er sprach noch weiter, aber Oscar hörte nicht mehr zu. Galveston. Emily. Wenn er mit Ronald dort hinunter fuhr, konnte er sie besuchen. Sie war genau das, was er jetzt brauchte: ruhig, vernünftig, verständnisvoll.

»Ich glaube«, sagte er mitten in die Rede des Arztes hinein, »das ist eine gute Idee, nach Galveston zu fahren.«

Professor Mercker schien überrascht, dass er so ohne Widerstreben zusagte, verbarg seine Überraschung aber hinter einem freundlichen Lächeln. »Das freut mich.« Er stand auf, zum Zeichen, dass die Unterredung beendet war. »Dann wollen wir jetzt Ihren Bruder hereinbitten.«

Er läutete nach dem Butler und kurz darauf öffnete dieser die Türe und ließ Ronald eintreten.

Oscar sah, wie sein Bruder bei seinem unerwarteten Anblick die Hand auf den Mund presste, und er konnte es ihm nicht verdenken. Er war genauso erschrocken, als er zum ersten Mal in einen Spiegel geschaut und ein ausgemergeltes, welkes Gespenst darin erblickt hatte. Er lächelte schwach und stieß hervor: »Es geht mir besser, als ich aussehe.«

Ronald erwiderte sein Lächeln mit einem nervösen Zucken der Mundwinkel. Er war offensichtlich geschockt. Er machte keine Anstalten, Oscar die Hand zu geben oder ihn gar in die Arme zu schließen, sondern begrüßte den Professor und bemerkte dann steif: »Ich bin mit dem Auto da. Wir können gleich fahren, wenn du willst. Der Diener hat schon deinen Koffer eingeladen.«

Oscar reichte dem Professor die Hand und verabschiedete sich höflich. Dieser hielt seine Hand ein paar Sekunden länger als unbedingt notwendig fest. »Vergessen Sie nicht«, flüsterte er eindringlich. »Letzte Chance.«

5

Die Brüder wechselten kein Wort miteinander, als sie den Kiesweg zum Tor entlanggingen. Für einen unbeteiligten Beobachter musste es aussehen, als wären sie zutiefst zerstritten. Aber Oscar wusste, dass Ronald nicht böse auf ihn war. Er wusste nur einfach nicht, was er mit ihm reden sollte. Das war nicht erst jetzt so. Schon als sie Kinder gewesen waren, hatten sie nichts Rechtes miteinander anzufangen gewusst und spielten nur zusammen, weil man das von ihnen erwartete. Ronald war so ganz anders als er. Vernünftig, ruhig, gesetzt. Bitter dachte er daran, dass sie sich unterschieden wie die beiden Brüder in der Bibel, nur dass Samuel Leibowitz keine Anstalten machen würde die Heimkehr seines verlorenen Sohnes zu feiern. Er zog es vor, sich auf den älteren Bruder zu konzentrieren, der immer bei ihm gewesen war und ihm von Kindheit an treu gedient hatte.

Oscar unterbrach das peinliche Schweigen mit der Bemerkung: »Ich habe gehört, wir sollen nach Galveston fahren.«

Ronald schien ihm überaus dankbar zu sein für diese unverfängliche Äußerung. Sein verkniffenes Gesicht wurde plötzlich offen und lebhaft. »Ja. Ich bin ziemlich stolz drauf, dass Vater mir diesen Auftrag anvertraut hat. Wenn es mir gelingt, mit den Leuten dort unten ins Geschäft zu kommen, wird das eine Goldgrube. Galveston ist zwar im Vergleich zu Boston ein Kaff – es hat ganze 37 000 Einwohner –, aber es ist der einzige Tiefwasserhafen von Texas, und das heißt, dass der gesamte Baumwollhandel über die Stadt abgewickelt wird. Dort wird mehr Geld umgesetzt als in jeder anderen amerikanischen Stadt, sogar mehr als in New York. In dem Nest wohnen mehr Millionäre als im ganzen Staat Rhode Island. Kannst du dir das vorstellen?«

»Klingt aufregend«, äußerte Oscar höflich. Er dachte an die Postkarten ihrer Heimatstadt, die Emily ihm gelegentlich geschickt hatte. Postkarten, auf denen die imposanten Kirchen abgebildet waren, die luxuriösen Kaufhäuser an der Geschäftsmeile der Stadt, die *The Strand* genannt wurde, und prachtvolle Wohngebäude im griechischen, romanischen und italienischen Stil.

Ronald zählte begeistert die Vorzüge der Inselstadt auf. Galveston verfügte über Straßenbahnen, elektrisches Licht, örtlichen und internationalen Fernsprechverkehr, zwei Telegrafengesellschaften, drei große Konzertsäle, eine Fakultät der Universität von Texas und zwanzig Hotels. Das exklusivste war das *Tremont*, in dem sie wohnen würden, mit zweihundert meerseitigen Zimmern, fünfzig besonders luxuriösen Zimmern mit Bad sowie einer eigenen Generatoranlage. Wenn alles so weiterlief wie bisher, würde Galveston bald das Format von Baltimore, New Orleans oder San Francisco erreichen.

»Wenn wir dort die richtigen Geschäftsverbindungen anknüpfen, können wir den Umsatz verdoppeln, was sage ich, verdreifachen!«, rief Ronald begeistert aus. »Ich habe auch schon konkrete Pläne. Wir eröffnen dort unten keine Handelskette mit preisgünstiger Ware wie im Norden, sondern verlegen uns auf Luxusartikel. Teure Stiefel, exquisite Schuhe und modische Handtaschen. Du wirst sehen, wie das in einer solchen reichen kleinen Stadt einschlägt.«

Oscar, dem das gleichgültig war, zuckte die Achseln. Wenn Samuel Leibowitz im Süden Geschäfte machen wollte, war Galveston zweifellos der richtige Ort, um damit anzufangen. Jedenfalls würde er sich dort nicht langweilen, falls die persönliche Begegnung mit Emily nach all den Jahren zu einer bitteren Enttäuschung wurde.

Es überraschte ihn selbst, wie sehr ihn der Gedanke an den bevorstehenden Besuch beschäftigte. Schließlich war Emily eine Gestalt aus der fernen Vergangenheit, nur durch den dünnen Faden ihrer gemeinsamen Korrespondenz mit seinem jetzigen Leben verbunden. Er sah sie immer noch so vor sich, wie sie damals in dem halbdunklen, stauberfüllten Zimmer des Hotels *Miranda* gesessen hatte, in ihrem rosa geblümten Kleid und mit der blauen Schleife im Haar, so klein und zart. Emily mit ihren ernsten graublauen Augen stand für Sauberkeit, Selbstbeherrschung und Anstand. Längst war sie so etwas wie eine heimliche moralische Instanz in seinem Leben. Sie legte jedem ihrer Briefe kleine Traktate bei, die er aber niemals las. Es ärgerte ihn, dass sie ständig versuchte ihn zu bekehren, und dennoch freute er sich auf ihre Briefe. Er nahm sich vor, ihr zu schreiben, dass er in Kürze in Galveston eintreffen würde.

»Vater will, dass wir sofort zu ihm fahren. Du wirst bei uns wohnen, bis wir abreisen. Vorher holen wir aber noch schnell ein paar Sachen aus deiner Wohnung.« Ronald trat durch das schmiedeeiserne Tor der Krankenanstalt und ging voraus zu seinem offenen Wagen, der auf der gegenüberliegenden Straßenseite unter den Bäumen parkte. Das Auto glänzte von vorne bis hinten, jede Schraube, jedes Holzteil war auf Hochglanz poliert. Der Wagen war Ronalds ganzer Stolz, ein unübersehbares Symbol dafür, dass die Firma Leibowitz die Nase vorn hatte, was die Trends der Zeit anging. Ein Diener der Anstalt hatte die ganze Zeit über daneben Wache gehalten und die Neugierigen verscheucht, die herbeikamen, um das Wunderding zu bestaunen.

Oscar stieg ein. Er wünschte, der Wagen hätte ein Dach, damit ihm die Sonne nicht so heiß auf den Kopf brannte. Nachdem er sich wochenlang in dem kühlen Gebäude und höchstens einmal auf dem schattigen Rasen aufgehalten hatte, schlug ihm die Sommerhitze ins Gesicht wie eine Ohrfeige. Es wäre ihm lieber gewesen, sie hätten eine weniger moderne, aber dafür überdachte Droschke genommen.

»Setz das hier auf, sonst hast du die Augen voll Staub.« Ronald reichte ihm eine plumpe Kraftfahrerbrille und setzte selbst auch eine auf. Er zog sich eine eng anliegende Lederkappe über den Kopf und trat dann hinter den Wagen, um die Starterkurbel zu drehen. Oscar verdrehte die Augen hinter der Brille, als das Automobil mit ungeheurem Lärm ansprang, Rauch ausspeiend wie ein Vulkan, sodass sie einen Augenblick lang völlig eingenebelt wurden. Ronald sprang in den Wagen und fuhr los.

Angestaunt von den Fußgängern, verflucht von den Droschkenkutschern, deren Pferde angesichts des dröhnenden Ungeheuers zu scheuen drohten, machten sie sich auf den Weg in das Bostoner Villenviertel, in dem Oscar wohnte.

Er war froh, dass Blanche nicht dort sein würde. Irgendwie erleichterte es ihn, dass Professor Mercker ihm die Entscheidung aus der Hand genommen hatte. Er durfte Blanche nicht wiedersehen. Es gab nichts mehr zu überlegen und zu diskutieren. Er musste sich sofort und für immer von ihr trennen, wenn er selbst überleben wollte.

Ronald fuhr eine lange Platanenallee entlang und hielt schließlich vor einem zweistöckigen Ziegelhaus mit einem griechischen Säulengang, das inmitten eines gepflegten kleinen Gartens lag. Gemeinsam gingen sie zur Haustür. Auf Oscars Klopfen hin öffnete ein Dienstmädchen in einer gestreiften Kattunschürze, das knickste und sagte: »Das ist schön, dass Sie wieder gesund sind, gnädiger Herr.« Oscar nickte ihr zu und trat in das halbdunkle Foyer. Sein Blick glitt über den Garderobenständer und er spürte, wie ihm der Atem stockte, als er ein reich besticktes Cape aus gelber Seide dort hängen sah. »Ist meine Frau da, Sarah?«, fragte er beklommen.

Die warf einen Blick auf Ronald und antwortete rasch. »Die gnädige Frau ist oben in ihrem Zimmer. Sie hat Migräne und wollte sich ein wenig hinlegen.«

Oscar seufzte. »Migräne« war der Code der Dienerschaft dafür, dass Blanche sich eingeschlossen hatte, um in Ruhe an einem Sortiment von Drogen zu naschen. Er wusste, dass sich weder Sarah noch die beiden anderen Dienstboten irgendwelchen Illusionen darüber hingaben, wie es um ihre Herrschaften stand.

Ronald schwieg so lange sie in Hörweite des Dienstmädchens waren, aber als sie auf die Treppe zum ersten Stock zugingen, zischte er: »Verdammt noch mal, was will sie hier? Hat sie dich nun verlassen oder nicht? Sie kann doch nicht so einfach wieder zurückkommen!«

»Noch sind wir verheiratet, also kann ich es ihr nicht verbieten«, erwiderte Oscar bedrückt.

»Schön, dann packen wir so schnell wie möglich alles ein, was du brauchst, und verschwinden wieder«, entschied Ronald.

Sie stiegen die Treppe hinauf und betraten einen weiträumigen, ganz in erbsengrün gehaltenen Salon, vor dessen hohen Fenstern die hölzernen Jalousien herabgelassen waren. Ein unbestimmtes, kränkliches Zwielicht herrschte darin. Die Luft war abgestanden und roch säuerlich. Ronald machte eine Bewegung, als wollte er die Fenster aufreißen, zuckte aber dann die Achseln und befahl mit gedämpfter Stimme: »Beeil dich, damit wir wieder weg sind, bevor sie uns bemerkt. Ich habe absolut keine Lust ihr gegenüberzutreten.«

Oscar gehorchte. Er schlich auf Zehenspitzen in sein Ankleidezimmer, holte eine Reisetasche aus dem Schrank und begann Hemden, Anzüge und Schuhe hineinzustopfen. Plötzlich hielt er inne. Aus dem Salon ertönte die Stimme seiner

Frau, schrill und streitsüchtig: »Was hast du hier zu suchen, Ronald? Wo ist Oscar? Was habt ihr vor? Warum hat er mir nicht gesagt, dass er hier ist?«

Er atmete tief durch. Diesen Ton kannte er. Solche Fragen waren stets die Ouvertüre zu einem mörderischen Streit, bei dem Vasen zu Bruch gingen. Es war nicht selten vorgekommen, dass sie auch untereinander handgreiflich wurden. Zögernd trat er in den Salon, die bis oben hin voll bepackte Reisetasche in der Hand.

Blanche stand in der offenen Türe ihres Schlafzimmers. Sie trug einen leuchtend roten japanischen Kimono mit einer Stickerei aus Goldfäden. Ihr Haar war so nachlässig aufgesteckt, dass ihr bei jeder Bewegung Strähnen ins Gesicht fielen. Der Raum hinter ihr bot den Anblick eines wüsten Durcheinanders. Laden und Schränke standen offen, auf dem Bett warteten drei große Koffer darauf, vollgepackt zu werden.

»Ah, da bist du ja«, sagte Blanche. Ihr Blick fiel auf die Reisetasche in seiner Hand. »Du packst also auch schon. Gut. Dann weißt du bereits, dass dein Vater uns hinausgeworfen hat.« Als sie merkte, dass Oscar nicht begriff, was sie meinte, fuhr sie fort: »Er bezahlt die Miete für das Haus nur noch bis zum 1. August, ebenso die Löhne für die Dienstboten. Danach können wir zusehen, wo wir bleiben.«

Oscar blickte Ronald an. Der starrte verlegen zu Boden und murmelte: »Vater wird mit dir darüber noch sprechen. Komm jetzt.« Er griff nach der Reisetasche und wandte sich entschlossen zur Türe.

6

Keiner von beiden sprach ein Wort, während sie zur Residenz der Familie Leibowitz fuhren. Ronald hielt seinen Wagen vor einem mächtigen Bau aus braunen Backsteinen an, dessen vier Ecken pagodenähnliche Türmchen zierten. Eine breite Treppe führte zum Eingangstor. Bei dem warmen Wetter stand der linke Flügel offen und man blickte von der Straße in eine dämmrige Halle, in deren Mitte sich eine Marmorgruppe erhob. Sie stellte Neptun, begleitet von drei Tritonen, dar. Ob sie eine Bedeutung hatte, ob sie in irgendeiner Beziehung zum Haus stand, wusste niemand. Sie war schon da gewesen, als Samuel Leibowitz, vom kleinen Schuhhändler zum Großkaufmann aufsteigend, das Gebäude gekauft hatte.

Ronald reichte Oscar die Reisetasche. »Du findest ja allein hinein«, sagte er, ohne seinen Bruder anzusehen. »Ich würde dir raten, dass du gleich in Vaters Büro gehst, er wartet schon auf dich. Ich habe noch zu tun. Wir sehen uns später.« Damit wendete er den Wagen und ratterte die Straße entlang davon.

Oscar biss sich auf die Lippen, während er die Sandsteinstufen hinaufstieg. Er dachte: Das sah Ronald ähnlich, sofort zu verschwinden, wenn ein Familienkrach drohte! Andererseits hatte sein Bruder ja auch wirklich nichts mit der Sache zu schaffen. Er spürte ein flaues Gefühl im Magen, als er in die Halle trat. Oft genug schon hatte es Streit mit seinem Vater gegeben, aber diesmal machte der Alte anscheinend Ernst. Oscar hatte nicht gedacht, dass er seine finanzielle Unterstützung für Haus und Dienstboten tatsächlich streichen würde. Und wie es aussah, stand ihm noch Schlimmeres bevor.

Aus der Portierloge an der linken Seite der Halle tauchte ein alter Mann auf und näherte sich ihm freudig. »Das ist ja schön, dass Sie wieder zu Hause sind, Master Oscar! Warten Sie, ich rufe gleich einen Diener, dass er Ihnen die Tasche abnimmt. Und Sie möchten bitte sofort ins Büro kommen, Mr. Leibowitz erwartet Sie schon. Ich denke, er kann es auch gar nicht erwarten, Sie gesund wiederzusehen.«

Oscar dachte: Irrtum, er kann es nicht erwarten, mich fertigzumachen! Aber natürlich sagte er nichts, sondern schlenderte, die Hände in den Hosentaschen, betont gleichgültig den Flur entlang, der zum Büro führte. Das Haus mit seiner hellbraunen Nussholztäfelung und dem dicken Bodenbelag, grün wie Billardtuch, machte keinen freundlichen Eindruck. Es roch muffig nach Möbelpolitur und Zigarrenrauch. Die Flure waren lang und schmal. An den Fenstern, die auf die Straße hinausblickten, waren die hölzernen Jalousien zum Schutz gegen die Hitze heruntergezogen. Die Fenster zum Innenhof standen offen. Oscar blieb einen Augenblick stehen und sah hinunter in das Gewirr aus Efeu, wilden Rosen und den Ranken des Blauregens, das die Wände des Hofs bedeckte. Dann gab er sich einen Ruck. Irgendwann musste er es ja hinter sich bringen. Er klopfte an die Türe zum Büro, und als eine tiefe Stimme »Herein!« rief, öffnete er und trat ein.

Samuel Leibowitz stand hinter seinem Schreibtisch auf – einem riesigen Schreibtisch, der wie ein Altar aus poliertem schwarzen Holz und glänzendem Messing im Raum stand. Das gesamte Büro war darauf ausgerichtet, Besucher zu beeindrucken, ihnen klarzumachen, dass sie es mit einem mächtigen und erfolgreichen Mann zu tun hatten. Den Boden bedeckte ein zimtbrauner türkischer Teppich. Dem Schreibtisch gegenüber stand ein einfacher hölzerner Stuhl, während in der Zimmerecke eine mächtige Ledergarnitur zum Sitzen einlud. Da auch hier die Jalousien geschlossen waren, brannte auf dem Schreibtisch eine Lampe mit grünem Emailleschirm.

Samuels Erscheinung war nicht minder eindrucksvoll als sein Büro. Er war ein hoch gewachsener, hagerer Mann mit einem Charakterkopf. Seinem Sohn Ronald hatte er die strengen Züge vererbt, seinem Sohn Oscar das mahagonifarbene Haar, das beim Vater schon weitgehend ergraut war. Er trug weder Bart noch Schnurrbart, aber bis zum Kinn reichende Koteletten. Da er allein war, hatte er den Gehrock abgelegt und trug nur seine schwarzseidene Weste über dem Hemd.

»Oscar!«, sagte er. Sein Gesicht verriet mit keiner Miene,

was er von der jämmerlichen Erscheinung seines Zweitgeborenen hielt. »Schön, dass du sofort gekommen bist. Nimm bitte Platz.« Er wies auf das braune Ledersofa, das links und rechts von zwei mächtigen Lehnsesseln flankiert wurde. Auf dem Beistelltischchen stand ein Tablett mit zwei Gläsern und einer Karaffe geeister Zitronenlimonade. Samuel bedeutete ihm mit einer Handbewegung, er solle sich bedienen. Er selbst setzte sich nicht, sondern blieb, die Hände hinter dem Rücken verschränkt, an seinen Schreibtisch gelehnt stehen – eine Haltung, die Unheil androhte. Als Oscar noch ein Kind gewesen war, war diese Haltung die Einleitung zu einer Tracht Prügel gewesen, und jetzt erwartete ihn zweifellos etwas Ähnliches, nur dass es jetzt keine Schläge mehr sein würden. Samuels Stimme klang angespannt, als er sagte: »Professor Mercker meinte, du seiest wieder gesund, obwohl du nicht gerade so aussiehst. Aber er muss es ja wissen.«

Oscar beschloss, sich mit dem Kopf voran in die Katastrophe zu stürzen, der er ohnehin nicht entgehen würde. »Blanche sagte mir, dass die Miete und die Löhne für die Dienstboten schon bald nicht mehr bezahlt werden.«

»Korrekt. Und es wird noch einiges andere zukünftig nicht mehr bezahlt.« Samuel griff nach dem silbernen Etui auf seinem Schreibtisch, holte eine Zigarre heraus, schnitt die Spitze ab und zündete sie mit großem Zeremoniell an. Als der aromatische Rauch durchs Zimmer zog, sagte er: »Ich habe einen großen Fehler gemacht, Oscar. Ich habe jahrelang zugesehen, wie du dein Leben verpfuscht hast, erst allein, dann gemeinsam mit Blanche. Anfangs dachte ich, du brauchtest nur Zeit, um dir die Hörner abzustoßen, aber darin habe ich mich geirrt. Dein Zusammenbruch war für mich der Anstoß, meine eigene Handlungsweise sehr genau zu überdenken und einige Fehler zu korrigieren.« Er griff nach einem Kuvert, zog einen dreifach gefalteten Brief heraus und reichte ihn Oscar. »Das ist Professor Merckers Rechnung für deinen Aufenthalt in seiner

Klinik. Ich habe das Geld für dich ausgelegt, aber du wirst es mir zurückzahlen. Du findest bei dem Brief das Formular für die Überweisung von deinem auf mein Konto, bereits fertig ausgefüllt. Du brauchst nur noch zu unterschreiben. Hier ist die Füllfeder.«

Oscar war zumute, als stürzte er in ein schwarzes Loch. Der Alte war verrückt, verrückt! Mit heiserer Stimme sagte er: »Das ist eine … eine ziemlich hohe Rechnung.«

»Sechs Wochen Aufenthalt mit allem Drum und Dran. Und es sollte dir doch auch einiges wert sein, dass Mercker dir das Leben gerettet und dir einen Daueraufenthalt im Irrenhaus erspart hat.«

»Wenn du dieses Geld von mir zurückverlangst, ist von Mutters Erbschaft nichts mehr übrig!«

»Da hast du recht. Trotzdem verlange ich es von dir. Unterschreib jetzt.«

Oscar wollte schreien, toben, mit den Fäusten auf seinen Vater losgehen, aber er fühlte sich so schwach und erschöpft, dass er nichts anderes tun konnte als gehorchen. Im Übrigen hätte er auch gehorchen müssen, wenn er geschrien und getobt hätte. Sobald Samuel einmal einen Entschluss gefasst hatte, war er unerbittlich.

»Danke.« Der alte Mann nahm die unterschriebene Überweisung entgegen, wedelte damit in der warmen Luft herum, um die Tinte zu trocknen, und klingelte dann nach dem Bürodiener. Er steckte das Formular in einen Briefumschlag und reichte es dem Mann. »Gehen Sie damit sofort zur *Boston Merchants Bank* und verlangen Sie, dass die Überweisung auf der Stelle durchgeführt wird.«

Oscar saß sprachlos da. Erst als der Diener verschwunden war, kehrte das Leben in ihn zurück. »Und was jetzt?«, stieß er hervor. »Kein Haus, keine Dienstboten, kein Geld – was willst du eigentlich erreichen? Dass ich mich bei der Inneren Mission um eine Suppe anstellen muss?«

Jetzt endlich verließ Samuel seinen Platz am Schreibtisch und setzte sich Oscar gegenüber in den Lehnsessel. »Nein. Ich will, wie schon gesagt, meine Fehler korrigieren. Ich möchte noch einmal sechs Jahre zurückgehen, bevor ich den Irrtum begangen habe, dir mit vollen Händen Geld zu geben und du es sinnlos verprasst und dich damit selbst ruiniert hast. Während dieser Zeit hattest du hier im Haus gelebt, und ich hatte erwartet, dass du doch einmal zu arbeiten anfängst, sei es in unserer eigenen Firma oder irgendwo anders. An diesem Punkt wollen wir einen Neubeginn ansetzen. Dein Zimmer wartet auf dich, über die Dienstboten kannst du verfügen, und wenn ihr in den Süden reist, wird Ronald dafür sorgen, dass es dir an nichts fehlt. Ich werde ihm Geld für dich mitgeben, und er wird es verwalten.«

Oscar, dem es nur mühsam gelang, seine Wut zu unterdrücken, stieß hervor: »Wenn ich mir also einen Apfel kaufen will, muss ich meinen Bruder um das Geld bitten?«

Samuels Stimme klang eiskalt, als er antwortete. »Du kannst ihn dir auch von deinem eigenen Geld kaufen.«

»Ich habe keines mehr! Nach diesem Aderlass mit Dr. Merckers Rechnung bin ich blank!«

»Eben. Also wirst du dich meinen Arrangements fügen, bis du genug eigenes Geld verdient hast.« Dann wurde sein Ton sanfter. »Ich verstehe, dass ich nicht von dir erwarten kann, dich jetzt sofort ins Erwerbsleben zu stürzen. Du warst gefährlich krank und brauchst eine längere Erholungszeit. Es wird dir guttun, in den Süden und ans Meer zu fahren.« Er stand auf. »Komm erst zurück, sobald man sich mit dir wieder in guter Gesellschaft blicken lassen kann. Ich denke, das war fürs Erste alles. Dein Zimmer hier ist bezugsfertig.«

Oscar fühlte sich einer Ohnmacht nahe, als er zur Tür ging. Es war nicht nur die dumpfe Hitze im Büro, die ihn schwanken ließ. Sein Vater hatte ihm vollkommen den Boden unter den Füßen weggezogen. Wut und Schrecken kämpften in ihm. Er begriff plötzlich, dass der Alte tatsächlich die Macht hatte, ihn völlig aufs Trockene zu setzen. Und er konnte überhaupt nichts dagegen tun. Wenn er rebellierte, musste er damit rechnen, dass die Daumenschrauben noch enger angezogen wurden. Draußen im Korridor lehnte er sich gegen die Wand, um erst einmal wieder zu Atem zu kommen. Dann stieg er langsam die Treppe zu seinem Zimmer hinauf.

Als er dort eintrat, fand er alles für sein Kommen vorbereitet. Das elegante Herrenzimmer, an das sich links ein Bad und rechts ein Schlafraum anschlossen, war gelüftet und geputzt worden. Die Jalousie war herabgezogen, aber das Fenster stand offen, sodass zusammen mit der warmen Luft der Gartengeruch des Innenhofs hereinwehte. Auf dem Tisch warteten eine Schale mit Obst und eine Karaffe mit Eiswasser. Oscar wandte sich aus alter Gewohnheit dem Schränkchen zu, in dem er seine Alkoholvorräte aufbewahrte, blieb jedoch mitten in der Bewegung stehen. Sein Blick hing argwöhnisch an den Schatten zwischen Schreibtisch und Zimmerecke. Hatte sich dort nicht etwas bewegt? Hatte er nicht eine Sekunde lang etwas wie einen grauen Wurm gesehen, der sich aufrichtete und eine Bewegung zu ihm hin machte?

Mein Gott, dachte er, ich brauche nur an Alkohol zu denken und schon habe ich Halluzinationen.

Hastig schritt er hinüber zum Schlafzimmer. Dort war das Bett frisch bezogen, die seidene Patchworkdecke einladend zurückgeschlagen. Er zog sich aus und ließ sich in der Unterwäsche aufs Bett fallen. Die Augen geschlossen, lag er da und wartete, bis er sich einigermaßen wieder beruhigt hatte. Jetzt, wo das Gespräch mit seinem Vater überstanden war, überkam ihn Erschöpfung. Was konnte er denn überhaupt tun? Nichts! Er musste noch dankbar sein, dass der Alte ihm wenigstens die Reise in den Süden bezahlte. Nach einer Weile ließ sein Zorn nach und seine übliche Lethargie überkam ihn wieder. Sollte Ronald sich darum kümmern, dass in Galveston alles glattging. Das würde ihm gefallen, er kehrte ja gerne den tüchtigen jungen Geschäftsmann heraus.

Dann dachte er daran, dass er an einem Wendepunkt in seinem Leben angelangt war. Seine Ehe war am Ende. Sein sorgloses Leben als Sohn aus reichem Haus ebenfalls. Und er musste nüchtern bleiben, was bedeutete, dass er praktisch allen seinen Freunden aus dem Weg gehen musste. Ganz plötzlich kam ihm der Gedanke, dass er zum zweiten Mal überlebt hatte. Sie hatten nicht damit gerechnet, dass er noch einmal auf die Beine kommen würde. Hatten erwartet, er würde sterben oder in unheilbaren Wahnsinn verfallen. Nun, und hier war er, lebendig und bei Sinnen, wenn auch schwach und zittrig. Ein Gefühl des Triumphs erfüllte ihn, so großartig, dass ihm schwindlig wurde. Er schloss die Augen und ließ sich von diesem herrlichen Gefühl durchströmen.

Er war beinahe eingedöst, als ihm einfiel, dass er Emily schreiben wollte. Er stieg aus dem Bett und ging hinüber zu der Stelle im Salon, wo ein Gemälde den kleinen Wandsafe verbarg. Darin hatte er immer alles aufbewahrt, was er vor Blanche geheim halten wollte. Er schloss den Safe auf und nahm die Lackschatulle mit Emilys Briefen heraus. Einen nach dem anderen fächerte er sie auf dem Schreibtisch auf wie Patiencekarten. Alle waren sie da, von den ersten angefangen, die die achtjährige Emily noch in Druckbuchstaben geschrieben hatte. Oscar blätterte sie nachdenklich durch. Die Vergangenheit wehte ihn an.

Anfangs hatten sie einander vor allem Zeichnungen geschickt, in denen sie auf kindliche Weise versucht hatten, dem überstandenen Grauen eine Form zu geben. Manche dieser Zeichnungen waren vollkommen schwarz bemalte Blätter. Dann hatten sie zu schreiben begonnen, wie es ihnen ging, wie ihre Familien mit ihnen umgingen, welche Ängste sie quälten. Beide fühlten sich unverstanden von ihren Verwandten und Freunden. Immerzu hieß es: »Das ist doch längst vorbei, sei froh, dass du davongekommen bist.« Aber es war nicht vorbei. Emily hatte ihre Tante Mabel verloren, die sie sehr gerne gehabt hatte, und Oscar seine Mutter. Und noch schlimmer als dieser Verlust war die ständige innere Anspannung, das Lauern auf verdächtige Anzeichen, das ständige Ohrenspitzen und den Atem anhalten, ob ihnen Gefahr drohte. Tief im Innersten kamen sie nicht zur Ruhe. Oscar dachte daran, dass Emily bis zum heutigen Tag nichts essen wollte, was aus dem Meer kam. Oft hatten sie einander auch von alltäglichen Dingen berichtet, aber immer stand im Hintergrund die dunkle Furcht, die halb im Gedächtnis begrabenen Schrecken des 20. August könnten sich aufbäumen und wieder über sie herfallen. Ihr ganzes Leben duckte sich unter diesen Schatten. Manchmal war ihre Korrespondenz über längere Zeit hinweg abgerissen, um dann plötzlich wieder zu beginnen, und Oscar hatte das Gefühl, sie würden niemals aufhören, einander zu schreiben, was auch immer geschah.

Er öffnete die Lade mit dem Briefpapier, schraubte den Füllfederhalter auf und begann in seiner flotten, ein wenig unregelmäßigen Handschrift zu schreiben.

»Liebe Emily,

du wirst sehr überrascht sein, wenn du diesen Brief liest ...«

7

Die Kutsche der Familie Leibowitz, von zwei kräftigen Apfelschimmeln gezogen, holperte über das Katzenkopfpflaster. Es war noch früh am Tag, aber an den meisten Häusern waren bereits die Fenster geschlossen, die während der Nacht offen gestanden hatten, die Jalousien herabgelassen und die Vorhänge zugezogen, um die Hitze draußen zu halten.

Oscar war froh, dass es im Inneren der Kutsche schattig und kühl war. Ihm graute bei dem Gedanken, dass es immer heißer werden würde, je weiter sie nach Süden kamen. Er wünschte, Ronald würde ihm nicht auch noch die Zeitung vorlesen – den Leitartikel mit der Überschrift: »Amerika stöhnt unter Jahrhunderthitze!«

»Seit Wochen brät Amerika in einer Hitzewelle, wie sie das Land noch nicht erlebt hat. Der Sommer 1900 ist einer der heißesten, den die Vereinigten Staaten jemals erlebt haben. In ganz Nordamerika steigen die Temperaturen auf über 32, manchmal sogar über 38 Grad Celsius. Nirgends regt sich ein Lüftchen. Die Hitze überflutet die Rockies, Nebraska, Kansas, Missouri, Oklahoma und einen breiten Streifen Land vom Golf bis hinauf nach Pennsylvania. Gelegentliche heftige Gewitter brachten bisher keine Erleichterung, sondern verwandelten die trockene Hitze in eine unerträgliche Luftfeuchtigkeit, wie sie sonst nur im Dschungel herrscht. In den zahllosen Lachen und Tümpeln, die nach den Regenfällen zurückblieben, entstand eine geradezu ägyptische Plage an Insekten – Motten, Falter, Mücken und, was das Schlimmste ist, Heuschrecken.«

»Ich weiß, dass es heiß ist«, bemerkte Oscar verdrießlich. »Du brauchst mir das nicht auch noch in allen Einzelheiten vorzulesen.«

Ronald faltete friedfertig die Zeitung zusammen und steckte sie ins Außenfach seiner Reisetasche. »Wir sind gleich da«, sagte er.

Wenig später hielt die Kutsche vor dem Eingang des Bostoner Hauptbahnhofes. Die beiden jungen Männer stiegen aus und gingen auf den Eingang zu, während drei Diener ihre Koffer vom Dach wuchteten und hinter ihnen herschleppten. Eine Wolke von Rauch, Dampf und Lärm empfing sie, als sie die Halle betraten. Oscar war zumute, als wäre er plötzlich in einen Strudel geraten, der nur mehr aus menschlichen Leibern bestand. Alle die vielen Menschen schienen in höchster Eile zu sein und hatten keine Zeit, nach links und nach rechts zu sehen, ob sie jemanden anrempelten, während sie sich durch die Menge zwängten. Ein gutes Dutzend Lokomotiven standen auf den verschiedenen Gleisen unter Dampf und schickten beißende, grauschwarze Schwaden zum Dach der Halle hinauf. Ihr Schnaufen und Ächzen übertönte den Lärm der Passagiere. Funken flogen aus den hohen Schornsteinen und regneten als winziges Feuerwerk herab. Oscar war froh, dass einer der Diener ihnen den Weg bahnte, während die beiden anderen mit den schweren Koffern hinterherkeuchten. So gebrechlich, wie er war, hatte er Angst, von der Menge zu Boden gestoßen und niedergetrampelt zu werden.

Er atmete auf, als er den Expresszug *Southern Glory* vor sich sah. Ronald suchte, die Fahrkarten in der Hand, bereits nach dem Erste-Klasse-Waggon, den sie gebucht hatten. Der Lärm ließ nach, als sie es endlich geschafft hatten, sich durch das Gedränge zu kämpfen, und ihr Abteil erreichten. Oscar ließ sich mit einem tiefen Seufzer in die cognacfarbene Polsterung der Sitzbank fallen und streckte lang die Beine aus. Er stellte mit Vergnügen fest, dass die aufmerksame Eisenbahngesellschaft ihre vornehmen Passagiere mit je einer Flasche Mineralwasser begrüßte, die auf den Tischchen zwischen den Sitzen stand.

Eine Weile herrschte noch hektische Unruhe, während die Diener die Koffer ins Gepäckabteil schafften und eine Schar von Passagieren sich durch den schmalen Gang vor dem Abteil zwängten. Allmählich legte sich die Aufregung. Der Schaffner – ein Farbiger in einer schneeweißen Uniform mit goldenen Litzen – lochte ihre Fahrkarten und wünschte eine gute Reise. Dann ertönte der schrille Pfiff der Lokomotive, und der *Southern-Glory-Express* rumpelte langsam über die Weichen hinter der Bahnhofshalle und suchte sich seinen Weg Richtung Süden.

GALVESTON, TEXAS

1

Als die Mittagsglocken läuteten, nahm Edgar Falstad seinen gewohnten Platz vor den Badehäusern am Strand von Galveston ein, wo er jeden Samstag seine öffentlichen Predigten hielt. Seine Stiefel gruben sich tief in den glatten, frischen Sand. Ein Gefühl von Kraft und Macht durchlief ihn, als er sich bereit machte, den ersten brüllenden Schrei auszustoßen, der unweigerlich verblüffte Aufmerksamkeit auf ihn ziehen würde. Geistliche und fleischliche Erregung waren für ihn eins. Sein Körper bebte mit, wenn seine Seele in Ekstase geriet.

In seiner groben weißen Kutte mit dem um die Hüfte gebundenen Kälberstrick bot er einen höchst ungewöhnlichen Anblick unter all den Spaziergängern, die sich auf dem herrlichen Strand vor der Stadt tummelten. Junge Mädchen trugen die neueste Mode zur Schau und kicherten unter rüschenbesetzten Sonnenschirmen miteinander. Straußenfedern wippten auf Hüten, die waghalsig auf komplizierten Aufsteckfrisuren balancierten und nur von vielen langen Hutnadeln davor bewahrt wurden, im Wind über den Strand davonzujagen. Samstag war ein Tag, an dem man promenierte und seine Garderobe zeigte, und die in enge Korsette geschnürten modischen Schönen überboten einander an taftglänzenden Unterröcken, Pölsterchen, Raffungen, Rüschen, Volants, Draperien und Schleppen, in denen sie über den weißen Sand trippelten, das beutelförmige Täschchen am Handgelenk, die Hände in Häkelhandschuhen und als einzige Erleichterung einen Fächer in der Hand, mit dem sie ihren eingesperrten und eingeschnürten Körpern ein wenig Erfrischung zufächeln durften, wie man Gefangenen eine kleine Gnade zukommen lässt.

Junge Männer in Knickerbockerhosen und Ballonmützen schoben ihre Fahrräder über den Strand oder schlenderten auf und ab und schauten sich die Augen aus nach den Mädchen, während die Älteren feierlich in Gehrock und Zylinder dahinschritten und einander mit einstudiertem Hüteschwenk-Ritual grüßten. Soldaten aus Fort Crockett in schmucken Ausgehuniformen musterten mit Interesse die Küchenmägde und Zofen, die ihrerseits auf der Suche nach Bekanntschaften waren. Farbige Kindermädchen schoben Kinderwagen die Promenade entlang, die von einer Reihe Palmen gesäumt die stadtseitige Grenze des Strandes bezeichnete. In den Restaurants, deren Terrassen auf hohen Stelzen über die Flut hinausragten, herrschte Hochbetrieb.

Edgar Falstad achtete stets darauf, dass er auch genügend Publikum für seine Predigten hatte. Seine Anhänger, in schwarze Anzüge und bodenlange blaue Kleider gehüllt, standen in einiger Entfernung in einem Halbkreis, um zu verhindern, dass die Menge sich zu nahe an ihn drängte – dass er in dem allgemeinen Getriebe nicht unterging. Doch war die Gefahr nicht sehr groß, dass irgendjemand absichtlich in seine Nähe ging. Die meisten Menschen betrachteten ihn halb belustigt, halb angewidert, und wenn ein Blick aus seinen funkelnden Augen sie traf, wandten sie hastig den Kopf ab und eilten davon.

Unter den Anhängern stand auch Emily Lillebjöring. Sie trug ebenfalls ein schlichtes blaues Kleid, aber im Unterschied zu den anderen reichte es nur bis zu den Knöcheln, hatte Passen aus weißer Litze an Saum und Ärmeln und war auf Taille geschnitten. Sie trug kein Häubchen, sondern einen einfachen schwarzen Strohhut. In den behandschuhten Händen hielt sie ein Täschchen und ein großes weißes Taschentuch, um sich den ständig rinnenden Schweiß von der Stirn zu wischen.

Falstad starrte sie mit hungrigen Augen an. Emily war seine

Leidenschaft, er wollte sie um jeden Preis haben. Im Gegensatz zu den harten Worten, die er ihr gesagt hatte – dass sie gering, ungehobelt und einfältig sei –, hatte er sich vom ersten Tag seines Aufenthaltes in Galveston in sie vernarrt. Er liebte ihr blasses Gesicht mit den großen Augen, ihre zarte Gestalt, die kleinen Hände und Füße, und ihr buschiges, dunkelbraunes Haar entzündete seine Leidenschaft. Er liebte volles Haar. Alle seine Ehefrauen hatten dicke und dunkle Haarflechten. Emily sollte die vierte in der Reihe werden, und er konnte es nicht erwarten, bis es so weit war. Am liebsten hätte er sie gezwungen, aber noch zögerte er, mehr Druck auszuüben, als er es mit seiner Erzählung von der Vision schon getan hatte – einer Erzählung, mit der er auch die drei anderen herumgekriegt hatte. Frauen waren dumm, dachte er. Wenn man ihnen erzählte, dass sie auserwählt waren, fielen sie um wie die Kegel. Zugegeben, Emily wackelte nur, statt prompt umzufallen, aber sie hatte keine Chance ihm zu entkommen. Er hatte noch jede gekriegt. Und wenn er sie erst einmal hatte, würde es ihr gefallen. Frauen liebten Männer, die stark im Bett waren und eine harte Hand hatten. Jedenfalls galt das für Deborah, Rahab und Thyrza, die ihn als Dienerinnen begleiteten und gottergeben zusahen, wie er sich eine Neue zulegte. Keine von ihnen hätte gewagt, gegen ihn aufzumucken. Offiziell freilich war er noch Junggeselle. Er wusste, dass die Kirchen, die er auf seinen Reisen heimsuchte, in moralischen Dingen streng und engstirnig waren und es ihm äußerst übel genommen hätten, ihn von mehreren Ehefrauen sprechen zu hören. Außerdem war da das weltliche Gericht, das Vielweiberei ebenso ablehnte. Also hatte er sich angewöhnt, seine Frauen in einer hübschen Zeremonie ›im Geiste‹ zu heiraten; das bewahrte ihn vor dem Staatsanwalt und sie gehörten ihm genauso, als hätte er sie mit Buch und Siegel geheiratet. Wenn er sie einmal hatte, kam keine mehr auf den Gedanken, das, was er sagte oder tat, in Zweifel zu ziehen.

Er sah sich um wie ein Feldherr, der in die Schlacht zieht. Zu seiner Rechten stieg der Strand in einer sanften Düne an und endete oben unter der Palmenallee, deren lange Blattwedel im sanften Wind fächelten. Zu seiner Linken erstreckte sich die Galvestonbucht. Die Sonne glitzerte auf den filigranen Konstruktionen der drei Eisenbahnbrücken, die die Bucht überquerten. Falstad hasste diese Brücken besonders; sie erschienen ihm als eine Metall gewordene Herausforderung gegen Gott, der wohl gewusst hatte, warum er dort ein fünf Kilometer breites Wasser geschaffen hatte – sicher nicht, damit die Menschen es überwanden. Im Übrigen hasste er ganz Galveston, wie es dalag. Die Stadt war sein Babylon. Nach außen hin nannte er sie so wegen ihrer vielen Pubs, Rauschgifthöhlen und Bordelle, aber im Herzen hasste er sie wegen ihres Reichtums, ihrer Selbstsicherheit und ihres Erfolges. Er wünschte nichts mehr, als dass Gott diese Stadt zerstören möge.

Er holte tief Luft. Mit weithin schallender Stimme brüllte er auf: »Hütet euch, ihr fetten Hammel, ihr feisten Kühe, die ihr euch mästet an eurem Reichtum und eurer Gottlosigkeit! Ihr mästet euch zur Schlachtung!«

Emily war erleichtert, als die Predigt zu Ende ging. Zwar schalt sie sich jedes Mal dafür, dass sie zu feige sei, sich offen zum Herrn zu bekennen, aber es wurde nicht besser. Sie schämte sich, wenn Edgar Falstad unflätige Ausdrücke gebrauchte, um die schlechten moralischen Zustände in der Stadt zu beschreiben. Sie mochte sich noch so oft sagen, dass das Alte Testament auch sehr deftige Ausdrücke verwendete, es störte sie doch, und sie konnte nicht anders – sie errötete jedes Mal. Und da war die Angst, die sie empfand, so oft sie sich in Falstads Nähe aufhalten musste. Sie hielt ihn jetzt schon seit zwei Wochen mit immer neuen Ausreden hin und er war es nicht gewohnt, dass irgendjemand ihn warten ließ, schon gar nicht eine Frau. Am vergangenen Sonntag hatte er die Gläubigen aufgefordert, dafür zu beten, dass Emily den Willen Gottes erkenne und demütig genug sei, ihm zu gehorchen. Die gesamte Gemeinde hatte lange und laut für dieses Anliegen gebetet. Emily hätte sich am liebsten unter den Kirchenbänken verkrochen, so peinlich war ihr das Ganze. Sie betete ja selbst genug, flehte Gott an, er möge ihr seinen wahren Willen zeigen und ihr die Kraft geben, sich ihm zu unterwerfen, wenn er es denn wirklich wollte.

Sie wollte sich eilig verabschieden, aber der Blick des Predigers bannte sie fest. »Du gehst, meine Liebe?«, fragte er mit einer Stimme, die überraschend sanft und mild klang. Niemand, der sein unflätiges Gepolter gehört hatte, hätte ihm eine solche Stimme zugetraut.

Emily, die sich ertappt sah, errötete und blieb stehen. »Ich wollte noch ein wenig in die Stadt gehen, ehrwürdiger Vater.«

»In die Stadt? Was lockt dich dorthin? Willst du den Reichtum bestaunen, den die Kinder der Sünde angehäuft haben? Zieht dich der Neid auf ihr Glück? Ich sage dir, beneide sie nicht! Wie werden sie dastehen am Tage des Gerichts, der schneller kommen mag, als sie denken?«

Emily nahm Zuflucht zu einer Ausrede. »Ich möchte Melonen und Obst kaufen, Vater. Meine alte Mutter isst sie gerne bei der Hitze.«

Er zog ein missbilligendes Gesicht. »Ich hatte gehofft, du würdest dich uns zum Gebet in der Kirche anschließen. Aber da es sich um einen Dienst für deine Mutter handelt … nun, geh. Geh!«, fuhr er sie plötzlich an, so heftig, dass sie erschrak, und er wedelte mit seiner groben Hand, sie sollte sich entfernen.

Es war wirklich ein Glück, dass ihre Mutter ständig jammerte, sie könnte bei der Hitze nichts essen, und sich gerne von Emily frische Melonen aus der Innenstadt holen ließ. Das ersparte ihr eine Lüge.

Sie blickte über die Schulter zurück und sah, dass Falstad ihr mit seinen metallisch schillernden Augen nachstarrte. Sie spürte, wie wütend er war, dass sie sich ihm entzogen hatte.

Zweifellos wusste er, dass sie nur einen Vorwand gesucht hatte, um nicht länger bei ihm bleiben zu müssen. Es war nicht das erste Mal, dass sie irgendetwas vorschützte, um nach der Predigt fortlaufen zu können. Wahrscheinlich dachte er bereits darüber nach, wie er sie bestrafen könnte.

Sie wagte kaum zu denken, was geschehen würde, wenn sie seinen Antrag zurückwies. Dann wäre es unmöglich, weiter in der Nordischen Gemeinde zu bleiben – vielleicht sogar weiter in Galveston zu bleiben. Sie würde ihre Mutter und Schwester verlassen und irgendwo ein ganz neues Leben anfangen müssen, ohne Verwandte, ohne Freunde, ohne die Geborgenheit der kleinen Kirche, in die sie über zwanzig Jahre lang hineingewachsen war. Ob sie das schaffen würde, wusste sie nicht. Das Leben war schwierig für ein alleinstehendes Mädchen. Es war wohl an der Zeit mit John Blagden ernst zu machen. Er wurde, wie alle Beamten des Wetterdienstes, häufig versetzt, das gab ihr Gelegenheit aus der Stadt zu flüchten, wo sie immer wieder auf die Spuren der Vergangenheit stoßen würde.

Sie hatte den sanften Hang erklommen und die Promenade erreicht, die sich, von Blumenrabatten gesäumt, am Strand entlangzog. Ein Restaurant drängte sich dort an das andere. Viele hatten die Gestalt kleiner Schlösser mit verschnörkelten Terrassen auf hohen Stelzen und geschnitzten weißen Holztürmchen, auf denen bunte Wimpel wehten, ähnlich den Badehäusern weiter oben am Strand. Die Sonne brannte unbarmherzig vom wolkenlosen Himmel auf die Badenden herab. Die Männer trugen knielange Badeanzüge mit Ärmeln. Die Frauen steckten in knöchellangen Beinkleidern aus Flanell oder Mohär, die um die Knöchel abgebunden waren, und einer vorne durchgeknöpften und gegürteten Bluse. Darunter trugen sie ein Korsett und schwarze Kniestrümpfe. Der Teint des Dekolletés wurde mit einem Halsring vor Sonneneinstrahlung geschützt, eine bauschige Badehaube mit Rüschen bedeckte das Haar. Dennoch wagten nur sehr kühne und exzentrische Frauen vor aller Augen am Strand zu baden, anstatt sich in die geschlossenen Frauenabteilungen der Badehäuser zurückzuziehen. Emily seufzte, wenn sie an ihren heimlichen Wunsch dachte, einmal in einem dieser Badehäuser herumzuplantschen – selbstverständlich in einem sittsamen, bodenlangen Badeanzug und mit einer Badehaube über dem reichen, nussbraunen Haar. Für ihre Mutter und Schwester sowie für alle Mitglieder der Nordischen Gemeinde galt dieses nasse Vergnügen jedoch als Gipfel der Obszönität, direkt vergleichbar mit öffentlicher Unzucht, wie Edgar Falstad in seinen Strandpredigten es oft und laut verkündete.

Emily ging die Promenade entlang, mit forschen, festen Schritten, damit niemand auf die Idee kam, sie schlenderte müßig herum, um von einem der unnütz herumlungernden jungen Männer angesprochen zu werden. Bei dieser Tugendübung musste sie daran denken, dass Oscar Tim Leibowitz ein ausgesprochen verwerflicher junger Mann war, wohl genau von der Sorte, denen sie aus dem Weg zu gehen suchte.

Sie bog in *The Strand* ein, die mondäne Geschäftsstraße der Stadt. Wenn sie an Samstagen ihre moralische Pflicht erfüllt hatte, die öffentliche Predigt durch ihre Anwesenheit zu unterstützen, dann leistete sie sich gerne das weltliche Vergnügen, in den Schaufenstern der Kaufhäuser und Putzmachereien die neueste internationale Mode zu bewundern: Alle die herrlichen Kleider, Hüte und Schuhe – und sie stellte sich insgeheim vor, wie sie damit aussehen würde. Sie wusste, dass das sündhaft war – jedenfalls sagte Edgar Falstad das, und ihre Mutter und Schwester waren wie immer mit ihm einer Meinung. Nur Frauen, die Böses vorhatten, hüllten sich in Seide und Spitzen, Satin und Organdy, denn wozu sollte eine gottesfürchtige Frau das Gefallen eines Mannes erregen?

Seit Edgar Falstad vor drei Monaten in der kleinen Kirche aufgetaucht war, wurde häufig über gottlose Frauen geredet.

Es war eines seiner Lieblingsthemen. Er hackte sogar auf den Frauen herum, die in bodenlangen blauen Kleidern und Häubchen gingen, und warf ihnen vor, sie hätten lüsterne Augen, sodass die Armen nicht wussten, wo sie hinschauen sollten. Er war überaus streng in diesen Dingen – und, fand Emily, er war parteiisch, denn von lüsternen Männern, die es doch auch gab, war niemals die Rede.

Als Emily an Mrs. Larssen dachte, war sie mit einem Mal sehr traurig. Sie war eine so fröhliche Frau gewesen, die es verstand, trotz aller Beschränkungen in der Nordischen Gemeinde, das Leben zu genießen, und nun hatte die Nachricht die Runde gemacht, dass sie sich umgebracht hatte. Sie hatte den Kopf in ihren Gasbackofen gesteckt und sich mit Leuchtgas vergiftet. Die Leute munkelten, ihre Magenschmerzen seien zurückgekehrt und sie hätte sich lieber selbst getötet, als vor der ganzen Gemeinde zugeben zu müssen, dass sie wieder ihrem alten sündigen Lebensstil verfallen sei – was eine Rückkehr des Leidens ja deutlich bewiesen hätte. Arme Mrs. Larssen. Sie war so glücklich gewesen an dem Tag, an dem sie geheilt wurde, aber sie hatte nicht die Kraft gehabt, ohne Sünde zu leben.

Emily schob sich an den Schaufenstern entlang, vorbei an Blumenverkäuferinnen, Schuhputzern, Männern mit Apfelkarren und bunt gekleideten, schwarzhäutigen Mädchen, die auf Melonenschnitten gehäuftes süßes Obst zur Erfrischung anboten. An solchen Nachmittagen hatte sie das Gefühl, etwas Besonderes zu erleben, was sonst eher selten war. Weder der Alltag der Nordischen Gemeinde noch der Alltag ihrer Arbeit im Waisenheim waren sonderlich aufregend. Manchmal schien es ihr dann, dass ihre Jugend, ihre Energie, ihre wache Intelligenz nach mehr verlangten, als Waisenmädchen das Stricken und Sticken beizubringen; auch nach mehr als nach einer Ehe mit einem Meteorologen, aber sie wusste nicht, wo sie dieses *Mehr* finden sollte, noch worin es bestand. Ihre Briefe nach

Boston waren jedes Mal ein Fenster in diese andere, aufregendere Welt. Manchmal machte sie sich selbst Vorwürfe, weil sie gierig Oscars Schilderungen von Gartenfesten, Ausritten und ausgelassenen Partys verschlang – wusste sie doch genau, wie sündhaft das Leben war, das er und seine Frau führten. Dann tröstete sie sich damit, dass sie ja eifrig bestrebt war, ihn von diesem gottlosen Leben abzubringen. Oscar zu bekehren war eine echte und, wie sie sich ehrlich eingestand, vermutlich auch schwierige Aufgabe, aber sie würde nicht aufgeben.

Sie nahm sich vor, auf dem Postamt vorbeizuschauen, ob vielleicht ein Brief von ihm da war. Viel Hoffnung hatte sie nicht. Auf ihren letzten Brief hatte sie keine Antwort bekommen. Sie hatte seit zwei Monaten nichts von ihm gehört und hoffte nur, dass er einfach nur vergessen hatte, ihr zu schreiben, und ihm nichts Schlimmes zugestoßen war.

Sie hatte sich schon seit Jahren angewöhnt, sich ihre Briefe postlagernd schicken zu lassen. Zwar hatte sie ein schlechtes Gewissen, weil sie ihren Briefwechsel mit Oscar vor ihrer Mutter und Schwester verheimlichte. Aber waren die beiden nicht selber schuld, da sie ihr doch so nachdrücklich klargemacht hatten, dass sie ihn nicht mochten? Solange ihr Vater gelebt hatte, hatten sie nicht gewagt, etwas zu sagen, denn Lars Lillebjöring hatte nichts gegen den seltsamen Briefwechsel seiner Tochter, aber nach dem Tod des Kapitäns hatten sie ihr ständig Ärger gemacht.

Sie blieb vor einem Schaufenster stehen, das mit zierlichen Stiefeln aller Größen und von verschiedener Machart angefüllt war, und seufzte. Es gab so viele schöne Dinge auf der Welt, Dinge, die sie sich voraussichtlich nie würde leisten können. Aber dass sie sie nicht einmal bewundern und begehren durfte, das erschien ihr zu hart. Wem schadete es denn, wenn sie sich vorstellte, wie dieser kleine braune Stiefel da an ihrem Fuß aussehen mochte, oder jener mit dem schwarzen Saffianledereinsatz? Oder der zierliche Abendschuh, der wie

Aschenbrödels Pantoffel auf einer Glasstütze stand? Falstad hatte ihr Vorwürfe gemacht, sie sei eitel und leichtfertig, weil sie nicht das bodenlange blaue Kleid der wahren Dienerinnen Gottes anziehen wollte, sondern sich mit »weltlichem Putz und Tand« abgab, womit er ihre Röcke und Blusen und das braune Ausgehkleid meinte. Niemand, nicht einmal die strengen Nonnen im Waisenhaus, war bisher auf die Idee gekommen, ihre Kleidung als Putz und Tand zu bezeichnen, aber für Edgar Falstad war eben alles anrüchig, was nicht bodenlange blaue Baumwolle war. Er arbeitete intensiv daran, allen Frauen in der Kirche – vor allem den jungen – diese Kleidung aufzuzwingen, und ärgerte sich über jede, die sich widersetzte. Die drei Frauen, die in seinem Tross gekommen waren, trugen alle lange Kleider und Baumwollhauben. Sie waren so, wie es Edgar gefiel: Sie schwiegen meistens, wenn sie nicht direkt angesprochen wurden, hielten den Blick gesenkt oder forschten in seinen Augen, was sie tun und sagen sollten. Wenn er ihnen etwas befahl, eilten sie ohne Widerrede oder Fragen lautlos davon, um den Auftrag zu erfüllen.

Emily gab zu, dass sie sehr heilig waren, aber sie selbst wollte nicht so sein. Bei all ihrer Frömmigkeit und ihrer jungmädchenhaften Schüchternheit hatte sie keinen unterwürfigen Charakter. Sie wusste, was sie wert war, und verteidigte diesen Wert. Dass die Nonnen sie häufig lobten und den Waisenmädchen als leuchtendes Vorbild hinstellten, hatte einiges zu ihrem Selbstwertgefühl beigetragen. Aber es war auch schon früher da gewesen und es war ein Erbe ihres Vaters, der ihr bei jeder Gelegenheit gesagt hatte: »Du bist meine liebe Tochter, du hast meinen Charakter geerbt, zeig der Welt, was du wert bist!«

Und in ihren Briefen zeigte sie Oscar, was sie wert war. Sie machte ihm eindeutig klar, dass sie mit seinem lasterhaften Leben nicht einverstanden war, dass sie ihn aber dennoch liebte und wertschätzte, wie Gott befohlen hatte, dass man alle seine

Geschöpfe wertschätzte. Und es war nicht verboten, einen Sünder zu mögen. Seine Briefe waren immer lieb gewesen; immer hatte er ihr so freundlich und höflich geschrieben, dass sie den hübschen Jungen im Matrosenanzug wieder vor sich sah. Sie mochte seine witzige, leichtherzige Art, in der zugleich so oft eine unterdrückte Traurigkeit mitschwang, als wollte er weinen und müsste stattdessen scherzen. Sie wusste, dass er nicht glücklich war und es nach Kräften zu verbergen suchte. Er spielte den Luftikus, aber er fühlte sich selber nicht wohl dabei.

Mit einem Seufzer wechselte sie von der Stiefelauslage des einen Geschäfts zum Schaufenster des nächsten, in dem kunstvoll drapierte Hüte ausgestellt waren. Sicher trug Oscars Frau solche Stiefel und Hüte und herrliche Kleider, raffiniert gebauschte Kunstwerke aus Draht, Polstern, Körben, Schleifen und Volants. Sicher hatte sie eine so eng geschnürte Taille, wie es die Mode vorschrieb. Sie war eine feine Dame, die nicht zu arbeiten brauchte, da war es nicht wichtig, ob sie hin und wieder in Ohnmacht fiel.

Gleich an der nächsten Ecke lag das graue, klassizistische Gebäude des Postamtes, eine der Einrichtungen, auf die Galveston besonders stolz war, weil es das erste Postamt von Texas gewesen war. Emily schritt zum Schalter für postlagernde Briefe, nannte ihr Kennwort und spähte angespannt hinter dem Angestellten her, als dieser in den Fächern herumstöberte. Dann wandte er sich ihr mit breitem Lächeln zu. »Tatsächlich, Fräulein, da ist ein Brief aus Boston für Sie.«

Sie dankte und nahm sich gerade nur die Zeit, dem Angestellten den Rücken zu wenden, ehe sie das Kuvert mit dem Zeigefinger aufschlitzte. Sie war froh, dass sie sich abgewandt hatte, denn als sie den Brief las, überzog eine heiße Röte ihre Wangen.

2

Oscar war zumute, als sei der *Southern Glory* schon seit Wochen unterwegs. Obwohl es ein Expresszug war, schien es ihm, dass er träge wie ein alter Droschkengaul dahinstampfte. Mehrmals während ihrer Reise wechselten Regen und Sonne, tobten tropische Gewitterstürme über dem Gebiet, das die Eisenbahn in Richtung Süden durchquerte. Straßen wurden überschwemmt, auch die Gleise standen zweimal unter Wasser, und einmal erwog der Lokführer bereits, die Fahrt einzustellen, schaffte es aber dann doch, durch das Wasser zu fahren. In den Kleinstädten entlang der Strecke funktionierten kleine Jungen Waschzuber zu Booten um und paddelten darin herum. Ein ertrunkenes Pferd lag mitten auf der Strecke mit aufgedunsenem Bauch neben den Schienen. Die Feuerwehr und freiwillige Bürgerwehren, die mit Petroleum und ungelöschtem Kalk die Insektenplage bekämpften, standen im Dauereinsatz. Überall entlang der Strecke konnte Oscar sie mit ihren Gesichtsmasken und tragbaren Pumpen auf den Feldern sehen.

Es war kein günstiger Zeitpunkt, um eine längere Reise zu machen, schon gar nicht eine Geschäftsreise. Die Brüder Leibowitz steckten, wie alle Geschäftsreisenden, die etwas auf sich hielten, in Baumwollhemden mit steifen Kragen und Gehröcken aus schwarzer Wolle, unter denen sich auf der Haut eine Hitze wie in einem Kesselhaus bildete; dazu trugen sie Zylinder und Handschuhe. Die Zeitungen berichteten, dass in New York City an einem einzigen Tag dreißig Menschen an Hitzschlag gestorben waren. Oscar hätte es nicht gewundert, wenn er und sein Bruder die Nächsten gewesen wären, die dieses traurige Schicksal ereilte.

In der Eisenbahn war es zum Ersticken heiß, und von dem heißen Metall, dem heißen Leder und Tuch und vor allem von den erhitzten menschlichen Körpern strömte ein ranziger, beklemmender Dunst aus. Wenigstens konnten sie sich in ihrem

Erste-Klasse-Abteil ein wenig abkühlen, indem sie die Türen schlossen und im Schutz der Jalousien die Gehröcke ablegten und den Kragen öffneten. Aber ihre Hemden waren unter den Achseln klitschnass und ihre Socken dampften dermaßen, dass sie nicht wagten die Schuhe auszuziehen. An den Innenseiten der Schenkel bildeten sich juckende Ausschläge, dort, wo der heiße, raue Stoff an der Haut rieb.

Nach einer unbequemen Nacht im rumpelnden Schlafwagen hatten sie endlich die letzte Etappe der Reise erreicht. Oscar war müde und sehnte sich leidenschaftlich nach einem Bad. Seine Kleider schienen an ihm zu kleben und rochen, als hätte er sie seit Wochen nicht gewechselt. Sein Haar starrte vor Schweiß. Er saß schweigend da und übte sich darin, eine Münze zwischen den Fingern wandern, in der Handfläche verschwinden und aus der Manschette wieder zum Vorschein kommen zu lassen, bis Ronald bemerkte: »Wenn dich der Schaffner sieht, wird er dich für einen Taschendieb halten.«

»Sie müssen doch auch in den Südstaaten schon einmal einen Zauberer gesehen haben. Aber gut, ich stecke sie weg.« Er ließ die Münze verschwinden, lehnte sich in die Fensterecke und starrte hinaus.

Ronald, der angespannt aus dem Fenster geblickt hatte, zog mit einem Klopfen an der Scheibe die Aufmerksamkeit seines Bruders auf sich. »Sieh, da ist Galveston.«

Oscar beugte sich vor und war zunächst starr vor Schreck, denn der Zug, von dem er gemeint hatte, er bewege sich auf festem Boden, schien in der Luft zu schweben – er ratterte über eine äußerst schmale hölzerne Brücke, unter der sich blassgrün und seidenglatt das Wasser der Galveston-Bucht erstreckte. Es war eine der drei Eisenbahnbrücken. Daneben gab es noch eine Straßenbrücke, über die die Fernstraße nach Houston führte. Schließlich war er aber doch vom Anblick, den die Stadt bot, überwältigt: Boston war feierlich, dunkel und würdevoll, aber Galveston war ein *Juwel.* Glitzernd wie eine Schlange schmiegte sich die Stadt im Morgenlicht an das lange Eiland mit seinen herrlichen Sandstränden, das zwischen den mächtigen Wasserflächen von Galveston Bay, West Bay und dem Golf von Mexiko zu schweben schien. Ein weicher Dunstschleier lag über der Stadt. Dächer und Türme, Giebel, Erker und Dachkuppeln, alles hing in den bläulichen Hitzeschleiern wie eine Fata Morgana, so zart und unwirklich, als könnte ein Windhauch es zerreißen. Zwischen dem gleißenden Metall der kupferbeschlagenen Kuppeln und vergoldeten Turmhauben dehnten sich Parkanlagen aus, die aussahen wie dunkle Flecken. Die Palmwedel erinnerten an schlaffe Fahnen – auch die Bäume spürten die Hitze. Er hoffte sehr, dass die Leute hier nicht allzu förmlich waren und ihm erlauben würden, das Jackett abzulegen, denn die Hitze war einfach unerträglich.

Ronald zog seine Uhr aus der Westentasche und blickte darauf. »Sieben Minuten noch.«

Der *Southern Glory* lief pünktlich ein. Der Bahnhof war ein Gebäude aus roten Ziegeln, abgesetzt mit Pilastern aus weißem Sandstein, und erstaunlich groß für eine so kleine Stadt. Die hohen Spitzbogenfenster mit den vielfach durch Bleirähmchen unterteilten Scheiben ließen ihn ein wenig wie eine Kapelle aussehen. Sie standen einen Spalt weit offen, um den Rauch der Lokomotiven herauszulassen, sodass das Gebäude in eine blassgraue Wolke gehüllt war. Als der Zug mit lautem Schnaufen und Pfeifen der Lokomotive anhielt, sammelten die Brüder ihr Handgepäck ein und verließen den Waggon. Lärm schlug ihnen entgegen. Auf ein paar Gleisen standen Lokomotiven unter Dampf und pusteten stoßweise dunklen Rauch gegen das Glasdach der Halle. Signale zur Ein- und Ausfahrt der Züge hallten von den Ziegelwänden wider. Dazu kam ein Gedränge von Menschen, das Oscar angesichts der frühen Stunde überraschte. Die halbe Stadt schien auf den Beinen zu sein. Ganze Familien drängelten auf der Suche nach ihren Zügen durch die Menge. Geschäftsleute eilten die Bahnsteige entlang, ihre Aktentaschen eng an sich gepresst. Farbige Gepäckträger in Uniform boten laut schreiend ihre Dienste an.

Ronald winkte zwei der Männer herbei und gab ihnen den Auftrag, die Koffer nach draußen zu bringen. »Wissen Sie, ob die Kutsche des Hotel *Tremont* schon angelangt ist?«, fragte er.

Einer der Träger nickte. »Die steht schon seit einer Viertelstunde draußen, Sir. Ist immer pünktlich.«

Während die schwitzenden Gepäckträger den Karren mit den Koffern zum Ausgang schoben, kämpften Oscar und Ronald sich durch den Trubel. Deutlich als Fremde erkennbar, wurden sie von allen Seiten von Schleppern bedrängt. »Suchen die Herren ein gutes, billiges Quartier? Eine Kutsche, meine Herren, meine Kutsche wartet draußen, ich bringe Sie überallhin! Wenn Sie sich amüsieren wollen, junger Herr, wüsste ich eine gute Adresse!« Ronald scheuchte sie weg, aber sie kehrten sofort zurück wie Fliegen zum Zucker und ließen erst von ihnen ab, als sie aus der Bahnhofshalle hinaustraten.

Eine Woge unterschiedlicher Gerüche schlug ihnen entgegen: Salzwasser, Kaffee und Pferdemist, blühender Jasmin und frisch gebackene Kuchen, die von eilfertig hin und her laufenden Mädchen verkauft wurden. Oscar blieb stehen und blinzelte in die schräge Morgensonne. Er hatte gehofft, hier am Meer würde es kühler sein, aber er wurde bitter enttäuscht. In Galveston betrug die Luftfeuchtigkeit beinahe hundert Prozent. In der Nacht musste es stark geregnet haben, denn der Bahnhofsvorplatz war mit dampfenden Pfützen bedeckt. Sich zu bewegen bedeutete in Schweiß zu zerfließen.

Wenigstens wartete die große, fünfzehnsitzige Kutsche bereits auf sie. Vier glänzende Pferde waren angespannt, und auf der Türe prangte der goldene Schriftzug *Hotel Tremont*. Der Kutscher sprang ab, begrüßte sie freundlich und half den Gepäckträgern, die Koffer einzuladen. Ronald wollte unbedingt vorne sitzen, wo die beiden Außensitze hinter dem Kutscher für Leute reserviert waren, die die Fahrt mit einer Stadtbesichtigung verbinden wollten, und so blieb Oscar nichts anderes übrig, als auch dort zu sitzen. Er tröstete sich damit, dass es hier weniger stickig war als im Inneren des Wagens und sie überdies in Kürze im Hotel sein würden, wo er baden konnte.

Die Peitsche des Kutschers knallte und das mächtige Gefährt rasselte über den mit klobigen Holzbohlen gepflasterten Fahrweg entlang des Strandes. Sie bogen in eine Straße ein, die *Midway* genannt wurde, und Oscar, der einen besonderen Blick für das Dubiose und Zwielichtige hatte, erkannte sofort den tieferen Charakter der Straße. *The Midway* war eine kunterbunte Mischung aus Lokalitäten, Cafés, Imbissstuben, Nachtlokalen, sogar zwei der neumodischen Kinos gab es bereits. Dazwischen drängten sich billige Restaurants, in denen man Bier und gekochte Krabben kaufen konnte, und baufällige Läden, die Souvenirs, Süßigkeiten, Muscheln und stereoskopische Postkarten feilboten. Alle leuchteten in grellen Farben – pink, blau, karmesinrot, sogar orange. Von den meisten allerdings hatte der scharfe, salzige Wind schon einen beträchtlichen Teil der Farbe abgefressen. Er wandte sich an den Kutscher, der es gewohnt war, allein reisenden Herren pikante Fragen zu beantworten, und erfuhr, dass er *The Midway* richtig eingeschätzt hatte. Aber dies war längst nicht alles, was Galveston zu bieten hatte, wie der Kutscher mit einem gewissen Stolz berichtete. Die Stadt hatte fünfhundert Saloons – mehr als New Orleans. Die verrufenste Gegend war *Fat Alley*, die von der Second Street abzweigte. In Galveston war Alkohol ein Lebensmittel; daneben gab es das Glücksspiel, die käufliche Liebe und den Opiumrausch.

»Ich nehme an«, bemerkte Ronald, der den Fragen seines Bruders gelauscht hatte, sarkastisch, »du wirst dich hier wohlfühlen.«

»Unsinn«, protestierte Oscar. »Ich frage doch nur.«

Sie ließen den *Midway* hinter sich und fuhren am Hafen entlang. Es war ein äußerst betriebsamer Hafen: Als Oscar den

Blick hinwandte, sah er hoch über den Lagerhäusern am Kai ein bambusartiges Dickicht aus Masten und Spieren, Kränen und den langen Schornsteinen der Dampfschiffe. Die Sonne spiegelte sich im Lack und Messing und ließ so auch das Gewirr aus Tauwerk und Holz glänzen, als wäre alles brandneu lackiert. Lastkarren, Einspänner, Landauer und Mietdroschken mit aufgespannten Verdecken zum Schutz gegen die Sonne drängelten aneinander vorbei. Dann bog die Kutsche in die Richtung der besseren Viertel ab, fuhr an gepflegten Parks mit Palmen und Zypressen, immergrünen Eichen und Hibiskusbüschen vorbei. Oscar fiel auf, wie hoch die Gehsteige über den Straßen lagen, manche gut einen Meter hoch und mit Geländern gesichert. Er sah sich nach beiden Seiten um. Wie hoch mochte die Stadt über das Meer hinausragen? Keine drei Meter, wenn er richtig schätzte. Hier bekam man bei jeder Flut nasse Füße.

Als er den Kutscher danach fragte, nickte der. »Ja, wir haben hier häufig Überschwemmungen. Aber das macht uns nichts, wir sind darauf vorbereitet. Sehen Sie die hohen Gehsteige? Und die Häuser stehen auf Pfeilern, sodass sie auch bei Hochwasser trocken bleiben. Früher wollte die Stadtverwaltung einmal einen Damm bauen, der uns vor dem Hochwasser schützt, aber es wäre ein mächtig kostspieliges Projekt gewesen, und als die Leute vom Wetteramt sagten, es würde mit den Überschwemmungen nie schlimmer werden, als wir es ohnehin gewohnt sind, ließen sie die Sache fallen.«

Die Geschäftsstraße *Avenue B* wurde, wie der Kutscher den Reisenden mitteilte, allgemein *The Strand* genannt, manchmal auch schon die *Wall Street des Westens*. Sie durchschnitt den nördlichen Rand der Stadt direkt unterhalb des weiten Bogens, der den Hafen bildete.

Die Gehsteige waren voll überaus geschäftiger Menschen, Weißen, Schwarzen und Hispaniern, die alle gleichermaßen unternehmungslustig wirkten. Um diese Zeit waren vor allem die Leute unterwegs, die zu arbeiten hatten, die kleinen

Händler, die ihre Läden öffneten, die Dockarbeiter, Handwerker und die Straßenhändler mit ihren Karren voll Melonen, Kuchen, Broten und Südfrüchten. Die untätigen Reichen schliefen noch und würden erst am frühen Nachmittag aus ihren Häusern hervorkommen.

Die Droschke klapperte den *Broadway* hinunter. Dass Galveston eine reiche Stadt war, war deutlich zu sehen, denn dieser Reichtum wurde in den luxuriösen Häusern und üppigen Gärten an der besten Adresse Galvestons offen zur Schau gestellt. Oscar, der über einen exzellenten Geschmack verfügte, stellte gewisse Anzeichen eines neureichen Provinzialismus fest; aber im Großen und Ganzen musste er zugeben, dass Galveston eine schöne Stadt war, viel schöner als das ordinäre und geschmacklose Houston, mit dem es um den ersten Platz unter den texanischen Städten wetteiferte. Er stellte fest, dass er sich an einem ordentlichen und sauberen Ort mit einem überschaubaren Straßennetz befand, in dem die Straßen in westlicher und östlicher Richtung mit Buchstaben bezeichnet, die von Norden nach Süden verlaufenden hingegen nummeriert waren.

Schließlich erreichten sie das Hotel *Tremont*. Oscar war beeindruckt, obwohl er schon viele prächtige Hotels gesehen hatte. Das *Tremont* erinnerte ihn an Bilder des Dogenpalastes in Venedig. Ganze Reihen schimmernder Fenster, die die Form eines umgekehrten U hatten, unterbrachen die Fassade in den fünf Stockwerken. Auf einem Türmchen, das hoch oben auf dem Dachfirst thronte, wehten fröhlich ein halbes Dutzend bunter Wimpel.

Die Empfangshalle war nicht weniger eindrucksvoll. Mächtige rotbraune Marmorsäulen stützten die hölzerne Kassettendecke. Messingkessel mit Phönixpalmen flankierten den Eingang. Im Hintergrund führte eine breite Marmortreppe in die Stockwerke hinauf. Hinter der Theke aus poliertem Mahagoniholz warteten mehrere rot uniformierte Angestellte unter der Aufsicht eines Empfangschefs auf die Wünsche der Gäste.

Ronald trat an die Theke. »Leibowitz. Wir haben eine Suite gebucht«, wandte er sich an den Empfangschef.

Der Mann konsultierte sein Register. »Oh, ja. Da ist es schon. Zwei Herren.« Er schnippte mit den Fingern nach den Trägern, die im Hintergrund warteten. »Das Gepäck der Herren auf Nummer Siebzehn!«, befahl er, und einem Pagen erteilte er den Auftrag, die Gäste in ihre Suite zu führen.

Als sie hinter dem Jungen die Treppe hinaufstiegen, bemerkte Oscar: »Nummer 17! Das war die Nummer meines Krankenzimmers. Ich hoffe, das ist kein böses Omen.«

Der Page brachte sie in den zweiten Stock und schloss die Türe des Gästezimmers auf. Oscar trat neugierig ein und sah sich um. Auf ein winziges Vorzimmer folgte ein Salon mit einem dreiteiligen Fenster, das aufs Meer hinausblickte. Ein zierlicher Schreibtisch stand darin und eine plumpe, mit grünem Samt bezogene Couch sowie zwei dazu passende Lehnsessel. Eine französische Tür führte auf einen Balkon hinaus, von dem man einen Großteil der Stadt überblickte. Links und rechts gingen Tapetentüren in zwei elegant ausgestattete Schlafräume ab. Was Oscar jedoch im Augenblick am meisten interessierte, war das Bad. Mit Vergnügen stellte er fest, dass in dem türkisgrün gekachelten Raum eine große Wanne auf Löwenfüßen auf ihn wartete und alles aufs Beste vorbereitet war, von den flauschigen Handtüchern angefangen bis zu dem Rasierset unter dem Spiegel. Er drehte das warme Wasser auf und schüttete eine Handvoll Badesalz hinein.

»Ich gehe schon einmal ins Bad«, rief er Ronald zu, der noch damit beschäftigt war, den Pagen abzufertigen und von den Trägern die Koffer entgegenzunehmen. Ohne auf eine Antwort zu warten, schälte er sich aus den durchgeschwitzten Kleidern, warf sie in einem Winkel auf den Boden und stieg in die Wanne. Dabei erhaschte er einen Augenblick lang sein Bild im Spiegel und hielt betroffen inne. Er war froh, dass Emily ihn nie nackt zu sehen bekommen würde. Wie verfallen, wie ausgemergelt er aussah! Auf den Innenseiten seiner Schenkel zeichnete sich der rote Hitzeausschlag ab. Immer noch hatte er verschwollene Tränensäcke und eine schlaffe, schlecht durchblutete Haut. Es würde wohl noch eine ganze Weile dauern, bis man ihm die Exzesse der letzten Jahre nicht mehr ansah. Aber wenigstens – dabei grinste er in den Spiegel – waren seine Zähne in Ordnung und sein Haar auch. Beides, sein strahlendes Lächeln und sein wuschelig weiches Haar, hatte den Frauen immer gut gefallen; er war überzeugt, dass es auch Emily gefallen würde.

Er ließ sich in die Wanne sinken und stöhnte laut und wohlig auf, als das lauwarme Wasser über ihm zusammenschlug.

Er war kaum fertig mit Baden, Haarewaschen und Rasieren, als Ronald die Tür einen Spalt weit öffnete und hineinrief: »Denkst du eigentlich daran, dass ich auch gerne in die Wanne möchte?«

»Du kannst schon kommen.« Oscar wickelte sich in ein Badetuch und zog die Türe ganz auf.

Ronald blickte sich missbilligend um. »Musst du eigentlich deine Kleider auf den Boden werfen? Hier steht der Korb für die Wäscherin. Und du hättest die Wanne ausspülen können, nachdem du sie benutzt hast.«

»Warum rufst du nicht das Zimmermädchen?«

»Weil ich keine Lust habe zu warten, bis sie kommt und die Arbeit gemacht hat«, knurrte Ronald. »Und weil ich dich darauf aufmerksam machen wollte, wie rücksichtslos du bist. Ruf jetzt wenigstens an und bestell ein ordentliches Frühstück.« Damit schlug er die Türe hinter sich zu und drehte innen den Riegel um.

Oscar ging in sein Schlafzimmer hinüber, schlüpfte in einen losen Hausanzug aus brauner Seide und zog ein Paar Strohpantoffel an und ging dann zum Telefon an der Wand, um das Frühstück zu bestellen. Was der Zimmerkellner kurz darauf auf seinem Wagen hereinbrachte, schien für die doppelte Anzahl Personen gedacht: Kaffee, Brötchen, Rührei, Schinken, Pfannkuchen und eine Schale mit Früchten.

Als die Brüder dann wenig später gemeinsam frühstückten, bemerkte Ronald: »Wenn du hier im Hotel irgendetwas essen oder trinken willst, lass es einfach auf die Rechnung setzen, ich bezahle dann alles zusammen – außer den Alkoholika.«

»Ich trinke nicht mehr«, murrte Oscar. Die Art, wie Ronald ihn bevormundete, ärgerte ihn.

Der Ältere zuckte die Achseln. »Ich hoffe für dich, dass das stimmt und dass es dabei bleibt. Und jetzt zu unserem Tagesprogramm. Wir werden –«

Oscar unterbrach ihn. »Ich bin für drei Uhr hier im Hotel mit Emily verabredet.«

»Du weißt genau, dass du mich begleiten solltest.«

»Ich begleite dich ja – später. Ronald, ich habe Emily seit vierzehn Jahren nicht gesehen, da wirst du mir doch erlauben eine Tasse Tee mit ihr zu trinken. Nachher fahre ich überallhin mit dir, wohin du willst.«

Ronald war sichtlich verdrossen, gab jedoch nach. »Meinetwegen. Ich werde inzwischen den Rabbiner ausfindig machen, mich ihm vorstellen und ihn bitten, dass er mich bei den jüdischen Geschäftsleuten einführt. Wenn ich dort einmal meine Visitenkarte abgegeben habe, kommen die gojischen von selbst.« Er stand auf. »Ich lege mich noch ein Stunde aufs Ohr, um wirklich frisch zu sein.«

»Ich mache dasselbe.«

3

An dem Tag, an dem sie Oscar nach vierzehn Jahren wiedersehen sollte, war Emily so aufgeregt, dass sie morgens eine ganze Stunde früher als sonst erwachte. Da sie nicht aufstehen konnte, ohne in dem dünnwandigen Holzhaus ihre

Mutter und ihre Schwester zu wecken – die dann zweifellos wissen wollten, warum sie so aufgeregt war – musste sie liegen bleiben und richtete Dutzende unbeantwortete Fragen an die schäbige weiße Holzdecke über ihrem Bett. Wie Oscar jetzt wohl aussah? Er hatte ihr niemals ein Foto geschickt, ebenso wenig wie sie ihm. Ob er immer noch so schmal und adrett war wie damals, oder hatte er mit dem Heranwachsen vielleicht auch große Plattfüße und grobe Knochen bekommen? Ob er sich im Gesicht sehr verändert hatte? Manche Jungen bekamen, wenn sie erwachsen wurden, dicke, rote Gesichter. Und wie würde es sein, wenn sie miteinander redeten? Sie hatten gemeinsam ein furchtbares Erlebnis überstanden, aber das und ihre Briefe waren die einzigen Bande zwischen ihnen. Richtig gesprochen hatten sie noch nie miteinander.

Endlich war die Zeit gekommen, wo sie aufstehen und in Rock und Bluse schlüpfen konnte. Plötzlich fühlte sie sich unelegant, unförmig und bäurisch. Wie der Rock an ihr hing! Wie die Bluse kniff! Und das einfache Kreuzchen, das sie an einem Lederband am Hals trug, sah jämmerlich billig aus. Wenn sie wenigstens ein breites Samtband gehabt hätte, das sie um den Hals hätte binden können! Sie wünschte sich etwas Schickes zum Anziehen: ein schönes Kleid, hübsche Stiefel – und einen eleganten Hut mit Straußenfedern und anderem modischen Putz. Sie wünschte sich überhaupt alles, was Edgar Falstad und ihre Familie als weltlichen Firlefanz verdammten. Der Wunsch, auf Oscar einen guten Eindruck zu machen, war überwältigend.

Dann fasste sie plötzlich den kühnen Entschluss, ihr zweites Sonntagskleid anzuziehen, das aus braunem Taft mit weißen Passen. Ihre Mutter würde natürlich sofort fragen, warum sie sich so herausputzte, und ihr deswegen Vorhaltungen machen. Aber sie brachte es einfach nicht über sich, Oscar in der Alltagskleidung gegenüberzutreten.

Also zog sie Rock und Bluse wieder aus und schlüpfte in das Kleid, das geheimnisvoll um sie herum knisterte. Es war kein besonders vornehmes Kleid, aber das zweitbeste, das sie hatte. Das beste war dem Kirchgang und den Predigten am Strand vorbehalten. Sie fühlte sich besser, als sie ihr Spiegelbild in der blank geputzten Oberfläche des Teekessels betrachtete – Spiegel waren in der Nordischen Gemeinde verpönt, da sie nur der weltlichen Eitelkeit dienten. Sie stellte erleichtert fest, dass sie sich nicht mehr so derb und plump fühlte wie zuvor. Das Kleid tat seine Schuldigkeit.

Sorgfältig band sie die größte Schürze, die sie finden konnte, darüber, um es bei der Hausarbeit nicht zu beschmutzen, und richtete das Frühstück. Wie sie erwartet hatte, gab es sofort einen Aufruhr.

»Was in aller Welt hast du vor? Heute ist kein Feiertag!«, rief ihre Mutter prompt. »Sind wir schon so weit, dass wir uns an einem Werktag herausputzen wie die feinen Damen am Broadway?«

»Ich will einfach nur einmal etwas anderes anziehen als Rock und Bluse. Ist das so schlimm?«

»Aber dein zweitbestes Kleid! Hast du vergessen, wer du bist? Oder willst du es nicht mehr wissen? Vater Edgar hat recht, du bist hochmütig! Sicher träumst du heimlich von einem reichen Mann aus der Stadt, deshalb bist du auch so eigensinnig und lässt nicht mit dir reden!«

Emily gelang es nur mit Mühe, die aufgebrachte Mutter, der Schwester Elsa kräftig Schützenhilfe leistete, zu beschwichtigen. Sie beeilte sich, aus dem Haus zu kommen. Jäher Ärger überkam sie. Durfte sie denn nicht die geringste Freude haben? Durfte sie nicht einmal ein etwas besseres Kleid anziehen?

Das Kleid sorgfältig geschürzt, damit es nicht in die Kette geriet, strampelte sie auf ihrem Fahrrad zum Waisenhaus. Die körperliche Bewegung und der frische, sonnige Morgen besserten ihre Laune allmählich wieder. Sie wünschte nur, der Regen der vergangenen Nacht hätte nicht so viele Pfützen auf der Straße hinterlassen, die beim Durchfahren aufspritzten und ihr Kleid zu beschmutzen drohten. Aber sie schaffte es, alle Spritzer zu vermeiden.

Beim Waisenhaus angekommen, schob sie ihr Rad in den Schuppen und lehnte es gegen die Wand.

»Fräulein Emily?«

Sie erschrak heftig, als sie im Halbdunkeln plötzlich angesprochen wurde. Wer war das? Wer hatte ihr hier drinnen aufgelauert?

»Bitte, erschrecken Sie nicht!«

Jetzt kam ihr die Stimme vertraut vor, und gleich darauf erkannte sie Francis Bulnavic, der aus dem Schatten im Hintergrund des Schuppens trat, einen Kanister mit Maschinenöl in der Hand. »Ich war hier, um Öl zu holen – für Schwester Florentinas Nähmaschine«, erklärte er seine Anwesenheit. »Tut mir leid, wenn ich Ihnen einen Schrecken eingejagt habe.«

»Schon gut.« Sie wandte sich zum Gehen.

»Fräulein Emily?« Er stand da und rührte sich nicht. Die Sonnenstrahlen, die durch Ritzen in den Bretterwänden fielen, malten gelbe Streifen auf seine hochgewachsene, hagere Gestalt in der tabakbraunen Uniform. »Das ist gut, dass ich Sie hier treffe. Ich … ich möchte Ihnen etwas sagen.«

Emily hielt inne. Sie konnte sich nicht vorstellen, was er ihr sagen wollte, da sie mit den Jungen so gut wie nichts zu tun hatte. Die meisten hätte sie nicht einmal wiedererkannt, wären sie ihr über den Weg gelaufen, nur die drei Großen hatte sie sich gemerkt, weil sie so auffällig aus der Menge hervorstachen. »Und was möchtest du mir sagen?«, fragte sie.

Francis räusperte sich, als sollte er eine Rede halten. »Es ist so«, stieß er hervor, »dass ich sehr viel an Sie denke und Sie sehr … sehr hübsch und lieb finde.«

Emily schluckte. Sie hatte keine Ahnung, wie sie darauf reagieren sollte.

Er fuhr hastig fort: »Bitte denken Sie nicht, dass ich nur ein Junge bin! Im Herbst werde ich von hier entlassen und beginne zu arbeiten. Ich arbeite jetzt schon wie ein Mann. Und so viel jünger als Sie bin ich gar nicht. Nur sechs Jahre. Das macht doch nichts aus, oder?«

Endlich fand sie sich in der Lage zu antworten. »Nein, das nicht. Aber, Francis … ich weiß nicht recht …«

»Sind Sie denn schon in jemand anderen verliebt?«, fragte er und sah sie aus großen, ernsten Augen traurig an.

»Nein. Nein, wirklich nicht. Nur … in dich bin ich auch nicht verliebt.«

»Mögen Sie mich nicht?«

»Doch. Aber ich kenne dich fast nicht, und ich möchte nicht mit dir zusammen sein. Das hat nichts mit deinem Alter zu tun. Ich liebe dich einfach nicht.«

Er blickte zu Boden und seufzte laut. Emily fand, dass er lächerlich aussah, wie er mit dem Ölkanister in der Hand dastand, x-beinig und schlaksig, aber er tat ihr auch leid. »Ich möchte dich nicht kränken«, sagte sie. »Aber … wenn man keine Gefühle für jemanden hat …«

»Ist schon gut«, antwortete er niedergeschlagen. »Aber bitte sagen Sie es weder den Nonnen noch sonst jemandem, sonst käme ich mir schön blöd vor.«

Damit schritt er an ihr vorbei und verließ den Schuppen.

Emily ließ ihm einen gehörigen Vorsprung und trat erst dann ins Sonnenlicht hinaus. Sie konnte sich vorstellen, wie ihm zumute war. Er hatte sie vollkommen überrascht. Nie im Leben hätte sie gedacht, dass einer der Jungen in sie verliebt sein könnte. Auch wenn sie große Kerle waren, so gehörten sie in ihren Gedanken doch zu den Kindern. Aber Francis hatte recht gehabt, er war schon mehr ein Mann als ein Knabe.

Mit einem Seufzer schritt sie auf das Eingangstor zu.

Wenn sie erst in der zweiten Stunde zu unterrichten hatte, trank sie vorher jedes Mal eine Tasse Kaffee mit der alten Schwester Perpetua, die bereits in Pension war. Sie war nicht mehr rüstig genug, um zu arbeiten, also hatte die Mutter Oberin ihr die Aufgabe zugeteilt, einmal in der Woche mit Emily zu plaudern. Emily wusste ganz genau, dass Schwester Perpetua sie bekehren sollte, aber nachdem die alte Frau viel lieber über andere Dinge redete, machte ihr das nicht viel aus.

Anfangs hatten die Nonnen sich recht aufdringlich bemüht, sie zum Katholizismus zu bekehren, aber sie hatte ihnen eisern widerstanden und war damit belohnt worden, dass Pater Andrew Kirwin, der Priester der St. Marys-Kirche, ihnen schließlich sagte, sie sollten sie in Ruhe lassen. Sie war ihm sehr dankbar dafür gewesen. Sie mochte ihn überhaupt gerne. Auf den ersten Blick wirkte er wie ein kalter, trockener Stockfisch, aber wenn man ihn kennenlernte, erfuhr man, dass er warmherzig und klug war und sogar witzig sein konnte, wenn er wollte. Er hatte öfters mit ihr über ihren Glauben gesprochen, ohne sie zu bedrängen, und hatte sie da und dort auf Dinge hingewiesen, die ihr auch schon aufgefallen waren: Warum es denn notwendig sei, ganze Nächte hindurch zu beten, wenn man Gott in den sieben Bitten des Vaterunsers alles sagen konnte, wessen der Mensch bedurfte? Warum die langen blauen Kleider und die Hauben? War denn alle moderne Kleidung von vornherein unzüchtig? Warum durfte man nicht schwimmen gehen, vorausgesetzt, man trug einen geziemenden Badeanzug? Hatte Gott das Wasser nicht zur Freude und Erfrischung der Menschen an heißen Tagen geschaffen? Sogar die Nonnen liefen, wenn es wirklich heiß war, mit angehobenen Kitteln ins Wasser, freilich an einer Stelle des Strandes, wo niemand sie beobachten konnte.

Manchmal hatte Emily den Verdacht, dass er so den Samen des Zweifels in ihr Herz säte, aber sie wollte etwas so Hässliches nicht von ihm glauben. Er sprach ja nur Dinge an, über die sie selbst schon nachgedacht hatte. Gewiss konnte man Gott auch loben und preisen, wenn man dazu ein hübsches Kleid trug. Und sie wäre leidenschaftlich gerne einmal in der Bucht geschwommen, wenn dort der weiße Sand wie mit Diamanten durchsetzt glitzerte und die Wellen so sanft und weich an den Strand liefen, dass man sich in ihre Arme sinken lassen wollte. Sie spürte wieder, wie sich Verdruss in ihr breitmachte, den sie so oft schon unterdrückt hatte. Immer nur beten, sich bescheiden, andere bekehren – sollte das denn das Leben sein?

Schwester Perpetua wartete bereits in einem Winkel des großen Speisesaals, der jetzt völlig verlassen dalag, auf sie. Das Frühstücksgeschirr war abgeräumt, die langen hölzernen Tische abgewischt. Nur auf dem einzigen Tisch, an dem die Nonne saß, standen noch eine Kaffeekanne und zwei Tassen.

Bei ihrem Anblick richtete die alte Frau sich auf, nahm die Brille ab und betrachtete sie blinzelnd. »Fräulein Emily, wie hübsch Sie heute sind! In dem schönen Kleid habe ich Sie noch nie gesehen. Haben Sie etwas Besonderes vor?«

Emily zögerte. Sofort nahm das runzlige Gesicht unter dem steifen Schleier einen Ausdruck von spitzbübischer Schlauheit an. »Ah, das sollte ich wohl nicht fragen! Das ist ein kleines Geheimnis, hm?«

Da es auf Dauer ohnehin unmöglich sein würde, Schwester Perpetuas Neugierde zu widerstehen, streckte Emily auf der Stelle die Waffen. »Ein Freund von mir kommt zu Besuch. Aus Boston. Er stammt aus einer sehr reichen Familie, und da wollte ich nicht gar zu armselig aussehen, wenn wir uns treffen. Er wohnt nämlich im *Tremont* Hotel, und stellen Sie sich vor, ich müsste in meinem alten Rock und der Bluse dort vorsprechen! Ich würde mich zu Tode schämen.«

Danach musste sie natürlich alles über Oscar erzählen – wie sie ihn kennengelernt hatte, wer seine Familie war, was für eine Art Mann er war und vieles andere mehr. Dass die Nonnen im Zölibat lebten, hieß noch lange nicht, dass sie kein Interesse an anderer Leute Liebesgeschichten hatten, und für Schwester Perpetua stand von Anfang an fest, dass es sich hier um eine Liebesgeschichte handelte. Da nützte es auch nichts, dass Emily beteuerte, Oscar sei verheiratet, und außerdem sei er mit seinem Bruder da und auf Geschäftsreise, sodass sie wohl nur eine Tasse Tee miteinander trinken und sich dann wieder voneinander verabschieden würden. Emily wusste genau, dass die alte Nonne am nächsten Tag einen detaillierten Bericht verlangen würde, wie das Treffen verlaufen sei. Und garantiert würde sie es allen anderen Klosterfrauen weitererzählen. Die Geschichte einer romantischen Herzensangelegenheit ihrer bis dahin schon manchmal etwas altjüngferlich wirkenden Handarbeitslehrerin war einfach zu schön, um sie bei sich zu behalten.

Eine Stunde schwatzten sie so und Emily war bei ihrer dritten Tasse Kaffee, als plötzlich die Türe aufgerissen wurde und eine Novizin hereinstürzte. »Schwester Perpetua!«, schrie sie. »Es ist schrecklich … unser Francis … ganz blau ist er und voll Sand … sie haben ihn in die Halle gebracht …«

Emily sprang auf und stürzte auf den Korridor hinaus, ohne sich um Schwester Perpetua zu kümmern, die sich mit Hilfe ihres Gehstocks mühsam hinter dem Tisch hervorkämpfte. Sie rannte den Korridor entlang und die Treppe hinunter in die Eingangshalle. Blankes Entsetzen umklammerte ihr Herz. Was hatte der dumme Junge getan? Hatte er sich aus unglücklicher Liebe umgebracht? War sie schuld daran? Hatte sie falsch reagiert?

Schon von der Treppe sah sie die aufgeregte Versammlung in der Halle. Ein Dutzend Nonnen stand dort, laut durcheinanderschnatternd, beisammen, und bei ihnen zwei Fischer in groben Segeltuchhosen. Mitten unter ihnen auf dem Boden lag Francis Bulnavic, vollkommen angekleidet, die Stiefel an den Füßen, triefend nass, voll Sand und mit bläulich blassem

Gesicht. Aber er bewegte sich, er lebte! Emily sandte ein Dankgebet zum Himmel.

Eilig stieg sie die Treppe hinunter. Sie hörte einen der Fischer sagen: »Er schwamm einfach im Meer herum, mitsamt seinen Kleidern und Stiefeln. Wir holten ihn mit dem Bootshaken rein und sahen, dass er ziemlich hinüber war. Er spuckte eine Unmenge Wasser aus. Wir haben uns bemüht, ihn wieder auf die Beine zu bringen, und schließlich fing er auch wieder an richtig zu atmen, aber sag mir einer warum der junge Mensch komplett angezogen im Meer herumgeschwommen ist?«

»Sonnenstich«, antwortete eine feste Frauenstimme. Sie gehörte Mutter Mary Tracy, der Oberin. »Kein Wunder bei der grellen Sonne. Er hatte eindeutig einen Sonnenstich. Davon wurde er verwirrt und lief ins Meer.« Ihr strenger Blick glitt über die Versammlung, jeden Widerspruch im Keim erstickend. Dann klatschte sie in die Hände und rief: »Worauf wartet ihr? Zieht ihn aus und trocknet ihn ab, und dann bringt ihn in einem der Gästezimmer zu Bett und gebt ihm ein Beruhigungsmittel. Ich sehe später nach ihm. Und jetzt hopp, alle wieder an ihre Arbeit! Hier gibt es nichts mehr zu sehen!«

Emily huschte eilig davon. Sie zitterte noch am ganzen Körper, so heftig war ihr der Schreck in die Glieder gefahren. Nicht auszudenken, wenn der dumme Junge sich wirklich ertränkt hätte! Was er ihr damit angetan hätte, daran hatte er wohl nicht gedacht. Warum zog sie auch immer die Leidenschaft der falschen Leute auf sich?

4

Pünktlich um drei Uhr schrillte das Telefon in der Suite und der Empfangschef teilte mit, dass eine Dame auf Mr. Oscar Leibowitz warte.

»Ich komme sofort hinunter.« Oscar trat ins Vorzimmer und warf einen letzten prüfenden Blick in den mannshohen Spiegel, der dort eine ganze Wand einnahm. Er hatte sich große Mühe gegeben, gut auszusehen, trug ein weißes Leinenjackett und modische Knickerbocker, wie es zu einem lässigen jungen Mann passte, und duftete diskret nach einem teuren Herrenparfüm. Nachdem er gebadet und geschlafen hatte, sah er nicht mehr ganz so zerknittert aus wie am Morgen. Solange er nicht im grellen Licht stand, würde es angehen.

Er schritt die Marmortreppe hinunter.

Der Empfangschef deutete diskret auf eine junge Frau, die am anderen Ende der Theke wartete. Sie steckte trotz der Hitze in einem hochgeschlossenen Kleid mit langen Ärmeln und bodenlangen Röcken sowie Knöpfstiefeln. Oscar fragte sich, wie die Frauen das aushielten, ohne tot umzufallen. Nun, einige fielen ja auch um, zumindest wurden sie ohnmächtig, wenn sie auch nicht gleich starben. Er schritt unsicher auf sie zu. »Emily?«

Dann blieb er stehen und starrte sie an. Er hatte vorher nicht lange darüber nachgedacht, wie sie wohl aussehen würde, da er glaubte, er kenne sie. Aber er hatte ein kleines Mädchen gekannt, nicht die junge Frau, die ihm hier gegenüberstand.

Dass es ihm nie in den Sinn gekommen war, dass aus dem Kind einmal eine Schönheit werden könnte! Aber er hatte wirklich nie darüber nachgedacht. In seiner Vorstellung war sie immer die Achtjährige geblieben, die sich mit beiden Händen an ihm festhielt, den Kopf an seiner Brust versteckte … und die er geküsst hatte, um sie zu beruhigen und zu trösten. Bei dem Gedanken an diesen Kinderkuss wurde ihm heiß. Was musste das für ein Gefühl sein, die erwachsene Emily zu küssen!

Er nahm ihr Gesicht in sich auf – die klaren, graublauen Augen, die feinen Züge, das dicke, widerspenstige, dunkelbraune Haar, das im Nacken mit einer Samtschleife zusammengebunden war. Sie wirkte bescheiden in ihrem braunen Taftkleid mit den weißen Passen, man sah ihr die Handarbeitslehrerin in allen Dingen an, aber sie war atemberaubend schön.

»Oscar!« Sie streckte ihm beide Hände entgegen mit einer Gebärde, die es ihm unmöglich machte, ihr den obligaten Handkuss zu verabreichen. Da er die junge Frau auch nicht an sich ziehen konnte – was er gerne getan hätte – stand er nur da und hielt ihre Hände fest.

»Du siehst immer noch genauso aus wie damals, auch wenn du jetzt erwachsen bist«, sagte sie. »So adrett, so elegant … aber du warst kürzlich krank, nicht wahr?«

»Ja. Ziemlich krank«, antwortete er kurz angebunden. »Wollen wir in die Teestube gehen und einen Eistee trinken? Dort können wir in Ruhe miteinander reden.«

Sie durchquerten den großen Speisesaal, der noch völlig verlassen dalag, und traten hinaus auf die meerseitige Veranda. Unter dem kühn geschwungenen Glasdach wuchsen zahlreiche Palmen und Bananenbäume in Messingfässern, sodass die Veranda einem Wintergarten ähnelte. Überall zwischen dem üppigen Grün verteilt waren gusseiserne Gartentischchen und die dazu passenden verschnörkelten Stühle. Die großen Fenster, die auf den Strand hinausblickten, standen offen und ließen die kühlende Brise ein, die vom Wasser herüberwehte.

Oscar bestellte zwei Gläser Eistee und dann saßen sie einander gegenüber und wussten beide nicht, was sie sagen sollten. Beide waren damit beschäftigt, ihr Gegenüber mit allen Sinnen in sich aufzunehmen. Schließlich hatte Oscar das Gefühl, dass die Art, wie er sie anstarrte, allmählich unhöflich wurde, und um irgendetwas zu sagen, fragte er sie, ob sie sich einen freien Tag genommen hätte, um ihn treffen zu können.

Sie schüttelte den Kopf. »Nein. Ich arbeite nicht immer den ganzen Tag im Waisenhaus, nur dreimal die Woche. An den übrigen Tagen mache ich zu Mittag Schluss.«

»Arbeitest du gerne dort?«

»Doch. Die Nonnen sind freundlich und ich mag die Kinder sehr, vor allem die Kleineren. Sie sehen so drollig aus, wenn sie das erste Mal Stricknadeln in den Händen halten und das Gesicht verkneifen vor Anstrengung, alles richtig zu machen.«

Emily begann jetzt zu berichten, aber sie hatte nicht viel erlebt in den vergangenen vierzehn Jahren. Sie erzählte von den freundlichen Nonnen, den Waisenkindern, die nett waren, von ihrer Familie, die ein langweiliges Leben führte, und von einem Meteorologen namens Dr. Isaac Cline, den sie abgöttisch bewunderte. »Aber jetzt habe ich genug von mir erzählt«, sagte sie schließlich. »Jetzt bist du dran. Hast du schon etwas von der Stadt gesehen?«

»Nicht viel. Ronald versucht erst einmal, den Rabbiner ausfindig zu machen, der uns hoffentlich Eintritt bei den bedeutenden jüdischen Familien in der Stadt verschaffen wird, dann werden wir sowieso von Haus zu Haus gereicht. Bis dahin lasse ich es langsam angehen ... bei der Hitze.«

Sie nickte. »Das Wetter ist extrem. Direktor Young sagte kürzlich ...«

Er überhörte, was Direktor Young im Einzelnen gesagt hatte, registrierte nur, dass Emily ihn überaus schätzte und mehrmals von ihm als einem »bedeutenden Mann« sprach. Sie schien geradezu besessen von Meteorologen zu sein. Es hatte ihn schon geärgert, dass sie von Dr. Cline mit solcher Hochachtung sprach, als wäre ein wahrer Wettergott vom Himmel herabgestiegen – und jetzt gab es auch noch Dr. Samuel Young, den Direktor der Baumwollbörse, der ein Hobbymeteorologe war und sich als Konkurrenten des berühmten Dr. Isaac Cline sah.

Wahrscheinlich, dachte Oscar erbost, war dieser Direktor Young ein lüsterner alter Bock, der ihr unschuldiges Interesse ausnützte, um sich stundenlang ihre Gesellschaft zu sichern.

Emily sagte: »Ich würde sehr gerne Assistentin bei Dr. Cline werden, aber erstens nehmen sie beim Nationalen Wetteramt noch keine Frauen, und zweitens wäre mir damit wohl die Freundschaft mit Direktor Young verdorben, der immer im Streit liegt mit Dr. Cline. Erst kürzlich sind sie sich wieder in die Haare geraten. Es ging um Stürme, wie du dir denken kannst. Direktor Young ist nämlich der Meinung –« Sie hatte noch etwas sagen wollen, unterbrach sich aber und schwieg.

»Ist der Meinung?«, drängte Oscar, dem dieses plötzliche Schweigen verdächtig erschien.

Emily zögerte noch eine Sekunde lang, dann platzte sie heraus: »Er sagt, dass jederzeit ein Hurrikan über Galveston kommen könnte, vor allem jetzt, wo es so lange heiß war.«

Oscar fühlte die Beklemmung, die sich wie kalte weiße Finger um seine Kehle legten. »Macht dir das keine Angst?«

»Nein«, erwiderte sie selbstsicher. »Ich glaube, dass Dr. Cline recht hat. Schließlich ist er ein berühmter Wissenschaftler, der sogar Vorträge über Klimatologie an der Universität von Texas hält, und Direktor Young nur ein Amateur, auch wenn er zweifellos viel vom Wetter versteht. Er hat uns genau erklärt, warum Galveston nie von einem Hurrikan heimgesucht werden kann. Pass auf.« Sie beugte sich vor, und ihre Augen leuchteten auf, als sie ihm erklärte, warum Dr. Cline meinte, angesichts der Beschaffenheit von Meer und Land könnte ein solcher Sturm niemals Galveston erreichen, sondern müsste schon lange vorher über Land abdrehen, wo die Biester dann allmählich ihre Kraft verloren. Während er ihr ziemlich verwirrt lauschte, quoll sie über von Worten wie Tiefdruck, Hektopascal, Erdrotation, Sturmsystem und Anemometer. Und nun fing sie gar noch an, mit dem Löffelstiel auf der Serviette rotierende Wolkensäulen und geheimnisvolle Wirbelsysteme zu zeichnen! Was war diese Emily doch für ein gescheites Mädchen! Nicht, dass er das Thema anziehend fand – es war für ihn, als sollte er über sein eigenes Begräbnis reden, und das düstere Orakel des

Direktor Young bedrückte ihn zusätzlich. Aber wie Emily reden konnte, wenn sie etwas interessierte!

Allerdings ärgerte Oscar sich so sehr über ihre Bewunderung für die beiden Meteorologen, dass er erleichtert war, als sie das Thema wechselte und auf ihre Kirchengemeinde zu sprechen kam. Er erinnerte sich, dass sie aus einer strenggläubigen norwegischen Familie kam und in eine Kirche ging, die sich »Nordische Gemeinde« nannte.

»Hast du die Traktate gelesen, die ich dir immer beigelegt habe?«, fragte sie.

»Äh .... oberflächlich, ja.«

»Du hast sie *nicht* gelesen«, stellte sie fest.

Er hob entschuldigend die Hände. »Ich weiß, du hast es gut gemeint, aber ... du weißt doch, ich bin Jude.«

»Ist das ein Grund, dass man nichts von Gott hören will?«

Er fühlte sich in der Klemme. Plötzlich erinnerte sie ihn stark an seine zärtlich geliebte Großmutter Rebecca, eine strenge alte Dame, die bei ihren gelegentlichen Besuchen die religiöse Erziehung des kleinen Oscar in die Hand genommen hatte. Er lächelte bei dem Gedanken an sie.

»Warum lachst du?«, fragte Emily indigniert.

Er entschuldigte sich hastig. »Ich lache nicht. Ich musste nur, als du das gesagt hast, an meine Großmutter Rebecca denken. Sie hat mir und Ronald immer religiöse Geschichten erzählt. Es war ein sehr eindrucksvolles Erlebnis.« Er starrte nachdenklich vor sich hin, während er an seinem Eistee nippte. »Sie erzählte uns immer schreckliche Geschichten von abtrünnigen Juden, die sich taufen ließen und dann zur Strafe in Hunde verwandelt wurden. Hunde sind für einen orthodoxen Juden das Letzte, musst du wissen.«

»Ich glaube nicht«, erklärte Emily entschieden, »dass Gott irgendjemand in einen Hund verwandeln würde, weil er sich taufen lässt.« Dann, nach einem kurzen, verlegenen Zögern, stellte sie ihm völlig unerwartet eine Frage, die ihr sichtlich schon länger auf der Zunge gelegen hatte. »Ich dachte, deine Frau würde vielleicht mitkommen, oder begleitet sie dich nicht auf Geschäftsreisen?«

Einen Augenblick war Oscar versucht, sie anzulügen und schlichtweg zu behaupten, Blanche hätte kein Interesse an Geschäftsreisen. Er schämte sich – ein Gefühl, das ihn sonst nicht allzu häufig überkam. Emily sollte nicht herausfinden, dass er Blanche geheiratet hatte, weil sie eine wüste Schlampe war und auf alles, was er sich leistete, noch eins draufgesetzt hatte. Es hatte gutgetan eine Frau zu haben, vor der er sich nicht dauernd rechtfertigen musste. Aber es war auch beschämend gewesen, zuzusehen, wie außer Rand und Band sich Blanche zuweilen benahm.

Dann jedoch entschloss er sich, die Wahrheit zu sagen. »Es ist einiges passiert in letzter Zeit, wovon ich dir nichts geschrieben habe. Blanche hat mich verlassen und die Scheidung eingereicht.«

»Oh.« Emily errötete heftig. Dann fragte sie neugierig: »Wegen eines anderen Mannes?«

»Nein. Wir hatten … wir hatten häufig Streit, weil ich nichts von den Quacksalbern hielt, die sie ständig aufsuchte und für die sie eine Menge Geld ausgab …«

»Dann ist sie also krank?«

Er merkte plötzlich, dass er das Bedürfnis, ihr alles zu erzählen, nicht unterdrücken konnte. Ihre fragenden Augen, ihr aufmerksames, mitfühlendes Lauschen entrissen ihm alle seine Geheimnisse. Obwohl er sich ernsthaft vorgenommen hatte, ihr die dunklen Seiten seines Lebens zu verschweigen, plapperte er hemmungslos drauflos, erzählte ihr von Blanches Ohrenleiden, für das sie vergeblich Heilung suchte, von ihren dauernden Zerwürfnissen im letzten Jahr und von seinem gesundheitlichen Zusammenbruch.

Sie legte die Hand auf seine. »Das ist viel Unglück auf einmal.«

»Das letzte Jahr war nicht schön. Allerdings ... weißt du, vielleicht ist es ein Glück, dass Blanche nichts mehr von mir wissen will. Sie trinkt noch immer, und der Professor sagte mir, ich dürfte keinen Tropfen Alkohol mehr anrühren, sonst würde das Delirium wieder ausbrechen – diesmal für immer. Nüchtern zu bleiben würde mir sehr schwerfallen, wenn ich noch mit Blanche zusammen wäre.«

Emily zeigte sich sehr verständnisvoll. »Ja, ich weiß. Wir haben einige Brüder in der Gemeinde, die dasselbe Problem haben. Alle Freunde, die sie je hatten, sitzen in der Kneipe, und sie müssen ohne Freunde auskommen, wenn sie nüchtern bleiben wollen.«

Dass es in der Nordischen Gemeinde auch Leute gab, die gegen den Alkohol kämpfen mussten, überraschte ihn.

Emily lachte, als er das sagte. »Was meinst du denn, was für großartige Heilige wir sind? Natürlich haben die Leute auch ihre Probleme. Alkohol, Familienstreitereien, Wirtshausraufereien ... ach, alles, was es anderswo auch gibt. Aber wir bemühen uns wenigstens, bessere Menschen zu werden.« Sie blickte ihn voll an, mit großen, strahlenden Augen. »Oscar, ich bin so froh, dass du versuchst, vom Alkohol loszukommen. Ich werde alles tun, dir dabei zu helfen. Wir können nicht zulassen, dass du diese Schrecken noch einmal durchmachen musst.«

Wir. Das Wort hallte in ihm nach. Er hatte nicht gedacht, dass sie so leicht zueinander finden würden, so selbstverständlich, als hätten sie die letzten vierzehn Jahre gemeinsam verbracht. Obwohl sie sich doch erst kurze Zeit gesehen hatten, so waren sie doch wie alte Freunde miteinander vertraut.

Mit einem schwachen Lächeln sagte er: »Ich habe dir alle meine Geheimnisse erzählt ... jetzt musst du mir deine verraten.«

»Geheimnisse? Du meine Güte, ich habe keine. In meinem Leben passiert nicht viel.«

Er merkte, dass sie den Blick abwandte, und erklärte rundheraus: »Du sagst nicht ganz die Wahrheit, oder?«

Emily errötete bis unter den Haaransatz. Ihre Finger verschränkten sich nervös ineinander. Schließlich gab sie nach. »Ja, du hast recht. Es war unfair von mir, dich anzulügen, nachdem du mir alles von dir erzählt hast. Allerdings habe ich wirklich keine Geheimnisse, nur ein … ein Problem, das mir schwer zu schaffen macht.«

»Vielleicht kann ich dir helfen, es zu lösen.«

Sie schüttelte traurig den Kopf. »Ich glaube nicht, dass du das kannst. Du bist nicht gläubig, du kannst dir nicht vorstellen wie das ist, wenn man einen Befehl direkt von Gott bekommt.«

»Hast du eine Vision gehabt oder sowas?«, fragte er stirnrunzelnd. Emily schien ihm bei all ihrer naiven Frömmigkeit überhaupt nicht der exaltierte Typ zu sein, der Visionen hatte.

»Nein, ich nicht, aber Edgar Falstad.«

Edgar Falstad, so erfuhr Oscar , war ein Prediger, der in der Nordischen Gemeinde einen großen Wind um sich machte. Sogar die weltliche Presse von Galveston hatte von ihm bereits Notiz genommen, da er regelmäßig jeden Samstagnachmittag vor den Badehäusern auf dem Strand eine lautstarke öffentliche Predigt hielt, in der er die allgemeine Unzucht anprangerte und den Untergang »dieses amerikanischen Sodom und Gomorrha« vom Himmel herabflehte.

»Geht es denn in den Badehäusern so unzüchtig zu?«, fragte Oscar amüsiert.

»Unsinn«, erwiderte sie scharf. »Aber die Männer treffen sich abends oft am Ende des Piers, um dort außerhalb des Lampenlichts nackt zu schwimmen, was nicht allen Leuten gefällt, und dann gibt es natürlich eine Anzahl Bordelle und Salons in Galveston, gegen die Edgar Falstad auch immer wieder vom Leder zieht – zu Recht, meine ich.«

»Als Geistlicher muss er das wohl. Aber ich nehme an, das ist nicht das Problem, von dem du mir erzählen wolltest.«

»Nein.« Sie spielte unruhig mit dem langen Limonadenlöffel. »Vater Edgar hat oft Visionen, in denen Gott ihm Anweisungen gibt, wie er das und jenes machen soll, und in einer dieser Visionen wurde ihm gesagt, dass er mich zur Frau nehmen soll, obwohl ich diese Ehre nicht verdiene. Er will es gar nicht tun, aber …«

»Wenn er nicht will«, unterbrach Oscar, »sehe ich nicht, wo das Problem ist.«

»Verstehst du nicht? Es geht nicht darum, was er oder ich wollen, sondern was Gott von uns will. Wir müssen –«

»Ist er alt oder jung?«, fiel er ihr von Neuem ins Wort.

»In mittleren Jahren. Er sieht sehr eindrucksvoll aus und er hat eine starke Anziehungskraft auf Frauen.«

»Der du dich nicht entziehen kannst?«

Sie starrte ihn an und er fürchtete schon, sie beleidigt zu haben. Keine Frau hörte es gerne, dass sie ein willenloser Spielball in der Gewalt eines Mannes war. Emily stieß heiser hervor, dass sie sich von ihm als Mann nicht angezogen fühle. Ganz gewiss nicht. Aber sie wusste, dass er mit Gott sprach wie andere mit einem Menschen, gewissermaßen von Mann zu Mann. Er hatte ihnen auch bewiesen, dass Gott seinen Dienst segnete, also zweifelte sie nicht daran, dass er die Wahrheit über seine Vision gesagt hatte. »Ich will ihn nicht zum Mann nehmen«, flüsterte sie sanft und traurig. »Mein Herz wehrt sich aus Kräften dagegen. Aber ich fürchte, dass mein Herz ein schlechter Ratgeber ist und ich den Willen Gottes missachte, wenn ich einer Heirat nicht zustimme.«

Oscar war entsetzt. Er fühlte die Herausforderung, sofort etwas unternehmen zu müssen. Er konnte nicht zusehen, wie Emily diesem lüsternen Wanderprediger in die Hände fiel. Mochte sein eigener Ruf auch nicht der Beste sein, so hatte er jetzt doch gute Absichten; er wollte nur – ja, was wollte er eigentlich? Emily helfen? Sie für sich gewinnen? Schneller sein als der norwegische Prediger, wenn es um die Eroberung ihrer Unschuld ging? Er schämte sich für die lüsternen Gedanken, die in ihm aufstiegen, und bestellte, als der Kellner vorbeieilte, gedankenverloren einen Gin Tonic.

»Oscar«, ermahnte ihn Emily sanft.

Er schreckte auf. »Verzeihung«, wandte er sich an die Bedienung. »Ich meinte, ein Eiswasser mit Zitrone.«

5

Oscar hatte nicht gedacht, dass er sich einmal so weit hinreißen lassen würde, freiwillig in eine Kirche zu gehen, aber an dem Abend tat er es doch. Er war einfach neugierig, was für ein Mensch das war, der ihm seine Emily abspenstig machen wollte. Es war bereits ganz selbstverständlich für ihn, sie als *seine* Emily zu betrachten, auf die er ein langjähriges Anrecht hatte. Immerhin musste er sie beschützen, und zu diesem Zweck musste er sich seinen Gegner genauer ansehen.

Gemeinsam schritten sie in den feuchtheißen Abend hinaus und schlenderten den Broadway entlang. Die Promenade war wunderschön mit ihren doppelten Palmenreihen und dem Grasstreifen mit leuchtend orangeroten Feuerlilien dazwischen, aber Oscar, der an das kühle neuenglische Klima gewöhnt war, glaubte zu ersticken. Da er in Begleitung einer Dame war, konnte er sich auch keinerlei Erleichterung gönnen, sondern schwitzte in seinem Anzug. Unter seinem Strohhut schien sich Dampf zu sammeln.

Sie hatten nicht weit zu gehen, nur *The Strand* entlang und dann in eine Seitengasse, ehe er die kleine hölzerne Kirche vor sich sah.

Unter der offenen Türe standen bereits die Empfangsassistenten und schieden die Neuankömmlinge in willkommene Schafe und noch zu bekehrende Böcke. Oscar wunderte sich nicht, dass er trotz Emilys freundlicher Vorstellung, er sei »ein guter Freund aus Neuengland« als Bock eingestuft wurde. Der Empfangsassistent bedeutete diskret einem jungen Mann, näher zu treten und sich um den Fremden zu kümmern. Oscar, der nicht die geringste Lust hatte, während des ganzen Abends von einem eifrigen Missionar in Beschlag genommen zu werden, tat sein Bestes, ihn abzuschütteln, aber er musste beinahe schon grob werden, ehe er ihn endlich loswurde.

Er sah sich um. Der holzgetäfelte Raum war fast völlig schmucklos, nur an der Stirnwand stand ein Pult, das von zwei Kerzen beleuchtet wurde, damit der Prediger in der darauf liegenden Bibel lesen konnte. Oscar, der die prächtig ausgestattete Bostoner Synagoge und ansonsten nur katholische Kirchen kannte, war überrascht über diese Kargheit. Getrennt von Emily, auf der Männerseite des Raumes, nahm er Platz in einer Gemeinde aus alten Männern, Matronen mit großen, düsteren Hüten und einer Menge Jungvolk, das sich schwätzend im Torbogen drängte, bis der Gottesdienst begann. Oscar blickte sich neugierig unter den Leuten um. Es war deutlich zu sehen, dass die Mitglieder der Gemeinschaft aus den unteren Einkommensklassen kamen, und ihr harter Akzent verriet, dass viele Einwanderer unter ihnen waren. Hier sah man keine Zylinder und Strohhüte, sondern die ballonförmigen Kappen einfacher Arbeiter und bemerkenswert viele Schiffermützen. Bei den Kapitänen kleiner Boote und ihren Mannschaften schien die Kirche viele Anhänger zu haben. Die Männer trugen normale Kleidung, aber er sah viele Frauen in bodenlangen blauen Baumwollkleidern und mit Hauben aus demselben Material, die einen zugleich pittoresken und absurden Eindruck machten.

Erst dachte Oscar, der rundliche blonde Norweger, der die Versammlung begrüßte, sei Edgar Falstad, aber er hatte sich getäuscht. Mr. Pederson hatte nur die Aufgabe, die Gemeinde auf den großen Redner einzustimmen. Ein paar Lieder wurden gesungen, ein paar Gebete gesprochen, dann trat der mit Spannung Erwartete ins Lampenlicht.

Oscar sah sich einem Mann gegenüber, an dem ihm alles als leere Pose erschien, angefangen von der malerischen Haar- und Barttracht bis hin zu dem Bühnenkostüm aus einem offenen Hemd, das er mit einem Kälberstrick gegürtet hatte, und dem goldenen Kreuz um den Hals. Oscar fand Edgar Falstad lächerlich – bis der Mann sich plötzlich zu den Bänken auf der Männerseite wandte und Oscar sich einem Paar höchst seltsamer Augen gegenübersah. Graugrün in der Farbe, wanderte ihr Blick flink durch den Raum, hielt zuweilen an, um groß und zwingend wie die Augen eines Bühnenhypnotiseurs zu werden, und eilte dann weiter. Oscar blinzelte unwillkürlich, von einer merkwürdigen Furcht ergriffen. Mit einem Schlag wurde ihm klar, dass der wunderliche Prophet über außergewöhnliche Kraft verfügte – eine fast übernatürliche Kraft, wie es ihm erscheinen wollte. Obwohl Falstad sich längst wieder abgewandt hatte, sah er immer noch dessen beunruhigende Augen vor sich.

Das gedämpfte Ah und Oh, das sein Eintritt erweckte, stammte aus den Reihen der Frauen, und Oscar erinnerte sich, was Emily über seine »starke Anziehungskraft auf Frauen« gesagt hatte. Zweifellos war der Redner ein Mann mit einer in jeder Hinsicht potenten Ausstrahlung.

Dann begann Edgar Falstad zu sprechen, und Oscar erkannte, dass dieser seine Stimme wie ein Instrument benutzte, bei dem er gekonnt alle Register zog. Sie war tief und voll, mit einem samtig rauen Unterton, wenn er schmeichelte; sie konnte sich mühelos vom Flüstern zum wütenden Poltern erheben und zum Dröhnen einer Orgel anschwellen, wenn er über die allgemeine Verderbtheit in Galveston und seine Hoffnung auf eine göttliche Züchtigung dafür sprach.

»Da seht«, donnerte er, »wie sie sich reckt und räkelt auf ihrem Bett aus Sand, die kleine Hure, wie sie glitzert und schimmert und sich nicht schämt, ihren Stolz und Hochmut zur Schau zu tragen. Ja, Herr, strafe du diesen Hochmut! Zerschlage du ihr Gesicht! Brich ihren Nacken! Seht den stolzen Boulevard, auf dem sie ihre Schande zur Schau tragen, die Reichen und Lüsternen, wie sie hochmütig in ihren Karossen einherrollen! Ja, Herr, vernichte sie! Sende du eine Welle, die sie verschlingt! Sende du einen Sturmwind, der sie in alle Winde zerstreut!«

Oscar staunte nur so über den unverbrämten Sadismus, mit dem er dem Allmächtigen verschiedene Vorschläge unterbreitete, wie diese Züchtigung auszuführen sei – durch Feuer, durch Wasser, durch ansteckende und unheilbare Krankheiten, durch Missgeburten aller in Sünde gezeugten Kinder … Er fragte sich, ob der Mann einen persönlichen Grund für seine Wut hatte oder nur meinte, Gott müsste ihm Recht geben, wenn er sich über die Nacktschwimmer ärgerte und sie bestraft sehen wollte, und das auf eine unwiederholbar drastische Weise. Warum sollte jemand den Untergang einer ganzen Stadt fordern, weil es darin Bordelle und Pubs gab? Oder ging es gar nicht darum? Er merkte, wie oft der Prediger das Wort »Hochmut« verwendete. Hochmut war die Sünde Galvestons. Die Stadt war zu schön, zu modern, zu tüchtig, zu gut organisiert, um vor den Augen Gottes bestehen zu können; sie musste vom Angesicht der Erde verschwinden. Vermutlich stammte Edgar aus einem kleinen, armseligen norwegischen Dorf, in dem einem die Hühner vor die Füße liefen und die Leute hinters Haus kackten, und er war daher überzeugt, dass alle Welt so aussehen müsste. Oder war er einfach nur neidisch, weil er an dem Paradies Galveston nicht teilhaben konnte? Auf jeden Fall schien ihn – von den Nacktschwimmern einmal abgesehen – einfach alles an der Stadt zu ärgern. Er verfluchte die kühnen Brückenbauten über die Galveston-Bucht, den geschäftigen Hafen, die elegante *Strand-Meile* und vor allem den Boulevard, den er eine Ludergasse nannte. In seinem Zorn geriet er so außer sich, dass er gewaltig schwitzte und sich mehrmals mit großen Schnupftüchern das Gesicht abtrocknete. Jedes dieser Tücher wurde von dem blonden Norweger, der als Kirchendiener fungierte, entgegengenommen, gefaltet und in eine mit Papier bezogene Schachtel gesteckt.

Oscar wollte seinen Nachbarn fragen, was das zu bedeuten hatte, wurde aber mit einem »Pst!« bedacht. Erst nach dem Ende des Gottesdienstes, der dem jungen Ungläubigen quälend lange erschien, bekam er eine Antwort auf seine Frage.

»Der Vater Edgar Falstad ist heilig. Alles, was ihn berührt, ist auch heilig.« Der gebeugte Greis, der ihm diese Erklärung gab, nickte feierlich. »Sie dürfen sich glücklich schätzen, dass Sie ihm zuhören durften, junger Mann.«

Oscar kämpfte sich durch das Gedränge zu Emily durch und fragte, ob die Schweißtücher tatsächlich als heilig galten.

Sie zögerte mit der Antwort. Schließlich erklärte sie: »So sagen es die Ältesten der Gemeinde, die von Vater Falstads Tugenden überzeugt sind, und wir haben nicht das Recht daran zu zweifeln.« Sie ergriff seinen Ärmel. »Komm mit, ich möchte dich ihm vorstellen.«

Oscar folgte ihr widerwillig, als sie ihn zu dem Mann hinzog, der inmitten einer eng gedrängten Gruppe von Verehrerinnen neben der Türe stand.

»Vater Falstad, dies ist ein alter Freund von mir, Oscar Leibowitz aus Boston.«

Der Prediger sandte ihm einen feindseligen Blick zu. »Aus Boston, ey? Ein Yankee also. Was bringt Sie nach Galveston?«

Oscar lächelte diplomatisch. »Geschäfte.«

»Soso. Und Sie besuchen *unsere* Emily.«

»Wir kennen uns schon seit unserer Kindheit.«

»Dann sind Sie also ein guter Freund ... ein guter, alter Freund.« Der Prediger warf ihm einen Blick zu, in dem blanker Hass glänzte. Dann wandte er sich plötzlich abrupt ab und begann mit den Frauen zu reden, die um ihn standen.

»Was sagst du?«, flüsterte Emily. »Ist er nicht eine starke Persönlichkeit?«

Oscar hielt eine Antwort zurück, bis sie das Gotteshaus verlassen und zwei Querstraßen zwischen sich und die Kirche gebracht hatten, denn schließlich wollte er nicht von aufgebrachten Frommen verprügelt werden, wenn er seine Meinung laut äußerte. Erst dann sagte er: »Ich traue ihm nicht.«

»Du bist ein Ungläubiger. Du hältst nicht einmal an deinem eigenen Glauben fest, wie kannst du da beurteilen, was an meinem Glauben richtig und falsch ist?«

Aufgebracht erwiderte er: »Ich merke eben, was du fühlst. Alles an dir sagt mir, dass du ihm auch nicht traust. Aber du hast Angst davor, was deine Ältesten sagen, wenn du Kritik an ihm übst.«

»Diese Kirche ist meine Familie, meine Heimat«, erwiderte sie mit einem leisen Seufzer. »Es fällt mir schwer, mich dagegen zu stellen.«

Oscar versuchte es andersherum. »Ich bin ein Ungläubiger, da hast du recht, und verstehe nichts von Glaubensdingen. Aber du verstehst dich doch gut mit den Nonnen – was sagen die denn dazu?«

Emily stieß einen neuerlichen tiefen Seufzer aus. Wie Oscar ganz richtig vermutet hatte, waren auch die Klosterfrauen nicht angetan von dem seltsamen »Vater«, der seine Schweißtücher als heilige Reliquien an die Gemeinde verteilte; ja, sie hatten Emily gedroht, ihr die Stellung zu kündigen, wenn sie vor den Kindern auch nur ein Wörtchen über ihn verlauten ließ. Sie hatte sowieso strengstes Verbot, in dem katholischen Heim von ihrem ketzerischen Glauben zu reden, aber seit Vater Falstad in der Gemeinde erschienen war, zeigten sich die Nonnen ihr gegenüber ausgesprochen misstrauisch. Mutter Mary Camillus Tracy hatte sie schon mehrmals zu ernsten Gesprächen unter vier Augen zu sich befohlen. Aber was sollte sie machen, wenn es wirklich Gott war, der ihr befahl, den Mann zu heiraten?

»Gott«, erklärte Oscar im Brustton der Überzeugung, »würde dir niemals etwas so Lästerliches befehlen. Sieh dir den Menschen doch an. Er ist widerlich.«

Emily war entrüstet. So sprach man nicht über einen Heiligen. Und außerdem war es egal, ob sie ihn körperlich abstoßend fand. Hatte Gott nicht das Recht, ihr eine Bürde aufzuerlegen, die schwer zu tragen war? Mussten sie nicht alle ihr Kreuz auf sich nehmen?

»Woher weißt du, dass er wirklich eine Vision gehabt hat?«, fragte er, als sie in *The Strand* einbogen. Es war jetzt dunkel und die hohen, mahagonigerahmten Schaufenster schimmerten im Licht der Straßenbeleuchtung wie dunkle Spiegel.

Emily gab nicht gleich Antwort. Sie war also selbst nicht ganz sicher, registrierte Oscar erfreut. »Er hat es mir erzählt«, sagte sie schließlich. »Und warum sollte ich ihm nicht glauben? Alle glauben ihm.«

»Weil er vielleicht einen guten Grund hat, dir von Visionen zu erzählen«, hakte Oscar ein. »Er will dich rumkriegen, und er weiß genau, wie fromm du bist und dass du nicht wagen würdest, etwas gegen einen ausdrücklichen Befehl Gottes zu tun. Glaub mir, solche Männer haben das richtige Rezept für jede Frau. Bei dir könnte er mit Geschenken und schönen Reden nichts ausrichten, also kommt er dir auf die fromme Tour.«

Sie sagte abweisend: »Ich will nicht, dass du so über ihn redest.« Dann lächelte sie plötzlich. »Woher weißt du eigentlich, was *solche Männer* für Tricks auf Lager haben? Kennst du sie auch?«

Er entschloss sich zu einer ehrlichen Antwort. »Ich kenne einige Tricks, aber ich würde einer Frau nie erzählen, dass Gott mir etwas gesagt hat, wenn es nicht stimmt. Meine Großmutter hat mich immer davor gewarnt, den Namen des Allmächtigen zu missbrauchen. Sie war eine beeindruckende alte Dame, weißt du. Sie trug Kleider, die so gebauscht, geschnürt und ausgestopft waren, dass sie sich kaum darin bewegen konnte, und hatte eine große perlenbestickte Seidenhaube auf. Wenn wir sie besuchten, saß sie in ihrem Lehnstuhl, und Ronald und ich durften uns auf die Fußbank setzen. Dann erzählte sie uns ihre Geschichten. Wir konnten nachts kaum schlafen vor Angst, Gott würde uns auch so strafen, wenn wir irgendetwas anstellten.« Er lachte, dann setzte er nachdenklich hinzu: »Aber ich glaube nicht, dass Gott so straft, sonst müsste ich längst ein Straßenköter sein, nach allem, was ich angestellt habe.«

»Tut es dir denn wenigstens leid, dass du ein schlechtes Leben führst?«, fragte Emily und ergriff in ihrem frommen Eifer seine Hand. Er machte keine Anstalten, sie zurückzuziehen.

Er überlegte. »Was wäre ein gutes Leben, Emily? Filialleiter in Vaters Schuhhandel werden?«

»Nicht unbedingt.« Listig fügte sie hinzu: »Deine Großmutter hat dir sicher genug darüber erzählt, wie ein gutes Leben aussieht.«

Er war überrascht, dann nickte er. Bei der Erinnerung glitt ein Lächeln über sein Gesicht. »Oh ja. Sie war eine strenge, fromme Frau, und sie kannte jede Menge Lebensgeschichten von heiligen Männern und gottgefälligen Frauen. Wir hörten diese Geschichten gerne, aber noch lieber hörten wir die von den gottlosen Schurken. – Emily, du wirst dich doch nicht dazu beschwatzen lassen, mit diesem Falstad vielleicht … ich meine …«

»WAS meinst du?«, fragte sie in einem Ton, der ihn warnte, weiterzureden.

Oscar merkte, dass es keinen Sinn hatte, weiter auf Falstad herumzuhacken. Es würde Emily eher noch in ihrer fixen Idee bestärken, wenn er sie darauf hinwies, dass der Mann widerlich und obszön war. Sie würde dann nur immer darauf antworten, dass es nicht darauf ankam, was sie für ihn fühlte; wichtig war, was Gott ihr befahl.

Oscar hielt sich also zurück, und sie gingen den Weg bis zum Droschkenstandplatz, ohne weiter über dieses Thema zu sprechen. Emily hatte es abgelehnt, dass er sie nach Hause begleitete; sie erklärte lächelnd, sie wolle nicht riskieren, dass er als Stadtfremder seinen eigenen Heimweg nicht fand, und überdies sei sie an allen anderen Abenden ihres Lebens auch allein nach Hause gelangt. Oscar fand diese Ansicht übertrieben emanzipiert, aber er schwieg dazu. Wenn er etwas aus seiner Beziehung zu Blanche Miller gelernt hatte, dann war es die Weisheit, Frauen nach Möglichkeit nicht zu widersprechen.

6

Er wollte bereits eine Droschke besteigen, als ihm einfiel, dass er nur *The Strand* entlang und dann weiter geradeaus gehen musste, um genau auf sein Hotel zu stoßen. Die Nacht war schön und er wollte noch eine Weile über seine erste Begegnung mit Emily nachdenken, ehe er sich mit Ronald auseinandersetzen musste – der zweifellos wissen wollte, wo er so lange gesteckt hatte, und ihm Vorwürfe machen würde, dass er nicht mit dem nötigen Ernst bei den väterlichen Geschäften war.

Er war ein Mann, der leicht Feuer fing, aber diesmal, so schien es ihm, war es etwas anderes. Er hatte nie eine Frau kennengelernt, die ihn in ihrem ganzen Wesen so sehr an seine geliebte Großmutter erinnerte. Emily war gewissermaßen eine junge, christliche Version der alten Rebecca. Sie sprach genauso streng mit ihm und genauso liebevoll. Er hatte ein bisschen Angst vor ihren scharfen Blicken und ihrer unverblümten Redeweise, aber zugleich fühlte er sich bei ihr geborgen. Und wie schön sie war, wie schön!

Den Kopf gesenkt, die Hände in den Taschen, schlenderte er dahin, ohne einen Blick auf die Schaufenster zu werfen, ganz in Gedanken versunken. Er wusste überhaupt nicht, wie ihm geschah, als sich plötzlich eine grobe Hand auf seinen Mund presste und er gleichzeitig von starken Armen gepackt und rücklings in einen der schmalen Durchgänge zwischen den Kaufhäusern gezerrt wurde. Es war stockdunkel, sodass er seine Feinde nicht erkennen konnte. Entsetzt versuchte er zu schreien, und als nur ein ersticktes Gurgeln daraus wurde, biss er mit aller Kraft in die Finger, die ihm den Mund zuhielten. Er schmeckte haariges, schmutziges Fleisch. Blut quoll ihm in den Mund. Die Hand verschwand und er hörte einen unterdrückten Fluch. Aber ehe er noch um Hilfe rufen konnte, rammte ihm jemand das Knie in den Magen, sodass er sich würgend zusammenkrümmte, und dann hagelten auch schon die Schläge grober Fäuste auf ihn herunter. Er wurde zu Boden gerissen. Ein Stiefel trat hart in seine Hüfte, ein genagelter Schuh stieg auf sein Handgelenk. Immer noch außer Atem von dem brutalen Stoß in den Magen, brachte er keinen Schrei heraus. Er konnte sich nur zusammenrollen und mit beiden Händen versuchen, seinen Kopf und sein Gesicht vor den Tritten der Angreifer zu schützen. Dennoch traf eine eisenharte Schuhkappe seine Wange. Panik erfasste ihn. Er war überzeugt, dass die Männer – es mussten zwei sein – es auf sein Leben abgesehen hatten, nicht nur auf seine Brieftasche. Dann gelang es ihm mit einem Mal zu schreien, und er staunte selbst, was für einen langen, gellenden Hilfeschrei er in die Nacht sandte. Einer der Männer beugte sich über ihn, riss sein Jackett auf, zog die Brieftasche aus der Innentasche. Dann flüchteten sie.

Am etwas helleren Anfang des Durchganges drängten sich schattenhafte Gestalten.

»Hier war es, hier hat jemand geschrien!«, hörte Oscar sie rufen.

»Eine Rauferei vielleicht.«

»Nein, ein Überfall! Schaut, da liegt jemand.«

»Holt einen Polizisten!«

Plötzlich waren Menschen um ihn. Freundliche Hände griffen zu, halfen ihm sich aufzurichten, und als er wieder zusammensackte, setzten sie ihn auf den Gehsteig und lehnten ihn an die Mauer des Kaufhauses. Ihm dröhnte der Kopf und ihm war übel. Bitterer Speichel sammelte sich in seinem Mund. Jetzt, wo die Gefahr vorüber war, zitterte er am ganzen Körper. Eisige Kälte ergriff seine Glieder.

»Was ist Ihnen passiert, Sir?« Im Schein der Straßenlampen beugte sich ein uniformierter Polizist über ihn. »Sie sind überfallen worden?«

»Ja.« Oscar musste an sich halten, dass seine Zähne beim Sprechen nicht gegeneinanderschlugen. »Ich weiß nur, dass ich plötzlich gepackt und in den Durchgang gezerrt wurde, und dann fielen zwei Männer über mich her. Ich konnte keinen von ihnen erkennen. Sie haben mir die Brieftasche weggenommen.«

Er gab dem Beamten seine Personalien an und nannte als Wohnadresse das *Tremont*. Dass er im besten Hotel der Stadt abgestiegen war, beeindruckte den Polizisten sichtlich. Er machte sich eifrig Notizen, schüttelte aber den Kopf, als Oscar fragte, ob er die Räuber ausfindig machen könnte. »Wenn Sie uns keine Personenbeschreibung geben können, Sir, wird das schwierig. Hatten Sie viel Geld bei sich?«

»Nein, nur ein paar Dollar.« Er dachte daran, dass er Emilys letzten Brief im Portmonee stecken hatte. Den würde er mehr vermissen als das bisschen Geld.

Der Polizist rief eine vorbeifahrende Droschke herbei, sprach kurz mit dem Kutscher und wandte sich dann an Oscar. »Er wird Sie zum Hotel fahren, Sie können ihn dann dort bezahlen. Wenn wir etwas in Erfahrung bringen, verständigen wir Sie.«

Die kurze Fahrt zum *Tremont* wurde ihm zu einer Abfolge von Schatten und bunten Lichtern. Er kam erst wieder richtig zu sich, als die Droschke vor dem hell erleuchteten Portal des Hotels hielt und der prächtig uniformierte schwarze Portier einen Schreckensschrei unterdrückte, als er den übel zugerichteten Gast sah. Oscar nahm undeutlich wahr, dass er zu einem Seiteneingang geführt wurde – offenbar wollte man die Gäste in der Halle nicht mit seinem Anblick erschrecken – und jemand ihn über eine Hintertreppe zu seiner Suite begleitete. Dann tauchte Ronald auf, der ihm half, sich auf das Sofa im Salon zu legen, und ihm ein Glas Eistee brachte.

Allmählich kam er wieder zu sich. Der Schüttelfrost und die Übelkeit ließen nach. Dafür spürte er jetzt jeden einzelnen Knochen. Er lächelte seinen Bruder mit verzerrten Lippen an. »Siehst du, es ist gut, dass du alles Geld hast. So haben sie mir nichts wegnehmen können.«

Ronald, der offenbar furchtbar erschrocken war, schüttelte den Kopf. »Und ich dachte, das ist eine nette kleine Stadt. Soll ich den Arzt rufen?«

»Nein, ich glaube, das ist nicht nötig. Ich habe nur eine Menge blaue Flecken. Die Angst war das Schlimmste … Ich dachte, die Kerle bringen mich um.« Er setzte sich mühsam auf. »Ich nehme am besten ein ordentlich langes und heißes Bad, das bringt mich am ehesten wieder auf die Beine.«

Das Bad tat ihm tatsächlich gut, obwohl das heiße Wasser in den Schürfwunden brannte. Er dehnte und streckte sich in der Wanne und fühlte, wie der Schrecken langsam nachließ.

Ronald kam herein und lehnte sich an den Türpfosten. »Ich habe den Kutscher bezahlt«, sagte er. »Er erzählte mir, dass er dich mitten auf *The Strand* aufgenommen hat. Ich dachte schon, du wärst in irgendwelchen zwielichtigen Gegenden unterwegs gewesen.«

»Siehst du?« Oscar schüttelte sich das Wasser aus dem Haar und blickte ihn vorwurfsvoll an. »Du denkst immer sofort das Schlechteste von mir. Weißt du, wo ich war? Mit Emily in der Kirche! Einen ganzen Abendgottesdienst lang!«

»Mach keine Witze.« Ronald wirkte völlig verblüfft. »Und? Lässt du dich jetzt taufen?«

Oscar grinste schief. »Nein, sicher nicht. Aber verliebt habe ich mich. Ronald, sie ist ein wunderbares Mädchen. Und außerdem ist sie schön.«

»Das ist Blanche auch – ich meine, das war sie, bevor sie sich ruiniert hat. Schönheit hat nichts zu besagen.«

»Das sagst ausgerechnet du? Mit einer Frau wie Rachel?«

»Nun ja.« Ronald schien sehr geschmeichelt über das Kompliment für seine Frau. »Aber was ich an Rachel liebe, ist ihr Charakter. Ihre Schönheit ist sowas wie das Sahnehäubchen auf dem Kuchen – lecker, aber nicht unbedingt nötig.«

Oscar machte keine Bemerkung dazu, aber er dachte sich sein Teil. Es erschien ihm, als richte Ronald sein Leben so ein, wie Kinder manchmal ihr Puppenhaus ausstatten: sehr sorgsam und methodisch. Erst die Position als engster Mitarbeiter seines Vaters, dann eine Heirat mit einer ebenso schönen wie liebenswerten Frau, dann in rascher Folge vier Kinder. Er hatte alle diese Dinge zur rechten Zeit in das Puppenhaus seines Lebens gesetzt, wo sie jetzt an den richtigen Stellen standen. Oscar hatte den Verdacht, dass ihm weniger an den einzelnen Teilen lag als an dem abgerundeten Gesamtkunstwerk, das sein Leben mit 27 Jahren darstellte. Er wusste nicht einmal, ob Ronald Rachel wirklich liebte oder ob er sie nur an ihren Platz gesetzt hatte, weil sie dort so hübsch hinpasste. Aber es gab keinen Zweifel daran, dass er ein vorbildlicher Ehemann war.

Er stieg aus der Badewanne und begann sich abzutrocknen, wobei er immer wieder das Gesicht verzog, wenn er die Prellungen berührte, die sich bereits zu verfärben begannen. Ronald kam mit der Reiseapotheke und half ihm, die Schürfwunden mit Jod zu betupfen. Wo ihn der Tritt ins Gesicht getroffen hatte, begann sich rund um eine blutige Schramme ein bläulicher Hof zu bilden. Wenigstens, dachte Oscar, hatten sie weder seine Nase noch seine Zähne erwischt. Mistkerle!

Nachdem Ronald ihn sorgfältig verarztet hatte, verabschiedete Oscar sich ins Bett.

Er löschte das Licht und versuchte, möglichst bequem zu liegen, aber er konnte nicht einschlafen. Es waren nicht nur die Hitze der Nacht und die Schmerzen in seinem misshandelten Körper, die ihn wachhielten. Während er sich nackt auf seinem heißen Bett wälzte, schmiedete er tausend Pläne, wie er Emily von dem schrecklichen Edgar Falstad befreien könnte. Aber wie konnte er der Sache ein Ende machen? Er konnte schließlich nicht gut behaupten, Gott habe auch *ihm* gesagt, dass er Emily heiraten sollte. Außerdem war er, zurzeit jedenfalls noch, verheiratet. Fürs Erste war er gegen die listige Waffe des Gegners machtlos. Aber er würde ihn beobachten, er würde auf dem Laufenden bleiben …

Während er so grübelte, musste er seltsamerweise immer daran denken, was Emily über seine Großmutter gesagt hatte. »Sie hat dir doch sicher gesagt, wie ein gutes Leben aussieht.« Und ob sie das getan hatte! Unzufrieden mit der weltlichen Erziehung, die ihr Sohn seinen Kindern zukommen ließ, war die alte Dame nicht müde geworden, den Enkeln die Grundprinzipien eines gottgefälligen jüdischen Lebens einzuhämmern. Auf jeden Fall, so hatte sie wieder und wieder betont, war es wichtig zu heiraten. Ein Mann ohne Frau war wie ein Schiff ohne Anker, allen Versuchungen hilflos ausgeliefert, unstet und unfähig zu einem gesunden und fruchtbaren Leben. Natürlich hatte seine Großmutter nicht gemeint, dass man einfach irgendjemand heiratete. Oscar zweifelte nicht daran, dass Emily alle Verpflichtungen, die eine Ehe mit sich bringen mochte, aufs Genaueste erfüllen würde. Was ihn selber anging, hatte er versagt. Er wagte gar nicht daran zu denken, was Rebecca zu seinem Leben mit Blanche gesagt hätte. Wie hätte sie es wohl aufgenommen, wenn er mit Emily angekommen wäre? An einer gojischen Schwiegertochter hätte sie wohl keine Freude gehabt, aber als Mensch wäre ihr Emily sicher sehr sympathisch gewesen.

Er musste sie unbedingt von diesem Unhold befreien. Plötzlich hielt er inne. Ein Gedanke war aufgetaucht, der ihn erstarren ließ. Er erinnerte sich sehr gut an den hasserfüllten Blick, den der Prediger ihm zugeworfen hatte. Und wenig später war er überfallen worden, mitten auf einer der belebtesten Straßen der Stadt, die auch abends noch voller Menschen war. Nicht gerade der Ort, den gewöhnliche Straßenräuber bevorzugen würden. Und die Brieftasche hatten sie ihm erst geraubt, als sie merkten, dass sie flüchten mussten. War das vielleicht nur ein Ablenkungsmanöver gewesen, damit die Spur nicht zu Edgar Falstad führte?

Dieser Schuft! Offensichtlich schreckte er vor nichts zurück, um Emily in seine Klauen zu bekommen. Er musste sofort gemerkt haben, dass Oscar für die junge Frau mehr war als nur ein Freund aus Kindertagen. Schlauer Bursche. Und er hatte blitzschnell und brutal reagiert. Oscar war überzeugt, dass sie vorgehabt hatten ihn umzubringen. Hätten sie ihm nur eine Abreibung verpassen wollen zur Warnung, sich von Emily fernzuhalten, dann hätten sie ihm gesagt, warum er verprügelt wurde. Wie auch immer – von jetzt an war es gefährlich, Emily weiterhin zu treffen – nicht nur für ihn, sondern auch für sie. Er musste dafür sorgen, dass ihr nichts geschehen konnte. Aber wie sollte er sie warnen? Er hatte keinen Beweis dafür, dass Falstad ihm die beiden Schläger auf den Hals geschickt hatte. Emily würde annehmen, dass er das nur behauptete, um den Propheten Falstad schlechtzumachen. Sie war schon ärgerlich genug gewesen, als er sie auf dessen unübersehbare Fehler hingewiesen hatte. Wenn er jetzt noch mit dieser wüsten Geschichte ankam …

Da er im Bett keine Ruhe fand, stand er auf, warf den Morgenrock über und trat auf den Balkon hinaus. Die Nacht breitete sich über die friedlich schlafende Stadt. Er hatte erwartet, Sterne zu sehen, aber der Himmel war verhangen und die wenigen sichtbaren Sterne flimmerten gelb und schweflig zwischen den Wolken. Im Hafen brannten rote und grüne Lichter an den Schiffen und in der Innenstadt schimmerte die elektrische Straßenbeleuchtung, auf die die Stadt so stolz war; ansonsten verschwammen Parks und Gärten, Häuser und Straßen zu einer gleichmäßig grauschwarzen Masse. Der Golf lag wie ein schwarzer Spiegel vor ihm, vollkommen ruhig und glanzlos.

Plötzlich empfand Oscar ein Gefühl der Angst, als er sah, wie schmal und zerbrechlich Galveston Island zwischen den Wasserflächen hervortrat. Es war so leicht, die Insel vom Festland abzuschneiden, mit dem sie nur durch vier filigrane Brücken verbunden war. Und wenn das Wasser stieg, wie leicht konnte es über der Insel zusammenschlagen! Aber hatte ihm Emily nicht erklärt, dass es – laut Dr. Cline – unmöglich zu einer Überschwemmung kommen konnte, die die einkalkulierten Hochwassermarken überschritt? In Galveston mochte man leicht nasse Füße bekommen, aber ernsthafte Gefahr drohte keine, so hatte sie gesagt.

Dennoch kam Oscar nicht zur Ruhe. Irgendetwas peinigte ihn. War es der Anblick des schmalen Sandstreifens in der Weite des Golfs? War es irgendetwas im Wetter? Er verstand nichts von Wettervorhersagen, hatte Emilys Schilderungen mit unverständigem Staunen gelauscht. Aber er besaß einen feinen Instinkt für Gefahr, und dieser Instinkt schlug jetzt an. Weder gefielen ihm die müde wirkenden Sterne noch die seltsam stickige, atemlos heiße Luft, die auch in der Nacht nicht abkühlte. Es war, als braue sich in dieser bleiernen Stille etwas zusammen, eine lauernde Gefahr, die dann plötzlich explosionsartig hervortreten konnte.

Oscar kehrte ins Bett zurück und schlief schließlich ein. Er träumte von Indianola.

7

Der Prediger saß im Schneidersitz auf dem Boden des kleinen Raumes, den er seine Kapelle nannte und auch tatsächlich mit einem großen Christusbild und einigen Heiligenbildern dekoriert hatte. In Wirklichkeit war es jedoch eher ein

Meditationsraum, in dem er sich ganz dem Hass hingab, der sein Wesen erfüllte. Der Großteil seiner Energie richtete sich noch immer auf den Untergang von Galveston, aber ein kleines bisschen davon richtete sich gegen den Yankee aus Boston, der es gewagt hatte, Ansprüche auf *seine* Emily zu erheben. Es war immer noch stark genug, um Oscar Leibowitz den Tod zu wünschen. Völlige Vernichtung, das war die Antwort, die Edgar Falstad für jeden hatte, der seine Absichten zu durchkreuzen versuchte. Er war kein Mann für Verhandlungen. Wer ihm im Weg stand, musste weg. Ein Fremder, ein Yankee, der keine Freunde in Galveston hatte – das machte es leichter, mit ihm fertig zu werden. Zunächst allerdings musste er sich mit der Tatsache abfinden, dass seine Leute versagt hatten.

Er warf einen zornigen Blick auf seine beiden Schläger, zwei junge Männer namens Ole Stevenson und Pär Lundquist. Sie waren robuste Burschen mit platten, derben Gesichtern, zwei Dummköpfe, die er aus der Gosse aufgelesen hatte, einfältig und ihm völlig ergeben. Sie kauerten an der Wand und warteten demütig darauf, dass er sie anredete. Oles rechter Zeigefinger steckte in einem Mullverband, durch den Blut sickerte, und er verbarg ihn immer wieder in der Linken, wobei er leise vor sich hinfluchte.

»Ihr hättet nicht zulassen dürfen, dass er schreit«, sagte Falstad. Er sprach langsam und seine Stimme klang verträumt, als sei er in Gedanken woanders. »Das nächste Mal stopft ihm einen Lumpen in den Mund, dann kann er weder schreien noch beißen.« Ein dünnes, boshaftes Lächeln verzerrte seine Lippen, als er Oles blutigen Zeigefinger betrachtete. »Du wirst übrigens von hier verschwinden, Ole, bis dein Finger verheilt ist, sonst kommt noch jemand auf die Idee zu fragen, wo du dir die Bisswunde geholt hast.«

»Der kleine Stinker hat Zähne wie ein Bullterrier«, murrte Ole.

Pär fragte beflissen: »Sollen wir uns das Mädchen auch vornehmen, Vater? Sie trägt einen Teil der Schuld. Niemals hätte sie sich mit einem Sünder einlassen dürfen. Sie hat Strafe verdient.«

»Das überlasst mir. Mischt euch da nicht ein. Ich werde beten, dass Gott mir sagt, wie sie bestraft werden soll.«

»Ja, Vater.«

Ihre Unterwürfigkeit gefiel ihm. Noch besser freilich gefiel ihm die Unterwürfigkeit der Frauen in der Gemeinde. Er spürte, wie sich ein Gefühl von Macht und unerhörter Größe in ihm breitmachte. Er, der ehemalige Schiffer, Möbelpacker und Kohlenträger, konnte es mit der ganzen Welt aufnehmen. Seit die Kraft Gottes ihn durchströmte, war er stark geworden, unglaublich stark. Früher waren die heftigen Auseinandersetzungen und Streitereien mit den anderen Kohleträgern die einzige Möglichkeit, seine unbändige Wut auf das Leben auszuleben. Jetzt konnte er es im großen Stil tun. Sein Drang, sich an den Menschen rächen zu können, die seine Rechte nicht anerkannten und seine Bedürfnisse nicht befriedigten, überwältigte ihn. Und er wusste, dass Gott genauso dachte, dass er die Menschen hasste, die ihn nicht ehrten und ihm nicht zu Willen sein wollten. In seinen Augen war Gott eine große, riesengroße Kopie seiner selbst, besessen von demselben Hass und derselben wütenden Frustration und genauso bereit, alles zu zerstören, was sich ihm nicht beugen wollte. Deshalb schmiedete Gott sich Werkzeuge wie Edgar Falstad, die den göttlichen Zorn in die Welt trugen.

Er begann sich vor und zurück zu wiegen. Die Augen geschlossen betete er. »Herr, vernichte meine Feinde, wer und wo sie auch sind, zerschlage sie, blende ihre Augen, zerstöre ihre Stadt … ich flehe dich an, vernichte sie …«

Die beiden jungen Männer lauschten schweigend. Sie wagten kaum zu atmen, wie immer, wenn sie den Propheten in einer seiner Ekstasen erlebten.

Plötzlich öffnete Falstad die Augen und hielt inne. »Die

Zeit ist gekommen, meine Brüder«, sagte er und seine merkwürdigen Augen waren von einem überirdischen Glanz erfüllt, » die Zeit, mit der Bestrafung der Sünder zu beginnen. Der Yankee ist nur der Erste von vielen. Andere werden ihm folgen. Wir werden ein blutiges Zeichen aufrichten für alle, die sich Gottes Willen widersetzen.«

Ole neigte den Kopf. »Dein Wille geschehe, ehrwürdiger Vater. Aber was wird die Gemeinde dazu sagen?«

»Diese Gemeinde?« Falstad lachte bösartig auf. »Das sind einfältige Narren. Sie sind schwach und untätig. Sie sind nicht würdig, an dem großen Werk mitzuarbeiten. Ich aber bin Elias, der die Baalspriester dieser Stadt zu Boden schlagen wird!«

»Wir sind dir treu und gehorsam, Vater.«

»Gut. Jetzt seht zu, dass ihr den Yankee zu fassen bekommt, und wenn ihr ihn getötet habt, lasst keinen Zweifel daran, dass er seiner Sünden wegen getötet wurde. Lasst die Stadt wissen, dass andere genauso umkommen werden. Sie sollen erkennen, dass die Geduld des Herrn erschöpft ist. Geht!«

Die beiden Burschen eilten davon.

Falstad saß eine Weile still da, dann stand er auf, setzte sich auf den Diwan und zog ein spindelbeiniges Tischchen herbei, auf dem Schreibzeug und Papier lagen. Meistens machte er sich hier Notizen für seine Predigten, aber diesmal hatte er keine Predigt vorzubereiten. Er schrieb eine Liste mit den Namen der Männer und Frauen, die als Nächste sterben sollten.

»Baalspriester«, murmelte er vor sich hin. »Tötet sie alle.«

Als die Liste etwa fünfzehn Namen umfasste, schob er sie weg, lehnte sich zurück und schloss die Augen. Bilder tauchten in seinem Inneren auf. Er sah den Engel des Schreckens vor sich, wie er ihn zum ersten Mal in der Osloer Irrenanstalt gesehen hatte: Von einem gleißend blauen Glanz umflossen, stand vor ihm eine riesenhafte Gestalt, weiß wie Marmor, mit einem Richtschwert in der einen und dem Gefäß voller Plagen in der anderen Hand. Diese Vision hatte sein ganzes Leben verändert: War er bislang nur ein verrückter Kohlenträger, so fühlte er sich jetzt von einem tiefen Glauben erfasst und von Gott berufen. Seither begleitete der Engel des Schreckens ihn auf allen seinen Wegen. Was kümmerte es Edgar Falstad, dass viele Leute ihn für verrückt hielten? Früher, bevor er in die Anstalt eingeliefert wurde, war er immer unruhig gewesen, in sich selbst zerrissen, voll Zorn, der keinen Ausweg fand, von anderen unbeachtet und sich selbst verhasst. Jetzt hatte sein Zorn eine klare Richtung. Jetzt war er ein Werkzeug Gottes, der ihm seinen Engel geschickt hatte. Er war wichtig und bedeutsam, auch wenn das bislang nur wenige wussten. Sein ganzes Leben war neu ausgerichtet worden, und jetzt strömte es unaufhaltsam dahin wie ein Fluss, dessen Bett man von Steinen und Sand gereinigt hat.

Ein leiser Schritt ließ ihn aufblicken. Es war Thyrza, die älteste der drei Frauen, die ihn begleiteten. Sie hatte ihr Häubchen abgenommen und zwei lange schwarze Zöpfe enthüllt. Ihr Gesicht war einmal sehr schön gewesen, wirkte aber jetzt zerknittert wie weißes Seidenpapier, obwohl sie nicht älter als fünfunddreißig sein konnte.

»Was willst du?«, fragte er ungnädig.

Sie sprach leise und vermied es, ihm in die Augen zu sehen. »Du hast sie wieder betrogen«, flüsterte sie.

»Was geht dich das an? Und selbst wenn? Sie wollen betrogen werden. Sie brauchen Wunder, an denen ihr schwacher Glaube sich festhalten kann. Hätten sie einen starken Glauben, so wäre ich nicht gezwungen, ihnen diese Stütze zu bieten. Es ist ihre eigene Schuld.« Er hatte gleichmütig geantwortet, aber sein Gesicht verriet tiefen Verdruss. Er stand auf und sagte: »Lass mich in Frieden, du ärgerst mich mit deinen Vorhaltungen. Ich werde noch etwas spazieren gehen.« Damit verließ er den Raum.

Die Frau blieb stehen, wo sie war, und biss sich auf die Lippen. Ihr Blick glitt achtlos über das Blatt Papier, das auf dem Tischchen lag. Sie sah weg, krauste dann plötzlich die Stirn und sah wieder hin. Das Papier nah an die Augen haltend, las sie die Schrift. Dann, mit einer jähen, verstohlenen Bewegung steckte sie es in den Ärmel und verließ hastig den Raum.

8

Emily fand ebenso wenig Schlaf wie Oscar. Sie lag in ihrer Kammer in dem weißen Holzhäuschen – einem in einer ganzen Gasse weißer, grüner und blauer Holzhäuser – auf dem Bett und starrte in die Dunkelheit über sich. Jenseits der dünnen Trennwand hörte sie ihre Schwester schnarchen. Es hatte am Abend noch Streit gegeben, denn nachdem sie Oscar in die Nordische Gemeinde mitgebracht hatte, hatte ihre Familie natürlich von dem Besuch erfahren; und jetzt hatte ihre Mutter auch begriffen, warum sie sich am Morgen so hübsch gemacht hatte. Aber Emily hatte tapfer Stand gehalten. Sie sei entschlossen, hatte sie gesagt, ihn zu bekehren, und wie sollte sie das tun, ohne ihn in die Kirche zu bringen?

In Wirklichkeit bedauerte Emily es bereits sehr, dass sie Oscar in die Kirche mitgenommen hatte. Sie hatte es in der guten Absicht getan, ihn in eine geistliche Atmosphäre zu bringen, die sich vielleicht wohltuend auf seinen Charakter auswirken würde; aber als sie den Blick gesehen hatte, mit dem Edgar Falstad ihn gemustert hatte, war ihr klar geworden, dass sie einen Fehler gemacht hatte. Der Prediger sah in Oscar nicht einen Sünder, den sie zu erretten versuchte, sondern einen gefährlichen Konkurrenten. Als sie nach Hause zurückgekehrt war, hatte Falstad dort bereits auf sie gewartet. Er war zornig und beleidigt gewesen und hatte ihr heftige Vorwürfe gemacht, dass sie sich mit einem weltlichen Menschen herumtrieb, während Gott selbst ihr den Weg gezeigt hatte, den sie einschlagen sollte. Sie hatte sich zu verteidigen versucht, aber Vater Edgar war kein Mensch, der es gerne sah, wenn andere sich gegen seine Vorwürfe verteidigten. Er hatte sie schlimm heruntergeputzt.

Nach der Strafpredigt war ihr der Gedanke, ihn heiraten zu müssen, doppelt abscheulich erschienen. Sie ging so weit, dass sie sich fragte, ob Edgar sich nicht vielleicht geirrt hatte mit seiner Vision. Vielleicht war es gar keine Botschaft Gottes gewesen, sondern nur ein Traum? Sie war ein naives Mädchen, aber nicht so naiv, dass sie nicht gewusst hätte, wie hübsch sie war. Obwohl sie ihr Aussehen in keiner Weise unterstrich, machten ihr die Leute Komplimente, nicht nur Männer, auch Frauen, die ihr sagten: »Wie hübsch Sie heute aussehen, Fräulein Emily! Wirklich, eine Frau wie Sie braucht kein Rouge, um gut auszusehen. Sie sind eine Naturschönheit.« Sie freute sich darüber, ohne eitel zu werden. Und sie war sich auch darüber im Klaren, dass manche Männer sie sehr begehrten.

Aber Männer wie Edgar Falstad? Er war kein Mann wie andere. Er war ein Heiliger, das verrieten seine Predigten und die nächtelangen Gebetsstunden, die er mit den treuesten Mitgliedern abhielt. Er verfügte über außergewöhnliche Kräfte, das hatte er ihnen bewiesen.

Dann kehrten ihre Gedanken wieder zu Oscar zurück. Er hatte keinen Gefallen an Edgar gefunden, hatte ihn kritisiert und verhöhnt. Aber was war von einem so verstockten Sünder anderes zu erwarten? Seine Angriffe bestätigten ihr eher, dass er im Unrecht war, als dass sie an Vater Edgar zweifelte. Sie betete innig für ihn. Konnte Gott ihn denn schon völlig verworfen haben? Nein, sicher nicht. Zu trinken war keine Sünde wider den Heiligen Geist, es konnte verziehen werden. Sie musste sich nur fest ranhalten mit Beten, und wenn sie ihn wiedersah, musste sie ihm ernsthaft ins Gewissen reden.

Sie sah das als ihre Pflicht an, aber ihr Herz war nicht so recht in der Stimmung dazu. Sie wollte nicht immerzu nur über seine Bekehrung mit ihm reden. Am liebsten wäre sie einmal nur einfach fröhlich mit ihm gewesen, voller Freude, dass sie damals vor vierzehn Jahren überlebt hatten und heute lebten. Sie träumte von Strandspaziergängen im Mondlicht, von Kutschenfahrten ins Innere der Insel, wo sich die Sanddünen erstreckten, und von einem abendlichen Spaziergang über *The Strand* mit den exklusiven Läden an beiden Seiten. Ein Spaziergang, dann ein Glas Eiskaffee in einem der Cafés entlang der Promenade ... und irgendwann ein Kuss.

Sie sehnte sich sehr danach, Oscar zu küssen, obwohl es doch falsch und gottlos war. Sie wünschte sich, seine schmalen Schultern zu umarmen und ihn fest und mütterlich an sich zu ziehen, ihn zu halten und zu drücken und zu liebkosen, und bei dem Gedanken daran klopfte ihr das Herz, dass sie es spüren konnte. Als er ihr erzählt hatte, dass seine Frau ihn verlassen hatte, hatte ihr Herz einen Sprung gemacht. Sie hatte sich zusammenreißen müssen, damit er ihr die innere Bewegung nicht ansah.

Andererseits war sie nicht sicher, ob er jetzt tatsächlich frei war. Auch wenn seine Frau die Scheidung einreichte, war das tatsächlich das Ende einer Ehe? Galt sie nicht, einmal vollzogen, bis zum Tode? Dann wieder dachte sie daran, dass er nur standesamtlich geheiratet hatte, und dass die Klosterfrauen eine solche Ehe für ungültig hielten, solange sie nicht im feierlichen Gottesdienst bekräftigt wurde. In der Nordischen Gemeinde wiederum sah man das strenger: Einmal verheiratet – egal wo und wie – hieß immer verheiratet. Nur Ehebruch galt als Scheidungsgrund, und Oscar hatte selbst gesagt, dass Blanche ihn nicht wegen eines anderen Mannes verlassen hatte. Immer wieder drehten sich ihre Gedanken im Kreis, von Ja zu Nein, von Nein zu Ja, und nur eines war ihr in diesem Wirbel von Widersprüchen ganz klar: Sie hatte sich in Oscar verliebt.

9

Am Tag nach seinem Treffen mit Emily musste Oscar seinen ersten offiziellen Termin als Vertreter der Schuhfabrik Leibowitz & Söhne wahrnehmen. Gemeinsam mit Ronald suchte er den Rabbiner von Galveston, Henry Cohen, auf. Ronald war nicht weiter auf ihn eingegangen, als er protestierte, dass er mit seinem zerschlagenen Gesicht keine Geschäftsbesuche machen könnte. »Warum nicht? Wenn er fragt, was mit dir los ist, sagst du ihm die Wahrheit. Es kann jedem passieren, dass er überfallen wird, das ist keine Schande. Du suchst nur einen Grund, damit du dich wieder irgendwo herumtreiben kannst und mich die ganze Arbeit machen lässt.«

»Du lässt mich doch ohnehin nichts tun. Ich darf kaum ein Wort reden. Wozu brauchst du mich?«

»Vater will, dass du mitkommst.«

Oscar unterdrückte einen Fluch. Vater, immer Vater! Für Ronald war der Alte die höchste Autorität auf Erden. Er konnte an nichts anderes denken als daran, wie er ihm ein guter Sohn sein könnte. Seine Frau, seine Kinder wurden angehalten, den Familienpatriarchen genauso sklavisch zu verehren wie er selbst. Oscar war überzeugt, dass Ronald sich im Grunde darüber freute, einen unnützen, faulen und aufsässigen Bruder zu haben – das ersparte ihm Konkurrenz im eigenen Haus.

»Schon gut«, murrte er. »Ich komme ja mit. Wahrscheinlich ist der Rabbiner hier ein ultraorthodoxer Tattergreis mit einem Pelzhut auf dem Kopf und einem Bart bis zu den Knien.«

Die Brüder hatten im Hotel eine Droschke bestellt und ließen sich zu Cohens Haus fahren. Das Fahrzeug ratterte erst den Broadway entlang, über dem der Dunstschleier des frühen Vormittags lag, und bog dann in eine Nebenstraße ein. Dort stand ein Haus neben dem anderen, alle aus weißen Brettern und durch einen bescheidenen Garten vom Nachbarn getrennt. Sie standen auf etwa eineinhalb Meter hohen steinernen Stützen. Treppen führten vom Gartenweg zu den Veranden hinauf. Über die Veranda der Familie Cohen hing ein dichter Vorhang aus blühendem Blauregen.

Sie wurden bereits erwartet. Als sie aus der Droschke stiegen, trat aus der Haustüre ein hochgewachsener, schwarzbärtiger Mann mit einer hohen Stirn und dichtem Kräuselhaar, der sie wie alte Freunde begrüßte. Er trug einen einfachen schwarzen Anzug. »Kommen Sie nur, meine Herren, kommen Sie! Bei diesem Wetter fühlt man sich unter einem schattigen Dach wohler als an der frischen Luft.« Dann rief er ins Haus hinein: »Lea! Die beiden Herren aus Boston sind da, machst du uns Eiskaffee?« Eine rundliche, liebenswürdig lächelnde Frau erschien hinter ihm, gefolgt von zwei Kindern, die neugierig an ihr vorbeilugten. Cohen führte die Gäste in sein Arbeitszimmer an der Rückseite des Hauses, einen großen, etwas unordentlichen Raum, dem man ansah, dass der Rabbiner ein viel beschäftigter und sehr belesener Mann war. Die Bretter der Bücherschränke bogen sich unter der Last zahlreicher Bände, und sogar auf dem Teppich stapelten sich Bücher und Zeitschriften. Auf dem großen Schreibtisch häuften sich Papierberge zwischen zwei Metallschachteln, die mit »Eingang« und »Ausgang« beschriftet waren.

»Nehmen Sie doch Platz.« Er wies auf zwei orientalisch gemusterte Lehnsessel, die so tief und bequem waren, dass sich Oscar von der Lehne und den plumpen Armstützen wie von freundlichen Armen umfasst fühlte. Alles in diesem Zimmer schien dieselbe Liebenswürdigkeit auszustrahlen wie sein Bewohner.

Lea brachte ein Tablett mit drei hohen Gläsern Eiskaffee und einem Teller Kekse, dann ließ sie ihren Mann mit den Besuchern allein.

»Und nun – womit kann ich Ihnen dienen, meine Herren?«

Ronald kam zum Geschäftlichen. Er schilderte die Pläne der Firma Leibowitz und bat, ihn bei den bedeutenden jüdischen Familien am Ort einzuführen. Cohen stellte interessierte und neugierige Fragen. Schließlich sagte er: »Natürlich kann ich Ihnen helfen. Aber was die gojische gute Gesellschaft hier angeht, würde ich Ihnen raten, dass Sie sich an das St. Marys Waisenhaus wenden. Alle angesehenen Leute hier unterstützen das Waisenhaus mit großzügigen Spenden. Wenn Sie dasselbe tun, verschafft Ihnen die Mutter Oberin Zugang zu allen katholischen Häusern von Galveston. Soll ich für Sie dort anrufen und einen Termin ausmachen?«

Ronald rieb sich die Hände. »Das wäre großartig.«

Oscar lehnte träge im Sessel und lauschte, wie der Rabbiner mit der Mutter Oberin des Waisenhauses telefonierte. Er war in Gedanken immer noch bei den Ereignissen des vergangenen Tages, und plötzlich kam ihm der Gedanke, Henry Cohen zu fragen, was er von der ganzen Sache hielt. In seiner Position wurde er sicherlich öfter mit allerlei absonderlichen Problemen konfrontiert, also würde er ihm vielleicht helfen können, die Dinge klarer zu sehen. Der Rabbi schien ihm genau der richtige Mensch zu sein, um einen Rat zu erfragen. Seine weiche Stimme, seine gütigen Augen, sein stets freundliches Nicken luden ein, ihm – auch wenn man ihn kaum kannte – sein Herz auszuschütten; und das tat Oscar dann auch, nachdem Ronald die Anliegen der Schuhfabrik erläutert und die Zusicherung erhalten hatte, dass Cohen dafür sorgen werde die Brüder den einflussreichen jüdischen Familien der Stadt vorzustellen.

Ronald war sichtlich überrascht, als sein Bruder plötzlich von ganz persönlichen Dingen zu reden begann. Er mischte sich aber nicht ein, sondern stand auf und tat, als interessierte er sich für die Bücher in den Regalen, während Oscar seine Geschichte erzählte. »Ich weiß nicht, was ich machen soll«, schloss er. »Ich glaube keinen Deut daran, dass Gott ihm gesagt habe, sie soll ihn heiraten; aber wie kann ich gegen den Schwindel ankommen? Ich kann nicht beweisen, dass Gott etwas *nicht* gesagt hat.«

Henry Cohen schwieg eine Weile, während er sich das bärtige Kinn mit zwei Fingern rieb. Nachdenklich sagte er: »Nein, das können Sie natürlich nicht ... Und Sie meinen, Sie selbst wären ein weitaus geeigneterer Partner für Fräulein Emily?«

Oscar verfluchte Ronald, der bei diesen Worten ein höhnisches Kichern hören ließ. Errötend antwortete er: »Ich bin vielleicht nicht perfekt, aber ... ich bin sicherlich immer noch besser als dieser frömmelnde Gauner, der den Heiligen spielt, um junge Mädchen zu verführen.«

Cohen legte die Fingerspitzen zusammen. »Es ist natürlich sehr schwer«, sagte er mit seiner tiefen, weichen Kantorstimme, »zu entscheiden, wem Gott nun etwas gesagt hat und wem nicht; auch widerstrebt es mir, mich in die Angelegenheiten anderer Religionsgemeinschaften einzumischen – aber wäre Fräulein Emily ein Mitglied meiner Gemeinde, so würde ich ihr raten, in solchen Dingen sehr vorsichtig zu sein. Eine Ehe ist eine schwerwiegende Sache. Ist sie einmal geschlossen, so kann sie nur schwer wieder gelöst werden, und dann ist es furchtbar für eine Frau, in den Krallen eines Wüstlings gefangen zu sein.«

»Ja«, unterbrach Oscar ihn eifrig. »Aber wie kann ich ihr das beibringen?«

»Auf keinen Fall, indem Sie sie bedrängen oder sich über ihre Glaubensüberzeugung lustig machen. Es wird sie nur störrisch machen, und dann wird sie umso schwerer mit Vernunftgründen zu erreichen sein.« Er betrachtete Oscar listig von der Seite, schien sein gelblich blasses Gesicht, seine dunkel umrandeten Augen zu registrieren. »Was, meinen Sie, macht Sie zu einem geeigneten Partner für die junge Dame?«

»Wir haben viel gemeinsam erlebt«, antwortete Oscar, der sich der Gegenwart seines Bruders bewusst war und kein weiteres höhnisches Kichern hören wollte. »Daraus ist eine Beziehung entstanden und über die Jahre eine Freundschaft. Und nachdem ich sie gesehen habe .... ich hatte immer noch das kleine Mädchen vor Augen, und jetzt ist sie eine schöne junge Frau. Ich war sprachlos, als ich sie wiedergesehen habe.«

»Oh ja, das gab der Sache natürlich eine Wendung«, stimmte der Rabbiner ihm zu. »Eine Ehe auf eine Freundschaft zu gründen, ist eine gute Sache. Aber ich denke, Freundschaft ist mehr, als einander nur verständnisvolle Briefe zu schreiben. Sie werden sie erweisen müssen.«

Plötzlich blickte er Oscar an und fragte ganz überraschend: »Sie sind ein Zauberer?«

Der junge Mann schreckte auf. Er merkte, dass er in Gedanken eine Münze vom Tisch des Rabbiners aufgehoben hatte, sie zwischen den Fingern wandern, in der Handfläche verschwinden und aus dem Ärmel wieder zum Vorschein kommen ließ. Es war seine Gewohnheit, das mit allen kleinen Gegenständen zu machen, deren er habhaft werden konnte. Er lachte verlegen. »Ja. Ich habe ein Faible für die unnützen Künste. Ich zaubere ein bisschen – keine großen Illusionen, nur Tischmagie, Kartenkunststücke und dergleichen. Wenn Sie einmal einen Kindergeburtstag geben, denken Sie an mich.« Ernst werdend fuhr er fort: »Aber zurück zu Edgar Falstad. Ganz abgesehen von meinen persönlichen Gründen, ihn nicht zu mögen, war ich entsetzt, mit welcher sadistischen Freude er darüber sprach, wie Gott diese Stadt strafen sollte, und wie er ihn gewissermaßen noch anfeuerte und sich an der Vorstellung ergötzte, dass Galveston durch ein Erdbeben zerstört, von einem Sturm verwüstet oder von einer Flutwelle ins Meer gespült werden könnte.«

»Das ist ein gefährliches Unterfangen«, antwortete der Rabbi bedächtig. »Denn wenn man Gottes Zorn über die Sünden anderer herabruft, dann erinnert er sich nur allzu leicht auch der Sünden dessen, der ihn gerufen hat. Aber im

Allgemeinen«, fügte er hinzu, mit einem Ausdruck, der verriet, dass er sich über diese Dinge schon häufig Gedanken gemacht hatte, »verdanken wir ein Unheil, das uns trifft, nicht Gottes Zorn, sondern unserer eigenen Dummheit. Wenn diese Stadt jemals von einem Sturm verwüstet oder ins Meer gespült werden sollte, so haben das nicht Herrn Falstads Flüche bewirkt. Es wird niemand daran schuld sein als wir selber.«

»Wieso das?«, fragte Ronald dazwischen.

»Nun, von Anfang an gab es Stimmen, die davor warnten, auf einer so flachen Insel zu bauen, die nichts als eine bessere Sandbank ist. Wenn Sie am Schiffskanal entlanggehen, könnten Sie glauben, die Schiffe fahren auf den Straßen! Dann wurden die wenigen höher gelegenen Teile der Insel abgetragen, um die niedrigen aufzufüllen, damit alles schön eben und gefällig ist. Und als der Vorschlag auftauchte, eine Schutzmauer gegen die Brandung zu errichten, sprach sich unser Mr. Cline – den ich im Übrigen als einen anständigen und sehr fleißigen Mann schätze, wie ich betonen muss – dagegen aus. Er zitierte dabei das Urteil eines Ozeanografen, dass es in Galveston nie zu einer Sturmflut kommen werde. Nun, mein Freund, *nie* ist ein großes Wort. Wir hatten bisher keine Sturmflut, das ist alles. Wir verlassen uns einfach darauf, dass der Golf meistens sehr ruhig ist – eher ein großer Teich als ein Meer. Aber das muss nicht immer so bleiben. Und sollte das Wasser im Golf doch einmal aufgewühlt werden, was dann? Sehen Sie die Häuser dieser Stadt an. Wie viele davon sind aus Brettern und Schindeln gebaut? Dieses hier ja auch.« Er klopfte mit der Faust an die Wand hinter sich. »Im Grunde ist es nicht stabiler als eine Hundehütte. Es steht auf Pfählen, aber wenn einmal eine richtige Flut käme, würde sie es kurzerhand von diesen Pfählen heben und davontragen. Sehen Sie, das alles hat nicht Gott verursacht. Er hat uns nicht gezwungen, hier eine Stadt aufzubauen, wo die Gefahren so groß sind.«

»Wenn das so ist«, fiel Ronald ein, »warum wohnen Sie dann hier?«

»Weil die große jüdische Gemeinde hier einen Hirten braucht, und weil ich hierher bestellt wurde, sie zu betreuen«, erwiderte Cohen. »Ein guter Hirte bleibt bei seiner Herde, möge sie auch auf einem Sandhaufen sitzen.« Er unterbrach sich jäh, vielleicht weil ihm der Vers *Ein guter Hirte gibt sein Leben für seine Schafe* einfiel.

Er stand auf und legte Oscar die Hand auf die Schulter. »Ich werde für Sie und Fräulein Emily beten, dass Sie beide die richtige Wahl treffen. Und Sie« – nun wandte er sich an Ronald – »werden in den nächsten Tagen von mir hören. Sie bekommen sicher einige Einladungen. – Ich darf Sie am Sabbat in der Synagoge begrüßen?«

Ronald bejahte – zweifellos dachte er, dass eine neue Filiale von *Leibowitz & Söhne* einen Synagogenbesuch wert war. Oscar war weniger begeistert: Dass er einen ganzen Gottesdienst absitzen musste, erschien ihm ein hoher Preis für den vagen Rat, den der Geistliche ihm gegeben hatte.

Als sie das Haus des Rabbiners verließen, fuhr Ronald seinen jüngeren Bruder an: »Das hättest du dir auch sparen können! Wir sind hier um Geschäftsverbindungen anzuknüpfen, nicht um deine Liebesgeschichten zum Gesprächsthema der gesamten jüdischen Gesellschaft von Galveston zu machen. In diesem Nest hier kennt jeder jeden. Was glaubst du denn, wie da gleich geklatscht wird!«

Sie schritten die Straße hinunter, die im grellen Mittagslicht lag. Die dünnen Palmen warfen nur unzureichende Schatten. Fette blaue Fliegen schwirrten in der Luft herum und kamen ihnen manchmal unangenehm nahe. Die hässlichen Tiere schienen die Hitze zu genießen, während alle anderen Lebewesen erschlafften, die Blumen verwelkten und die Hunde mit heraushängenden Zungen in den schattigen Torbögen lagen.

Oscar trotzte. »An meiner Liebesgeschichte, wie du das nennst, ist nichts Unanständiges. Ich versuche nur, Emily zu helfen.«

Ronald lachte hämisch. »Ja – sprach der Wolf, der dem anderen seine Beute aus dem Maul reißen wollte!«

»Das ist nicht wahr«, protestierte Oscar. »Emily ist etwas Besonderes. Sie ist nicht irgendein Mädchen, das mir gefällt, sondern meine Freundin.«

»Das war Blanche auch.«

»Nein«, erwiderte Oscar ungewohnt hitzig. »Und das weißt du ganz genau. Blanche leistete mir Gesellschaft beim Trinken. Ich habe sie geheiratet, weil sie noch viel wüster war als ich – wo ich einen Schnaps trank, nahm sie zwei. Ich brauchte eine Frau, neben der ich mich nicht klein und schäbig und schmutzig fühlte wie neben euch – Vater und dir und der ganzen hochanständigen Mischpoche.«

Ronald, der immer sehr überlegt handelte, stellte fest: »So wie du Emily schilderst, wirst du dich aber *sehr* klein und schäbig neben ihr fühlen. – Sie ist Christin, das ist schon einmal ein Problem; aber viel mehr noch, sie ist eine fanatische Christin, das ist ein noch viel größeres, und sie ist ein anständiges Mädchen, das ist das größte. Sie wird dir ewig Vorhaltungen machen, weil du trinkst, von Drogen gar nicht zu reden – warte nur, bis sie davon erfährt! –, und sie wird dir auch deine unsauberen Weibergeschichten nicht so einfach verzeihen. Das tun Frauen nie.«

»Woher weißt du das?«, fragte Oscar zynisch. Ronald hatte jung geheiratet, wie es sich für einen guten jüdischen Jungen gehörte, und war noch immer mit derselben Frau beisammen. Er wäre nie auf den Gedanken gekommen, sie zu betrügen.

»Das ist Allgemeingut«, konterte Ronald. »Jedenfalls kannst du dich auf etwas gefasst machen, wenn du sie kriegst. Dann änderst du dich entweder total oder du wirst sie nicht lange haben.«

Oscar, der wusste, dass das stimmte, es aber nicht von seinem Bruder hören wollte, schwieg mürrisch.

»Also tu mir einen Gefallen«, sagte Ronald. »Erzähl nicht allen Leuten davon, die wir treffen. Wir sind hierhergekommen, um eine Filiale für unsere Schuhfirma aufzubauen, nicht um den Sommerklatsch von Galveston zu beflügeln. In dieser Stadt ist nicht viel los, da wird jede Kleinigkeit breitgetreten, und es gibt nichts Besseres als eine skandalöse Liebesgeschichte.«

Oscar begehrte auf. »Was ist an der Liebesgeschichte skandalös?«

»Du«, antwortete Ronald und beschloss damit das Gespräch.

10

Cohen hatte ihnen für drei Uhr nachmittags einen Termin im Waisenhaus ausgemacht, sodass sie reichlich Zeit hatten, zu Mittag zu essen und eine Runde zu schlafen, ehe sie sich in einem gemieteten Landauer auf den Weg dorthin machten. Sie verließen die Stadt auf der Straße, die nach Fort Crockett führte. Der Landauer hatte ein Verdeck, sodass sie im Schatten saßen und die Brise genießen konnten, die gleichmäßig vom Meer zum Land wehte. Erst fuhren sie durch die Gassen der Vororte, die so schmal waren, dass die Blütendolden der Büsche an den Seiten des Wagens entlangstreiften. Aber sobald sie die letzten Häuser hinter sich gelassen hatten, wandelte sich das Bild abrupt.

Hinter ihnen lag die Stadt und zu ihrer Rechten erstreckte sich das Meer. In die beiden anderen Richtungen aber dehnten sich weglose Sanddünen, karg bewachsen mit Strandhafer und krüppeligen kleinen Bäumen. Auf der Insel gab es weder Wälder noch Felder. Kein Haus war zu sehen, kein Mensch, nicht einmal ein Tier. Oscar starrte verblüfft diese Wüste an. Er versuchte sich eine Vorstellung von der Menge von Gütern zu machen, die jeden Tag zwischen dem Festland und der Insel transportiert werden mussten, um die Stadt zu versorgen. Hier wuchs ja nicht einmal genug, um eine Maus zu ernähren! Wieder dachte er daran, wie exponiert Galveston auf seiner Sandbank zwischen der riesigen Bucht und den Wassern des Golfs von Mexiko lag. Er erinnerte sich daran, was Henry Cohen gesagt hatte, und gab ihm recht. Die Stadt war eine Herausforderung an das Schicksal.

Der Kutscher wandte sich um und deutete mit dem Peitschenstiel voraus. »Da vorne ist schon das Waisenhaus.«

Oscar überkam ein Gefühl tiefer Bedrückung, als er vor dem Hintergrund der endlosen Wasserfläche das riesige, traurige Gebäude vor sich sah, das unmittelbar am Meeresstrand hockte und eher einem Gefängnis als einem Hort für Waisenkinder glich. Dann jedoch musste er lachen, denn als der Wagen dicht am Strand entlangfuhr, sah er dort, hinter zwei Felsen versteckt, eine Gruppe von Klosterfrauen beim Baden. Sie hatten Schuhe und Strümpfe ausgezogen und trippelten, die schweren Röcke bis zum Knie gehoben, im Wasser hin und her, wobei sie lachten und riefen und einander anspritzten. Als sie jedoch die Besucher entdeckten, ließen sie alle gleichzeitig die Röcke fallen und flohen an den Strand.

Der Kutscher hielt vor dem Haupttor des Gebäudes. »Ich warte hier auf Sie«, versprach er.

Ronald reichte ihm fünf Dollarscheine. »Lassen Sie sich etwas zu trinken geben und geben Sie das Geld den Nonnen als Spende dafür.«

Der Mann tippte an seine Mütze. »Danke, Sir. Sehr freundlich, Sir.«

Die beiden Besucher öffneten die Pforte des schweren, zweiflügeligen Tores und traten in das angenehm kühle Dunkel dahinter. Sofort wurden sie von einer strengen Stimme aufgefordert zu warten. Aus einer Portierloge huschte ein uraltes Weiblein hervor, das in seinem weißen Habit wie ein kleines Gespenst wirkte, und verlangte zu wissen, wer sie waren und was sie wollten.

»Wir sind angemeldet«, erklärte Ronald. »Wir haben einen Termin bei der Mutter Oberin.«

Daraufhin schellte die Pförtnerin und eine Novizin kam herbeigeeilt, um die Besucher zum Arbeitszimmer der Oberin zu geleiten. Sie schritten durch Gänge, die einen an eine Kathedrale denken ließen und in deren spitzen Gewölben ihre Schritte eigenartig widerhallten. Die Fenster waren hoch wie Kirchenfenster, ließen aber kaum Licht durch, da die Verglasung aus lauter winzigen Scheiben in Bleirähmchen bestand. Die Flure waren mit steinernen Platten gepflastert. Den Treppen aus Sandstein sah man an, wie viel tausende Kinderfüße schon darübergelaufen waren: In der Mitte waren sie gut einen halben Fuß tiefer als an den Rändern. Oscar genoss die Kühle im Haus, und er wunderte sich darüber, wie still es war. Er hatte erwartet, den Lärm Dutzender von Kinderstimmen zu hören.

Als er die Novizin danach fragte, antwortete sie: »Die Kinder halten jetzt ihren Nachmittagsschlaf. In einer halben Stunde kann hier keine Rede mehr von Stille sein, da verstehen Sie oft Ihr eigenes Wort nicht mehr. So, hier sind wir.« Sie blieb vor einer Türe stehen, die dunkelbraun und offensichtlich sehr alt war, denn sie war so niedrig, dass Oscar – der mittelgroß war – sich den Kopf am Türbalken gestoßen hätte, hätte er sich nicht vorsorglich geduckt. Dann standen sie in einem großen, kahlen Arbeitszimmer Schwester Mary Camillus Tracy gegenüber.

Oscar starrte sie beeindruckt an. Hinter dem mit Papieren beladenen Schreibtisch erhob sich eine sehr große Frau mit einem ebenmäßigen, blassen und strengen Gesicht; sie erinnerte an eine antike Statue. Er schätzte sie auf Ende dreißig. Der weiße Habit umhüllte eine Gestalt, die hart und eckig wirkte. Auch ihre Stimme war tief wie die eines Mannes, aber überaus wohlklingend.

»Meine Herren.« Sie dankte den beiden Männern für ihre höfliche Verbeugung mit einem kurzen Neigen des Kopfes – einer majestätischen Geste, die verriet, wie sehr sie sich ihrer Stellung bewusst war. »Nehmen Sie Platz.« Sie wies auf eine altehrwürdige Sitzgarnitur, deren Polster fast bis zur Füllung abgenutzt waren. »Man wird gleich etwas zu trinken bringen.«

Wie auf ein Stichwort erschien eine Novizin mit einem Tablett, auf dem drei Gläser und eine mächtige Karaffe mit Eistee standen.

Mutter Tracy nippte an ihrem Glas, schob es dann weg und kam zum Geschäftlichen. »Ich freue mich sehr, dass Sie den Gedanken erwägen, unser Haus mit einer Spende zu unterstützen. Es ist Tradition, dass die Oberschicht der Stadt uns fördert. Man sagte mir, Sie wollten sich hier ansiedeln?«

»Unsere Firma ... gnädige Frau.« Ronald zögerte, offenbar wusste er nicht, wie er sie korrekt anreden sollte.

Sie half ihm aus: »Mutter Oberin.«

»Oh ja. Nun, die Firma Leibowitz ist im Norden des Landes sehr bekannt ...«

Oscar hörte nicht länger zu. Er trat ans offene Fenster und blickte hinaus. Unmittelbar unter ihm lagen einige Wirtschaftsgebäude, von Bäumen beschattet, die sich in der Sandwüste merkwürdig fremd ausnahmen. Kinderkleider trockneten an einer endlosen Wäscheleine. Er hing dem müßigen Gedanken nach, ob die Nonnen ihre frisch gewaschenen Kleider auch an die Leine hängten und ob sie unter dem Habit dieselbe Unterwäsche trugen wie andere Leute auch. Erst als die Oberin sagte: »Sie möchten sich doch gewiss das Haus ansehen?«, schreckte er aus seinem Tagträumen hoch.

Inzwischen hatten die Kinder ihren Nachmittagsschlaf beendet, denn sobald sie aus dem Arbeitszimmer der Oberin traten, schlug ihnen der Lärm heller junger Stimmen entgegen.

»Wie viele Kinder betreuen Sie hier?«, fragte Ronald, der sich verpflichtet fühlte höfliches Interesse zu zeigen.

»Zurzeit dreiundneunzig. Das wechselt natürlich. Sie bleiben hier, bis sie sechzehn sind, dann finden wir eine Anstellung oder eine andere Unterbringung für sie.«

»Und wie viele Nonnen?«

»Zehn, und einige Hilfskräfte, die nicht hier wohnen. Das hier ist der große Aufenthaltsraum.« Sie öffnete eine Türe und trat in den Raum dahinter. Sofort wich der tobende Lärm einer respektvollen Stille. Als Ronald und Oscar eintraten, sahen sie eine Horde von Kindern, alle in schwarz-brauner Einheitskleidung, wie versteinert in einem weitläufigen Saal stehen. Offenbar hatten sie in dem Moment, in dem die Türe geöffnet wurde, automatisch Haltung angenommen. Alle Augen waren der Mutter Oberin zugewandt.

Sie klatschte in die Hände und befahl: »Stellt euch ordentlich auf! Wir wollen etwas für diese Herren singen.«

Oscar fühlte sich peinlich berührt, als er vor dieser Armee uniformierter Kinder stand, die ihn alle anstarrten. Dann begannen sie zu singen – ein Marienlied Er lauschte, und der vielstimmige Gesang zog ihn in seinen Bann. Er beobachtete die Gesichter, die alle einen feierlichen und hingebungsvollen Ausdruck trugen. Die Kinder sangen wohl sehr oft, denn sie hatten nicht die geringsten Schwierigkeiten mit den zuweilen recht komplizierten Melodien Als die letzte Note verklungen war, sagte er – und meinte es ganz aufrichtig: »Das war sehr schön. Ergreifend.«

Die Mutter Oberin lächelte, befahl den Kindern mit einer Handbewegung, wieder an ihre Spiele zu gehen, und setzte ihre Führung durch das Haus fort. Oscar nahm nur sehr oberflächlich wahr, dass es sich um ein gut geführtes Institut handelte. Er war in Gedanken bei dem Gespräch, das er mit der Oberin führen wollte.

Als sie schließlich das gesamte Waisenhaus durchwandert

hatten und durch eine Hintertüre in den Garten hinaustraten, fasste er sich ein Herz. »Mutter Oberin, könnte ich kurz unter vier Augen mit Ihnen sprechen?«

Sie schien etwas überrascht, antwortete jedoch: »Bitte sehr. Wollen wir hier ein Stück am Strand entlanggehen?« Dann, kaum dass sie außer Hörweite seines Bruders waren, fragte sie: »Nun? Was bedrückt Sie? Geht es um Ihre Bekanntschaft mit unserem Fräulein Lillebjöring? Schwester Perpetua erzählte mir, dass Sie beide sich nach langer Zeit wiedergesehen haben.«

Klatschnest, dachte Oscar. Gleichzeitig war er froh, dass er nicht lange um den heißen Brei herumreden musste. Er schilderte Mutter Mary Camillus, unter welchen dramatischen Umständen er Emily kennengelernt hatte, wie eine innige, ja »schicksalshafte«, wie er sagte, Freundschaft sie bislang verbunden habe und wie die Freundin ihm jetzt in die Hände eines Unholds zu entgleiten drohte.

»Unhold, das ist das richtige Wort«, stimmte die Mutter Oberin ihm zu. »Man redet davon, dass er schon mindestens an drei Ehefrauen herangekommen ist, aber es gibt keine gesetzliche Handhabe gegen ihn, da er sie nur *im Geiste* heiratet, was so viel heißt wie: Er macht sie zu seinen Geliebten. Und es kann auch sonst niemand etwas unternehmen, da diese Frauen eisern schweigen. Sie schweigen wahrscheinlich aus Scham, aber auch aus Angst, da er ein äußerst gewalttätiger Mann ist.«

»Das kann ich bestätigen.« Er tippte mit den Fingerspitzen auf den Bluterguss an seiner Wange. »Ich habe Fräulein Emily in den Gottesdienst ihrer Gemeinde begleitet und auf dem Heimweg wurde ich von zwei Burschen überfallen. Sie haben mich zusammengeschlagen und mir die Brieftasche abgenommen, aber ich glaube nicht, dass es gewöhnliche Straßenräuber waren. Nicht nach dem tödlichen Blick, den Falstad mir nach dem Gottesdienst zugeworfen hatte. Er muss verrückt vor Eifersucht sein.«

Die Mutter Oberin schien nicht im Geringsten überrascht. »Sie sind nicht der Einzige, dem etwas dergleichen widerfahren ist. An Ihrer Stelle würde ich in Zukunft sehr vorsichtig sein, und Sie könnten auch Fräulein Emily in eine schwierige Situation bringen.« Einen Augenblick blieb sie stehen und schob gedankenverloren mit der Schuhspitze ein paar Muscheln im Sand hin und her. »Wir haben uns natürlich über Edgar Falstad erkundigt, nachdem er anfing, hier unangenehm aufzufallen. Was wir erfahren haben, ist unerfreulich, gibt uns aber keine Handhabe, ihn gerichtlich zu verfolgen. Und wissen Sie, was seltsam ist? Er ist kein Schwindler. Anfangs dachten wir das natürlich. Aber er ist etwas anderes … etwas noch Schlimmeres. Er ist ein Gläubiger, der allerdings den Teufel für Gott hält. Kennen Sie seine Geschichte?«

»Nein. Ich bin ihm gestern zum ersten Mal in meinem Leben begegnet.«

Mutter Mary schritt weiter und Oscar ging neben ihr her. »Er ist ein ungebildeter, aber scharfsinniger und gerissener Mensch, der schnell begreift und sofort seinen Vorteil sieht. Er hat eine Zeit lang als Bühnenarbeiter in einem Varieté gearbeitet, und ich nehme an, er hat sich dort einige nützliche Kenntnisse verschafft. Er soll ein recht guter Hypnotiseur sein, wozu er zweifellos eine starke natürliche Begabung hat. Er ist überzeugt, dass Gott ihn zu einer großen Aufgabe berufen und zum Richter über die Gottlosen bestimmt hat. Sein Berufungserlebnis hatte er in der Osloer Irrenanstalt, in der er ein halbes Jahr lang wegen Wahnideen untergebracht war.«

»Dann ist er wahnsinnig?«

»Ja, aber er versteckt seinen Wahnsinn in der richtigen Ecke, nämlich in der Religion. Sehen Sie, wenn ein Prophet Wahnideen hat, dann nennt man sie Visionen. Wenn ein Kohlenträger auf der Straße steht und die Bürger aufs Übelste beschimpft, wird er ins Gefängnis gesperrt. Wenn er sich aber einen Heiligen nennt und seinen Beschimpfungen ein paar fromme Worte untermischt, scheuen sich die Behörden ihn anzugreifen. Also ist er bis jetzt immer davongekommen.«

»Sie haben viele Informationen über ihn«, sagte Oscar, der froh war, dass er sich in seinen Vermutungen nicht getäuscht hatte. »Ja«, bestätigte die Oberin und kam einem weiteren Einwurf seinerseits zuvor, indem sie sagte: »Das nützt uns aber alles nichts. Ich habe mit Fräulein Emily offen über diese Sache gesprochen. Sie ist überzeugt, dass ich Verleumdungen glaube.« Sie verzog den Mund zu einem schiefen Lächeln. »Papistischen Verleumdungen. Und sie sagt, selbst wenn meine Informationen stimmten, so könne sie doch nichts gegen den Willen Gottes tun und müsse gehorchen, auch wenn es Leid und Kümmernis mit sich brächte. Sie ist eine sehr fromme und tapfere, aber nicht sehr lebenserfahrene junge Frau.« Ein scharfer Blick musterte Oscar von oben bis unten. »Ich hoffe, sie hat in Ihnen einen wahren Freund gefunden, der ihre Naivität nicht ausnutzt.«

Oscar errötete. »Ich könnte Emily niemals etwas zuleide tun. Ich meine, es wäre undenkbar, dass ich … dass ich sie …«

»Natürlich«, unterbrach die Nonne sein Gestammel. Dann blickte sie zum Haus zurück. »Wir müssen umkehren, es ist Zeit für die Vesper. Ihr Bruder wird auch schon ungeduldig sein. Ich werde natürlich alles, was Sie mir erzählt haben, streng vertraulich behandeln, darauf können Sie sich verlassen.«

DRITTER TEIL:
31. AUGUST BIS 6. SEPTEMBER

31. AUGUST

1

Henry Cohen hatte Wort gehalten, dass er Ronald und Oscar das Entrée zu der jüdischen High Society der Stadt verschaffen würde, und Mutter Mary Tracy hatte ihnen Kontakte zu den katholischen Familien vermittelt. In den nächsten Tagen waren die Brüder so vollauf mit Antrittsbesuchen beschäftigt gewesen, dass Oscar keine Zeit für Emily erübrigen konnte. Er hätte sich viel lieber mit ihr getroffen, anstatt Salons und Gartenpartys zu besuchen, aber Ronald kannte kein Pardon. Gnadenlos beharrte er auf Ausführung der Anweisungen des alten Samuels. Sie wurden von einer reichen Familie zur anderen weitergereicht, mussten an Kaffeekränzchen, Teestunden und Abendempfängen teilnehmen und wurden kritisch beäugt, ob sie sich eventuell als Heiratskandidaten für noch übrig gebliebene Töchter eigneten. Dieser Punkt erübrigte sich allerdings schnell von selbst. Ronald war bereits verheiratet und Oscar kam nicht in Betracht, da Ronald allen Leuten erzählte, er leide an Malaria, was ein ernsthaftes Ehehindernis darstellte. Oscar konnte und wollte sich nicht dagegen wehren, hatte Ronald ihm doch in seiner unverblümten Art gesagt: »Sie werden ohnehin bald herausfinden, dass du ein Säufer und Opiumraucher bist, du musst es ihnen nicht noch auf die Nase binden. Wir sagen ihnen, du hättest Malaria, das erklärt dein elendes Aussehen.«

Oscar war ein Mensch mit einer schnellen Auffassungsgabe, und so hatte er sich schon nach wenigen Teekränzchen und Gartenpartys ein sehr genaues Bild von den Galvestonern gemacht. Sie waren ein selbstbewusstes und zielstrebiges Völkchen – das den Blick nach vorn in die Zukunft gerichtet hielt. Und sie waren geradezu beängstigend tüchtig: Jeder schien außer einem *full-time job* noch eine ganze Anzahl von Funktionen auszuüben, sei es in Komitees, Kirchenvereinen oder im Gartenklub, dem Stolz der mondänen Galvestoner Society. Obwohl es in der Stadt mehrere Kirchen gab, katholische wie protestantische, ließen sie im Grunde nichts gelten als ihren eigenen Verstand und ihr eigenes Wissen. Sie waren überzeugt, dass man mit genügend Geld und Schneid alle Probleme meistern konnte, und blickten getrost in eine hell leuchtende Zukunft, in der die Wissenschaft alle Unwägbarkeiten des Lebens im Griff hatte, von Krankheiten und Unfällen angefangen bis zum schlechten Wetter.

Am 31. August waren die Brüder zu einer Gartenparty im Haus einer Reederfamilie geladen, deren Schiffe den Handelsverkehr zwischen dem Festland und der Insel besorgten. Es begann bereits zu dämmern, als das Fest begann, und die Lampions, die an den Bäumen hingen, wurden angezündet. Oscar bewunderte den üppigen Garten. Eigentlich fehlten ihm nur noch *richtige* Bäume, wie es sie in Massachusetts gab; Palmen waren in seinen Augen keine Bäume und eigneten sich nicht wirklich dazu, an ihnen Lampiongirlanden aufzuhängen. Aber alles andere war wundervoll. Der Garten des großen Stadthauses war von rosa blühenden Oleanderbüschen gesäumt, die zwei gepflegte Rasenflächen umgaben. Auf der einen war das Buffet angerichtet – und was für ein Buffet das war! Auf der anderen spazierten die Gäste hin und her und plauderten miteinander. Junge Mädchen schritten dort in bodenlangen weißen Kleidern mit kurzen Jäckchen und Hüten entlang, die von Dekorationen überquollen, sie trugen Häkelhandschuhe und am Handgelenk baumelnde Täschchen. Die Kleider der älteren Damen waren hingegen etwas bunter und mit noch üppigeren Schleifen, Rüschen und Schleppen verziert. Auf den Wegen entlang der Rasenfläche promenierten würdige Männer mit langen Bärten, Vatermörderkragen unter dem schwarzen Anzug und Kneifern auf der Nase, und am Buffet drängelten sich die Burschen in eleganten Anzügen. Oscar hatte es sich nicht nehmen lassen, den Mann von Welt herauszukehren und war in einem dreiteiligen weißen Anzug erschienen, wie sie in Boston die Mode der Saison waren. Mit dem Strohhut schräg auf dem mahagonifarbenen Haarschopf, einem Rohrstöckchen in der Hand, wirkte er kühn und extravagant, so sehr, dass zwei ältere Damen ihn fragten, ob er ein Dichter sei. Die Mädchen waren sehr angetan von ihm, wurden aber von ihren Müttern rasch wieder beiseitegezogen, ehe es zu allzu innigem Gedankenaustausch kommen konnte. Nicht nur hatte die Geschichte von der Malaria die Runde gemacht, die meisten konnten sich inzwischen auch einen Reim darauf machen, worin diese Krankheit bestand, und die Mütter wollten nicht, dass ihre Töchter ihren Charme an untaugliche Kandidaten verschwendeten. Er war aber wohl gelitten bei den älteren Damen, die ihn witzig und liebenswürdig fanden.

Oscar staunte, welchen Luxus sich die Galvestoner der besseren Kreise gönnten. Austern gab es in unglaublichen Mengen, Schrimps ebenfalls, sie schienen hier so etwas wie ein Grundnahrungsmittel zu sein; und dazu kamen alle die Platten mit Braten, Huhn und Fisch aller Art sowie mit den verschiedensten Beilagen, Süßigkeiten und Früchten. Farbige Diener eilten zwischen den Besuchern hin und her und boten auf Tabletts Drinks und Fruchtsorbet an. Plötzlich erschien es ihm nicht mehr ganz so unverständlich, dass jemand wie Edgar Falstad angesichts dieser verschwenderischen Fülle aus dem Häuschen geriet. So wie der Prediger aussah, war er nicht auf der Sonnenseite des Lebens geboren, vielleicht hatte er sogar bittere Armut kennengelernt, und nun kam er hier in dieses Städtchen, in dem es, wie es aussah, keine wirklich Armen gab, in dem alle an gedeckten Tischen saßen und es sich wohlergehen ließen.

Der Gedanke an den verbitterten Prediger führte seine Gedanken zurück in seine Kindheit, als er auf dem Fußschemel seiner Großmutter gesessen und ihren Geschichten zugehört hatte. Damals hatte er gewusst, was er einmal werden wollte: ein heiliger Mann, am besten gleich einer, der Wunder tat. Er und Ronald hatten einander überboten an Vorstellungen, wie heilig sie einmal werden wollten. Er war fasziniert gewesen von den heldenhaften Gestalten, die die alte Frau ihnen schilderte, Männern, die mit Gott redeten und Wunder wirkten. Die Wirklichkeit war anders. Oder doch nicht? Rabbiner Cohen schien ihm durchaus einer dieser Männer zu sein, auch wenn er wohl keine Wunder bewirken konnte. Er war ein Gerechter. Der kleine Oscar Leibowitz hatte sich auch einmal gewünscht, ein Gerechter zu werden.

Als hätten seine Gedanken ihn herbeibeschworen, erblickte er plötzlich den Rabbi, wie er im bunten Lichtschein über die Rasenfläche auf ihn zukam. Oscar stürzte sich förmlich auf ihn.

Wenig später saßen sie auf zwei Klappstühlen am Rande des Rasens, Henry Cohen mit einem Teller voll Leckerbissen auf dem Schoß. Er hatte Besuche in seiner Gemeinde gemacht und war den Tag über nicht zum Essen gekommen. Während er kaute, lauschte er Oscar, der ihm eifrig seine Gedanken offenbarte.

Der junge Mann sagte: »Heute denke ich, es waren wohl kindische Träume, in die wir uns damals fortreißen ließen, so wie andere Kinder davon träumen Seekapitäne und Polarforscher zu werden. Die Realität ist anders.«

»Für die meisten, gewiss«, erwiderte Cohen. »Und doch gibt es immer wieder Kinder, die dann tatsächlich Seekapitäne und Polarforscher werden. Was einmal ein Traum war, kann später zur Realität werden.«

»Aber man kann sich nicht einfach entschließen, ein Gerechter zu werden, so wie man sich entschließt, Kapitän zu werden.«

Cohen schüttelte den Kopf. »Am Anfang aller Dinge steht ein Entschluss. Sie können die Pläne, die Sie damals machten, auch heute noch verwirklichen.«

Oscar war sich nicht sicher, ob er ihm glauben sollte. »Einfach so?«

»Nun, einfach wird es sicher nicht. Aber das heißt nicht, dass es unmöglich wäre. Sehen Sie, alle Gerechtigkeit beruht auf einem Einzigen, nämlich Gott zu glauben. So wurde Abraham gerecht, weil er Gott geglaubt hatte, und Moses, als er der Stimme glaubte, die aus dem brennenden Busch zu ihm sprach.«

»Ich dachte immer, es ginge darum, die Gebote zu befolgen, und damit kann ich mich nicht anfreunden.« Oscar errötete ein wenig. »Missverstehen Sie mich nicht … ich meine mit Gebote alle die Vorschriften für das Essen und die Gebete und die Kleidung.« Zweifellos wusste Henry Cohen inzwischen, dass er es auch mit den größeren Geboten nicht so ganz genau nahm.

Der Rabbiner machte eine Handbewegung, als schnitte er etwas durch. »Ein Baum fängt bei den Wurzeln an, junger Mann, nicht bei den Zweigen. Pflanzen Sie den Baum Ihres Lebens nicht verkehrt herum ein. Es scheint mir, dass Sie an Gott glauben – an seine Existenz, meine ich?«

»Ja. Den Grundstein dazu hat meine Großmutter gelegt. Sie hat mir diesen Glauben vermittelt.«

»Gut, das ist ein Erstes. Das Zweite ist zu glauben, dass Gott nicht nur *allgemein* da ist, sondern *für Sie* da ist – dass er bereit ist, Ihr Leben zu lenken, wenn Sie ihn nur lassen.« Er warf einen Blick auf das Glas Eiswasser mit Zitrone, das Oscar auf dem Tischchen vor sich stehen hatte. »Es scheint mir, dass Sie sich zumindest in einer Hinsicht lenken lassen. Sie haben ein großes Problem mit dem Alkohol, nicht wahr?«

Oscar seufzte. »Sieht man mir das so deutlich an?«

»Ja«, entgegnete Cohen rundheraus. »Ich dachte es mir gleich, als ich Sie das erste Mal gesehen habe. Ein solches Laster hinterlässt charakteristische Spuren. Aber ich bemerke auch, dass Sie dagegen ankämpfen.«

»Und Sie meinen, Gott kümmert sich darum, ob ich trinke oder nicht?«, fragte Oscar mit spöttischem Zweifel.

Cohen legte die Hand auf seinen Arm. »Lieber junger Mann«, sagte er, »Gott kümmert sich um alles, was wir tun und lassen. Hätte er unseren Vorfahren sonst so viele Gesetze gegeben, die jeden noch so geringen Aspekt des Lebens regeln? Das sollte Ihnen klarmachen, dass für Gott nichts uninteressant ist. Ich bin überzeugt, er hat Ihnen eine deutliche Warnung gegeben.«

Oscar dachte an die Schrecken des Delirium tremens und nickte. »Ja, in gewisser Weise schon.«

Er hätte sich gerne noch länger mit dem Rabbi unterhalten, aber zu seinem großen Missvergnügen erschien da eine würdige ältere Dame mit zwei Töchtern, die Cohen in Beschlag nahmen, sodass ihm nichts anderes übrig blieb, als sich höflich zu verabschieden. Immerhin hatte er genug Stoff zum Nachdenken bekommen.

Ein kleiner, modisch gekleideter Mann mit einem blonden Spitzbart kam über den Rasen auf ihn zu. »Mr. Leibowitz?«

»Ja? Ich bin Oscar Leibowitz. Sie suchen wahrscheinlich meinen Bruder.«

»Nein, den habe ich bereits kennengelernt.« Der Spitzbart reichte ihm die Hand. »Darf ich mich vorstellen: Dr. Isaac Cline, der Leiter des hiesigen Wetteramtes.«

Das war also der Mann, für den sich Emily so begeisterte.

»Sie haben einen sehr interessanten Beruf«, bemerkte Oscar höflich.

Cline, der sichtlich gerne über sich selbst sprach, griff die Bemerkung geradezu gierig auf. Er erzählte dem jungen

Bostoner Besucher so viel Schmeichelhaftes über sich, dass Oscar nicht anders konnte, als ihn für einen eingebildeten Fatzke zu halten. Dennoch musste er zugestehen, dass ihm schwindlig wurde angesichts der Menge von Aufgaben und Funktionen, die dieser energische und mit einer so großen Sicherheit auftretende Mann souverän erfüllte, ohne dass eine unter der anderen litt. Er war Vater und Ehemann, betreute das Wetteramt, unterrichtete in der Sonntagsschule junge Männer in Religion, las und schrieb beträchtliche Mengen wissenschaftlicher Literatur und hielt außerdem an der medizinischen Fakultät der Universität Texas, die sich in Galveston befand, noch Vorträge über medizinische Klimatologie. Oscar, der nie im Leben wirklich gearbeitet hatte, bewunderte ihn rückhaltlos. Dass der Mann in seinem Beruf überaus tüchtig war, konnte und wollte er nicht bezweifeln, aber ihm missfiel dessen Grundeinstellung, die da lautete: »Isaac Cline hält das Wetter in seiner Hand – und nicht nur das!«

Oscar war von seiner Großmutter in dem Glauben erzogen worden, dass der Allmächtige das Wetter machte, und er hielt auch jetzt noch daran fest, dass kein Mensch genau wusste, warum es an einem heißen Tag abends regnete und ein Frühlingsausflug dann buchstäblich ins Wasser fiel.

Als er diese Meinung zu äußern wagte, blitzte Cline ihn herausfordernd an. »Wir leben im 20. Jahrhundert, junger Mann. In Kürze werden wir das Wetter nicht nur völlig verstehen, sondern auch imstande sein, es zu kontrollieren, indem wir beispielsweise nach Bedarf Regen aus den Wolken holen. Dass Ihre ehrenwerte Großmutter davon nichts gewusst hat, ist verzeihlich, sollte aber Ihr Denken nicht beeinflussen.«

Oscar hätte den kleinen Mann mit dem Spitzbart und dem arroganten Lächeln am liebsten geohrfeigt, aber er hielt an sich. Im Ton beiläufigen Interesses fragte er: »Sie meinen, Sie werden dann imstande sein, einen Hurrikan von der texanischen Küste abzuwenden?«

»Hier wird es nie einen Hurrikan geben«, erwiderte Cline in einem Ton, der keinen Widerspruch duldete. »Ich habe genaue Studien durchgeführt und ich kann Ihnen wissenschaftlich beweisen, dass es so ist. Nie kann ein Hurrikan die texanische Küste erreichen, dafür verbürge ich mich.«

»Auch nicht die Stadt Indianola?«, fragte Oscar, in dem der Zorn brodelte angesichts dieser arroganten Selbstsicherheit des spitzbärtigen Mannes.

Cline machte eine wegwerfende Handbewegung. »Der Sturm, der Indianola erreichte, nahm damals einen völlig ungewöhnlichen Kurs«, sagte er. »Solche Stürme sind jedoch meistens harmlos.«

Oscar starrte ihn an. »Bei diesem harmlosen Sturm ist meine Mutter ertrunken, und mit ihr tausende andere Menschen.«

Der Meteorologe schien jetzt erst zu merken, dass er einer gefährlichen Konfrontation entgegensteuerte, und er sprach Oscar – der gerne darauf verzichtet hätte – sein persönliches Bedauern zum Tod seiner Mutter aus. »Jedenfalls«, sagte er dann, mit einem schlecht gelungenen Versuch, leichtherzig zu wirken, »werden Sie hier in Galveston nicht in die Gefahr geraten, Ihr schreckliches Erlebnis zu wiederholen, denn, wie ich bereits sagte, hier kann uns kein Hurrikan erreichen.«

»Das behaupten Sie, Dr. Cline!«, meldete sich eine tiefe Stimme zu Wort. »Andere sind da anderer Ansicht!«

Oscar fuhr herum und sah hinter sich einen breitschultrigen, imposanten Mann mit einem Schädel, der dazu bestimmt schien, einmal in Bronze abgegossen zu werden. Eine Mähne von rötlich braunem Haar umwallte ein eckiges Gesicht mit großen Augen, einer kräftigen Nase und einem volllippigen, sinnlichen Mund. Ein dichter Backenbart bestimmte den Eindruck doppelt auffällig, weil er von einem viel helleren Rot war als das Haupthaar. Der Mann strotzte vor Kraft und Energie wie eine Lokomotive. Er stellte sich als Samuel Young vor, Direktor der Baumwollbörse. Bevor Oscar noch irgendetwas sagen konnte, ergriff er ihn am Arm und zog ihn auf die andere Seite des Rasens. »Ich habe meine Zweifel an dem Mann«, vertraute er ihm in einem Flüstern an, das man quer über den halben Rasen hinweg hören musste. »Er ist ohne Frage überaus kompetent, was die wissenschaftliche Arbeit angeht, aber er hat kein *Gespür.* Wer sich mit dem Wetter beschäftigt, muss ein *Gespür* dafür haben. Die Kubaner haben dieselben Instrumente und Messanlagen wie wir, aber sie sind weitaus besser, was ihre Vorhersagen angeht. Sie *spüren* das Wetter, anstatt nur Daten zu messen.«

Die Kubaner, erklärte ihm Young, hatten keine Scheu, in ihre Vorhersagen auch Ahnungen und Befürchtungen, unheimliche Sonnenuntergänge und böse Vorzeichen einzubeziehen, die die Amerikaner ins Reich der Fabel verwiesen. Die Amerikaner trugen Daten und Zahlen zusammen, als wäre ein Sturm nichts weiter als die Summe seiner Teile, während die Kubaner den Wind schmeckten, die Farben des Sonnenuntergangs auf sich wirken ließen und von dem schwarzen Ei munkelten, das Juanitas Henne gelegt hatte.

Oscar war froh, als der Direktor ihn endlich losließ und ihm stattdessen die schwere Hand mit einer Geste auf die Schulter legte, als wolle er ihn in eine geheime Organisation einweihen. »Sie müssen mich besuchen«, sagte er und wählte dabei einen ähnlich lauten Flüsterton wie zu Beginn ihrer Unterredung »Dann erzähle ich Ihnen ein bisschen etwas über Meteorologie. Ich verstehe nämlich wirklich etwas davon.«

Die Bemerkung lockte Dr. Cline an, der mit raschen, trippelnden Schritten herbeieilte und wissen wollte, was Direktor Young mit dieser letzten Bemerkung gemeint hatte. Während die beiden Herren in Streit gerieten, verzog Oscar sich diskret in einen entfernten Winkel des Gartens und suchte Zuflucht bei einem Geistlichen, Pater Andrew Kirwin von der St. Marys Church, der ihn sofort in Beschlag nahm.

Der Priester war ein Mann in mittleren Jahren, groß, hager

und von einem praktischen und tüchtigen Wesen, sodass es trotz der schwarzen Soutane schwerfiel, ihn mit Weihrauchduft und Mysterien in Verbindung zu bringen.

Oscar nutzte die Gelegenheit, das Gespräch auf die Nordische Gemeinde und den zornigen Prediger vor den Badehäusern zu bringen. Er hörte mit Befriedigung, dass Pater Kirwin den selbst ernannten Heiligen ebenfalls für einen Menschen übelster Sorte hielt. »Aber wir haben keine Handhabe, ihn aus der Stadt zu weisen«, sagte er. »Solange er kein Verbrechen begeht oder grob gegen die guten Sitten verstößt, müssen wir ihn hier dulden, da ihn seine Gemeinde unterstützt. Aber ich rate Ihnen, seien Sie sehr vorsichtig im Umgang mit ihm! Er ist ein Mensch, dem ich wegen einer Liebelei nicht in die Quere kommen möchte.«

Oscar erstarrte. Jede Silbe betonend, korrigierte er: »Hochwürden, es handelt sich hier nicht um eine Liebelei, sondern um eine junge Frau, die mir seit Jahren viel bedeutet.«

Der Priester entschuldigte sich. »Das wusste ich nicht. Ich dachte ...« Oscar spürte, dass er etwas gedacht hatte wie: Ich habe von Ihrem schlechten Ruf gehört und nahm an, es handelte sich um irgendein billiges Flittchen, wie es zu Ihnen passt ...

»Meine Freundin«, erklärte Oscar mit einem gewissen Stolz, »arbeitet als Handarbeitslehrerin im St. Mary-Waisenheim.«

»Fraulein Lillebjöring?«, rief der Geistliche überrascht aus. »Aber die kenne ich ja – gewiss! Eine sehr liebenswerte junge Frau. Und sie ist mit Ihnen befreundet?« Und insgeheim schien er sich zu wundern: Wie kommt sie denn an einen Kerl wie Sie?

Oscar erzählte auch Pater Kirwin alles über den Hurrikan in Indianola. Der Geistliche zeigte sich beeindruckt, nutzte die Geschichte aber sofort zu einer frommen Ermahnung. »Gott hat Ihnen das Leben geschenkt und Sie sollten dieses Geschenk nicht wegwerfen. Sie haben die ganz besondere Pflicht, etwas aus Ihrem Leben zu machen.« Er zögerte, dann fügte er hinzu: »Ich kann mir denken, dass Gott Ihnen jetzt die Aufgabe stellt, Fräulein Lillebjöring aus einer gefährlichen Situation zu befreien, in die sie durch ihre doch etwas naive Frömmigkeit geraten ist. Tun Sie Ihr Bestes! Aber wie ich schon sagte, seien Sie vorsichtig! Einen Journalisten der ›Galveston News‹, der sich über Falstads Predigten lustig machte, fand man übel zusammengeschlagen am Pier, und obwohl er die Täter nicht identifizieren konnte, ist es klar, wer dahintersteckt.«

»Nun«, antwortete Oscar und zeigte ihm den langsam verblassenden Bluterguss auf dem Jochbein, »was meinen Sie, woher ich das habe? Und von der Sorte habe ich noch zwei Dutzend am ganzen Körper.«

Als der Priester sich verabschiedete, weil zunehmend andere Gäste das Gespräch mit ihm suchten, machte Oscar sich auf die Suche nach seinem Bruder. Er fand Ronald im Gespräch mit einem beleibten, etwas zu auffällig gekleideten Herrn mit einem pomadisierten Schnauzbart. Eben sagte dieser Herr: »Ich sehe nicht ganz ein, warum Ihr Herr Vater ausgerechnet hier ein Geschäft aufmachen will. Galveston hat mehr als genug Läden für Luxusschuhe und exklusive Handtaschen.«

»Es hat zwei solcher Läden«, erwiderte Ronald, »und beide gehören Ihnen.«

»Und wenn schon?«, ereiferte sich der andere. »Zwei genügen vollauf. Und wenn jemand einen dritten aufmacht, sollte es jemand von hier sein, keine Yankees aus dem Norden.«

»Ich wusste nicht, dass wir noch mitten im Sezessionskrieg sind.«

»Natürlich nicht«, schnaufte der Dicke erbost. »Ich meine nur, Sie sollten sich das gut überlegen, denn der Konkurrenzkampf am Ort ist sehr hart, und Sie sind ein Fremder hier. Die Leute werden viel lieber bei einem Einheimischen kaufen.«

»Die Leute werden bei dem kaufen, der die bessere Ware

und die günstigeren Preise hat. Oh, da ist mein Bruder. Sie entschuldigen mich.« Er eilte auf Oscar zu und flüsterte ihm ins Ohr: »Bring mich weg von diesem Flickschuster. Er geht mir auf die Nerven.«

Oscar gehorchte. Sie schlenderten über den Rasen, der jetzt verlassen dalag, weil auf einem Rondeau zwischen den Büschen eine musikalische Darbietung stattfand, der alle lauschen wollten. »Wie ich sehe, hast du schon die erste Auseinandersetzung mit der lokalen Konkurrenz gehabt.«

Ronald schnippte verächtlich mit den Fingern. »Ich habe mir seine Läden angesehen. Ramsch. Kein Mensch wird mehr bei ihm kaufen, wenn sie erst unsere Ware gesehen haben. Wenn ich nämlich sage, wir bieten erstklassige Schuhe an, dann meine ich *erstklassig*. Wir werden sie selbst produzieren, vom Design bis zur Fertigung. Damit kann dieser Südstaatler niemals mithalten.«

»Denkst du irgendwann auch an etwas anderes als Schuhe?«

»Oh doch. Ich denke daran, dass Vater mir deine Gesellschaft aufgezwungen hat und du nichts anderes tust, als die Leute hier mit deinen Seelenschmerzen zu belästigen.«

»Sie fühlen sich nicht belästigt«, protestierte Oscar. »Sie hören mir gerne zu.«

»Mag sein. Schließlich hören die Menschen nichts lieber als romantischen Klatsch. Aber hör mal, ich versuche hier ein geschäftliches Unternehmen auf die Beine zu stellen. Wir sind nicht hier, damit du dich bei mitfühlenden Herzen ausweinen kannst. Außerdem möchte ich in dieser Stadt einen guten Ruf haben.«

»*Dein* Ruf ist doch exzellent.«

»Leider gehörst du aber auch zur Familie. Und du weißt genau, ich habe Order, dich bei allen geschäftlichen Unternehmungen mit einzubeziehen. Vater hofft, dass er damit doch noch deinen Appetit auf das Schuhgeschäft weckt.«

Oscar verzog den Mund. »Da kann er lange warten. Wie ist

er ausgerechnet auf Schuhe gekommen? Andere Juden handeln mit Immobilien oder mit Diamanten. Das kann sich wenigstens sehen lassen. Aber Schuhe?«

Ronald zuckte die Achseln. »Alle Menschen brauchen Schuhe – dringender als Diamanten. Ich weiß nicht, was du daran auszusetzen hast. Übrigens bin ich überzeugt, dass du auch zu faul wärst, dich um Immobilien oder Diamanten zu kümmern. Du würdest genauso nur herumhängen, charmant plaudern und überhaupt nichts dazu beitragen, dass unser Unternehmen hier ein Erfolg wird. Hast du überhaupt keinen Ehrgeiz? Begleitest du mich denn wirklich nur, weil du sonst nicht einmal genug Geld von mir kriegst, um dir einen Apfel zu kaufen?«

»Nein und ja«, antwortete Oscar. »Damit sind beide Fragen beantwortet. Übrigens stimmt es nicht, dass ich nichts zu unserem Erfolg beitrage. Ich mache einen sympathischen Eindruck, das gefällt den Leuten hier und nimmt sie für uns ein.«

»Du machst den Eindruck, ein Nichtsnutz zu sein. Daran ändern auch deine netten Komplimente und Witzchen nichts.« Ronald fasste ihn am Arm und drückte fest und energisch zu. »Oscar, kannst du dich wenigstens ein bisschen zusammennehmen? Mir ist dieses Unternehmen sehr wichtig. Es geht um die Firma.«

»Es geht darum, dass Vater dich zum offiziellen Kompagnon macht, wenn du hier Erfolg hast.«

»Sabotierst du mich deswegen?«

Oscar warf die Hände hoch. »Um Himmels willen, Ronald! Ich sabotiere dich doch nicht. Okay, ich teile nicht deine Begeisterung für eine Filiale in Galveston. Aber ich möchte dir auch nicht schaden. Außerdem habe ich wirklich nichts Böses getan.«

»Nein?« Ronald blieb stehen, packte ihn an der Schulter, drehte ihn zu sich herum und starrte ihm ins Gesicht. »Ich werde dir einmal etwas sagen, und du hörst mir genau zu.«

Oscar erfuhr, dass die öffentliche Meinung von Galveston ihn bis auf ein paar Kleinigkeiten durchaus richtig beurteilt hatte. Man hielt ihn für einen charmanten Müßiggänger, dem Alkohol nicht abgeneigt, wenn nicht Schlimmerem, untauglich zur Arbeit wie zur Ehe und von zweifelhafter weltanschaulicher Einstellung. Er seufzte. Jüdische Familien waren gnadenlos in ihrer Einschätzung junger Männer. Sie waren es so gewohnt, potenzielle Bräutigame einzuschätzen, dass sie Blicke wie Skalpelle hatten. Er war entlarvt.

Trotzig bemerkte er: »Es war nicht meine Idee, hierherzukommen. Und wenn du das Gefühl hast, dass ich deinen Geschäften schade, warum ignorierst du dann nicht einfach meine Anwesenheit? Mir liegt wirklich nichts daran, jedem Idioten vorgestellt zu werden, der dir vielleicht einmal ein Paar Schuhe abkauft. Ich würde meine Zeit viel lieber mit Emily verbringen.«

»Es wäre mir auch weitaus lieber, du würdest das tun und mich in Frieden meine Arbeit machen lassen. Aber dass ich mit dir zurechtkomme, ist leider ein Teil der Aufgabe, die Vater mir hier gestellt hat. Du sollst dich an meiner Arbeit beteiligen. Sonst hätte er dich genauso gut in ein Erholungsheim schicken können – was er vielleicht auch noch tun wird, wenn ich mit dir überhaupt nicht klarkomme.«

»Erpresser«, murrte Oscar. »Okay, ich helfe dir. Ich halte das Tintenfass, während du die Geschäftsbriefe schreibst.«

2

Die Nacht breitete sich samtig weich über Galveston. Vom Meer wehte eine sanfte Brise herein, die die Vorhänge des offenen Fensters in Ronalds Schlafzimmer blähte und ihm kühlend über die Stirn strich.

Er lag lang ausgestreckt im Bett auf dem Rücken und

starrte zur Decke hoch. Hier, in der Intimität seines Schlafzimmers, erlaubte er sich die Wut loszulassen, die in ihm brodelte. Wut auf Oscar, vor allem aber auf seinen Vater. Intelligent und argwöhnisch, hatte er schnell herausgefunden, dass der Alte *sie beide* loswerden wollte. Den einen, weil er ein Nichtsnutz war, den anderen, weil er zu tüchtig war. Wie hatte er jemals glauben können, dass Samuel einen zweiten Chef neben sich dulden würde? Er hatte ihn benutzt, solange er eine tüchtige Arbeitskraft gewesen war, ergeben, fügsam und gehorsam. Da war er ihm recht gewesen. Aber als der Sohn immer mehr Handlungsspielraum und Verantwortung verlangt hatte, war ihm klar geworden, dass da ein Konkurrent heranwuchs, ebenso klug, ebenso geschäftstüchtig wie er selbst, aber dreißig Jahre jünger. Und deswegen saß Ronald Leibowitz jetzt hier im tiefsten Süden fest und musste sich von dicken Männern als Yankee beschimpfen lassen.

Der Alte, dachte er, hatte ihn schlau in eine Zwickmühle manövriert. Wenn er den Auftrag nicht schaffte, konnte er ihm die Stellung als Kompagnon verweigern, ja er konnte ihn degradieren, bis er wieder nichts war als ein bezahlter Angestellter. Wenn er ihn aber schaffte, würde er, weit vom Schuss, in Galveston versacken und durfte sich als Filialleiter am Ende der Welt durchschlagen. Dann hatte er in Boston überhaupt nichts mehr zu melden.

Vermutlich hatte der Vater ihm Oscar angehängt, wie man Sträflingen eine Eisenkugel ans Bein hängte, damit er bei dem Auftrag versagte. Gleichzeitig die diffizilen Verhandlungen zu führen und seines Bruders Hüter zu sein, überforderte ihn, vor allem, weil Oscar anscheinend sein Schlimmstes tat, sie beide lächerlich zu machen.

Er hatte Pläne gehabt und der Alte hatte sie durchkreuzt. Ganz gleich, wie er reagierte, er saß in der Falle. Aus der Wut, die er empfand, wurde Hass.

Eine Weile lag er da und ließ sich von dem schwarzen, brennenden Gefühl durchströmen. Dann gewann sein kühl kalkulierender Verstand die Oberhand. Er ließ die Bilder der Stadt, wie er sie in den vergangenen Tagen gesehen hatte, vor seinem geistigen Auge vorbeiziehen. Eine schöne, reiche Stadt. Rachel und den Kindern würde es gefallen, am Meer zu wohnen, in einer Stadt, in der es keinen Winter gab. Wer sagte eigentlich, dass er die Verhandlungen hier für seinen Vater führen musste? Warum nicht für sich selbst? Wenn er es geschickt anfing, konnte er mit dem Geld, das er beiseitegelegt hatte, einen kleinen Laden eröffnen, einen Schuster anstellen und den reichen Leuten elegante Maßschuhe verkaufen, die speziell für jeden angefertigt wurden. Die Snobs, von denen es hier jede Menge gab, würden begeistert sein von der Vorstellung, das jeweils einzige Paar solcher Schuhe in Galveston zu besitzen. Und so ganz nebenbei konnte er die Augen offen halten, was es in dieser aufstrebenden Stadt noch für lukrative Geschäftsmöglichkeiten gab. Für einen Geschäftsmann hatte Galveston einen unschätzbaren Vorteil: Die Stadt musste alles, was sie brauchte und verbrauchte, importieren. Täglich erreichten sie per Eisenbahn und Schiff Tonnen von Gütern vom Festland. Jeder, der auch nur einen Lastkahn besaß, hatte sein Auskommen.

Ronald spürte, wie seine Wut versickerte. Er schmunzelte vor sich hin. Der Alte würde Augen machen, wenn er sich von ihm abkoppelte. Blieb nur ein noch zu lösendes Problem: Oscar. Inzwischen war ihm klar, dass er seinen Bruder nie dazu bringen würde, sich ernsthaft für das Geschäft zu interessieren. Er war überzeugt, dass Samuel das genau wusste. Der Auftrag, Oscar in die Verhandlungen einzubinden, war eine reine Farce gewesen. Ein Trick, um ihm Knüppel zwischen die Beine zu werfen. Samuel würde ihm auch nicht glauben, wenn er behauptete, sein Bruder hätte irgendeinen nennenswerten Beitrag geleistet, also konnte er nicht einmal schwindeln.

Irgendwie musste er mit ihm fertig werden.

1. SEPTEMBER

1

Oscar erwachte in bester Laune. Trotz der stickig warmen Nacht hatte er ausgezeichnet geschlafen, und außerdem war ihm, bevor er einschlief, ein guter Gedanke gekommen. Er schwang die Beine aus dem Bett, fuhr sich mit allen zehn Fingern durch das widerspenstige Haar und schlüpfte in seine Pantoffel.

Wenig später saß er, gebadet und frisch rasiert, im Salon und wartete auf den Zimmerkellner, der das Frühstück bringen sollte. Als Ronald aus seinem Zimmer auftauchte, begrüßte er ihn strahlend.

»Woher die gute Laune?«, fragte der Ältere misstrauisch.

»Warum nicht? Es ist ein herrlicher Morgen, wir bekommen gleich ein exzellentes Frühstück, und ich habe eine gute Idee gehabt. Willst du sie hören?«

Sie wurden vom Klopfen des Zimmerkellners unterbrochen. Der Mann schob sein Wägelchen herein, wünschte Guten Appetit und verschwand wieder, nachdem Ronald ihm den obligaten Dollar in die Hand gedrückt hatte.

»Deine guten Ideen machen mir mehr Angst als alles andere«, bemerkte Ronald, während er sich Kaffee einschenkte. »Aber bitte, lass hören.«

Oscar nippte an seinem Kaffee, fand ihn zu heiß und schob ihn weg. »Unser Gespräch ist mir nicht aus dem Kopf gegangen. Du willst mich loswerden. Ich meinerseits habe keine Lust, mich mit Schuhen zu beschäftigen. Aber beide können wir nicht, wie wir wollen, weil uns Vater im Nacken sitzt.«

»So weit, so gut. Und wie willst du das ändern?«

»Wir suchen uns unter all den netten Leuten, die wir schon kennengelernt haben, einen netten jüdischen Arzt. Du gehst mit mir hin und schilderst ihm meine Symptome: Ich habe Gedächtnislücken, vergesse immer wieder, wovon gerade die Rede war, kann mich nicht lang genug konzentrieren, um einen Brief zu schreiben, und dergleichen mehr. Ich bestätige das. Bei meiner Vorgeschichte sind solche Ausfälle mehr als plausibel. Dann lassen wir uns ein Attest geben, und das zeigen wir Vater. Er muss einsehen, dass ich in diesem Zustand nicht arbeiten kann und du mich auch mit aller Gewalt nicht dazu zwingen kannst. Andererseits kann eine Abschottung in einem Erholungsheim ja auch nicht Sinn der Sache sein. Ich muss mich ja wieder an ein anständiges Leben gewöhnen, oder nicht?«

Ronald hatte aufmerksam gelauscht. Jetzt verzog ein dünnes Lächeln seine Mundwinkel, und er murmelte: »Du raffinierte kleine Ratte.«

Oscar grinste. Für einen kurzen Augenblick standen sie einander sehr nahe.

Wenn Ronald eine Idee billigte, dann ließ er sich nie lange Zeit damit, sie in die Tat umzusetzen. Er ließ sein Frühstück stehen und rief Henry Cohen an, der ihm prompt die Adresse eines ebenso tüchtigen wie diskreten Arztes gab. Eine Stunde später hatten sie einen Termin für den nächsten Nachmittag.

Oscar fühlte sich wie ein entlassener Häftling. Ronald war glücklich und würde ihm keinen Ärger mehr machen. Endlich konnte er sich ganz auf Emily konzentrieren und Schuhe Schuhe sein lassen. Schade, dass sie arbeiten musste, sonst hätten sie den ganzen Tag miteinander verbringen können. Wenigstens konnte er sie im Waisenhaus anrufen. Wahrscheinlich redeten die Nonnen sich den Mund fusselig über seine Anrufe, aber zu Hause konnte er sie nicht erreichen, denn die Lillebjörings hatten kein Telefon.

Er sah auf die Uhr. Viertel vor neun. Das war günstig, denn um diese Zeit war sie schon an ihrem Arbeitsplatz, die Stunden begannen aber erst um neun.

Als sie sich meldete, überraschte er sie mit der freudigen Nachricht. »Ronald kümmert sich von heute ab allein um die Geschäfte. Ich brauche mich nur noch hin und wieder bei einer Party blicken zu lassen. Das heißt, ich habe jede Menge Zeit für dich.« Er sah den richtigen Zeitpunkt gekommen, auf einen alten Männertrick zurückzugreifen. »Hör mir zu, Emily, ich möchte gerne groß mit dir ausgehen – dich zu einem richtig feinen Essen einladen. Sag mir nur, wann es dir passt.«

Sie zögerte. »Ich weiß nicht, ob Edgar Falstad das gerne sehen wird.«

»Du bist alt genug, selbst zu entscheiden.«

Das wirkte. Sie sagte ihm für den nächsten Abend zu.

Danach war Oscar in ausgezeichneter Stimmung. Da er jetzt von aller Arbeit befreit war, nutzte er den Vormittag für einen Spaziergang am Strand und sah den Kindern zu, die mit ihren bunten Blecheimern herumliefen und Muscheln sammelten. Die riesige Bucht lag glatt wie ein Spiegel da. Eine Unzahl von Schiffen in allen Größen tuckerte zwischen Insel und Küste hin und her; sie schnaubten schwarze Rauchwolken aus ihren Schloten in den azurblauen Himmel. Oscar schlenderte den Strand entlang, bis er den Hafen erreichte.

Er hatte schon des Längeren vor, sich *The Midway* anzusehen, und beschloss, das jetzt zu tun, obwohl dort am frühen Vormittag nicht viel los sein würde. Tatsächlich fand er die meisten Läden noch geschlossen und die Schilder an den Cafés und Kinos verrieten, dass diese eher auf Nachtbetrieb eingestellt waren. Die meisten hatten erst im Morgengrauen geschlossen. Nur ein paar Imbissstuben hatten geöffnet.

Er trat an das hölzerne Geländer heran, stützte die Arme darauf und starrte auf das seidig schimmernde, unbewegliche Wasser. Wie gefroren lag die graublaue Fläche da; sie wurde nur gelegentlich durch das Hochschnellen eines Fisches gestört. Der Gedanke, dass er Ronald und dessen ständiges, lästiges Drängen abgeschüttelt hatte, befriedigte ihn zutiefst. Und Samuel musste ihm glauben, schließlich hatte er selbst seine Zweifel daran gehabt, ob Oscar auch wirklich gesund war. Wahrscheinlich würde er annehmen, Professor Mercker hätte ihn zu früh entlassen.

Er war tief in Gedanken, als ihn eine muntere, ein wenig heisere Stimme ansprach. »Na, so allein am frühen Morgen, Hübscher?«

Er blickte auf. Neben ihm stand eine Frau, die ganz so aussah, als stammte sie aus einem der Nachtlokale, die eben erst geschlossen hatten. Der Hut, überreichlich mit künstlichen Kirschen geschmückt, beschattete ein hübsches, aber stark übernächtigtes Gesicht.

»Ich sehe mir das Meer an«, sagte er.

»Da wüsste ich was Besseres, das du dir ansehen könntest.«

Er schüttelte den Kopf. »Kein Interesse.« Wie hatte er jemals Gefallen an solchen Frauen finden können? Welcher Kontrast zu Emily mit ihrem frischen, süßen Gesicht!

»Komm, sei kein Langweiler.« Die junge Frau lehnte sich gegen ihn und legte die Hand auf seinen Arm.

»Ich habe gesagt: Kein Interesse!« Er stieß sie grob weg.

Sie streckte ihm die Zunge heraus, drehte sich um und ging mit wackelnden Hüften davon. Es sah so komisch aus, dass er zu lachen begann. Dann wurde er nachdenklich. Plötzlich schien es ihm, dass da nicht nur irgendein Flittchen davonging, sondern auch die Verkörperung seines früheren Lebens. Hatte Emily bereits einen so gewaltigen Einfluss auf ihn? Oder war es seine Angst vor dem Delirium tremens, die ihn vor allem zurückscheuen ließ, was an Blanche und ihr gemeinsames Leben erinnerte? Oder war es sogar die Erinnerung an seine Großmutter, die ihm Gottes Strafe für ein solch liederliches Leben in Aussicht gestellt hatte? Jedenfalls war ihm das Verlangen nach irgendwelchen Ausschweifungen gründlich vergangen.

Die Frage war nur, was er stattdessen tun sollte. Wenn er genau nachdachte, hatte er überhaupt keine Vorstellung davon, was er mit seinem Leben anfangen sollte. Es war, als stünde er am Rande einer unendlichen Wüste und blickte zum Horizont. Er wollte nicht mehr zurück, aber wohin wollte er? Dass er Emily haben wollte, stand außer Zweifel, aber was sonst? Und Emily war keine Frau, die man einfach nur *haben konnte*. Emily verlangte, dass er sein Leben auch wirklich zusammen mit ihr verbrachte, so viel hatte er schon begriffen. Nur: Welches Leben war das?

Er stand da und merkte nicht einmal, wie *The Midway* rund um ihn zu munterem Leben erwachte. Erst als ihn ein Mann mit einem Putzkarren anrempelte, schreckte er aus seiner Versunkenheit hoch.

Überall wurden Rollläden hochgezogen und Türen aufgesperrt. Der Duft von frischem Kaffee und Brötchen machte sich breit, dazwischen der würzige Geruch von gebratenen Garnelen. Aber für Oscar hatte diese bunte Meile jeden Reiz verloren. Er machte sich auf den Weg zurück ins Hotel. Wenn er schon nichts Nützliches tat, konnte er seinem Bruder wenigstens beim Mittagessen Gesellschaft leisten.

Ronald war zweifellos den ganzen Vormittag über fleißig gewesen, aber er sagte nichts darüber, was er getan hatte, und Oscar fragte ihn nicht. Während sich die beiden im Speisesaal des *Tremont* an einem Tisch niederließen, sagte er: »Ich brauche Geld. Ich habe Emily für morgen Abend zum Essen eingeladen.«

»Ah, der alte Trick«, bemerkte Ronald. »Wo geht ihr hin?«

»Das weiß ich noch nicht. Emily sucht das Lokal aus, da ich mich hier nicht auskenne.«

Ronald lachte. »Wahrscheinlich verschleppt sie dich in

irgendeine skandinavische Schifferkneipe, wo es gedörrten Stockfisch mit Labskaus als einziges Menü gibt.«

Oscar stimmte in das Lachen mit ein. »Nein, im Ernst, ich denke, sie wird irgendeines der kleinen Restaurants am Strand aussuchen – sie haben so viel Atmosphäre. Bekomme ich das Geld?«

»Ja, klar.« Ronald, der nicht wirklich am Liebesleben seines Bruders interessiert war, studierte bereits die goldgesäumte Speisekarte. »Was nehmen wir? Schau, was sie hier haben: ›Beefsteak goddam à la mode‹. Klingt das verheißungsvoll?«

Sie bestellten, und wenig später kam der Kellner mit zwei Platten; auf jeder lag ein Steak so dick wie ein Ziegelstein und umrahmt von Kartoffeln, Austern und Schrimps. Oscar verdrehte die Augen. »Guter Mann«, wandte er sich an den Kellner, »ich habe ein Steak bestellt, kein ganzes Rind!«

»Tja, Mr. Leibowitz«, gab dieser schlagfertig zurück, »bei uns müssen Sie lernen, tüchtig zu essen, da werden Sie dann bald auch kräftiger aussehen! Einen guten Appetit wünsche ich den Herren!«

Oscar lachte, aber er war auch ein wenig betroffen. Es gefiel ihm nicht, dass alle fanden, er sähe wie ein Todkranker aus. »Ist es wirklich so schlimm mit meinem Gesicht?«, wandte er sich zwischen zwei Bissen des Riesensteaks an seinen Bruder. »Wie muss ich aussehen, wenn mich schon die Kellner bemitleiden?«

»Nun ja – du siehst weder gesund noch vertrauenerweckend aus«, erwiderte Ronald. »Das brauche ich dir nicht zu sagen. Aber es ist nicht mehr so schrecklich, wie es noch vor drei Wochen war.«

Oscar verzog den Mund. »Emily tut mir gut«, sagte er. »Weißt du, sie ist ein besonderes Mädchen. Sie ist so frisch und süß und anständig, klug und gebildet. Sie ist ganz anders als andere Frauen.«

Ronald lachte ungläubig und schnitt energisch ein Stück von seinem Steak ab.

»Doch, das ist sie«, beharrte Oscar. »Sie interessiert sich für das Wetter. Sie weiß so viel darüber, dass sie mit den Meteorologen diskutieren kann.«

Jetzt blickte Ronald auf. »Etwa mit diesem spitzbärtigen Gernegroß, der mir stundenlang erzählen wollte, wie genial er ist?«

»Unter anderem, ja. Aber findest du das nicht großartig? Sie ist nicht nur schön, sie ist auch ungewöhnlich gescheit. Und sehr fromm.«

»Und du traust dir zu, dieses Wunder zu erobern?«

»Ich will sie nicht erobern. Ich will mit ihr zusammen sein. Lange. Für immer.«

Ronald betrachtete ihn eine Weile nachdenklich. Schließlich sagte er: »Dann solltest du aber zusehen, dass du Blanche bei gutem Wind loswirst, ehe sie es sich am Ende noch einmal anders überlegt und bei dir bleiben möchte.«

2. SEPTEMBER

1

Emily war wegen der Einladung zum Essen so aufgeregt, dass sie in der Nacht zuvor nur wenig schlief. Sie war noch nie zum Essen in ein Restaurant ausgeführt worden und hatte das Gefühl, an einem Ritual teilzunehmen, das sonst lediglich der großen weiten Welt vorbehalten war. In dieser Ansicht wurde sie von ihrer Mutter und ihrer Schwester bestärkt, die ihre Empörung über eine solche Einladung lautstark zum Ausdruck brachten. Beide waren überzeugt, dass ein Essen im Restaurant die notwendige Vorstufe einer listigen Verführung war, und malten Emily das zu erwartende Unheil in den schwärzesten Farben aus.

»Du gehst mit ihm essen und kommst mit einem Kind im Bauch heim«, drohte Mrs. Lillebjöring ihrer Tochter. »Ist dir unser Essen vielleicht nicht gut genug? Musst du dich in ein Restaurant setzen? Was meinst du wohl, warum er dich ausführt? Du wirst dich wundern, was er dir für eine Rechnung präsentiert! Glaub bloß nicht, dass er das ganze Geld für nichts und wieder nichts ausgibt.«

Emily trotzte. »Oscar ist mein Freund.«

»Freund! Schöner Freund!«, rief Mrs. Lillebjöring erbost und fügte einige sehr beleidigende Äußerungen über Oscar, seine Familie und seine Absichten hinzu.

Emily floh aus dem Haus. Sie wagte sich gar nicht auszumalen, was ihre Mutter ihr noch alles zu sagen gehabt hätte, hätte sie von ihrer Absicht gewusst, sich ein Kleid für das abendliche Ereignis zu kaufen. Und zwar nicht irgendein Kleid, sondern *dieses eine* Kleid.

Seit einiger Zeit bewunderte sie es schon jedes Mal, wenn sie an den eleganten Geschäften in *The Strand* vorbeikam. Es hing im Schaufenster eines Ladens, der für seine extravaganten Angebote berühmt war. Nur Frauen, die gerne auffielen, kauften dort. Und das Kleid war auch etwas Besonderes. Es hatte keine Polsterungen, kein Drahtgestell, keine Rüschen, keine Draperien. Es war ein einfaches Matrosenkleid, ausgezeichnet mit einem kleinen Schild als »Reformkleid im englischen Stil«. Nur hinten war es ein wenig gerafft, und den Busen stützten Körbchen, sodass eine lang gezogene s-förmige Silhouette entstand. Welche Kühnheit, so etwas zu tragen! Emily spürte, wie bei dem bloßen Gedanken daran ihr Herz zu klopfen begann.

Dennoch, sie war von dem Kleid hingerissen. Sie musste es einfach haben, und wenn es sie ihre gesamten Ersparnisse kostete – was es höchstwahrscheinlich tun würde.

Erst wagte sie nicht einmal, den Laden zu betreten. Er sah viel zu vornehm aus, als dass eine einfache Handarbeitslehrerin sich hineinwagen könnte. Sie ging ein paar Mal auf und ab und betrachtete das Kleid. Dann schoss ihr plötzlich der Gedanke durch den Kopf, jemand anderer könnte kommen und es ihr vor der Nase wegschnappen, und sie nahm ihren ganzen Mut zusammen und trat ein. Der Duft teurer Stoffe umfing sie.

Der Empfang, der ihr zuteil wurde, war nicht ermutigend. Eine in schwarzen Damast gekleidete Dame, die sich an den ausgestellten Kleidern zu schaffen machte, warf einen Blick auf sie, sagte abweisend: »Wir kaufen nichts« und wandte sich wieder der Ware zu.

Emily räusperte sich. »Ich möchte nichts verkaufen. Ich möchte das Matrosenkleid im Schaufenster kaufen.«

Jetzt sah die Dame sie an, aber ihr Blick war immer noch nicht besonders freundlich. »Das ist ein außergewöhnliches Kleid. Ich glaube nicht, dass es das Richtige für Sie ist.«

»Doch, es ist das Richtige«, widersprach Emily entschlossen. »Und ich habe genug Geld, es zu bezahlen.« Dabei öffnete sie ihr Handtäschchen und ließ die Frau sehen, dass es mit Dollarnoten vollgestopft war. Sie hatte ihre gesamten Ersparnisse von der Bank abgehoben.

Daraufhin wurde die Dame ein wenig zugänglicher. »Sie können es ja probieren«, sagte sie und holte es aus dem Schaufenster. »Hier ist die Kabine.« Sie führte Emily in den hinteren Teil des Ladens, wo ein Vorhang die Umkleidekabine abtrennte. »Aber seien Sie vorsichtig damit, wenn Sie es beschädigen, müssen Sie es bezahlen«, sagte sie. Offenbar betrachtete sie Emily als eine ungehobelte Person, der man keine feine Ware anvertrauen konnte.

Emily zog den Vorhang zu und stand dann einen Augenblick nur da, den Blick auf das Kleid gerichtet, das die Dame an die Wand der Umkleidekabine gehängt hatte. Es schimmerte im gedämpften Lampenlicht. Sie hob die Hand und strich darüber. Ein Schauder durchlief sie, als das seidige Material ihre Hand entlangglitt. Was war das doch anderes als der steife Taft, den sie gewohnt war! Es fühlte sich an, als lebte es.

»Passt es?«, rief die Dame von draußen. Offenbar hatte sie es eilig, die unerwünschte Kundin loszuwerden.

»Einen Moment noch«, rief Emily. Es war gar nicht so leicht, rasch aus Rock und Bluse zu schlüpfen und das ungewohnte Kleid überzustreifen. Es glitt wie eine Schlangenhaut über ihre Arme, passte sich der Form ihres Körpers an. Emily, die an geschnürte und geraffte Kleider gewöhnt war, hatte das Gefühl, in der Unterwäsche dazustehen. Dann warf sie einen Blick in den Spiegel und schnappte nach Luft. Das Kleid passte wie maßgeschneidert. Und es sah hinreißend aus. Besser gesagt: Sie sah hinreißend aus darin.

Sogar die hochmütige Verkäuferin zog unwillkürlich die Brauen hoch, als Emily aus der Umkleidekabine trat. Sie sagte jedoch nur: »Ja, das ist Ihre Größe. Wollen Sie es behalten?«

Emily fragte sich angstvoll, ob ihr Erspartes ausreichen würde, dieses wundervolle Kleid zu erstehen, aber sie hatte genügend Geld in ihrer Börse. Mit einem Paket unter dem Arm verließ sie den teuren Laden, davon überzeugt, dass jetzt auch sie die Sünde der Eitelkeit auf sich geladen hatte.

2

Am 2. September war es schon am Morgen nicht nur sehr heiß, es war auch drückend, und den Himmel überzog ein leichter Dunstschleier. Im Lauf des Vormittags wurde dieser Schleier dicker und dunkler, und Oscar, der wiederholt aus dem Fenster geblickt hatte, wurde klar, dass ein Gewitter aufzog. Er fühlte sich elend.

Seit er erwachsen war, war er zwar nicht mehr unters Bett gekrochen, wenn es draußen blitzte und donnerte, aber meistens hatte er sich sinnlos betrunken. Diese Möglichkeit fiel jetzt weg. Er musste das Gewitter trocken überstehen.

Ronald, den Gewitter nicht im Geringsten berührten, beobachtete ihn. »Du bist nervös«, stellte er fest. »Wegen deiner Abendeinladung?«

»Unsinn«, erwiderte Oscar gereizt. »Nein. Ein Gewitter zieht auf.«

»Ach so, ja. Ich hab's gesehen.« Ronald war beneidenswert gleichgültig. »Macht es dich immer noch fertig? Man sollte meinen, du bist inzwischen erwachsen.«

Die Bemerkung besserte Oscars Laune nicht gerade. Er fuhr auf. »Ich habe auch nicht vor, unters Bett zu kriechen. Aber ich fühle mich miserabel.«

Ronald, der nun doch etwas Mitgefühl zeigte, versuchte ihn zu beruhigen. »Das *Tremont* hat an jeder Ecke ein Meter lange Blitzableiter, hier schlägt es sicher nicht ein. Und der Donner kann dir doch nicht so viel ausmachen. Ist ja nur ein Geräusch.«

Oscar gab es auf, seinem Bruder etwas erklären zu wollen. Es war nicht die Angst, der Blitz könnte einschlagen, die ihm so zusetzte. Es war die Angst vor der elektrisch aufgeladenen Atmosphäre, vor der ganzen Bedrohlichkeit des Wetters, das sich draußen zusammenballte. Wie den Hurrikan damals empfand er das Wetter in solchen Momenten als eine personifizierte böse Macht, die nichts anderes vorhatte, als Oscar zu finden und ihn zu erledigen. Wenn es donnerte, hatte er das Brüllen des Hurrikans in den Ohren, dieses gewaltige Brüllen. Er dachte daran, wie er sich unter dem Bett davor gefürchtet hatte, das Ungeheuer könnte ins Zimmer eindringen und ihn mit einem langen dunklen Arm aus seinem Versteck hervorzerren, um ihn gegen die Wände zu schmettern. Er empfand eine unbändige Angst vor dieser Übermacht des Wetters, das wie ein böser Gott vor ihm erschien und sich durch keine Opfer und Versprechungen besänftigen ließ. So, dachte er manchmal, mussten die Menschen der Vorzeit Blitz und Donner empfunden haben. Sie konnten nichts anderes tun, als stillhalten und hoffen, dass es irgendwann wieder vorbeigehen würde.

Ronald, der in aller Seelenruhe einen Apfel schälte und in Stückchen schnitt, erteilte ihm den guten Rat, etwas Spannendes zu lesen, das würde ihn ablenken.

Inzwischen war aus dem dicken Schleier eine Wolkenwand geworden, die sich bedrohlich über dem Meer türmte. Riesige Zinnen und Türme ragten daraus hervor, an den Enden zu ambossartigen Zacken geformt. Den untersten Rand der Wolkenwand säumte das allmählich ersterbende Sonnenlicht, aber der obere Teil war pechschwarz und wurde von Blitzen durchzuckt. Oscar sah, dass es wirklich dick kommen würde. Er hatte nicht den Mut, jetzt mit seinem Bruder zu streiten, also sagte er nur: »Gute Idee« und ging in sein Zimmer.

Dort trat er ans Fenster und blickte hinunter. Er sah, wie die Menschen, die am Strand unterwegs gewesen waren, in aller Eile ein schützendes Gebäude aufsuchten. Kellner rannten hinaus und holten die Sonnenschirme ein, während andere die Stühle und Tische auf die Veranda trugen und dort übereinanderstapelten. Frauen flüchteten mit geblähten Röcken, die Hüte mit beiden Händen festhaltend, während der Wind an ihren Schals und Schleiern zerrte.

Donner grummelte. Ein schwaches Leuchten, der Vorbote späterer Blitze, flammte auf und spiegelte sich im Meer, das bleifarben gegen den Strand rollte.

Oscar überlegte, ob er das Zimmermädchen rufen und verlangten sollte, dass sie die Sturmläden schloss, entschied sich aber dann dagegen. Zum einen schämte er sich und zum anderen erschien es ihm, dass er das Gewitter leichter ertragen konnte, wenn er es im Auge behielt. Dinge, die man sehen konnte, waren immer nur halb so schlimm wie Dinge, die man hören, aber nicht sehen konnte. Er fürchtete nichts so sehr, wie plötzlich von einem Schrecken überrascht zu werden – so wie ihn damals der Anblick des Trümmerwalls erschreckt hatte, als ein Blitz diesen jäh aus der Schwärze der Nacht riss.

Oscar zog Schuhe und Gehrock aus und legte sich aufs Bett. Er hörte die lebhafte Geschäftigkeit im Haus, als Dutzende Gäste mit einem Schlag auf ihre Zimmer zurückkehrten. Sicher würde in Kürze ein Strom von Menschen in die Teestube und die Rauchzimmer einsetzen, wo sie sich alle zusammenkuscheln und mit wohligem Schauder das Gewitter beobachten würden. Glückliche Menschen, für die der Schrecken nur ein unterhaltsames Schauspiel war! Sein Mund war trocken und er fühlte kleine Wellen von Übelkeit in seinem Magen hüpfen. Unruhig stand er auf, holte sich ein Glas Wasser und legte sich wieder nieder. Trotz der Hitze zog er sich die Decke über die bloßen Füße. Es gab ihm ein Gefühl der Sicherheit, wenigstens die leichte Sommerdecke zwischen sich und dem Feind zu haben.

Im Zimmer war es jetzt viel dunkler als vorhin. Das Sonnenlicht war erstorben. Eine bleifarbene Dämmerung erfüllte den unbeleuchteten Raum. Oscar rutschte im Bett zurück, bis er dicht an der Wand saß. Er zog die Beine hoch und schlang die Arme darum. So fühlte er sich einigermaßen sicher – jedenfalls solange es nicht allzu schrecklich zuging.

Der erste Blitz zuckte und er zuckte mit. Dann hielt er den Atem an und zählte. Einundzwanzig, zweiundzwanzig ... es dauerte acht Sekunden, bis der Donner rumpelte, also war er noch sehr fern. Oscar begann zu hoffen, das Unwetter würde sich über dem Meer entladen und nicht erst bis nach Galveston kommen, aber er wusste, wie schwach diese Hoffnung war. Der nächste Donner war dann auch beträchtlich näher.

Er verschränkte die Finger ineinander und zog die Knie so eng an den Leib, dass er kaum Luft bekam. Sein Kopf schmerzte. Er spürte die dicke Luft im Zimmer wie etwas Breiiges, das er nicht einatmen konnte, ohne daran zu ersticken, aber nie im Leben hätte er gewagt das Fenster zu öffnen. Das wäre ja geradezu eine Einladung an das Gewitter gewesen, hereinzufahren und ihn zu holen. Zwar glaubte er nicht mehr, wie er es als Kind getan hatte, ein bloßer Gewittersturm könnte ihn nach draußen ziehen, aber er war überzeugt, dass offene Fenster den Blitz ins Innere des Hauses lockten. Hatte seine Großmutter ihm nicht von Blitzen erzählt, die in die Stube gefahren waren, wo sie oft zwischen den Menschen herumzuckten, um dann – wenn alles gut ging – durch das nächste offene Fenster wieder hinauszuzischen? Im schlimmsten Fall fand man dann die Stube voll schwarz verbrannter Überreste. Sein Vater hatte ihm immer gesagt, er sollte der alten Frau nicht alles glauben, aber die Großmutter widersprach heftig. »Dass dein Vater von diesen Dingen nichts weiß, heißt noch lange nicht, dass es sie nicht gibt!«, war ihr Argument gewesen, und die bloße Tatsache, dass sie es wagte seinen Vater als unwissend hinzustellen, erschien ihm als der beste

Beweis, dass sie Recht haben musste – hätte sie sonst etwas so Ungeheuerliches gewagt?

Wieder rumpelte der Donner. Die Blitze folgten jetzt so rasch nacheinander, dass die Donner einander überschnitten und aus allen Ecken des Himmels zugleich zu kommen schienen. Oscar empfand jeden von ihnen wie einen Schlag in den Magen. Er fuhr zusammen, so oft das helle Licht der Blitze aufleuchtete, und hielt die Luft an, bis der Donner krachte. Die Decke, die erst nur seine Knie bedeckt hatte, wanderte bis zu seiner Brust hinauf. Er presste sie an sich wie ein lebendes Wesen, das ihn beschützen konnte.

Dann kam ein Blitz, der sehr nahe am *Tremont* Hotel in den Strand schlug. Weiß loderte es vor dem Fenster auf, und der Krach des nachfolgenden Donners ließ die Fensterscheiben erzittern. Oscar schrie auf und fuhr unter die Decke, die er mit beiden Armen über dem Kopf festhielt. Er war überzeugt, dass der Blitz in seinem Zimmer eingeschlagen hatte, und erst, als überhaupt nichts weiter passierte, kroch er unter der Decke hervor und strich sich verlegen mit gespreizten Fingern die Haare glatt.

Wenigstens aber schien dieser starke Blitz den Wendepunkt zu markieren. Von da ab ließ die Intensität der Blitze nach, das Rumpeln des Donners wurde schwächer. Es begann zu regnen. Ein Wolkenbruch ging über Galveston nieder, der minutenlang die Fensterscheiben mit einer dicken, grauen Wasserschicht bedeckte. Dann ließ die Flut nach, und Oscar merkte, dass es für diesmal überstanden war.

Erschöpft kroch er aus dem Bett und warf die Decke ab. Jetzt, wo er wieder einmal feststellte, dass ihm nichts passiert war, quälte ihn die Scham wie ein körperlicher Schmerz, und er musste sehr an sich halten, dass er nicht in die Bar hinunterging und den Schmerz mit ein paar Gläsern Whisky linderte. Nur der Gedanke, was passieren würde, wenn Emily ihn bei ihrer Verabredung am Abend betrunken vorfand, und die

Angst, wieder in ein Delirium zu verfallen, hielten ihn davon ab. Die Erinnerung daran, wie er schreiend auf dem Bett gestanden und um sich geschlagen hatte, war noch sehr wach. Am schlimmsten war es gwesen, wenn sie ihn festschnallten und er sich nicht wehren konnte gegen all das, was um ihn herum zu kriechen schien. Wenn er daran dachte, ließ das Bedürfnis nach einem Whisky beträchtlich nach.

Plötzlich musste er daran denken, dass Edgar Falstad im Irrenhaus gewesen war und sich dort eingebildet hatte, von Gott zum Richter über die Gottlosen berufen zu sein. Welche schrecklichen Trugbilder waren ihm in seinen Halluzinationen begegnet? Welche Teufel hatten ihn geängstigt?

Er wusch sich Gesicht und Hände mit kaltem Wasser, kämmte sich, zog sich wieder an und trat in den Salon hinaus, wo Ronald an der Arbeit saß.

»Na? Noch am Leben?«, begrüßte ihn der ältere Bruder. »Ich hatte gehofft, das Gewitter würde uns ein bisschen Abkühlung verschaffen, aber es ist genauso heiß wie vorher, nur doppelt so feucht.«

Oscar nickte. Obwohl er sich eben gewaschen hatte, klebte ihm das Hemd am Leib. »Wie halten die Leute das aus?«, fragte er mürrisch. »Ist es hier jeden Sommer so oder ist das nur diese verdammte Hitzewelle?«

»So frisch wie in Boston ist es hier sicher nie«, erwiderte Ronald. »Und jetzt komm, wir haben unseren Termin bei Dr. Rubin. Je früher ich dich für unzurechnungsfähig erklären lasse, desto eher kann ich in Ruhe arbeiten.«

3

Um fünf Uhr kehrten die Brüder in ihr Hotel zurück, beide sehr zufrieden damit, wie sich die Dinge entwickelten. Dr. Rubin war sehr verständnisvoll gewesen. Er hatte das Attest bereitwillig ausgestellt und Oscar freundlich geraten, seinen Aufenthalt in Galveston lieber der Erholung zu widmen. Er könne keinen besseren Ort dafür finden, als diese Stadt mit ihrem Meeresklima und ihren schneeweißen Stränden. »Gehen Sie spazieren«, riet er, »gehen Sie schwimmen – das können Sie beruhigt tun, der Golf ist so warm und ruhig wie eine Badewanne – und zwingen Sie sich zu keiner Arbeit. Dann werden Ihre Beschwerden mit der Zeit verschwinden.«

Oscar machte sich daran, sich für den Abend herzurichten. »Ich komme mir allmählich vor wie ein Fisch«, vertraute er Ronald an, als er, in ein Tuch gewickelt, aus dem Badezimmer kam. »Ich habe das Gefühl, ich sitze öfter in der Badewanne als auf dem Trockenen. Wenigstens muss ich für ein Strandrestaurant keinen steifen Kragen nehmen. Was soll ich anziehen? Der weiße Anzug sieht zu nobel aus, der passt nicht.« Er entschied sich schließlich für die Knickerbocker aus hellem Leinen und das weiße Jackett, das sah gepflegt und trotzdem lässig aus.

Sie hatten das Abendessen auf sechs Uhr geplant, da Emily nicht allzu spät nach Hause kommen wollte. Es war halb sechs, als sie im *Tremont* erschien, und Oscar wunderte sich, warum sie trotz der feuchten Hitze einen leichten Mantel über dem Kleid trug. Dann freilich wurde ihm das Geheimnis enthüllt.

Ihm blieb der Mund offen stehen. Er hatte insgeheim gedacht, dass sie etwas ärmlich und provinziell aussah in dem braunen Taftkleid; und so traf es ihn doppelt, welch mondäne Schönheit plötzlich aus ihr geworden war.

»Ja, sag mal!«, brach es aus ihm heraus. »Du siehst phänomenal aus. Trägt man solche Kleider in deiner Kirche?«

Sie lächelte, verlegen und stolz zugleich. »Nein, natürlich nicht«, antwortete sie, bemüht, so zu klingen, als steckte ihr Kleiderschrank voll von ähnlichen Modellen. »Ich dachte einfach, ich … ich möchte einmal etwas anderes tragen, und da gefiel mir das hier sehr gut.«

Der Weltmann Oscar, der eine sehr konkrete Vorstellung hatte, was das Kleid gekostet haben mochte, überging die kleine Lüge. »Es steht dir unglaublich gut. Du bist eine ganz andere Frau als sonst. Emily, du bist eine Schönheit! Das ist mir zwar schon letzthin aufgefallen, aber dieses Kleid ist die einzig richtige Verpackung. Und bei der Hitze ist es obendrein angenehm kühl.«

»Es ist entschieden angenehmer zu tragen als das braune«, stimmte sie zu. »Meinst du, eines Tages werden alle Frauen solche Kleider tragen?«

Er zuckte lachend die Achseln. »Vielleicht tragen sie eines Tages sogar Hosen, wer weiß? Aber jetzt musst du ein paar Minuten auf mich warten. Ich muss mich umziehen, damit ich zu dir passe.« Eilig schlüpfte er aus den Kleidern und wechselte in den weißen Anzug. Die Manschetten glatt ziehend, kehrte er in den Salon zurück. »So, jetzt komm. Dieses Kleid muss ausgeführt werden.«

Sie fuhren in einem gemieteten Landauer an den Strand. Emily hatte mit dem Restaurant *Meeresblick* eine gute Wahl getroffen, obwohl sie sich nur von der Optik hatte leiten lassen. Es lag mit seiner überdachten Terrasse unmittelbar am Strand und wurde von einer zierlichen Wand weißgoldenen Schnörkelwerks gegen das lärmende Getriebe abgeschirmt. Der Strand war voll von Menschen, die in Kutschen über den glatten, frischen Sand fuhren oder zu Fuß promenierten, von Dienstmädchen, die kleine Kinder an der Hand führten, von spielenden Kindern und herumtollenden Hunden. In der Ferne verschwanden sie zu bunten Punkten, die auf der weißen Fläche herumwimmelten. Es war heiß und feucht, der Himmel dunstig, aber die leichte Brise vom Meer her wehte das Unbehagen fort, das die Gewitterschwüle sonst mit sich gebracht hätte. Das Restaurant bot Krabben, Hummer und Schrimps an sowie unterschiedliche Variationen von Fisch, aber da Oscar Emilys Abneigung gegen Wassertiere kannte, bestellte er Spare Ribs mit Ofenkartoffeln und Saucen, und sie dankte es ihm mit einem: »Das ist lieb von dir, dass du so rücksichtsvoll bist.«

Oscar verbuchte einen Punkt auf der Habenseite.

Sie speisten ausgezeichnet und das Gespräch verlief harmonisch, bis Oscar beim Dessert wieder auf Edgar Falstad zu sprechen kam. Er verwünschte sich selbst, dass er es tat, denn er merkte, wie Emily augenblicklich steif vor Abwehr wurde; aber er konnte einfach nicht anders als von der schlechten Meinung zu erzählen, die Pater Kirwin und Mutter Mary Tracy von ihm hatten.

Sie biss die Lippen zusammen. »Oscar, sie sind gute Menschen, aber sie sind Papisten. Sie müssen einfach Lügen über jemand wie den Vater glauben.«

»Und ich bin Jude. Ich muss auch Lügen glauben, wie?«

Sie schwieg und legte mit einer zarten Gebärde die Hand auf die seine. Oscar fühlte sich entwaffnet. »Lass uns nicht darüber reden«, bat Emily. »Ich muss diese Entscheidung allein treffen. Du kannst mir dabei nicht helfen.«

»Ich kann nicht zusehen, wie du in dein Unglück rennst.«

»Wenn es Gottes Wille ist, ist es kein Unglück, ganz gleich, was mir bevorsteht.«

Eine Weile saßen sie da und blickten durch die Schnörkelgitter auf das Meer, dessen Farbe allmählich immer dunkler wurde. Das Geräusch der Wellen war lauter geworden, während der Wind schwieg. Um die Lampen des Restaurants sammelten sich unangenehm viele fliegende Insekten, die manchmal auf die Tische fielen und dort allgemeinen Abscheu auslösten.

Wohl nur um das Thema zu wechseln, sagte Emily: »Nun hast du heute einen der typischen Galvestoner Gewitterstürme erlebt. War es sehr schlimm?«

Er blieb nicht ganz bei der Wahrheit. »Nein, nicht wirklich.«

»Siehst du? Solche Gewitter haben wir hier häufig.«

»Hast du keine Angst davor? Ich meine ... die Erinnerung ...«

Sie nickte nachdenklich. »Ja, das war lange Zeit sehr schlimm. Als ich ein Kind war, wurde ich immer halb verrückt vor Angst. Später ging es dann besser, aber mulmig ist mir auch heute noch.« Sie lächelte ihn an. »Du denkst jetzt sicher: Was für eine schwache kleine Frau.«

Er lächelte glücklich zurück. »Aber keineswegs. Hör zu, was würdest du davon halten, wenn wir uns einen Wagen mieten und einmal eine kleine Rundfahrt um die Insel machen?«

»Oscar, das geht nicht. Ich kann nicht mit einem fremden Mann in der Gegend herumfahren. Das schadet meinem Ruf.«

»Ich bin kein fremder Mann. Ich habe dir in Indianola das Leben gerettet.«

Sie lächelte. »Das schon, aber Edgar Falstad würde es so interpretieren, als wenn ... Du weißt, es heißt in der Bibel ›vermeidet auch den Anschein des Bösen‹.«

»Ich weiß nicht, wo der Anschein des Bösen ist, wenn wir spazieren fahren ... aber wenn du nicht willst, auch gut.« Er dachte darüber nach und bemerkte, dass Emily sich offenbar weitreichende Gedanken gemacht hatte, wozu ein Ausflug in die Dünen führen könnte ... was hieß, dass sie sich in Gedanken ausführlich mit dem Thema beschäftigte. Er konnte ihr nicht sagen, dass er gar nicht in der Lage gewesen wäre, Edgar Falstads schmutzige Vermutungen zu erfüllen, so schlimm hatten die gemeinsamen Exzesse mit Blanche seinen Körper zerrüttet. Er würde eine Menge Zeit brauchen, um wieder gesund genug zu werden, dass er sich als Mann erweisen konnte. Was für eine bizarre Situation! Aber es geschah ihm recht. Er hatte so lange über die Stränge geschlagen, dass er jetzt in einem Zustand war, als hätte er tatsächlich Malaria.

Er saß mit dem Gesicht zum Strand, und so kam es, dass ihm etwas auffiel. Ganz in der Nähe des Restaurants standen zwei Männer, anscheinend in ein Gespräch vertieft, aber Oscars feiner Instinkt sagte ihm, dass dieses Gespräch nur vorgespiegelt war und sie jemand beobachteten oder erwarteten – und zwar höchstwahrscheinlich ihn und Emily. Jedes Mal, wenn er von der Seite zu ihnen hinschielte, spürte er ihre Blicke. Sie waren anständig gekleidet, trugen der Mode entsprechend elegante Bowlerhüte und hielten Spazierstöcke, die sich auch gut als Schlagwaffe eigneten, wenn man jemand ordentlich verprügeln wollte. Er hatte bald keinen Zweifel mehr, dass Edgar Falstad sie geschickt hatte.

Er überlegte, was er tun sollte. Hier im Restaurant waren sie sicher, die Kerle würden wohl kaum wagen, in einem voll besetzten Lokal Randale zu machen. Aber der Heimweg war ein Problem. Ein romantischer Spaziergang den Strand entlang, wie er ihn geplant hatte, kam nicht mehr infrage. Sie mussten eine Droschke für die Fahrt nach Hause nehmen. Erst zögerte er, ob er Emily einweihen sollte, dann rang er sich dazu durch, es zu tun. »Schau zum Strand hinüber«, flüsterte er ihr zu. »Unauffällig. Tu, als wäre nichts Besonderes. Siehst du die beiden Männer dort?«

Sie blinzelte in die sinkende Dämmerung. »Die beiden? Aber ja! Das sind zwei von den Leuten, die mit Vater Falstad gekommen sind, zwei Brüder, sie heißen Jens und Pär Lundquist.«

»Schön. Ich wette, Jens und Pär warten darauf, mir – und vielleicht auch dir – eine Abreibung zu verpassen, zur Strafe für unseren ungenehmigten Ausflug hierher.«

»Das glaubst du nicht wirklich.« Sie starrte jetzt offen die Männer an, und die beiden verzogen sich ein Stück seitwärts, blieben aber immer noch in Sichtweite stehen.

»Doch, das glaube ich. Und ich sage dir: Wir brechen hier auf, bevor es dunkel wird, nehmen uns eine Droschke und fahren nach Hause. Ich bringe dich heim und fahre dann ins Hotel. Eigentlich wollte ich noch einen Strandspaziergang mit dir machen, aber so schön kann der Mondschein auf dem Wasser gar nicht sein, dass ich den beiden Kerlen da begegnen möchte.«

Emily wirkte verstört. »Meinst du im Ernst, Edgar Falstad würde dich überfallen lassen? Ich weiß, dass er dich nicht mag, aber, Oscar – er ist ein heiliger Mann!«

»Heilige Männer waren schon zu ganz anderen Dingen imstande, als einen einzelnen Juden zu verprügeln, das sage ich dir.« Er winkte dem Kellner und bat ihn, eine Droschke direkt an den Eingang kommen zu lassen.

Die Dämmerung verdichtete sich zusehends, als sie aus dem Lokal traten, wo bereits eine Mietdroschke wartete. Die Lampen brannten auf den Pieren und warfen den Widerschein goldener Bälle auf das Wasser.

Als sie in die Droschke stiegen, warf er einen raschen Blick auf Jens und Pär. Sie waren offenbar überrascht; sie hatten wohl erwartet, dass die beiden jungen Leute noch einen Strandspaziergang machen würden, wie es die meisten romantischen Paare nach einem Essen in den Restaurants am Strand taten. Oscar sah einen von ihnen zu dem nächst gelegenen Stellplatz laufen. Er wandte sich an den Kutscher und nannte ihm Emilys Wohnadresse, befahl ihm aber: »Fahren Sie nicht auf dem normalen Weg dorthin, sondern machen Sie einen Umweg.« Und als der Mann ihn erstaunt ansah, fügte er mit seinem charmantesten Schuljungenlächeln hinzu. »Ich habe Konkurrenten, die mir und der Dame Ärger machen wollen.«

»Verstehe.« Der Kutscher grinste zurück. Statt in die nächst gelegene Avenue einzubiegen, die der direkte Weg zu Emilys Wohnhaus gewesen wäre, lenkte er den Wagen in Seitengassen und fuhr kreuz und quer, bis Oscar sicher war, dass die beiden Schläger ihre Spur verloren hatten. Es bestand freilich immer noch die Gefahr, dass sie die vergebliche Jagd aufgaben und kurzerhand vor Emilys Haus auf ihn warteten. Er spürte ein sehr mulmiges Gefühl in der Magengrube, als der Wagen in eine Gasse kleiner Holzhäuser einbog, in der nur an jedem Ende eine Lampe brannte. Die Vorgärten mit ihren Palmen und Hibiskusbüschen lagen im Dunkeln und hätten Verstecke für ein halbes Dutzend von Edgar Falstads Abgesandten geboten.

»Nimm deine Schlüssel heraus«, wies er Emily an. »Wir fahren bis zur Gartentüre, und dann musst du dich beeilen. Ich warte so lange beim Wagen, bis du hinter der Türe verschwunden bist.«

Sie nickte, sagte aber: »Ich glaube immer noch, dass du dich irrst, Oscar! Er würde niemals etwas so Gemeines tun.«

»Verlass dich nicht darauf.« Der Wagen hielt. Er sprang hinaus und öffnete ihr den Schlag, wobei er nach beiden Seiten Blicke über die Schultern warf. Alles schien ruhig. Kein verdächtiges Blättergeraschel, kein herbeieilender Schritt. Emily huschte an ihm vorbei durchs Gartentor und lief die hölzerne Treppe hinauf, die zur Haustüre führte. Oscar fiel ein Stein vom Herzen, als er sie dahinter verschwinden sah.

Mit einem Satz sprang er zurück in den Wagen. »Zum *Tremont* Hotel, bitte.«

Der Kutscher grinste. »Wieder auf Umwegen?«

»Nein. Aber durch beleuchtete Straßen.«

Als die Droschke um die Ecke kurvte, hörte er von der anderen Seite her Räderrollen und sah gerade noch, wie der dunkle Schatten einer Kutsche in die Straße einbog.

4

Emily stand im Oberstock des Hauses am Fenster ihrer Kammer und spähte unter einem Vorhangzipfel hinaus. Sie sah die dunkle Kutsche heranrollen, sah sie etwa eine Minute lang vor der Türe halten, während zwei Männer ausstiegen und nach allen Richtungen spähten. Ihr Herz klopfte heftig. Die Männer stiegen jedoch wieder ein und die Kutsche fuhr fort.

Sie musste jetzt glauben, dass Edgar Falstad tatsächlich die Brüder Lundquist hinter ihnen hergeschickt hatte, aber sie wollte nicht glauben, dass er es mit dem Auftrag getan hatte, sie beide zusammenzuschlagen. Sicher hatte er nur erfahren wollen, wohin sie mit Oscar essen ging. Vielleicht hatte er sich auch Sorgen um sie gemacht und befürchtet, sie könnte sich von dem jungen Mann verführen lassen, ihn ins Hotel zu begleiten oder bei einem Strandspaziergang mit ihm in Gefahr geraten. Vielleicht hatte er die beiden geschickt, damit sie so etwas verhinderten. Aber Schläger? Auch wenn er ein grober Geselle war, wollte sie so etwas Niederträchtiges nicht von ihm glauben.

Jedenfalls hatte das unerwartete Ende des Abends sie aus einer moralischen Zwickmühle befreit. Sie hatte nämlich fest damit gerechnet, dass sie einen Strandspaziergang machen würden. War es ein Fingerzeig Gottes gewesen, dass Jens und Pär das Tête-à-tête so jäh unterbrochen hatten?

Sie ließ den Vorhang fallen, den sie geistesabwesend immer noch in der Hand hielt, und tappte leise im Dunkeln zurück zu ihrem Bett. Ohne Licht zu machen, schlüpfte sie aus dem Matrosenkleid, hängte es säuberlich über einen Stuhl und zog das lange Baumwollnachthemd an. Sie merkte, dass ihr Haar immer noch nach den vielfältigen, aufregenden Düften des Restaurants roch – nach Zigarettenrauch und Salzwind und gebratenen Fischen.

Mit einem kleinen Schauder kroch sie ins Bett und zog sich die Decke über die Schultern.

3. SEPTEMBER

1

Oscar hatte sich die halbe Nacht lang mit schrecklichen Visionen geplagt, die beiden Kerle könnten in Emilys Haus eingedrungen sein und sie vor den Augen ihrer Familie – oder womöglich unter Mithilfe ihrer Familie – für den unerlaubten Ausflug bestraft haben. Am Morgen konnte er es kaum erwarten, dass er sie an ihrem Arbeitsplatz wusste, um sie dort anzurufen.

Sie tadelte ihn milde. »Oscar, das ist nicht gut, wenn du mich anrufst. Ich arbeite hier.«

»Ich musste einfach wissen, ob mit dir alles in Ordnung ist. Diese Kerle waren uns dicht auf den Fersen. Ich hatte Angst, sie könnten ins Haus eindringen und dich zusammenschlagen. Nun, Hauptsache, du bist gesund und es geht dir gut. Wann sehen wir uns wieder?«

»Ich kann heute Abend nicht. Ich muss in die Kirche.«

Er vergaß Rabbi Cohens Rat und schrie in den Hörer: »Du musst verdammt nochmal *nicht* in die Kirche! Sie können dich nicht zwingen! Sei doch endlich einmal selbstständig! Du wirst es noch so lange treiben, bis dieser Mensch dich entführt oder vergewaltigt oder –«

»Oscar!« Es klang schockiert. Jetzt hatte er es vermasselt – sie war böse auf *ihn*, weil er ein so unsägliches Wort gebraucht hatte, nicht auf Edgar Falstad, der möglicherweise Gewalt brauchen würde, um zu seinem Ziel zu kommen. Es wäre nur logisch gewesen. Ein Mädchen wie Emily würde zweifellos das Gefühl haben, dass sie ihn dann, um ihre Ehre zu retten und weil sie ihm ohnehin bereits angehörte, heiraten musste. Er geriet in Panik. »Hör zu –«

»Nein, ich höre dir nicht zu«, antwortete sie entschieden. »Ich will nicht, dass du so redest, und ich muss jetzt arbeiten.« Sie legte auf.

Oscar starrte ratlos den Telefonhörer an. Was sollte er machen? Den diplomatischen Weg, den Rabbi Cohen ihm empfohlen hatte, hatte er verpatzt. Und er konnte sie nicht hindern, in die Nordische Gemeinde zu gehen, konnte nichts verhindern, was dort geschehen mochte. Wenn er hinging, würde er nur Prügel beziehen, so viel war klar. Jedenfalls würde er nichts erreichen. Er kehrte vom Telefon zurück und setzte sich an den Frühstückstisch, den der arbeitsame Ronald schon längst verlassen hatte. Was sollte er nur tun? Er musste Falstad unbedingt einen Schuss vor den Bug verpassen.

Nachdenklich trat er auf den Balkon hinaus. Galveston lag in einem kupfernen Schimmer glänzend unter ihm, eine Märchenstadt, an der jede Turmspitze, jede Kuppel vergoldet erschien wie in Tausend-und-eine-Nacht. Es sah wunderbar aus – nur das Licht war irgendwie nicht richtig. Die schräge Morgensonne schien hinter einem Schleier zu stehen, der ihre Strahlen verzerrte und der zauberhaften Beleuchtung etwas leicht Gespenstisches verlieh, sodass der Strand sich in seiner kupfernen Illumination vor ihm erstreckte wie ein Bühnenbild zu einem fantastischen Märchen, flankiert von den Feenschlössern der Badehäuser mit ihren Turmhäubchen, Balkonen und Stegen.

Plötzlich fiel ihm ein, wie er es anstellen musste. Ronald würde wütend auf ihn sein, dass er seine »Klatschgeschichte«, wie der große Bruder das nannte, wieder in die Schlagzeilen der Sommergespräche brachte, aber das musste er hinnehmen. Es war der einzige Weg, Falstad zu warnen und Emily ein wenig mehr Sicherheit zu verschaffen.

Sobald er fertig gefrühstückt hatte, ließ Oscar einen Landauer kommen und brach zu einer Besuchsfahrt auf. Er machte Stippvisiten bei Pater Andrew Kirwin, bei Rabbi Henry Cohen und einem halben Dutzend anderer namhafter Bürger von Galveston, und ihnen allen erzählte er seine Herzensgeschichte. Er klagte ihnen, Edgar Falstad könnte die ruchlosesten Mittel anwenden, um die unschuldige Emily in seine Arme zu zwingen, was natürlich ein willkommenes Gesprächsthema im Gartenverein und den Männerklubs sein würde. Da Falstad keine Freunde unter der eingesessenen Stadtbevölkerung hatte, konnte er damit rechnen, dass man ihm eine Warnung zukommen ließ und er das Thema Emily Lillebjöring dann vielleicht als eine zu heikle Geschichte betrachtete, um sie weiter zu verfolgen.

Er war sehr zufrieden, als er am späten Nachmittag ins Hotel zurückkehrte. Inzwischen wusste zweifellos halb Galveston, dass sich rund um die Nordische Gemeinde ein Skandal anbahnte, dass Vergewaltigung und Entführung im Raum standen. Wenn er Glück hatte, würde vielleicht sogar die Polizei Falstad einen Wink geben, er solle sich einen anderen Wirkungskreis suchen. Wenn nicht, würde es sich der Prediger immerhin überlegen etwas zu tun, was die halbe Stadt von ihm erwartete. Vermutlich wusste er, dass er kein unbeschriebenes Blatt mehr war, dass seine papistischen Feinde Bescheid wussten über sein Treiben mit anderen unschuldigen jungen Mädchen, und würde vorsichtig sein.

Nachdem Oscar so für Emilys Sicherheit getan hatte, was er konnte, dachte er an seine eigene. Als er bei seinen Wegen kreuz und quer durch die Stadt an einem Waffengeschäft vorbeikam, trat er ein und verlangte einen Revolver, den man bequem in die Tasche stecken konnte. Der Inhaber, ein wieselartiger kleiner Mann, legte ihm mehrere Modelle vor.

»Sind Sie ein geübter Schütze, Sir?«, fragte er.

»Nein.« Oscar grinste verlegen. »Eigentlich überhaupt kein Schütze. Ich glaube, ich würde mit dem Ding da gar nichts treffen. Aber ich bin vor ein paar Tagen zusammengeschlagen worden, und ich fühle mich mit einer Waffe einfach sicherer.«

Der Alte nickte. »Oft genügt schon der Anblick oder ein Schuss in die Luft, um einen Angreifer zu vertreiben. Ich empfehle Ihnen diesen hier. Klein und handlich, aber Löcher macht er auch.«

»Gut.« Dann kam ihm der Gedanke, dass sein Bruder womöglich auch eine Waffe brauchen könnte. »Am besten nehme ich noch einen zweiten. Würden Sie beide heute Nachmittag ans *Tremont Hotel* liefern lassen, zu Händen Mr. Ronald Leibowitz? Er wird sie dann auch gleich bezahlen.«

»Wie Sie wünschen, Sir.«

Ronald zeigte sich etwas überrascht, als der Waffenhändler kam und ihm zwei Revolver vorlegte. »Brauchen wir die wirklich?«, wandte er sich an Oscar. »Wir sind hier nicht im Wilden Westen. Ich verstehe, dass du etwas ängstlich bist, aber …«

Oscar hatte nicht vor, ihm zu verraten, dass er auch um seine Sicherheit fürchtete. Wer wusste denn, ob Falstad nicht auch auf ihn losging? Also sagte er nur: »Sicher ist sicher. Wenn du ihn nicht brauchst, umso besser. Aber steck ihn ein.«

Der alte Waffenhändler sprach sich ebenfalls dafür aus, und gemeinsam überredeten sie Ronald, die beiden kleinen Waffen zu kaufen und eine davon für sich selber zu behalten.

4. SEPTEMBER

1

Am nächsten Morgen stellte Oscar fest, dass sein gut gemeinter Versuch Emily zu helfen ein Schuss in den Ofen gewesen war. Sie rief ihn an und war wütend. »Oscar, du hast mich zum Gerede der ganzen Stadt gemacht! In der Kirche haben Leute angerufen und schreckliche Dinge zu Vater Falstad gesagt, ihm Dinge vorgeworfen, die er niemals getan oder gesagt hat. Er ist ein heiliger Mann, der nur Gottes Willen tun will, so gut er es vermag, und du hinderst ihn daran – du verleumdest ihn bei allen Leuten, und ich sage dir, das heißt, dass du Gott selber verleumdest!«

Oscar hatte von seiner Gattin immerhin eines gelernt: dass es keinen Sinn hatte eine zornige Frau zu unterbrechen. Er ließ Emily so lange reden, bis ihr sein Schweigen unheimlich wurde und sie in den Hörer fragte: »Bist du überhaupt noch da?«

»Ja, ich bin noch da.«

»Und? Was sagst du?«

»Was ich schon bislang gesagt habe.« Diesmal setzte er zu einem wirklich heftigen Stoß an. »Frag ihn doch einmal, wo seine drei anderen Ehefrauen sind.«

Erst herrschte Stille im Hörer, dann stammelte sie: »Du bist verrückt. Was heißt hier andere Ehefrauen? Er hat überhaupt keine Frau. Wie könnte er mich sonst heiraten wollen?«

»Emily, es ist bekannt – und es ist keine papistische Verleumdung – dass er schon drei Mädchen mit der Masche hereingelegt hat, mit der er es jetzt bei dir probiert! Er erzählt ihnen von einer Vision, die Gott ihm geschenkt hätte, und dann heiratet er sie ›im Geiste‹, will heißen, ohne Standesbeamten, Pfarrer und Kirche, und macht sie zu seinen Konkubinen. Willst du dich darauf einlassen?«

»Du bist verrückt«, wiederholte sie, aber merklich zögernder als zuvor. »Ich würde darauf bestehen, dass er mich – wenn schon – in der Kirche heiratet. Das muss er einfach tun.«

Oscar, der in diesen Dingen sehr feine Ohren hatte, hörte heraus, dass es darüber bereits zu einer Kontroverse gekommen war. Falstad musste mit Emily über die Sache gesprochen und sie mit seinem Vorschlag, sie nur ›im Geiste‹ zu heiraten, erschreckt und verprellt haben. Freudig hieb er in die Kerbe. »Das wird er aber nicht tun, denn dann könnte der Staat ihn wegen Bigamie belangen, wenn er sich nach dir eine fünfte, sechste oder siebte unschuldige junge Ehefrau nimmt! Was ist aus den dreien geworden, die er vor dir hatte? Sind sie nicht jetzt noch bei ihm, sind sie seine Dienerinnen, die zusehen müssen, wie er um dich wirbt?«

Schweigen herrschte im Hörer. Emily schien nachzudenken.

Oscar bohrte. »Hat er in seinem Tross drei Frauen?«

»Ja, Deborah, Thyrza und Rahab, aber sie sind nur ... sind nur Schwestern, die dem Herrn dienen wie er selbst.« Es klang eingelernt. Vielleicht, so dachte Oscar, fielen ihr jetzt verdächtige kleine Zwischenfälle ein. Die drei abgelegten Ehefrauen waren wohl bei aller Indoktrination und Einschüchterung doch nicht willfährig genug, ihren Groll völlig zu verbergen; irgendwann, bei irgendeiner Gelegenheit mussten sie sich verraten haben, und dieser Zwischenfall schien Emily jetzt in den Sinn zu kommen. Sie war aber weit davon entfernt, aufzugeben. »Du machst das alles doch nur, weil du mich für dich selbst haben willst. Du wirfst Vater Falstad abscheuliche Dinge vor, aber was ist mit dir? Schämst du dich nicht?«

»Doch. Aber ich will mich ja ändern! Ich tue schon mein Bestes, dass ich mich nicht sinnlos besaufe und Ronald Schande mache. Mehr bringe ich nicht fertig.«

»Und du gibst dem Hurrikan von damals die Schuld«, sagte sie. »Ich weiß, dass du das tust. Aber Oscar, obwohl ich dir glaube, dass er deine Nerven kaputt gemacht hat – für deine Sünden bist du selbst verantwortlich. Du musst lernen Verantwortung zu übernehmen.«

»Das versuche ich gerade, nämlich Verantwortung für dich, aber du lohnst es mir damit, dass du mir Vorwürfe machst und mich beschimpfst.«

Sie protestierte heftig. Sie habe ihn nicht beschimpft. Und sie habe ihn gerne. Aber es gehe nicht an, dass er in Gedanken immer noch in Indianola lebte und alle Schwierigkeiten in seinem Leben darauf zurückführte, dass der Sturm ihn damals so schwer getroffen hatte. Andere Leute erlebten auch Schreckliches – Kutschenunglücke, den Tod eines Kindes, schwere Krankheit – und fielen deswegen auch nicht um.

Sie hielt ihm eine richtige kleine Predigt, der Oscar ebenso ergeben lauschte wie all den anderen Predigten, die man ihm in seinem Leben schon gehalten hatte. Schließlich sagte er: »Emily, du hast ja recht, aber es würde mehr brauchen als Vorwürfe, um mich zu heilen.«

Sie stimmte zu. »Gott kann dich heilen«, sagte sie. »Und ich bete, dass er es tut, bevor du noch mehr Unheil anrichtest.« Sie legte auf.

Er war wütend und verletzt, am meisten von dem letzten Satz. Das hieß ja wohl, dass sie Gott ähnlich sah wie Falstad: als einen Zuchtmeister, der jedem zusetzte, der sich gegen ihre Gesetzchen und Vorschriften auflehnte! Vielleicht machte sie Gott ja auch Vorschläge, mit welchen Plagen er Oscar überhäufen sollte, damit er kuschte … als wären seine kaputten Nerven und seine zerstörte Männlichkeit nicht schon Plage genug!

Das Gespräch mit Rabbi Cohen fiel ihm ein. Gut, gestand er sich selber ein, die kaputten Nerven – und alles andere, was sonst noch kaputt war – hatte er nur sich selbst zu verdanken. So vernünftig war er noch, dass er wusste, was passierte, wenn man ein Nervensystem mit Unmengen Alkohol und Rauschgiften fütterte. Es spielte verrückt. Und die Strafe, die sein Vater über ihn verhängt hatte, war auch keine göttliche Strafe gewesen – nur eine Notwehrreaktion des alten Leibowitz, der zusehen musste, wie sein jüngerer Sohn vor die Hunde ging, und daher alles in seinen Kräften Stehende tat, Oscar zu retten. Dass ihm dazu nichts Besseres eingefallen war als eine Geschäftsreise unter Ronalds Bewachung durch Ronald, dafür konnte der alte Herr nichts. Er war Geschäftsmann und kein Irrenarzt.

Plötzlich kam ihm der Gedanke, es könnte ihm helfen, diese Überlegungen jemand anzuvertrauen, von dem er wusste, dass er sie nicht weitertragen würde. Und wer war besser dafür geeignet als Rabbiner Cohen?

2

Emily saß im Handarbeitsraum inmitten der Mädchen und stickte mit verbissenem Eifer ein Akanthusblatt auf das Altartuch, um ihren Ärger über Oscar in den Griff zu bekommen. Wie konnte er die Gemeinde so bloßstellen! Er traf ja nicht nur Vater Edgar, auf den er es abgesehen hatte, sondern auch alle anderen, die Menschen, die seit ihrer Kindheit ihre Freunde waren. Dennoch, was er gesagt hatte, war sehr beunruhigend. Das konnte doch nicht alles erlogen sein? Mutter Mary Tracy hatte ihr ähnliche Vorhaltungen gemacht. Nun, wahrscheinlich hatte Oscar seine Weisheiten von Mutter Tracy. Einer erzählte die Lügen des anderen weiter.

Sie blickte auf und merkte, dass Sandy McAllister vor ihr stand und offenbar schon eine ganze Weile lang in respektvollem Schweigen gewartet hatte, bis die Lehrerin Zeit für sie hatte. In Händen hielt sie den Stickrahmen, auf dem die Umrisse der Papageien und Pflaumenblüten bereits in buntem Garn erkennbar waren.

»Miss Emily, ich weiß nicht, wie ich das Teil hier machen soll – die Blüte.«

Emily sah sich das Problem an, löste es und reichte Sandy den Stickrahmen zurück. »Du kommst prächtig weiter. Sehr sauber gearbeitet.«

Sandy lächelte geschmeichelt. »Ich habe es mir überlegt«, sagte sie. »Ich werde die Stickerei nicht für ein Kissen verwenden. Sie ist viel zu schön dazu. Ich werde sie einrahmen und in meinem Haus aufhängen, und wenn ich einmal eine alte Frau bin, werde ich mich immer, wenn ich sie sehe, daran erinnern, dass das meine erste Stickerei war.«

»Tu das. Das wird sicher sehr schön.«

Als das Schellen der Glocke das Ende der Unterrichtsstunde anzeigte, räumte Emily ihr Altartuch weg, entließ die Kinder und begab sich in den Speisesaal, um in der Pause zwischen zwei Stunden eine Tasse Kaffee mit Schwester Perpetua zu trinken.

»Guten Morgen, Schwester.« Dann, als sie das angespannte Gesicht der alten Frau sah, fragte sie: »Ist Ihnen nicht wohl?«

»Mein armer alter Kopf macht mir zu schaffen, Fräulein Emily. Ich habe schon die ganze Nacht Kopfschmerzen gehabt, und jetzt fühlt es sich an als steckte mein Kopf in einem eisernen Ring. Das ist das Wetter, sage ich Ihnen. Es wird nicht mehr lange dauern mit der Hitze.« Sie massierte sich mit beiden Händen die Schläfen. »Sie werden sehen, wir bekommen einen bösen Sturm.«

»Das Wetteramt sagt, es wird noch eine Weile schön bleiben.«

»Unsinn! Was versteht das Wetteramt davon! Mein armer alter Kopf hat noch jeden Sturm richtig vorausgesehen! Die Mutter Oberin will Samstag ein Picknick veranstalten, aber glauben Sie mir, daraus wird nichts. Am Samstag werden wir so schlechtes Wetter haben, dass wir alle froh sein werden, unter einem festen Dach zu sitzen.«

3

Henry Cohen war überrascht, als er innerhalb so kurzer Zeit zweimal Besuch von dem jungen Bostoner bekam, aber Oscar wurde freundlich eingeladen in das Arbeitszimmer zu treten und in einem der tiefen, mit roten Troddeln behangenen Armstühle Platz zu nehmen.

»Nun?«, fragte Cohen, nachdem er sich in seinen Sessel am Kamin gesetzt hatte. »Hat Ihnen der norwegische Prediger wieder Ärger gemacht?«

Oscar schüttelte den Kopf. Er fühlte sich ein wenig beklommen. »Es geht um etwas anderes. Wenn Sie Pater Kirwin wären, dann würde ich sagen, ich bin hier, um zu beichten.«

Cohen zog die Augenbrauen hoch, nickte ihm jedoch aufmunternd zu.

»Es ist so«, erklärte Oscar stockend, »dass mir in dem letzten Gespräch mit Fräulein Emily … sie machte mir heftige Vorwürfe … einiges zu Bewusstsein gekommen ist, was ich bei Ihnen … nun, sozusagen loswerden möchte. Ich möchte einfach mit einem anderen Menschen darüber sprechen, auch wenn Sie mir keinen Rat geben und mir nicht helfen können.«

»Sprechen Sie nur.« Der Rabbi lehnte sich zurück und verschränkte die Hände vor dem Bauch ineinander, während er den Kopf neigte zum Zeichen seiner ungeteilten Aufmerksamkeit.

Oscar fiel es nicht leicht zu beginnen. Er hatte plötzlich das

Gefühl, er würde sich heillos lächerlich machen. Aber da war der aufmerksam wartende Rabbi, und als er einmal angefangen hatte zu reden, ging alles wie von selbst, eins kam zum anderen, und auf einmal hatte er alles gesagt: Alle seine Ängste und Nöte, die schrecklichen Erinnerungen an Indianola, seine unglückselige Ehe mit Blanche, die ihn nur noch tiefer in den Sumpf gestoßen hatte, aus dem er sich eigentlich hatte herausarbeiten wollen, seine Exzesse mit Alkohol und Opium – vor allem aber sein schlimmstes Geheimnis: Er machte sich immer noch Vorwürfe, dass er damals in Indianola seiner Mutter nicht zu Hilfe gekommen war. Immer wieder hatte er darüber nachgegrübelt, was er hätte tun können, tun müssen, um ihr zu helfen, anstatt feige unters Bett zu kriechen und dort unten zu wimmern. Vielleicht war sie gar nicht betrunken gewesen, und er hätte ihr nur sagen müssen, sie sollte ins Zimmer zurückkehren, dann hätte Robineau sie auch gerettet.

»Ich weiß selbst, dass das unmöglich gewesen wäre«, sagte er. »Sie war schon angeheitert, als sie hinunterging, und sie hörte nie auf mich, wenn sie getrunken hatte. Sie ignorierte mich dann einfach. Ich hätte mich an sie hängen und brüllen können, sie hätte nicht reagiert. Ich bin überzeugt, sie hat sich da unten in der Cocktailbar volllaufen lassen und auf keine Warnung gehört, egal, von wem sie kam, bis das Wasser sie holte. Aber ich hatte trotzdem immer das Gefühl, dass es irgendwie meine Schuld war ... Dass ich die Macht gehabt hätte, sie zu warnen oder zu retten.«

Cohen nickte. »Wie ging es denn nach dem Tod Ihrer Mutter mit Ihnen weiter?«

»Ich wurde zu meinem Vater zurückgeschickt.«

»Nein, ich meine, wie es Ihnen gefühlsmäßig erging. Es war ja ein schwerer Schlag für Sie.«

»Gewiss«, erwiderte Oscar ohne sonderliche Betonung. »Sie war schließlich meine Mutter. Andererseits war es nicht einfach, mit ihr auszukommen. Vater und Ronald gingen ihr aus dem Weg, sie versteckten sich hinter ihrer Arbeit … Ronald war schon mit zwölf Jahren ein richtiger kleiner Geschäftsmann, der mit Vater über den Firmenbüchern hockte. Sie überließen es mir, Mutter bei Laune zu halten. Ich war schließlich der Benjamin. Aber es gelang mir verdammt schlecht. Wenn sie angeheitert war, war sie überdreht, und wenn sie richtig voll war, wurde sie bösartig und gewalttätig. Ich flog mehr als einmal gegen die Wand, weil ich etwas Falsches gesagt oder getan hatte.« Er sprach rasch und atmete heftig. »Nach ihrem Tod fühlte ich mich … nun, so wie ich mich gefühlt hatte, als der Hurrikan vorbei war. Schluss mit der dauernden Angst, Schluss mit dem ständigen Schreien und Kreischen und den unerwarteten Schlägen. Zwar verletzte mich keiner ihrer Schläge ernstlich, aber es machte mich furchtbar nervös, dass ich nicht wusste, wann sie es tun würde, so wie das Schüttern und Reißen des Sturms mich zermürbt hatte. Als sie tot war, herrschte Stille. Eine berauschende Stille.«

Er schloss die Augen und saß eine ganze Weile so da.

»Also«, sagte Rabbi Cohen sanft, »war der Tod Ihrer Mutter ein sehr befriedigendes Erlebnis für Sie.«

Oscar riss die Augen auf und ruckte hoch. »Um Gottes Willen, wie können Sie so etwas sagen? Sie war meine Mutter, und trotz allem hatte ich sie gerne. Wir hatten auch unsere schönen Stunden, wenn sie nüchtern oder fast nüchtern war.«

Der Rabbi nickte. »Ja. So wie ein Hurrikan dieses wunderbare Licht in seinem Auge birgt. Aber rundherum war der tödliche Sturm, und Sie waren selig, als er aufhörte und Sie endlich wieder ruhig atmen konnten. Als Sie nicht mehr fürchten mussten, von irgendetwas getroffen oder von der Trümmerwalze verschluckt zu werden. Und genauso war es nach dem Tod Ihrer Mutter.« Er beugte sich vor und legte eine Hand auf das Knie des jungen Mannes. »Oscar, Sie brauchen sich deshalb keine Vorwürfe zu machen. Die Schuld liegt bei Ihrer Mutter, die Ihnen das Leben mit ihr so unerträglich gemacht hat. Alkoholiker sind, in einer Weise, keine Menschen mehr. Sie haben den Anstand verloren, sie verletzen alle Regeln, sie zerstören alles um sich. Sie wissen das von sich selbst; akzeptieren Sie es auch für ihre Mutter. Sie war längst verloren, als Sie noch meinten, ihr helfen zu müssen. Es war gesund und natürlich, dass Sie sich über ihren Tod vor allem erleichtert fühlten, auch wenn Sie die Erinnerung an die schönen Stunden traurig macht.«

Oscar starrte den Teppich an. »Ich habe nie … nie gewagt, das auch nur mir selber so einzugestehen, geschweige denn mit jemand anderem darüber zu reden. Es erschien mir zu schrecklich. Ich dachte immer, was muss das für ein unnatürliches Kind sein, das seine Mutter bei einer Katastrophe verliert und sich darüber freut, dass sie ertrunken ist! Ich dachte, ein solches Kind hat kein Recht zu leben. Es hätte mich treffen sollen, nicht sie.«

»Wen es trifft, das entscheidet Gott allein«, antwortete Cohen mit fester Stimme. »Sie haben überlebt, also war es sein Wille, dass Sie überleben, sonst hätte Ihnen alle Hilfe des guten Robineau nichts genützt. Ob wir leben oder sterben liegt in Gottes Hand. Er hat Ihnen ganz dramatisch bewusst gemacht, dass er Ihr Leben will, auch wenn Ihre Mutter es manchmal nicht wollte.«

Oscar schwieg. Er dachte daran, wie oft seine Mutter ihn mit scheußlichen Flüchen bedacht hatte, wenn er ihr auf die Nerven ging; wie oft sie ihm gewünscht hatte, er möge erblinden oder auf der Stelle sterben. Es hatte ihn tief getroffen, solche Worte zu hören.

»Vielleicht«, fuhr der Rabbi fort, »hat Gott es für nötig erachtet, Ihnen besonders nachdrücklich zu zeigen, dass er Ihr Leben will, und er hat Sie deshalb in diese Gefahr geraten lassen, um Sie danach wieder zu retten. Vielleicht wusste er ja, wie unerwünscht Sie sich fühlten, und wollte Ihnen zeigen, dass sie ihm erwünscht sind. Sehen Sie Ihre Lebensgeschichte einmal aus dieser Perspektive, vielleicht wird das einiges ändern.«

Oscar lächelte schwach. »Sie meinen, ich soll den Sturm als ein Geschenk Gottes ansehen?«

»Nicht den Sturm, mein Junge, sondern Ihre Errettung daraus. Die Bedrohung durch den Hurrikan war nötig, damit Sie erfahren konnten, wie es ist, gerettet zu werden. Leben Sie mit dieser Erfahrung. Der Allmächtige beschütze Sie.«

Oscar wanderte tief in Gedanken die lange, von weißen Holzhäusern gesäumte Gasse zurück zum Droschkenstandplatz. Es war für ihn kaum fassbar, dass er sein Geheimnis mit jemand geteilt hatte und nicht gleich dafür beschimpft wurde. Er hatte sich so hoffnungslos elend und böse gefühlt. In der Ruine, in der man sie damals bis zur Verteilung aufbewahrt hatte, waren Kinder gewesen, die in grenzenloser Verzweiflung nach ihren vermissten Eltern schrien, und andere, die in stummer Trauer weinten, weil sie ihre Eltern bereits tot wussten – er war das einzige Kind gewesen, das nur eine dumpfe Erleichterung empfand. Es war ein wenig wie nach dem Zahnziehen gewesen: Die Wunde schmerzte, aber das Bewusstsein überwog, dass der böse Zahn heraußen war und ihm keine schlaflosen Nächte mehr bereiten würde.

Nun hatte der Rabbi ihm gesagt, dass das gut und natürlich gewesen war. Dass er kein unnatürliches kleines Scheusal gewesen war, sondern ein ganz normales Kind, das seine Mutter hauptsächlich als Bedrohung erlebt hatte.

Plötzliche Wut wallte in ihm auf bei dem Gedanken daran, wie sein Vater ihn immer dazu abkommandiert hatte, die launische, zänkische und häufig auch gewalttätige Frau zu beschwichtigen. Er hatte ihn, den kleinen Jungen, in ein Feuer geschickt, in das er sich selbst nicht hineintraute. Da eine Scheidung nicht infrage kam, ging er seiner Frau aus dem Weg, wo er konnte; er versteckte sich in seinem Kontor oder schickte sie in ein Kurbad, immer mit Oscar als Gesellschafter. Das sollte ihr ein Gefühl von Familie geben und verhindern, dass sie darüber klagte abgeschoben zu werden. In Wirklichkeit hatte er ihr damit einen kleinen Sklaven geschenkt, der allen ihren Launen ausgeliefert war und sie bei alledem noch lieben musste – schließlich war sie ja seine Mutter. Und manchmal war sie ja auch gut und freundlich zu ihm gewesen, aber eben nur manchmal.

»Du verdammter alter Feigling«, murmelte Oscar. Bis jetzt war ihm nie klar geworden, wie die Sache wirklich gelaufen war. Hatte erst sein Geständnis ihm die Augen geöffnet? Begann er jetzt, da er anfing, sich selbst richtig zu sehen, auch die anderen in ihrer wahren Gestalt zu erkennen? Ronald wollte er keine Schuld geben, der war selbst ein kleiner Junge gewesen, hin- und hergerissen zwischen Vater und Mutter; aber sein Vater, der großartige alte Leibowitz, der Familienpatriarch, zu dem Sohn und Enkel, Onkel und Tanten, Vettern und Kusinen mit verklärtem Blick aufschauten ... ein Feigling war er gewesen, der sich vor seiner zur bösartigen Schlampe verkommenen Frau fürchtete und ihr seinen kleinen Benjamin auslieferte.

Oscar war sehr in der Stimmung, Gottes Zorn auf seinen Vater herunterzurufen, aber er erinnerte sich rechtzeitig an Rabbi Cohens Warnung, dass Gott dann auch ein besonderes Augenmerk auf seine eigenen Sünden richten mochte. Vorsichtshalber beschränkte er sich darauf, seinem Unmut Luft zu machen, indem er auf seinen Vater schimpfte und ihm halblaut murmelnd alles ins Gesicht sagte, was er ihm eigentlich längst hätte sagen sollen. Vorübergehende sahen sich nach ihm um, als er dahinwanderte, den Strohhut schief auf dem Kopf, den Spazierstock in der Hand schwingend wie einer, der Händel sucht, und mit einem unsichtbaren Zweiten Diskussionen führte. Manche lachten über ihn oder hielten ihn für beschwipst, aber Oscar registrierte ihre Aufmerksamkeit nur am

Rande. Er war so erregt, dass er trotz der dumpfen Hitze zu Fuß bis ins Hotel zurückging, ohne es zu merken.

Dort traf er Ronald an, der in ihrem gemeinsamen Salon am Schreibtisch saß und Briefe schrieb. Ohne Gruß, erhitzt vom Laufen, immer noch den Stock schwingend, fiel er über ihn her. »Weißt du, dass ich dir schon lange etwas sagen wollte? Du hast mich immer im Stich gelassen, genau wie Vater. Ihr habt euch im Büro verkrochen und mich mit Mama allein gelassen, ganz egal, was sie in ihrem Suff mit mir anstellte; und dann war auch noch ich schuld, dass ich das Ganze nicht verkraftet habe!«

Ronald blickte stirnrunzelnd von seinen Papieren auf. »Hast du getrunken?«

»Nein«, erwiderte Oscar und hauchte ihn demonstrativ an. »Ich bin nüchtern wie ein Fisch. Ich habe nur über einiges nachgedacht.«

»Wo warst du und mit wem hast du geredet?«, hakte Ronald nach, der sich offenbar Sorgen machte, dass Oscar dem Klatsch schon wieder neue Nahrung gegeben hätte.

»Mit jemand, der nichts weitererzählen wird. Aber ich sage dir, mir sind die Augen aufgegangen! Ich sehe jetzt, was Vater für ein Feigling war. Er hat einfach Angst gehabt –«

»Oscar, wie kannst du so reden?« Ronald blickte ihn ehrlich entsetzt an. »Er ist dein Vater.«

»Das bezweifle ich nicht, aber er ist auch der Mann, der sich mit dir im Kontor versteckt hat, wenn Mama randalierte, und ich musste ihre Wut ausbaden und konnte mich nicht wehren. Ich wette, ihr habt mich weinen gehört, wenn sie mich herumstieß oder mir wünschte, ich sollte auf der Stelle erblinden – oder nicht? Ihr habt mich nicht aufgehoben, als sie mich so wütend zu Boden warf, dass ich eine ganze Weile lang nicht mehr alleine aufstehen konnte. Wie alt war ich damals? Vier? Fünf? Ich musste mit ihr fertig werden, und ich durfte mich nicht einmal gegen sie wehren, weil Kinder ihre Eltern ehren müssen. Und jetzt sage ich dir etwas.« Seine Augen funkelten, als hätte er den schlimmsten Rausch seines Lebens. »Ich war damals froh, dass sie ertrunken ist, dass sie mich nicht länger quälen konnte, und ich bin es heute noch.«

Ronald war so fassungslos, dass er ihn nur anstarrte. Die Füllfeder, mit der er seine Briefe geschrieben hatte, hielt er in der Hand und merkte nicht, dass sie auf den sorgfältig aufgesetzten Text kleckste. Schließlich sagte er mit schwacher Stimme: »Du bist ein gottloser Mensch, dass du so reden kannst.«

»Nein«, antwortete Oscar entschlossen. »Ich war nur ein kleiner Junge, der nicht schlafen konnte, weil er nicht wusste, wann eine betrunkene Frau nachts in sein Zimmer kommen und ihm die Decke wegreißen würde, um ihn je nach Laune zu liebkosen oder zu schlagen; ein kleiner Junge, der nicht essen konnte, weil er sich im Speisesaal für sie schämte, ein kleiner Junge, der den Dienern nicht ins Gesicht sehen konnte, wenn diese Frau sie besoffen beschimpfte.« Er setzte sich nieder und blickte Ronald fest an. »Sag mir jetzt nicht, du könntest dich nicht mehr erinnern, wie sie halb angezogen durchs Haus wankte und die Zimmermädchen verfluchte. Sag mir nicht – «

Ronald hob beide Hände – samt der klecksenden Füllfeder – als müsste er ein Geschoss abwehren. »Hör mir bloß auf damit! Sie ist tot, und Toten soll man nichts Übles nachreden. Lass sie in Frieden ruhen.«

»Sag mir nur, dass ich recht habe mit meiner Einschätzung, wie sie sich mir und allen anderen gegenüber benahm.«

Der ältere Bruder legte die Feder weg und beschäftigte sich damit, die Kleckse mit der Löschwiege zu trocknen. »Natürlich hast du recht. Ich habe mich auch vor ihr gefürchtet, und Vater – Vater genauso. Er hasste es, wenn sie tobte und ihn beschimpfte. Aber er konnte sich eben nicht trennen von ihr.«

»Er konnte sich nicht trennen von der Firma, von der die Hälfte ihr und ihrer Familie gehörte!«

»Gut, sieh es so. Und was machst du jetzt damit? Geht es dir besser, nachdem du das Andenken einer Toten beschmutzt hast?«

»Ja, es geht mir besser«, antwortete Oscar und schritt hocherhobenen Hauptes aus dem Salon in sein eigenes Zimmer.

Dort warf er sich aufs Bett, ohne Gehrock und Schuhe auszuziehen, und starrte lange vor sich hin. Ihm war zumute, als habe sich die Welt völlig verändert, während er mit Cohen in dessen Arbeitszimmer saß – als ob sie sich ihm in einer neuen Perspektive zeigte. Er hatte eine eingebildete Schuld verloren und eine wirkliche gewonnen. Er wusste jetzt, dass man ihn für seine Erleichterung, die er beim Tod der Mutter empfunden hatte, nicht verurteilen konnte; es wurde ihm jedoch bewusst, dass für die Zerstörung seines eigenen Lebens ganz alleine er selbst verantwortlich war. Dem Leben, das Gott ihm in Indianola neu geschenkt hatte, war er ein schlechter Verwalter gewesen; er hatte es vertrunken, verspielt, mit Rauschgift und anderen Exzessen zerrüttet, und jetzt saß er da und konnte von Glück reden, wenn er jemals wieder ein vollwertiger Mann wurde und nicht lebenslang an einer Nervenschwäche litt. Die Irrenhäuser waren voll mit seinesgleichen.

Er dachte, dass Cohen ihn verachten müsste nach allem, was er ihm erzählte, hatte aber nicht den Eindruck gehabt, dass der Rabbiner das tat. Im Gegenteil. In seiner schönen Tenorstimme hatte so viel sanftes Mitgefühl gelegen, dass Oscar warm ums Herz wurde. Plötzlich war er grenzenlos froh, dass er hingegangen war.

Jetzt, wo die Erregung abflaute, fühlte er sich müde. Es ging ihm durch den Kopf, dass er mit Emily sprechen sollte und ihr erzählen, was ihm widerfahren war, aber Emily war ja böse auf ihn: Sie wollte – im Moment jedenfalls – nicht mehr mit ihm reden. Vielleicht würde er mit Mutter Mary Tracy reden müssen und sie bitten, zu vermitteln. Aber erst einmal wollte er schlafen.

4

Zwei Stunden später weckte ihn Ronald, indem er erst an die Türe pochte und sie dann öffnete. »Wir sind zu einer Party im Gartenverein eingeladen, das weißt du doch. Es ist wichtig, dass wir hingehen; die meisten Geschäftsleute der Stadt werden dort sein. Es würde Gerede geben, wenn du plötzlich nirgends mehr auftauchst. Das wirst du doch hoffentlich nicht als Arbeit betrachten, am Buffet zu stehen und dir den Bauch mit Leckerbissen vollzuschlagen?«

Oscar setzte sich schlaftrunken auf. »Gib mir eine halbe Stunde Zeit, dann bin ich frisch.«

Er gab sich große Mühe mit seinem Aussehen, wusch sich von Kopf bis Fuß, rasierte sich scharf, kämmte sein dickes Haar und zog sein bestes Hemd mit dem steifen, schneeweißen Kragen an. Als er sich im Spiegel begutachtete, stellte er fest, dass er beträchtlich frischer als gewöhnlich wirkte. Er schlüpfte in den hellen Anzug, knickte eine weiße Nelke von dem Strauß auf dem Tischchen im Salon und steckte sie ins Knopfloch. Strohhut und Stöckchen, und er war bereit für die Party.

Ronald, der sich offenbar Sorgen wegen seines Zustandes gemacht hatte, betrachtete ihn anerkennend. »Du siehst gut aus. Wenn du so weitermachst, gilt die Entschuldigung mit der Malaria nicht mehr, und sie hängen dir doch noch eine der hässlichen Töchter an.«

Oscar lachte. Er fühlte sich seinem Bruder gegenüber freier als sonst. Er war jetzt nicht mehr der Kleine, der alles falsch machte im Umgang mit der betrunkenen Mutter – hätte sie ihn sonst so häufig geschlagen und verflucht? – während der Große, ernst und vernünftig, mit dem Vater die Firmenbücher durchging. Sie standen mehr auf einer Ebene und deshalb auch einander näher.

Seite an Seite gingen sie durch die hohe Halle des Hotels und beorderten einen Landauer herbei, der sie zum Gartenverein bringen sollte.

Ein ruhiger Spätnachmittag breitete sich über die Stadt, windstill und golden. Wäre die starke Hitze nicht gewesen, in der die Blumen welkten und das Gras vergilbte, so hätte man von einem perfekten Tag sprechen können; aber Oscar hatte das Gefühl, dass die Luft zu schwer und zu warm war, um sie zu atmen. Er fühlte während der Fahrt, wie sogar im Sitzen Schweiß sein frisch gestärktes Hemd durchtränkte. Unter diesen Umständen würde es kein Vergnügen sein zu tanzen. Er war ein reinlicher Mann und hasste es, wenn irgendetwas an ihm klebte oder roch. Er würde sich besser am Büffet aufhalten – aber fern von der Bowle.

Ronald, der sich bereits auf den Abend vorbereitet hatte, erzählte seinem Bruder, dass der Gartenverein das Herz der guten Gesellschaft von Galveston war. Der *Garden Club* war mit dem Geld der deutschen Einwanderer gebaut worden, die ein Drittel der Bevölkerung ausmachten. Und sie hatten viel Geld investiert. Als die Brüder das nur mit Einladung zugängliche Gelände betraten, fanden sie einen großen achteckigen Tanzpavillon mit Säulen, Balustraden und einem Kuppeldach inmitten eines Parks vor, in dem es einen Bowlingrasen, Tennisplätze und sogar einen kleinen Zoo gab. Frauen durften auf dem Gelände weder rauchen noch Rouge oder Lippenstift auftragen. Aber sie durften tanzen, und das nutzten sie reichlich aus. Der Tanzpavillon, in dem ein kleines Orchester spielte, war bereits zum Bersten voll. Im Park wimmelte es nur so von höheren Töchtern, und Oscar war froh, dass er aus den Reihen der infrage kommenden Bräutigame ausgeschieden war, denn man konnte leicht erkennen, dass hier ein Heiratsmarkt abgehalten wurde: Väter taxierten die Töchter anderer Familien, während Mütter prospektive Schwiegersöhne ins Auge fassten und nicht allzu diskret überprüften. Galveston war eine Stadt des Geldes und Oscar war überzeugt, dass die jungen Leute hier in erster Linie auch nach ihrem Geldwert gehandelt wurden: Annie plus eine Holzhandelsfirma, Joe mit einem Paket Aktien an der neuen Eisenbahnlinie … Er war froh, dass er nicht mitspielte. Oscar plus hunderttausend Paar modische Schuhe, alle sofort lieferbar … Er begann zu lachen. Ronald sah sich rasch nach ihm um, prüfend, ob sein Bruder nicht doch etwa getrunken hatte. Aber Oscar war einfach nur gut gelaunt.

Eine Menge Leute, vor allem Frauen, sprachen ihn auf seine *tragische Liebesgeschichte* an, die zu einem Hit unter den Sommerklatschgeschichten der Stadt geworden war. Wie romantisch – der reiche junge Bostoner liebte ein Mädchen aus dem Volke, das Gefahr lief, von dem berüchtigten Schwefelprediger der Nordischen Gemeinde entführt und vergewaltigt zu werden! Obwohl Ronald ihm noch einmal eingeschärft hatte sich zurückzuhalten, goss Oscar Öl ins Feuer und erzählte jedem und jeder, die ihm zuhörten, dass Emily zurzeit mit ihm böse war, weil sie vollkommen unter dem Bann des unsäglichen Edgar Falstad stand und nicht akzeptieren konnte, dass man ein böses Wort über ihn sagte; und dass der Prediger seine drei früheren Frauen mitschleppte und ihnen die Demütigung antat, dass sie zusehen mussten, wie er um eine neue, jüngere und schönere Gattin warb. Die Geschichte von dem norwegischen Blaubart entzündete die Fantasie der jungen Mädchen und ihrer Mütter, und Oscar wurden zahlreiche romantische Vorschläge gemacht, wie er Emily beschützen könnte – bis hin zu einer gut organisierten Entführung.

Er schlenderte hin und her durch den Park mit seinen hügelförmigen Rosenrabatten, aus deren Mitte große Büschel gelber Feuerlilien leuchtend emporsprangen, unterhielt sich mit älteren Damen und heiratsfähigen Töchtern und zwischendurch mit dem einen oder anderen Geschäftsmann, den er jedoch – falls er auf das Thema *Schuhe* zu sprechen kam – an Ronald verwies. In einer Ecke des Parks ritten Kinder auf Ponys. Junge Mädchen mit rüschenbesetzten Sonnenschirmen fütterten die Schwäne an einem eingefriedeten Teich. Der Gartenverein bot ein Bild perfekter Idylle, und Oscar bedauerte heftig, dass Emily nicht da war, um den Frieden mit ihm zu genießen. Sie würde doch nicht wirklich ernsthaft auf ihn böse sein? Jedenfalls musste sie sich anhören, was alles passiert war, ehe sie ihm weiterhin grollte; er konnte sie nicht gehen lassen, ohne ihr zu erzählen, was der Besuch bei Rabbi Cohen bei ihm ausgelöst hatte.

Schließlich stieß er auf Pater Kirwin, der ebenfalls zu den Gästen zählte – vielleicht mit einem Blick darauf, die eine oder andere Geldquelle um Spenden für die St. Marys Kirche anzuzapfen. Auch der Priester fragte Oscar, wie es mit Falstad ginge.

Oscar erzählte von der Begegnung beim Restaurant und Emilys Weigerung zu glauben, dass die beiden Männer den Auftrag von Falstad hatten, ihnen eine Abreibung zu verpassen. »Sie glaubt nicht das geringste Schlechte von ihm«, klagte er. »Sie war wütend, als ich sie warnte, er könnte zu allen, auch gesetzlosen Mitteln greifen, um sie an sich zu binden. Aber wenigstens wurde sie hellhörig, als ich sie fragte, ob er Frauen bei sich hätte. Sie sagte Ja, es seien drei ›Dienerinnen Gottes‹ in seinem Tross. Ich wette, das sind seine drei bisherigen Frauen. Anscheinend ist Emily ihnen gegenüber schon einmal misstrauisch geworden – sie müssen sich durch irgendetwas verraten haben, eine Bemerkung oder die Art, wie sie auf sie reagierten.«

»Was für ein abscheulicher Mensch«, sagte Pater Kirwin kopfschüttelnd. »Wie kann man nur allen Anstand so mit Füßen treten? Aber das große Problem ist, dass man ihm daraus keinen Strick drehen kann. Er könnte hundert Frauen haben, solange er vor dem Gesetz nicht mit ihnen verheiratet ist, sind es seine Geliebten, nicht mehr. Und Unmoral ist nicht strafbar.« Er lachte trocken. »Sonst hätten wir in Galveston ein übervolles Gefängnis.«

»Ist die Stadt denn so unmoralisch?«, fragte Oscar.

»Oh, doch. Wir sind hier moderner als anderswo, aber nicht besser. Und ein Gutteil Heuchelei spielt auch eine Rolle. Das eleganteste Bordell beispielsweise liegt genau hinter dem exklusivsten Männerklub der Stadt, in dem Frauen nur beim jährlichen Wohltätigkeitsball zugelassen sind. Und für das einfache Volk gibt es die *Fat Alley* mit ihren Kneipen und Lokalen.« Er musterte Oscar von oben bis unten, als hätte ihn die Erwähnung der Lastermeile auf eine Idee gebracht. »Sie sehen heute gut aus«, sagte er. »Ihre Malaria hat sich gebessert?«

Oscar lächelte ihn geradewegs an. »Ja, es geht mir gut, solange ich der Bowle nicht zu nahe komme.«

Der Priester lachte ebenfalls und klopfte ihm auf die Schulter. »Sie wissen, es ist keine Schande, ein Trinker zu sein – es ist nur eine Schande, nichts dagegen zu tun«, sagte er. »Ich sehe, Sie sind auf dem Wege der Besserung. Ich wünsche Ihnen viel Glück dazu. Wenn Sie Hilfe brauchen und meinen, ich kann Ihnen von Nutzen sein, rufen Sie mich ruhig an. Ich kenne mehrere Leute mit Ihrem Problem.«

Er verabschiedete sich und schritt, immer noch lächelnd, davon. Oscar war gerührt über seine Freundlichkeit.

Er näherte sich dem Tanzpavillon, um wenigstens zuzusehen; tanzen wollte er bei der Hitze nicht. Er hatte Angst, er könnte sich dabei körperlich übernehmen, und ihm könnte übel werden – was ihm vor den vielen Leuten überaus peinlich gewesen wäre.

Auf dem Weg zum Pavillon kam er beim Eingang des Geländes vorbei, wo zwei Männer die Einladungen prüften, und wurde von einer lauten Stimme empfangen. »Fluch über euch, ihr Gottlosen! Fluch über eure Stadt der Bordelle und Kneipen! Ja, feiert nur, ihr Hammel, die ihr gemästet seid zur Schlachtung …«

Mit Schrecken sah er, dass Edgar Falstad, begleitet von einigen seiner Leute – darunter auch drei blau gekleidete Frauen – sich bis zum Eingang vorgedrängt hatte und jetzt mit dröhnender Stimme über die Hecke schrie. Er versuchte das Gelände zu betreten, wurde aber von den beiden Wächtern daran gehindert, worauf er sie mit einer Kanonade von Flüchen bedachte.

Und dann entdeckte Oscar Emily unter den Anhängern des Propheten. Sie sah aus, als sei sie nicht ganz freiwillig hier, denn sie war sehr blass, sah verweint aus und hielt sich etwas abseits, aber immerhin noch innerhalb der Gruppe von etwa fünfzehn Leuten, die Falstad begleiteten. Offenbar war ihr befohlen worden zu kommen, und sie hatte sich nicht zu widersetzen gewagt.

Oscar stieß einen Schrei aus und wollte auf sie zulaufen, konnte aber nicht durch das Tor, das auf der einen Seite von den Eintrittskartenwächtern und auf der anderen Seite von den Anhängern der Nordischen Gemeinde blockiert war, und als er sich durchdrängen wollte, sah er, wie sie ihn mit einem verzweifelten Blick und einer Handbewegung bat, drinnen zu bleiben. Er war außer sich. Bedeutete ihre Anwesenheit am Ende, dass die infame Verbindung bereits vollzogen war und sie Falstad angehörte? Das durfte nicht sein. Selbst wenn es so war, er würde sie ihm nicht lassen. Er würde sie zwingen, zur Vernunft – das hieß: zu ihm – zu kommen.

Inzwischen lief Edgar Falstad zu Hochform auf. Sein Geschrei erregte die Aufmerksamkeit einiger promenierender Gäste, die innehielten und zum Eingang kamen. Der selbst ernannte Prophet war hochrot im Gesicht, er schwitzte und fuchtelte mit den Armen. Anscheinend war er der Meinung, im Tanzpavillon fänden unsägliche Obszönitäten statt, oder er wertete schon das bloße Tanzen als solche, denn er beschimpfte die Tänzer in so rüden Ausdrücken, dass die jungen Mädchen sich errötend hinter ihren Müttern verkrochen. »Ihr Faune und Satyre, die ihr bocksbeinig um die lüsternen Weiber herumhüpft« war noch eine der weniger anstößigen Formulierungen, die er gebrauchte.

Oscar wusste nicht, ob es die ungewohnte völlige Nüchternheit war, die ihn so mutig machte, dass er den Schreihals unterbrach. »Sie schelten uns Unzüchtige, und was ist mit den drei Weibern, die Sie mit sich schleppen und die Sie alle Ihre Ehefrauen nennen?«

Sie standen einander über die hüfthohe Hecke hinweg gegenüber. Falstad funkelte ihn mit seinen seltsam stechenden Augen an, dass Oscar einen Augenblick schwindlig wurde. Sei vorsichtig, warnte er sich selbst – der Mensch hat die Kräfte eines Hypnotiseurs, und wenn er dich auch nicht in seine Gewalt bringen kann, kann er dich doch mächtig irritieren. Er schloss rasch die Augen und trat zurück.

»Ich weiß von keinen Ehefrauen«, schnarrte Falstad.

Oscar wandte sich direkt an die drei. »Seid ihr seine Ehefrauen – ›im Geiste‹, wie er das nennt?«

Er bekam keine Antwort. Die drei Frauen in ihren blauen Kleidern und Hauben warfen ängstliche Blicke auf ihren Gebieter und starrten dann mit gesenkten Köpfen zu Boden.

»Nein«, rief Oscar wütend, »es sind keine Ehefrauen, es sind nur Ihre Geliebten, aber Sie haben Sie mit demselben Trick an sich gebunden, mit dem Sie jetzt meine Emily einzufangen versuchen – mit Ihrem faulen Gerede von einer Hochzeit im Geiste –.«

Falstad spuckte über die Hecke und hätte ihn getroffen, wäre er nicht rechtzeitig zurückgesprungen. Dann nahm er, ohne Oscar noch eines Blickes zu würdigen, seine Predigt wieder auf. »Gott wird euch strafen, ihr Otterngezücht, die ihr euch mästet in eurer Unzucht und Völlerei«, schrie er. »Und ich sage euch auch, wie er das tun wird: Wasser werden diese Insel der Gottlosigkeit verschlingen, wie einst Atlantis verschlungen wurde, untergehen wird Galveston, wie Babylon zerstört wurde! Ja, starrt mich an! Ich habe zu Gott gebetet und er hat geantwortet. Er hat einen Sturm geschickt, der jetzt noch ferne ist, aber in wenigen Tagen, vielleicht schon morgen, wird er über euch kommen und eure Gottlosigkeit auslöschen! Ich habe gerufen und Gott hat geantwortet! Ja, er sagte zu mir: Edgar, es widert mich an, dieses Volk zu sehen mit seinem Mammon, seiner Völlerei und seiner Unzucht! Sie bauen ihre Häuser hoch und machen ihre Straßen breit, aber ich will ihre Häuser dem Erdboden gleichmachen und ihre Straßen unter Wasser setzen. Höret und fürchtet euch! Gott wird den Sturm über euch bringen, den ich von ihm erfleht habe, und er wird euch vernichten, wie er Sodom und Gomorrha zerstörte, wie er Tyrus und Sidon stürzte, so wird er eure lästerliche Stadt stürzen!«

Oscar hörte ihm zu, ohne noch ein weiteres Wort dazwischenzurufen. Es wäre sinnlos gewesen. Der Mann hatte sich derartig in seine Wut hineingesteigert, dass er taub für alle Zurufe war; seine Augen waren verdreht, sein ganzer Körper bebte in obszönen, orgastischen Zuckungen. Oscar spürte, welcher ungeheure Hass ihn bewegte. Die Wächter versuchten immer wieder ihn wegzudrängen, aber seine Leute standen dicht hinter ihm, und ihn selbst hätten sie wegtragen müssen, um ihn loszuwerden. Er bot den schrecklichen Anblick eines hoffnungslos Wahnsinnigen, wie er dastand – stocksteif, die Fäuste dicht am Leib geballt, mit gesträubtem Haar und Bart, kalkweiß im Gesicht – und seine Flüche herausbrüllte, als spreche eine fremde Stimme aus ihm. Schließlich erschien Ike Kempner, einer der Honoratioren der Stadt, und erklärte, er habe die Polizei gerufen. Es dauerte auch nicht lange, bis vier Uniformierte in einem Kraftwagen erschienen und versuchten, den von seinen Wahnvorstellungen völlig besessenen Falstad zum Weggehen zu bewegen. Er hörte sie einfach nicht. Darauf packten zwei der Beamten ihn an den Armen und wollten ihn mit sich ziehen, aber da erwachte er plötzlich aus seiner Ekstase. Mit den großen Fäusten nach beiden Seiten ausschlagend, traf er die Männer links und rechts in den Magen, sodass sie ächzend davontaumelten. Die beiden anderen stürmten herbei und ließen ihre Knüppel kreisen. Falstad raste. Die Zähne gebleckt, den muskulösen Körper angespannt wie ein lauerndes Raubtier, stand er mit weit gespreizten Beinen da, seine Fäuste drohend in die Luft erhoben. Ein Schlagstock traf ihn am Oberarm, aber er schien es nicht einmal zu bemerken. Er knirschte mit den Zähnen und gurgelte Flüche hervor, während er sich bereit machte, die Polizisten anzuspringen.

Einer der Männer, die er in den Magen geschlagen hatte, hatte sich jedoch wieder erholt, und er schlich jetzt von hinten an den Tobenden heran. Seine Kollegen merkten, was er vorhatte, und lenkten Falstad ab, indem sie einen Angriff von vorne vortäuschten. Im nächsten Augenblick krachte ein Polizeiknüppel gegen den Hinterkopf des Propheten, und dieser verdrehte die Augen, schwankte und sank in die Knie. Jetzt fielen sie von allen Seiten über ihn her. Er stürzte zu Boden, brachte es aber fertig, ein Bein hochzureißen und einen der Beamten mit seinem Stiefel so in die Lenden zu treten, dass dieser sich vor Schmerz heulend auf dem Rasen wälzte. Dies versetzte die anderen Polizisten in eine solche Wut, dass sie hemmungslos mit ihren Stöcken zuschlugen. Falstad brüllte vor Wut und Schmerz, aber dann begann er zu lallen, und zuletzt fiel er, von einem Hieb an der Stirn getroffen, in sich zusammen. Die Beamten warfen ihn auf den Bauch, fesselten seine Hände auf den Rücken und schleppten ihn zum Wagen. Dann halfen sie dem durch den Fußtritt stark verletzten und sich vor Schmerzen immer noch windenden Polizisten auf seinen Sitz. In einer Staubwolke verschwand das Gefährt. Falstads Anhänger nahmen Ike Kempners Weisung, zu verschwinden, wortlos entgegen und gehorchten ohne Widerstand.

Oscar stürzte hinaus und nahm Emily fest in die Arme. Sie ließ es geschehen; ihr Körper blieb aber völlig steif und sie ließ sich halten wie ein Holzpfosten.

»Peinliche Sache«, sagte Kempner, ein großer Mann mit rotem Gesicht, und wischte sich die Stirne mit dem Taschentuch ab. »Aber vor Narren ist man nie gefeit. Nun, die Sache ist erledigt, lassen wir uns das Fest nicht verderben!«

Oscar wusste schon nicht mehr, was er mit der völlig erstarrten Emily anfangen sollte, als ihm Pater Kirwin zu Hilfe kam. Der Geistliche hatte die verquere Situation gesehen und eilte herbei. »Fräulein Lillebjöring«, befahl er mit aller Autorität seines Amtes, »kommen Sie mit, Sie brauchen jetzt etwas zu trinken. Oscar, holen Sie ein Glas Eiswasser für die Dame.«

Als Oscar mit dem Getränk zurückkehrte, saß Emily auf einem Stuhl im Schatten eines immergrünen Gehölzes und schluchzte jämmerlich, während der Priester die Hand auf ihre Schulter legte und sie mit kleinen Bewegungen streichelte. Kirwin bedeutete Oscar mit einer Kopfbewegung, er solle sich im Hintergrund halten, und der junge Mann gehorchte.

»Aber Emily«, sagte Pater Kirwin, »sind Sie noch nie auf die Idee gekommen, dass Falstad Sie ganz einfach belügen könnte?«

»Das würde er nie tun«, schluchzte sie. »Er ist ein heiliger Mann. Unsere Ältesten sind überzeugt davon.«

»Ihre Ältesten sind gewiss ehrenwerte Leute, aber sie können sich irren. Es gab schon oft Irrtümer, auch in der Kirche, wenn Menschen sich als Heilige ausgaben und sich dann als große Sünder herausstellten.«

Emily schüttelte den Kopf. »Er hat es uns doch bewiesen.«

»Bewiesen? Wie denn?«

»Er hat Mrs. Larssen von ihren Schmerzen geheilt. Wir haben alle gesehen, wie er das Geschwür aus ihrem Leib holte, und sie wurde sofort gesund. Und wir haben gesehen, wie er das böse Fleisch aus Margersons Jungen herausholte, der immerzu an Übelkeit litt. Er wurde auch gesund.«

Pater Kirwin wusste nicht recht, was er darauf sagen sollte, aber Oscar fragte: »Wie hat er das gemacht, Emily?«

Sie wandte ihm ein verweintes Gesicht zu. »Wie er das gemacht hat? Ganz einfach. Sie musste sich auf ein Brett legen, das über zwei Stühle gelegt war, und die Ältesten hielten sie fest, damit sie während der Operation stillhielt. Dann knöpfte er ihr Kleid auf, nur das Stück, wo sie das Geschwür hatte, und er ... er griff einfach in ihren Bauch hinein und holte es heraus. Es blutete stark, aber die Ältesten wischten das Blut ab, und da war die Wunde schon wieder geschlossen. Er zeigte uns allen das Geschwür. Es roch widerwärtig und sah aus wie faules Fleisch. Und genauso machte er es bei Margersons Jungen und dem alten Veit, und noch einigen anderen.«

Oscar starrte sie durchdringend an. »Emily, hältst du mich für einen Heiligen?«

Sie schniefte. »Sei nicht albern.«

»Und wenn ich dir sage, dass ich dasselbe tun kann wie Vater Falstad?«

»Das glaube ich nicht.«

Oscar wandte sich zu den Zuschauern. »Ist hier jemand, der sich von mir von einem Geschwür heilen lässt? Mr. Kempner? Sie haben doch sicher ein Magengeschwür?«

Kempner starrte ihn entrüstet an. »Mein Junge«, polterte er, »ich habe weder ein Magengeschwür noch ein Baby im Bauch!«

Daraufhin lachten die Leute, denn Mr. Kempner war ein sehr fülliger Mann. »Trotzdem«, sagte Oscar. »Bitte, es ist sehr wichtig. Ich gehe mir jetzt nur die Hände waschen, um für die Operation sauber zu sein, und dann werden Sie so freundlich sein und sich hierher auf einen Stuhl setzen und das Hemd ein Stück öffnen ... so, hier über dem Bauch.«

Kempner gab nach und ließ sich nieder, nachdem der Priester ihm zugesichert hatte, dass Oscar zweifellos nicht vorhatte, ihm einen dummen Streich zu spielen.

Oscar ging, aber nicht in den Waschraum, sondern zum Buffet, wo er im Vorbeigehen ein paar Dinge einsteckte – was ihm befremdete Blicke der farbigen Mädchen, die das Buffet betreuten, eintrug. Er kümmerte sich nicht darum. Zurückgekehrt, trat er vor Mr. Kempner hin, schob die Ärmel zurück und legte die Hand auf den bleichen, behaarten Bauch, der unter dem Handbreit aufgeknöpften Hemd hervorsah.

»Ah«, intonierte er feierlich, »Sie haben ja doch ein Geschwür ... ich kann es fühlen. Es ist richtig groß und dick, etwa wie eine Apfelsine ... hmmm ... ja, hier ist es.« Dabei stach er die steifen Finger fest in Kempners Bauch. Ein Schrei des Schreckens erscholl rundum – vor allem von Emily – als reichlich Blut hervorquoll und über das weiße Hemd und die nadelgestreifte Hose lief. Kempner selbst schien mächtig erschrocken über den Blutschwall, der plötzlich aus seinem bis dahin heilen Bauch strömte.

»Keine Angst«, erklärte Oscar. »Die Operation ist gleich beendet ... wischen Sie Mr. Ike doch das Blut ab, bitte. Sein Geschwür habe ich hier.« Er hielt einen grausigen Brocken Fleisch in die Höhe, bei dessen Anblick es den Anwesenden den Magen umdrehte.

Emily war völlig verblüfft. »Aber – aber wieso kannst du das auch?«, stammelte sie.

Oscar lächelte. »Ich habe ein Hobby. Ich bin ein Zauberer. Kein besonderer, aber es reicht für Partys und solche kleinen Späße wie diesen hier. Das Geschwür kannst du übrigens beruhigt essen, es ist ein Stück gegrillte Gänseleber vom Buffet und zweifellos sehr schmackhaft. Das Blut ist rote Grütze.

Wenn du bedenkst, dass ich improvisieren musste, ist es mir gar nicht schlecht gelungen, nicht wahr?«

Rundum schallte Applaus. Ike Kempner wischte sich die schweißbedeckte Stirn. »Mein Junge, einen Augenblick haben Sie mir einen ganz schönen Schrecken eingejagt. Ich dachte, Sie stechen wirklich Ihre Finger in meinen Bauch. Sehen Sie nur, was Sie mit meinem Hemd angerichtet haben! Aber das soll mir der Spaß wert gewesen sein.«

Emily saß immer noch wie vom Donner gerührt da. »Und du meinst wirklich, Falstad hat es genauso gemacht wie du?«

»Aber sicher. Ich glaube keinen Augenblick lang, dass er wirklich Geschwüre aus geschlossenen Bäuchen entfernen kann. Er hat euch betrogen. Er ist nichts anderes als ein Jahrmarktszauberer, der seine Kunst benützt, um sich von der Nordischen Gemeinde durchfüttern zu lassen und nebenbei auf Jagd nach neuen Ehefrauen zu gehen.«

Emily sagte nichts, aber Oscar merkte doch, dass ihr Vertrauen in den »Vater« stark angeschlagen war. Er bot ihr an: »Kann ich dir ein paar Häppchen zu essen bringen?«

Pater Kirwin half ihm, indem er das Mädchen drängte: »Essen Sie etwas, Emily, Sie brauchen jetzt eine kleine Stärkung.«

Emily ließ sich schließlich doch dazu bewegen, ans Buffet mitzukommen und sich da und dort einen Happen auszusuchen. Sie war ein gesundes Mädchen, und mit den Leckereien kam bald ihr Appetit wieder, sodass sie kräftig zugriff, während sie beteuerte, nie im Leben etwas so Gutes gegessen zu haben; dies stimmte zweifellos, denn im Gartenklub bogen sich die Tische unter Leckereien wie getrüffelte Gänseleber und Kaviar, die eine Handarbeitslehrerin sonst nicht auf dem Speisezettel fand.

Nach dem Essen begleiteten der hilfreiche Priester Kirwin und Oscar sie auf einem Spaziergang durch den Gartenverein, den Emily bislang ebenfalls nur von außen gesehen hatte. Sie war voller Bewunderung. »Es ist wirklich schön hier«, sagte sie. »Ich finde es schlimm, dass Edgar Falstad Gott bittet, das alles zu zerstören.«

Der Priester sagte: »Ich finde es grundsätzlich schlimm, wenn man Gott bittet, etwas zu zerstören, und sei es nur eine Hundehütte. Welches Recht hat der Mensch dazu? Gott ist ein Schöpfer, kein Vernichter.« Und zu Oscar gewandt, fügte er hinzu: »Aber jetzt kümmern Sie sich um Fräulein Emily, denn es gehört sich nicht, dass eine Dame ohne Begleiter auf dem Gelände herumlaufen muss. Ich muss noch einiges erledigen.« Er verabschiedete sich und ließ das junge Paar allein.

Emily sah sich um. Sie atmete tief den Duft der blühenden Jasminbüsche ein, der sich mit den köstlichen Gerüchen vom Buffet her mischte, lauschte der Musik, die vom Tanzpavillon herüberdrang, und stellte fest: »Es ist einfach herrlich hier.«

Oscar hakte sich bei ihr ein, was sie ohne Proteste geschehen ließ. »Komm, wir machen einen Rundgang durch das Gelände. Es wird dir gefallen.«

Er behielt recht. Emily fütterte die Schwäne, ritt auf einem Pony und kehrte zwischendurch immer wieder zu den weiß gedeckten Tischen des Buffets zurück, um neue Leckerbissen zu kosten. Tanzen wollte sie allerdings nicht und Oscar war froh darüber. Er fühlte sich zu schwach, um die Anstrengungen eines Tanzes durchzuhalten.

Im Gartenklub war der hässliche Zwischenfall bereits vergessen – oder besser, er war zu einer Anekdote geworden, die man sich zwischen zwei Bissen gekochter Maiskolben und Austern erzählte. Es fand eine Tombola statt, bei der Emily ein kleines rotes Herz aus Glas gewann, und die Musik trillerte durch die allmählich einbrechende Dämmerung. Überall in den Gebüschen und Wäldchen wurden Fackeln entzündet, die den Gartenverein in ein aufregend geheimnisvolles Licht tauchten.

Emily gestand, dass sie nie etwas so Schönes erlebt hatte. Im Alltagsleben der Nordischen Gemeinde waren Freuden dünn gesät, wenn sie nicht überhaupt verpönt waren. Obwohl sie nichts getrunken hatte, war sie wie beschwipst von all den ungewöhnlichen und herrlichen Erlebnissen, die der Nachmittag ihr beschert hatte, und so kam es, dass sie Oscar urplötzlich umarmte. Es war eine schwesterliche Umarmung, wie ein kleines Mädchen seinen Freund in die Arme schließt, und auch der Kuss, den sie ihm auf die eingefallene Wange drückte, war schwesterlich, aber es war doch eine Umarmung. Allerdings kam sie so plötzlich, dass Oscar nicht darauf zu reagieren wusste und stumm und dumm dastand. Als er sich gefasst hatte, war es schon wieder vorbei, und nur der Kuss brannte auf seiner Wange.

»Du bist lieb«, sagte Emily mit vor Rührung glitzernden Augen. »Es tut mir leid, wenn ich etwas Hässliches zu dir gesagt habe.«

»Du hast nie etwas Hässliches gesagt. Du hast mich nur manchmal missverstanden.«

Als die Party schließlich zu Ende ging, fragte Oscar, ob er sie nach Hause bringen dürfte, aber sie lehnte ab. Es gehöre sich nicht, und außerdem könne sie sehr gut allein nach Hause kommen. Er bestand nicht darauf. Dass Emily eine starke Persönlichkeit war, deren Entscheidungen man respektieren musste, auch wenn sie nicht immer sinnvoll erschienen, hatte er schon gemerkt.

5

Es war bereits nach Mitternacht, als die Brüder Leibowitz den Gartenklub verließen. Eine kurze, von Gaslampen erleuchtete Allee aus Palmen und dichten Rhododendronbüschen führte zu der Straßenkreuzung, an der sich ein Droschkenstandplatz befand. Während sie unter den schwach im Nachtwind fächelnden Palmwedeln entlanggingen, versanken hinter ihnen die Lichter und Geräusche des Klubs, in dem jetzt die Essensreste abgeräumt und die Fackeln gelöscht wurden.

Ronald war müde, aber sehr zufrieden mit sich selbst. Er hatte wertvolle Informationen gesammelt und nützliche Beziehungen angeknüpft. Als sie durch das Tor in der Hecke schritten, fragte er sich zum ersten Mal, ob er sich selbst nicht zu gering einschätzte. Eine kleine Werkstatt für Maßschuhe? Pah! Der Unternehmungsgeist der Galvestoner wirkte auf ihn wie Champagner, gab ihm den kühnen Gedanken ein, nach den Sternen zu greifen. Der Alte wollte ihn also loswerden, weil er allein über die Firma herrschen wollte? Umgekehrt wurde auch ein Schuh draus. Ronald schmunzelte über den Kalauer. Wie wäre es denn, wenn *er* derjenige wäre, der den Konkurrenten aus dem Boot warf und sich selbst zum Steuermann machte? Samuel war nicht mehr der Jüngste und seine Geschäftsideen entsprachen nicht mehr dem Trend der Zeit. Wenn er es irgendwie schaffte, ihn loszuwerden, würde nicht nur die Firma Leibowitz aufblühen, auch er selbst würde am Ziel seiner Wünsche sein.

Tief in Gedanken versunken, nahm er nur am Rande wahr, dass Oscar selig über seine Liebste schwatzte. Er hatte sich damit abgefunden, dass sein Bruder in das Mädchen vernarrt war. Eine Handarbeitslehrerin zu heiraten bedeutete zweifellos eine Mesalliance, aber er hatte das Mädchen sympathisch gefunden, und auf jeden Fall war sie hundert Mal besser als Blanche. Vielleicht kriegte sie es ja hin, dass Oscar vernünftig wurde. Schwache Männer brauchten eine starke Frau, und die Kleine hatte trotz ihrer treuherzigen graublauen Augen ziemlich selbstbewusst ausgesehen.

Oscar stieß einen heiseren Schrei aus und Ronald stockte erschrocken mitten im Schritt. Aus seinen Gedanken gerissen, kam er sich vor wie ein Mann, der aus einem tiefen Gewässer auftaucht, es dauerte ein paar Sekunden, aber dann begriff er. Aus dem Schatten der Büsche war ein vierschrötiger Mann hervorgesprungen, und als er sich instinktiv umwandte, sah er hinter ihnen einen zweiten hinter einer Palme hervortreten. Beide waren wie Arbeiter gekleidet und hielten lange Jagdmesser in der Hand.

»Uns beißt du nicht, Kleiner«, zischte der Bursche, der vor ihnen stand. »Diesmal bist du dran, und dein Bruder gleich mit. Baalspriester!« Damit stürzte er sich auf sie.

Ronald sprang zur Seite, um dem Kerl hinter seinem Rücken auszuweichen. Seine Hand fuhr in die Rocktasche. Jetzt war er froh, dass er sich hatte beschwatzen lassen, den Revolver zu kaufen. Noch in der Tasche löste er den Sicherheitsbügel, riss die Waffe hoch und schoss. Oscar hatte zur gleichen Zeit genau dasselbe getan und ebenfalls auf den Mann vor ihnen gezielt. Zwei Schüsse peitschten fast genau gleichzeitig durch die Nacht. Der Kerl, der sich von hinten herangeschlichen hatte, stieß einen heiseren Angstschrei aus und rannte wie ein Hase. Der andere blieb stehen, das Messer in der schlaff herabhängenden Rechten. Seine Linke umklammerte die rechte Schulter.

»Das ist einer der Brüder Lundquist!«, rief Oscar.

»Lass das Messer fallen, Kerl!«, schrie Ronald, obwohl er überzeugt war, dass der Mann es gar nicht mehr benutzen konnte. Der Schuss hatte ihn offenbar in die Schulter getroffen. Einer der Schüsse.

Lundquist ließ den Kopf langsam nach vorne sinken und blickte auf seinen Bauch. Das Messer klirrte zu Boden. Mit der Linken knöpfte er seinen Rock auf und enthüllte ein von Blut durchtränktes Hemd.

Im nächsten Augenblick fiel er vornüber zu Boden.

Hinter ihnen hallten laufende Schritte. Leute riefen durcheinander. Ronald wandte sich um und sah die Kellner des Gartenklubs herbeirennen, einige mit Fackeln in den Händen. »Holt einen Arzt!«, rief er ihnen zu. »Der Mann hat eine Schussverletzung. Und holt die Polizei!«

Hinter der aufgeregten Gruppe erschien die massige Gestalt von Direktor Young. »Mr. Leibowitz!«, rief er. »Was ist los? Wer hat hier geschossen?«

»Wir beide. Wir sind überfallen worden, von diesem Mann und von einem zweiten, der sich von hinten heranschlich. Wie sagtest du, Oscar, heißen sie?«

»Jens und Pär Lundquist. Das sind dieselben Burschen, die mir und Emily vor dem Restaurant aufgelauert haben.« Oscar hockte auf einer der Bänke zwischen den Rhododendren, zusammengekrümmt, als wollte er sich jeden Augenblick übergeben. »Ist er … ist er tot?«

Ronald ließ sich vorsichtig auf ein Knie nieder und blickte dem Liegenden ins Gesicht. »Ich glaube, ja«, flüsterte er.

Direktor Young war offenbar genau der richtige Mann für eine solche Situation. Er fasste Ronald am Arm und riet ihm, sich ebenfalls hinzusetzen. »Holen Sie einmal tief Luft. Keine Kleinigkeit, mit dem Messer attackiert zu werden. Sie zittern ja am ganzen Körper.« Er wandte sich an einen der Kellner. »Bringen Sie einmal eine Flasche Cognac.«

Ronald wehrte ab. »Danke, nein. Ich trinke überhaupt keinen Alkohol. Und mein Bruder auch nicht.« Er warf Oscar einen Blick zu und sah in ein totenbleiches, verzerrtes Gesicht. Mit heiserer Stimme stieß dieser hervor: »Doch. Ich brauche … Ronald, ich brauche unbedingt was zu trinken. Anders kann ich nicht. Nur ein Schluck, dann geht's mir wieder besser. Mir ist totenübel.«

»Du trinkst jetzt nichts!«

Oscar kreischte beinahe. »Doch!« Dann sprang er auf und stürmte hinter die Büsche, wo er sich hemmungslos erbrach.

Die Polizei kam wenige Minuten später. Ein Kraftwagen mit drei Beamten darin rumpelte die Allee entlang und hielt an. Zwei sprangen heraus, während der dritte am Steuer sitzen blieb.

Direktor Young berichtete ihnen, was geschehen war. »Die

beiden Herren sind Gäste des Gartenklubs. Sie stehen noch unter Schock.« Er fasste Oscar, der mit zitternden Knien wieder aus dem Gebüsch hervortaumelte, am Arm und half ihm, sich zu setzen.

Was »Gäste des Gartenklubs« bedeutete, war den Polizisten klar. Sie waren äußerst höflich und zuvorkommend. Es war gar nicht mehr nötig, die Wohnadresse *Tremont Hotel* zu betonen. Sie ließen sich Fackeln bringen und besichtigten den Körper auf dem Boden, unter dessen Bauch sich inzwischen eine gewaltige Blutlache ausbreitete. Im roten, flackernden Licht sah das Blut braun wie Schokolade aus.

Einer der Männer kippte den Körper, der auf der Seite lag, auf den Rücken. Die Augen waren nach oben gedreht, die Kinnlade herabgesunken. »Tot«, sagte der Polizist. »Zwei Einschüsse, einer in der Schulter, der andere im Bauch. Der war tödlich. Sie haben beide geschossen?«

»Ja, gleichzeitig.«

»Erzählen Sie uns einmal genau, was vorgefallen ist.«

Oscar war zu keinem vernünftigen Wort fähig, also berichtete Ronald, obwohl er sich ebenfalls elend fühlte. Er fragte sich, welcher von ihnen den tödlichen Schuss abgefeuert hatte. Es war alles so schnell gegangen, ein Wunder, dass er bei dem Zwielicht überhaupt etwas getroffen hatte.

Der Polizist nickte. »Der Angreifer hatte zweifellos vor, Sie schwer zu verletzen oder gar zu töten«, sagte er. »Er hatte nicht nur dieses Jagdmesser, er hatte auch – sehen Sie hier.« Er hob die linke Hand des Leichnams hoch. Über den groben Fingern steckte ein bleierner Schlagring. Eine tödliche Waffe, wenn sie den Kopf traf. Ronald schluckte bei dem Gedanken, dass der andere Lundquist vermutlich ebenso ausgerüstet gewesen war. Hätten sie die Revolver nicht gehabt, würden er und Oscar jetzt hier in ihrem Blut liegen.

Das Klappern eines Gespanns näherte sich. Ein dicker Mann im schwarzen Anzug und Zylinder sprang ab und eilte mit langen Schritten herabei. »Krankenhaus oder Leichenhaus?«, rief er schon von Weitem, als er den Körper auf dem Boden liegen sah.

»Leichenhaus, Doktor. Nichts mehr zu machen.«

»Schön, dann wollen wir den Tod einmal ganz offiziell bestätigen.« Er ließ sich auf ein Knie nieder, untersuchte den Toten flüchtig und rief dann den Kutscher seines Gespanns, er solle ihm die Decke bringen. Der Mann schleppte ein großes, fleckiges Stück Segeltuch herbei.

Ronald sah zu, wie der schlaffe Körper auf das Segeltuch gehievt, darin eingerollt und mit zwei Gurten festgebunden wurde. Dann hoben die Männer ihn mit vereinten Kräften auf das Gespann des Arztes. Es klatschte dumpf, als er auf die Bretter der Ladefläche fiel.

Ronald wurde bewusst, dass die dunklen Flecken auf dem Segeltuch Blut gewesen waren – altes Blut von Dutzenden Opfern, die früher darin eingerollt gewesen waren. Diesmal war er es, der aufsprang und sich in die Büsche schlug.

Als er zurückkehrte, hörte er Direktor Young sagen: »Halten Sie die Herren nicht allzu lange hier fest, Officer. Sie wissen ja, wo Sie sie finden, wenn Sie noch Fragen haben.«

»Natürlich, Herr Direktor.« Und zu Oscar und Ronald sagte der Polizist: »Wenn wir Sie brauchen, verständigen wir Sie. Allerdings denke ich, die Sachlage ist eindeutig.«

Ronald dachte: Wie schnell sich die Sachlage klärte, wenn man im *Tremont* wohnte und im Gartenklub Partys feierte. Wäre dem nicht so gewesen, hätten sie wahrscheinlich die halbe Nacht auf der Polizeiwache sitzen müssen.

Direktor Young schickte einen Kellner, um eine Droschke zu holen, und half ihnen sogar noch beim Einsteigen. »Keine Sorge«, versicherte er ihnen. »Sie werden keine Schwierigkeiten deshalb haben. Wie der Officer sagte, ist die Sachlage eindeutig.«

Sie kauerten beide stumm auf den Sitzen, während die

Droschke durch die schlafende Stadt zum Hotel ratterte. Der Nachtportier warf ihnen einen neugierigen Blick zu, als sie den Schlüssel verlangten – zweifellos sah man ihnen den überstandenen Schrecken an.

Wortlos stiegen sie die Marmortreppe hinauf und betraten ihre Suite. Kaum waren sie drinnen, als Oscar sich auf das Sofa fallen ließ und sich zusammenrollte. Er zitterte heftig am ganzen Körper. Ronald holte eine Wolldecke aus dem Schrank und breitete sie über ihn.

»Ich muss was trinken«, flüsterte Oscar wie im Fieber. »Anders schaffe ich es nicht.«

»Wenn du jetzt etwas trinkst, bekommst du zu all dem Schrecken noch Wahnvorstellungen.«

»Ronald, bitte. Nur einen Schluck. Dann höre ich sofort auf und trinke nie wieder.«

Ronald schloss die Türe der Suite ab und steckte den Schlüssel ein. »Du kommst hier nicht raus. Und wenn du unten anrufst, kommt der Zimmerkellner nicht rein.« Er setzte sich neben Oscar und legte ihm freundlich die Hand auf die Stirn. »Wir machen etwas Besseres. Ich lasse uns ein Bad ein, und dann setzen wir uns ins heiße Wasser, bis wir wieder auf den Beinen sind.«

Er stand auf und ging rasch ins Badezimmer.

Als er zurückkehrte, lag Oscar noch immer auf dem Sofa, ein Häufchen Elend, aber er hatte nicht den Zimmerservice angerufen. »Komm, dein Bad wartet.« Ronald musste ihn beinahe tragen, und beim Auskleiden musste er ihm ebenfalls helfen, aber nachdem er ihn einmal in die Wanne gesetzt hatte, blühte er allmählich auf.

Ronald schlüpfte aus den Kleidern und glitt ebenfalls ins Bad. Wenn Oscar wüsste, wie erbärmlich er sich fühlte! Aber das war der Unterschied zwischen ihnen beiden. Er konnte es bei sich behalten, wenn es ihm dreckig ging.

Eine Weile saßen sie still in dem heißen Wasser, dann sagte

Oscar plötzlich: »Ich kann den Gedanken nicht ertragen, dass ich … wenn ich es nun war, der ihn in den Bauch geschossen hat? Ich habe noch nie einen Menschen getötet. Ich wollte es auch gar nicht. Ich wollte nur, dass er wegläuft und uns in Ruhe lässt. Ich habe blindlings geschossen.«

»Deshalb hast du ihn auch nur in die Schulter getroffen. Ich habe gezielt.«

»Du hast ihn erschossen?«

»Nachdem du es nicht warst, muss es wohl ich gewesen sein.«

Oscar starrte ihn mit großen, gequälten Augen an. »Und du … du erträgst es?«

»Es wäre mir lieber, wenn es nie geschehen wäre. Aber ich weiß, dass ich in Notwehr gehandelt habe. Deshalb fühle ich mich nicht schuldig.«

Er beobachtete, wie sein Bruder die Augen schloss und den Kopf mit einem tiefen Seufzer an den Rand der Badewanne sinken ließ. *Jetzt bist du froh, Kleiner, nicht wahr?*, dachte er. *Jetzt schaffst du es, damit fertig zu werden, ohne dich sofort wieder volllaufen zu lassen. Und vielleicht warst du es ja wirklich nicht. Wer kann das sagen?*

5. SEPTEMBER

1

Oscar erwachte davon, dass die Sonnenstrahlen sein Gesicht kitzelten. Er nieste, dann schlug er die Augen auf und setzte sich schlaftrunken auf. Es dauerte eine Weile, bis er richtig wach wurde. Dann fiel ihm ein, was am Abend zuvor geschehen war, und seine Gedanken verfinsterten sich. Innerhalb kürzester Zeit war er von jubelnder Freude in abgrundtiefes Entsetzen gestürzt worden. Erst hatte er gedacht, alle seine Probleme seien gelöst, und dann … Um ein Haar hätte er wieder getrunken. Wäre Ronald nicht gewesen, so hätte er es zweifellos auch getan.

Er stand auf und ging ins Bad hinüber, um sich zu waschen und zu rasieren. Als er, in einen Morgenrock gehüllt, in den Salon kam, saß Ronald dort bereits beim Frühstück. Wie er aussah, hatte er die Schrecken der letzten Nacht bereits völlig überwunden. Er aß mit gesegnetem Appetit. »Komm, setz dich«, begrüßte er Oscar. »Ich dachte, du wolltest ausschlafen, also habe ich dich nicht geweckt. Die Rühreier sind noch warm.«

Oscar setzte sich, aber außer Kaffee brachte er nichts hinunter. »Ich wollte mich bei dir bedanken«, sagte er leise. »Ohne dich wäre ich umgefallen.«

»Du hast ja auch eine außergewöhnlich schlimme Situation erlebt. Im Großen und Ganzen hast du dich ganz gut im Griff, also mach dir keine Vorwürfe.« Dann wechselte er eilig das Thema. »Ich habe heute überhaupt keine Lust zu arbeiten und ich will auch niemand von den Leuten hier begegnen.

Was hältst du davon, wenn wir schwimmen gehen? Heiß genug ist es ja.«

Oscar stimmte eifrig zu. Er wusste zwar nicht so recht, ob er schwimmen gehen wollte, aber er verstand, dass Ronald es gut mit ihm meinte.

Nach dem Frühstück gingen sie, eine Tasche mit Badezeug schleppend, hinunter zu dem von weißlackierten Holzplanken umgebenen Strand, der den Gästen des *Tremont* vorbehalten war. Die Luft war wie Honig. An den Palmen und Blumenrabatten, die das Hotel vom Meer trennten, fuhr ein Wasserwagen mit einem riesigen Fass auf der Ladefläche vorbei. Zwei Arbeiter füllten aus dem Fass ihre Gießkannen und bewässerten damit die Beete. Der Geruch der feuchten Erde mischte sich mit den frühmorgendlichen Düften nach Kaffee und gebratenen Würstchen, die aus den offenen Fenstern des Speisesaals strömten.

Am straßenseitigen Ende des Privatstrandes befand sich eine hölzerne Terrasse und darauf eine Reihe grau gestrichener Hütten, die zum Umziehen dienten. Die beiden jungen Männer schlüpften in ihre modischen Badeanzüge, knielange, quer gestreifte Trikots mit kurzen Ärmeln, die als ausgesprochen frivol galten, weil sie eng am Körper anlagen, anstatt um ihn herumzuschlottern. Beiden sah man an, dass sie nicht oft in die Sonne kamen. Ronald war schlank und gut gebaut, aber er hielt sich krumm, wie es viele Leute tun, die tagaus, tagein am Schreibtisch sitzen. Oscar wirkte in dem weiß und dunkelblau geringelten Trikot wie ein bekleidetes Skelett. Er warf einen Blick in den Spiegel an der Tür. Was für ein Anblick! Ein Glück, dass der Strand noch völlig verlassen dalag. Nur der Bademeister schlenderte, eine Zigarette rauchend, gemächlich am Rand des Wassers hin und her.

Sie liefen über den warmen, pulverig weichen Sand hinunter zu der Seite des Strandes, die den Männern vorbehalten und durch eine weit ins Meer reichende Holzplanke von der

Frauenabteilung getrennt war. Oscar steckte vorsichtig die Zehen in das stille Wasser und stellte überrascht fest, dass es warm wie in einer Badewanne war. Viel Erfrischung würden sie darin nicht finden. Er tappte, vorsichtig Fuß vor Fuß setzend, tiefer hinein und tauchte unter, als das Wasser ihm bis zur Brust stand. Dann begann er zu schwimmen. Der Sonnenschein glitzerte silbrig auf dem azurblauen Wasser. Er war ein guter Schwimmer, aber er wusste, dass er mit seinen Kräften haushalten musste, also hielt er sich nahe am Strand, wo er notfalls stehen konnte. Ronald zeigte sich auch nicht sehr unternehmungslustig. Er wusste mit Sport nicht viel anzufangen und amüsierte sich damit, dass er tauchte und runde Kiesel vom Grund heraufholte, die er dann in weitem Bogen ins Wasser warf. Ein erschreckter Fisch schnellte hoch und fiel in einem silbernen Halbkreis wieder ins Wasser zurück.

Später lagen sie auf ihrer Decke am Strand und sahen den Booten zu, die draußen am Horizont vorbeifuhren.

»Hier könnte man leben«, bemerkte Ronald. »Sieh dir an, wie still das Wasser ist! Die Kinder könnten am Strand spielen und baden, ohne dass man sich Sorgen machen muss, dass eine plötzliche Welle sie ins Meer spült.«

»Mir gefällt es hier auch. Vielleicht bleibe ich hier, wenn die Scheidung durch ist und ich mit Emily zusammen sein kann.« Nachdenklich fügte er hinzu: »Es kommt mir vor, als seien es Monate, seit ich Blanche zuletzt gesehen habe.«

»Genau genommen sind es auch zwei Monate. In Merckers Klinik hast du sie ja nicht gesehen, und nach deiner Entlassung nur ganz kurz.«

»Sie ist mir fremd geworden, Ronald. Besser gesagt, das Leben, von dem sie ein Teil war, ist mir fremd geworden. Ich habe mich davon abgelöst. Das fing schon in der Klinik an, und nachdem ich dann Emily getroffen habe …«

»Sieht so aus, als wäre die Handarbeitslehrerin dein guter Geist.«

»Ja, das ist sie wohl.«

»Vater wird nicht begeistert sein, wenn du etwas Ernsthaftes mit ihr anfängst, aber meine Meinung ist: Hauptsache, es ist keine zweite Blanche. Ich habe es satt, jeden Tag mit einem neuen Skandal konfrontiert zu werden.« Ronald stand auf. »Was meinst du, sollen wir in einem der Strandrestaurants eine Kleinigkeit essen und dann eine Bootsfahrt machen?«

»Gerne.«

Sie verbrachten einen wunderbaren Tag zusammen, und Oscar stellte fest, dass es doch etwas Schönes war, einen Bruder zu haben.

2

Emily radelte im frischen Morgenwind auf ihrem üblichen Weg zum Waisenhaus. Ihr war zumute, als sei sie urplötzlich in einer neuen Welt aufgewacht. Der Albtraum war vergessen. Oscars Demonstration hatte sie überzeugt, dass Falstad sie alle betrogen hatte, dass er gar kein Heiliger war, und dass er deswegen auch kein Recht hatte, ihre Hand zu fordern. Ein gewaltiges Gefühl der Erleichterung durchströmte sie. Es war, als sei ein altes, schmutziges Kleid von ihr abgefallen und sie könnte sich wieder frisch und rein fühlen. Endlich saßen ihre Gefühle wieder alle an der richtigen Stelle. Sie brauchte nicht mehr an sich selbst zu zweifeln, weil sie den angeblich so heiligen Mann für einen groben, niederträchtigen Gesellen hielt. Sie konnte es zulassen, dass ihr vor seinem haarigen Körper und seinen großen, derben Händen graute. Sie musste sich ab jetzt überhaupt nicht mehr mit ihm befassen. Es war, als hätte er sich in Luft aufgelöst. Wenn Emily sich einmal entschloss, jemand zu verabscheuen, dann tat sie das gründlich.

Sicher, da war noch die Kirche. Sie würde sich weigern, hinzugehen, solange Falstad dort war. Wenn er für immer blieb, dann würde sie eben für immer wegbleiben. Es war eine bittere Entscheidung, aber sie war nicht gewillt, sich von einem Betrüger zum Narren halten zu lassen. Lieber ertrug sie den unausweichlichen Streit mit ihrer Mutter und ihrer Schwester, den Ältesten und allen Freunden, die sie bislang in der Nordischen Gemeinde gehabt hatte. Sie würde Pater Kirwin bitten, irgendwo ein billiges, anständiges Quartier für sie zu finden, denn zu Hause konnte sie nicht bleiben, wenn sie der Kirche den Rücken wandte.

Und dann musste sie sehen, wie sie allein zurechtkam – ohne Familie, ohne Gemeinde.

Sie war ein tapferes Mädchen, aber ihr wurde doch ordentlich bange bei dem Gedanken. Es war nicht einfach, aus dem gewohnten Leben auszubrechen – oder hinausgestoßen zu werden. Sie wünschte, Falstad wäre nie in der Stadt erschienen, aber was half das Wünschen? Er war nun einmal da und machte keine Anstalten zu verschwinden. Sicher würde er auch seine Versuche, sie zu erobern, nicht gleich aufgeben. Sie kannte ihn als einen ungeheuer hartnäckigen Mann. Wenn er etwas wollte, setzte er alles daran, es zu kriegen. Aber er hatte ausgespielt, er konnte machen, was er wollte, sie würde ihn nicht mehr anschauen.

Sie mit einem so billigen Zaubertrick zu betrügen! Und sie waren alle wie Schafe gewesen, hatten mit großen bewundernden Augen zu ihm aufgeschaut, als er das angebliche Geschwür in der Schüssel herumzeigte … Nun, sie war von dieser Dummheit geheilt. Ihr waren die Augen aufgegangen.

Außerdem war sie froh, dass sie Oscar geküsst hatte. Diesmal war sie nicht in einer moralischen Zwickmühle gewesen. Es hatte sich ganz natürlich ergeben, dass sie ihm den Mund auf die Wange drückte. Vielleicht war das kein richtiger Kuss, aber es war immerhin eine Vorstufe, und seine Reaktion hatte ihr gezeigt, dass er sehr angetan davon war, geküsst zu werden. Hätte sie ihn nicht schnell wieder losgelassen, so hätte er sie – nachdem er sich von seiner Überraschung erholt hatte – sicher zurückgeküsst.

Es war ein wunderbarer Abend gewesen, und Emily war überzeugt, auch die nächsten Tage würden wunderbar werden.

Sie strampelte pfeifend die einsame Küstenstraße entlang, als plötzlich jemand hinter ihr ihren Namen rief. Erstaunt drehte sie sich um und sah eine Frau im blauen Baumwollkleid, die ihr auf einem Fahrrad folgte. Sie hielt an, und als die Frau näher kam, erkannte sie Thyrza.

Unsicher und mit einem unbehaglichen Gefühl im Bauch stand Emily neben ihrem Fahrrad und wartete. Natürlich wusste die gesamte Nordische Gemeinde, was beim Gartenklub geschehen war, und alle waren der Ansicht, dass gottlose Menschen ihren Propheten ins Gefängnis geschleppt hatten, weil sie die Wahrheit nicht ertrugen, die dieser ihnen ins Gesicht geschleudert hatte. Emily hatte sich von jeder Diskussion ferngehalten und war in ihrem Zimmer verschwunden, ohne Auskünfte zu geben.

Hatten sie ihr Thyrza jetzt nachgeschickt, um ihr ins Gewissen zu reden?

Die Frau bremste ihr Fahrrad neben ihr und sprang ab. »Emily«, stieß sie atemlos hervor, »ich muss mit dir sprechen. Ich bin dir nachgefahren, denn wir müssen unbedingt unter vier Augen reden.«

»Worüber müssen wir reden?«

Thyrza griff in ihre Umhängtasche und drückte ihr ein viereckiges, in Packpapier gehülltes und verschnürtes Päckchen in die Hand. »Hier! Das musst du der Polizei bringen. Sofort. Sie dürfen ihn nicht wieder freilassen, hörst du? Sie müssen unbedingt lesen, was auf diesen Papieren steht.«

Emily nahm das Päckchen entgegen und starrte es zweifelnd an. »Wieso willst du nicht, dass sie Vater Edgar wieder freilassen?« Unwillkürlich gebrauchte sie immer noch die alte, ehrerbietige Bezeichnung.

»Das steht alles da drinnen.«

»Warum bringst du das Päckchen nicht selber zur Polizei?«

»Den Mut habe ich nicht. Es darf niemand davon wissen. Du darfst ihnen auch nicht sagen, dass du es von mir hast. Gib es ihnen einfach.« Als sie Emily immer noch zögern sah, presste sie das Päckchen gewaltsam in ihre Hände. »Das Leben von Menschen hängt davon ab.«

»Was meinst du? Erklär mir doch, worum es eigentlich geht!«

Thyrza seufzte. »Na gut. Setzen wir uns hierher und ich erzähle es dir.«

Sie legten die Fahrräder nieder und setzten sich ein Stückchen von der Straße entfernt in den Sand. Thyrza nahm ihr Häubchen ab, unter dem lange schwarze Zöpfe herausfielen. Auf ihren käsig bleichen Wangen malten sich rote Flecken.

»Eigentlich«, begann sie, »heiße ich Penny Cogan. Meine Eltern haben einen Laden in New York. Dort habe ich Edgar kennengelernt, als er gerade vom Schiff aus Norwegen kam. Ich … ich war sofort fasziniert von ihm. Nie hatte ich einen Mann wie ihn erlebt. Die Kraft, die er ausströmte! Seine Körperkraft wie auch sein Wille übertrafen alles, was ich je bei einem Mann erlebt hatte. Und mich begeisterte, dass er Visionen hatte, dass er sich zu Großem berufen fühlte. Mir war sofort klar, dass ich ihn oder keinen wollte. Ich war damals überzeugt, dass er mich auch liebte. Jedenfalls liefen wir zusammen fort, als meine Eltern mir die Beziehung verboten. Hätte ich damals gewusst, wie weise sie waren, ich hätte mir viel erspart.«

Sie seufzte und betrachtete ihre Hände, die sich unruhig im Schoß des blauen Kleides bewegten. »Edgar lebte von einfachen Arbeiten, er war Möbelpacker, Kohlenträger, Bühnenarbeiter … alles Mögliche. Aber in jeder freien Minute predigte er. Ich wurde seine erste amerikanische Jüngerin. Wir waren viel unterwegs, und wo wir hinkamen, fand er Menschen, die sich von ihm begeistern ließen, vor allem unter den

Einwanderern aus Skandinavien. Wir hätten irgendwo bleiben können und hätten bald eine Gemeinde um uns geschart, aber Edgar war ruhelos. Sobald wir ein paar Monate irgendwo verbracht hatten, zog es ihn weiter. Er war nicht zufrieden damit, Prediger für ein paar Fischhändler und Fabrikarbeiter zu sein. Er wollte in eine reiche, eine bedeutende Stadt. Immer wieder trieb der Engel ihn weiter.«

»Welcher Engel?«, fragte Emily.

Penny wies auf das Päckchen, das zwischen ihnen im Sand lag. »Es ist eine Zeichnung drinnen, die Edgar selber angefertigt hat. Er hatte diesen Engel in einer Vision gesehen und hat ihn oft gezeichnet. Es muss eine schreckliche Vision gewesen sein. Die Zeichnungen machten mir Angst, und nicht nur mir, auch Lucy und Mathilda – ich meine Deborah und Rahab – fürchteten sich davor.« Sie senkte tief den Kopf. »Dein Yankee hat recht gehabt mit dem, was er Edgar vorwarf. Sie sind ebenfalls seine Ehefrauen … oder seine Geliebten. Ich bin deswegen nicht einmal wütend auf sie, ich habe verstanden, dass sie sich seiner Kraft nicht entziehen konnten. Es erging ihnen genau wie mir. Keine Frau kann ihm widerstehen. Und wir hätten auch dich akzeptiert.«

»Aber ich hätte es nicht getan.«

Penny machte eine Handbewegung, die bedeuten sollte: Was zählt das jetzt noch! Sie fuhr fort: »Ich merkte bald, dass Edgar in dem, was er tat, nicht ehrlich war. Er betrog die Leute mit falschen Wundern. Aber er rechtfertigte sich damit, dass er es tun müsse, um ihren Glauben zu stärken. Sie seien schwach und ungläubig und ein Wunder würde ihnen Gewissheit und Zuversicht geben. Er brauchte Menschen, die ihm völlig ergeben waren. Ich bin überzeugt, er hatte von Anfang an solche … solche Pläne.«

»Was für Pläne? Wunder zu tun?«

»Nein.« Penny wandte den Kopf und blickte ihr voll ins Gesicht. »Menschen zu ermorden.«

Emily zuckte zurück. Das hätte sie Vater Edgar in ihren schlimmsten Träumen nicht zugetraut. Es war schon ein Schock gewesen zu erfahren, dass er ein Betrüger war, aber ein Mörder?

»Es ist dieser Engel«, fuhr Penny fort, »der ihn dazu treibt. Er hat Visionen, in denen der Engel des Schreckens zu ihm spricht und ihm sagt, was er zu tun hat. Er meint, es sei Gott, der ihm diese Aufträge erteilt, aber ich denke, es ist der Teufel. Edgar fing immer öfter an davon zu reden, dass er der Prophet Elias sei und dazu berufen, die Baalspriester in Stücke zu hauen. Vor allem, seit wir hierher nach Galveston kamen. Ich glaube, er hat diese Stadt nicht verkraftet. Er war immer ein armer Mann, und er hält es nicht aus, wie reich und selbstzufrieden und geschäftstüchtig die Leute hier sind. Es genügte ihm nicht mehr, Gott zu bitten, er möge sie vernichten wie Sodom und Gomorrha, er wollte selbst sein Teil dazu beitragen. Und der Anstoß, dass er schließlich Ernst machte, war seine Eifersucht und seine Wut auf deinen Bostoner Freund. Als er sich einmal entschlossen hatte, ihn zu töten, war das, als ob man Dominosteine umstößt. Eins riss das andere mit. Er schrieb eine Liste mit all den reichen Leuten der Stadt, die als Nächstes ermordet werden sollten, und gab sie den Brüdern Lundquist. Die sind ihm völlig ergeben, sie gehorchen jedem seiner Befehle. Gestern Abend sollten sie damit anfangen … mit deinem Freund und seinem Bruder.«

»Oscar?« Emily sprang vor Schrecken auf. »Davon weiß ich nichts! Ist ihm etwas zugestoßen?«

»Nein. Er und sein Bruder waren bewaffnet und sie haben Pär Lundquist erschossen. Jens ist verschwunden. Ich denke, er ist aufs Festland hinüber geflüchtet, zu Ole. Ole musste ja auch weg, nachdem dein Bekannter ihn in die Hand gebissen hatte.«

»Davon weiß ich auch nichts.«

»Das war an dem Abend, an dem du ihn in die Gemeinde

mitgebracht hast. Edgar war wütend. Er schickte die Lundquists hinter ihm her und sagte, sie sollten ihm den Hals abschneiden. Aber er biss Ole beinahe den Zeigefinger ab, und als der ihn loslassen musste, schrie er so laut um Hilfe, dass Leute dazukamen. Da konnten sie nichts anderes tun als flüchten.«

Emily saß im Sand wie betäubt. Sie konnte kaum fassen, was sie da hörte.

»Verstehst du jetzt?«, drängte Penny. »Wenn sie Edgar nur wegen des Skandals beim Gartenklub eingesperrt haben, dann werden sie ihn sehr bald wieder frei lassen. Er muss unbedingt noch länger im Gefängnis bleiben. Wenn sie diese Liste und die anderen Dokumente sehen, werden sie ihn vor Gericht bringen.« Sie packte Emilys Hände. »Tu es, bitte! Du willst doch nicht, dass jemand getötet wird, oder? Und du brauchst ja auch nichts weiter zu tun, als das Päckchen zur Polizei zu bringen und zu sagen, sie sollen es sich unbedingt ansehen.«

Emily schwirrte der Kopf. Sie wusste nicht, was sie aus alledem machen sollte, und starrte das Päckchen an wie ein giftiges Tier, das sie jeden Augenblick anspringen konnte. Schließlich kam sie wieder halbwegs zur Vernunft. »Gut«, sagte sie. »Ich fahre sofort zur Polizei. Aber du musst damit rechnen, dass sie in die Gemeinde kommen und dich und die anderen ausfragen, was ihr über die Sache wisst. Das wird kaum zu verhindern sein.«

Penny lächelte. »Mach dir deswegen keine Sorgen. Und jetzt beeil dich.«

3

Für Oscar war es die Krönung eines herrlichen Tages, als Emily am frühen Abend anrief und fragte, ob sie ihn treffen könnte. Er beeilte sich so sehr, dass Ronald anfing, sich darüber lustig zu machen. Wenig später stand er im Foyer des Hotels und wartete auf sie.

Emily kam. Sie trug ihr Matrosenkleid. »Es ist sehr heiß«, sagte sie, »aber wenn du willst, können wir am Strand spazieren gehen, dort weht immer der Wind.« Sie betrachtete den Sonnenbrand, der sich auf Oscars Nasenrücken ausbreitete. »Warst du heute schon draußen?«

»Ronald und ich waren schwimmen.«

Sie gingen die flache hölzerne Treppe hinunter, die hinter dem Hotel zum öffentlichen Strand führte, und wanderten dann dicht am Wasser entlang, wo die trägen Wellen schon einmal über den Sand geleckt hatten und der Boden fest war. Winzige, fast durchsichtige Krabben stoben ängstlich auseinander, als sie näher kamen. Oscar war froh, dass er hier sein Jackett ausziehen konnte und der Wind durch sein Hemd blies. Er hatte die Hitze allmählich satt. Ein paar Tage lang waren Sonnenschein und blauer Himmel ja herrlich, aber langsam fühlte er sich wie ein Steak auf dem Grillrost.

»Ich muss dir eine Menge erzählen«, sagte Emily. »Und du mir auch.«

Sie berichtete ihm von ihrer merkwürdigen Begegnung mit Thyrza – Penny Cogan – am Morgen. Oscar bewunderte sie, wie selbstverständlich sie darüber sprach, dass sie sich in »Vater« Falstad getäuscht hatte. Keine Ausflüchte, kein »ja, aber«. Sie hatte sich geirrt und gab es offen zu.

»Und warst du auf der Polizei?«

»Ja. Ich weiß nicht, was genau in dem Päckchen war, aber sie blätterten in den Dokumenten und riefen dann einen Vorgesetzten an, er solle unbedingt kommen und sich das ansehen; also war es wohl wirklich wichtig. Sie wollten auch genau wissen, von wem ich die Papiere hatte, aber ich sagte ihnen, dass ich das nicht verraten dürfte. Erst wollten sie mir drohen, aber schließlich sagten sie, sie würden eben Falstads Jünger fragen. Dann schickten sie mich weg.« Sie machte eine

Pause und erklärte dann in herausforderndem Ton: »Jetzt bist du dran. Thyrza sagte mir, du hättest Pär Lundquist erschossen.«

»Ich nicht«, versicherte er hastig. »Ronald war es. Ich habe ihn nur an der Schulter getroffen. Ich bin ein erbärmlich schlechter Schütze.«

»Dann wollte er euch wirklich töten?«

»Beide Brüder hatten Jagdmesser, und Pär trug einen Schlagring in der Hand.«

Emily seufzte und schüttelte den Kopf. Sie sah ihn lange von der Seite an. Schließlich sagte sie leise: »Lass uns von etwas anderem reden.«

Er war froh über den Vorschlag. Es tat gut, Edgar Falstad und alles, was mit ihm zusammenhing, zumindest für eine Weile vergessen zu können.

Emily erzählte ihm von ihren Plänen, die Gemeinde und notfalls auch Galveston zu verlassen, wenn er sie weiter belästigen sollte. »Vielleicht ist dies jetzt ein guter Anstoß«, sagte sie nachdenklich. »Ich träume schon lange davon, von hier fortzugehen. Nicht, dass ich die Stadt nicht mag! Aber so lange ich hier bin, bin ich an die Gemeinde, meine Mutter und meine Schwester gebunden, und ich will einfach nicht mehr. Ich will keine komische alte Jungfer werden, die ihr Leben lang immer nur an einem Ort gelebt und sonst nichts von der Welt gesehen hat. Ich will etwas von der Welt sehen.«

»Wie wär's mit Boston?«, fragte er, halb scherzhaft, halb im Ernst.

»Weil du dort wohnst?«

»Nicht nur deshalb. Es ist auch eine wunderbare Stadt, außer im Winter, wenn einem die Schneestürme die Haut vom Gesicht blasen.« Er griff vorsichtig nach ihrer Hand. »Emily, ich würde gerne mit dir zusammenbleiben.«

»Du bist verheiratet.«

»Nicht mehr lange.«

»Ich weiß nicht, ob ich selbst dann, wenn du geschieden bist, bei dir bleiben kann. Meine Auffassung von der Ehe …«

Er hörte geduldig zu, wie sie ihm ihre Skrupel schilderte. Was hätte er darauf sagen sollen? Schließlich entschied er sich, das Thema zu wechseln und von dem schönen Tag zu erzählen, den er mit Ronald verbracht hatte. »Ich war richtig überrascht, wie gut wir uns verstanden haben. Das ist selten der Fall. Ich habe sonst immer das Gefühl, dass er eigentlich nicht mein Bruder ist, sondern ein Fremder, der zufällig denselben Namen trägt und im selben Haus wohnt wie ich.«

»Er sieht dir auch gar nicht ähnlich.«

»Gefällt er dir?«

Sie zuckte die Achseln. »Ich weiß nicht. Er sieht gut aus, aber er wirkt irgendwie düster. Als würde er immer über etwas nachgrübeln – über etwas Unerfreuliches.«

»So war er immer schon.«

Sie plauderten über ihre Eltern und Geschwister, während sie den Strand entlangschlenderten. Als sie in die Nähe des Restaurants kamen, in dem sie erst kürzlich zu Abend gegessen hatten, fiel Oscar eine Gruppe von Menschen auf, die sich am Strand drängten. Vielleicht hatte jemand einen großen Fisch gefangen, den er jetzt den Spaziergängern zeigte? Dann hielt er plötzlich inne. Von der Promenade herab kam ein Gespann gefahren, das ihm bekannt vorkam. Sie waren jetzt so nahe, dass sie einzelne Personen erkennen konnten, und Oscar erkannte den Arzt wieder, den man nach der Schießerei verständigt hatte. Die Menschen machten ihm Platz, als er vom Wagen sprang und mit langen Schritten auf sie zuging. Sie wichen beiseite, und jetzt sah Oscar, dass ein blaues Bündel auf dem nassen Sand lag.

Emily stieß einen Schrei aus und rannte darauf zu.

Er folgte ihr eilig. Das Bündel entpuppte sich als eine tote Frau in einem langen blauen Kleid. Ohne das auffallende Kleidungsstück hätte er sie wohl nicht erkannt, aber jetzt sah er, dass es eine der drei Frauen war, die Falstad immer um sich gehabt hatte.

Emily kniete neben der Toten im Sand und weinte. Sie konnte nur mit Mühe antworten, als der Arzt und die Umstehenden wissen wollten, ob sie die Frau kenne. Mit brüchiger Stimme gab sie an, dass es ein Mitglied der Nordischen Gemeinde, Penny Cogan, genannt Thyrza, sei und sie ursprünglich aus New York stamme. »Sie hat sich ertränkt, die Arme«, stammelte sie.

Der Arzt, der den schlaffen Körper hin und her wendete, blickte auf. »Keine Rede«, widersprach er. »Sehen Sie das?« Er wies auf zwei längliche Risse in dem blauen Baumwollstoff, unmittelbar über dem Herzen. »Sie ist erstochen worden. Man bemerkt es nur nicht gleich, weil das Wasser das Blut aus dem Stoff gewaschen hat. Dann hat der Mörder sie ins Meer geworfen. Wahrscheinlich hoffte er, die blutenden Wunden würden Haie anlocken, sodass sie nicht mehr gefunden würde. Aber das muss die Polizei klären. Ah, da kommt sie schon!«

Der Wagen mit den Beamten ratterte die Böschung herunter, wobei Unmengen Sand aufgewirbelt wurden. Zwei Männer in Uniform stiegen aus und eilten auf die Gruppe zu. »Badeunfall?«, rief einer von ihnen beim Anblick des reglosen Körpers.

»Nichts da«, erwiderte der Arzt. »Mord. Zwei tiefe Stiche direkt ins Herz.«

Emily war aufgestanden und drängte sich an Oscar, der beschützend den Arm um ihre Schultern legte. Als die Beamten sie befragten, nannte sie noch einmal den Namen der Toten und fügte dann hinzu: »Diese Frau hat mir das Päckchen gegeben, das ich heute aufs Revier gebracht habe. Sie hatte mich dringend gebeten, sie nicht zu verraten. Wahrscheinlich fürchtete sie um ihr Leben, falls sie entdeckt würde. Und jetzt ist es geschehen.«

Oscar fühlte einen Stich im Herzen. Plötzlich wurde ihm klar, dass jetzt auch Emily aufs Äußerste gefährdet war. Wenn diese Thyrza oder Penny ermordet worden war, weil sie die belastenden Papiere weitergegeben hatte, dann würde der Mörder darauf aus sein, auch Emily, die sie zur Polizei gebracht hatte, zu bestrafen. Sie durfte heute Nacht auf keinen Fall in ihrem eigenen Haus bleiben, wo ein Tritt genügte, um die Türe zu öffnen. Bis die Polizei den Mörder – vermutlich der untergetauchte Jens Lundquist – gefasst hatte, musste sie an einem anderen Ort wohnen, dort, wo sie in Sicherheit war.

»Komm«, sagte er. »Weg von hier.« Er wollte nicht, dass sie mit ansah, wie der Leichnam in das scheußliche, blutfleckige Segeltuch verpackt wurde.

Emily folgte ihm gehorsam, als er den Strand hinauf zur Promenade ging. Sie wirkte betrübt und verstört. Immer wieder schluchzte sie auf und wischte sich mit dem Handrücken über die Augen. Verlegen stammelte sie: »Ich ... ich brauche ein bisschen Zeit, um das zu verarbeiten. Penny und ich standen einander zwar nicht sehr nahe, aber heute Morgen ... Sie hat mir vertraut, weißt du.«

Er nahm ihre Hand fest in die seine. »Emily, ist dir klar, dass du jetzt auch gefährdet bist? Du darfst auf keinen Fall zu Hause schlafen.«

»Meinst du wirklich?«

»Natürlich. In den Augen des Mörders bist du genauso eine Verräterin wie Penny. Er wird alles daransetzen, sich auch an dir zu rächen. Ich möchte, dass du im *Tremont* übernachtest. Wir können dir ein Zimmer besorgen.«

Emily lachte unter Tränen. »Im *Tremont*? Du bist verrückt. Nein, ich schlafe zu Hause. So wackelig, wie du denkst, ist das Haus auch wieder nicht. Und außerdem – stell dir vor, der Mörder würde wirklich eindringen und meine Mutter und Elsa allein dort vorfinden, würde er sich dann nicht an ihnen rächen?«

Ihr Eigensinn machte ihn zornig. »Willst du unbedingt ins offene Messer rennen? Dieser Wahnsinnige wollte Oscar und mich umbringen und hat Penny umgebracht, meinst du, der macht viel Federlesen mit dir? Wie willst du dich gegen ihn wehren? Mit dem Feuerhaken?«

»Das ist gar keine schlechte Idee.«

»Sei nicht so stur, verdammt!«

»Ich kann mich nicht wochenlang verstecken. Meine Familie braucht mich – Mutter ist alt und Elsa ist behindert. Lundquist kann mich überall erwischen, beim Wasserholen, auf dem Weg ins Waisenhaus, beim Einkaufen. Ich verlasse mich darauf, dass Gott mich schützt.«

»Bist du sicher, dass das genügt?«, fragte er sarkastisch.

Emily lachte. »Es ist so ziemlich das Sicherste, was ich mir vorstellen kann. Wenn er mich aus einem Hurrikan herausholen konnte, kann er mich auch vor einem verrückten Messerstecher schützen.«

Er merkte, dass es unmöglich sein würde, sie von ihrem Entschluss abzubringen, also griff er in die Tasche und bot ihr den Revolver an. »Nimm wenigstens das. Vorsicht, er ist geladen. Ich zeige dir, wie man damit umgeht.«

Sie griff zögernd danach. Aufmerksam beobachtete sie, wie man den Revolver sichern und entsichern musste und wie man ihn hielt, wenn man feuerte. Dann steckte sie ihn ein. »Wenn es dich beruhigt, nehme ich ihn gerne. Willst du mich nach Hause begleiten? Dann könnten wir noch ein Stück zusammen gehen.«

Sie schwiegen die meiste Zeit, während sie durch die abendlichen Straßen und Gassen gingen. Erst als das weiße Holzhaus in Sicht kam, blieb Emily stehen, drehte sich zu ihm und legte die flache Hand auf seine Brust. »Es ist sehr lieb von dir, dass du mich heimbegleitet hast. Schade, dass unser schöner Spaziergang am Strand so geendet hat. Können wir uns morgen sehen?«

»Ja, gerne. Ich freue mich darauf.«

»Morgen arbeite ich nur bis Mittag. Wenn du willst, kann ich danach ins *Tremont* kommen – gegen 13 Uhr.«

»Gut, aber ruf mich morgens an, sobald du im Waisenheim angekommen bist. Nur damit ich weiß, dass es dir gut geht. Ich mache mir Sorgen um dich.«

Er nahm ihre Hand in die seine und drückte einen Handkuss darauf. Emily lächelte und errötete ein wenig, als sie die Hand zurückzog. Dann drehte sie sich rasch weg und eilte auf ihr Haus zu.

4

Solange es noch hell war, hatte Emily keine Probleme damit, tapfer zu sein. Aber als allmählich die Dämmerung hereinbrach und die Farbe der einzelnen Gegenstände nach und nach verblasste wurde ihr unbehaglich zumute. Sicher, wenn Jens Lundquist es auf sie abgesehen hatte, dann konnte er sie überall erwischen, und zwar viel leichter als in ihrem eigenen Haus – zum Beispiel dann, wenn sie morgens die einsame Küstenstraße entlangradelte. Und doch schien die Dunkelheit alles noch schlimmer zu machen. Sie war froh, dass es im Haus elektrisches Licht gab, wenn auch nur eine einzige Leitung, die die Deckenlampe im Wohnzimmer speiste. Es tat gut, im Hellen zu sitzen. Wie schön wäre es gewesen, in allen Zimmern elektrische Lampen zu haben, und vor allem eine unter dem Vordach der Haustüre oder am Gartentor, wie die reichen Häuser am Broadway sie hatten. Aber Mrs. Lillebjöring war schon misstrauisch gewesen, als ihre Töchter sie dazu überredeten, die guten alten Petroleumlampen aus dem Wohnzimmer zu verbannen und stattdessen dieses gefährliche neumodische Zeug dort anzubringen. Zu mehr würde sie sich niemals überreden lassen.

Emily bemühte sich nach Kräften, ihre Mutter und Schwester nichts von den Sorgen merken zu lassen, die sie quälten. Nach dem Abendessen schlug sie vor, eine Partie Mühle zu spielen, ein Brettspiel, das der alten Frau immer großes Vergnügen machte. Damit waren sie bis gegen zehn Uhr beschäftigt. Dann wollte Mrs. Lillebjöring ins Bett und wünschte ihren Töchtern eine gute Nacht. Elsa ging mit ihr. Emily blieb noch eine Weile in der Küche zurück, spülte das Geschirr vom Abendessen, putzte die Messingstangen des Herdes und stellte den Feuerschirm vor das Herdloch, in dem die letzten Kohlenstücke glühten. Dann trat sie ans Fenster und blickte hinaus.

Die Nacht war mondlos und dunstig, und da in der schmalen Gasse auch keine Laternen brannten, war es, als blickte sie in einen Kohlensack. Sie konnte gerade noch dic weißen Blütenbüsche im Garten erkennen. Wenn sich jemand anschlich, würde sie ihn nicht einmal bemerken.

Sie schreckte zusammen, als Elsa von der Türe zur Diele her rief: »Was schaust du, Emily? Ist etwas?«

»Nein. Ich wollte nur sehen, wie das Wetter morgen wird.«

»Wahrscheinlich wieder heiß wie ein Backofen.«

»Nein, das glaube ich nicht. Der Himmel ist bedeckt. Vielleicht wird es kühler.«

»Das wird Mama freuen, sie ist schon krank von der endlosen Gluthitze. Gute Nacht, Emily.«

»Gute Nacht, Elsa.«

Sobald ihre Schwester verschwunden war, drehte sie das Licht ab, entzündete eine Kerze und stieg im schwachen Schimmerlicht die Hühnertreppe zu den beiden im ersten Stock liegenden Schlafzimmern hinauf. Sie roch die Hitze, die das trockene Holz des alten Hauses durchglühte. In ihrer Kammer angelangt, stellte sie den Kerzenleuchter auf den wackligen Nachttisch und setzte sich aufs Bett, um die Stiefel aufzuknöpfen. Dann hielt sie inne. Wenn Jens Lundquist nun wirklich kam? War es dann nicht besser, angekleidet zu sein? Vielleicht musste sie fliehen und sie konnte doch nicht im Nachthemd auf die Straße hinauslaufen!

Beschämt erinnerte sie sich, wie großartig sie Oscar erklärt hatte, sie verlasse sich völlig auf den Schutz des Allmächtigen. Lügnerin, die sie war! Jetzt, wo sie hier allein im schwachen Lichtschein der Kerze saß, hatte sie solche Angst, als gäbe es keinen Gott. Ihr Glaube erschien ihr plötzlich wie ein durchsichtiges Spinngewebe, das im stürmischen Wind ihrer Angst hilflos dahinflatterte und sich nicht wieder einfangen ließ.

Fast gleichzeitig aber wurde ihr klar, dass das nur eine Versuchung des Teufels war. Sie musste sich stärken, dann würde der Augenblick des Zweifels vorübergehen. Sie zog ihre Bibel unter dem Kopfkissen hervor, blätterte darin nach dem Psalter und begann zu lesen.

»Psalm 18,3: Herr, mein Fels, meine Burg, mein Erretter; mein Gott, mein Hort, auf den ich traue, mein Schild und Berg meines Heiles und mein Schutz!«

Augenblicklich fühlte sie sich wohler. Wie gut die alten Worte taten! Sie musste daran denken, wie unzählig vielen Menschen sie schon ein Trost gewesen waren. Eifrig las sie weiter, und bald gab die unsichtbare Klammer nach, die ihr Herz zerquetschen wollte.

Schlafen freilich konnte sie nicht. Sie schob, indem sie las, den Zeitpunkt immer weiter hinaus, wo sie sich ausziehen und ins Bett kriechen musste. Immer wieder tastete sie unter das Kissen, unter dem sie Oscars Revolver versteckt hatte. Würde sie es überhaupt fertigbringen, auf einen Menschen zu schießen, selbst wenn dieser ihr Leben bedrohte?

Allmählich wurden ihr beim Lesen die Lider schwer und die Zeilen verschwammen vor ihren Augen. Sie schob die Bibel zurück an ihren Platz und blies die Kerze aus. Auf dem Bauch liegend, umklammerte sie das Kissen, unter dem die heilige Schrift und der Revolver einträchtig nebeneinander lagen. Sie würde sich nicht auskleiden, sie würde so liegen bleiben und auf jedes verdächtige Geräusch rund ums Haus lauschen. Dabei musste sie nicht einmal die Augen offenhalten, denn sehen konnte sie in der Finsternis ohnehin nichts. Es genügte, wenn sie mit äußerster Aufmerksamkeit horchte.

Als sie die Augen wieder öffnete, schimmerte der helle Morgen durchs Fenster, und in den Bäumen sangen die Vögel.

6. SEPTEMBER

1

Am Morgen des 6. September war der gleißende Sonnenschein verschwunden. Oscar erwachte davon, dass in der Ferne Donner rumpelte. Er sprang erschrocken aus dem Bett und lief hinaus auf den Balkon. Zu seiner Erleichterung waren keine Gewitterwolken zu sehen, nur feine Schleier bedeckten den Himmel und verhüllten die Sonne. Das Gewitter, von dem der Donner kündete, musste in weiter Entfernung vorbeiziehen.

Es war erst halb acht Uhr, eine Zeit, zu der er sonst nie aufstand, aber einschlafen konnte er nicht mehr, also ging er ins Bad. Als er das Waschbecken mit Wasser füllte, fiel ihm auf, dass die Oberfläche rhythmisch erzitterte.

Er zog einen Hausanzug über und bestellte das Frühstück. Der Duft des frisch gebrühten Kaffees weckte Ronald, der wenig später im Morgenmantel aus seinem Zimmer kam. Nach einem Blick durch die offen stehende Balkontüre bemerkte er: »Das sieht nach Abkühlung aus. Jetzt könnte ich schon ein paar Tage Regen vertragen. Gerade genug, dass es kühler wird.«

»Wahrscheinlich wird es wieder nur ein Dampfbad.«

Sie aßen gemeinsam. Nach dem schönen Tag, den sie gemeinsam verbracht hatten, waren sie beide in friedfertiger Stimmung und plauderten leichthin über dieses und jenes. Sie waren fast fertig mit dem Frühstück, als das Telefon schrillte.

Oscar stand auf. »Das wird Emily sein.«

Es war jedoch der Empfangschef, der ihm mitteilte, dass eine Dame auf ihn wartete. Einen Augenblick lang dachte er, es sei Emily, die viel früher als erwartet ins Hotel gekommen war, vielleicht, weil ihr in der Nacht etwas zugestoßen war, aber da sagte der Mann: »Eine Mrs. Blanche Leibowitz, Sir, und eine Mrs. Kate Miller. Kann ich die Damen hinaufschicken?«

Oscar stand da wie erstarrt. Er hörte das Blut in seinen Schläfen pochen. Seine Stimme klang fremd und heiser, als er antwortete: »Wir sind noch nicht angekleidet. Bitten Sie die Damen, noch fünfzehn Minuten zu warten, und schicken Sie sie dann herauf.« Er legte mit zitternder Hand den Hörer auf.

Ronald sah ihn zugleich neugierig und besorgt an. »Was ist denn? Schlechte Nachrichten?«

»Das kann man wohl sagen. Blanche und ihre Mutter sind hier.«

»Verdammt!«

Oscar begann im Salon auf und ab zu laufen. »Was wollen sie hier? Wie kommen sie überhaupt her?«

»Vermutlich sind sie mit dem *Southern Glory* gekommen, genau wie wir.«

»Aber Blanche wollte nach New Orleans, um dort irgendeinen Arzt oder Therapeuten zu konsultieren!«

»Wo immer sie hinwollte, jetzt ist sie hier.« Ronald stand auf. Nichts in seinem Benehmen verriet, was er empfand, aber in seinen Augen stand eine mörderische Wut. »Ich ziehe mich erst einmal an.« Er verschwand in seinem Schlafzimmer.

Oscar ließ sich aufs Sofa fallen und starrte mit leeren Augen die Überreste des Frühstücks an. Die verzweifelte Sehnsucht nach einem Schluck Brandy regte sich in ihm. Das hätte ihm geholfen, sein inneres Gleichgewicht wiederzufinden. Blanche brauchte nicht zu wissen, wie niedergeschmettert er war. Da hatte sie ihn erst verlassen und der gesamten Bostoner High Society erzählt, dass er ein kindischer, unzuverlässiger Typ sei, und jetzt, wo er sie am wenigsten brauchen konnte, tauchte sie wieder auf!

Wieder schrillte das Telefon. Diesmal war es Emily. »Mir

geht es gut, Oscar. Ich bin schon im Waisenheim. Du brauchst dir keine Sorgen mehr zu machen.«

»Gut. Das erleichtert mich.«

»Was ist mit dir? Du klingst so fremd. Bist du krank?«

»Nein, nur verschlafen. Mach's gut. Wir sehen uns heute Mittag.«

Immer noch halb betäubt, ging er in sein Schlafzimmer und beeilte sich mit dem Ankleiden. Wegen Blanche hätte er sich deshalb keine Mühe gemacht, aber schließlich war da auch noch seine Schwiegermutter, Mrs. Miller. Was wollte die eigentlich hier? Aufpassen, dass Blanche keinen Skandal verursachte? Da würde sie alle Hände voll zu tun haben. Er wagte gar nicht daran zu denken, was alles passieren konnte. Jeder im *Tremont* würde sie schief anschauen. Er konnte es Ronald nicht verdenken, dass er vor Wut kochte. Eben noch hatte er gedacht, er hätte alle Hindernisse aus dem Weg geräumt, und jetzt erschien eine trunksüchtige Schwägerin, die ihn bei der gesamten Galvestoner Gesellschaft lächerlich machen würde. Seine Absicht, hier ein Geschäft zu eröffnen, konnte er jetzt vergessen.

An der Türe des Salons wurde gepocht.

Oscar atmete noch einmal tief durch und ging dann hin, um zu öffnen.

Als die Türe aufschwang, schlug ihm eine Wolke wogender Kleiderstoffe und penetranter Gerüche entgegen – zwei verschiedene Parfüms und ein Hauch Brandy. Die beiden Damen trugen Reisekleider, die jedoch nicht weniger gebauscht und gerafft waren als andere Kleider, nur aus dunkleren, weniger schmutzempfindlichen Stoffen. Sie blieben einen Augenblick lang im Türrahmen stehen und rauschten dann herein. Als Erste erschien Mrs. Miller, eine hoch gewachsene, immer noch sehr attraktive Frau, von der Blanche die veilchenblauen Augen, die kühne Adlernase und die rabenschwarzen Locken hatte. Als Besitzerin eines Rennstalls war sie eine begeisterte

Reiterin, und das sah man ihrem schlanken, jugendlich straffen Körper an. Ihr schwarzes Haar war gefärbt und ihr Gesicht zu stark geschminkt, aber alles in allem wirkte sie beträchtlich frischer als ihre 24-jährige Tochter.

Oscar war froh, dass in diesem Augenblick Ronald auftauchte. Er brauchte jede moralische Unterstützung, die er bekommen konnte. Er wusste, dass sein Bruder die beiden Besucherinnen am liebsten eigenhändig erwürgt hätte, aber Ronald verstand sich darauf, seine Gefühle für sich zu behalten. Kühl sagte er: »Das ist ein Überraschungsbesuch! Nehmt Platz. Ich rufe gleich den Zimmerkellner, damit er abräumt. Soll ich euch etwas bestellen?«

Mrs. Miller wollte Kaffee und Sprudelwasser, Blanche einen doppelten Brandy.

Oscar platzte wütend heraus: »Brandy? Es ist halb neun Uhr morgens!«

»Gibt es hier eine Vorschrift, dass man nur zu bestimmten Tageszeiten Brandy trinken darf?« Blanche blitzte ihn an. Ihre königlichen Züge verzerrten sich zu einer wütenden Grimasse. Sie schien in äußerst streitsüchtiger Stimmung zu sein. Wahrscheinlich hatte die strapaziöse Reise ihr den letzten Rest Freundlichkeit ausgetrieben.

»Nein, gibt es nicht, aber man kommt dadurch sehr schnell in den Ruf, eine Säuferin zu sein.«

Ronald ging zum Telefon. Über die Schulter hinweg sagte er: »Du kannst Brandy trinken, so viel du willst, aber ich bestelle ihn nicht für dich, und du wirst ihn auch nicht hier trinken. Ich zweifle nicht daran, dass du ein eigenes Zimmer gebucht hast.«

Blanche wollte auffahren, aber ihre Mutter legte ihr warnend die Hand auf den Arm. Schließlich schaffte es Mrs. Miller, ihre Tochter zu überreden, dass sie ebenfalls Kaffee bestellte. Blanche murrte vor sich hin und suchte in ihrem Beutel nach dem Fläschchen mit den Nerventropfen.

Oscar saß reglos da und betrachtete seine Frau. Ihm war zumute, als betrachtete er sie durch einen Zerrspiegel. Sie war da, aber sie war ihm fremd. Sein Blick glitt über die stolzen, vornehmen, vom Alkohol verwüsteten Züge ihres Gesichtes und über die teure und mondäne, aber unordentliche Kleidung. Seit ihrer vorletzten Begegnung – bevor man ihn in Professor Merckers Klinik gebracht hatte – war es rasend schnell mit ihr bergab gegangen, und sogar die Veränderung während der wenigen Tage seit ihrem kurzen Treffen in Boston war unübersehbar. Er fragte sich, was sie in New Orleans gemacht hatte und ob ihr Verfall nicht auch mit dem Aufenthalt dort in Zusammenhang stand. Vielleicht hatte sie sich ja von einer Voodoo-Zauberin behandeln lassen.

Sie saßen einander schweigend gegenüber, bis der Zimmerkellner abgeräumt und den frischen Kaffee serviert hatte. Sobald der Mann die Türe hinter sich geschlossen hatte, fragte Ronald mit einer Stimme, die vor Kälte klirrte: »Was hat euch so unvermutet hergeführt?«

Blanche funkelte ihn an. »Sprichst du für Oscar? Kann er nicht selbst fragen?«

Oscar seufzte. »Doch, das kann ich. Was hat euch so unvermutet hergeführt?«

»Ein Versuch, euch miteinander zu versöhnen.« Mrs. Miller nippte an ihrem Kaffee und musterte ihn über den Rand der zierlichen Tasse hinweg.

Oscar spürte, wie seine Zähne knirschten. »Mich braucht niemand zu versöhnen. Es war deine Tochter, die mich verlassen und allen Leuten erzählt hat, was für ein armer Narr ich bin.«

»Ja, ich weiß. Aber damals warst du ja auch in einem … einem sehr peinlichen Zustand. Jetzt geht es dir wieder gut und wir können vernünftig miteinander reden.«

»Nicht, solange Blanche in einem sehr peinlichen Zustand ist.«

»Wenn sie zu viel getrunken hat, dann war das deine Schuld«, erklärte die energische Mrs. Miller in einem Ton, der keinen Widerspruch duldete. »Es ist Aufgabe eines Ehemannes auf seine Frau zu achten. Du hättest es nie so weit kommen lassen dürfen, dass ein Problem daraus wird. Stattdessen hast du Blanche in dein liederliches Leben mit hineingezogen.«

»Ich? Deine Tochter war schon für ihren wilden Lebenswandel verrufen, als sie noch gar nicht wusste, dass es mich gibt.«

Ronald mischte sich ein. »Streitet nicht.« An Blanche gewandt, fügte er hinzu: »Wieso willst du dich gerade jetzt mit Oscar versöhnen?«

Sie wandte sich ärgerlich von ihm ab. »Ich wüsste nicht, was dich das angeht, aber ich werde es Oscar sagen.« Sie blickte den jungen Mann voll an. »Du wirst Vater.«

Er war so verblüfft über diese Mitteilung, dass er nur dasaß und sie anstarrte.

Blanche fuhr eilig fort, als fürchtete sie seine Aufmerksamkeit zu verlieren: »Ich war in New Orleans bei einem Arzt. Er hat mir bestätigt, dass ich im vierten Monat schwanger bin. Das schriftliche Attest habe ich bei mir.«

Langsam kehrte Oscars Fähigkeit, klar zu denken, zurück. Er schämte sich, gewisse Dinge vor seinem Bruder aussprechen zu müssen, aber es blieb ihm nichts anderes übrig. »Und ich soll der Vater sein? Du warst doch diejenige, die ganz Boston erzählt hat, dass ich ein Schwächling bin, und das war nicht einmal gelogen. Ich war schon vor einem Jahr krank und nicht mehr in der Lage, ein Kind zu zeugen.«

»Meistens ja«, erwiderte Blanche in einem Ton, der ihm die Schamröte ins Gesicht trieb. »Aber gelegentlich auch wieder nicht. Dass du dich nicht mehr erinnern kannst, wundert mich nicht, so betrunken, wie du warst, aber ich habe mir diese seltenen Gelegenheiten notiert. Und die Zeit passt genau.«

Er hatte das Gefühl in Treibsand zu versinken. »Das glaube ich nicht.«

»Was auch immer du glaubst, Oscar«, mischte sich Mrs. Miller ein, »du bist Blanches Ehemann, und es ist deine Pflicht dich um sie zu kümmern. Du wirst doch keinen Wert auf einen Skandal legen? Oder du, Ronald? Bedenke, was das für den Ruf der Firma Leibowitz bedeuten würde!«

Ronald grinste bösartig. »Auf einen Skandal mehr oder weniger kommt es auch nicht mehr an. Mrs. Miller, ich habe stark den Verdacht, dass Sie und Ihre Tochter ein falsches Spiel spielen. Blanche ist eine verheiratete Frau, sie bekommt ein uneheliches Kind, und um den Skandal abzuwenden, der Ihrer Familie dadurch droht, soll Oscar zu ihr zurückkehren und das Kind als seines akzeptieren.«

»Es *ist* seines«, zischte Blanche.

Ronald ignorierte sie und sprach weiter mit Mrs. Miller. »In dem Fall glaube ich Oscar, denn Professor Mercker hat bei der klinischen Untersuchung eindeutig festgestellt, dass er schon seit gut einem Jahr vor seiner Einlieferung nicht mehr in der Lage gewesen sein kann, seine … hm … ehelichen Pflichten zu erfüllen.«

Oscar bemühte sich, sich nichts anmerken zu lassen, aber insgeheim dachte er: Was redete Ronald da zusammen? Er hatte mit dem Professor wohl über diese Dinge gesprochen, war aber nie untersucht worden, und Mercker hatte auch nie ein Attest ausgestellt. Dann begriff er, dass sein Bruder ihn schützen wollte. Und es wirkte, denn Mrs. Miller geriet sichtlich aus der Fassung. Sie stammelte: »Das … das müsste noch genauer geprüft werden. Ein Außenstehender kann über solche Dinge, die zwischen Eheleuten geschehen, kein Urteil abgeben.«

»Es geht hier um die Feststellung eines medizinischen Sachverhalts, und dafür ist ein so berühmter Nervenarzt wie Professor Mercker auf jeden Fall qualifiziert.«

Mrs. Miller richtete sich majestätisch auf. »Das mag sein, wie es will. Blanche ist hierher gekommen, um sich mit ihrem Gatten zu versöhnen. Sie hat das Scheidungsbegehren bereits zurückgezogen. Jetzt ist es an Oscar, den nächsten Schritt zu tun. Es würde einen furchtbaren Skandal entfachen, wenn es bekannt wird, dass ein Leibowitz seine schwangere Frau vor die Türe gesetzt hat – mit der Begründung, dass er impotent ist und deshalb nicht der Vater des Kindes sein kann!« Und zu Oscar und Blanche gewandt fuhr sie fort: »Wenn ihr euch einigt, ist alles wieder in Ordnung. Zerwürfnisse kommen in einer jungen Ehe manchmal vor. Ihr seid beide impulsiv und unüberlegt … Alles lässt sich wieder einrenken.«

Oscar hatte das Gefühl zu ersticken. Die schwüle Luft im Zimmer schien ihm so dick, dass er sie nicht einatmen konnte. »Nein«, antwortete er entschlossen. »Nichts lässt sich wieder einrenken. Dann werde ich jetzt die Scheidung einreichen. Ich will nicht mehr mit Blanche zusammen sein. Meine Gesundheit, mein Leben hängt davon ab, dass ich nie wieder trinke. Und das kann ich nicht mit einer trunksüchtigen Frau an meiner Seite.«

Die beiden Frauen blickten ihn feindselig an. Blanche wollte etwas sagen, aber Mrs. Miller bedeutete ihr zu schweigen. Sie erhob sich und blickte ihren Schwiegersohn von oben herab an. »Vielleicht ist unser Besuch zu überraschend gekommen. Du brauchst Zeit, um mit der Situation fertig zu werden. Kein Problem. Wir haben vor, eine Weile in Galveston zu bleiben, zumindest so lange, bis …«

»Bis auch die gute Gesellschaft hier ihren Skandal hat«, fiel Ronald wütend ein. »Um Himmels willen, warum verschwindet ihr nicht einfach? Ich versuche ein Geschäft aufzubauen und muss mich stattdessen mit lauter Verrückten herumschlagen!«

Mrs. Miller nahm den Arm ihrer Tochter. »Wir haben die Suite Nummer 32 gebucht, im vierten Stock. Oscar, du kannst jederzeit bei uns vorbeischauen.« Damit schritt sie zur Türe und zog Blanche mit sich. Im nächsten Augenblick waren sie draußen.

Oscar ließ sich auf das Sofa fallen, dass die Sprungfedern knarrten. »Ich fasse es nicht!«

»Es müsste dich doch freuen, dass du wenigstens als Notnagel noch gut genug bist.« Jetzt hatte auch Ronald Schwierigkeiten, seine Wut zu beherrschen. »Das hat sich diese alte Schlange Kate Miller ausgedacht! Sie rechnet damit, dass sie uns und Vater einschüchtern kann, indem sie mit einem Skandal droht und gleichzeitig sentimental wird. Und du weißt, dass Vater da sehr leicht angreifbar ist. Er würde sich über ein Enkelkind freuen. Er würde die Augen davor verschließen, dass es vielleicht gar nicht sein Enkel ist. Und natürlich hat Mrs. Miller Recht: Die Leute würden vergessen, dass Blanche dich verlassen hat, und nur noch davon reden, dass du sie verstoßen hast.« Er holte tief Atem und wandte sich frontal Oscar zu. »Was wirst du tun?«

»Was ich gesagt habe. Ich kann nicht mit einer Trinkerin leben.« Er lehnte sich ins Sofa zurück und rieb sich mit beiden Händen die Schläfen. »Selbst wenn da nicht Emily wäre, möchte ich mit Blanche nichts mehr zu tun haben. Dazu war ich bereits entschlossen, als ich noch in Professor Merckers Klinik war. Ich will lieber einen Skandal durchstehen als mein eigenes Grab schaufeln.« Er stand auf. »Ich mache einen Spaziergang. Vielleicht komme ich dadurch ein bisschen zur Ruhe.«

2

In der Gefängniszelle Nr. 3 erwachte Edgar Falstad aus einem unruhigen Schlaf; er fühlte sich, als habe er die ganze letzte Nacht kein Auge zugetan. Er war einfach zu wütend gewesen, um zu schlafen. Eine Zeit lang hatte er versucht, seine Wut an den beiden Polizisten auszulassen, die Schicht in der Polizeiwache taten, aber die beiden waren so dickhäutig, dass kein Fluch und keine Beschimpfung sie aus ihrer Lethargie aufwecken konnte. Sie hatten sich nur immerzu Notizen gemacht, wahrscheinlich, um sie dem Richter als Beweis vorzulegen, wie unflätig er sie beschimpft hatte. Deswegen saß er ja auch hier fest – weil er die Burschen, die ihn verhaftet hatten, mit Füßen getreten und verflucht hatte. Widerstand gegen die Staatsgewalt.

Er stand von seiner Pritsche auf und ging an das Gitter, das die Zelle vom Korridor trennte. Auf jeder Seite dieses Korridors lagen vier Zellen, von denen nur drei besetzt waren. In Galveston war die Verbrechensrate niedrig. In der einen Zelle schlief ein hünenhafter Schwarzer seinen Rausch aus, in der anderen saß ein kleiner Kerl mit einem Gesicht wie eine Ratte und in einem Aufzug, der ihn als Landstreicher auswies, und las in einem zerfledderten Buch.

Edgar hämmerte gegen die Stäbe, bis ein Polizist erschien und fragte, was er wollte.

»Raus will ich, Hurensohn, was denn sonst? Wollt ihr mich hier verschimmeln lassen?«

Der Polizist, ein großer Mann mit einem dicken, roten Gesicht und kleinen braunen Augen grinste. »Ein bisschen Geduld noch, heiliger Mann. Setz dich wieder hin und freu dich aufs Frühstück. Und sag nicht noch einmal Hurensohn zu mir.« Dabei zog er blitzschnell seinen Knüppel hervor und schlug Edgar so hart auf die um die Stäbe geklammerten Finger, dass der aufbrüllend in der Zelle herumtanzte.

Der Polizist lachte, aber seine braunen Knopfaugen waren kalt und boshaft. »Das wird dir eine Lehre sein«, sagte er. »Und jetzt hör auf zu brüllen.«

Edgar gehorchte. Er setzte sich hin und steckte die schmerzenden Hände zwischen die Knie, während er beinahe erstickte an seinem Hass. Dieser fiese Hund! So ohne Vorwarnung zuzuhauen! Aber das hätte er sich denken können. Ein lächelnder Polizist war immer einer, der einen dicken Knüppel zur Hand hatte.

Er schloss die Augen und begann sich hin und her zu wiegen, wie er das immer tat, wenn die Fluten des Hasses über ihm zusammenschlugen. Lautlos betete er. »Vernichte die Ungerechten, oh Herr, lass ihre Wege finster und unsicher werden …«

3

Kurz vor 13 Uhr kehrte Oscar ins *Tremont* zurück. Er hatte sich in der Stadt müde gelaufen, war aber einer Lösung seiner Probleme keinen Deut näher gekommen. Seine einzige Hoffnung war, dass Blanche die Idee einer Versöhnung, so rasch wie sie ihr gekommen war, wieder fallen lassen würde. Sie war ungemein sprunghaft; was sie heute unbedingt haben wollte, war ihr morgen schon gleichgültig. Aber da war auch noch Mrs. Miller und die wusste, was sie wollte, und war energisch genug es durchzusetzen.

Nein, er würde nicht zu Blanche zurückkehren, koste es, was es wolle.

Erst als er in die kühle Halle des *Tremont* trat, wurde ihm bewusst, in welcher dumpfen Hitze er draußen herumgelaufen war. Ihn schwindelte. Der kaum abgeheilte Sonnenbrand auf seiner Nase juckte wieder. Er ging zur Rezeption und bat, Miss Lillebjöring, die nach ihm fragen würde, in die Teestube zu schicken, er würde dort auf sie warten.

Er atmete auf, als er den Raum betrat, der durch die vielen Topfpalmen und Bananenstauden angenehm klimatisiert wurde. Ein wenig zittrig ließ er sich an einem der weißen Gusseisentischchen nieder und bestellte eine doppelte Portion

Eistee. Er hatte während seines langen Spaziergangs keinen Tropfen getrunken und merkte, wie ihm die Flüssigkeit fehlte. Das war eines der Probleme eines Ex-Trinkers, auf das Professor Mercker ihn aufmerksam gemacht hatte. Der Körper gewöhnte sich an Unmengen Flüssigkeit und rebellierte, wenn er nicht das gleiche Quantum an Wasser bekam, das er vorher an Alkohol bekommen hatte.

Tatsächlich ging es ihm besser, nachdem er die Hälfte des fruchtigen Getränks, in dem Eiswürfel und Zitronenscheiben schwammen, getrunken hatte. Jetzt konnte er mit klarem Kopf überlegen, was er Emily sagen sollte. Konnte er ihr Blanches Ankunft kurzerhand verschweigen und hoffen, dass sich der gordische Knoten durchhauen ließ, bevor sie etwas davon bemerkte? Aber sie hatte schon bei dem Telefonat am Morgen entdeckt, dass etwas nicht stimmte, und wenn sie ihn sah, würde sie es erst recht herausfinden. Er würde es nicht schaffen, seinen Schrecken und seinen Zorn vor ihr zu verbergen. Und wenn er log und sie ihm dahinter kam, würde sie böse auf ihn sein – sehr böse.

Es half nichts, er musste ihr die Wahrheit sagen. Und er wusste genau, was sie darauf antworten würde: Wenn seine Frau sich versöhnen wollte, durfte er ihr diesen Wunsch nicht abschlagen, und schon gar nicht durfte er sie mit ihrem ungeborenen Kind davonjagen.

Er schlug wütend mit der geballten Faust in die offene Hand. Würde Emily es wenigstens verstehen, wenn er ihr sagte, dass sein Leben in Gefahr war? Dass er in die Tiefen des Wahnsinns stürzen würde, wenn er es nicht schaffte, abstinent zu bleiben? Doch, sie würde es verstehen. Aber sie hatte ihm ihre Ansichten zur Ehe dargelegt, und er wusste, dass er sie nicht davon abbringen würde. Auf keinen Fall würde sie eine Beziehung mit ihm eingehen, solange Blanche die Ehe fortführen wollte, aus welchen zwielichtigen Gründen auch immer.

»Oscar?«

Er fuhr aus seinen düsteren Gedanken hoch. »Emily!«

Sie ließ sich neben ihm nieder, wobei sie mit einer Hand kokett ihr Matrosenkleid rafffte. Die wenigen Gäste der Teestube starrten sie neugierig an. Oscar dachte daran, dass er so, wie sie aussah, mit ihr selbst in der Bostoner High Society Staat machen könnte, auch wenn man dort die Nase über eine Handarbeitslehrerin rümpfte. Elegant genug war sie allemal.

»Was möchtest du trinken?«

»Ich hätte gerne ein Eis. Und ein großes Glas Wasser.«

Er bestellte das Eis und überlegte, wie er das Gespräch anfangen sollte. Aber gerade, als er einen guten Einstieg gefunden hatte, sagte eine vertraute Stimme hinter ihm: »Ach, also das ist der Grund, warum du keine Versöhnung willst!«

Er fuhr so erschrocken herum, dass er sein Glas vom Tisch fegte. Es zerbrach klirrend und eine blassorange Pfütze Eistee rann über den Tisch. Im Eingang der Teestube stand Blanche. Sie hatte sich großartig herausgeputzt, trug ein weißes Reitkleid mit bis unters Kinn geknöpfter Bluse und einen kleinen, schräg auf ihren schwarzen Locken sitzenden Dreispitz; aber falls sie vorhatte, zu reiten, würde sie Mühe haben auf das Pferd zu steigen – sie hielt sich mit einer Hand am Türpfosten fest und schwankte trotzdem bedenklich. Vorsichtig einen Fuß vor den anderen setzend kam sie näher und betrachtete Emily aus wässrigen Augen. Mit belegter Stimme fragte sie: »Hast du die kleine Schlampe erst hier aufgegabelt oder hast du sie schon länger?« Sie lachte kurz auf, und an Emily gewandt, fügte sie hinzu: »Sie werden enttäuscht von ihm sein, Schätzchen, mein Mann hat es sogar vom Arzt bestätigt bekommen dass er ein totaler Versager ist – aber vielleicht wissen Sie das ja schon.«

Emily erhob sich steif von ihrem Platz. »Ich glaube, Ihnen ist nicht wohl, Mrs. Leibowitz«, erklärte sie mit unnachahmlicher Würde. »Sie sollten auf Ihr Zimmer gehen und sich ein Weilchen niederlegen.« Zu Oscar sagte sie: »Ich gehe wohl besser.«

Er sprang hastig auf. »Ich gehe mit dir. Wir müssen miteinander reden.« In aller Eile griff er nach ihrem Arm und steuerte sie neben sich her zwischen all den Stühlen und Tischchen durch zum Ausgang. Fast waren sie schon draußen, als er hinter sich einen wütenden Aufschrei hörte und etwas über seine Schulter hinwegflog, das klirrend auf dem Boden zerschellte. Er wandte sich nicht um, hörte nur, wie einige der anderen Gäste aufsprangen und offenbar bemüht waren, die tobende Blanche zu beruhigen. Dann hatten Oscar und Emily es geschafft, hatten die Halle durchquert und das Hotel verlassen. Er hielt nicht an, sondern drängte Emily auf die Treppe zu, die zum Strand hinunterführte.

Sie tauchten im Menschengewimmel unter. Zu den Galvestonern kamen die vielen Urlauber, die sich in der Stadt aufhielten, und die ebenso zahlreichen Geschäftsleute, die tageweise vom Festland herüberkamen, um sich mit den hiesigen Kunden zu treffen. Trotz des trüben Wetters und der beklemmenden Schwüle war der weiße Sand voll von Menschen, die ihren Verdauungsspaziergang machten oder ihre am Wasser spielenden Kinder beaufsichtigten.

Erst als sie ein ganzes Stück vom Hotel entfernt waren, fand Oscar Worte. »Nun? Weißt du jetzt, warum ich nicht mehr mit ihr zusammen sein will?«

»Wie kommt sie hierher?«

Ihm blieb nichts anderes übrig, als ihr alles zu erzählen.

Emily ging, die Hände auf dem Rücken verschränkt, mit gesenktem Kopf neben ihm her und lauschte aufmerksam. Zuletzt, als er zum Ende gekommen war, fragte sie: »Und du bist sicher, dass es nicht dein Kind ist? Du willst es nicht nur ableugnen, weil es dir lästig wäre?«

Oscar war tief beschämt, sodass er anfänglich nach Worten suchen musste. Er blieb stehen und wandte sich dem Meer zu. Ihm fiel auf, dass das Wasser unruhiger war als in den Tagen zuvor, obwohl nur ein sehr schwacher Wind wehte. Der

Strand, sah er, war deutlich schmaler als am Vortag, der Wasserstand beträchtlich höher. Die Wellen hüpften gegeneinander wie spielende Hunde, sie trugen Gischt auf den Kronen und klatschten laut, wenn sie auf die Pfosten der Badestege trafen. Den Blick starr auf die tanzenden Wellen gerichtet, sagte er: »Du hast gehört, was sie mir an den Kopf geworfen hat. Es ist die Wahrheit. Es geht mir schon seit einem Jahr so.«

Zu seiner Überraschung griff Emily daraufhin nach seiner Hand und drückte sie zärtlich. »Mach dir keine Gedanken deshalb. Du wirst wieder ganz gesund werden. Es ist ja noch nicht so lange her, dass du zu trinken aufgehört hast. Dein Körper braucht etwas Zeit, sich zu erholen.« Nachdenklich fügte sie hinzu: »Dann hat sie dich also angelogen?«

»Ja. Aber wie soll ich das beweisen? Da sie zurückkommen will, wird es nicht leicht sein, eine Scheidung durchzusetzen, es sei denn, ich kann ihr Ehebruch nachweisen. Aber ich war sechs Wochen im Krankenhaus, wie soll ich da wissen, mit wem sie sich getroffen hat? Und ihre Mutter deckt sie. Die Millers wollen um jeden Preis vermeiden, dass die Sache ans Licht kommt.«

Schweigend gingen sie weiter, immer noch Hand in Hand. Der Strand um sie summte von fröhlichem Geplauder und dem vergnügten Quietschen der Kinder, die vor den Wellen davonliefen und ihnen dann, wenn sie sich zurückzogen, wieder nachrannten. Gelegentlich stach ein langer Sonnenstrahl durch die Dunstschicht, aber insgesamt waren die Schleier am Himmel dichter und dunkler geworden.

Schließlich sagte Emily: »Es muss sehr peinlich für dich sein, wenn sie sich so aufführt.«

»Natürlich. Und bei ihr passiert so etwas andauernd. Du kannst dir nicht vorstellen, wie wütend Ronald ist. Sie macht uns nicht nur im Hotel unmöglich, sondern wird es vor der gesamten High Society von Galveston tun.« Er blieb abrupt stehen und hielt sie an den Armen fest. »Emily, du musst mir helfen. Du musst bei mir bleiben. Ich habe dich so lieb gewonnen und du bist mir eine solche Stütze …«

Sie machte sich mit sanften, aber entschlossenen Griffen los. »Wir sind Freunde und das werden wir immer sein, aber solange du verheiratet bist, ist dein Platz bei deiner Frau.«

»Ich werde mich scheiden lassen. Ich werde ihr nachweisen, dass das Kind von einem anderen Mann ist.«

»Wenn du das getan hast, reden wir weiter.«

»Um Himmels willen, Emily! Sei nicht so puritanisch! Du hast Blanche in Aktion erlebt. Meinst du, mit einer solchen Frau zusammenzuleben ist eine Ehe?«

»Sie ist die Frau, die du geheiratet hast. Niemand hat dich dazu gezwungen.«

»Damals wusste ich doch nicht, dass sie so …« Er brach ab. Es war eine Lüge. Natürlich hatte er es gewusst. Verlegen gestand er: »Es war noch nicht so schlimm wie heute, aber sie hatte schon einen schlechten Ruf. Ich auch. Also haben wir gut zusammengepasst. Aber als ich in der Nervenklinik war und der Professor mir sagte, beim nächsten Rausch würde ich in ein unheilbares Delirium verfallen, da habe ich mir geschworen neu anzufangen. Ich bin erst vierundzwanzig, ich kann es noch schaffen, etwas aus meinem Leben zu machen. Aber du musst mir helfen.«

Sie blieb stehen. Mit entschlossener Stimme antwortete sie: »Nein. Gott wird dir helfen und du selbst musst dir helfen. Es nützt dir nichts, wenn du jetzt eine neue Beziehung anfängst, noch bevor die alte gelöst ist, du bist dann sowohl mir als auch Blanche untreu. Sicher, ich weiß, dass es sehr gefährlich für dich sein wird, dein Leben wieder mit ihr zu teilen. Kannst du nicht noch eine Weile in der Nervenklinik verbringen? Oder in einem Sanatorium? Dort hättest du Ruhe vor ihr.«

Der Vorschlag missfiel ihm aufs Äußerte. Gereizt murrte er: »Eine schöne Alternative – entweder mit Blanche verrückt werden oder zurück ins Narrenhaus!« Dann fasste er ihren

Ellbogen. »Komm, dort vorne sind die Restaurants. Du hast dein Eis noch nicht gegessen und ich werde langsam müde. Ich bin den ganzen Vormittag in der Stadt herumgelaufen, um einen klaren Kopf zu kriegen.«

Emily zögerte, gab aber dann nach.

Sie stiegen die wellige Böschung zu den Restaurants hinauf. Draußen auf dem Wasser tutete eine Schiffspfeife, und als Oscar sich unwillkürlich umdrehte und nach dem Schiff sah, registrierte er überrascht, dass die Wellen beträchtlich rauer geworden waren. Sie wirkten nicht mehr wie spielende Hunde, sondern wie böse, bissige Hunde, die an den Pfosten hochsprangen und mit weißen Gischtzähnen nach den Lampen schnappten. Er war froh, die unmittelbare Nachbarschaft des Wassers verlassen zu können.

Das Lokal, das sie wählten, war halb leer. Die Mittagsgäste waren gegangen und für die Leute, die Kaffee, Kuchen und Eis bestellten, war es noch zu früh. Oscar und Emily fanden einen Platz auf der Terrasse, von der sie ein breites Stück Strand überblicken konnten. Oscar war froh, dass die Sonne sich versteckte. Er fühlte sich nicht richtig wohl. Die Aufregungen des Tages machten ihm zu schaffen, beschleunigten seinen Herzschlag und trieben ihm bei jeder Bewegung den Schweiß auf die Stirn. Ein erfrischender Lufthauch wäre herrlich gewesen, aber selbst wenn der Wind wehte, bewegte er nur die schwüle Luft hin und her, ohne sie abzukühlen.

Plötzlich überkam ihn Verzweiflung. Er wusste, dass er Emily nicht würde umstimmen können. Wahrscheinlich würde sie ihm in Zukunft überhaupt aus dem Weg gehen, schon allein deshalb, damit es zu keinen weiteren Szenen mit Blanche kam. Aber ohne sie fühlte er sich verloren. Sie hatte etwas in sein Leben gebracht, das er seit Jahren vermisste, und nun verschwand es wieder, ließ eine Wüste zerstörter Hoffnungen und geplatzter Träume zurück. Er wusste, dass er sich selbst bemitleidete und schämte sich.

»Was machen wir jetzt?«, fragte er, nachdem der Kellner das Eis und die Zitronenlimonade gebracht hatte. Es hörte sich so kläglich an, dass er sich selbst verachtete.

Emily löffelte langsam an den rosa und braunen Kugeln in der Glasschale. Dann hob sie den Kopf und blickte ihn an. »Oscar, ich habe dich sehr gerne. Mehr als das. Ich liebe dich – eigentlich schon seit Indianola.« Sie lächelte in den Mundwinkeln. »Damals habe ich mir vorgenommen, dich zu heiraten, wenn ich einmal groß bin. Aber da rechnete ich nicht damit, dass du eine andere heiraten würdest.«

Sein Herz hämmerte vor Aufregung. »Wenn du mich so liebst wie ich dich –«

»Warte. Ich wollte sagen: Was ich fühle, hat nichts damit zu tun, was recht ist. Wenn du meinen Rat willst, dann versuche deine Frau zu bewegen, dass sie sich behandeln lässt. Du hast es geschafft, nüchtern zu werden, vielleicht schafft sie es auch. Das ist doch der Hauptgrund, warum du mit ihr nichts mehr zu tun haben willst, nicht wahr?«

Darüber hatte er noch gar nicht nachgedacht, vielleicht deshalb nicht, weil Blanche nicht die geringste Absicht erkennen ließ, das Trinken aufzugeben. Wenn sie nüchtern wurde, würde er dann die Ehe mit ihr weiterführen können? Oder war das einzige Fundament dieser Ehe, dass sie gemeinsame Laster hatten? Wer war Blanche Miller überhaupt, wenn sie nicht betrunken war? Wer war sie gewesen, bevor der trübe Schleier sich über ihr ganzes Wesen breitete?

»Ja, das ist der Hauptgrund. Aber es gibt auch noch andere Gründe. Sie ist Teil eines Lebens, mit dem ich nichts mehr zu tun haben möchte.«

»Vielleicht könnt ihr beide neu anfangen.«

Er fuhr hoch. »Verdammt noch mal, Emily, warum machst du dich zu ihrer Anwältin? Sie hat dich als Schlampe beschimpft, und du hast nichts anderes zu tun, als darüber zu grübeln, wie sie glücklich werden könnte.«

»Ich wollte eigentlich *dir* helfen.«

Mit einem Seufzer lehnte er sich in den Rohrstuhl zurück und schloss die Augen. Es hatte keinen Sinn. Einen Augenblick lang war er überglücklich gewesen, als sie ihm gesagt hatte, dass sie ihn auch liebte, aber dann hatte sie sich von ihm zurückgezogen hinter die Mauer ihrer Frömmigkeit. Wozu hatte er sie aus den Klauen dieses falschen Heiligen befreit? Konnte sie ihm nicht wenigstens helfen, sich von Blanche zu befreien? Aber das wollte sie nicht. Lieber brachte sie ihr eigenes Herz zum Schweigen, schnürte ihre Liebe zu ihm ab, als ihre Grundsätze zu brechen. Und er konnte ihr nicht einmal einen Vorwurf machen. Eine Emily, die mit ihm zusammenlebte, obwohl er noch verheiratet war, wäre nicht mehr die wirkliche Emily.

»Ich denke, ich werde dann nach Hause gehen«, sagte sie.

»Willst du mich jetzt nicht mehr sehen?«

»Doch. Ich habe ja auch zugestimmt, dass du mich hier besuchen kommst, obwohl ich wusste, dass du verheiratet bist. Aber es muss dir klar sein, dass wir nur gute Freunde sein können.«

Nun, das war immerhin etwas. »Danke«, antwortete er mit leiser Stimme.

Sie verließen das Lokal und er begleitete sie bis nach Hause, aber sie sprachen nicht mehr viel miteinander. Nachdem Oscar sich von ihr verabschiedet hatte, überlegte er einen Augenblick lang, ob er eine Droschke nehmen sollte, entschied sich aber dann dafür, zum Strand zurückzukehren und am Wasser entlang zum Hotel zu spazieren. Er brauchte Ruhe, um nachdenken zu können, und wenn er erst einmal im *Tremont* war, würde er auf Nadeln sitzen, weil Blanche jeden Augenblick an seine Zimmertüre hämmern und ihm eine Szene machen konnte.

Er wollte eben die Böschung hinuntersteigen, als ihm auffiel, dass die Schar der Spaziergänger viel spärlicher geworden war. Es spielten auch keine Kinder mehr am Wasser. Dann sah er, was der Grund war. Aus den bissigen Hunden der Wellen waren graue Wölfe geworden, die an den Pfosten hochschnellten und bis über die Bretter der Stege hinwegklatschten.

Er legte den Weg zum Hotel auf der Promenade zurück.

4

Ronald Leibowitz saß, barfuß und in einen losen Hausanzug gehüllt, auf dem Balkon der Suite, hielt einen Klemmblock auf den Knien und machte sich Notizen. Er war tief in Gedanken versunken. Die Dinge liefen aus dem Ruder und er wusste nicht, ob er sie jemals wieder unter Kontrolle bringen konnte. Wie sollte er es anstellen, Blanche und ihre Mutter daran zu hindern, dass sie hier einen Skandal entfachten? Den ersten Ärger im Hotel hatte es bereits gegeben. Der Empfangschef hatte ihn angerufen und ihm mit diskret gesenkter Stimme mitgeteilt, seine Frau fühle sich nicht wohl. Ronald hatte heftig protestiert, dass es sich nicht um seine Frau, sondern die seines Bruders handle, aber dann war er doch in die Teestube gegangen und hatte versucht, Blanche dazu zu bewegen, dass sie auf ihr Zimmer ging. Sie war wütend und trotzig gewesen und hatte darauf bestanden, die Teestube nicht eher zu verlassen, als bis der Kellner ihr den Champagner servierte, den man ihr angesichts ihres Zustandes verweigert hatte. Es hatte endlos gedauert, bis er sie die Treppe hinauf und zu ihrer Suite begleitet hatte, und Dutzende neugierige Augen hatten ihn dabei beobachtet. Oben angekommen, wollte sie unbedingt, dass er ihr Champagner bestellte, und als er sich weigerte, hatte sie ihn wüst beschimpft. Er war wirklich froh gewesen, als Mrs. Miller von ihrem Einkaufsspaziergang zurückkehrte und sich um ihre Tochter kümmerte.

Und es gab keinen Weg, sie davon abzuhalten, dass sie noch weitere solcher Szenen machte. Natürlich würde sich die Geschichte verbreiten wie ein Lauffeuer. Für die reichen Leute in Galveston war die Familie Leibowitz damit zu einer Ansammlung von Narren geworden, mit denen niemand mehr Geschäfte machen wollte. Ihr Ruf war gründlich ruiniert, und die Frage war nur, wie viel er für sich persönlich daraus retten konnte.

Einem plötzlichen Entschluss folgend, stand er auf, rief beim Empfang an und verlangte eine Verbindung mit einer Bostoner Nummer. Er wusste nicht, wie spät es jetzt in Massachusetts war, vielleicht würde er Rachel aus dem Schlaf wecken, aber es war schließlich ihre Zukunft genau wie seine, und sie war eine kluge Frau. Sie hatte ihn schon vor einem Jahr gewarnt, dass Samuel ihm den Boden unter den Füßen wegziehen würde, wenn er zu einem ernsthaften Konkurrenten für ihn wurde. Sie würde ihm auch jetzt einen guten Rat geben können.

Die meisten Leute sahen in Rachel nur eine schöne und liebenswerte Frau, die sich nach alter jüdischer Tradition ausschließlich um den Haushalt und die Kinder kümmerte. Ronald hatte immer schon mehr in ihr gesehen. Ihm war es nicht darauf angekommen, eine schöne Frau zu heiraten, sondern eine, auf die er sich in allen Lebenslagen verlassen konnte, die bedingungslos zu ihm hielt, ganz gleich, wie sehr ihnen der Wind ins Gesicht blies.

Ungeduldig wartete er jetzt auf den Rückruf der Telefonvermittlung.

Sein Vater war damals nicht begeistert gewesen, als er ein Mädchen aus ehrbarer, aber unbedeutender Familie zu heiraten begehrte. Er hatte dem Sohn zugeredet, er könne doch unter den Töchtern der besten Häuser von Boston wählen, was auch zweifellos stimmte. Aber Ronald hatte gewusst, dass er richtig investierte. Er war ein Makler gewesen, der scheinbar wertlose Aktien kaufte in dem Wissen, dass sie sich eines Tages als Goldgrube erweisen würden.

Das Telefon klingelte. »Ihre Verbindung nach Boston, Sir.«

Es wurde ein langes Gespräch und als Ronald schließlich den Hörer einhängte, war ihm leichter zumute. Rachel hatte ihm gezeigt, durch welche Lücke er aus dem Netz schlüpfen konnte. Das Schicksal hatte es gar nicht so schlecht mit ihm gemeint, als es die beiden verrückten Weiber schickte. Er hatte jetzt einen ausgezeichneten Grund, warum es mit dem Projekt Galveston nichts wurde. Weder konnte der alte Samuel seinem Ältesten vorwerfen, er hätte versagt, noch gab es einen Grund, ihn hier im tiefsten Süden festzunageln. Wenn er sich darüber ärgerte, konnte er seinen Ärger ja an Blanche und ihrer Mutter auslassen.

Vor sich hinlächelnd, kehrte er auf den Balkon zurück und betrachtete die Stadt, die sich unter ihm ausbreitete. Leb wohl, Galveston. Der Ort hatte zweifellos seine Vorzüge, sehr viele sogar, aber Ronald war jetzt klar, dass er sich im Süden nie wohlgefühlt hätte. Es war einfach nicht seine Welt. Er war durch und durch Neuengländer. Und außerdem musste er vor Ort bleiben, falls der Alte noch einmal versuchte, ihn auszutricksen.

Eigentlich, dachte er, könnten er und Oscar ihre Sachen packen und den nächsten Zug in Richtung Norden nehmen. Aber dagegen würde Oscar, der bei seiner Liebsten bleiben wollte, aufs Heftigste protestieren. Und die beiden Frauen würden sich nicht abhängen lassen, sondern kurzentschlossen ebenfalls ihren Aufenthalt abbrechen und ihnen in den Zug folgen. Bei dem Gedanken, die ganze lange Reise in Gesellschaft von Blanche und ihrer Mutter zurückzulegen, wurde ihm übel.

Nein, er würde es anders machen. Er würde offiziell bekannt werden lassen, dass sie am Montag mit dem *Southern Glory* zurückreisen wollten, der gegen Mittag von Galveston abfuhr. In Wirklichkeit jedoch würden sie einen Frühzug nach Houston nehmen, dort einen Tag bleiben und dann am Mittwoch mit dem Express nach Boston reisen. Dann konnten die beiden Quälgeister am Bahnhof stehen und ihnen nachschauen. Es sah zwar nach Feigheit vor dem Feind aus, aber es würde ihm eine Menge Nerven sparen. Außerdem hatte Oscar dann Zeit, sich noch einmal in aller Ruhe von Emily zu verabschieden.

Plötzlich hielt Ronald still. Er hatte sich gegen die Wand gelehnt, während er auf den Strand hinausblickte, und nun spürte er etwas im Rücken – ein Kribbeln, von dem er erst nicht recht wusste, woher es kam. Dann wurde es deutlicher. Eine Druckwelle lief durch das Gebäude, lief von den Fundamenten ausgehend die Mauer hinauf und berührte dabei seinen daran lehnenden Rücken. Rhythmisch, wie ein schwerer Atemzug nach dem anderen, rollten die Stöße durch das Gemäuer des *Tremont Hotels*. In seinen bloßen Füßen, mit denen er auf dem Klinkerboden stand, fühlte er die gleichmäßigen Stöße ebenso deutlich. Es war ein unheimliches Gefühl und er stieß sich von der Mauer ab und kehrte in sein Zimmer zurück.

VIERTER TEIL:
7. UND 8. SEPTEMBER 1900

7. SEPTEMBER

1

Dr. Isaac Cline hatte in der Nacht auf Freitag nur unruhig geschlafen. Obwohl er keinen triftigen Grund angeben konnte, wurde er das Gefühl nicht los, dass etwas nicht stimmte – dass eine Gefahr im Verzug war, die sich mit seinen Instrumenten und Kenntnissen nicht erfassen ließ. Als er zum Frühstück in die Küche kam, blickte Cora ihn besorgt an. »Du siehst schlecht aus, Isaac. Macht dir die Hitze so zu schaffen?«

Er dachte, dass sie selbst schlecht aussah. Sie hatte bläuliche Schatten um die Augen und ihre Haut wirkte wie Pergament. Rasch sagte er, um sie nicht mit Sorgen zu bedrücken: »Nein, nein, es ist alles in Ordnung. Schlecht geschlafen, das ist alles.«

»Ich glaube, allmählich schlafen alle Leute schlecht. Es ist einfach schon zu lange heiß. Aber wenigstens ist ordentlich Wind aufgekommen, der vertreibt die dicke Luft.«

Wind.

Er ging zur Türe, öffnete sie und blickte hinaus. Tatsächlich Wind. Und ein recht kräftiger Nordostwind obendrein. Das war merkwürdig. Er musste unbedingt zum Strand und sich ansehen, was dort los war.

Cora rief: »Dein Kaffee wartet, Isaac. Möchtest du Brötchen oder Pfannkuchen?«

»Keins von beiden, nur Kaffee. Ich kann im Büro frühstücken.«

Er kippte den Kaffee fast in einem Zug hinunter und eilte in den Schuppen, in dem sein Einspänner wartete. Der Apfelschimmel wieherte freudig, als er ihn aus dem Stall führte und ihm einen Apfel fütterte. Er spannte ein und fuhr zum Levy-Gebäude.

Er stieg die vier Stockwerke zu seinem Büro hinauf, warf einen Blick hinein – Blagden war da und arbeitete bereits an der Acht-Uhr-Wetterkarte – und stieg weiter hoch bis zum Dach, wo sich die vier Becher des Anemometers in fliegender Eile drehten.

Dr. Cline las das Barometer ab. Der Luftdruck war im Vergleich zur vorigen Nacht gesunken, jedoch nur um geringfügige 3,3 Hektopascal. Die Temperatur war unverändert hoch, 29 Grad schon am frühen Morgen.

Er notierte und kodierte die Werte für das übliche Telegramm nach Washington, schickte es jedoch nicht sofort ab. Eine ganze Weile stand er da, zwirbelte gedankenverloren seinen Schnurrbart und ging im Geiste alle die Kennzeichen durch, die auf einen heftigen Sturm hinwiesen, vielleicht sogar auf einen Hurrikan. Seine Besorgnis hielt sich aber in Grenzen, in ihm überwog die Überzeugung, dass kein Sturm Galveston ernsthaften Schaden zufügen könne. Zu diesem Schluss war er gekommen, nachdem er die einzigartige Geographie des Golfs und ihre Auswirkung auf das Wetter in diesem Gebiet genauestens analysiert hatte, und er hielt daran fest; aber er wollte dennoch nichts versäumen. Gab es irgendetwas, was auf einen schweren Sturm hindeutete? Nein. Nichts. Weder der Himmel noch die Instrumente, noch die bisherigen Telegramme aus Washington gaben Anlass einen Sturm zu befürchten. Die üblichen Zeichen, die das Nahen eines Hurrikans ankündigen, waren nicht vorhanden. Der Himmel war dunstig, aber es zeigte sich keine Spur des roten »Ziegelstaubhimmels«, der als sicheres Vorzeichen eines Wirbelsturms galt. Auch die gefürchteten bunten »Hahnenschwanz«-Wolken waren nicht zu sehen.

Er kehrte ins Büro zurück und rief John Blagden zu: »Ich fahre zum Strand.«

Dort angekommen, maß er mit der Uhr die Dünung. Er achtete auf ihre Form, ihre Farbe und auf den Bogen, den sie beschrieb, wenn sie im Sand auslief. Sie war jetzt noch heftiger geworden und drückte Meerwasser in die Straßen, die dem Strand am nächsten waren. Nicht viel, nur ein paar Zentimeter. Das bisschen Wasser behinderte nicht einmal den Verkehr. Trotzdem – irgendetwas stimmte nicht. Normalerweise hielten vom Land zum Meer wehende Winde Brandung und Flut niedrig, aber jetzt stiegen beide trotz des frischen Nordostwinds an. Dieses Muster war Dr. Cline neu und er fand keine Erklärung dafür.

Nachdenklich und beunruhigt kehrte er ins Büro zurück und setzte ein Telegramm an das zentrale Wetteramt in Washington auf. Vielleicht wussten die Kollegen dort mehr. Er schloss mit dem Satz: »Derart hohen Wasserstand bei entgegengesetztem Wind nie zuvor beobachtet.«

2

Im Polizeigefängnis waren jetzt nur noch zwei Zellen besetzt. Der betrunkene Schwarze hatte seinen Rausch ausgeschlafen und war heimgeschickt worden. Der Landstreicher las in seinem Buch. Edgar, der immer ungeduldiger wurde, schritt in seiner Zelle auf und ab, bis er es nicht mehr aushielt und nach den Polizisten brüllte. Als einer erschien – zu seiner Erleichterung war es nicht der Mann mit dem roten Gesicht und dem Schlagstock – fragte er, wann er entlassen würde. »Wie lange wollt ihr mich noch hier sitzen lassen?«

Der Beamte zuckte die Achseln. »Bis der Richter Zeit für dich hat und das wird frühestens nächste Woche sein. Setz dich hin und gib Ruhe, dann vergeht die Zeit schneller.«

Edgar fuhr auf. »Ich will verdammt noch mal jetzt raus!«

Der Polizist grinste ihn an. »Das willst du, aber wir wollen nicht. Hättest du uns nicht getreten, dann könntest du jetzt in Ruhe deine Predigt halten.« Er kam näher, wobei er sich aber sorgfältig außerhalb der Reichweite von Edgars großen Händen hielt. »Wir haben noch eine Rechnung offen, heiliger Mann. Die Jungs haben nicht vergessen, wie du sie getreten und beschimpft hast. Der Richter ist eine Sache, aber dazu kommt noch, dass du mit uns auch noch eine ganz persönliche Rechnung begleichen musst. Also mach jetzt nicht noch mehr Ärger.«

Edgars Augen wurden schmal. Er wusste genau, was der Polizist meinte. Sie würden irgendwann im Lauf des langen, stillen Wochenendes kommen, um ihm eine Abreibung zu verpassen für die Tritte, Schläge und Beschimpfungen, die sie von ihm kassiert hatten. Gut, sollten sie kommen. Er war gerade in der Stimmung für eine ordentliche Rauferei. Auch wenn sie in der Übermacht waren und letztendlich gewinnen würden, so sollten sie ihm doch nicht ohne ein paar ordentliche blaue Flecken davonkommen. Trotzdem sagte er: »Das ist gegen das Gesetz.«

Der Polizist grinste amüsiert und zog sich zurück.

Edgar spürte, wie die Wut in ihm hochstieg. Er packte mit beiden Händen die Stäbe und brüllte ihm nach: »Herr, vernichte die sich wider deinen Diener erheben, zerschlage ihre Gebeine, blende ihre Augen …«

»Halt's Maul!, schrie der Landstreicher. »Ich will lesen.«

Edgar bedachte ihn mit einigen zusätzlichen Flüchen und schrie weiter.

Ein Polizist kam mit einem Eimer Schmutzwasser, das er mit Schwung durch die Gitterstäbe leerte. Edgar war rechtzeitig bis an die Wand zurückgesprungen, um dem Schwall zu entgehen, aber er bekam doch einiges ab, und auf dem Boden seiner Zelle stand eine riesige Lache.

Der Polizist schob einen Mopp durch die Stäbe und stellte den Eimer davor hin. »Da, wisch auf. Und lass kein Geschrei mehr hören, sonst passiert noch mehr.«

Edgar war so außer sich vor Wut, dass er mit den Zähnen knirschte. Seine Augen verdrehten sich, bis das Weiße sichtbar wurde. Er erstarrte am ganzen Körper. Die Worte, die er nicht auszusprechen wagte, drangen als ein stimmloses Zischen und Pfauchen über seine von Speichel glänzenden Lippen. Nach einer Weile fiel er lang und steif auf seine Pritsche hin und blieb dort liegen, ohne sich zu rühren.

Der Landstreicher klagte: »Der Kerl ist wahnsinnig, Officer, der gehört in ein Irrenhaus! Ich habe Angst vor ihm.«

»Keine Bange«, sagte der Polizist. »Wir kriegen ihn schon klein.«

Wenig später mussten sie aber zu dritt kommen, denn da hatte Edgar sich schon wieder erholt. Anstatt aufzuwischen, hielt er den langen Stiel des Mopps wie einen Speer und stach damit zwischen den Gitterstäben heraus. Die drei Polizisten mussten hin und her springen, um nicht getroffen zu werden, bis schließlich zwei von ihnen den Stiel packten und ihn Edgar aus den Händen rissen. Er lachte höhnisch und bleckte die Zähne.

Die drei blickten ihn wütend an. »Warte nur«, sagte einer von ihnen. »Wir haben Zeit.«

3

Emily erwachte nach einer Nacht voll beunruhigender Träume mit heftigen Kopfschmerzen. Sie hoffte, es würde besser werden, wenn sie erst einmal aufgestanden war und sich mit kaltem Wasser gewaschen hatte, aber der Schmerz hielt sich hartnäckig. Also setzte sie ihre Hoffnung auf den Kaffee und die frische Luft. Es war immer noch heiß und wolkig, aber wenigstens blies jetzt ein scharfer Wind, der die Schwüle vertrieb.

Als sie in die Küche hinunterkam, sah sie mit einiger Überraschung, dass Elsa bereits wach war. Sie stand an der

Spüle und war damit beschäftigt ein Handtuch im kalten Wasser einzuweichen.

»Was machst du denn?«

Elsa wrang das Handtuch aus. »Mutter fühlt sich nicht wohl. Ich habe ihr schon ein Glas Wasser gebracht und mache ihr jetzt eine kalte Kompresse.«

»Ich bringe ihr den Kaffee dann ins Schlafzimmer.«

Während Emily den Kaffee aufsetzte, dachte sie: Das Wetter schlägt um, deshalb habe ich Kopfschmerzen und Mutter ist krank. Wahrscheinlich würde die endlose Hitzewelle ein dramatisches Ende in einem gewaltigen Gewitter nehmen. Seltsamerweise waren aber keine Gewitterwolken zu sehen, keiner der charakteristischen schwarzen Türme mit den Spitzen, die wie ein Amboss geformt waren. Und der Nordostwind war kalt.

Sie trank zwei Tassen Kaffee, musste aber feststellen, dass das auf ihre Kopfschmerzen keinerlei Einfluss hatte. Vielleicht war es ja auch gar nicht das Wetter, das sie krank machte, sondern der Kummer. Am Abend zuvor hatte sie sich in den Schlaf geweint.

Es erschien ihr nur richtig, dass sie ihren bescheidenen schwarzen Rock mit der hoch geknöpften Bluse trug. Die schönen Tage waren vorbei. Das Matrosenkleid würde sie nie wieder anziehen. Sie würde es zusammenfalten, in Seidenpapier packen und aufheben zur Erinnerung an eine kurze Zeit, in der sie sehr glücklich gewesen war.

Energisch schwang sie sich auf ihr Fahrrad und trat in die Pedale, als könnte sie den Aufruhr in ihrem Inneren damit beschwichtigen.

Sie war früh dran, also hatte sie Zeit genug, dem Wetteramt einen Besuch abzustatten. Immer mehr hatte sie das Gefühl, dass etwas nicht stimmte, etwas, das weit über ihren persönlichen Kummer hinausging. Der Druck lastete jetzt nicht nur auf ihrem Kopf, sondern auch auf ihrer Brust. War der Luftdruck so extrem niedrig? Und was bedeutete das Zusammenspiel von frühmorgendlicher Hitze und den eisigen Windstößen zwischendurch?

Emily bremste ihr Fahrrad vor dem Levy-Gebäude und lehnte es an das Geländer der Stufen, die zum Eingang hinaufführten. Sie stieg die Treppen hinauf und merkte mit unbehaglichem Erstaunen, dass sie kurzatmig wurde, was ihr noch nie passiert war.

Im Büro traf sie John Blagden im Gespräch mit einem graubärtigen Kapitän, der wissen wollte, ob sein Schiff auslaufen konnte; das Wetter gefiele ihm gar nicht. Blagden suchte ihn zu beruhigen. Es gäbe keine Hinweise auf ein gefährliches Unwetter, höchstens ein paar Sturmausläufer könnten über den Golf hinwegziehen.

Der Alte knurrte ihn an: »Verdammt noch mal, Junge, das sind die dicksten Ausläufer, die du je gesehen hast! Ich sage dir, das Wetter stinkt, da können eure Instrumente und Telegramme sagen, was sie wollen! Ich bleibe im Hafen!« Und damit stampfte er wütend zur Türe hinaus.

Emily sah ihm nach. »Der war aber schlecht gelaunt.«

Blagden lachte. »Ja, ist mit dem falschen Fuß aufgestanden, der alte Knasterbart. ›Das Wetter stinkt!‹ Das ist vielleicht eine wissenschaftliche Art, sich auszudrücken! Aber die alten Teerjacken können sich nicht an eine wissenschaftliche Meteorologie gewöhnen, die sehen lieber nach, ob sich der Klabautermann zeigt. Und Sie, Fräulein Emily? Wollen Sie wissen, ob Sie mit Ihren Waisenkindern ein Picknick veranstalten können?«

»Nein, für Picknicks sind die Nonnen zuständig.« Sie lächelte ihn an. »Ich will nur wissen .... ich weiß nicht, wie ich es ausdrücken soll, aber irgendetwas ist merkwürdig. Ich habe seit gestern Kopfweh, was ich sonst selten habe, und alles ... alles fühlt sich irgendwie falsch an, der Wind, das Meer, die Sonne.«

Blagden wies auf die Instrumente. »Die sagen, es ist alles in Ordnung, und sie irren sich nie.«

Emily blieb beharrlich. »Warum habe ich dann Kopfweh?«

»Zu viel getrunken?«, neckte er sie.

Sie machte eine empörte Bewegung, als wollte sie ihre Handtasche nach ihm werfen, und lachte. »Das ist sicher nicht der Grund. Nein. Ist wirklich alles in Ordnung?«

Er zögerte kurz, dann gab er zu: »Die Flut und die Brandung sind zu stark, sagt Dr. Cline. Der Wind müsste sie niederdrücken, aber sie sind höher als gewöhnlich.«

»Und woher kommt das?«

Blagden zuckte die Achseln. »Das weiß der Chef auch nicht. Aber es muss nicht allzu viel zu bedeuten haben, die Meteorologie ist schließlich voll von kleineren Unregelmäßigkeiten. Und was das Kopfweh angeht, so kommt es wahrscheinlich von der starken Sonne.«

»Ich habe immer einen Hut auf.«

»Es kann trotzdem davon kommen. Schließlich haben wir seit Wochen außergewöhnlich hohe Temperaturen, das verkraftet der Körper nicht.«

Sie blieb hartnäckig. »Wie sieht's in Kuba aus?«

»Die hatten einen heftigen Tropensturm, der aber inzwischen auf den Atlantik hinausgezogen ist – wie üblich.« Er stand auf und machte Anstalten, das Büro zu verlassen, um nach dem Anemometer zu sehen.

Emily verabschiedete sich und stieg die Treppen wieder hinunter. Sie war nicht zufrieden mit der Antwort, die sie bekommen hatte. Warum hatte Dr. Cline, der sonst alles wusste, keine Erklärung für die ungewöhnlich hohe Flut? Auch wenn das Barometer normale Werte anzeigte, schien es ihr, dass ihr Kopfweh mit einem niedrigen oder fallenden Luftdruck zusammenhing; jedenfalls hatte sie dieselbe Art Kopfweh immer gehabt, wenn sich ein Sturm näherte. Aber was war das für ein Sturm, der sich von den Instrumenten nicht fassen ließ? Dass

Dr. Cline sich beim Ablesen geirrt hätte, war undenkbar; außerdem waren da ja auch noch sein Bruder Joseph und John Blagden, die beide die Messungen überprüften. Was für ein Ungeheuer lauerte da draußen, das allen wissenschaftlichen Messungen aus dem Wege ging? Wenn es einen Sturm gab, der sich nicht messen ließ, musste es ein außergewöhnlich bösartiger und heimtückischer sein. Es war ja absurd, zu denken, ein Sturm könnte etwas wie ein beseeltes Wesen sein – Dr. Cline hätte diese Anschauung aufs Entschiedenste verworfen. Aber man brauchte nur den alten Kapitänen zuzuhören, wie sie von Stürmen redeten, die sie mitgemacht hatten, um zu merken, dass sie sich eine Art Dämon vorstellten, wenn auch vielleicht unbewusst. Sie redeten von Unwettern, die am Horizont *lauerten*, sich *heranschlichen*, ihre *Opfer forderten* und erst *zufriedengestellt* waren, wenn sie eine gewisse Anzahl von Schiffen mit Mann und Maus verschlungen hatten.

4

Oscar hatte ebenso schlecht geschlafen wie Emily. Immer wieder war er aufgewacht, weil er sich einbildete, Blanche schlage gegen die Tür, und wenn er schlief, träumte er, dass er wieder getrunken hatte. Er hockte an einer Bar, die von einem Ende bis zum anderen mit leeren Cocktailgläsern bedeckt war, und neben ihm kauerte Blanche, sah ihn aus schrecklich hohlen Augen an und flüsterte: »Jetzt kommt das Delirium zu uns beiden.«

Um halb sieben hielt er es nicht mehr im Bett aus. Er zog sich an und beschloss, einen Spaziergang zu machen. Zu frühstücken hatte er keine Lust.

Er verließ das Hotel und blieb an der Stelle des Vorplatzes stehen, von der man aufs Wasser hinaussah. Ein scharfer, kalter Wind fegte an ihm vorbei in Richtung Golf, ohne die Hitze spürbar zu mindern. Das Meer war noch ungestümer als am vergangenen Abend. Am Pier schienen die Wellenkämme der Brandung beinahe die über dem Wasser aufgehängten Lampen zu berühren. Er hatte gehofft, der dumpfe Druck in seinen Schläfen würde nachlassen, wenn er ins Freie ging, aber es schien eher noch schlimmer zu werden. Vielleicht hätte er doch nicht ohne Frühstück aus dem Haus gehen sollen.

Er schlenderte die Promenade entlang, bis er auf ein einfaches Café stieß, das bereits geöffnet hatte. Der Duft von frisch aufgebrühtem Kaffee, gegrillten Würstchen und frisch gebackenen Pfannkuchen erfüllte den Raum. Ein paar Arbeiter saßen in einer Ecke und aßen ihr Frühstück. Oscar setzte sich ans Fenster. Das aufgewühlte Meer war von hier aus deutlich zu sehen. Als die Bedienung kam, bemerkte er: »Das sieht ja rau aus da draußen.«

Die Kellnerin warf einen gleichgültigen Blick hinaus. »Ja, nicht wahr? Wahrscheinlich kriegen wir ein Unwetter.«

»Macht Ihnen das keine Sorgen?«

Sie lachte. »Ey, man sieht, dass Sie nicht von hier sind. Wir haben hier jede Menge Unwetter, aber wir haben sie noch alle überstanden.«

Das klang so beruhigend, dass er ein beträchtliches Trinkgeld neben seiner Tasse liegen ließ.

Als er wieder ins Freie trat, sah er, dass inzwischen einige weitere Lokale aus ihrem Dornröschenschlaf erwacht waren. Zumindest die Putzfrauen waren schon am Werk.

Das Wasser im Hafenbecken hatte die Schiffe so hoch angehoben, dass ihre Decks bereits die Lagerhäuser überragten. Alle Schiffe waren fest vertäut, viele hatten den Anker ausgeworfen und mit Ketten die dicken Kabeltaue verstärkt, mit denen sie am Kai festgemacht waren. Alle hatten ihre Kessel angeworfen, um der Flut gegenzusteuern, und standen unter Dampf. Mächtige schwarze Rauchwolken quollen aus ihren Schornsteinen und jagten in südlicher Richtung über *The Strand*.

Oscar lehnte sich an das hölzerne Geländer und starrte auf das brodelnde Meer hinaus. Er kam sich lächerlich vor, weil er anscheinend als Einziger Angst hatte, während die Galvestoner sich vom Aufruhr der Wellen nicht aus der Ruhe bringen ließen. Wahrscheinlich lachten sie insgeheim über den furchtsamen Yankee. Sie waren das Meer gewohnt, sie hatten keine Probleme damit, auch wenn es einmal schlecht gelaunt war.

Plötzlich tippte ihm jemand auf die Schulter, und als er sich umwandte, blickte er genau in Samuel Youngs großes, offenes Gesicht. »Nun, junger Mann?«, rief der Direktor, dessen dichtes Haar im Wind loderte. »Sehen Sie jetzt, dass ich recht hatte?«

Oscar begrüßte ihn höflich und fragte: »Womit hatten Sie recht?«

»Mit dem Sturm natürlich.« Young wies mit einer lebhaften Gebärde auf das unruhige Wasser hinaus, während er im Ton eines Professors, der eine Vorlesung hält, dozierte. »Beachten Sie die Vorzeichen! Die Brandung ist heftig, der Wasserstand ungewöhnlich hoch, obwohl das Wasser bei Nordwind in der Regel niedrig steht und der Golf so glatt ist wie die Bucht. Jetzt bin ich sicher, dass ein Hurrikan naht; das würde auch den hohen Wasserstand erklären.«

Oscar schreckte auf. »Sie meinen, wir müssen ernstlich mit einem Hurrikan rechnen?«

»Nicht *wir*, junger Mann, nicht wir. Ich nehme an, dass der Sturm in Richtung Nordwesten zieht.«

»Sind Sie sicher?« Oscar lächelte schief, als er seine Ängste preisgab. »Ich glaube, noch einen Hurrikan würde ich nicht lebend überstehen. Ich leide jetzt noch an der Angst, die mir der Sturm in Indianola eingejagt hat.«

»Mit einem schweren Gewitter müssen Sie vielleicht rechnen, aber ich denke nicht, dass dieser Hurrikan uns gefährlich werden kann. Er hat zwar Kuba kräftig durchgebeutelt, aber er kommt nicht einmal in unsere Nähe.«

»Ich kann mir nicht vorstellen, wie man diese häufigen Unwetter aushält«, sagte Oscar atemlos. »Haben Sie nie daran gedacht, aus Galveston wegzuziehen?«

»Nein, junger Mann, nie.« Der Direktor zündete eine Zigarre an und schützte die Glut mit der hohlen Hand, bis sie ordentlich brannte. Er paffte große blaue Rauchwolken in den Wind. »Das ist mein Zuhause. Ich bin hier geboren. Mein Haus hat schon meinen Eltern gehört. Man verlässt nicht so leicht den Ort, an dem man geboren wurde. Würden Sie aus Boston wegziehen?«

»Wenn ich dreimal im Jahr beinahe ertrinken würde, ja«, entgegnete Oscar entschieden. »Ich hänge nicht besonders an meiner Heimatstadt.«

»Das ist schade, da verpassen Sie ein schönes Gefühl. Aber Sie brauchen nicht ängstlich zu sein, wir haben bisher noch jeden Sturm heil überstanden.«

Oscar atmete auf. Aus irgendeinem Grund traute er Direktor Young mehr Fachwissen zu als Dr. Cline, oder eher – er traute ihm eine bessere intuitive Einschätzung zu, was Stürme anging. Deshalb beruhigte es ihn, dass Young zwar einen Sturm erwartete, diesen jedoch in sicherer Entfernung in Richtung Mississippi vorbeiziehen sah. Allenfalls ein paar regenschwere Ausläufer würden Galveston treffen und für tagelanges Schmuddelwetter sorgen.

»Sie sagen, er ist auf dem Weg nach Nordwesten?«

Young zuckte die Achseln. »Wo er sich genau befindet, lässt sich nur vermuten. Das Wetteramt ist keine Hilfe. Alles, was man seinen Verlautbarungen entnehmen kann, ist, dass ein wie auch immer gearteter Sturm existiert. Irgendwas, irgendwo, irgendwie. Über einen tropischen Wirbelsturm hat das Amt bisher nichts gesagt. Aber nach meiner Meinung muss es einer sein.« Er klopfte Oscar fröhlich auf die Schulter. »Kommen Sie doch mit zu mir nach Hause! Ich will Ihnen etwas zeigen. Zu meiner eigenen Befriedigung und auf die Bitte einiger

Freunde hin habe ich eine Karte gezeichnet, auf der ich Herkunft, Entwicklung und wahrscheinlichen Kurs des Sturms grafisch dargestellt habe. So etwas ist mein kleines Hobby, obgleich Dr. Cline es immer gerne belächelt, und ich kann sie ihnen gerne einmal zeigen.«

»Heute habe ich keine Zeit«, antwortete er. Er hatte jetzt keine Lust, sich die Wetterkarten des Baumwollmaklers anzusehen.

»Dann morgen, hm?«, insistierte der Direktor. »Kommen Sie so gegen sechzehn Uhr und bringen Sie Fräulein Emily mit! Machen Sie einem alten Mann die Freude. Mir ist langweilig. Meine Familie ist auf Urlaub in San Antonio, und ich weiß nicht, was ich mit meiner Zeit anfangen soll.«

Oscar überlegte. Er konnte nicht gut ablehnen, wenn er nicht unhöflich sein wollte, und es schien ihm auch gar keine schlechte Idee, auf diese Weise den Nachmittag mit Emily zu verbringen. Sie würde wahrscheinlich gerne bereit sein, ihren alten Freund zu besuchen. Dann mochte Young ihnen seine selbst gezeichneten Karten zeigen, so lange er wollte. Wenn er nur mit Emily beisammen war, konnte ihn nichts langweilen.

»Dann komme ich gerne. Aber es ist besser, Sie laden Fräulein Emily persönlich ein. Dann wird sie lieber kommen, als wenn ich es ihr sage.«

»Aber natürlich, mein Junge. Dann also morgen um sechzehn Uhr.«

8. SEPTEMBER

1

Oscar stellte fest, dass er nicht schlafen konnte. Von den vielen unruhigen Nächten seines Lebens war diese die bislang schlimmste gewesen. Er musste trotz Direktor Youngs beruhigender Worte pausenlos an den Hurrikan denken, der draußen im Golf lauerte. Mit Anbruch des Tages kam der Wunsch in ihm auf, an den Strand zu fahren und mit eigenen Augen zu sehen, wie es dort zuging.

Er stand noch in der Dämmerung auf, zog sich an und weckte vor dem *Tremont* einen verschlafenen Droschkenkutscher mit dem Auftrag, ihn zum Strand in der Nähe der Brücken zu bringen. Die ganze Nacht hatte er an diese filigranen Brücken denken müssen, die sich wie stählerne Spinnennetze über die Brandung spannten.

Am Wetter hatte sich nicht viel geändert. Das Thermometer am Ausgang des Hotels hatte eine Temperatur von dreißig Grad angezeigt. Der kalte Wind blies noch immer und war deutlich stärker geworden. Der Himmel war von dichten, schieferfarbenen Regenwolken bedeckt.

Die Droschke rumpelte über die Holzbohlen der Straße, die zu den Badehäusern führte. Schließlich hielt der Kutscher an. »Ist es hier richtig, Sir?«

»Ja, danke.« Er bezahlte und machte sich daran, zum Wasser hinunterzusteigen. Der Wind fauchte ihm gelegentlich so wütend ins Gesicht, dass er die Augen zukniff. Sand wirbelte auf. Die Wimpel auf den hölzernen Türmchen der Badehäuser flatterten, als wollten sie sich jeden Augenblick losreißen. Er sah, wie die Wellen das Eisenbahnviadukt attackierten. Sie krachten wie nasse Peitschen auf die Schienen und explodierten in schneeweißer Gischt wie Fontänen an den Pfeilern. Auch an die Badehäuser schlugen wütende Wellen und brachten, wie es Oscar schien, die hoch angebrachten Stege ins Wanken.

Als er unten beim Wasser ankam, sah er, dass zwei Männer bereits vor ihm angekommen waren. Sie standen ein Stück voneinander entfernt und taten, als bemerkte einer den anderen nicht. Der eine, der zwischen der Uhr in seiner Hand und dem Meer hin- und herschaute, war Dr. Isaac Cline, der andere sein Konkurrent, Direktor Young. Beide waren zweifellos aus dem gleichen Grund wie Oscar gekommen.

Er beeilte sich, an Direktor Youngs Seite zu kommen.

»Es sieht schlimm aus, nicht wahr?«, wandte er sich an den Hobbymeteorologen. Der Wind riss ihm die Worte vom Mund und er wiederholte sie schreiend.

Der nickte nur. »Ich bin jetzt sicher, dass uns ein schwerer Sturm bevorsteht, wahrscheinlich auch eine Überschwemmung. Ich werde meiner Frau sicherheitshalber ein Telegramm schicken, sie soll in San Antonio bleiben, bis ich ihr grünes Licht gebe, nach Galveston zurückzukehren. Diesmal dürfte es rauer werden als sonst … wahrscheinlich bekommen wir die Ausläufer des Hurrikans zu spüren, der im Golf draußen sein Unwesen treibt.« Dann wandte er sich an Oscar. »Meine Einladung gilt natürlich immer noch. Sie können den Sturm dann gerne bei mir aussitzen, mein Haus ist sehr solide gebaut und steht auf ein Meter dreißig hohen Backsteinsäulen, da sind Sie sicher wie in Abrahams Schoß – und Sie werden ein Spektakel erleben, das Ihnen zeitlebens in Erinnerung bleiben wird.«

»Ich danke! Ich habe so etwas schon einmal erlebt, und es reicht mir in der Tat für den Rest meines Lebens.«

»Ach ja, das sagten Sie ja!«, rief der Direktor, der jetzt bemerkte, dass er nicht eben feinfühlig gewesen war. »Aber glauben Sie mir, der beste Weg, mit solchen Ängsten fertig zu werden, ist, sich ihnen zu stellen! Sie müssen sich dem Sturm stellen. Es wird schon nicht zu arg werden und Sie können hinterher sich selber ins Gesicht sehen und sagen: Damals war ich ein Kind, aber jetzt bin ich ein Mann!« Schlau fügte er hinzu: »Das ist sicher auch Fräulein Emilys Ansicht.«

»Ja, da haben Sie gewiss recht.« In Wirklichkeit war Oscar absolut nicht der Meinung, dass der Mann von der Baumwollbörse recht hatte. Er hatte nicht vor, sich dem Unwetter zu stellen. Er würde kneifen. Seit gestern war alles nur immer schlimmer geworden. Er hielt den bloßen Gedanken, bei einem Tropensturm, auch wenn es nicht gleich ein Hurrikan war, auf dieser flachen Insel zu sein, nicht aus. Ronald musste ihm das nötige Fahrgeld geben und er würde nach Boston zurückkehren, was immer dort auf ihn wartete. Alles, nur kein zweites Indianola.

2

Emily kam gerade am Levy-Gebäude vorbei, als sie den Telegrafenboten der Western Union heraneilen sah. Sofort sprang sie vom Rad, lehnte es an die Mauer und lief dem Mann nach. Sie kam gerade rechtzeitig, um zu sehen, wie er John Blagden ein Telegramm überreichte und dazu sagte: »Von Direktor Willis Moore vom Nationalen Wetteramt in Washington.«

Emily beobachtete neugierig, wie Blagden es aufriss und mit einem Ausdruck der Überraschung das Gesicht verzog.

»Was steht drinnen?«, fragte sie.

Blagden übersetzte ihr den kodierten Text. »Sie sind nicht sicher, ob der Sturm aus Kuba noch im Golf ist oder schon auf den Atlantik hinausgezogen ist, aber wir sollen auf jeden Fall die Sturmflagge hissen.« Er bückte sich und entnahm einer Lade die Fahne. Emily sah ihm nach, wie er die steile Treppe zum Dach hinaufkletterte. Gleich darauf flatterte die Sturmflagge des Amtes, ein karmesinrotes Quadrat mit einem kleineren schwarzen Quadrat in der Mitte, an der Fahnenstange und warnte die Schiffe und Fischerboote davor, in den Golf auszulaufen.

»Also doch ein Sturm«, erklärte Emily triumphierend.

Blagden winkte ab. »Ja, aber nichts Besonderes. Und hierher kommt er jedenfalls nicht.«

3

Obwohl Oscar seinen Entschluss gefasst hatte, blieb er, nachdem der Direktor sich verabschiedet hatte, stehen und starrte wie das Kaninchen die Schlange weiterhin das Meer an, das sich immer wilder gebärdete. An dieser Wut war etwas, das den jungen Mann fesselte. Es schien ihm, dass er ein Tier betrachtete, ein riesenhaftes glasig grünes Tier, das sich zornig in seinen Fesseln wälzte und nur daran denken konnte, sie zu zerreißen. Mit jeder Welle kam es höher den Strand herauf. Der scharfe Nordwind peitschte gegen die Doppelreihe der Palmen oben an der Promenade, bog die schlanken Stämme zur Seite. Aus den Restaurants liefen Kellner heraus und schleppten die Tische und Rohrstühle von den Terrassen ins sichere Innere.

Überrascht stellte Oscar fest, dass immer mehr Droschken auf der Promenade anhielten und immer mehr Menschen auf den Strand gelaufen kamen. Obwohl ihnen der Wind die Hüte vom Kopf blies und den Frauen die Röcke über den Kopf zu schlagen drohte, sammelten sie sich unterhalb der Restaurants und starrten zu den Brücken hinüber. Mit jeder Minute lockte die aufgebrachte See mehr Galvestoner, Erwachsene wie Kinder, an, bis sie sich zu Hunderten auf dem Strand drängten. All die Menschen starrten die tobende Brandung an und Oscar hörte Ausdrücke wie »grandios« und »wunderschön«. Niemand schien besorgt zu sein oder gar Angst zu haben.

Allmählich merkte er, dass er dringend ein Frühstück brauchte. Er war es nicht gewohnt, mit leerem Magen unterwegs zu sein, und fühlte eine schwache Übelkeit aufsteigen. Aber in die Restaurants, die sich jetzt zusehends mit neugierigen Gaffern füllten, wollte er nicht. Er verließ die Menge, die ihn umdrängte, und kehrte zur Promenade zurück. Dort nahm er die Straßenbahn, die zum *Midway* fuhr. Unterwegs begegnete er weiteren Droschken, die alle in Richtung Strand unterwegs waren, und Menschen, die in dieselbe Richtung eilten, um das kostenlose Spektakel zu bewundern. Auch in der voll besetzten Straßenbahn war die starke Brandung Gesprächsthema Nummer eins. Wenn Oscar den Gesprächen rundum zuhörte, dann waren die meisten der Meinung, eine so wütende Brandung hätten sie noch nie erlebt und es würde zweifellos ein schwerer tropischer Sturm werden, der über sie hinwegbrauste, aber das Wort »Hurrikan« nahm niemand in den Mund. Es war, als sei es ein Tabuwort, das – einmal ausgesprochen – Böses herbeilocken konnte. Häufig hörte er auch, wie Dr. Clines Ansicht weitergegeben wurde: Es würde ein wenig rauer hergehen als gewöhnlich, aber Gefahr für die Stadt sei keine zu befürchten; die Schutzvorkehrungen gegen Hochwasser seien ausreichend, und die Schäden, die der Sturm anrichten konnte, würden sich in Grenzen halten. Außerdem bezahlten die Versicherungen dafür. Es gab keinen Grund zur Sorge.

Plötzlich hielt die Straßenbahn an. Der Schaffner ging durch den Waggon und rief: »Aussteigen bitte, alles aussteigen! Wir können nicht weiterfahren, die Schienen sind überflutet.«

Oscar stieg aus und bekam sofort nasse Füße. Wenigstens waren sie schon nahe genug am *Midway*, dass er das letzte Stückchen zu Fuß gehen konnte. Schon von weitem sah er, dass sich auch dort eine große Menschenmenge versammelt hatte und fasziniert auf das tobende Wasser hinausstarrte. Mit einem Frühstück würde es hier auch nichts werden. Die Cafés, an denen er vorbeiging, waren überfüllt. Sie machten das Geschäft ihres Lebens mit all den Leuten, die die Brandung von einem trockenen Ort aus beobachten wollten, denn den Regenwolken war jetzt anzusehen, dass sie jeden Augenblick platzen würden.

Plötzlich hörte er einen Aufschrei und sah, wie jemand entsetzt mit ausgestrecktem Arm auf etwas deutete. Hinter einem Kino erschien eine große, glasige Wasserhand, die nach der Rückwand des Gebäudes griff, und gleich danach zerfiel das gesamte Haus in einen Haufen von bunten Brettern, Samtvorhängen und den zum Vorführen von Filmen nötigen Maschinerien. Ein Mann kam schreiend aus den Trümmern hervorgestürzt und floh die Straße entlang in Richtung Stadt. Wieder erschien die Wasserhand. Systematisch begannen die Brecher die kleinen Läden zu zerstören. Flaschengrüne Wellen krachten gegen das Geländer des Gehwegs. Große Brecher überschwemmten den *Midway*. Oscar stand wie erstarrt und beobachtete, wie die Wellen allmählich alle Läden, Kinos und Gaststätten überfluteten und zerstörten. Dann drehte er auf dem Absatz um und rannte.

Er kehrte zur Straßenbahnhaltestelle zurück, fand dort jedoch nur ein Schild vor, auf dem stand: »Betrieb wegen Hochwasser eingestellt«. Mit einem Fluch schlug er den Kragen seines Jacketts hoch, denn ausgerechnet da begann der Regen zu fallen. Es war, als hagelte es, so hart prasselten die Tropfen an sein Gesicht. Der Wind peitschte gegen die Regenschirme der Vorübergehenden und drehte sie um. Wer zum Meer gewandt stand, war hinten klitschnass und vorne weitgehend trocken.

Er musste zu Fuß zurückgehen, denn das Geld in seiner Tasche war knapp; er konnte sich keine Mietdroschke leisten. Flüche vor sich hinmurmelnd, eilte er in Richtung *Tremont*.

Seine Schuhe waren bald nass und aufgequollen, weil er immer wieder in knöcheltiefe Pfützen trat. Das Wasser strömte so schnell in die Straßen, dass er regelrecht zusehen konnte, wie es stieg.

Schließlich erreichte er, müde und völlig durchnässt, die Innenstadt. Er hatte eigentlich gleich zum Hotel weitergehen wollen, aber als er an den hell erleuchteten Fenstern von Ritters Café vorbeikam, beschloss er, einen Zwischenstopp einzulegen. Inzwischen spürte er nicht nur die Kälte, auch das wachsende Gefühl von Angst setzte ihm zunehmend zu. Hätte er nur Geld genug gehabt, so hätte er sofort eine Droschke gemietet und wäre zum Bahnhof gefahren, ohne sich einen Dreck um Ronald zu scheren, aber er hatte gerade noch genug Taschengeld, um sich ein Frühstück zu leisten.

So aber suchte er Zuflucht in dem großen, hohen Saal des Kaffeehauses, in dem lebhafte Geschäftigkeit herrschte. Ritters Café lag im Erdgeschoss eines zweistöckigen Gebäudes, dessen oberes Stockwerk von einer Druckerei eingenommen wurde. Das Café war voll, obwohl es eigentlich noch zu früh war ein Kaffeehaus aufzusuchen. Ritters Café war jedoch bei Geschäftsleuten von außerhalb beliebt, die sich mit ihren Kunden und Partnern an den großen Tischen zusammensetzten und dort ihre Verhandlungen führten, und auch Einheimische nutzten es gerne als Konferenzraum. Als Oscar sich zwischen den Tischen durchzwängte, erkannte er einige der Männer wieder, die ihm in den Kreisen der High Society von Galveston vorgestellt worden waren. Der Raum bot einen Querschnitt durch die Geschäftswelt Galvestons. Oscar grüßte höflich nach allen Richtungen, hielt sich aber bei niemandem auf. Er wollte nicht in ein Gespräch verwickelt werden, das ihn womöglich endlos lange festnagelte. Er wollte sich nur ausruhen, frühstücken und dann, gestärkt an Leib und Seele, ins *Tremont* fahren, um den großen Streit mit Ronald um das Fahrtgeld auszufechten.

Er wusste genau, dass der Bruder es ihm nur sehr ungern geben würde. Ronald würde darauf bestehen, dass sie gemeinsam führen, und er war nicht der Typ, der Hals über Kopf eine Stadt verließ, weil schlechtes Wetter drohte.

Oscar wischte sich das Wasser aus den Augen und nahm mit seinen nassen Kleidern an einem Ecktischchen Platz. Es war eine Wohltat, in dem warmen, trockenen Restaurant zu sitzen. Kellner in weißen Jacken und schwarzen Hosen eilten von Tisch zu Tisch und brachten auf riesigen Platten Rühreier mit Schinken, Grillwürstchen, Kaffee und frisch aufgebackene Brötchen. Zigarettenrauch hing in der Luft. Die unterschiedlichen Gerüche und Düfte ließen zwar eine gemütliche Atmosphäre aufkommen, aber dennoch konnte niemand das Unwetter ignorieren. Dann und wann rüttelte ein Windstoß an den Fenstern, der stark genug war, die Aufmerksamkeit der Frühstücksgäste auf sich zu lenken. Jedes Mal, wenn ein neuer Gast zur Tür hereinkam, fegte der Wind an ihm vorbei und drohte, die Tischtücher unter den Gedecken wegzureißen. Dann herrschte minutenlang Unruhe und Durcheinander, aber die Männer setzten immer noch ihre Geschäftsgespräche mit einer Gelassenheit fort, die nur gespielt sein konnte. Sie waren sich des Sturms durchaus bewusst und ihnen war auch klar, dass er noch stärker werden würde.

Oscar hatte sich eben auf sein Frühstück gestürzt, als die Türe aufflog und ein völlig durchnässter Mann hereintaumelte, der erregt mit den Armen fuchtelte. »Die Badehäuser!«, brüllte er. »Die Brandung zerstört die Badehäuser! Das *Murdoch's* und das *Pagoda Badehaus* brechen einfach auseinander, ganze Teile fallen ins Meer, dicke Bretter fliegen durch die Luft!«

Ein kalter Schauer lief Oscar über den Rücken. Die Badehäuser! Es waren eindrucksvolle Konstruktionen auf hohen, dicken Holzpfählen, die schon viele Stürme überstanden hatten. Ihr Zusammenbruch bedeutete, dass der gegenwärtige Sturm stärker war als alles, was Galveston je erlebt hatte.

Die Meldung erregte Unruhe an den Tischen. Viele der Gäste gaben ihre gespielte Gelassenheit auf und ihre gedämpften Gespräche gewannen an Nachdruck.

Am Nebentisch hörte Oscar einen älteren Mann zu seinem Gegenüber sagen: »Dr. Cline sagt, der Meeresboden rund um Galveston sei so beschaffen, dass es unmöglich zu einer Sturmflut kommen könne. Er hat mir das genau erklärt und auch aufgezeichnet.«

Der andere, ein großer, etwas plump wirkender Mann mit dick pomadisiertem Haar, der offenbar nicht aus Galveston stammte, brummte: »Dann möchte ich aber erklärt haben, wie er das nennt, wenn die Züge aus Houston im Wasser stecken bleiben.«

Oscar merkte auf.

»Stecken bleiben?«, fragte der Einheimische.

»Genau!«, bestätigte der Mann von außerhalb. »Ich hatte noch einen Geschäftspartner erwartet, aber er wird nicht kommen. Am Bahnhof sagte man mir, der 9 Uhr 50 Zug sei der letzte gewesen, der es noch über den Viadukt geschafft habe; der nächste sei bereits in Bolivar's Point auf der anderen Seite der Bucht stecken geblieben, weil das Wasser die Schienen überflutet hat. Wie nennt Ihr Dr. Cline das?«

Der Einheimische erhob sich, ein wenig blass um die Lippen. »Ich werde ihn anrufen.«

Auch Oscar war blass geworden. Er wandte sich an den Mann, der jetzt allein am Nebentisch saß. »Verzeihung, wenn ich Ihr Gespräch mitgehört habe«, sagte er. »Aber ich wollte die Stadt mit dem Zug verlassen.«

»Da haben Sie Pech gehabt, junger Mann«, antwortete ihm dieser. »Wie ich Ihnen sagte, der 9 Uhr 50 kam gerade noch durch, und danach war es unmöglich die Viadukte zu überqueren. Alle Züge, die noch aus dem Norden kommen sollten, stecken jenseits der Bucht fest. Keine Aussicht, dass sich das ändert, bevor der Sturm abgeflaut ist und das Wasser fällt.«

Sekunden später hörte Oscar das Geräusch. Es war etwas wie ein dünnes Greinen, dann ein Laut, als würde Seide mit einem hohen Sausen auseinandergerissen. Er reagierte weitaus schneller, als er nachdenken konnte. Mit einem Satz hechtete er hinter die Bar aus massiver Eiche, die den Raum in zwei Teile teilte, und rollte sich darunter zu einem Knäuel zusammen.

Im nächsten Augenblick stürzte die Decke ein und fiel zusammen mit Schreibtischen, Stühlen und den schweren Druckerpressen in den Speisesaal hinab; die Hälfte der Männer an den Tischen wurde von den Trümmern erschlagen, die Tische zu Kleinholz zerhackt.

Oscar und zwei andere Männer, die rasch genug reagiert hatten, krochen käsebleich hinter der Bar hervor und starrten stumm auf ein entsetzliches Durcheinander von Holzteilen, Speisen und menschlichen Gliedmaßen.

4

Oscar wusste nicht, wie er es geschafft hatte, das in Ruinen liegende Café zu verlassen und das Hotel *Tremont* zu erreichen, wo er wie ein krankes Kind ins Bett kroch und sich die Bettdecke über die Ohren zog. Zwei Stunden lang lag er so im Bett, fast reglos, flach atmend, gepeinigt von der Erinnerung an das Unglück, dem er gerade entkommen war. Außerdem musste er daran denken, wie er damals als Kind ebenso verstört wie jetzt *unter* einem Hotelbett gelegen hatte.

Erst als Ronald energisch rufend an seine Tür klopfte, kam er zu sich.

»Was ist los?«, fragte sein Bruder halb ärgerlich, halb besorgt. »Warum liegst du am helllichten Tag im Bett? Bist du betrunken? Ich wollte dir erzählen, dass in der Stadt etwas Schreckliches passiert ist – «

»Ich weiß«, sagte Oscar und begann von Neuem zu zittern.

»Ich war dabei. Ich habe nur überlebt, weil ich das Quietschen über mir hörte und mich rechtzeitig hinter die Bar rettete, sonst wäre ich jetzt auch .... Ronald, du hättest dieses Durcheinander aus Speisen und menschlichen Gliedmaßen ...«

»Halt den Mund«, befahl Ronald. »Ich sorge dafür, dass du eine Kanne heißen Tee und ein leichtes Beruhigungsmittel bekommst. Ich bleibe bei dir, bis du dich etwas erholt hast.«

Oscar nickte, schlüpfte ins Bett zurück und dachte, dass Ronald zuweilen doch ein sehr lieber älterer Bruder sein konnte.

Wenig später brachte der Zimmerkellner den Tee und ein Päckchen Tabletten. Ronald trug das Tablett in Oscars Zimmer und setzte sich auf einen Stuhl neben dem Bett. »Wie bist du ins Café Ritter gekommen? Wieso warst du überhaupt schon so früh unterwegs?«

Oscar schilderte ihm, was geschehen war, und beruhigte sich durch das Erzählen ein wenig. Plötzlich gewann das Ereignis eine neue Perspektive. Es schien ihm, dass er zwei Linien erkennen konnte. Die eine hieß: Du kannst hier nicht mehr weg. Du musst den Sturm aushalten, selbst wenn es ein Hurrikan wird. Die zweite hieß schlicht: Du sollst leben.

»Ronald«, sagte er, »ich habe das Gefühl, nicht ich habe mich gerettet, sondern ich bin gerettet worden. Es war, als hätte mich jemand herausgerissen aus der Situation und hinter diese Bar aus Eiche geschleudert.«

»Dem Allmächtigen sei Dank«, erwiderte Ronald, wie es sich gehörte, aber ohne Überzeugung.

»Ja, und das meine ich ernst«, ergänzte Oscar, etwas irritiert über den Unglauben seines Bruders. »Hör zu, es ist nicht das erste Mal, dass er mir das Leben gerettet hat. Cohen hat mir das haarklein erklärt. Ich soll leben, das ist das Geheimnis. Kannst du dir das vorstellen?«

»Ich bin jedenfalls froh, dass du lebst«, sagte Ronald herzlich und das klang sehr ehrlich. »Trink deinen Tee und schlaf eine Runde, dann geht es dir besser. Soll ich Emily, wenn sie kommt, sagen, dass der Besuch bei Direktor Young ins Wasser fällt?«

»Nein, bloß nicht. Ich bin froh über alles, was mich ablenkt.«

Oscar trank seinen Tee, rollte sich im Bett zusammen und dachte nach. Er hörte den Nordwind draußen toben, hörte, wie er an den maurischen Verzierungen der Fenster riss und an den Scheiben rüttelte und er empfand dieselbe Furcht wie immer, aber es war, als stünde er mitten in einem Feuer, das ihn nicht verbrennen konnte. Er spürte die Angst im Kopf, im Herzen, im Magen, und doch erlag er ihr nicht. Er spürte nicht mehr den Zwang, unters Bett kriechen und jammern zu müssen. Das Versprechen »Du sollst leben« leuchtete vor ihm. Es war jetzt zum dritten Mal, dass Gott ihm das Leben gerettet hatte, und obwohl er das nicht als eine unumstößliche Zusage betrachten wollte, gegen alles Unglück gefeit zu sein, gab es seinem Leben eine neue Qualität. Er spürte jetzt, was er nur theoretisch verstanden hatte, als der Rabbiner es ihm erklärte. Hinter allen Dingen, die ihm zustießen, stand Gottes Wille zum Leben. Selbst wenn er starb, konnte er leben.

»Die Seelen der Gerechten sind beim Herrn«, murmelte er vor sich hin. Es war kein Versprechen für die Zeit nach dem Tod, sondern ein Versprechen für *jetzt*, das wurde ihm urplötzlich klar. Wo auch immer sie waren, egal in welchen Nöten, die Seelen der Gerechten waren beim Herrn.

Aber war er denn ein Gerechter?

Zweifellos nicht, das stand fest. Er hielt weder die jüdischen Gebote noch die christlichen. Er hielt sich in vielen Dingen nicht einmal daran, was der allgemeine Anstand gebot. Er hatte sich in der Öffentlichkeit betrunken, schweinische Witze erzählt, sich mit seiner Frau geprügelt und Opium geraucht. Er war kein Gerechter.

Aber Gott hatte ihm schon zum dritten Mal gesagt, dass er sein Leben erhalten wollte. Und Oscar begriff, dass damit mehr gemeint war als nur sein physisches Leben.

Er wünschte, er könnte mit Henry Cohen darüber reden, aber bei dem Sturm war es unmöglich, ihn zu besuchen. Außerdem würde Emily kommen.

Dann kam ihm der Gedanke, dass er vielleicht auch mit Emily darüber reden konnte. Er hatte sich nie genau erkundigt, was sie nun eigentlich glaubte, hatte auch ihre Traktate ungelesen weggeworfen, weil es ihn ärgerte, dass sie ihn bekehren wollte; er hatte es als moralischen Vorwurf verstanden, dass sie ihm diese kleinen Schriften zusteckte, und moralische Vorwürfe waren etwas, was er nicht hören wollte. Jetzt war es ihm plötzlich egal, ob sie ihm Vorhaltungen machte. Er konnte zu allem Ja sagen, was sie ihm vorhielt, Suff, Weibergeschichten, Faulheit – was noch alles. Was zählte, war nur das Eine: *Du sollst leben.*

5

Emily kam pünktlich wie immer. Oscar empfing sie im Foyer des Hotels, wo man ihn inzwischen von allen Seiten flüsternd betrachtete – »Der junge Mann dort drüben war in Ritter's Café, als es einstürzte; er ist nur durch Zufall mit dem Leben davongekommen.« Er fasste rasch ihren Arm und schob sie vor sich her nach draußen, voll Sorge, Blanche könnte plötzlich auftauchen und ihnen eine weitere Szene machen. Der Portier hielt den Regenschirm über sie, als sie zu den vor dem Hotel wartenden Droschken eilten und in die Erstbeste hineinsprangen. Inzwischen goss es in Strömen. Emily schlüpfte aus dem bodenlangen Regenmantel, von dessen Gummischicht das Wasser in glitzernden Bächen rann, und Oscar sah, dass sie ihr Matrosenkleid trug. Er freute sich darüber. Irgendwie erschien es ihm Beweis dafür, dass sie ihn sehr gerne mochte.

Sie war entsetzt und betroffen, als sie von dem Unglück

hörte, dem er so knapp entgangen war. Das Wort *Zufall* wischte sie verächtlich beiseite und sprach rundheraus von Gottes Fügung. »Da siehst du, dass Gott dich liebt. Hätte er dich sonst gewarnt?« Dann unterbrach sie sich mit einem tiefen Seufzer. »Ach, ich klinge schon wieder so … so bigott. Ich wünschte, ich könnte aufhören damit. Aber wie soll ich dir sonst sagen, was ich denke? Ich finde keine anderen Worte.«

»Es ist schon recht«, murmelte Oscar. »Ich kann auch nur schlecht ausdrücken, was ich denke. Ich bin es nicht gewohnt, über religiöse Dinge nachzudenken und darüber zu reden. Vielleicht findest du es lächerlich, wenn ich dir sage: Ich bin überzeugt, dass ich heute eine Botschaft von Gott erhalten habe, die dritte seit dem Hurrikan damals in Indianola. Ich habe mit Rabbi Cohen darüber gesprochen und er hat mir einiges erklärt – warum ich in diesen Sturm geraten bin und was Gott mir sagen wollte: Er will, dass ich lebe. Verstehst du das?«

Sie hatte ihm mit wachsender Aufmerksamkeit zugehört. »Ja, gewiss verstehe ich das«, antwortete sie. »Das ist es, was er für uns alle will. Gott will den Tod des Sünders nicht, sondern dass er sich bekehre und lebe.«

»Bekehre?«, meinte Oscar. »Du meinst, ich soll anständig werden.«

»Mehr und weniger als das. Aber ich glaube, du machst schon das Richtige, wenn du darauf hörst, was Gott dir sagt und darauf reagierst.« Ihr Gesicht hellte sich auf. »Und du bist sicher, dass er dir eine Botschaft geschickt hat? Das ist schön. Ich bin schon so lange gläubig und habe noch nie ein Zeichen erhalten.«

»Vielleicht«, sagte Oscar lächelnd, »weil er weiß, dass du ohnehin alles richtig machst. Bei mir braucht es wohl stärkere Hinweise. Aber ich bin froh darüber. Ich habe Angst, aber ich weiß jetzt, dass ich nicht durchdrehen werde, selbst wenn der Sturm noch schlimmer wird.«

6

Im St. Marys Waisenheim saßen die Kinder bei Kerzenlicht beim Essen, da die Stromleitung abgerissen war. Sie lauschten dem Heulen des Sturms und fühlten das Stampfen der Flut in den Mauern. All das war eine neue und aufregende Erfahrung, die Leben in den langweiligen Alltag des Heims brachte, und entsprechend ausgelassen war die Stimmung, sodass die Nonnen mehrmals mit den Löffeln auf den Tisch klopfen und Ruhe anmahnen mussten. Vor allem die Kleineren rutschten auf ihren Bänken und redeten ununterbrochen, wenn auch etwas gedämpft; die Großen taten so, als hätten sie das alles schon einmal erlebt und seien über jede Aufregung erhaben. Das traf besonders auf die drei ältesten Jungen der Schule zu. Die drei 16-Jährigen saßen in einer Ecke des langen Tisches auf der Knabenseite beisammen und zeigten, wie gewohnt, blasierte Überlegenheit über alles, was die Kleinen aufregte.

»So'n Sturm ist noch gar nichts«, kommentierte Will das zunehmende Geheul draußen, »da haben wir schon ganz anderes erlebt, was? Hier gab es schon solche Stürme, dass große Bäume durch die Luft flogen wie Papierflieger!«

»Echt!«, staunte einer der Kleinen auf der anderen Tischseite. »Und ihr habt keine Angst gehabt?«

»Nee, wozu auch«, antwortete Francis und tat, als interessierten ihn seine Fingernägel. Will und Albert bestätigten, dass sie auch die schrecklichsten Stürme nicht aus der Ruhe bringen konnten. Die Kleinen glaubten ihnen das nicht unbedingt, aber sie waren weise genug zu wissen, dass es unklug war, großen Jungen zu widersprechen.

Für gewöhnlich gab es nach dem Essen noch eine kurze Andacht, dann hieß es: Ab in die Betten! Aber an diesem Tag erlebten die Kinder eine Überraschung. Mutter Mary Camillus trat an den Tisch, aber anstatt die Bibel aufzuschlagen und eine Stelle daraus vorzulesen, sagte sie: »Dies ist heute ein besonderer Tag, Kinder. Ihr braucht deshalb jetzt noch nicht ins Bett zu gehen. Wir wollen in den Tagesraum hinübergehen, Geschichten erzählen und singen und für die Leute beten, die bei dem Sturm in Gefahr geraten könnten.«

Jubel brach aus. Nicht ins Bett zu müssen, war auch im St. Mary Waisenheim die beste Belohnung für die jüngeren Kinder. Eifrig drängte alles hinter den Nonnen her, die Sturmlaternen in den Händen trugen und den Weg über den großen steinernen Korridor zum Tagesraum beleuchteten.

Will, Albert und Francis folgten, die Hände demonstrativ in den Taschen ihrer knielangen Hosen.

»Geschichten erzählen, pah!«, wisperte Albert seinem Freund Francis ins Ohr.

»Beten und wieder beten!«, kommentierte Will ebenso verächtlich. »Nimmt ja kein Ende!«

Sie meinten es nicht wirklich so. Jedenfalls die Geschichten von Heiligen, Ordensstiftern und Märtyrern hörten sie gern. Sie waren ihnen ein Ersatz für die Abenteuerlektüre, die ihnen fehlte. Und sie mochten den Gottesdienst und das Singen.

Sie waren es nicht gewöhnt, dass sich Mutter Mary Camillus direkt an sie wandte. »Kommt einmal her, ihr drei, und hört gut zu. Ihr seid die Ältesten in der Schule, und das heißt, ihr tragt auch Verantwortung für die Jüngeren. Es wird sicherlich ein bisschen rau heute Nacht, und es kann sein, dass einige von den Kleinen anfangen, sich zu fürchten und zu weinen. Dann ist es eure Aufgabe, sie zur Vernunft zu bringen, hört ihr? Kommt mir nicht auf den Gedanken, ihnen irgendwelche Schauergeschichten zu erzählen oder ihnen noch mehr Angst zu machen.« Wie sie dastand, die Sturmlaterne in der erhobenen Hand, erinnerte sie Will an die geisterhafte Weiße Frau in den Spukgeschichten, die ihm seine Großmutter erzählt hatte. Mutter Mary lächelte jetzt so freundlich, wie es bei dieser strengen Frau eher selten war. »Versprecht ihr mir das?«

»Ja, ehrwürdige Mutter«, antwortete Albert, der sich sehr geschmeichelt fühlte von dem Auftrag, die anderen mit zu beschützen. Will und der lange, blasse Francis stimmten mit ein.

»Gut. Dann geht jetzt zu den anderen in den Tagesraum.«

Dort hatten die Nonnen sich auf verschiedene Sessel gesetzt und jede hatte ein Grüppchen Kinder, grob nach Altersklassen sortiert, um sich versammelt, sodass zehn kleine Gruppen, jeweils mit einer Laterne und mehreren Kerzen ausgerüstet, entstanden. In den folgenden zwei Stunden mussten auch die drei Ältesten zugeben, dass sie selten einen so schönen Abend erlebt hatten. Es wurden Spiele gespielt, gesungen, in die Hände geklatscht und spannende Heiligengeschichten vorgelesen; die Kleinen waren ganz begeistert und konnten ihre Ängste schließlich völlig vergessen. Sie schienen zu wünschen, dass jeden Abend ein Hurrikan über Galveston brauste.

Francis Bulnavic allerdings, der Älteste und Ernsteste der Gruppe, machte sich seine eigenen Gedanken. Es war ungewöhnlich, dass Mutter Mary Camillus plötzlich auf den Gedanken kam, einen so vergnügten Abend zu veranstalten, wie es sonst nur an hohen Feiertagen der Fall war. Das hieß, dass etwas im Busch war, und unter den momentan gegebenen Umständen konnte es nur mit dem Sturm zu tun haben. Es ging der ehrwürdigen Mutter darum, die Kinder wach zu halten, damit man sie im Notfall nicht erst aus den Schlafsälen holen musste. Also rechnete sie mit einer Überschwemmung des Hauses. Francis hatte schon einmal eine erlebt, aber damals hatte nur der Boden des Erdgeschosses einen halben Meter tief unter Wasser gestanden, und sie hatten alle zusammen tagelang putzen müssen, um den Schlamm loszuwerden. Das rechtfertigte aber noch keine Evakuierung. Also erwartete sie Schlimmeres.

Er neigte sich zu Wills Ohr und flüsterte ihm zu: »Weißt du, was ich glaube? Sie hat Angst.«

»Wer?«

»Die ehrwürdige Mutter.«

Will flüsterte zurück: »Spinnst du? Das wär das erste Mal, dass eine Nonne Angst hat.«

»Ist aber so. Und sie hat nicht um sich Angst, sondern um uns. Dass sie uns nicht rechtzeitig aus den Betten rauskriegt, wenn die Flut steigt und durch die Fenster hereinkommt. Ich hab von Sturmfluten gehört, bei denen das so passiert ist. Das Wasser stieg bis zum ersten Stock und die Leute mussten mit den Betten zum Fenster rausschwimmen.«

Will kicherte bei der Vorstellung und erweckte damit das Misstrauen von Schwester Felicitas, die ihm zurief: »Ihr da hinten – mitklatschen! Eins, zwei, eins, zwei! Und jetzt wollen wir noch ein schönes Lied singen ...«

Daraufhin schwiegen die Jungen, aber Francis grübelte weiter. Das Haus stand nah am Meer, wenn eine Flutwelle kam, würde sie ins Haus eindringen. Aber würde sie nur Schmutz hereintragen wie damals oder würde Schlimmeres geschehen?

Wieder blickte er zu Mutter Mary Camillus hinüber, die ganz darin versunken schien, einer Gruppe Mädchen die Geschichte der heiligen Klara vorzulesen.

Das wäre das erste Mal, dass eine Nonne Angst hat, hatte Will gesagt. Er hatte recht. Francis kannte die Nonnen nur entweder fröhlich oder grimmig. Man sah sie nie weinen, sah ihnen nie an, ob sie traurig oder unglücklich waren oder sich fürchteten. Immer ein Lächeln oder eben ein scharfes, ungeduldiges Händeklatschen. Will! Francis! Albert! Nehmt euch zusammen, Jungen!

Aber wenn es das erste Mal war, dann hatte Mutter Mary Camillus zweifellos einen sehr guten Grund dafür, Angst zu haben, und das beunruhigte ihn.

7

Im Polizeigefängnis gingen schlagartig die Lichter aus. Edgar Falstad, der auf seiner Pritsche hockend meditiert hatte, schreckte auf, als es finster wurde und die lauten Rufe der überraschten Polizisten ertönten. Er sprang hoch und lief zu den Gitterstäben. »Was ist los?«, schrie er. Dabei hätte er gar nicht zu fragen brauchen. Er hörte den Sturm, der draußen tobte, durch die dicken Mauern hindurch. Das Glas der kleinen vergitterten Luke hoch oben in der Wand seiner Zelle vibrierte unter den Böen.

Der Landstreicher schrie ebenfalls.

Drüben im Wachzimmer flackerte das Licht einer Petroleumlampe auf. Edgar hörte, wie die Männer mit gedämpften Stimmen miteinander redeten. Dann kam der Polizist mit dem dicken, roten Gesicht herein, eine Lampe in der Hand, und sperrte die Zelle des Landstreichers auf.

»Kannst abhauen«, sagte er. Der kleine Mann huschte hinaus und verschwand im Korridor.

Edgar brüllte. »Wieso schickt ihr den Kerl nach Hause und lasst mich hier sitzen?«

Der Polizist grinste ihn heimtückisch an. »Weil wir dich ganz besonders mögen. Wir wollen nicht auf dich verzichten.« Damit verschwand er wieder, unbekümmert darum, dass Edgar brüllte und mit Händen und Füßen einen mächtigen Lärm an den Gitterstäben vollführte.

Edgar Falstad war überzeugt, dass sie den Landstreicher nur weggeschickt hatten, um ihn in aller Ruhe verprügeln zu können. Gut, sollten sie nur kommen. Es wäre nicht das erste Mal, dass er es mit mehreren Gegnern zugleich aufgenommen hatte. Sie würden sich blutige Nasen holen, wenn sie ihn angriffen, auch wenn er unbewaffnet war und sie ihre Schlagstöcke hatten.

Er machte sich bereit, die Schläger zu empfangen, aber zu

seiner Verwunderung kamen sie nicht. Er sah den Widerschein des Lichts im Wachzimmer flackern und hörte die Männer miteinander reden, verstand aber nicht, was sie sagten. Eine Türe schlug zu. Dann erlosch plötzlich das Licht der Petroleumlampe. Wieder wurde eine Türe geschlossen.

Er presste sich an die Stäbe und versuchte in den Korridor zu spähen, an dessen Ende das Wachzimmer lag. Von dort tönte nicht das geringste Geräusch mehr herüber. Es war stockfinster. Waren sie alle heimgegangen? Das war gegen die Regeln; er wusste genau, dass zumindest zwei anwesend sein mussten. War der Sturm so stark geworden, dass sie ihren Arbeitsplatz verließen und nach Hause flüchteten? Aber was sollte ein Sturm dem soliden Gebäude anhaben?

Vielleicht waren sie ja nur kurz weggegangen, um Licht zu besorgen. Er setzte sich auf die Pritsche und wartete, alle Muskeln angespannt. Wenn sie kamen, wollte er bereit sein.

Aber er wartete umsonst. Die Beamten kamen nicht wieder. Er blieb ganz allein in dem dunklen Gefängnis.

8

Ronald Leibowitz saß im Salon und schrieb Briefe, als urplötzlich das elektrische Licht ausfiel. Er wartete eine Minute lang, ob es von selbst wieder angehen würde, aber als nichts dergleichen geschah, stand er auf und tastete sich vorsichtig zur Türe der Suite. Er öffnete sie einen Spalt weit und spähte hinaus. Offenbar war es den Gästen in allen Zimmern auf demselben Flur, ja im ganzen Hotel so ergangen wie ihm, denn überall wurden Türen geöffnet und Menschen blickten heraus, manche mit Kerzen in den Händen. Er hörte sie durcheinanderreden und nach den Dienern rufen, aber niemand erschien.

Ronald überlegte, ob er hinuntergehen sollte in den Speisesaal, kam aber zu dem Schluss, dass der wahrscheinlich ebenso finster und dazu überfüllt war. Am besten, er blieb in seinem Zimmer und wartete, bis der Sturm vorüberging und die Zustände sich normalisierten. Wenn das Licht nicht wieder anging, konnte er immer noch frühzeitig schlafen gehen. Er spürte, wie sich der extrem niedrige Luftdruck als dumpfer Kopfschmerz bemerkbar machte.

Er schloss die Türe und stand ein paar Minuten lang mitten im Zimmer. Jetzt fühlte er plötzlich, was ihm zuvor entgangen war: Das Zimmer vibrierte. Es war, als stehe er inmitten einer großen Trommel, die in unregelmäßigen Abständen geschlagen wurde. Die Fenster bebten unter dem Ansturm des Windes, obwohl am Nachmittag ein Diener da gewesen war und die Sturmläden geschlossen hatte. Hin und wieder hörte Ronald Geräusche, als würden kleine Gegenstände gegen die Läden geschleudert. Das alles war ihm sehr vertraut von den Blizzards, die jeden Winter über Boston herfielen, sodass er sich nicht besorgt fühlte. Schließlich tastete er sich zu dem Schrank vor, in dem die Petroleumlampe stand, trug sie zum Tisch und entzündete sie. Das weiche, schummrige Licht gab dem Raum etwas Heimeliges. Andererseits war es aber auch schwierig, beim Licht einer Petroleumlampe zu lesen; er konnte nicht an seinen Geschäftspapieren weiterarbeiten, wenn er nicht richtig sah.

Er dachte daran, wie Oscar wohl zurechtkam bei diesem Sturm, und hoffte, sein Bruder würde den Besuch bei Direktor Young nicht dazu nutzen sich zu betrinken. Vielleicht passte ja seine Handarbeitslehrerin auf ihn auf. Ein Mädchen, das sich für das Wetter interessierte. Jetzt hatte sie ja ein ausgezeichnetes Studienobjekt. Sie brauchte nur zum Fenster hinausschauen und konnte, wenn es ihr dabei nicht den Kopf abriss, gleich mit ihren Beobachtungen beginnen.

Er grinste vor sich hin, hielt aber mit einem Mal inne, als er hörte, wie ein schwerer Gegenstand gegen den Sturmladen geworfen wurde, so schwer, dass das Holz knackte und splitterte – und das im zweiten Stock! Jetzt fühlte auch er sich beunruhigt. Vielleicht hatte Dr. Cline doch nicht so ganz recht gehabt mit seiner Bemerkung, dass die Sache nach ein paar Regentagen vorbei sein werde. Das da draußen hörte sich nach einem größeren Problem an, vor allem, weil bald darauf ein zweiter schwerer Gegenstand gegen den Laden krachte. Was war es überhaupt gewesen? Ein Brett? Eine der Laternen, die an Drähten vor der Frühstücksveranda hingen? Offenbar wirbelte der Sturm Objekte zwischen Himmel und Erde herum, die selbst ein Bostoner Blizzard nicht hätte bewegen können.

Ronald öffnete den Zimmersafe an der Stirnseite des Raumes und nahm das Geld und seinen sowie Oscars Pass heraus. Er steckte beides in die Geldtasche, die er auf Reisen an einem Gurt um den Leib zu tragen pflegte, dann setzte er sich an den Tisch und lauschte. Im Zimmer war es dumpf und stickig und der ungewohnte Geruch von Petroleum hing schwer darin. Die Sturmläden dämpften das Geräusch des Windes, aber er hörte es dennoch ganz deutlich. Es war ein hohes Kreischen wie von einer Kreissäge.

Dann brach das Fenster ein.

Ronald war so verblüfft, dass er sich einen Augenblick lang nicht rührte und regte, obwohl der hereinfahrende Sturm die Lampe umwarf und löschte. Mit einem gewaltigen Krach waren die Sturmläden zersplittert, als irgendetwas Schweres mit einer Wucht dagegen geschleudert wurde, die keinen Widerstand duldete, und im nächsten Augenblick gingen die Scheiben zu Bruch – wurden einfach als Ganzes eingedrückt, sodass Ronald sie aus ihren Halterungen reißen und in den Raum fallen sah, wo sie in einzelnen Splittern auseinanderstoben. Der Sturm packte schließlich auch Ronald, dass ihm Hören und Sehen verging, schleuderte ihn vom Tisch weg gegen die Wand und hielt ihn dort fest. Er dachte gerade noch rechtzeitig daran, dass ein Sturm von dieser Gewalt ihn durch die Fensteröffnung hinausreißen konnte, und ließ sich fallen. Es gelang ihm kaum; der Sturm presste ihn gegen die Wand;

ihm blieb die Luft weg, er hatte das Gefühl, es werde ihm jede einzelne Rippe gebrochen. Aber dann lag er flach auf dem Boden und kroch Richtung Türe, während über ihm die Böen im Zimmer wüteten und alles herumschleuderten, was nicht niet- und nagelfest war. Um ihn herum fielen Bilder von den Wänden, wurden Nippesfigürchen durch die Luft geworfen, kippten Stühle um. Er konnte von Glück reden, dass keiner der herunterfallenden Gegenstände ihn traf.

Er richtete sich halb auf, tastete im Finstern nach der Klinke und versuchte die Türe zu öffnen, aber der Sturm drückte sie zu, als hätte er seinen Fluchtversuch bemerkt und wollte ihn mit aller Gewalt daran hindern. Er hätte es nie geschafft, hätte der Wind nicht plötzlich gedreht und die Türe losgelassen. Sie ging auf und Ronald kroch auf allen vieren hinaus auf den Gang, warf die Türe hinter sich zu und richtete sich atemlos auf.

In anderen Zimmern schien dasselbe passiert zu sein wie in dem seinen, denn er hörte von allen Seiten her Schreie, hörte, wie Türen geöffnet wurden – manche ebenso mühevoll wie die seine – und sah die Schemen von Menschen auf dem Korridor auftauchen. Dann flackerte plötzlich das elektrische Licht wieder auf, wenn auch viel schwächer als zuvor, und Ronald fiel ein, dass das *Tremont* über einen eigenen Generator verfügte. Hier, wo die Zimmer zwischen ihm und der Wut des Hurrikans lagen, war es ruhiger, obwohl er das Dröhnen und Stampfen der Brandung deutlich spürte und auch das hysterische Kreischen des Windes noch hörte. Menschen drängten in wilder Hast an ihm vorbei und liefen die Marmortreppe hinunter, um in den tieferen Regionen des Hotels Schutz zu suchen. Wahrscheinlich war es dort unten inzwischen so überfüllt wie im Zwischendeck eines Einwandererschiffes, wenn alle die Bewohner von zweihundert Zimmern gleichzeitig in den Speisesaal und die Rauchzimmer drängten, aber auch er wollte nicht hier oben bleiben. Die Vorstellung, dass der Sturm nach ihm griff und ihn durch eine Fensteröffnung ins Freie schleuderte, war zu furchtbar. Er wollte aber auch nicht von der drängenden Horde die Treppe hinuntergestoßen werden, also wartete er, bis die meisten verschwunden waren, und machte sich dann auf den Weg. Die Luft war neblig vom Staub und Mörtel, den der Sturm aus den Fugen der Mauern presste. Ronald hustete.

Er trat als einer der Letzten auf die Treppe und hatte kaum ein halbes Dutzend der Marmorstufen hinter sich gebracht, als der Sturm die Fassade eindrückte und die Treppe, aus ihrer Verankerung gerissen, unter ihm weg einen Satz machte wie ein bockendes Pferd beim Rodeo. Er stürzte ins Leere.

9

John Blagden hielt im Wetteramt die Stellung, nachdem Joseph Cline nach Hause gegangen war. Er lauschte auf den immer stärker werdenden Wind hinter den Sturmläden, während er getreulich die abgelesenen Werte eintrug. Um 17 Uhr verzeichnete das Wetterbüro in Galveston regelmäßig Böen in Orkanstärke; gleichzeitig begann der Luftdruck rapide abzufallen. Das Barometer stand bei 960 Hektopascal. Die Temperatur betrug 29 Grad, die Luftfeuchtigkeit im geschlossenen Raum 80 Prozent. John fühlte, wie ihm das feuchte Hemd am Leib klebte. Einen solchen Sturm hatte er noch nie erlebt und er hatte jetzt ernsthafte Zweifel an der Ansicht des Wetteramtes in Washington, dass es sich um einen Sturm »von mäßiger Energie« handelte. Er wünschte, er wäre nicht ganz allein im Levy-Gebäude. Gleichzeitig wusste er aber auch, dass es für ihn jetzt zu spät war, das Büro zu verlassen. Zum einen musste irgendjemand vor Ort sein, egal, was sich da draußen abspielte, und zum zweiten war er hier auf jeden Fall sicherer als in seinem Logis in einem bescheidenen Holzhäuschen am

Stadtrand. Er war froh, dass er sich in einem der stabilsten steinernen Gebäude der Stadt befand. Vor allem aber war John durch und durch Meteorologe, und ihm war bewusst, dass es nicht viele Meteorologen gab, die einen solchen Sturm aus nächster Nähe miterlebten. Noch niemals hatte das Barometer einen so niedrigen Wert angezeigt und es fiel immer noch, ein Beweis dafür, dass die Wut des Sturms ihren Höhepunkt noch nicht erreicht hatte. Er war jetzt überzeugt, dass draußen tatsächlich ein Hurrikan tobte. Wenn das Auge unmittelbar über Galveston hinwegzog, würden sie Werte messen wie nie zuvor.

Er fragte sich, wo Emily in diesem Augenblick war, ob sie in Sicherheit war. Er kannte das Haus, in dem sie wohnte, und wusste, dass es solchen Böen nicht mehr Widerstand leisten konnte als eine Schuhschachtel. Vielleicht war sie ja im Waisenheim geblieben, dessen dicke Mauern sie schützen konnten. Er hoffte es.

John warf seinen Regenmantel über und kletterte die steile Treppe hinauf zum Dach, um das Anemometer abzulesen. Das letzte Mal hatte er eine Windgeschwindigkeit von 150 Kilometern in der Stunde gemessen, und er war nicht sicher, ob das Gerät – das nur auf 160 km/h ausgelegt war – überhaupt noch funktionierte. Er wusste auch nicht, ob er es noch riskieren konnte, auf das Dach hinauszutreten, ohne dass er Gefahr lief, über die Brüstung geweht zu werden. Aber wenigstens zur Türe hinausschauen musste er.

Nur mit Mühe gelang es ihm, die Türe einen Spalt weit aufzudrücken. In dem schmutzigen Zwielicht sah er gerade noch, wie das Anemometer von seinem Sockel gerissen und über den Dachrand davongewirbelt wurde, gefolgt von der Sturmflagge, die noch an der Flaggenstange hing. Teile des hölzernen Türmchens auf dem Dach folgten. Erschrocken fuhr er zurück. Sogar hier, auf der dem Wind abgewandten Seite, tobte der Sturm mit einer Macht, dass ihm der Atem stockte. Ein Hagel kleiner Gegenstände kam ihm entgegen, sodass er sich hastig zurückzog und die Türe schloss. Schwer atmend blieb er auf dem obersten Absatz stehen und lauschte dem Tosen dahinter. Dann schob er den Riegel vor.

Er brauchte eine gute Minute, um sich von dem Schrecken zu erholen, aber dann beherrschte ihn nur noch der Gedanke, dass er Dr. Cline informieren musste. Er eilte zum Telefon und drehte die Kurbel. Tot. Wie hatte er auch denken können, dass die Telefonleitungen bei einem solchen Sturm intakt bleiben würden! Wahrscheinlich lagen sämtliche Telegrafenmasten flach wie Getreidehalme auf dem Boden.

Er griff nach der Petroleumlampe und machte sich auf den Weg nach unten, um an der Haustüre hinauszuspähen. Nach seinen Schätzungen herrschte eine konstante Windgeschwindigkeit von mindestens 190 Kilometern pro Stunde und die Böen, die durch die Stadt rasten, mochten eine Geschwindigkeit bis 300 Kilometern pro Stunde haben. Ein derartig tobender Wind musste bereits beträchtliche Verheerungen in der Stadt und im Hafen angerichtet haben. Selbst im Inneren des Gebäudes wehte ein so heftiger Luftzug, dass die Lampe in seiner Hand mehr als einmal auszulöschen drohte. Langsam stieg er die Treppe hinunter. Das Haus wirkte unheimlich mit seinen vielen verlassenen Räumen, in denen der Wind seine schrillen Melodien pfiff. Da und dort musste der Sturm ein Fenster eingedrückt haben, denn John hörte rauschenden Lärm hinter den Türen und das Poltern schwerer Gegenstände, die vom Sturm hin- und hergerissen wurden. Einmal krachte etwas von innen an eine Türe, an der er eben vorbeiging, sodass er erschrocken zur Seite sprang – beinahe hätte er die Lampe fallen lassen. Seine Hände zitterten, als er sie umklammerte. Ein Feuer war nun wirklich das Letzte, was er zu all dem Unheil noch brauchen konnte.

Er hatte zur Türe hinausspähen wollen, aber bereits auf der Höhe des ersten Stockwerks war Endstation. Dort endete die

Treppe in einem unruhigen, schmutzigen See, der das Lampenlicht bösartig schillernd zurückwarf.

John stand reglos und staunte.

Er hatte die hohe Brandung gesehen, aber niemals gedacht, dass sie so weit ins Stadtinnere vordringen würde – und auch nicht so hoch. Das Wasser stand gute zweieinhalb Meter hoch, und es stieg immer noch, wie er an den Stufen des Gebäudes deutlich beobachten konnte. Die Trümmer der Haustüre und einige Fensterläden schwammen obenauf.

Eine ganze Weile stand er nur da und starrte den unglaublichen See an, der alle Büros im Erdgeschoß überflutet hatte. Aktenbündel trieben darin, Kleiderständer, Stühle. Das Wasser und der Sturm mussten die verschlossenen Türen der Büros aufgebrochen haben. John konnte sich nicht vorstellen, wie hoch die Flut noch steigen würde, nachdem sie alle Hochwassermarken unter sich begraben hatte. Auf jeden Fall musste er zurück in den vierten Stock, dort war er am sichersten – solange der Sturm dort nicht die Fensterläden eindrückte.

Eilig stieg er wieder hinauf. Zum ersten Mal stellte er sich die Frage, ob das Ziegelgebäude stark genug sein würde, dem doppelten Angriff von Wasser und Wind zu widerstehen.

Auf jeden Fall aber musste er alle seine Beobachtungen notieren, das war das einzig Sinnvolle, was er jetzt tun konnte.

Oben angekommen, stellte er die Petroleumlampe auf den Schreibtisch, setzte sich hin und begann einen ausführlichen Bericht zu schreiben.

10

Oscar und Emily mussten erleben, dass ihr Droschkengaul stellenweise knietief im Wasser stapfte. Bald bekamen die beiden jungen Leute Angst, das Pferd würde es nicht mehr schaffen. Mit jedem Schritt schienen seine Beine tiefer im

Wasser zu versinken. Der Sturm war jetzt erheblich schlimmer als am Vormittag. Ab und zu fegten heftige Windstöße Dachziegel von nahe gelegenen Häusern herunter und trugen sie durch die Luft wie Herbstblätter. Oscar sah ganze Familien, die gegen den Wind ankämpften und langsam Richtung Stadtmitte zogen, wo der Boden höher über dem Meeresspiegel lag. Der Broadway war ein einziger Flüchtlingsstrom. Oscar begriff, dass die Leute aus der gefährlichen Nähe des Meeres in höher gelegene Gebiete zogen – aber wie hoch war *hoch gelegen* in einer Stadt, die ganze drei Meter über der Meeresoberfläche lag?

Er konnte es kaum glauben, als sie unbeschadet und trocken das Haus an der nordöstlichen Ecke von *Bath* und *P 1/2 Avenue*, einen Häuserblock nördlich von Isaac Clines Haus und unmittelbar neben der Grundschule Bath Avenue, erreichten. Da stand der Direktor in der offenen, im Wind schlagenden Haustür und streckte ihnen fröhlich die Hände entgegen. »Willkommen, meine Lieben, willkommen! Garstiges Wetter heute, was? Kommt herein! Ich habe meine Haushälterin nach Hause geschickt, aber sie hat das Essen warm gestellt, wir können also gleich zulangen.«

Er führte sie in das Haus, dessen Fensterläden als Schutz gegen den Sturm geschlossen waren. Es war halbdunkel und es herrschte eine feuchte Hitze. Das Haus war geschmackvoll eingerichtet. Massige Möbel standen an den Wänden und schienen die Besucher aus ovalen Glasaugen ernst anzublicken. Überall lagen wertvolle Teppiche. Young geleitete sie in das Esszimmer, das im ersten Stock am Ende einer steilen, sehr schmalen Treppe lag.

»Der Strom ist ausgefallen, das ist meistens so«, sagte Direktor Young. »Aber das Essen ist noch warm.« Obwohl der Sturm sich anhörte, als regnete es Kieselsteine, benahm Young sich, als wäre nichts Außergewöhnliches im Gange, wuselte ein Weilchen zwischen Küche und Esszimmer herum und tischte dann das von seiner Haushälterin vorbereitete Essen auf – Steak mit Kartoffeln und Ananasscheiben. Oscar war erleichtert, als der Direktor sich als Abstinenzler entpuppte, der sich entschuldigte, dass es bei ihm nur Eiswasser und Saft zu trinken gäbe. »In meiner Position muss man einen klaren Kopf behalten und schnell rechnen, junger Mann, da gewöhnt man sich das Trinken ab. Und Fräulein Emily hält ja auch nichts vom Alkohol.«

»Ich trinke auch nicht«, sagte Oscar, und eine Welle von Glück durchströmte ihn bei dem Gedanken, dass er das guten Gewissens sagen konnte.

Sie aßen bei Kerzenlicht, das zuweilen heftig zitterte und schwankte, wenn eine Bö durch alle Ritzen fuhr und den Staub, der bis dahin ruhig zwischen den Brettern genistet hatte, in den Raum blies. Während sie beim Essen waren, begann Direktor Young von dem Unglück in Ritters Café zu erzählen, und hörte mit Staunen, dass Oscar dort gewesen und der Katastrophe entkommen war. »Da können Sie aber eine dicke Kerze anzünden, junger Mann«, sagte er. »Ich hörte, es sei schrecklich gewesen – ganz schrecklich. Wer hätte gedacht, dass der Wind eine solche Gewalt entwickelt! Es sieht ganz so aus, als hätte uns der Hurrikan doch erwischt.«

»Ach ja?«, fragte Oskar sarkastisch. Inzwischen prasselte der Regen gegen die Fensterläden, es klang schon fast wie Hagel, auf dem Dach rumpelte und knallte es, als würde mit Hämmern darauf herumgeschlagen, und gelegentlich erzitterte das ganze Zimmer fühlbar unter den Windstößen. Böen drangen wie Pistolenschüsse tief ins Haus ein und brachten die Kerzenflamme zum Flackern. Wenn es einem solide gebauten Haus so erging, was war dann mit den weniger soliden?

Direktor Young gab zu, dass er sich bei seinen Berechnungen der Bahn des Sturmes wahrscheinlich geirrt habe. »Ich habe sie zu weit nördlich angesetzt, das war mein Fehler. Aber Cline hat denselben Fehler gemacht, also liegt es nicht daran, dass ich nur ein Laie bin. Jeder hätte sich täuschen können. Sie müssen wissen, das Problem bei diesen Berechnungen ist …«

Er sprach eine ganze Weile lang weiter, wobei Emily ehrfürchtig lauschte, bis Oscar sie plötzlich unterbrach: »Sagen Sie einmal, was ist denn das für ein Poltern? Will da jemand herein?«

Direktor Young lauschte. »Das kann ich mir nicht vorstellen. Das ist auch nicht an der Haustür. Es scheint aus dem Schlafzimmer an der Ostseite des Hauses zu kommen.«

Er zündete eine Kerze an und ging zur Treppe. Oscar und Emily folgten ihm. Die Erschütterung, die mit jedem Poltern einherging, ließ den Boden vibrieren. Es war, als stünde jemand unten im Schlafzimmer und schlüge mit einem Hammer gegen die Decke.

Direktor Young leuchtete die steile Treppe hinunter. Das Kerzenlicht spiegelte sich im Wasser.

Oscar musste den Mann bewundern – er geriet nicht einmal aus dem Gleichgewicht, als er zugeben musste, dass er sich hinsichtlich des Wassers getäuscht hatte. Während sie oben im Esszimmer speisten, war es heimlich ins Haus eingedrungen. Im Erdgeschoss stand es jetzt etwa siebzig Zentimeter hoch und der Pegel stieg weiter – und zwar nicht allmählich, sondern schnell, sichtbar, als ließe man ein Bad einlaufen. Das Poltern kam von Möbeln, die herumschwammen und dabei an die Wände und die Decke stießen.

»Sehen wir einmal hinaus, was draußen los ist.« Direktor Young öffnete die Jalousien. Er schob das Fenster ein Stück hoch, hakte den Sturmladen los und spähte hinaus. Oscar schaute ihm über die Schulter.

Unter den tief hängenden Sturmwolken herrschte ein graues Zwielicht. Die *Avenue P* $1/2$ hatte sich in einen reißenden Fluss verwandelt, auf den der Regen herunterprasselte. Oscar starrte hinaus, die Hände in den Hosentaschen geballt.

Eine leise Angst beschlich ihn, aber er gab nicht nach. Er wollte jetzt nicht schlappmachen. Immerhin stand er in einem Haus, das den Regen und Sturm abhielt, und konnte auf Sicherheit zählen. Solange er in Direktor Youngs Haus war, war er sicher.

Ein Mann watete vorbei, wo früher die Straße gewesen war. Er kämpfte mit aller Kraft gegen den Strom an. Das Wasser reichte ihm bis zu den Unterarmen. Er wich Holzstücken, Kisten und Telegrafenmasten aus. Dann und wann schlug ein Dachziegel neben ihm auf dem Wasser auf. Leichtere Gegenstände stießen an seine Schultern und schwammen davon. Der Mann erreichte die Vordertreppe eines gegenüberliegenden Hauses und kroch auf allen vieren hinauf, erschöpft vom Waten in der reißenden Strömung. Die Türe wurde geöffnet und er verschwand im Inneren eines Hauses, das bedenklich im Wind schwankte.

Die Straße war zu einem Trümmerfluss geworden. Oscar sah Kisten, Fässer, Kinderwagen, Waschzuber, Toilettenhäuschen und Hundehütten vorbeitreiben. Es schwamm noch etwas darin, teils hell, teils schwarzgrau gestreift wie ein Kleiderstoff und mit weißen Litzen besetzt, aber Oscar wollte nicht glauben, was er sah. Der Direktor ging langsam und scheinbar unbeeindruckt zu einem Fenster hinüber, das nach Nordosten hinausblickte. Dort war der Schaden erschreckend, weil gewaltige Sturmwellen über die Hochwasseroberfläche rollten und bei den tiefer gelegenen Häusern der Straße gegen die Fenster im zweiten Stock schlugen. Youngs Haus, das auf einem Hügel gelegen war, blieb davon verschont – vorerst noch.

Der Direktor schloss die Sturmläden wieder und wandte sich um. »Wir wollen einmal ordentlich Licht machen, ich möchte Ihnen einige von meinen Karten zeigen.«

Er holte eine Petroleumlampe und zündete sie an. In dem gelben Licht öffnete er einen Schrank und entnahm ihm eine dicke Mappe mit Karten, auf denen er die Bahnen tropischer

Stürme vorausberechnet hatte. Die meisten trugen unten den handschriftlichen Vermerk: »Korrekt berechnet!«

»Das habe ich immer dann eingetragen«, erklärte er stolz, »wenn der Sturm sich genauso verhielt, wie ich angenommen hatte.«

»Dann ist es also doch möglich, die Bahn von Stürmen im Voraus zu berechnen«, sagte Oscar. »Wieso sprach Dr. Cline dann bis zuletzt von ein paar Regentagen, die uns bevorstünden? Warum hat er nicht kommen gesehen, was dort draußen tobt?«

»Weil wir im Grunde noch gar nichts über Stürme wissen«, erklärte Direktor Young. »Gehen Sie nicht zu hart ins Gericht mit dem armen Cline. Sein Fehler ist, dass er annimmt, er hätte schon alles gesehen, was die Welt an Stürmen zu bieten hat, und könnte durch nichts mehr überrascht werden. Er hat eine Unmenge von wissenschaftlicher Literatur gelesen und selbst geschrieben, aber er hat noch immer nicht verstanden, wie hoch sensibel diese Luftsysteme sind. Wir haben eigentlich keine Ahnung, wie sie genau funktionieren. Daher wissen wir auch nicht, wie sie sich verhalten werden, wenn eine winzige Änderung der Umstände eintritt – eine Erwärmung, eine Abkühlung, das Zusammenspiel mit einer äußeren Luftströmung. Etwas in der Art. Da draußen« – er deutete auf die Fenster, gegen die der Regen in Strömen schlug – »haben Sie etwas, das unglaublich kompliziert aufgebaut ist und funktioniert, und je komplizierter ein System ist, desto leichter ist es aus dem Gleichgewicht zu bringen. Das nennt Mr. Cline dann einen abnormen Sturm. Aber ich sage, nicht der Sturm ist abnorm, sondern unsere Berechnungen waren nicht ausreichend. Wir haben Dinge nicht einkalkuliert, die vielleicht da sind, von denen wir aber noch gar nichts wissen. Nur wird Mr. Cline natürlich niemals zugeben, dass er etwas nicht weiß.« Er lachte spöttisch.

Oscar hörte angestrengt auf die Geräusche des Windes. »Was wird jetzt geschehen?«

Direktor Young zuckte die Achseln. »Wir können nur hoffen, dass die Flutwelle aus der Bucht sich in Grenzen hält, aber ich muss ehrlich sagen, es sieht gefährlich aus. Wenn der Wind und das Wasser noch zunehmen, wird es viele Häuser von ihren Fundamenten heben und einfach wegschwemmen wie unvertäute Boote. Dann müssen wir befürchten, dass auch Todesopfer zu beklagen sind. Es kommt alles darauf an, wie nahe uns der Hurrikan ist – ob es nur seine Ausläufer sind, die uns streifen, oder ob sich das Zentrum über uns hinwegbewegt.«

Oscar dachte an das rosafarbene Gespensterlicht in Indianola. Es war schön gewesen, aber er wollte nie wieder etwas so Unnatürliches sehen.

»Dann ist es also ein Hurrikan?«

»Jetzt ist es einer«, bestätigte Direktor Young. »Kommen Sie, wir wollen einmal nachsehen, wie es mittlerweile im Erdgeschoss aussieht.« Er öffnete die Türe und trat mit der brennenden Lampe in der Hand auf den schmalen Treppenabsatz hinaus. Oscar folgte ihm und spähte an seiner Schulter vorbei ins Erdgeschoss hinunter. Emily blieb hinter ihnen.

Der Treppenschacht sah wie ein großes schwarzes, aus dem Boden geschnittenes Rechteck aus, einer offenen Falltür ähnlich. Das Licht der Lampe hätte Oscar teppichbelegte Stufen und die hölzernen Stäbe des Geländers zeigen sollen, aber er sah weder das eine noch das andere, sondern nur einen orangenen Widerschein, der von der gegenüberliegenden Wand reflektiert wurde. Wasser. Das Meer war in dem Haus fast bis zur obersten Treppenstufe gestiegen.

»Verdammt«, murmelte Direktor Young, der jetzt doch Anzeichen von Unruhe zu zeigen begann. »Ich hätte nicht gedacht, dass es so hoch steigt. Kommen Sie hinaus auf den Balkon, wir sehen uns die Situation draußen an.«

Er reichte Oscar die Lampe und ging zu der massiven Balkontür. Als er einen Flügel öffnete, fuhr eine Bö herein, die den großen, breitschultrigen Mann zurückstieß wie der

Schlag einer Riesenfaust. Young schwankte und musste sich festhalten, um nicht umgeblasen zu werden. Oscar und Emily, die weit tiefer im Korridor standen, bekamen jeder einen Windstoß ab, der ihnen den Atem stocken ließ. Die Lampe erlosch. Die Öffnung der Balkontüre war jetzt ein Rechteck aus grauer Luft, in der kleine Gegenstände herumwirbelten wie ein Schwarm Vögel.

Die Wucht des Windes erschreckte Oscar, aber was Young anging, so entfachte sie nur dessen Neugier. Ein anderer Mann hätte vermutlich in einem der Schlafzimmer des ersten Stocks Schutz gesucht, aber Direktor Young kämpfte sich zur Tür zurück.

Oscar beobachtete ihn, während er selbst sich an der Türe des Esszimmers festklammerte, wo der Sturm ihn nicht so leicht erreichen konnte. Der Direktor hielt sich dicht an der Wand, zog sich von Türklinke zu Türklinke vorwärts. Bei der Tür angekommen, umklammerte er mit beiden Händen den Rahmen und schwang sich hinaus. »Kinder«, brüllte er, um sich über dem Heulen des Sturms verständlich zu machen, »das ist das Grandioseste, was ich je gesehen habe! Es ist wie auf einem Schiff mitten im Sturm – Wellen überall, und sie sehen aus wie die Körper riesiger Elefanten!«

Oscar drückte sich an die Wand und schob sich hinaus auf den überdachten Balkon, der zudem auf beiden Seiten durch Holzwände gegen den Sturm abgeschirmt war. Dennoch rissen die Böen ihn wie mit Händen an Haaren und Kleidern.

Oscar starrte atemlos nach draußen. Ein düsteres und zugleich unwirklich anmutendes Bild bot sich ihm. Überall in der Stadt war der Strom ausgefallen, sodass die einzigen Lichter, die da und dort noch zu sehen waren, von Petroleumlampen und Kerzen stammten. Im Licht der Dämmerung erschien ihm alles grau in grau und er meinte auf eine verblichene Schwarzweißfotografie zu blicken. Wo vor eineinhalb Stunden noch von Häusern gesäumte Straßen gewesen waren, sah er jetzt offenes Meer, hier und da von Telegrafenmasten und Dachfirsten durchbrochen. Von den Häusern auf der anderen Straßenseite ragten nur die oberen zwei Drittel aus dem Wasser. Keine einzige Schindel war mehr auf dem Dach. Oscar fragte sich, was aus dem Mann geworden war, der halb schwimmend sein Haus erreicht hatte, und aus den Personen, die ihm die Türe geöffnet hatten. Er begriff mit einem Mal, dass er wahrscheinlich auf ein Haus voll Ertrunkener blickte; ihm wurde übel. Er musste schlucken und tief durchatmen, um sein Essen unten zu behalten.

Plötzlich drehte der Wind von Ost nach Südost und wurde erneut stärker. Oscar spürte, wie er gegen die Wand des Balkons gepresst wurde. Ein Haus, in dessen oberstem Fenster Lampenlicht schimmerte, hob sich wie ein großes Dampfschiff, wurde hin- und hergerissen und versank schließlich. Er dachte an die Menschen, die sich darin befanden. Waren sie hier in Direktor Youngs Haus, das wie ein einsamer Fels in der Brandung wirkte, noch sicher? Unter der Türe strömte Wasser herein. Es hatte die zweite Etage erreicht und strömte durch die Türe herein, die elf Meter über der Straße lag. Der Wind wurde noch stärker.

Young stand immer noch draußen auf dem Balkon, starr vor Ehrfurcht und Neugier. Einige Stäbe des Balkongeländers flogen durch die Luft wie Strohhalme, andere landeten, sich mehrmals überschlagend, im Wasser. Plötzlich riss der Wind einen der Pfosten um, der das Balkondach stützte. Oscar und Emily schrien beide laut auf, als sie sahen, wie der Pfosten Young traf, aber er fiel nicht hin; der Wind hielt ihn aufrecht. Benommen schaffte er es, ins Haus zurückzukehren und ins Esszimmer zu flüchten, wo er sich an den Tisch setzte. Emily eilte hin und untersuchte mit zarten Fingern die Stelle an seinem Kopf, wo der Pfosten ihn getroffen hatte. »Es ist kein Schnitt, nur eine Beule«, verkündete sie. »Aber gehen Sie bloß nicht wieder hinaus.«

Der Wind packte die Balkontüre, die Direktor Young bei seiner Flucht nicht geschlossen hatte, und riss sie weit auf. Ströme von Regen prasselten in den Flur und mischten sich mit dem Wasser, das unter der Türe hervorkroch, dunkel wie Blut. Oscar, der den Kopf zur Türe des Esszimmers hinausstreckte, konnte die Augen nicht mehr öffnen. Der Dämon von Indianola brüllte in seinen Ohren. Dass das Haus noch immer stand, schien unvorstellbar.

»Mein Gott, hilf!«, sagte er leise, und er meinte es auch so.

Young holte eine Handvoll Eiswürfel aus der Schale und kühlte seine Beule damit. »Es sieht schlimm aus, ihr habt es selbst gesehen«, sagte er. »Ich hoffe, dass mein Haus durchhält – es hat immerhin zwei Generationen lang gehalten, aber da draußen ist der Teufel los und ich weiß nicht, ob die alte Hütte es schafft. Wenn das Haus ins Wanken gerät, müssen wir von hier verschwinden.«

»Verschwinden? Wie denn?«, rief Oscar. Seine Stimme war schrill vor Angst und Unglauben. Was meinte der Direktor denn, wie sie auf diesen zu reißenden Flüssen gewordenen Straßen fortkommen sollten?

»Damit«, sagte Young. Er deutete auf die Türe, die den Zugang zum Balkon bildete und jetzt im Sturm hin- und herschlug wie ein Insekt mit hölzernen Flügeln. Es war eine mächtige, zweiflügelige Eichentüre mit schönen Schnitzereien, ein Stück alter Handwerksarbeit. An der Innenseite waren starke Haken montiert, an denen Direktor Youngs Fernglas und sein Wettermantel hingen. »Wenn das Haus in sich zusammenbricht und wir drin sind«, sagte er, »haben wir keine Chance zu überleben, dann reißt es uns in die Tiefe oder trägt uns in den Golf hinaus. Sie müssen mir helfen, Oscar, die beiden Türflügel aus den Angeln zu heben. Dann binden wir uns an den Flügeln fest, ich an dem einen, Sie und Emily an dem anderen – und können dann nur noch auf Gottes Hilfe hoffen.«

»Und Sie meinen, wir könnten so überleben?«, fragte Oscar, dem bei dem bloßen Gedanken übel vor Angst wurde.

»Ob wir überleben, weiß ich nicht, aber es ist der einzige Weg es zu versuchen. Die Türe ist solide und schwimmt gut. Sie haben eine Chance, dass Sie über Wasser bleiben, bis der Sturm abflaut. Er kann nicht ewig andauern, spätestens morgen früh muss er vorbei sein.«

Oscar rechnete nach. Das waren etwa zwölf unerträgliche Stunden, in denen sie wie Schiffbrüchige auf den schmutzigen Wellen da draußen treiben würden, dem tobenden Sturm und Regen ausgesetzt. Er begann zu zittern, biss aber die Zähne zusammen, um seine Angst nicht zu zeigen. Es ging jetzt um Emily. Sie durfte nicht sehen, dass er Angst hatte.

»Ich verstehe«, sagte er mit brüchiger Stimme. »Und womit binden wir uns fest?«

Direktor Young kramte in einer der untersten Laden des Schrankes und brachte eine dicke Rolle Seil zum Vorschein. Er maß ein Drittel der Länge ab und schnitt es ab, den Rest schob er den beiden jungen Leuten hin. »Lassen Sie sich von Emily festbinden«, sagte er zu Oscar. »sie versteht sich darauf, gute Knoten zu machen. Ich kann mich selbst festbinden. Sobald das Haus einstürzt, stoßen wir uns ab und schwimmen.«

Oscar spürte, dass es nicht mehr lange dauern würde, bis dieser Fall eintrat. Das Haus bebte in seinen Fundamenten. Wäre ein Zug über das Dach gefahren, das Getöse hätte nicht größer sein können. Da der Sturm fast alle Schindeln abgerissen hatte, traf der Regen auf blankes Holz. Vom Wind getrieben, drang er tief in den Putz ein. Er ließ die Tapeten Blasen werfen, die explosionsartig platzten. Schließlich wurde durch einen heftigen Windstoß die gesamte Haustür mit einem ohrenbetäubenden Knall aus dem Rahmen geschleudert. Brüllend brachen die Böen ins Innere ein.

»Machen wir uns ans Werk«, befahl Direktor Young.

Mit vereinten Anstrengungen hoben sie jetzt die schwere

Balkontüre aus den Angeln und kippten die Flügel waagerecht auf den Balkon, der bereits gefährlich in seinen Befestigungen schwankte. Das schwimmende Treibgut stieß von allen Seiten an ihn und lockerte Nägel und Nieten. Young schlang sein Seil oben und unten über die Türe, die Haken und durch das Gitterwerk, das ihren oberen Teil bildete, dann legte er sich bäuchlings darauf, wickelte das Seil mehrfach um seinen Körper und knotete es fest. »Machen Sie dasselbe und beeilen Sie sich, es wird gleich einstürzen!«, schrie er Oscar über das Tosen des Sturms hinweg zu.

Oscar warf sich gottergeben auf die Türe. Er sah, wie Emily das Seil mit denselben schnellen, geschickten Bewegungen wie Direktor Young an der Tür befestigte und dann um seinen Körper schlang, um die Brust, zwischen den Beinen hindurch, bis er sich kaum noch rühren konnte. Dann band sie sich auf dieselbe Weise dich neben ihm fest. Sie sah klein und jämmerlich aus, wie sie in ihrem Matrosenkleid da auf der Türe klebte – wie ein aufgespießter Schmetterling auf seinem Brett.

»Gott befohlen«, sagte sie und lächelte ihn an.

»Gott befohlen«, antwortete er und dachte: »Allmächtiger, wenn ich hier überlebe, will ich nie wieder trinken und Opium rauchen, und ich will versuchen, Emily ein wertvoller Freund zu sein – aber lass mich noch einmal überleben.«

Durch das Haus ging ein splitternder Krach. Das Dach neigte sich so gefährlich über sie, dass Oscar fürchtete, es würde herabstürzen und sie erschlagen, aber die nächste Bö stieß es wieder zurück nach der anderen Seite, wo es abbrach und im Wasser versank. Das Haus zitterte, ruckte, begann zu schwimmen. Das Balkondach hob sich und flog über das Dach des Hauses. Ein Krachen von Holz und Eisen und der Balkon löste sich mit einem Ruck und schwamm in Richtung Westen davon.

Ein Ruck durchfuhr Oscar, als die Türe nach unten sackte, aber es war gleich wieder vorbei. Erstaunlich sanft wurden sie auf der glatten Wasseroberfläche abgesetzt, während das Haus hinter ihnen in zwei Teile zerbrach und majestätisch langsam in den Wellen versank.

Die Türen trieben davon. Sie hatten Glück, dass sie nicht in den Strudel gezogen wurden, der sich an der Stelle bildete, wo Direktor Youngs schönes Haus gestanden hatte und jetzt seine schweren Walnussmöbel langsam hin und her schwammen. Überhaupt war Oscar erstaunt, wie ruhig das Wasser war, obwohl der Sturm über ihnen brüllte und die Wolken umherschleuderte wie schmutzige Lumpen. Immer wieder zuckten breite, blauweiße Blitze auf und erhellten das Meer, aber er sah keine Wellen. Das Meer war seltsam flach, die Oberfläche geglättet. Es war jetzt zwischen den Blitzen fast völlig dunkel und so sah er nicht gleich die Ursache dieser ungewöhnlichen Flaute, aber als er sie sah, fühlte er, wie es ihm warm in die Hose lief.

Sie befanden sich im Windschatten eines riesigen Trümmerwalls, den der Sturm mit beängstigender Geschwindigkeit näher heranwälzte. Oscar schrie wie ein Kind vor Angst. Zwischen ihnen und den wütenden Böen hatte das Meer einen drei Stockwerke hohen und mehrere Kilometer langen Trümmerwall aufgeschichtet. Der Wall war so hoch, so massiv, dass er wie eine Kaimauer den direkten Anprall der vom Golf hereinrollenden, riesigen Wellen abfing. Er bestand aus Häusern, Häuserteilen und Dachfirsten, zerquetschten Kutschen, Toilettenhäuschen, Möbeln und einer Unmenge von Gegenständen, die bis zur Unkenntlichkeit zermalmt und zerdrückt worden waren, aufgerieben in der riesigen, sich dahinwälzenden Maschinerie. Die Wellen schoben den Trümmerwall in Richtung Norden und Westen. Er bewegte sich unaufhaltsam vorwärts, und wo er entlangkam, verschlang er alle Gebäude und alles Leben. Wenn der Wind nicht gewesen wäre, hätte Oscar den Wall als eine entsetzliche Mischung aus Schreien und berstendem Holz kommen hören.

Der Trümmerwall kam immer näher, zerstörte Gebäude im Süden und Osten. Oscar sah ihn als einen riesigen schwarzen Schatten herannahen und in Gedanken war er wieder in Indianola, wo er dieselbe Bedrohung erlebt hatte. Und wie damals rettete sie ein unvorhersehbarer Zufall. Eine Strömung, die in der glatten Meeresfläche entstand, ausgelöst durch irgendein auf den Boden sinkendes Teil, riss sie plötzlich vorwärts, drehte sie einmal im Kreis und jagte sie fort, hinaus aus dem Einflussbereich des mächtigen Schattens, der im Schein der Blitze furchtbar über ihnen aufleuchtete. Oscar sah mit einer Klarheit, als betrachtete er eine hart kopierte Fotografie, dass menschliche Gliedmaßen, teilweise halbe Körper, aus dem Wall heraushingen.

Die Strömung trug sie auf ihrem Floß durch die Stadt – bzw. durch die Ödnis, die einmal eine Stadt gewesen war. Er meinte den Tanzpavillon des Gartenvereins zu erkennen. Einige Augenblicke später trieben sie auf das Ursulinenkloster zu, dessen majestätische Masse wie ein geisterhaftes Schloss aus der von Blitzen erleuchteten Wasserfläche hervorragte, aber dann geriet ihre Tür in einen Strudel aus Wasser und Trümmerteilen. Sie wurden immerzu im Kreis herumgedreht, bis sie die Orientierung vollends verloren hatten. Dann plötzlich löste sich ihr Floß aus der Umklammerung des Strudels und trieb weiter.

11

Ronald Leibowitz kam in einem Haufen Schutt wieder zu sich. Er wusste nicht, wie lange er ohnmächtig gewesen war, aber die Situation hatte sich nicht verändert: Er hörte den Wind heulen und kreischen, viel deutlicher jetzt als zuvor, denn ein Stockwerk über ihm klaffte ein riesiges gezacktes Loch in der Wand. Dahinter herrschte ein grauschwarzes Zwielicht, in dem Unmengen von Gegenständen herumgewirbelt wurden. Die Notbeleuchtung brannte noch immer. Über ihm und ein ganzes Stück unter ihm – er konnte nicht sehen, wie weit – war die Treppe verschwunden, diese breite, solide Marmortreppe, die ausgesehen hatte, als könnte nichts sie zerstören. Ronald fragte sich, wieso er noch lebte, und entdeckte, dass er auf einem seitlichen Absatz lag, wo eine Dienertreppe von der großen Treppe abzweigte. Schutt bedeckte seine Beine. Blut lief ihm übers Gesicht und sein rechter Arm schmerzte höllisch. Er versuchte ihn zu bewegen und stellte fest, dass er gebrochen sein musste; er hing lahm am Körper herunter. Wenigstens schienen seine Beine noch heil zu sein. Als er sie unter dem Schutt hervorzog, fand er, dass sie zwar zerschrammt waren, aber nicht gebrochen. Er konnte sich auf die Knie aufrichten und schließlich auch aufstehen.

Die schmale Wendeltreppe war intakt und Ronald beeilte sich wegzukommen von dem großen Loch in der Fassade, durch das der Wind jederzeit nach ihm greifen konnte. Er fühlte sich vor Schreck wie betäubt. Es war nicht nur der Schmerz und der Schock des Absturzes, sondern die für Ronald unfassbare Tatsache, dass ein Sturm das *Tremont Hotel* zerstören konnte – dieses riesige, solide Gebäude, das für die Ewigkeit gebaut schien. Aber die vielen meerseitigen Fenster waren seine Schwachstelle gewesen. Nachdem der Sturm diese einmal eingedrückt hatte, war es ihm ein Leichtes gewesen, den Rest der Außenmauer auch einzureißen. Jetzt war er im Inneren des Gebäudes, fuhr brüllend durch die Korridore, heulte und winselte in den Ecken, tötete und verletzte überall Menschen. Ronald hörte die Schreie in den unheimlichen Pausen zwischen zwei Böen.

Er tastete sich an der Wand entlang die Wendeltreppe hinunter. Hier brannte kein Licht. Einmal musste er über etwas Weiches steigen, das zusammengesunken auf den Stufen lag. Er hielt nicht an, um nachzusehen. Er konnte jetzt niemandem helfen. Er wusste auch nicht, ob ihm jemand helfen konnte. Sein Arm schmerzte bei jeder Bewegung so heftig, dass es ihm das Wasser in die Augen trieb. Aber er war fürs Erste in Sicherheit. Die schmale Dienertreppe führte an keinen Fenstern vorbei. Sie endete vermutlich unter der Erde, im Küchentrakt oder an einem ähnlich sicheren Ort, wo er sich verstecken konnte, bis die Wucht des Sturms nachließ.

Als er tiefer kam, hörte er die Schreie und das Durcheinander einer großen Menschenmenge deutlicher und begriff, dass das Erdgeschoss des Hotels im Augenblick wahrscheinlich ein sehr gefährlicher Ort war, mit allen diesen in Panik geratenen Menschen, die beim schwachen Licht der Notbeleuchtung wild umherliefen und ein Versteck vor dem Sturm suchten. Mit seinem verletzten Arm riskierte er, noch weiter verletzt oder gar zu Tode getrampelt zu werden, wenn er der Menge nicht rechtzeitig auswich.

Dann endete die Treppe plötzlich an einer offenen Hintertüre und eine Bö fuhr herein, die Ronald über und über mit Staub bedeckte und ihm etwas ins Gesicht schleuderte, das schmerzhaft sein Auge traf. Mit einem Schrei riss er die gesunde Hand hoch und griff danach, konnte aber nur spüren, dass Blut über sein Gesicht rann und etwas Sandiges in seinem Auge rieb und kratzte. War es nur eine Handvoll Sand gewesen, die sein Gesicht traf, oder einer der zahllosen umherfliegenden Splitter? Er konnte nicht einmal feststellen, ob er auf dem Auge noch etwas sah, so heftig presste sich der Sturm an sein Gesicht. Es war, als wollte er unter Wasser die Augen öffnen. Er wurde von der Türe weggestoßen, dann wieder herangezogen. Verzweifelt spreizte er die Beine und hielt sich mit der heilen Hand fest. Soviel er sehen konnte, befand er sich am Ausgang zu einem Hinterhof. In dem Schacht fingen sich die Böen und drehten sich in einem engen Schlauch, der alles mit sich riss. Mülltonnen polterten in dem Hof herum wie betrunkene Menschen, die einen verrückten Tanz aufführten.

Er wollte schon weiterlaufen, als ihm plötzlich ein Gedanke kam. Er erinnerte sich, dass Mülltonnen meist in einem kleinen Haus abgestellt wurden – und war da nicht der Schatten eines solchen Häuschens? Tatsächlich, da war es! Ronald presste sich an die Mauer und arbeitete sich Schritt für Schritt in die Richtung des Häuschens vor, während der Sturm alles daransetzte ihm die Luft aus den Lungen zu pressen. Er fand die Metalltüre, zwängte sie auf und schlüpfte dahinter.

Stille umgab ihn, in der das Wüten des Windes nur noch gedämpft zu hören war. In dem Raum herrschte der süßliche Gestank von Hausmüll, aber der kümmerte Ronald im Augenblick nicht im Geringsten. Er tastete sich vor, an vollen Mülleimern vorbei, bis er die hinterste Ecke erreicht hatte. Dort sank er in sich zusammen und überließ sich keuchend den immer stärker werdenden Schmerzen, die er an seinem Arm und Auge empfand. Er hoffte nur, dass es dem Sturm nicht gelingen würde die Metalltüre zu öffnen, die nur eine einfache Klinke hatte, aber der Hof bot einen gewissen Schutz vor den Böen … sofern nicht das ganze Hotel zusammenstürzte. Irgendetwas stürzte nämlich zusammen. Ronald hörte, wie große Brocken Stein auf das Dach des Müllhäuschens polterten.

Dann kam das Wasser.

Es musste schon eine ganze Weile gestiegen sein, hatte aber den engen Hof an der Rückseite des Gebäudes noch nicht erreicht, da die rückwärtigen Teile des *Tremont* beträchtlich höher lagen als die meerseitigen. Ronald merkte es erst, als es unter der Türe durchrann und seine Beine nass wurden.

Mit einem Schrei raffte er sich auf. Wasser! Wenn das Meer kam, saß er in dem Häuschen in der Falle. Er stolperte, so rasch er konnte, an den Mülleimern vorbei und drückte die Türe auf. Er flüchtete keinen Augenblick zu früh: Von außen presste bereits das Wasser gegen die Türe, ein paar Minuten später und er hätte es nicht mehr geschafft, sie zu öffnen. Er watete durch den Hof, in dem das Wasser mit beängstigender Geschwindigkeit stieg, und flüchtete zurück auf die Treppe des Dienstpersonals, hastete die Stufen hinauf, so schnell er konnte. Diesen Weg kannte er wenigstens, während ihm die Gänge, die auf der anderen Seite von der Hintertüre wegführten, fremd waren und in eine Falle führen mochten. Er floh in der Finsternis nach oben, atemlos vor Schmerz und Anstrengung. Draußen blitzte es jetzt wiederholt und so heftig, dass das blaue Licht bis in den Schacht der Wendeltreppe fiel und ihn sekundenlang erleuchtete. Das Wasser jagte hinter ihm her, blieb ihm auf den Fersen. Auf halber Höhe der Treppe ergriff es einen Körper, der dort lag, und schleppte ihn weg.

Ronald war fassungslos. Er wusste, dass die Treppe für das Personal drei Stockwerke hoch ins Haus führte, ehe sie auf die große, eingestürzte Treppe stieß. War es möglich, dass das Wasser so unglaublich hoch stieg? Mit Entsetzen dachte er daran, was mit den Menschen geschehen mochte, die im Speisesaal versammelt waren. Der Speisesaal hatte riesige Fenster, die alle aufs Meer hinausgingen. Wer sich dort unten aufhielt, hatte keine Chance.

Er lief höher und höher, verfolgt von der Flutwelle, die mit unheimlicher, lautloser Geschwindigkeit hinter ihm her eilte. Dann erreichte er die Stelle, wo die Marmortreppe eingestürzt war, und konnte nicht weiter. Die Notbeleuchtung erlosch. Wahrscheinlich lagen die Kabel im Wasser. Er sah im Schein der aufflammenden Blitze, dass der Treppenschacht jetzt von einem See ausgefüllt war, auf dessen Oberfläche Möbel und zu seinem Entsetzen leblose Körper trieben. Das Wasser musste sie aus den unteren Regionen des Hauses heraufgeschwemmt haben.

Ronald setzte sich auf die oberste Treppenstufe nieder. Er wusste nicht, wohin er fliehen sollte und was er überhaupt noch tun konnte, verängstigt und verletzt, wie er war. Mit einem Mal musste er an seine Kindheit denken. Er erinnerte sich, was seine Großmutter ihm und Oscar immer eindringlich nahegelegt hatte: Sollten sie jemals in Todesgefahr geraten, so müssten sie das *Sch'ma Israel* beten, dann würden sie im Falle ihres Todes auf der Stelle in den Himmel aufgenommen. Er hatte nie daran geglaubt, aber jetzt stellte er zu seiner grenzenlosen Überraschung fest, dass er die Worte noch auswendig konnte. In einem Winkel zusammengekauert, die Stirn auf die Knie gepresst, begann er vor sich hin zu murmeln. »Sch'ma Israel, adonai elohenu, adonai echod …! Höre Israel! Der Herr unser Gott, der Herr ist ein einziger …!« Und dann kamen die Worte wie von selbst und er konnte nicht mehr aufhören Gott anzurufen.

12

Um das Kloster der Ursulinen tobte der Sturm. Bretter flogen durch die Luft und prallten gegen die Mauern. Dachschindeln schmetterten auf die Erde. Durch die glaslosen Fensteröffnungen des ersten und zweiten Stocks strömte in breiten, tobenden Fluten das Wasser des Meeres.

Die Schwestern hatten sich trotz des Sturms an ihre tägliche Routine von Arbeit und Gebet gehalten so lange es ging, aber jetzt rief die Mutter Oberin, Mary Joseph Dallmer, sie zusammen. Sie kamen mit Sturmlaternen, denn auch im Kloster war es stockdunkel. Wie überall in Galveston war schon am frühen Abend der Strom ausgefallen.

Mary Dallmer stand an einem der Fenster im dritten Stockwerk, das noch intakt war, einer kleinen Luke in einer Nische des Hauses, und starrte hinaus auf ein Meer, wo eben noch eine Stadt gewesen war. Von den Häusern der Umgebung waren nur noch einige Dachfirste zu sehen, die sich unter dem Ansturm der Wellen auflösten. Dinge fielen vom Himmel – Möbel, Bücher, Laternen, Pfähle und Bretter. Blitze beleuchteten im Wasser treibende Häuser, Kutschen, Apfelkarren, Möbelstücke … und viele Leichen.

Die Nonnen sammelten sich um die Mutter Oberin, schweigend und aufmerksam. Wenn sie Todesangst empfanden, so zeigten ihre glatten, ruhigen Gesichter unter den großen Hauben es nicht. Sie hatten gelernt, in allen Situationen nur auf zwei Dinge zu achten: auf die Gebote Gottes und auf die Befehle ihrer Oberin.

Mutter Dallmer wies auf die Holztrümmer, die überall auf den Fluten trieben. »Da draußen sind Menschen. Ich bin sicher, dass es zumindest einigen gelungen ist, sich schwimmend zu retten, um die müssen wir uns kümmern. Sie brauchen trockene Kleider. Öffnet die Schränke, bringt her, was wir an Kleidern und Wäsche haben.«

»Auch die Ordenstrachten, ehrwürdige Mutter?«, fragte eine Schwester.

Mutter Dallmer lächelte. »Ja, warum nicht? Ein trockener Habit ist auch etwas wert.«

Während die Schwestern liefen, um den Befehl auszuführen, kehrte sie selbst zu der Luke zurück.

Sie war eine außergewöhnliche Frau. Aus Baden in Deutschland gebürtig, war sie mit ihrer Mutter im Jahre 1858 nach Galveston emigriert, wo sie die Schule besuchte und 1869 in den Orden der Ursulinen eintrat. Die Ordensoberen erkannten bald, dass sie eine nicht nur künstlerisch begabte, sondern auch in jeder anderen Hinsicht fähige Frau war, und machten sie in verhältnismäßig jungen Jahren zur Oberin.

Jetzt starrte Mary Dallmer auf das Wasser, das zu den Fenstern hineinlief. Plötzlich kam ihr der Gedanke: Es würde nicht genügen, Menschen zu bekleiden, die es aus eigener Kraft aus der Flut schafften. Sie mussten helfen, sie hereinzuholen, sie mussten ihnen signalisieren, dass es hier Hilfe gab.

Sie wandte sich rasch um zu den Schwestern, die sich wieder um sie versammelt hatten. »Läutet die Glocken.«

Erstaunen machte sich auf allen Gesichtern breit. Die Glocken? Wenn es ihnen überhaupt gelang, sie bei dem Sturm in

Bewegung zu setzen, würde irgendjemand sie hören? Aber sie stellten keine Fragen. Die vier Kräftigsten machten sich auf den Weg, um die schwere Arbeit des Glockenziehens zu übernehmen. Die anderen warteten.

Mutter Mary sagte: »Kommt, wir müssen ein Stockwerk tiefer. Wenn Menschen auf der Flut schwimmen, werden sie versuchen, dort zu den Fenstern hineinzugelangen, und wir wissen nicht, ob sie es bei dem Sturm allein schaffen.«

»Das Stockwerk steht unter Wasser, ehrwürdige Mutter«, wandte eine der jüngeren Schwestern ein, die noch nicht gelernt hatte, keine Fragen zu stellen.

»Das weiß ich selbst«, antwortete die Oberin unwirsch. »Ich will wissen, wie tief es unter Wasser steht und was wir tun können, um zu helfen.«

Laternen in den Händen, stiegen die Nonnen, die Oberin voran, die breite steinerne Treppe ins tiefer gelegene Stockwerk hinunter. Böen pfiffen durch Fugen und Ritzen, von deren Existenz niemand eine Ahnung gehabt hatte. Unten klatschte Wasser gegen die Treppe wie ein Eindringling, der ungeduldig Einlass forderte. Normalerweise endeten die Stufen im Vorraum eines großen Saales, der für Versammlungen diente. Jetzt endeten sie in einem finsteren See.

»Es kann nicht tiefer als einen halben Meter sein«, sagte Mutter Mary, während sie die Höhe der Stufen abschätzte.

Das Wasser war tatsächlich nicht tief, aber es war in ständiger, gefährlicher Bewegung. Es schoss durch die Fenster, deren Scheiben der Wind eingedrückt hatte, herein, prallte gegen die Wand des Saales und strömte in einer mächtigen, alles mitreißenden Welle wieder zurück. Eine der älteren Nonnen machte ein paar Schritte ins Wasser und musste sich an ihre Gefährtinnen klammern, als der Sog ihr die Füße unter dem Boden wegriss. Andere hielten sich am Geländer fest und stiegen jetzt ebenfalls in den See. Die langen Gewänder waren hierbei allerdings sehr hinderlich. Erst bauschten sie sich auf und drohten, die Schwestern hochzuheben wie Korken, dann sogen sie sich voll Wasser und wurden bleischwer, aber keine der Nonnen hätte daran gedacht, sich ihres Habits zu entledigen. Stur versuchte die alte Nonne ein paar weitere Schritte und gelangte in die Ecke der Fensterwand, wo die Strömung besonders heimtückisch war. Der Wind draußen brüllte so laut, dass kein Wort zu verstehen war, also deutete die Schwester mit Gesten, sie müsse sich anbinden. Man lief los, um Wäscheleinen zu holen.

Zwei Schwestern, Karmilla und Florentina, kämpften sich durch den zerrenden Sog zu den Fenstern vor, deren Rahmen noch hielten. Sie banden sich am Mauerwerk zwischen den Fenstern fest und versuchten, eine Laterne zu schwenken, um draußen Treibenden Hilfe zu signalisieren. Zweimal erlosch die Laterne, erst beim dritten Versuch brannte sie weiter, wenn auch flackernd, und warf einen geisterhaften Schein auf die schmutzig graue Wasserwüste. Der Fensterstock, dessen Mittelpfeiler die beiden Frauen davor bewahrte, in die Flut hinausgerissen zu werden, knirschte im Sturm.

Mutter Mary hielt ihre Laterne hoch und blickte von ihrem Posten auf der untersten Stufe über dem wirbelnden Wasserspiegel zu den beiden Schwestern hinüber, die sich stoisch gegen die Flut stemmten. Ein Augenblick des Zweifels überkam sie. Hatte es überhaupt einen Sinn, was sie da tat? Riskierte sie das Leben ihrer Mitschwestern, ohne irgendjemand damit zu helfen? Konnte sich überhaupt eine lebende Seele durch diesen schrecklichen Strom da draußen retten? Sie sah, wie die Gegenstände hin und her gerissen wurden, die das Wasser in den finsteren Saal schleuderte. Wer konnte dort draußen überhaupt noch überleben?

Aber dann hörte sie einen Schrei, der den Sturm übertönte, sah ein wildes Schwenken der Laterne, die Schwester Florentina in Händen hielt. »Ein Floß! Ein Floß!«

Und wirklich: Sekunden später prallte etwas schmetternd

gegen das Fenstersims, wurde zurückgestoßen und stieß wieder daran. Karmilla und Florentina beugten sich vor, so weit sie konnten, streckten die Arme aus – ergriffen Hände! Drei völlig erschöpfte Kinder wurden der Reihe nach von einem springenden und bockenden Floß gezogen. Die übrigen Schwestern bildeten eine Kette, entlang der die Kinder weitergereicht wurden, bis sie sicher die Treppe erreichten. Ihnen folgten, zerschlagen und durchnässt, Vater und Mutter. Sie hatten fast keine Kleider mehr am Leib, so wüst hatten Wasser und Sturm sie misshandelt.

Einige Nonnen liefen mit ihnen hinauf in das obere Stockwerk, wo sie sie abtrockneten und in trockene Kleider hüllten. Die Übrigen hielten weiterhin Wacht am Fenster, dessen Rahmen im Sturm knirschte und knackte.

Wenig später sahen sie ein vorbeischwimmendes Dach, auf das sich eine Frau gerettet hatte. Sie schrie und winkte, als sie das Licht und die weißen Gestalten im Fenster des Ursulinenklosters sah. Dann rutschte sie plötzlich vom Dach. Mutter Mary Dallmer meinte schon, die Frau sei in den hohen Wellen verschwunden, als sie im scharfen Schein eines Blitzes wieder auftauchte, diesmal an einen großen, treibenden Koffer geklammert. Die Nonnen zerrten sie herein, trockneten sie ab und legten sie in einer der Klosterzellen ins Bett.

Mutter Dallmer trat an ihr Bett und sah mit Schrecken, dass die arme Frau hochschwanger war. Sie weinte bitterlich. Unter Tränen erzählte sie der Nonne, dass sie Mrs. Heidemann hieß und eben den Einsturz ihres Hauses und wohl auch den Tod ihres Mannes und ihres dreijährigen Sohnes miterlebt hatte.

Die Oberin sprach ein paar tröstende Worte, versprach, dass eine der Nonnen ihr etwas zu trinken bringen würde, dass sie selbst aber wieder hinunter musste, um die Rettungsoperation zu überwachen. Sie wollte gerade gehen, als die Frau ein lang gezogenes »Ohhh« ausstieß und sich schmerzhaft verkrampfte.

Mutter Dallmer blieb wie erstarrt stehen. Sie wusste, was dieses »Ohh« bedeutete. Die Wehen hatten eingesetzt. Sie hatte den Gedanken kaum fertig gedacht, als dem ersten ein zweiter Krampf folgte.

»Schwester Clarissa!«, schrie die Oberin. »Ich brauche sauberes, heißes Wasser!«

Schwester Clarissa kam überrascht angelaufen, erfasste angesichts der stöhnenden Patientin aber sofort die Situation. »Wir haben noch sauberes Wasser, aber kein heißes mehr, die Küche steht unter Wasser«, meldete sie.

»Dann muss es eben so gehen.« Die Oberin schürzte die Ärmel auf. »Wasser und Kernseife her!« Sie bürstete ihre Hände, bis sie krebsrot waren, spülte sie ab und trat dann an die Gebärende heran, die sich in schmerzhaften Wehen krümmte. »Wir schaffen das schon.«

Eine halbe Stunde später war Mrs. Heidemann Mutter einer Tochter geworden.

Erschöpft von der Aufregung und der ungewohnten Hebammentätigkeit, eilte Mutter Dallmer wieder nach unten in den überfluteten Saal, wo die Nonnen eben einen Mann zum Fenster hereinzogen, der einen dreijährigen Jungen in den Armen hielt. Atemlos berichtete der Gerettete: »Ich sah ihn in einem Baumwipfel hängen, als ich auf meinem Floß vorbeitrieb, zog ihn runter … und da sehe ich, dass es der Sohn meiner Schwester, Mrs. Heidemann, ist – mein eigener Neffe!«

Mrs. Heidemann bekam ihren Sohn zurück. Ihren Mann sah sie nie wieder.

13

Dr. Cline und seine Familie hielten sich in ihrem Haus auf, aber sie waren nicht allein. Sein Bruder Joseph war da und außerdem an die fünfzig weitere Menschen, die sich einfach hereingedrängt hatten. Manche von ihnen hatten Laternen mitgebracht, die jetzt das Zimmer erleuchteten. Sie wussten, dass der Meteorologe sich ein Haus gebaut hatte, das als das sicherste in der ganzen Stadt galt – hatte er das nicht oft genug selbst gesagt? Jetzt waren die Räume im Erdgeschoss von Menschen überfüllt. Eine unerträgliche feuchte Hitze herrschte, die durch die Körperwärme und den Geruch der vielen Leiber noch verschlimmert wurde. Kondenswasser lief an den Wänden herunter, die ächzend dem Anprall des Sturmes standhielten. Vergeblich versuchte Dr. Cline wenigstens um das Bett herum Raum zu schaffen, in dem seine kranke Frau lag. Die Menschen waren in Todesangst, sie hörten auf nichts, was er sagte. Sie kauerten in den Ecken, hielten einander umschlungen, drängten sich aufrecht an der Wand entlang wie Schiffbrüchige auf einem Boot. Dr. Cline fürchtete, sie würden ihn attackieren, wenn er sie aus dem Zimmer zu schieben versuchte. Und wie sie redeten – alle durcheinander und alle den größten Unsinn. Die einen jammerten, die anderen beteten, wieder andere versuchten, sich gegenseitig Mut zu machen. Völlig übertrieben aber reagierte Joseph: Um seine eigenen Ängste zu überspielen, begann er mit lauter Stimme zu dozieren, was passieren würde, wenn das Haus einstürzte. Dr. Cline hasste seinen Bruder in diesem Augenblick.

»Es stürzt nicht ein!«, schrie er ihn an. »Ich habe es extra so bauen lassen, dass es nicht einstürzt!«

»Aber falls es einstürzt …«, fing Joseph wieder an. Er hielt die Töchter des Doktors in den Armen und drückte sie fest an sich. »Dann müssen wir zusehen, dass es uns nicht unter sich begräbt, sonst sind wir verloren.«

Jemand schrie und zeigte in Richtung Hauseingang. Als alle hinsahen, entdeckten sie das Rinnsal, das unter der Türe durchfloss und sich rasch verbreiterte.

»Wir gehen in den ersten Stock hinauf«, befahl Dr. Cline.

»Joseph, nimm die Kinder mit, ich helfe Cora.« Er musste die kranke Frau beinahe tragen, um sie in den ersten Stock hinaufzuschaffen, wo er sie auf ein Sofa bettete und zudeckte.

»Wie hoch wird das Wasser steigen?«, fragte jemand, aber es kam keine Antwort. Cline, der noch einmal ins Erdgeschoss hinuntergelaufen war, um seine Tasche zu holen, sah, dass es auf jeden Fall ungeheuer schnell stieg. Im Wohnzimmer stand es etwa zwanzig Zentimeter hoch. Kleine Gegenstände dümpelten darin. Eine Blase in der Tapete zerplatzte. Irgendwo hatte der Regen Eingang gefunden und sprühte ihm ins Gesicht.

Er zögerte, ob er das Risiko eingehen sollte, die Haustür zu öffnen und den Sturm einzulassen. Dann siegte der Meteorologe in ihm. Wie konnte ein so unglaubliches Phänomen stattfinden, ohne dass er es mit eigenen Augen gesehen hatte? Er watete durch das knöcheltiefe Wasser in den Vorraum und spähte durch die halb offene Haustüre hinaus. Eine zischende, fauchende Finsternis schlug ihm entgegen, in der er nichts erkennen konnte außer einem wirbelnden Durcheinander von helleren und dunkleren Flecken. Erst als ein Blitz aufleuchtete, sah er die Verwüstung rundum und starrte mit offenem Mund die menschenleere Wüste an, in die sich die gepflegte Avenue verwandelt hatte.

Er stand noch so da, als das Wasser urplötzlich mit einem Schlag um einen Meter stieg. Cline, der völlig überrascht wurde, schrie auf, ruderte mit den Armen, um an der Türe Halt zu finden. Niemals hätte er es für möglich gehalten, dass das Wasser eine solche Höhe erreichen könnte: In diesem Teil der Stadt, so rechnete er, war die Flut jetzt viereinhalb Meter hoch – und sie stieg immer noch mit beängstigender Geschwindigkeit weiter. Das waren keine Brandungswellen mehr, das war eine einzige, riesenhafte Flutwelle, die aus dem Golf hereinströmte und mitten in der Stadt auf das Wasser stieß, das ihr von der Buchtseite entgegenkam. Er begriff mit plötzlicher Klarheit, welchen Fehler er gemacht hatte, als er die flache Unterwassertopographie der Insel als Garanten für Sicherheit betrachtet hatte: Die schnelle Tiefseedünung, die der Sturm vor sich herjagte, war auf diese sanfte unterseeische Böschung gestoßen, die, wie erwartet, die Geschwindigkeit der vordersten Wellen bremste – was aber zur Folge hatte, dass die dann folgenden, die ihre hohe Geschwindigkeit beibehielten, sich übereinandertürmten, eine über die andere … genauso, wie es bei den verheerenden Sturmfluten im Golf von Bengalen geschehen war, die auf einen Schlag Tausenden von Menschen das Leben gekostet hatten. Die Unterwassertopographie des Golfs von Bengalen war fast dieselbe wie die von Galveston.

Er schwamm zurück in die Stube, in der das Wasser rasch bis zur Decke stieg, und konnte sich gerade noch am Geländer festhalten, ehe der Wirbel der zurückströmenden Flut ihn mit sich reißen konnte. Durchnässt und verstört stolperte er hinauf.

Die qualvolle Enge war hier im ersten Stock noch schlimmer geworden, denn jetzt drängten sich alle in nur einem Zimmer zusammen – fünfzig verängstigte Männer, Frauen und Kinder. Die drei Cline-Mädchen kauerten auf dem Sofa, auf dem die Mutter lag, suchten Trost und Schutz bei ihr, die zu krank war, um anderen zu helfen.

»Vielleicht könnten wir versuchen, draußen –«, fing jemand an.

Dr. Cline unterbrach barsch. »Niemand geht hinaus. Das ist blanker Selbstmord. Da draußen fliegen Hausdächer und Holzbalken durch die Luft wie Papierflieger, sie würden euch erschlagen, bevor ihr die andere Straßenseite erreicht. Und wo wollt ihr überhaupt hin? Kein anderes Haus ist so sicher wie meines.« Er stand in soldatisch aufrechter Haltung neben dem Bett seiner Frau, den Spitzbart angriffslustig vorgestreckt, überzeugt, dass das Haus allem gewachsen war, was immer die

Natur an Schrecken auch aufbieten mochte. Aber er wusste nichts von der Gefahr, die sich unaufhaltsam näherte.

Irgendetwas traf die Mauern mit ungeheurer Wucht. Das Haus wackelte, rutschte von seinem Fundament und bekam Schlagseite. Joseph Cline, der neben Isaacs ältesten Kindern Allie May und Rosemary in der Nähe eines Fensters stand, reagierte blitzschnell. Als das Haus kenterte, ergriff er die Hände der beiden Mädchen, drehte den Rücken zum Fenster und krachte, mit einem Satz rückwärts springend, durch das Glas und die hölzernen Fensterläden, die Hände der beiden Kinder fest umklammernd. Das Gebäude neigte sich inzwischen bedächtig zur Seite, ruckte leicht und stieg dann fast waagerecht an die Oberfläche der Flut. Es war nicht auseinandergebrochen und alle, die in dem Haus gewesen waren, an die fünfzig Männer, Frauen und Kinder, waren darin gefangen.

Als der Trümmerwall das Haus traf, befand sich Isaac mit seiner Frau und seiner sechsjährigen Tochter Esther, seinem »Baby«, mitten im Zimmer. Eine Wand kam auf ihn zu und schleuderte ihn rückwärts. Alles ging drunter und drüber. Sämtliche Petroleumlampen erloschen, als das Wasser hereinströmte. Er konnte nichts sehen, nur fühlen. Von allen Seiten drängten Menschen und Gegenstände an ihn heran. Er schrie nach Cora, nach Esther, aber die Schreie gingen im Splittern und Krachen der Wände unter. Menschen wurden gegen ihn gedrückt und verschwanden wieder. Er fiel ins Wasser und wurde sofort von einem Holzbalken niedergedrückt, konnte sich aber wieder befreien. Im nächsten Augenblick war er – ohne zu wissen, wie es geschehen war – aus dem Haus draußen in der Dunkelheit, in einem Regen, der hart wie Hagelkörner in sein Gesicht schlug, bei einem Wind, der so stark war, dass er die Wasseroberfläche glättete. Er trieb auf dem Wasser, an den großen Holzbalken geklammert, dessen tödlichem Druck er eben erst entkommen war. Jetzt war der Balken seine Rettung. Er hustete und spuckte die schmutzige Brühe aus. Jäh wurde ihm bewusst, dass er ganz allein war.

Seine Familie war verschwunden. Es blitzte. Er sah überall Trümmer aus dem Meer herausragen. Dann sah er ein Kind. Er ließ den Balken los und schwamm so schnell er konnte. Der Regen stach ihm ins Gesicht; er konnte seine Augen immer nur wenige Sekunden lang offen halten, um zu sehen, wo sich das Kind befand. Schließlich hatte er es geschafft. Er schnellte sich aus dem Wasser heraus, so hoch er konnte, hob den Arm und schlang ihn um das Mädchen – und wusste augenblicklich, dass es seine jüngste Tochter Esther war. Sie weinte und klammerte sich so stark an ihn, dass er immer wieder unterging, aber er war überglücklich. Sie schrie nach ihrer Mutter. Er hatte darauf keine Antwort. Er schwamm mit ihr fort.

Hinter ihm zerfiel das Haus in Trümmer und versank mit allen, die noch darin waren.

Isaac und seine Tochter trieben auf dem Wasser. Er hustete, Wasser lief ihm aus Nase und Mund. Beim nächsten Blitz sah er drei Gestalten, die sich an Trümmerteilen festhielten. Isaac schwamm, immer gegen den Wind, mit Esther zu ihnen hin.

Er hörte einen Aufschrei. Es waren Joseph und die beiden älteren Mädchen.

14

Emily hielt sich mit beiden Fäusten an dem Strick fest, der ihren Körper und die Türe umschlang, und bemühte sich, tapfer zu sein. Sie machte sich Gedanken, ob sie alle Knoten gut geknüpft hatte, sodass keiner sich löste, fest genug und doch nicht zu eng, sodass Oscar nicht das Blut abgedrückt würde, wenn die Nässe den Strick enger zog. Sie fror. Klatschnass, wie sie war, fühlte jeder Windstoß sich eisig an, und die

Böen fuhren unter ihr Kleid und drangen durch die dünne Unterwäsche. Sie merkte, dass sie mit den Zähnen klapperte, und versuchte es zurückzuhalten, aber es ging nicht: Sie zitterte von Kopf bis Fuß in der nassen Kälte.

Sie hätte Oscar gerne ein paar ermutigende Worte zugerufen, aber der Sturm machte es ihr unmöglich, auch nur ein Wort hervorzubringen. Der Wirbelsturm raste jetzt so schlimm wie nie zuvor. Zeitweise schienen Himmel und Erde ein einziges grauschwarzes Gemisch aus Wasser und Wind zu sein und sie meinte, das Wasser von oben könnte sie genauso gut ertränken wie das von unten, so heftig stürzte es herab. Dazwischen herrschten immer wieder kurze, atemlose Pausen, in denen der Sturm neue Kraft sammelte, um kreischend wieder loszulegen.

Als der Himmel wieder einmal hell aufflammte, sah Emily, dass sie auf eine Festung zutrieben. Sie mussten weit an den Strand hinuntergeschwommen sein, denn vor ihnen erhob sich die steinerne Masse des St. Mary Waisenhauses. Bei früheren Stürmen hatte es immer weit jenseits der Flutgrenze gestanden. Jetzt krachten Wellen gegen das erste Stockwerk und das Wasser strömte durch die zerborstenen Fenster hinein. Ein Gefühl von Irrealität überkam Emily, als ihre Türe mit einem Ruck durch eines der Fenster geschwemmt wurde und drinnen in einem Saal weitertrieb, der ein Klassenzimmer gewesen war, wie die an der Wand befestigten Tafeln erkennen ließen. Aber sie atmete auf. Wenn etwas in Galveston stehen blieb, dann sicherlich dieser steinerne Koloss mit seinen massiven Mauern. Das hier war kein Holzhäuschen, das der Sturm auseinanderriss, sondern ein für die Ewigkeit gebautes Haus mit Mauern von einem halben Meter Dicke. Das St. Mary Waisenhaus würde halten, ganz gleich, wie arg der Sturm wütete.

Sie trieben in der trügerischen Stille des Hausinneren dahin und plötzlich stieß ihre Türe an eine Treppe, die nach oben führte. Emily blickte hinauf. Es schien ihr, dass sie oben einen Lichtschimmer sah.

»Oscar?«, rief sie. »Oscar? Ich glaube, wir haben es geschafft. Hier sind wir sicher; das Haus fällt nicht so leicht ein. Komm, wir machen uns los.« Sie zog und zerrte an den Knoten. Das nasse Seil war streng und steif, aber sie öffnete es mit geübten Händen und befreite auch Oscar, der sich vergebens an den Knoten abgemüht hatte. Sie rutschten mit klammen Gliedern von der Türe und standen knietief im ruhigen Wasser.

Emily deutete die grauschwarze Wendeltreppe hinauf. »Ich glaube, sie sind da oben in der Kapelle«, sagte sie. »Ich habe ein Licht gesehen.« Sie ergriff seine Hand und zog ihn mit einem tiefen Seufzer an sich. »Wir sind gerettet, Oscar, Gott sei's gedankt!«

Ein dumpfes Dröhnen war die Antwort. Durch das Haus ging ein Schlag, als hätte es eine Kanonenkugel getroffen. Die Fassade knirschte und Teile des Fensters in dem Klassenzimmer hinter ihnen stürzten hinab. Emily erschrak, aber sie fasste sich rasch wieder. »Schon gut!«, rief sie Oscar zu, der sie wortlos, mit weit aufgerissenen Augen ansah. »Das sind nur Kleinigkeiten, das Haus selbst hält stand. Das hier ist keine Hundehütte aus Holzbrettern, die beim ersten Wind in sich zusammenfällt.«

Er war stehen geblieben und blickte zurück in das Klassenzimmer, an dessen anderem Ende jetzt eine neue, riesige Fensteröffnung klaffte. Sie verstand, dass die Angst ihn zu überwältigen drohte und er weder reden noch von sich aus handeln konnte, deshalb ergriff sie seine Hand und zog ihn entschlossen die Treppe hinauf.

In der Dunkelheit mussten sie vorsichtig ihre Schritte setzen, aber als sie erst einmal um die Drehung der Wendeltreppe herum waren, sahen sie tatsächlich ein Licht den langen Gang entlangscheinen. Die meisten Fenster an diesem Gang hatten keine Scheiben mehr. Im Schein der Blitze funkelten zersplitterte Glasscherben. Aus einem Raum am Ende des Gangs kam schließlich Licht und sie hörten Kinderstimmen singen.

»Da sind sie, da!«, rief Emily und begann auf die Kapelle zuzulaufen. Sie hielt sich an der inneren Wand, wo weniger Glasscherben lagen und der Wind nicht so fauchte. Wenigstens lag diese Seite des Hauses im Windschatten. Aber es beunruhigte sie, dass so viel Staub und Schutt auf dem Boden lag. Sie blickte hoch und sah einen Riss in der Mauer, dann noch einen. War es möglich? Konnte dieser monumentale Steinkasten ein Opfer des Sturms werden? Sie konnte es nicht glauben. Sicher war es nur da und dort eine Schwachstelle, in die der Wind seine gierigen Finger gebohrt hatte.

Die Tür der Kapelle stand einen Spalt weit offen. Emily öffnete sie ein kleines Stück weiter und schlüpfte hinein. Oscar folgte ihr. Der Klang eines Kirchenliedes schlug ihr entgegen. Alle zehn Nonnen und die dreiundneunzig Zöglinge des Hauses knieten im Schein von Kerzen und Sturmlaternen in den alten braunen Bänken, beteten und sangen. Das Marienbild über dem Altar blickte mit träumerischem Lächeln auf sie herunter. Emily entdeckte Sandy McAllister und sah, dass das Mädchen seine halb fertige Stickerei an die Brust gepresst hielt.

Mutter Mary Camillus eilte auf die Neuankömmlinge zu. »Fräulein Emily! Und der junge Mann! Wie in aller Welt kommen Sie hierher? Rundum ist nichts als Wasser.«

»Wir sind auf einer Türe hergeschwommen – von Direktor Youngs Haus«, erklärte Emily. »Der Sturm hat uns direkt durch ein Fenster getrieben. Gott sei gedankt!«

Die Mutter Oberin fasste sie am Arm und zog sie ein Stück beiseite. »Es ist noch nicht ausgestanden, Fräulein Emily. Die Wellen haben das Haus untergraben. Es steht zu nah am Wasser. Ich fürchte –«

Wieder dieses dumpfe Dröhnen. Alle fühlten den Ruck, der durch das Gebäude ging. Die Sänger stockten einen Moment lang und sahen sich um, aber Mutter Mary Camillus klatschte in die Hände und rief ihnen zu: »Singt weiter!« Daraufhin hoben sie wieder an: *Queen of the Waves*, ihr Lieblingslied. Von der Decke fiel Verputz herunter und bestreute den Habit der Schwester. Sie wischte ihn weg.

Mit gedämpfter Stimme sagte sie: »Es sind schon Risse im Haus. Ich fürchte, auf der Vorderseite werden bald die ersten Teile abbrechen und ins Wasser stürzen – substanzielle Teile. Wir wollen hier noch beten und singen, so lange es geht, aber dann müssen wir uns nach hinten zurückziehen, in den Schlafsaal der Mädchen. Dort scheint es mir am sichersten.«

Emily und Oscar standen mit gefalteten Händen da und lauschten dem Gesang, der sich froh und tapfer über dem Lärm erhob. Keines der Kinder weinte, nicht einmal die Kleinsten, die erst vier und fünf Jahre alt waren. Sie alle hatten vollstes Vertrauen in Mutter Mary Camillus.

Der nächste Krach war so laut, dass Emily dachte, ein Blitz hätte in das Gebäude eingeschlagen. Sekundenlang waren alle benommen. Dann folgte ein Knirschen und Krachen, gefolgt von einem Poltern, das den Sturm übertönte.

»Der Jungenschlafsaal«, sagte Mutter Mary Camillus mit unbewegtem Gesicht. »Ich weiß nicht, ob Sie sich einen guten Zufluchtsort gewählt haben, Fräulein Emily. Sie sollten Ihre Türe bereithalten.«

Die beiden jungen Leute folgten dem Rat. Wenn sie wieder schwimmen mussten, gab es kein besseres Floß als die Türe. Sie liefen die Treppe hinunter und fanden, dass ihre Türe ihnen auf halbem Weg entgegengekommen war und in der Windung der Treppe festgekeilt lag. Mit einiger Mühe befreiten sie sie und trugen sie hinauf in den Gang, der zur Kapelle führte, legten sie jedoch auf der ihr entgegengesetzten Seite ab. »Wenn das Haus einstürzt«, erklärte Emily, »dann stürzt es auf der Meerseite zuerst ein, wo es am meisten unterspült wird, und wir müssen hierher flüchten. Aber vielleicht hält es ja auch.«

Wie zum Hohn beantwortete ein weiteres ohrenbetäubendes Krachen diesen Wunsch. Als sie die Tür der Kapelle öffneten, schlug ihnen eine im Laternenlicht gelblich schillernde Staubwolke entgegen. Das Marienbild über dem Altar schwang hin und her, als sei es plötzlich zum Leben erwacht. Vasen und Kandelaber fielen um, als ein gewaltiger Ruck das Haus erschütterte. Dann fielen Fliesen aus der Majolika-Verzierung der Decke.

»Hinaus, hinaus!«, rief Mutter Mary Camillus. »Schnell!« Die Nonnen sprangen auf, fassten mit geübten Griffen nach den Kindern und schoben sie vor sich her. Die Kinder sammelten sich wie kleine Soldaten: die jeweils Größeren fassten die Kleineren an der Hand und führten sie mit sich, zwei und zwei. Diszipliniert eilten sie hinaus auf den Korridor, dessen Boden gefährliche Schlagseite bekommen hatte. Laternen und Kerzen versammelten sich vor der Türe der Kapelle zu einem hellen Schein, während der Rest des Gebäudes in tiefem Dunkel lag. Drinnen in der Kapelle fiel das Altarbild mit einem Krach aus seiner Halterung.

»Wir müssen zum Mädchenschlafsaal«, befahl die Mutter Oberin. »Vorwärts, Kinder! Zwei und zwei! Und wir singen!« Mit starker Stimme hob sie wieder an: *Queen of the Waves*. Die Kinder fielen ein.

In einer langen, leuchtenden Prozession zogen sie einen höher gelegenen Korridor entlang, der noch unbeschadet war. Der Wind wehte zwar heftig gegen das Haus, aber es krachte nichts mehr und es fiel auch kein Schutt aus den Rissen. Hier, im rückwärtigen Teil des Hauses, schien es tatsächlich sicher zu sein. Emily wollte eben etwas dergleichen sagen, als sie hörte, wie hinter ihnen, am anderen Ende des Korridors, die Kapelle einstürzte – eingedrückt von der wütenden Wucht der Flutwelle, die von allen Seiten in das Gebäude strömte. Sie hörten das Krachen von Holz und Stein hinter sich, als der Südwestflügel des Gebäudes ins Meer stürzte. Die

Kapelle verschwand. Fenster zersprangen. Korridore schwankten wie Hängebrücken.

Jetzt schrien die Kinder. Dass ihre Kapelle einstürzte, nahm ihnen den Mut. Wenn die heilige Mutter Gottes nicht half, wer sollte dann helfen? Sie drängten sich um die Nonnen, die mit aller Autorität versuchten, Ruhe zu schaffen. Schließlich gelang es ihnen, die Kinder, von denen jetzt viele weinten, einigermaßen zu beschwichtigen. Die Prozession zog weiter, von Kerzen und Laternen beleuchtet, von Zimmer zu Zimmer, die auf der Rückseite des Waisenhauses gelegen waren, während die vorderen Teile des Gebäudes wie von einem Gletscher abgestoßene Eisberge ins Meer fielen.

Im Mädchenschlafsaal angekommen, schickte Mutter Mary Camillus eine der Nonnen in einen Wirtschaftsraum, um mehrere Knäuel Wäscheleine zu holen. Als die Schwester damit zurückkam, wandte sich die Mutter Oberin an ihre Schützlinge. »Kinder, hört zu. Es kann sein, dass noch Teile des Hauses einstürzen. Damit niemand verloren geht, wird jede von den Schwestern zehn von euch mit der Wäscheleine an sich festbinden, dann braucht ihr keine Angst zu haben. Kommt alle her – die Kleinsten zuerst.«

Die Kinder gehorchten bereitwillig. Das Anbinden schien ihnen ein Gefühl der Sicherheit zu geben. Emily sah Sandy McAllister im Laternenschein stehen, eine Wäscheschnur doppelt um den Bauch gebunden, die Stickerei in den Händen. Sie war nicht so sicher, ob die Wäscheleine eine gute Idee war; sie dachte daran, wie leicht die Leine sich verheddern und alle daran Gebundenen ins Verderben ziehen konnte, aber sie wagte der Mutter Oberin nicht zu widersprechen. Und außerdem war keine Zeit, lange zu diskutieren. Der Korridor hinter ihnen brach mit tosendem Lärm ein und stürzte ein Stockwerk in die Tiefe.

»Die Türe!«, schrie Oscar.

Emily folgte ihm, als er sich über den entstandenen Abgrund beugte. Auf einem schmalen Sims aus Stein lag die rettende Türe, dahinter klaffte ein tiefes Loch, aus dem Staub aufwirbelte.

Mutter Mary Camillus wandte sich an Emily und Oscar. »Ich schlage vor, Sie binden sich wieder an die Türe und versuchen, sich über das Wasser zu retten. Hier gibt es nichts, was wir Ihnen bieten können. Ich habe keine Ahnung, wie weit das Haus noch zusammenstürzt.« Sie zeichnete ihr und Oscar mit dem Daumen ein Kreuz auf die Stirn. »So Gott will, sehen wir uns morgen wieder – wenn nicht: Sein Wille geschehe.«

Die Kinder sahen neugierig zu, wie Oscar und Emily sich an der Türe festschnürten. Sie hatten sie schräg gegen eines der Fenster gelehnt, und als sie sich beide sorgfältig genug verknüpft und verknotet hatten, gaben zwei der Nonnen ihnen einen kräftigen Stoß.

Emily warf einen letzten Blick zurück. Sandy McAllister winkte ihr lächelnd zu.

Die Türe kippte, platschte ins Wasser und schwamm, fortgerissen von einer heftigen Strömung. Hinter ihnen fiel ein riesiges Stück der Fassade ins Wasser.

15

Die drei Jungen kämpften in der Dunkelheit um ihr Leben. Der Boden, auf dem sie standen, war eingesunken, sodass sie brusttief im Wasser standen und mit den Armen rudern mussten, um stehen zu bleiben. Große Steintrümmer fielen von der Decke des Korridors und schlugen meterhoch spritzend ins Wasser. Francis Bulnavic konnte kaum glauben, dass es ihm schon eine ganze Weile gelungen war, ihnen zu entkommen. Ihm wurde bewusst, welche absurde Ironie in der Situation steckte. Wie lange war es her, dass er versucht hatte, sich zu ertränken? Jetzt wurde ihm die beste Möglichkeit dazu geboten. Er war überzeugt, dass er sterben würde, und setzte alles daran, das Unausweichliche so lange wie möglich hinauszuzögern, indem er sich an die Mauer presste und an Will festhielt, der sich seinerseits an Albert klammerte. Sie mussten sich nicht verständigen; ihre Freundschaft kettete sie aneinander. Jungenhände umklammerten einander. Will, der Kleinste, strampelte im Wasser und hatte Mühe, die Nase über dem schwankenden Wasserspiegel zu halten. »Wir müssen hier raus«, brüllte er, »bevor es völlig zusammenstürzt.«

Francis wusste, dass er recht hatte, aber er wagte nicht zu schwimmen. Das Haus war eine einzige Fallgrube tückischer Strudel, die sie bald alle genauso in die Tiefe ziehen würden wie die Nonnen und die an ihnen festgebundenen Kinder. Die wütende Gewalt des Wassers machte es unmöglich, ihr Widerstand entgegenzusetzen.

Als ein Blitz aufzuckte, deutete Albert in dem kurzen Lichtschein auf die Reste der Treppe. Dann begann er zu schwimmen, schwamm einfach los, wobei er den kleinen Will hinter sich her zog, und Francis blieb nichts anderes übrig, als ihnen paddelnd und herumspritzend zu folgen. Steine fielen von oben auf ihn herab, große und kleine. Einer der größeren traf so schmerzhaft sein aus dem Wasser tauchendes Hinterteil, dass er einen Schrei ausstieß, Will losließ und automatisch mit der Hand die schmerzende Stelle reiben wollte. Prompt heulte Will auf. »Ich habe Francis verloren!«

»Hier! Hier!«, brüllte Francis, und um sich schlagend wie ein junger Hund gelang es ihm, an Will heranzukommen und seine in der Finsternis wild herumfuchtelnde Hand zu fassen. Sie waren wieder zu dritt.

Albert schaffte es, auf die Überreste der Treppe zu kriechen und die beiden anderen mit sich hochzuziehen. Sie merkten sofort, dass sie hier keine bleibende Stätte hatten: Die Reste der Stufen bröckelten merklich ab und es war wohl nur noch eine Frage von Minuten, bis sie endgültig zusammenbrachen.

Albert wollte nach oben. Die beiden anderen folgten ihm, nass und vor Kälte zitternd. So schnell sie konnten, kämpften sie sich aufwärts, durch das Gewirr von Trümmern hindurch, die jetzt den dritten Stock bildeten. Hinter ihnen sackte ein großes Stück der Treppe ab und verschwand im Wasser, das immer noch stieg. Francis fragte sich, wie hoch es noch steigen konnte. Wo er im Schein der Blitze auch hinblickte, er sah nur Meer, wogendes, von Trümmern übersätes Meer.

Plötzlich riss Albert an Will, der wiederum an Francis zog, und deutete auf etwas, das auf den Wellen heranschwamm. Es war ein Baum, den das Wasser entwurzelt hatte. Francis verstand, was Will damit meinte: Wir müssen uns an diesem Baum festhalten und schwimmen!

Francis wusste, dass Will recht hatte. Das Meer war jetzt ihre einzige Hoffnung. Das Haus würde nur immer weiter in sich zusammenstürzen und sie entweder erschlagen oder unter den Trümmern begraben. Sie mussten fort. Aber er hatte Angst vor dem Wasser, Angst, darin unterzugehen und zu ertrinken. Wäre er allein gewesen, so hätte er zweifellos so lange gezögert, bis es zu spät war.

Es war sein Glück, dass der große, stämmige Albert nicht lange überlegte, sondern gleich handelte. Er packte Will mit der einen Hand und Francis mit der anderen, und bevor einer von beiden noch protestieren konnte, sprang er mitten in die brodelnde Flut hinein. Francis tauchte unter, bekam Wasser in Mund und Nase und glaubte zu ertrinken, aber dann war er plötzlich wieder über der Wasserfläche, und dicht vor ihm waren die Äste des entwurzelten Baumes. Er griff zu und hing fest. Albert zog den kleinen Will durch das Wasser, bis der auch einen Ast erwischt hatte, dann schwang er sich selbst auf den Stamm und hielt sich mit beiden Händen an den ausladenden Ästen fest. Das Wasser trug sie fort.

16

In der Nordischen Gemeinde dauerte der Gottesdienst schon die halbe Nacht, trotz des Sturms, der draußen heulte und tobte und die bunten Schindeln von der Fassade riss. Abwechselnd beteten und sangen die Frauen und Männer, unbekümmert darum, dass ihre Stimmen bei dem höllischen Lärm draußen oft kaum zu verstehen waren. Sie hatten nur einen Gedanken: Ihre Gebete mussten Vater Edgar befreien, der in den Händen der Ungläubigen war und den sie schmählich in eine Zelle gesteckt hatten wie einen gewöhnlichen Verbrecher, aus Rache dafür, dass er ihnen – von göttlichen Eingaben geleitet – die Wahrheit über ihre Sünden gesagt hatte. Hatte er denn nicht recht behalten? War nicht der große Sturm gekommen, den er ihnen angedroht hatte?

Inbrünstig intonierten sie, was er ihnen so oft vorgebetet hatte: »Strafe diese Stadt, oh Herr, zerschlage ihre Gebeine, vernichte sie, die Stolze, die Gottlose …«

Da riss der Sturm mit einem einzigen Ruck das Dach aus seiner Verankerung. Gegenstände wirbelten durch den Raum, Bretter, Palmwedel, Teile von Kutschen und Möbeln. Durch den jähen Druckabfall wurden die Menschen aus den Bänken gehoben und flogen wie Papierschnipsel durch die Luft, schreiende Menschen, die blitzartig in den Tod gerissen wurden. Der Sturm saugte sie aus der Kirche und schleuderte sie nach allen Richtungen davon. Die Wände des hölzernen Gebäudes brachen auseinander und es blieb nur mehr ein wüstes Durcheinander von Brettern übrig. So heftig war der Angriff des Sturms, dass das steinerne Fundament auseinandergerissen wurde und als ein formloser Haufen Steine in der Flutwelle versank.

17

In seiner dunklen Zelle im Polizeigefängnis stand Edgar Falstad mittlerweile knietief im Wasser. Seine Flüche hallten in der Dunkelheit wider. Er hatte sich an den Gitterstäben der Türe müde gerüttelt, hatte vergeblich versucht, die Luke zu erreichen. Erst war er nur verblüfft gewesen, als plötzlich Wasser über den Korridor rieselte und in seine Zelle rann. Da hatte er noch gedacht, er hätte es mit einem simplen Rohrbruch zu tun. Aber das Wasser stieg und stieg mit einer Geschwindigkeit, die ihm klarmachte, dass es das Wasser des Golfs war, das da zu ihm hineindrang. Bald wusste er, dass er ertrinken würde, wenn es ihm nicht gelang, sich irgendwie aus der Zelle zu befreien – aber wie? Die Gittertüre hielt stand, an der hatten schon viele gerüttelt. Die Luke war zu weit oben, und außerdem war sie vergittert und viel zu schmal, um durch sie ins Freie zu flüchten.

Er begriff plötzlich, dass das Unheil, das er sich als Strafe für Galveston gewünscht hatte, für ihn selber keine Ausnahme machte. Er würde jämmerlich ertrinken, wenn das Wasser noch höher stieg. Maßlose Wut überkam ihn, Wut gegen Gott, der nicht verstanden hatte, dass *die anderen* die Sünder waren, dass sein Bannstrahl *sie* treffen sollte *und nicht ihn*, Edgar Falstad. Edgar war doch gewissermaßen Gottes Mitarbeiter, war derjenige, der auf seiner Seite stand! Der Allmächtige konnte doch nicht seinen eigenen Propheten in den schnell steigenden Wassermassen untergehen lassen, und noch dazu auf eine so würdelose Weise – eingesperrt in diesem Gitterkasten wie eine Ratte im Käfig, ohne andere Zuflucht als die Pritsche, die sich aber auch nur knapp über den Boden erhob.

Edgars Flüche nahmen jetzt einen ausgesprochen blasphemischen Ton an. Nachdem er Gott immer nur als ein riesiges Schattenbild seiner selbst verstanden hatte, war es ihm unbegreiflich, dass dieser sich so gegen ihn wenden konnte – es war geradezu, als hätte seine eigene Hand ausgeholt und ihn geschlagen. Edgar fluchte. Er sang seine Hassgesänge, als gäbe es zwei Götter, von denen der eine auf seiner Seite war und der andere nicht. Und währenddessen stieg das Wasser weiter.

Trotz der stickigen Hitze im Gefängnis fror er jetzt, als die kalten, salzigen Wassermassen immer stärker gegen seinen Körper spritzten und seine Kleider durchnässten. Er kletterte auf die Pritsche, hatte aber Schwierigkeiten, auf ihr stehen zu bleiben, da er sich nirgends festhalten konnte und das strudelnde Wasser an seinen Beinen zog. Mehr als einmal gelang es der Flut, ihn aus dem Gleichgewicht zu bringen, sodass er aufschreiend hineinfiel, in der Dunkelheit um sich schlug und mit beiden Händen nach der Pritsche tastete, bis er sie im Wasser wiederfand. Es wurde immer mühsamer, hinaufzuklettern, und er hatte eine Menge schmutziges Wasser geschluckt, das er würgend wieder ausspie.

Mit der Flut kamen auch Gegenstände den Korridor entlanggeschwommen. Die gesamte Einrichtung des Wachzimmers war in Bewegung geraten und trudelte schwerfällig zwischen den überfluteten Zellen. Edgar hörte, wie schwere Gegenstände gegen die Gitterstäbe stießen. Er hoffte, sie würden das Gitter eindrücken, aber sie blieben daran hängen, und das einzig Nützliche, was sie bewirkten, war, dass sie ihm die Flut kurze Zeit vom Halse hielten. Freilich dauerte es nicht allzu lange, bis das Wasser die Hemmnisse beiseitestieß oder überschwemmte. Er verfluchte die Polizisten. Die Schweine! Sie hatten genau gewusst, was geschehen würde, und ihn mit Absicht hiergelassen, damit das Wasser ihn erledigen sollte. Mörder waren sie, feige Mörder! Wenn er jemals wieder hier herauskam … aber er musste selbst zugeben, dass seine Chancen schlecht standen.

Das Wasser reichte ihm bis zu den Achseln. Er brüllte wie ein Stier vor Wut und Angst. Wollte die verdammte Flut denn nie aufhören zu steigen? Stand die ganze Welt unter Wasser?

Was für eine teuflische Sintflut war das, die eine Zelle im zweiten Stock überschwemmte?

Plötzlich kam er auf den Gedanken, dass seine nassen Kleider ihn nach unten zogen und er seine Chancen verbesserte, wenn er sich auszog. Dass er nicht früher daran gedacht hatte! In aller Eile begann er sich auszukleiden. Es war ein schwieriges Unterfangen, das inmitten des unruhig strudelnden Wassers zu tun, das ihn beständig hin und her zerrte. Er hatte Mühe, die lange Kutte loszuwerden, die wie ein nasses Leichenhemd an ihm hing. Um die Hose auszuziehen, musste er zuerst aus den Stiefeln, aber die waren inzwischen einen Meter tief unter Wasser, sodass er sich nicht zu ihnen hinunterbücken konnte. Wenigstens waren es keine Schnürstiefel, sondern klobige Arbeiterstiefel, die er abstreifen konnte.

Er schwamm schwerfällig zu der Gittertüre hin, hakte sich an den Stäben fest und bemühte sich, mit einem Fuß den Stiefel des anderen abzustreifen. Es war ein langer Kampf, bis es ihm gelang. Mehrmals musste er aufhören, weil sich seine Beine bei der Bewegung verkrampften. Endlich spürte er, wie der Stiefel sich löste, sich mit Wasser füllte und zu Boden sank. Er zog das Bein, an dem der zweite Stiefel noch steckte, hoch, tauchte und mühte sich ab, ihn vom Fuß zu ziehen. Wasser strömte ihm in die Nase und zwang ihn, den Kopf hochzureißen und prustend zu spucken. Dann versuchte er es ein zweites Mal. Endlich gelang es, und jetzt brauchte er sich nur noch mit einer Hand am Gitter festzuhalten und, während er waagerecht im unruhigen Wasser trieb, den Hosengürtel zu lösen. Die Hose schwamm davon. Aufseufzend vor Erleichterung wedelte er mit den Beinen, bis er aufrecht an der Gittertüre stand. Er hielt sich daran fest und überlegte, was er als Nächstes tun sollte.

Plötzlich spürte er, wie eine Hand die Innenseite seines Schenkels berührte. Sanft, mit einer liebkosenden Bewegung fuhr sie daran auf und ab.

Edgar erstarrte vor lauter Verblüffung. Hatte er Halluzinationen? Er fuhr instinktiv mit der Rechten hinunter und griff zu.

Es war tatsächlich eine Hand.

Fassungslos drehte er sich um. Von außen ans Gitter gepresst, schaukelte ein Körper. Der Rücken ragte über das Wasser hinaus, Arme und Beine hingen nach unten.

Edgar brüllte wie ein Wahnsinniger. Mit beiden Armen rückwärts schlagend, schwamm er an die Rückwand der Zelle, trat Wasser, um den Kopf oben zu behalten. Als er mit den Füßen Grund suchte, merkte er, dass das Wasser sein halbes Gesicht überströmte. Er konnte nicht mehr stehen, er musste schwimmen. Wie viel Platz war überhaupt noch zwischen ihm und der Decke? Etwa einen Arm lang, schätzte er. Er musste sich auf den Rücken legen und schwimmen, auf die Art verbrauchte er am wenigsten Kraft. Aber, wenn dieser tote Körper zu ihm in die Zelle hereinkam? Er wusste, dass das unmöglich war. Ein Gitter, das keinen hinausließ, ließ auch keinen herein. Aber er spürte noch immer die schreckliche Liebkosung an seinem nackten Schenkel und der Wahn plagte ihn, das schwarze Wasser rundum sei bis zum Grund voll von ähnlichen Scheußlichkeiten. Auf jeden Fall war es voll von allerlei Dingen, von denen er nicht wusste, was sie waren, und die ihn aufwärts und abwärts trudelnd streiften und an seinem Kopf vorbeischaukelten. Andere hatte er auf dem Grund gespürt, als er zu stehen versuchte.

Er legte sich auf den Rücken und bemühte sich, möglichst ruhig zu schwimmen. Es war immer noch Luft genug zwischen ihm und der Decke, er konnte atmen. Irgendwann musste diese verdammte Sintflut doch wieder sinken. Wenn es ihm gelang, bis dahin auszuhalten, war er gerettet.

Wieder überkam ihn eine unbändige Wut. Sterben zu müssen, erschien ihm letztendlich gar nicht so schlimm; vielmehr versetzte ihn die Vorstellung, auf diese würdelose Weise zu sterben, ersäuft in einer dreckigen Brühe, in die er normalerweise nicht die Füße hineingesteckt hätte, in Rage. In den Monaten, in denen er als Prediger durchs Land gezogen war, von einer kleinen skandinavischen Immigrantengemeinde zur anderen, hatte er den Eindruck gewonnen, dass er ein wichtiger Mann war – besser gesagt, er hatte bestätigt gefunden, was er immer schon von sich gedacht hatte: Er war ein ganz besonderer Mensch. Er hatte nur die Zeit davor den falschen Job gehabt, deshalb hatte es auch nie jemand bemerkt, als er noch Kohlenträger und Möbelpacker gewesen war. Als er Prediger wurde, hatte sein Leben die richtige Form bekommen. Er war außergewöhnlich. Er war dazu berufen, über andere zu herrschen. Nicht nur über die jeweilige Frau, mit der gerade zusammen war, sondern über ganze Gemeinden: Männer, Frauen und Kinder. Alle hatten ihn ganz selbstverständlich als ihren Herrscher akzeptiert. Nun, vielleicht nicht alle, aber die wenigen Widerspenstigen hatte er rasch verdrängt.

Und jetzt?

Auf dem Rücken dahintreibend, hielt er das Gesicht in die Luft – die letzte, die ihm noch zum Atmen blieb. Was für eine Luft das war, schal, stickig, triefend feucht wie in einer Dampfkammer, erfüllt von dem widerwärtigen Geruch dieser Leichenbrühe, die ihn umgab.

Der tote Körper leistete ihm Gesellschaft. Es schaukelte in derselben Höhe wie er an den Gitterstäben der Türe.

Der Abstand zur Decke verringerte sich.

Wäre das Wasser wenigstens ruhig gewesen! Aber es schaukelte und schwankte und klatschte um ihn herum, überflutete immer wieder sein Gesicht und brachte ihn in eine missliche Lage: Er konnte nicht gleichzeitig Rücken schwimmen, husten und niesen. Als er wieder einmal gezwungen wurde, sich aufrecht zu halten, stellte er mit Entsetzen fest, dass sein Kopf an die Decke stieß. Es traf ihn wie ein Schlag. In der Dunkelheit konnte er die Entfernung nicht abschätzen, aber es konnten keinesfalls mehr als zwei, drei Handbreit sein, die ihn von einem jämmerlichen Tod trennten. Wenn die Flut noch eine halbe Stunde stieg, würde er mit herabhängenden Armen und Beinen in der Zelle treiben wie der schreckliche Leichnam, der sich im Gitter verheddert hatte.

Er warf sich wieder auf den Rücken und schwamm. Er konnte atmen, aber die nasse Finsternis nährte seine Wahnvorstellungen. Die Zelle war voll Ertrunkener, die weich und schleimig im Wasser trieben; er konnte fühlen, wie sie seine Beine mit schwammigen Händen streichelten. Aber auch andere Dinge waren da, Dinge, die ihn ärgerten und verspotteten, indem sie an ihn anstießen und dann eilig wieder verschwanden, sodass er nicht sagen konnte, was ihn berührt hatte. In der Finsternis blitzten Augen auf, die ihn anstarrten, boshafte Augen, die seinen Todeskampf beobachteten. Manchmal war er überzeugt, dass er bereits mit der Nase an die Decke anstieß, dann wieder spürte er, dass noch eine Handbreit Platz da war. Ständig lief das Wasser über sein Gesicht, drang salzig in seinen Mund, brannte ihm in den Augen wie Säure. Er meinte zu spüren, wie seine Haut sich ablöste. Die wenige Luft in der Zelle schien kaum noch Sauerstoff zu enthalten; sie war so dick und feucht, dass er sie keuchend einsaugte und doch den Eindruck hatte zu ersticken.

Der Abstand zur Decke verringerte sich weiter.

18

Wie lange Oscar und sie auf den Wellen trieben, wusste Emily nicht. Sie war nicht die ganze Zeit bei Bewusstsein. Immer wieder sackte sie weg und hing dann schlaff im Seil, durch ihre kunstvollen Knoten gesichert. Einmal gerieten sie in einen Strudel, der sie zu verschlingen drohte, aber nach einer Weile wieder freigab. Als der Strudel sich auflöste, erfasste die nachströmende See das Floß erneut. Sie riss es in nordwestlicher Richtung fünfzehn Häuserblocks weit mit sich, bis die Tür an einem Trümmerhaufen hängen blieb. Es war sehr dunkel, aber Emily konnte die Giebel einiger Häuser knapp aus dem Wasser herausragen sehen. Andere waren völlig zerstört, wieder andere halb untergegangen. Nur die Blitze, die immer noch mit fiebriger Intensität aufeinander folgten, erhellten die Szenerie.

Oscar und Emily warteten, schlaff und erschöpft auf der Türe liegend, ob die Wellen sie wieder erfassen und weitertragen würden, aber nichts dergleichen geschah. Sie blieben liegen, ein gestrandetes Wrack.

Dann plötzlich begriff Emily, dass sie deshalb liegen blieben, weil das Wasser sank. Die gewaltige Flutwelle hatte ihren Höhepunkt überschritten und strömte zurück in die Bucht, aus der sie gekommen war. »Oscar!«, schrie sie, so laut sie konnte. »Das Wasser sinkt!«

Er hob matt den Kopf und lächelte sie an. Sein Gesicht war zerschrammt von dem Schutt, der ihnen im St. Mary Waisenhaus auf den Kopf gefallen war. »Dann können wir ja nach Hause gehen«, schrie er zurück.

Auch Sturm und Regen ließen jetzt deutlich nach, waren aber immer noch stärker als ein gewöhnlicher Tropensturm. Emily stöhnte. Ein Ende war abzusehen und das war wichtig. Die Hoffnung auf baldige Rettung gab ihnen Mut und Kraft weiter durchzuhalten. Und bildete sie es sich ein, oder war der Himmel eine Spur heller geworden – zeigte sich der erste Schimmer der anbrechenden Dämmerung?

Sie sank in sich zusammen und überließ sich der Erschöpfung.

FÜNFTER TEIL:
9. UND 10. SEPTEMBER 1900

9. SEPTEMBER

1

Ronald merkte erst, dass er schon seit Stunden auf dem Treppenabsatz saß und betete, als draußen die Nacht zu Ende ging. Während die Blitze seltener wurden, wandelte sich das Grauschwarz zu einem trüben, unfreundlichen Licht. Die Gewalt des Sturmes ließ nach. Das ständige Kreischen verebbte. Nach einer Weile hatte das wütende Ungeheuer draußen wieder Ähnlichkeit mit einem normalen Orkan, dann sank es zu Sturmstärke herab, und plötzlich – abrupt eigentlich – wurde es still, als der letzte Ausläufer des Wirbels Galveston in Richtung Norden verließ. Der Tag brach an.

Ronald fühlte sich zu schwach, um aufzustehen. Er saß da und sah in der grauen Dämmerung zu, wie der Wasserpegel im Treppenschacht immer tiefer sank und die Verwüstung freigab, die sich darunter verbarg. Überall in den Resten der Marmortreppe hingen Möbel, Samtvorhänge, der persönliche Besitz der Gäste ... und die Toten. Ronald starrte sie an und dachte, dass er seinem Bruder bitter Unrecht getan hatte, als er dessen Erlebnis des Hurrikans in Indianola nicht ernst genommen hatte. Er wusste jetzt, was Oscar mitgemacht hatte. Was Ronald erlebte, war schrecklich und zugleich so grotesk, dass es ihm wie ein Traum erschien. Da waren alle die toten Menschen, die wie eine bizarre Dekoration kopfüber, kopfunter in den Überresten des Geländers und den entblößten Verstrebungen hingen, manche bekleidet, manche nackt, alle mit hängenden Unterkiefern und glasigen Augen. Ihre offenen Münder formten jeder ein großes, staunendes »O«.

Durch das riesige Loch am oberen Ende der ehemaligen Marmortreppe blickte der heller werdende Himmel herein, erst dunkelgrau, dann hellgrau, dann gelborange wie frisch angeschnittener Kürbis.

Ronald spürte, dass er nicht mehr die Kraft hatte, sich auf eigenen Beinen auf den Weg nach unten zu machen. Er blieb einfach sitzen, bis er eine Stimme rufen hörte: »Da oben … ist da oben jemand?«

Er wollte antworten: »Ja, ich bin hier«, brachte aber nur ein lautes Krächzen heraus.

Die Leute unten hörten ihn dennoch. Männer kamen über die nasse, vom Schlamm glitschige Stiege herauf. »Ein Verletzter«, hörte Ronald einen von ihnen rufen. »Sein Gesicht ist voll Blut, und sein Arm …«

Ronald fand die Stimme wieder. »Gebrochen«, krächzte er. »Ich bin hinuntergestürzt – von da oben.« Er gestikulierte mit der gesunden Hand.

»Schon gut, Mann.« Jemand legte ihm die Hand auf die Schulter. »Bleiben Sie ruhig, wir tragen Sie gleich hier weg.«

Das Gefühl, gerettet zu sein, überwältigte Ronald derart, dass er das Bewusstsein verlor.

Er kam erst wieder zu sich, als er von zwei Trägern in einem Krankenhauskorridor abgelegt wurde, in dem bereits Dutzende andere Verletzte lagen. Ein übler Geruch nach Blut, Schweiß, Karbol und Äther schwängerte die Luft. Der Korridor hallte von Rufen, Schluchzen und entsetzlichem Ächzen und Stöhnen wider. Das Krankenhaus, das den Hurrikan weitgehend unbeschadet überstanden hatte, war völlig überfüllt. Jetzt, wo der Sturm vorbei war, strömten alle die Verletzten und ihre Angehörigen herbei. Menschen wurden von Verwandten und Freunden hereingetragen, manche wie Ronald mit gebrochenen Gliedern, andere blutüberströmt, mit Schnittwunden und Prellungen, die die herumfliegenden Gegenstände ihnen zugefügt hatten. Andere kamen auf eigenen

Beinen, hinkten ächzend herein und ließen sich nach den Anweisungen der Schwestern in einem Zimmer oder im Flur auf den Boden sinken. Die viel zu wenigen Betten waren den Schwerverletzten vorbehalten. Ärzte gingen die Reihen der Liegenden ab und nahmen sich jeden Einzelnen vor, schnell, effizient, obwohl sie selbst sicherlich auch eine schlimme Nacht hinter sich hatten. Ronald sah auch, dass die Ärzte sich über manche der auf dem Boden liegenden Verwundeten beugten, sie kurz anblickten und dann den Kopf schüttelten. Diese hatten es nicht mehr geschafft oder sie waren in einem Zustand, in dem alle ärztliche Hilfe vergebens war.

Ronald wurde hochgehoben und auf einen schmalen Behandlungstisch gelegt. Er lag erschöpft da und sah zu, wie von einem Spitalsdiener mit einer beängstigend großen Schere der Ärmel seines Gehrocks und das Hemd darunter aufgeschnitten wurden. Eine Krankenschwester, deren weißer Kittel von Blut und Schmutz besudelt war, beugte sich über ihn, öffnete sein geschwollenes Auge mit zwei Fingern und zog mit einer Pinzette einen Splitter heraus. Dann spülte sie es mit einer Flüssigkeit, die ihn zum Husten zwang, so beißend roch sie, und er hatte das Gefühl, sie würde seinem verletzten Auge den Rest geben. Aber als es dann mit Mull bedeckt und mit Heftpflaster überklebt wurde, beruhigte es sich erstaunlich schnell.

Ein Arzt trat an ihn heran und hob seinen gebrochenen Arm aus den aufgeschnittenen Kleidern. Ronald brüllte auf, als er ihn bewegte. »Trümmerbruch«, sagte der Arzt und war schon weiter beim nächsten Patienten. »Gipsverband. Chloroform.«

Ein feuchtes Tuch wurde ihm auf Mund und Nase gedrückt. Der Raum um ihn verzerrte sich, löste sich in wabernd weiße Nebel auf. Er spürte, dass etwas mit seinem Arm gemacht wurde, und wusste, dass es schmerzhaft war, aber er spürte den Schmerz nur als ein vages Pochen im Fleisch. Dann nahm eine Hand das Tuch weg und er kam langsam wieder zu sich. Nase, Mund und Rachen brannten von dem Betäubungsmittel, aber er stellte erleichtert fest, dass der Gipsverband bereits angelegt war.

Die Schwestern halfen ihm vom Tisch und brachten ihn in einen Saal, in dem in den Betten und auf dem Boden dicht an dicht die bereits verarzteten Patienten lagen. Ronald fand Platz unter einem Eisenbett, in dem zwei laut stöhnende Männer lagen. Er bekam eine Decke, ein Glas Wasser und eine Schmerztablette. Tiefe Erschöpfung überkam ihn. Er wickelte sich in die Decke und lag reglos, während die Schmerztablette ihre Wirkung entfaltete. Es war ein so wohliges Gefühl, dass er einschlief.

2

Direktor Samuel Young hatte eine schlimme Nacht hinter sich. Die Türe hatte ihm das Leben gerettet, hatte ihn aber nicht davor bewahren können, dass er sich einen Arm brach, als er in einen Strudel treibender Trümmer geriet, der ihn beinahe ertränkt hätte. Auch war er von einem herumfliegenden Brett hart am Kopf getroffen worden, ausgerechnet an der Stelle, an der sich bereits eine Beule von der früheren Verletzung bildete. Der Schlag hatte ihn betäubt und es ihm erspart, bei vollem Bewusstsein eine grausige Irrfahrt durch die zerstörte Stadt zu machen. Was er erlebte, erschien ihm wie ein Traum, unterbrochen von schwarzen Löchern der Bewusstlosigkeit. Von dem starken Eichenbrett getragen, dem Sog und Schub der Wellen ausgeliefert, war er dahin und dorthin getrieben worden, einmal sogar weit aufs Meer hinaus, sodass er schon dachte, er würde nie wieder zurückkehren. Aber eine zurückfließende Strömung hatte ihn ergriffen und in die Stadt zurückgebracht. Als er wieder völlig zu sich kam, war der schwarze Sturmhimmel nicht mehr ganz so dunkel. Das Schwarz der Nacht begann an den Rändern aufzuhellen. Im Osten jagten die Wolken über einen Himmel, der bereits merklich klarer war als im Westen.

Die Türe trieb immer noch auf der Flut, aber Young erkannte, dass das Wasser gefallen war. Überall an den Bäumen und den noch stehenden Häusern war zu sehen, wie hoch die Flutwelle gestiegen war. Jetzt erreichte das Wasser nur noch etwa ein Drittel davon und es sank weiter.

Unmengen von Brettern und Planken, Pfosten und Pfählen trieben auf der Flut – die Überreste der zerstörten Holzhäuser. Als das Wasser ablief, blieben sie liegen und bildeten ein endloses Meer von zersplittertem Holz. Direktor Youngs Türe blieb in einem dieser Bretterhaufen hängen und lag still. Das Wasser verschwand mit erstaunlicher Geschwindigkeit. Young sah, dass er gerettet war.

Er wollte von der Türe herunter, musste aber feststellen, dass er zu schwach war, um die von der Nässe verhärteten Knoten zu lösen, auch hinderte ihn sein gebrochener Arm daran. Also blieb er liegen und wartete, dass jemand käme. Erschöpft, wie er war, verfiel er in ein unruhiges Dösen, das andauerte, bis er jemand sagen hörte: »Schau einmal, ob er noch lebt.«

Daraufhin hob er den Kopf und schrie.

»Schon gut, Alter, schon gut!«, rief einer der Männer, die ihn gesichtet hatten. Sie kletterten vorsichtig über die Haufen nasser Bretter und schnitten mit einem Taschenmesser die Stricke durch.

Young versuchte aufzustehen, sank aber sofort zusammen. Seine Beine, seine Arme, sein ganzer Körper schmerzte von den harten Fesseln, die ihn auf der Türe festgehalten hatten. Außerdem waren die Stricke stellenweise zu eng gewesen, sodass es ihm die Gefäße abgedrückt hatte, und ein höllischer Schmerz durchfuhr ihn, als das Blut jetzt durch diese plötzlich wieder geweiteten Adern strömte. Er fiel zurück und massierte mit einer Hand den Schenkel.

»Der Arm ist wohl kaputt, was?«, bemerkte einer seiner Retter, als er sah, dass Young nur einen Arm gebrauchte. »Wir bringen Sie ins Krankenhaus.«

Es wurde ein mühsamer Weg, denn die Männer konnten ihn nicht über die überall herumliegenden Bretter tragen. Sie hatten genug damit zu tun, sich auf dem glitschigen und wackelnden Untergrund nicht selbst die Beine zu brechen. Sie stützten ihn aber, und irgendwann, nach einer zermürbend langen Zeit, erreichten sie festen Boden.

Er hatte das Glück, dass ein Mann vorbeikam, der auf einem Fahrrad mit Anhänger saß und sich bereit erklärte, ihn ins Krankenhaus zu transportieren. Nie im Leben hätte er sich vorher eine solche Fahrt vorstellen können: Wie er da, von Schmerzen gequält, in dem viel zu kleinen Anhänger lag, die Beine angewinkelt, und ihm bei jedem Holpern des Fahrrades auf der mit Trümmern besäten Straße etwas gegen seinen verletzten Arm stieß. Er musste sich zurückhalten, um nicht wie ein krankes Kind zu wimmern.

Er war am Ende seiner Kräfte, als der Radfahrer vor dem Krankenhaus hielt und zwei Männer herbeirief, die ihn packten und die Treppen hochtrugen – vorbei an den vielen Verletzten und ihren Angehörigen, die alle durcheinander riefen, bettelten und vor Schmerzen schrien. Wie Werkstücke auf dem Fließband einer Fabrik wurden die jammernden Patienten einer nach dem anderen von Spitalsdienern aufgehoben und auf den Behandlungstisch gelegt, wo der Oberarzt die Diagnose stellte und die entsprechende Versorgung anordnete; dann war es die Aufgabe der Assistenzärzte und Schwestern, die Verletzten weiter zu versorgen, und während diese dann frisch verbunden in ein Krankenzimmer gebracht wurden, kamen schon die Nächsten auf den Tisch. Direktor Young hatte Glück. Der Oberarzt war ein guter Bekannter von ihm, deshalb bekam er zusätzlich zu Gipsverband und Mullbinden eine Morphiumspritze. Als man ihn entließ, um Platz für neue Patienten zu schaffen, fühlte er sich erstaunlich kräftig und gut gelaunt.

3

Im Wetteramt beendete John Blagden seine Aufzeichnungen, als er hörte, dass der Sturm nachließ. Er war unverletzt geblieben, die Fensterläden hatten dem Sturm widerstanden; aber sein Kopf dröhnte, er fühlte sich wie gerädert von dem andauernden Lärm und den unablässigen Erschütterungen, die das Levy-Gebäude hatten erzittern lassen. Er stand auf und horchte an den geschlossenen Läden. Tatsächlich, die Wut des Hurrikans hatte nachgelassen. Der Wirbel war über Galveston hinweggezogen. Immer schwächer wurden die Windstöße, und schließlich hörten sie ganz auf. John Blagden wartete noch eine Viertelstunde, dann schob er das Fenster hoch und löste die Haken der Sturmläden.

Ein Schrei entfuhr ihm, als er im dunkelgrauen Licht der ersten Dämmerung die fürchterliche Verwüstung draußen sah. Das ablaufende Wasser gab Berge von Schutt und Trümmern frei, die die Straßen bedeckten. Es waren nur noch die Steinhäuser stehen geblieben, viele von ihnen aber waren Ruinen mit eingedrückten Fenstern und abgedeckten Dächern. Kein Haus hatte mehr Schindeln auf dem Dach. Wie er gedacht hatte, waren alle Telegrafenmasten umgeknickt, er konnte nicht einmal eine Meldung über die Katastrophe nach Washington schicken.

Auf jeden Fall musste er jetzt nachsehen, wie es unten aussah. Er griff nach der Lampe und tappte mit steifen Gliedern die Treppen hinunter, so benommen, als hätte er die schlaflose Nacht durchgezecht. Viele der Bürotüren standen offen und hatten den Wind in den Treppenschacht gelassen, wo er das

Mobiliar und überhaupt alles Bewegliche in den Büros zu wüsten Haufen aufgetürmt hatte. John musste über Schreibtische klettern, über Stühle, Laden, Aktenspinde und vor allem über riesige Berge durchnässten Papiers. Ans Geländer geklammert, die Lampe vorsichtig hochhaltend, tastete er sich in der gespenstischen Helligkeit der ersten Morgenstunden Stockwerk für Stockwerk hinunter.

Im Erdgeschoß war das Wasser gesunken, aber es hatte eine fürchterliche Verwüstung hinterlassen. Die Treppe war kniehoch bedeckt von einer schlammigen Masse, die aus eingeweichtem Papier und den Trümmern der Büromöbel sowie von draußen hereingespültem Treibgut bestand. John schrie von Neuem auf, als er die Lampe vorstreckte und in ein Gesicht blickte, das mit offenem Mund und starren Augen unmittelbar unter der Wasseroberfläche hing. Ein Strohhut trieb auf der knapp kniehohen Flut.

Er wich hastig zurück. Nichts hätte ihn dazu bringen können durch dieses Wasser zu waten, in dem zweifellos mehr als eine Leiche festhing, eingekeilt zwischen Trümmern und Treppe. Er würde warten, bis es vollständig abgelaufen war, erst dann würde er sich bis zur Haustüre wagen – beziehungsweise bis zu dem Loch, wo sich einst eine Haustüre befunden hatte.

Trotz der Mühe, die das Klettern über den nassen Unrat bedeutete, kämpfte er sich wieder nach oben zurück. Plötzlich war er sehr stolz auf sich, dass er die Stellung im Levy-Gebäude gehalten hatte. Dr. Cline würde das zu schätzen wissen – sofern er noch lebte. John wurde plötzlich bewusst, dass zweifellos eine große Anzahl von Menschen in dieser Nacht den Tod gefunden hatte, und dass auch seine Verwandten, Freunde und Arbeitskollegen darunter sein konnten. Vielleicht auch Emily. Ein kalter Schauder lief über seinen Rücken.

Er kehrte ins Büro zurück und stieß alle Fenster auf. Die Morgenluft war klar und frisch, mit einem starken Geruch nach Salzwasser und nassem Holz.

Er warf einen Blick auf das Thermometer und das Barometer, die im Büro hingen. Das Barometer war im Steigen begriffen. Es stieg rasch. Das Thermometer zeigte eine Temperatur von 20 Grad an. Die Luftfeuchtigkeit war enorm – John sah das Kondenswasser an den Wänden herabrinnen. Er setzte sich an den Schreibtisch und trug die neuen Werte ein. Es würde ein heißer Tag werden, das sah er schon jetzt. Und die Luft würde nicht lange so frisch bleiben, mit all den Toten, die dort draußen lagen.

Er dachte an das Gesicht auf der Treppe und einen Augenblick lang überkam ihn eine kindische Furcht. Um sie abzuschütteln, trat er ans Fenster und beobachtete den anbrechenden Tag. Ein rosa Streifen zeichnete sich am östlichen Horizont ab. Eine halbe Stunde noch, dann würde die Sonne aufgehen. Es wurde rasch heller und immer deutlicher trat das Bild der unfassbaren Verwüstung vor seine Augen. Kein einziges Holzgebäude in der Stadt, weder Haus noch Stall, war noch intakt. Manche waren zerdrückt worden wie leere Schachteln, andere übereinandergestapelt und ineinandergepresst, sodass ihre Bretter borstig in die Dämmerung starrten. Manche hatten die Dächer verloren und waren nach vier Seiten auseinandergefallen. Anderen hatte der Sturm die Fassade abgerissen, sodass sie aussahen wie leer geräumte Puppenhäuser. Die Straße versperrte der Kadaver eines Pferdes, noch mit der zertrümmerten Kutsche an der Deichsel. Und überall auf den Trümmerhaufen, die das abrinnende Wasser freigab, lagen gestrandete Tote.

John spürte, wie ihm die Zähne zu klappern begannen, und presste die Hand auf den Mund. Es war das erste Mal, dass er einen Sturm nicht als theoretisch faszinierendes Phänomen, sondern als urtümliche Gewalt erlebte, und das Erlebnis erschütterte ihn zutiefst. Aus all den Zahlen, Kurven und gepunkteten Linien auf den Wetterkarten war ein Ungeheuer geworden, das gnadenlos tötete und zerstörte, und John Blagden fühlte sich so klein und zerbrechlich wie nie zuvor in seinem Leben. Er wusste, dass er es nur einer glücklichen Fügung zu verdanken hatte, dass sein Büro intakt geblieben war und er nicht das Schicksal der Unglücklichen draußen teilen musste. Der Sturm hätte genauso gut eines seiner Fenster eindrücken und ihn in den Strudel reißen können.

Als die Sonne aufging, bemerkte er Bewegung in den Straßen. Von überallher kamen plötzlich Menschen zum Vorschein, vor allem aus den massiven steinernen Villen, die dem Sturm noch am besten standgehalten hatten. Sie wimmelten unten auf der Straße umher wie Ameisen in ihrem zerstörten Haufen. John beobachtete, wie sie anfingen, den nassen Unrat beiseitezuräumen und Leichen unter den Brettern hervorzuziehen, um sie an einer Ecke der Straße nebeneinander hinzulegen. Eine bedrückende Arbeit, die mit jeder Stunde schlimmer werden würde. Er rechnete, dass die Temperatur zu Mittag wieder um die 35 Grad erreichen würde, das bedeutete eine rasche Fäulnis.

Plötzlich hörte er, wie jemand sich die Treppe heraufkämpfte, Gerümpel beiseiteschob und über Trümmer kletterte. Er trat auf den Vorplatz und spähte hinunter.

»Dr. Cline!«, rief er. »Sie sind es!«

»John!« Der Chef des Wetteramtes beeilte sich, die letzten Stufen hinter sich zu bringen. »Sie haben die Nacht hier verbracht?«

»Ich war im Dienst, Sir.« John lächelte stolz. Es war jetzt nicht die Zeit darüber zu reden, dass ihm das Levy-Gebäude einen sicheren Unterschlupf geboten hatte. »Ich habe die ganze Nacht ein Journal geführt und alles notiert, was mir irgendwie bemerkenswert erschien.«

Cline legte ihm die Hand auf die Schulter. »Sie sind ein großartiger Junge, John.«

4

Die Officers Miller und Ferguson, die als erste Polizisten nach dem Sturm in die Polizeihauptwache zurückkehrten, fanden eine Ruine vor. Die Mauern standen zwar noch, aber alle Fensterscheiben waren eingedrückt worden. Die beiden Beamten mussten über zerschmetterte Schreibtische, Stühle, Telefone, Schreibmaschinen und Spinde klettern, um überhaupt das Haus betreten zu können. Die Treppe drinnen war unter dem Gerümpel begraben, das die Stufen heruntergespült worden war und triefend nass auf jedem Absatz lag. Quer darüber lag ein aufgedunsener Körper. Miller griff aus alter Polizistengewohnheit zu und drehte die Leiche herum. Er schrie auf. Was er in Händen hielt, war ein Körper ohne Kopf. Irgendetwas hatte den Hals so sauber durchtrennt wie ein Messer – wahrscheinlich eine der Dachschindeln, die der Sturm mit unvorstellbarer Wucht durch die Luft geschleudert hatte.

»Lass ihn liegen«, rief Ferguson, der entsetzt auf das Chaos starrte. »Das ist keine Polizeiarbeit. Ich will nachsehen, wie es oben aussieht. Komm mit.«

Das klebrige Treibgut ließ deutlich erkennen, wie hoch das Wasser gestiegen war. Es lag auf der Treppe bis zum zweiten Stock, es lag dahinter in den Räumen, die einst als Wachzimmer und Büro gedient hatten, und es lag im Gefängnistrakt. Ein intensiver, fauliger Geruch herrschte in dem fensterlosen Korridor. An den Gittertüren hingen in groteskem Durcheinander Kabel, Stofffetzen, Kleider und anderer Kleinkram. Auf dem Boden türmte sich das zerschmetterte Gerümpel, das einmal eine Einrichtung gewesen war.

Die beiden Männer sahen einander an. Keiner machte eine Bemerkung darüber, dass sie am vergangenen Abend einen der Gefangenen hier zurückgelassen hatten. Da das Treibgut auch an den Lampen an der Decke hing, war deutlich, dass das

Wasser bis zur Decke oder immerhin bis zu den Lampen gestiegen sein musste, das hieß, dass der widerwärtige Gefangene ertrunken war.

Als sie die letzte Zelle erreichten, stießen sie auf einen Wall von Treibgut, den das Wasser gegen die Türe gehäuft hatte, darunter die Leiche einer Frau, die jetzt mit schlaff hängenden Armen und Beinen auf dem Haufen lag. Ferguson ergriff sie und zerrte sie weg. Williams stieg auf den Trümmerhaufen und spähte in die Zelle. »Da liegt er«, sagte er.

Edgar Falstad lag nackt in dem nur mehr Zentimeter tiefen Wasser, das den Boden der Zelle bedeckte. Sein langes Haar schwamm in der Brühe. Sein Mund stand offen, von seinen Augen war nur noch das Weiße zu sehen.

»Tot, ey?«, fragte Ferguson leise.

Williams nickte. »Sieht ganz so aus. Wir sollten ihn aber hier rausholen – macht keinen guten Eindruck, wenn es heißt, er ist in der Zelle ertrunken. Komm, beeil dich, bevor noch irgendjemand anderer hier auftaucht.«

Mit gemeinsamer Anstrengung räumten sie zunächst das Treibgut weg. Williams holte die Zellenschlüssel, die in ihrem stählernen Schlüsselkasten Sturm und Flut unbeschadet überdauert hatten, und sperrte die Gittertüre auf. Angewidert näherte er sich dem bleichen, haarigen Körper mit den großen Händen und Füßen. Er griff energisch zu und drehte ihn auf den Bauch.

Edgar stieß ein gurgelndes Röhren aus und erbrach einen Schwall graues Wasser.

Williams sprang erschrocken zurück, als er dieses Lebenszeichen bemerkte, aber er hatte nicht lange Zeit sich zu wundern. Mit erstaunlicher Kraft richtete sich der eben noch wie tot Daliegende auf, packte seinen Knöchel und riss ihn zu Boden. Williams konnte gerade noch schreien, ehe die derben Fäuste seine Gurgel zu fassen bekamen.

Ferguson kam ihm zu Hilfe und wenige Minuten später

war Edgar Falstad wieder sicher in der Zelle eingeschlossen, während die beiden Polizisten draußen standen und ihn entsetzt anstarrten.

»Der Mensch ist wahnsinnig – noch mehr, als er es vorher schon war«, flüsterte Williams.

Edgar hockte auf dem Boden, die Arme um die eigenen Schultern geschlungen. Seine Zähne waren gefletscht, die stechend grauen Augen funkelten, als er von einer Seite zur anderen sah. »Mörder«, gurgelte er. »Verfluchte Mörder ... Ich hab geschworen, ich bringe euch um.«

5

Oscar kam durch die Kälte aus einem Zustand zu sich, der halb Schlaf, halb Ohnmacht und Erstarrung war. Als er sich blinzelnd aufrichtete, sah er einen zauberhaften Morgen. Der Himmel war klar und hell. Eine freundliche Brise blies die Wolken nach Norden und er nahm den Geruch des Meeres wahr. Es war warm und sonnig, der Himmel im Osten rosig – kurz, ein wunderschöner Tag. Er konnte es kaum glauben, dass nach der tobenden Sturmnacht ein solcher Tag anbrechen konnte. Es erschien ihm als grausige Ironie, dass der Morgen so sanft begann und auf eine Stadt herunterlächelte, von der nichts weiter geblieben war als ein endloses Trümmermeer. Jetzt sah er, dass sie inmitten der Ödnis an einer Stelle, an der sich einzelne Wrackteile, hölzerne Bruchstücke und Scherben hoch aufgetürmt hatten, hängen geblieben waren. Er suchte nach Orientierungspunkten, fand aber zunächst keine. Ein paar Telegrafenmasten waren zu sehen, da und dort die Ruine eines noch nicht völlig zusammengestürzten Hauses, aber sonst nichts – keine Straßen, keine Hecken, keine Bäume, keine Gehsteige, keine Treppen, nichts. Nur diese ungeheure Menge von übereinandergestapelten Holzbrettern.

Doch als er wieder einigermaßen klar sehen und denken konnte, machte er allmählich hier und da die Überreste bekannter Gebäude aus. Ein Stück entfernt etwa stand die große Grundschule Bath Avenue, neben der sich Direktor Youngs Haus befunden hatte. Ein Flügel war zertrümmert und gab den Blick auf ein Klassenzimmer frei, dessen Boden in einem 45-Grad-Winkel über der Straße hing. Die achtunddreißig fest verschraubten Pulte waren alle noch an ihrem Platz.

Er staunte, dass er lebte und dass Emily bei ihm war. Sie lag schwach und erschöpft neben ihm, immer noch von den Stricken festgezurrt. Ihr Matrosenkleid war ein Lumpen, ihr Gesicht zerschrammt von den Holzsplittern und Steinchen, die ihnen beständig entgegengeflogen waren. Genau wie er war sie grün und blau geschlagen von all den Gegenständen, die im Laufe der Nacht auf sie heruntergefallen waren. Aber ihre Augen waren klar und wach. Sie lächelte.

Er schob sich an sie heran und küsste sie auf die Wange.

Beide hatten große Mühe damit, sich aus den nassen Stricken zu befreien, und mehr als einmal dachte Oscar, sie würden es überhaupt nie schaffen und hier gefesselt liegen bleiben müssen, bis irgendjemand sich ihrer erbarmte. Aber schließlich, unter großen Mühen und mit viel Ziehen und Zerren, gelang es ihnen doch noch. Das Aufstehen war das nächste Problem. Erst wollten ihm Arme und Beine nicht gehorchen, so steif und unbeweglich waren sie geworden, und sein Körper war übersät mit Prellungen und Schrammen, die bei jeder Bewegung schmerzten. Als er von der Türe herunterstieg, stellte er fest, dass er seine Schritte sehr vorsichtig setzen musste, um sich in der teilweise metertiefen Schicht zertrümmerter Holzbretter nicht zu verheddern und sich dabei die Beine zu brechen. Er kletterte steifbeinig von Brett zu Brett, wobei dieser wackelige Untergrund oft kippte oder wegzurutschen drohte, sodass ihm zumute war, als turnte er auf treibenden Eisschollen herum.

Er sah sich um. Von dem Wasser, das in der Nacht die gesamte Stadt überflutet hatte, war nichts mehr zu sehen, nur da und dort schimmerten ein paar Priele, die zurückgeblieben waren, als das Wasser ablief – zurück in die Bucht und den Golf. Er blickte zum Strand hinüber und sah keine Spur des Restaurants, in dem sie zu Abend gegessen hatten. Und dahinter, wo das *Murdoch's* und das *Pagoda Badehaus* gestanden hatten, war nichts als blauer Himmel. Weiter unten an der Küste, wo man zumindest die Umrisse des St. Marys Waisenhauses hätte erkennen müssen, war nur noch ein langer weißer Bogen Strand zu sehen.

Plötzlich drang ein Laut an sein Ohr, der ihm so unpassend erschien wie der strahlende Morgen. In der Ferne läuteten Glocken. Jetzt, da so wenige Häuser ihren Klang dämpfen konnten, schallten sie mit ungewohnter Klarheit zu ihm herüber.

»Eine Kirche oder ein Kloster muss noch intakt sein«, rief er Emily zu. »Wir müssen hin. Dort sind sicher noch andere Überlebende.«

Er kletterte mühsam auf einen hohen Schutthügel und blickte in die Richtung, aus der der Schall der Glocken kam. Das Ursulinenkloster stand noch. Es wirkte riesenhaft und fremd, wie ein Palast über einem Ödland aus zerborstenem Holz. Die Glocken hatten etwas Tröstliches. Sie verkündeten, dass sich der Himmel immer noch über der Erde spannte und Gott immer noch auf seinem Thron saß, mochte es auf Erden zugehen, wie es wollte.

Hand in Hand kletterten die beiden jungen Leute über die Trümmerberge, bahnten sich vorsichtig einen Weg über die Holzlatten. Oscar schauderte, wenn er nach unten blickte und sah, was neben Möbeltrümmern und zerschmettertem Hausrat noch darin steckte. Nachdem er eine erste Leiche entdeckt hatte, fielen ihm auf einmal Dutzende auf. Zwischen den Trümmern sah er gestreifte Kleider, schwarze Anzüge, Bowlerhüte und Strohhüte. Die Hände der Toten schienen nach ihm zu greifen. Gesichter, von der beginnenden Fäulnis geschwärzt, starrten zwischen den Brettern zu ihm herauf und blinzelten ihn mit unheimlicher Zutraulichkeit an. Er hatte furchtbare Angst auszurutschen und auf eine der Leichen zu treten.

Emily hinkte neben ihm her, gekrümmt vor Schmerzen und mit Tränen in den Augen, aber tapfer entschlossen, nicht zu weinen.

»Es wird bald besser«, tröstete er sie. »Uns tun nur die Muskeln und Knochen weh, weil wir uns die ganze Nacht nicht bewegt haben. Wenn wir erst ein Stückchen gelaufen sind, wird es besser.«

Emily nickte, lächelte schwach und nieste. Erkältet hatten sie sich auch – beide. Aber sie lebten, das war alles, was zählte.

Endlich erreichten sie eine Stelle, wo die Bretter nicht so hoch aufgeschichtet lagen und sie auf festen Boden treten konnten. Oscar konnte an nichts anderes denken als daran, bald wieder eine normale menschliche Umgebung zu erreichen. Er wollte Kaffee und Brötchen und Pfannkuchen mit Ahornsirup, freundliche Worte und ein sauberes Tischtuch. Er wollte nur fort von dieser fürchterlichen Verwüstung, wollte sich der Illusion hingeben, der Hurrikan sei nur ein Albtraum gewesen. Er wusste selbst, wie kindisch das war, aber er konnte nicht anders.

Als sie den Hügel zum Ursulinenkloster hinaufgeklettert waren, bot sich ihnen ein weiter Überblick über die Stadt. Pflastersteine häuften sich auf den Straßen. Der Hafen war ein Gewirr aus zerbrochenen Masten und verfilzter Takelage, aber der große Getreidesilo schien kaum beschädigt zu sein. Dampfschiffe, die fest am Kai vertäut gewesen waren, waren einfach verschwunden, als hätten sie sich in Luft aufgelöst.

Es konnte nicht viel später als sieben Uhr morgens sein, aber er sah, dass die tüchtigen Galvestoner bereits begonnen hatten, ihre zerstörte Stadt aufzuräumen. Überall waren Leute am Werk, die sich einen Weg durch das Brettermeer bahnten und die wichtigsten Straßen freiräumten. Andere kämpften mit Stangen und Mistgabeln gegen die riesige Masse von nassem Unrat, den die Flut zurückgelassen hatte. Hemdsärmelige Männer stiegen auf den Holzhaufen herum, warfen Bretter beiseite und zogen Leichen hervor. Auf der Straße fuhren Wagen vorbei, unter deren Planen Gliedmaßen hervorschauten. Wo wollten sie alle die Toten nur hinbringen? Wie viele waren es überhaupt? Tausend? Oder noch mehr? Der Friedhof von Galveston, sofern es ihn überhaupt noch gab, konnte sie unmöglich fassen.

Oscar atmete auf, als er sah, dass in der Türe des Ursulinenklosters Nonnen standen und nach Überlebenden Ausschau hielten. Er und Emily wurden freundlich empfangen und in die große Halle geführt, wo bereits viele Überlebende in Decken gehüllt beisammensaßen und von den Schwestern mit Tee und Broten versorgt wurden. Der mächtige Bau des Klosters hatte dem Sturm getrotzt, obwohl das Wasser zu den Fenstern des ersten Stocks hereingelaufen war und jetzt noch in großen Pfützen auf dem Fliesenboden stand.

Oscar lauschte den Gesprächen der Menschen rundherum und erfuhr, dass die Ursulinen schon in der Nacht viele Menschen aus dem Wasser gezogen und notdürftig versorgt hatten. Sie schienen inmitten der Nachwehen der Katastrophe ganz in ihrem Element zu sein. Nichts verriet, was sie empfunden hatten, als die Sturmflut gegen ihr Kloster donnerte und der heulende Wind an den Dachbalken zerrte. Fröhlich und geschäftig eilten sie hin und her, verbanden Verletzte, trösteten die Verzweifelten, versprachen sich nach Vermissten umzusehen und führten Buch über die Überlebenden.

Oscar und Emily drängten sich dicht aneinander und tranken heißen Tee, der eine zugleich beruhigende und erfrischende Wirkung hatte. Allmählich wurde ihnen beiden bewusst, dass sie zwar weitgehend unverletzt überlebt hatten, aber nicht wussten, ob ihre Verwandten und Freunde die schreckliche Nacht überstanden hatten. Emily sagte: »Ich glaube nicht, dass eines von den Häusern in meiner Gasse noch steht, aber ich muss wissen, was aus meiner Familie geworden ist.«

Oscar nickte. Er musste versuchen herauszufinden, ob Ronald, Blanche und Mrs. Miller überlebt hatten. Dem *Tremont Hotel*, diesem riesigen steinernen Kasten, konnte der Hurrikan doch nichts angehabt haben? »Ich möchte auch wissen, was aus Direktor Young geworden ist – ob er am Leben und gesund ist«, sagte er.

Eine dicke Frau, die bis zum Kinn in eine Decke gewickelt neben ihnen saß, hatte ihr Gespräch mitgehört und sagte: »Sehen Sie erst mal im provisorischen Leichenhaus nach, dort sind die Toten zur Identifizierung aufgebahrt. Das ist an der Nordseite des *Strand*, zwischen 2.1. und 2.2. Straße.«

Oscar nickte. Nachdem sie ihren Tee ausgetrunken hatten, machten sie sich auf den Weg.

Es war ein zäher Kampf, den Ort zu erreichen. Immer wieder mussten sie über Barrikaden von aufgetürmtem Treibgut klettern, das der Sturm zusammengefegt hatte, und über die zerbrochenen Teile von Häusern und Läden, bevor sie endlich eine gangbare Straße erreichten. An *The Strand* lag auf der Seite der Straße ein ganzer Berg toter Körper. Oscar bewunderte die Leute, die hier mit den Aufräumarbeiten zugange waren. Überall waren sie eifrig und zielgerichtet am Werk, obwohl ihnen allen noch die Schrecken der Nacht ins Gesicht geschrieben standen. Viele der fleißigen Arbeiter trugen Verletzungen am Leib, die frisch verbunden waren, und sie steckten in sichtlich geborgten Kleidern.

Oscar blieb stehen und fragte, was sie mit all den Leichen anfangen wollten. Der Mann, den er angesprochen hatte, zuckte die Achseln. »Wir legen sie erst einmal hierher, damit die Leute sie identifizieren können«, sagte er. »Dann verbrennen wir sie. Was sollen wir sonst mit ihnen machen? Es sind einfach zu viele.«

Ein großes Schild, mit der Hand geschrieben, wies den Weg zu dem provisorischen Leichenhaus.

Es war nicht zu übersehen. Mitten im Schutt erhob sich unbeschädigt ein Lagerhaus. Rund um die roten Ziegelmauern drängten sich Scharen von Menschen, die geduldig darauf warteten, dass sie an die Reihe kamen die Leichen zu sehen, um sie gegebenenfalls zu identifizieren. Viele von denen, die durch das rückwärtige Tor wieder herauskamen, weinten bitterlich. Alle hielten sich Taschentücher und Halstücher vor Mund und Nase.

Schließlich waren Oscar und Emily an der Reihe, durch das Riesentor des Lagerhauses zu treten. Sie befanden sich in einem Saal, lang wie eine Bahnhofshalle, mit einer von Eisensäulen gestützten hohen Decke. Oscar reichte dem Mädchen sein Taschentuch und hielt sich selbst den Ärmel vor die Nase. Von den nassen Leichen stiegen Gerüche auf, die unerträglich waren. Es mussten Hunderte sein, die da lagen, in Reihen über die ganze Länge und Breite der riesigen Halle, nur durch schmale Pfade voneinander getrennt. Die aufsteigende Sonne erwärmte den Raum. Es war deutlich zu spüren, dass der Tag wieder brennend heiß werden würde. Sonnenstrahlen fielen durch einzelne Löcher im Dach und hoben wie bei einer schaurigen Bühnenillumination den einen oder anderen der Toten hervor. Eine feierliche Stille herrschte, wie in einer Kirche. Männer und Frauen gingen langsam durch die Reihen und blickten in aufgequollene, verzerrte Gesichter, die von Schnittwunden und Prellungen entstellt waren. Viele Leichen waren unbedeckt, andere lagen unter Laken und Decken, die die Überlebenden zurückschlugen, um in die Gesichter zu schauen.

Während Oscar von Leichnam zu Leichnam ging, sah er Männer und Frauen, die er kannte – viele von ihnen waren auf der Party des Gartenvereins gewesen. Aber es erleichterte ihn, dass er weder Ronald noch Direktor Young noch Henry Cohen unter den Toten fand. Auch seine Frau und seine Schwiegermutter waren nicht hier. Das hatte freilich nicht viel zu bedeuten. Viele waren noch nicht geborgen worden; ja es war fraglich, ob es jemals überhaupt möglich sein würde, sie alle zu bergen. Vielleicht würde er überhaupt nie erfahren, was aus seiner Frau und seinem Bruder geworden war.

Er bewunderte Emily, die sich inmitten des ranzig-süßlichen Gestanks und der schrecklichen Anblicke, die sich ihnen boten, aufrecht an seiner Seite hielt und konzentriert nach ihrer Familie suchte. Sie bot einen absurden Anblick in ihrem schmutzdurchtränkten Matrosenkleid, dessen Saum abgerissen war. Es war inzwischen getrocknet und der sandige Schlamm rieselte als milchkaffeefarbenes Pulver aus den Falten.

Plötzlich blieb sie stehen, beugte sich noch einmal zu einer Toten hinunter, die zu ihren Füßen lag, betrachtete sie und stieß dann mit einem tiefen Atemzug hervor: »Meine Schwester.«

»Bist du sicher?« Er wusste nicht, was er sonst sagen sollte.

Emily nickte und deutete auf die von Arthritis verkrümmten Hände, deren Fingerspitzen schwarz angelaufen waren. »Das sind ihre Hände. Sie hatte viel unter der Krankheit zu leiden.« Sie schritt aufrecht zu einem der Männer hin, die mit Schreibblöcken auf Klappstühlen saßen und die Namen der identifizierten Toten notierten. »Elsa Lillebjöring, 25«, meldete sie ihm. Dass ihre Stimme zitterte, war das einzige Zeichen ihrer inneren Bewegung.

Wenig später entdeckte sie ihre Mutter. Diesmal traf es sie hart. Sie blieb neben der Leiche kauern, zu der sie sich hingehockt hatte, um sie genauer in Augenschein zu nehmen, als hätte sie nicht mehr die Kraft aufzustehen. Oscar streckte ihr die Hand hin. Sie blieb reglos. »Das ist meine Mutter«, sagte sie. »Ich kenne das weiße Haar und das Kleid.« Das Gesicht der Leiche konnte sie nicht erkennen. Es war einfach nicht mehr vorhanden.

Zum zweiten Mal schritt sie zu dem Mann mit dem Schreibblock hin, aber diesmal ließ sie zu, dass Oscar sich bei ihr einhakte und sie stützte.

Er beobachtete, wie ein rothaariger Bursche mit einem Notizblock von einem der Klappstuhl-Männer zum anderen ging und die von ihnen notierten Namen abschrieb, und er erfuhr, dass es ein Reporter der *Galveston News* war, der die Notausgabe vorbereitete. Zu Mittag sollte ein Handzettel erscheinen, auf dem die Namen der bereits identifizierten Verstorbenen verzeichnet werden sollten; ein zweiter sollte die Namen der Überlebenden bekannt geben. Oscar und Emily nannten ihre Namen.

Der Reporter, ein sommersprossiger junger Mann, der zwei tiefe Schrammen auf der Stirn und Wange hatte, fragte: »Wo können Ihre Verwandten Sie finden? Geben Sie einen Treffpunkt an.«

»Im *Tremont Hotel«*, antwortete Oscar.

Der Zeitungsmann schüttelte den Kopf. »Lassen Sie sich was anderes einfallen. Das *Tremont* steht zwar noch, ist aber stark einsturzgefährdet. Der Hurrikan hat die gesamte zum Meer hin zeigende Fensterfront untergraben und die Treppen im Inneren zum Einsturz gebracht. Wie wär's mit dem Ursulinenkloster? Das geben die meisten Überlebenden als Treffpunkt an.«

»Gut, dann das Ursulinenkloster.«

Nachdem sie alle die Reihen abgeschritten hatten, ohne noch jemand zu erkennen, traten sie wieder in den Sonnenschein hinaus. Obwohl man auch hier die Fäulnis roch, war es eine Erleichterung, in die frische Luft zu treten. Im Lagerhaus war der Verwesungsgeruch beklemmend gewesen; bald würde es unmöglich sein, sich dort aufzuhalten.

Sie sahen, wie Männer mit Tüchern vor dem Gesicht Körper aus dem Lagerhaus trugen und an der Straßenecke aufschichteten. Es waren diejenigen, die bereits identifiziert waren. Neben dem Leichenhaufen standen große Kanister mit Petroleum und die Männer machten sich daran, trockene Bretter zwischen die Leichen zu schichten, die sie in Brand setzten.

Emily blickte hin und dann rasch wieder weg. »Meine Mutter«, flüsterte sie. Sie machte eine Bewegung, als wollte sie hinlaufen, erstarrte dann und barg das Gesicht an Oscars Schulter.

Er führte sie eilig weg, während hinter ihnen fettiger Rauch aufstieg und der Geruch von schmorendem Fleisch die Straße erfüllte.

An der Ecke zu der Gasse, die von *The Strand* zu der Nordischen Gemeinde führte, stießen sie auf einen weiteren Berg Leichen, die zur Verbrennung vorbereitet wurden. Zwei von ihnen trugen die Überreste langer blauer Kleider, aber sie konnten nicht erkennen, ob es sich um Edgar Falstads Frauen handelte oder um andere Mitglieder ihrer kleinen Gemeinde, so zerstört waren die Körper.

»Ich möchte wissen, was aus Falstad geworden ist«, bemerkte Oscar. »Er saß im Gefängnis, als der Sturm losging, und das dürfte ein ziemlich sicherer Ort sein.«

»Ich will nichts von ihm hören«, erwiderte Emily scharf, und schien damit das Thema *Edgar Falstad* ein für alle Mal beenden zu wollen.

Sie bahnten sich über Bretterhaufen und Schutt einen Weg zu der Stelle, wo die Kirche der Nordischen Gemeinde gestanden hatte. Kein Stein war auf dem anderen geblieben. Der hölzerne Teil des Gebäudes war in alle Winde zerstreut und sogar die steinernen Fundamente waren so gründlich eingeebnet worden, dass nur die Masse großer Steine ihren ehemaligen Standort anzeigte. Ein alter Mann mit notdürftig verbundenem Kopf saß reglos auf einem der Blöcke. Emily erkannte einen der Ältesten in ihm und sprach ihn an. »Vater Johan, weiß man, ob jemand gerettet wurde?«

Er starrte vor sich hin. »Niemand«, sagte er. »Sie sind alle dahin. Spreu im Winde. Sie flogen durch die Luft wie Spreu im Winde.«

»Die Gerechten sind beim Herrn«, versuchte Emily ihn zu trösten, aber er stand offenbar völlig unter dem Eindruck eines furchtbaren Bildes, denn er wiederholte immer nur: »Spreu im Winde«.

Sie ließen ihn sitzen und gingen weiter.

»Wahrscheinlich haben sie einen Gottesdienst abgehalten – wegen Edgar Falstads Verhaftung«, sagte Emily. »Und dabei muss es sie getroffen haben.« Ihr Blick glitt über das Trümmerfeld. »Die in der Kirche waren, haben wohl kaum überlebt. Ich habe auf einen Schlag viele Freunde verloren.«

»Hast du noch Verwandte?«, fragte er.

»Nein, nicht wirklich. Eine Tante und zwei Kusinen, aber ich habe keine enge Verbindung zu ihnen, weil sie keine Mitglieder der Kirche waren. Komm, wir müssen jetzt zum *Tremont*.«

Es war schon ein Schock gewesen, die Ruinen all der Holzhäuser zu sehen, aber erst der Anblick des einst so modernen Hotels erschütterte sie beide zutiefst. Er offenbarte die eigentliche, furchtbare Gewalt des Sturms. Oscar warf einen ungläubigen Blick auf den 200-Zimmer-Koloss, der ihm gestern noch so unverrückbar wie ein Berg erschienen war und der nun baufällig an wankenden Streben hing. Der riesige, palastartige Kasten war nur noch eine Ruine. Er konnte deutlich sehen, welch breite Risse in der Fassade klafften, und das eine noch übrig gebliebene zierliche Türmchen auf seinem Dach neigte sich gefährlich zur Seite. Veranden, Vorbauten und Türme waren ineinandergestürzt und häuften sich als wüste Gesteinsmasse auf dem Strand. Der Rest war sichtlich instabil und ein großes, handgeschriebenes Schild am Eingang warnte:

»Einsturzgefahr! Betreten Sie das Gebäude nicht! Identifizierung auf der Frühstücksveranda.«

Nur die Südseite, wo die Masse des Gebäudes den Sturm

blockiert hatte, war noch einigermaßen intakt, und dort lagen in der langen Frühstücksveranda die Toten aneinandergereiht, die man bislang aus dem Gebäude geborgen hatte.

Oscar fühlte, wie sich sein Magen zusammenzog, als er die Veranda betrat. Es roch hier nicht so faulig wie in dem Lagerhaus, da der Wind alle die riesigen Glasfenster aus den Rahmen geblasen hatte und frische Luft durch das eiserne Gerippe strömte, aber der Anblick war genauso bedrückend. Die Fäulnis schritt erschreckend schnell voran. Die Temperatur betrug jetzt ungefähr 25 Grad, die Sonne erwärmte all die leblosen Leiber und das Fleisch quoll auf, vor allem bei denen, die zuvor im Wasser gelegen hatten. Nur wenige waren auf Anhieb zu erkennen. Er versuchte sich zu erinnern, welche Kleidung Ronald getragen hatte, als er ihn zuletzt gesehen hatte. Blanche war wohl im Nachthemd gewesen oder hatte ihren roten japanischen Kimono getragen. Vielleicht half das weiter, denn viele von den Gesichtern waren jetzt bloße schwärzliche Klumpen Fleisch ohne erkennbare Züge.

Auf einmal erschrak er furchtbar, denn er sah ein Paar Beine in einer lichtgrünen Gabardinehose, wie Ronald eine besessen hatte. Einen Augenblick lang wurde ihm voll bewusst, wie es sich anfühlen würde, Ronald verloren zu haben. Sie hatten einander nie übermäßig nahegestanden, aber immerhin waren sie Brüder, Mitglieder eines Familienclans, in dem das Wort Blutsbande noch eine gewichtige Bedeutung hatte. Er spürte, dass es ein großes Loch in seine Welt gerissen hätte, Ronald identifizieren zu müssen. Aber der Mann in der grünen Gabardinehose war nicht Ronald, und Oscar, der die Luft angehalten hatte, atmete weiter.

Als er am Ende der langen Reihe angekommen war, konnte er aufatmend feststellen, dass Ronald jedenfalls nicht hier zu finden war. Wieder erhöhten sich die Chancen, ihn lebend wiederzusehen, um einen Punkt. Aber wo war Blanche? Wenn ihre Leiche nicht hier war, mochte das bedeuten, dass sie noch unter den Trümmern des Hotels begraben lag, aber auch, dass sie überlebt hatte. Und wo war Mrs. Miller?

Oscar wollte eben etwas sagen, als eine Stimme rief: »Junge! Emily! Ihr habt überlebt!«

Sie wandten sich um und sahen Direktor Young auf sich zukommen. Er bot einen grotesken Anblick mit dem mächtigen Verband, der wie ein kalkweißer Turban um seinen Kopf gewickelt war, und einem dick in Gips verpackten Arm. »Zwei weniger, um die ich mir Sorgen machen muss!«, rief er. Trotz seiner Verletzungen machte er einen geradezu munteren Eindruck. »Wie habt ihr das geschafft? Hat euch meine Eichentüre gerettet?«

Beide nickten. Sie erstatteten Bericht, wie es ihnen ergangen war, und hörten seine Geschichte. »Ich war im Krankenhaus«, sagte er, auf den Verband deutend. »Die beiden Krankenhäuser der Stadt haben dem Sturm standgehalten. Sie quellen über vor Patienten. Vielleicht wollt ihr dort nach Ronald suchen.«

»Was werden Sie machen?«, fragte Oscar.

Der Direktor zuckte die Achseln. »Ich weiß nicht recht. Es gibt eigentlich nichts zu machen. Von meinem Haus ist keine Spur mehr zu sehen, die Baumwollbörse existiert nicht mehr und bei den Aufräumungsarbeiten helfen kann ich mit meinem kaputten Arm nicht. Ich werde aufs Rathaus gehen, ich habe gehört, es sollen Hilfskomitees eingerichtet werden, die sich um die ersten Hilfsmaßnahmen kümmern. Vielleicht kann ich mich dabei nützlich machen.«

Oscar staunte. Da waren die Bretter nach der Flut noch nicht richtig trocken und schon reorganisierten die Galvestoner ihre Stadt. »Die Menschen sind unglaublich tüchtig hier«, sagte er.

»Das werden wir auch sein müssen«, erwiderte Direktor Young trocken, »wenn wir nicht in Fäulnis und Unrat ersticken wollen. Macht es gut, Kinder.«

Er verabschiedete sich.

»Zu welchem Krankenhaus sollen wir zuerst gehen?«, fragte Oscar.

Emily schlug das größere städtische Krankenhaus vor, das näher lag. Wieder begann der mühselige Weg über ungeräumte Straßen, zwischen denen jetzt überall Feuer angezündet wurden, um die Leichen zu verbrennen. Fettiger, schwarzer Rauch zog mit dem Wind und biss sich widerlich in den Lungen fest. Asche schwebte in der heißen Luft. Oscar war überzeugt, er würde den Rest seines Lebens nichts Gebratenes mehr essen können.

Der Nachmittag war bereits weit fortgeschritten und Oscar begann sich zu fragen, wo sie die Nacht verbringen sollten. Das Ursulinenkloster würde zweifellos überfüllt sein. Sie waren beide müde und hatten nicht mehr die Energie, weite Strecken über Bretterhaufen und Schuttberge zu klettern. Wenigstens versprach die Nacht warm und klar zu werden.

Das Krankenhaus war tatsächlich noch in einem sehr guten Zustand. Nur das Dach hatte viele Schindeln verloren und die steinernen Zierfiguren an seiner Fassade lagen allesamt auf dem Rasen um das Gebäude herum.

Oscar und Emily wurde der Eintritt verweigert, wie allen anderen auch, die dort nach ihren Verwandten suchen wollten. Man verwies sie auf die langen Listen, die ständig erneuert und am Tor angeschlagen wurden und die Namen aller lebenden Patienten enthielten, die Papiere bei sich gehabt hatten oder ausreichend bei Bewusstsein gewesen waren, um Namen und Adresse zu nennen.

Oscar las, und dann stieß er einen gellenden Schrei aus. »Emily! Da steht es! Ronald Theodor Leibowitz, aus Boston, schwer verletzt! Das ist er! Ich muss zu ihm!«

Er wollte zum Tor hineindrängen, wurde aber von zwei kräftigen Burschen hinausgeworfen. Viele andere Angehörige teilten sein Schicksal. Ein laut schreiender Mann mit einem

Bowlerhut versuchte den Menschen, die ins Haus stürmen und ihre Lieben sehen wollten, klarzumachen, dass sie damit die Arbeit der Ärzte behinderten, die alle Hände voll zu tun hatten, die Schnittverletzungen, Prellungen, Brüche und Infektionen zu behandeln.

Emily gelang es schließlich, Oscar zur Vernunft zu bringen. »Wenn dein Bruder schwer verletzt ist, kannst du vielleicht gar nicht mit ihm reden, und stell dir vor, wenn alle diese Menschenmassen durch die Behandlungszimmer und Operationssäle drängen würden! Es ist richtig, dass sie niemand hineinlassen.« Sie machte ihm einen Vorschlag. »Wir bleiben hier in der Nähe und du kannst immer wieder zum Tor gehen und auf den Listen nachsehen, ob es etwas Neues von deinem Bruder gibt.«

Es war, dachte Oscar, eine sehr freundliche Umschreibung von: *ob dein Bruder gestorben ist.*

Erst jetzt dachte Oscar daran, auch den Rest der Liste nach bekannten Namen zu durchforsten, und sehr bald fand er einen. »Blanche Leibowitz, aus Boston, leicht verletzt.«

Sein Herz begann zu hämmern. Er hatte Blanche nicht gewünscht, dass sie sterben möge, und war erleichtert, dass sie mit unbedeutenden Verletzungen davongekommen war. Aber der Gedanke, dass sie in kurzer Zeit wieder gesund genug sein würde, um ihn von Neuem unter Druck zu setzen, verdross ihn.

Mit belegter Stimme sagte er: »Da, schau. Blanche.«

»Leicht verletzt. Sie muss großes Glück gehabt haben.« Dann wechselte Emily abrupt das Thema. »Weißt du was? Wir haben sowieso keine Wohnung, also können wir auch gleich hierbleiben.«

Das schienen viele der Wartenden zu denken, denn um das Krankenhaus herum flackerten dort, wo früher einmal ein gepflegter Park gewesen war, überall Feuerchen auf, und ganze Familien setzten sich unter den riesigen Eichen zusammen, um gemeinsam die Suppe zu essen, die am Seiteneingang des

Krankenhauses ausgeteilt wurde. Oscar und Emily holten sich jeder einen Napf voll und entzündeten ihr eigenes Feuerchen. Es tat gut, die nassen Schuhe trocknen zu fühlen. Am Seiteneingang des Krankenhauses wurden Decken an die Wartenden ausgegeben. Beide hüllten sich ein und kauerten wie Indianer am Feuer. Sie spürten jetzt auch, wie müde sie waren, und fröstelten vor Erschöpfung, sodass sie nahe ans Feuer rückten und sich die Hände über den kleinen Flammen rieben.

Zwischen den Wartenden kursierte die Sondernummer der *Galveston News*, die von Hand zu Hand weitergereicht wurde. Sie bestand nur aus zwei Teilen: den Namen der Überlebenden und den Namen der identifizierten Toten. Der zweite Teil war beträchtlich länger und Oscar fand weitere Namen darauf – Namen von Leuten, die er im Gartenverein und bei den anderen Festivitäten der Stadt kennengelernt hatte. Er fand keine Erwähnung von Edgar Falstad oder Mrs. Miller, auch nicht von Henry Cohen, weder auf der einen noch auf der anderen Liste. Dafür entdeckte er die Namen Ole Stevenson und Jens Lundquist unter den Toten.

Dr. Cline, las er, hatte überlebt und mit ihm seine drei Töchter sowie sein Bruder Joseph, meldete das Blatt. Das hieß, dass seine Frau Cora vermutlich ertrunken war.

Oscar fragte sich, was der Mann jetzt wohl dachte, nachdem der von ihm als »unmöglich« bezeichnete Hurrikan ihn zum Witwer gemacht hatte. Ob er Gewissensbisse hatte? Oder die Schuld dem Sturm gab, der sich einfach geweigert hatte, sich an die wissenschaftlich erstellten Regeln zu halten? Er erinnerte sich, wie Cline von »abnormen Stürmen« gesprochen hatte. Zweifellos hatte er diesen als abnorm eingestuft, weil er ihn nicht verstanden hatte. Vielleicht würde er beizeiten einen wissenschaftlichen Artikel darüber schreiben oder einen Vortrag halten, in dem er bewies, dass seine Berechnungen trotz alledem untadelig gewesen waren. Aber auf jeden Fall würde er um seine Frau trauern.

Rundum tauschten Überlebende ihre Geschichten aus. Die meisten waren tragisch, manche bizarr, einige sogar komisch – wie die Geschichte des Mannes, der, während er sich gerade im Klohäuschen befand, von den Wellen erfasst und mitsamt dem fragilen Gehäuse Straßen weit durch die Stadt gespült worden war, bis es auseinanderbrach und er sich, an die Türbretter geklammert, an einen festen Ort retten konnte. Viele Menschen erzählten, wie ihre Häuser um sie in Stücke gebrochen waren oder einknickten wie Kartonschachteln, auf die man tritt. Manche waren in ihren Häusern wie in Booten auf der Flut geschwommen und hatten sich mit knapper Not retten können, ehe die Ruinen in den Golf und in den endgültigen Untergang gesaugt wurden.

Während Oscar so den Erzählungen lauschte, stand er immer wieder auf und ging zum Eingang des Krankenhauses, um nach neuen Listen Ausschau zu halten. Inzwischen dämmerte es und Laternen wurden aufgehängt, um das Lesen der Aushänge zu ermöglichen. Oscar stieß einen Freudenschrei aus, als er den Namen seines Bruders wiederfand, diesmal mit dem Zusatz »leicht verletzt«. Offenbar waren seine Verletzungen nicht so schwer gewesen, wie man zuerst angenommen hatte.

Emily umarmte und küsste ihn vor Freude über diese Nachricht. »Dann brauchen wir jetzt nur noch zu warten, bis er entlassen wird«, sagte sie. »Du musst dem Mann am Tor Bescheid geben, dass wir hier sind und auf ihn warten.«

Es stellte sich heraus, dass auch dafür bereits vorgesorgt war. An der Mauer hing eine weitere Liste mit Angaben, wo die Verwandten und Freunde der Patienten sich aufhielten. Oscar trug sich mit zitternder Hand ein.

Er spürte allmählich, wie sehr ihn der Tag in Anspruch genommen hatte. Anfangs hatte er noch völlig unter dem Eindruck der eben überlebten Katastrophe gestanden. Aber jetzt, wo die akuten Aufregungen abflauten, begann er das Nachlassen seiner Kräfte zu spüren. Er hatte eine Nacht hinter sich, die ihm körperlich und psychisch das Äußerste abverlangt hatte. Jetzt konnte er einfach nicht mehr. Bleierne Müdigkeit überkam ihn, sodass er kaum noch die Kraft hatte, sich zum Feuer zurückzuschleppen.

»Ich muss schlafen«, sagte er. »Ich kann nicht mehr.«

Emily ergriff seine Hand. »Leg dich hin. Ich bleibe noch ein wenig sitzen und höre den Leuten zu, dann schlafe ich auch. Ronald und Blanche können wir nicht verpassen; sie werden uns sicherlich finden, wenn sie entlassen werden.«

Oscar rollte sich in die Decke und versank augenblicklich in einen tiefen Schlaf.

10. SEPTEMBER

1

Der Montag begann mit einer herben Enttäuschung.

Die beiden jungen Leute erwachten erst gegen neun Uhr aus dem langen, tiefen Schlaf der Erschöpfung, in den sie am Abend gesunken waren. Oscar wickelte sich aus der Decke und machte sich mit wankenden Schritten auf den Weg zum Krankenhauseingang, um die Liste nach neuen Einträgen abzusuchen. Bestürzt stellte er fest, dass neben Ronalds Namen jetzt der Vermerk »entlassen« stand. Sein Bruder war in der Nacht entlassen worden und hatte nicht daran gedacht, auf die Liste mit den Namen der wartenden Anverwandten zu sehen! Wo sollte er ihn jetzt finden in diesem riesigen Ruinenfeld?

Verstört kehrte er zu Emily zurück, die ihn zu beruhigen suchte. »Ronald wird sicher die Ausgabe der *Galveston News* lesen, in der wir als Überlebende angeführt sind, und dort steht auch, dass wir im Ursulinenkloster zu finden sind. Lass uns dorthin gehen, sobald wir gefrühstückt haben. Wir finden ihn sicher.«

Ihre Zuversicht stärkte ihn ebenso wie die heiße Krankenhaussuppe, die an die Wartenden ausgeteilt wurde. Er konnte sich gar nicht vorstellen, was er ohne Emily in dieser Situation getan hätte. Aber dennoch, ausgerechnet jetzt fühlte er sich ermattet und völlig entkräftet. Mühsam raffte er sich auf und zwang sich, auf den Beinen zu bleiben. Bis zum Ursulinenkloster, sagte er sich, musste er es noch schaffen, dann konnte er schlappmachen.

Inzwischen waren die wichtigsten Straßen bereits geräumt worden, sodass sie schneller vorwärtskamen als am Vortag. Sie gingen am Hafen vorbei und wurden dort, inmitten der allgemeinen Zerstörung, Zeugen eines schrecklichen Schauspiels. Das Hafenbecken war so voll mit Leichen, dass kein Platz zwischen ihnen blieb. Männer, Frauen, Kinder, Babys, alle trieben sie auf dem Wasser. Hunderte von Leichen stießen aneinander und an die Trümmer, die ebenfalls dort im Wasser schwammen.

Oscar und Emily wandten sich entsetzt ab und eilten den Weg entlang zum Ursulinenkloster.

Unterwegs wurde ihnen die Morgenausgabe der *Galveston News* ausgehändigt, die diesmal nicht nur mehr aus Listen von Namen bestand. Zwar nahmen diese immer noch den größten Teil der Zeitung ein, aber es gab auch bereits Annoncen, in denen Überlebende mitteilten, wo sie zu finden waren, sowie Suchanzeigen nach vermissten Verwandten.

Auf halber Strecke stießen sie auf den großen Trümmerwall. Er sah nicht mehr ganz so schrecklich aus wie in der Nacht, wo er sich im Schein der Blitze vorwärtsbewegt hatte, aber immer noch schlimm genug. Oscar hatte sich nie vorstellen können, dass eine solche Menge von unterschiedlichsten Dingen so ineinander vermengt und zusammengepresst sein könnte. Auch hier war ein Trupp von Helfern am Werk, die sich mit Sägen und Haken vorwärtsarbeitete. Auf einer Seite der Straße lagen Gegenstände gestapelt, die noch zu gebrauchen waren, auf der anderen die Toten, deren zerschmetterte Leiber man aus den Trümmern zog. Daneben wurden die Bretter und Möbel, die der Wall in sich aufgesaugt hatte und die zu nichts mehr zu gebrauchen waren, verbrannt.

Oscar spürte, wie es ihm widerstrebte, diesem riesigen Berg von Wrackteilen, Bruchstücken und Scherben den Rücken zu kehren. Er wurde das Gefühl nicht los, er könnte sich plötzlich wieder vorwärtsschieben wie in der Nacht und sich über ihn wälzen. Er blickte mehrmals hinter sich, bis der unheimliche Schatten weit hinter ihnen lag.

Als sie das Ursulinenkloster erreichten, fanden sie davor eine große Menge von Leuten, die ihre Verwandten und Freunde dort zu treffen hofften. Oscar versuchte Ronald zu finden, aber die Buch führende Nonne hatte seinen Namen nicht verzeichnet und auch in der Menge war er nicht zu entdecken. Als Oscar auf einen graubärtigen Reporter der *Galveston News* stieß, stellte er sich ihm vor und bat ihn, eine Suchanzeige aufzunehmen.

Der Mann notierte sich den Text, dann fragte er ihn: »Kennen Sie vielleicht jemand, der Maschine schreiben kann?«

»Ja, mich«, antwortete Oscar. Das immerhin hatte er in der väterlichen Firma gelernt.

»Können Sie mitkommen und uns helfen? Wir suchen jemand, der die handschriftlichen Berichte für die Setzerei abtippt.«

Oscar überlegte. »Meine Freundin müsste allerdings mitkommen, ich kann sie nicht alleine lassen.«

Damit war der Reporter einverstanden.

2

Das rosarote Backsteingebäude der *Galveston News* war schwer beschädigt worden, aber immerhin gab es noch genug intakte Zimmer, um den Betrieb wenigstens in Ansätzen aufrechtzuerhalten. Emily wurde damit betraut, das teilweise wieder instand gesetzte Telefon zu beantworten. Oscar wurde in ein Zimmer geführt, auf dessen Boden allerlei Unrat herumlag, den noch niemand weggekehrt hatte, und bekam eine Schreibmaschine sowie einen Packen handgeschriebener Suchanzeigen zugewiesen. »Die tippen Sie uns ab und dann bringen Sie sie in die Setzerei im Erdgeschoss.«

»Gern«, sagte Oscar. »Aber kann ich erst einmal einen Besen haben?«

Nachdem er den Mist aus dem Zimmer gekehrt hatte, fühlte er sich wohler. Er setzte sich an die Maschine und begann zu tippen. Früher war ihm das Maschineschreiben eine willkommene Übung gewesen, um seine Zaubererfinger geschmeidig zu halten, und er war stolz darauf gewesen, alle seine Briefe zu tippen. So legte er auch jetzt bei der Arbeit eine große Geschwindigkeit an den Tag. Als der Reporter nach einer Weile wiederkam und sah, wie viel er schon geschafft hatte, nickte er ihm anerkennend zu. »Hey, Yankee, Sie haben aber flinke Fingerchen. Machen Sie nur so weiter, es gibt viel Arbeit.«

Er legte eine neue Liste von Toten auf den Schreibtisch.

»Wie viele werden es ungefähr sein?«, fragte Oscar.

Der Journalist mit dem grauen Bart zuckte die Achseln. »Keine Ahnung. Es werden sicher noch ein paar Hundert sein, die allein in dem Trümmerwall stecken, und niemand weiß, wie viele noch unter den Brettern begraben sind. Das Hilfskomitee will sie aufs Meer verschiffen und dort versenken lassen, aber glauben Sie mir, das wird nicht klappen. Ich kenne die Strömungen hier. Sie werden zurückkommen – in einem schlimmeren Zustand als zuvor.«

»Das heißt, sie werden sie alle verbrennen müssen?«

»Ja. Wenigstens gibt es genug Holz in dieser Stadt.«

Damit ging er und überließ Oscar seiner Arbeit. Während dieser Listen und Berichte tippte, hielt er ständig Ausschau nach dem Namen Rabbi Cohen. Aber er fand den Namen auf keiner der Listen, weder auf der der Überlebenden noch auf der der identifizierten Toten. Rabbi Cohen und seine ganze Familie waren aus der Welt verschwunden, ohne eine Spur zu hinterlassen. Oscar konnte nur annehmen, dass sie sich unter den Toten befanden, die nicht geborgen worden waren, weil die Flutwelle sie weit in den Golf hinausgespült hatte. Er trauerte aufrichtig.

Zu Mittag kamen zwei Männer herein, die ihm ein heißes Mittagessen brachten. Sie boten ihm auch einen Schluck Whisky an, aber er lehnte tapfer ab, mit der Begründung: »Danke, aber was mir zu saufen bestimmt war, habe ich schon gesoffen.«

Sie lachten. »Abstinenzler, eh?«, sagte der eine. »Na, soll ja sehr gesund sein, aber ich könnte diese Hölle ohne einen Schluck zwischendurch nicht überstehen.«

Als er das hörte, fiel Oscar ein, was er seit dem Abendessen bei Direktor Young alles ohne einen Schluck überstanden hatte, und eine Welle von Glück überflutete ihn. Er war sehr froh, dass er so viel geschafft hatte, ohne wieder zu trinken. Er hatte das Lagerhaus überstanden, die zerstörte Nordische Gemeinde, das Krankenhaus, die Scheiterhaufen, die Toten im Hafenbecken ... alles ohne sich zu betrinken, während er früher nicht aus dem Bett gekommen wäre, ohne erst einmal einen Schluck Alkohol zu sich zu nehmen.

Während sie gemeinsam aßen, erzählten ihm die beiden Journalisten, was sich in der Stadt alles ereignet hatte. Nachdem seit Samstag keine Nachrichten aus Galveston mehr hinausgegangen waren, waren am Morgen Schiffe ausgelaufen, die Ausschau halten sollten, was aus der Stadt geworden war. Danach kamen dann Hilfstrupps des Roten Kreuzes und Soldaten der Nationalgarde in die zerstörte Stadt. Die Galvestoner schienen jedoch durchaus in der Lage zu sein, selbst mit dem Problem fertig zu werden. Es schien, als hätte die Katastrophe ihre Fähigkeit, sich in Notsituationen zu bewähren, noch verdoppelt. An allen Ecken und Enden wurde fieberhaft gearbeitet. Das städtische Hilfskomitee funktionierte. Es gab inzwischen schon ein halbes Dutzend Unterausschüsse, die sich darum kümmerten, die Toten wegzuschaffen und die Lebenden zu versorgen, die Vermissten ausfindig zu machen und Nachrichten weiterzuvermitteln. Alle die Verwandten der Leute, die Urlaub in Galveston gemacht hatten, wollten Telegramme schicken und herausfinden, was aus ihnen geworden war, aber der Telegrafendienst war erst teilweise wieder aufgebaut und zunächst noch den offiziellen Telegrammen vorbehalten, die zwischen Regierung und Hilfsorganisationen hin und her geschickt wurden.

Nach dem hastigen Mittagessen ging Oscar sofort wieder an die Arbeit. Es lag eine süßliche Wolke von Verwesungsgeruch und Kerosinbrand über der Stadt, die am Nachmittag durch das offene Fenster in sein Büro hereinzog. Menschliche Asche schwebte in der Luft und trübte sie. Er schloss das Fenster, aber der Tag war brütend heiß geworden und er hielt es nicht lange in dem stickigen Raum aus. Außerdem stank es auch bei geschlossenem Fenster. Der Geruch kroch in alle Winkel und Ritzen, setzte sich fest, klebte an Haaren und Kleidern. Er dachte daran, dass er gar nicht merken würde, wie sehr er stank, weil alle anderen genauso stanken – am meisten die Reporter, die den ganzen Tag draußen unterwegs waren.

Als die Reporter mit dem Abendessen kamen, erzählten sie ihm, dass im St. Mary Waisenheim nur drei Überlebende gefunden worden waren, drei Jungen, die sich an einem Baumstamm hatten retten können. Alle Nonnen und neunzig Kinder waren beim Einsturz des Hauses erschlagen worden oder ertrunken. Das unterspülte Gebäude war so völlig in sich zusammengestürzt, dass es nur noch aus der Fassade und dahinter einem lang gestreckten Haufen grauer Steine bestand. Am Strand hatten Helfer die Leiche eines Kindes gefunden und aus dem Sand gehoben, als sie entdeckten, dass mit einer Wäscheleine ein zweites kleines Kind daran festgebunden war – und so weiter und weiter, bis man am Ende von zehn Kindern die Nonne ausgrub, die sie hatte retten wollen: die Mutter Oberin Mary Camillus Tracy. Letzten Endes, sagte der Reporter, hatten die Wäscheleinen ihren Zweck nicht erfüllt: Sie hatten verhindern sollen, dass die Kinder verloren gingen, hatten aber dazu geführt, dass sie sich unter Wasser verhedderten und alle ertranken.

Oscar starrte auf seinen Teller. Er dachte an seine Begegnung mit der Mutter Oberin und an die Scharen von braun uniformierten Kindern, die im Aufenthaltsraum für ihn und Ronald gesungen hatten. Er spürte, wie sich seine Kehle verkrampfte.

Die Männer waren voll mit Geschichten, die sie in der zerstörten Stadt aufgeschnappt hatten, und da sie an die Zukunft der Zeitung dachten, diktierten sie Oscar die wichtigsten dieser Geschichten in die Maschine. Sobald die schlimmste Krise vorüber war, würde die *Galveston News* über alle diese Ereignisse berichten – die Storys der Überlebenden.

Am Abend war Oscar rechtschaffen müde. Sein Nacken schmerzte und seine Augen brannten vom konzentrierten Lesen. Einer der Reporter fragte ihn, wo er übernachten würde, und als er ihm sagte, dass er und seine Freundin kein Quartier hätten, beschaffte der Mann ihm einen Schlafplatz in der Druckerei, während Emily bei einer Familie untergebracht wurde, deren Haus den Sturm überstanden hatte.

Um Mitternacht rollte Oscar sich, in eine Decke gewickelt, in einem Winkel hinter einer Druckerpresse zum Schlaf zusammen. Er hatte an diesem einen Tag so viel gearbeitet, wie bislang in seinem ganzen Leben noch nicht.

11. SEPTEMBER

1

Um drei Uhr morgens wurde er geweckt. Als er erstaunt ins Licht blinzelte, lachte ihn der sommersprossige Journalist an. »Ey, Mann, was glauben Sie wohl, wann die Morgenzeitung gemacht wird? Wir arbeiten seit Mitternacht. Also, raus aus den Federn und tippen.«

Wenigstens hatte er ihm einen Becher heißen Kaffee und ein altbackenes Brötchen gebracht, um den Tag zu beginnen.

Oscar machte sich auf den Weg in sein Büro. Er dachte an Emily, die sicher nicht so früh anfangen musste. Oder war die Telefonzentrale der Zeitung auch in der Nacht besetzt?

Als er einen Mitarbeiter auf dem Gang traf und danach fragte, nickte der. »Sicher. Was meinen Sie, wer Tag und Nacht bei uns anruft! Aber Ihre Freundin ist erst ab acht Uhr morgens im Dienst.«

Er setzte sich an die Schreibmaschine. Das Fenster stand offen und ließ die Luft einer sternhellen Nacht ein, die freilich noch immer von den mächtigen Feuern – die Tag und Nacht mit neuen Leichen beschickt wurden – geschwängert war. Überall in der Stadt brannten die düsteren Flammen. Er fragte sich, wie es die Leute zustande brachten, jemals wieder hier zu leben, wo die Asche ihrer Verwandten den Boden düngte. An ihrer Stelle wäre er weggezogen und hätte die Insel als ein großes Grab hinter sich gelassen. Aber die Galvestoner waren beharrlich. Von Anfang an waren sie entschlossen gewesen, zu bleiben und ihre Stadt wieder aufzubauen. Erst schüttelte Oscar den Kopf darüber, aber dann dachte er daran, dass sie ja auch in Boston gelernt hatten mit den harten neuenglischen Wintern zu leben, dass sie auch aushielten, obwohl jeden Winter viele Menschen erfroren und großer Schaden an Häusern und Werkstätten entstand. Jeden Winter kamen die Blizzards und jeden Frühling reparierten die Menschen ihre Häuser und rafften sich wieder auf. In Galveston war es das Gleiche. Sie hielten die Stellung, obwohl sie doch jetzt wussten, welche große Gefahr ihnen drohte. Wo *ein* Hurrikan hinkam, konnte auch ein *zweiter* hinkommen; schon die nächste Saison konnte einen ähnlichen Sturm bringen. Sie konnten sich jetzt nicht mehr in der falschen Sicherheit wiegen, es »sei unmöglich, dass ein Sturm der Stadt substanziellen Schaden zufüge«.

Gegen fünf Uhr morgens kam einer der Reporter herein und diktierte ihm eine Geschichte, in der es um das Wetteramt und seinen Leiter ging.

Oscar hatte gedacht, die Bürger würden sich in wüsten Beschimpfungen gegen Dr. Cline und die übrigen Mitarbeiter des Nationalen Wetteramtes ergehen, aber dem war keineswegs so. Der kleine Mann mit dem Spitzbart war wieder voll im Geschäft. Er blieb nicht nur ungestraft, er wurde auch noch bewundert. Obwohl seine Warnungen vor dem Hurrikan erst in letzter Minute gekommen waren, als man kein Wetteramt mehr brauchte, um zu wissen, dass sich eine Katastrophe anbahnte, feierte man ihn als großen Warner vor dem Sturm. Er musste ein hohes Maß an Redekunst aufgebracht haben, dachte Oscar, um diese Verkehrung seiner Rolle durchzusetzen, aber er war ja auch ein sehr tüchtiger Mann.

Es war gegen Mittag, als an der Türe seines Büros gepocht wurde. In der Meinung, es sei einer der Reporter – obwohl die normalerweise nicht anklopften –, rief er, ohne von der Arbeit aufzublicken: »Herein!«

Erst dann sah er auf. Vor ihm stand Ronald.

Er trug einen von der Schulter bis zum Handgelenk gipsumhüllten Arm in einer Schlinge und hatte einen dicken Verband über einem Auge. Ein Ärmel seines Gehrocks war abgeschnitten, um Platz für den Gips zu schaffen. Sein Gesicht sah aus, als wäre er in einen Boxkampf geraten. Es war blau und braun gescheckt, blass und eingefallen. Er musste starke Schmerzen haben, aber er war am Leben.

Oscar schrie vor Schreck. »Meine Güte, auf der Liste stand, du seist *leicht verletzt*!«

»Im Vergleich zu den anderen Patienten bin ich das auch. Es war grauenhaft. Ich habe einen Mann gesehen, dem eine fliegende Dachschindel den Arm abgetrennt hatte wie ein Beil.«

Oscar sprang auf und umarmte ihn vorsichtig. »Mann, bin ich glücklich, dich zu sehen«, stammelte er. »Wir haben dich verpasst, als du aus dem Spital entlassen worden bist, und beim Ursulinenkloster waren so viele Menschen …«

»Jetzt haben wir uns ja gefunden«, unterbrach ihn Ronald. Er zog sich mit der heilen Hand einen Stuhl herbei und setzte sich. »Ich habe in der Zeitung gelesen, dass Emily es auch geschafft hat. Wie seid ihr davongekommen?«

»Das war Direktor Youngs solider Eichentüre zu verdanken. Aber jetzt erzähl, was war mit dir? Und was ist mit deinem Arm? Deinem Auge?«

Ronald seufzte. »Das Auge ist möglicherweise dahin – genau wissen es die Ärzte noch nicht. Einer von diesen herumfliegenden Splittern hat mich getroffen. Der Arm ist nur gebrochen, allerdings ein komplizierter Bruch, der nur langsam heilen wird. Ich bin im *Tremont* die Treppe hinuntergefallen. Du kannst dir das nicht vorstellen: Mit einem Mal waren die Stufen nicht mehr da – sie sind sozusagen unter mir weggebrochen und ich fand mich im nächst tieferen Stockwerk unter einem Haufen Schutt.« Er wies mit der Hand auf die Schürfwunden und Prellungen, die sein Gesicht entstellten. »Aber immerhin bin ich nicht die restlichen zwei Stockwerke tief in den Schacht gefallen. Hast du etwas von Blanche und Mrs. Miller gehört?«

»Von Kate weiß ich nichts, aber Blanche liegt im städtischen Krankenhaus und ist nur leicht verletzt. Ich wollte nach ihr sehen, aber sie lassen dort keine Besucher rein. Der Trubel ist noch zu arg. Ich habe aber auf der Liste am Tor notiert, dass man im Ursulinenkloster über meinen Aufenthaltsort Bescheid weiß. Die Nonnen schicken sie sicher hierher.«

Ronald nickte nachdenklich. Er gab keinen Kommentar ab. Stattdessen fragte er: »Und was machst du hier?«

»Arbeiten, wie du siehst.«

Ronald verkniff es sich, die Bemerkung auszusprechen, die ihm auf der Zunge lag. »Hör zu«, sagte er, »ich fahre nach Hause. Ich habe einen Platz in einem Verwundetentransport des Roten Kreuzes; sie bringen die Opfer des Sturms, die keine Einheimischen sind, in ihre Heimat zurück. Vater wird es sicher bezahlen, wenn ich dir auch einen Platz verschaffe.«

Oscar schüttelte den Kopf. »Nein, danke. Ich will mich nicht in einen Verwundetentransport hineinschmuggeln und ich will auch Emily nicht allein lassen. Ich bleibe hier. Du kannst Vater ausrichten, er soll sich keine Sorgen um mich machen, es geht mir gut, und er soll an seine Worte denken: ›Du kommst mir erst zurück, wenn man sich mit dir wieder in guter Gesellschaft blicken lassen kann.‹«

Ronald sah betroffen aus. »Jetzt sei nicht so. Ich wette, Vater war außer sich, als er gehört hat, dass wir in Gefahr sind. Er wird dich so schnell wie möglich wieder sehen wollen.«

»Das glaube ich gerne, aber ich will etwas anderes, und jetzt geht es ausnahmsweise nach meinem Willen.« Er lächelte Ronald liebenswürdig an. »Fahr nach Hause. Du bist verletzt und deine Frau und deine Kinder werden es nicht erwarten können, dich in die Arme zu schließen. Ich bleibe hier – ich weiß noch nicht wie lange.«

»Mit Emily?«

»Mit Emily.«

Ronald steckte die heile Hand in den Rock und zog ein Kuvert hervor. »Da drin ist dein Pass. Ich hatte ihn mitgenommen, als es wirklich ungemütlich wurde. Und es ist auch einiges Geld dabei.« Er lächelte, was bei seinem zerschlagenen Gesicht ziemlich grausig aussah. »Falls du dir einen Apfel kaufen willst.« Dann stand er auf und legte Oscar die heile Hand auf die Schulter. »Übrigens ... tut mir leid, dass ich dein Erlebnis in Indianola nie so richtig ernst genommen habe. Seit Samstag weiß ich, wie es ist, einen Hurrikan zu überleben. Mach's gut.«

Oscar vermied es, seinen Bruder länger anzusehen, und antwortete nur kurz: »Du auch.«

Die Türe schloss sich.

Oscar sank mit einem tiefen Seufzer an seinen Schreibtisch zurück. Er hatte eine Entscheidung getroffen, die sein Vater nicht gutheißen würde. Warum sollte jemand in einer nach Leichenbrand stinkenden, heißen Stadt bleiben, wenn er ins frische, kühle Boston ausreisen konnte? Aber jetzt zählten nicht mehr die Ansichten seines Vaters, sondern seine eigenen.

Er machte sich entschlossen an die Arbeit.

Beim Mittagessen erzählte ihm der Reporter mit dem grauen Bart eine höchst interessante Geschichte. Inzwischen wussten alle in der *Galveston News* über Oscars Erlebnisse Bescheid und auch über seine Auseinandersetzung mit Edgar Falstad. Der Reporter blickte ihn nach den ersten paar Löffeln Suppe scharf an und sagte: »Du bist doch der Junge, der Knatsch mit diesem Sektenprediger hatte ... Dem Verrückten, der immer samstags vor den Badehäusern predigte. Nun, ich habe etwas Interessantes für dich.«

»Hat er überlebt?«, fragte Oscar unbehaglich.

»Gewissermaßen«, antwortete der Reporter und löffelte weiter an seiner Suppe.

»Was heißt gewissermaßen? Lebt er oder ist er tot?«

Der Mann legte den Löffel weg und machte sich über seinen Teller Rindfleisch mit Gemüse her. »Nun ja«, sagte er, an einem großen Bissen kauend, »er kam doch ins Polizeigefängnis, nachdem er die Polizisten getreten und beschimpft hatte. Am Montag sollte er dem Richter vorgeführt werden, aber bis dahin ist ja allerhand passiert, wie du weißt. Als der Sturm richtig schlimm wurde, haben die Polizisten die Wache verlassen. Ihn ließen sie in der Zelle zurück. Weißt du, man kann nicht mehr genau sagen, was passierte ... viele der Beamten sind tot und die Übrigen wollen sich nicht mehr genau erinnern, wer nun eigentlich was gemacht hat. Kann sein, dass die Polizisten meinten, er sei in der Zelle sicher genug vor dem Sturm, und nicht an das steigende Wasser dachten ... Kann aber auch sein, dass sie es absichtlich machten, weil er doch so ein schrecklicher Mensch war. Jedenfalls ließen sie ihn zurück und um ein Haar wäre er in der Zelle ersoffen wie eine Ratte in der Falle, obwohl sie im zweiten Stock lag. Du weißt ja, wie hoch das Wasser stieg.«

»Aber er hat überlebt?«

»Nun ja ... irgendwie schon. Er muss es geschafft haben, die ganze Zeit die Nase in dem Handbreit Luft zu halten, das noch zwischen ihm und der Decke war. Wahrscheinlich ist er auf dem Rücken geschwommen oder er hat sich auf der Pritsche gehalten und die Nase über Wasser gestreckt, bis es am Morgen wieder fiel. Aber er muss eine sehr schlimme Nacht verbracht haben, denn als die Polizisten später nach ihm sahen, lag er kalt und steif auf dem Boden, sodass sie erst dachten, er sei tot. Sie wollten ihn hinausschleifen, da merkten sie, dass er atmete, und dann sahen sie, wie er die Augen bewegte. Aber er muss völlig verrückt geworden sein. Er spricht nicht, sitzt nur da, wo man ihn hinsetzt, und stiert vor sich hin. Er hat etwas Unheimliches, ja Dämonisches an sich. Sie haben ihn in ein geschlossenes Zimmer im Städtischen Krankenhaus gebracht, aber zunächst können sie nicht viel mit ihm machen. Vielleicht wird er von selber wieder normal, sobald der Schock abklingt, oder er bleibt für immer so ... Das weiß derzeit noch niemand.«

2

Am Nachmittag ging Oscar hinüber in die Telefonzentrale, wo Emily mit einigen anderen Frauen saß und die zahllosen Gespräche entweder vermittelte oder abwimmelte. Obwohl die Arbeit anstrengend war – die meisten Leute, die anriefen, waren außer sich vor Sorge und begannen sofort, die Telefonistinnen anzuschreien, wenn die Verbindung nicht zustande kam –, schien sie ihr Freude zu machen. Mit einem Lächeln wandte sie sich ihm zu. »Wie kommst du zurecht?«

»Bestens. Nur die Schultern tun mir weh. Kannst du mir ein Gespräch mit dem städtischen Krankenhaus vermitteln? Ich möchte wissen, ob Blanche noch dort ist.«

»Keine Chance. Die Leitungen sind total überlastet. Du erfährst es schneller, wenn du persönlich hingehst.«

Er winkte ihr zu und verließ die Telefonzentrale.

Als er vor das Tor der *Galveston News* trat, schlug ihm die Hitze entgegen wie eine Feuerwand. In dem kühlen Büro hatte er nichts davon bemerkt. Der Himmel war strahlend blau. Überall trocknete Schlamm. Die Palmen hatten den Schmutz von ihren langen Blattwedeln geschüttelt und da und dort reckte sich eine Blume aus der braunen Schicht, die die Beete bedeckte.

Die wenigen Mietdroschken, die den Sturm überlebt hatten, waren bereits wieder unterwegs, aber Oscar ging zu Fuß. Es tat ihm gut, die schmerzenden Schultern zu strecken und sich nach dem langen Sitzen die Füße zu vertreten.

Trotz der Hitze schritt er zügig voran, bis er das mächtige Gebäude des städtischen Krankenhauses vor sich sah. Inzwischen hatte sich die Lage dort merklich beruhigt. Nur noch einige wenige Menschen warteten im Park auf Nachricht von ihren verletzten Angehörigen.

Er ging zu den langen Listen, die am Tor angenagelt waren, und suchte nach dem Namen Blanche Leibowitz. Da war er. Daneben stand: »Entlassen.«

Das bedeutete, dass sie sich wahrscheinlich im Ursulinenkloster befand. Selbst wenn sie seine Eintragung nicht gelesen hatte, war das der erste Ort, den alle aufsuchten, die nicht wussten, wohin. Also machte er sich dorthin auf den Weg.

Er hatte gut eine Stunde zu gehen, aber da die Straßen jetzt geräumt waren, kam er zügig voran. Schon bald sah er das Kloster vor sich. Immer noch standen Menschen vor dem Eingang herum, aber auch hier waren es viel weniger geworden. Er dachte an die endlos langen Listen mit Toten und Lebenden, die er für die Setzerei abgetippt hatte. Die meisten Einwohner wussten jetzt schon Bescheid, ob sie ihre Verwandten wiedersehen würden oder um sie trauern mussten.

Er schob sich durch die Menge und trat in die Halle des Klosters. Gegenüber der Hitze auf der Straße war es hier angenehm kühl. Er ging zu der Nonne, die neben dem Eingang hinter einem Schreibtisch saß und ein dickes Buch mit den Namen der Überlebenden vor sich hatte.

Oscar grüßte. »Ich suche meine Frau, Blanche Leibowitz«, sagte er. »Ist sie vielleicht hier?«

Die Frau blätterte in ihrem Buch, in dem die Namen alphabetisch verzeichnet waren. Dann sah sie auf und nickte. »Ja, sie ist hier. Sehen Sie hinten im Lazarett nach. Sie wurde zwar aus dem Krankenhaus entlassen, weil sie nur geringfügige körperliche Verletzungen hat, aber sie ist noch pflegebedürftig. Wir nehmen an, dass sie einen schweren Schock erlitten hat.«

Oscar sagte nichts, dachte aber für sich: *Ich nehme eher an, dass sie unter dem Entzug leidet. Sie hat schon eine ganze Weile nichts mehr zu trinken bekommen.*

Er folgte dem handgeschriebenen Schild, das zum Lazarett wies. Es ging einen kühlen Korridor entlang, dann trat er in einen Raum, den geschlossene Jalousien in ein mildes Dämmerlicht tauchten. Acht Eisenbetten standen dicht gedrängt darin, in jedem lag eine in Laken und Decken gewickelte Gestalt. Die meisten schienen zu schlafen, aber ein paar wälzten sich unruhig hin und her, offensichtlich von Schmerzen geplagt. An jedem Bett hing ein Schild aus Pappkarton mit dem Namen.

Blanche lag dicht beim Fenster. Sie hatte sich bis über die Schultern in die grobe Decke gerollt, sodass nur ihre schwarzen Haarlocken, verwirrt und zerrauft, zu sehen waren. Oscar trat mit klopfendem Herzen an sie heran.

»Blanche?«, flüsterte er. Sie regte sich nicht, aber er hörte sie atmen, schwer und schnaufend, wie man mit verstopfter Nase atmet. Von einem plötzlichen Gefühl der Zärtlichkeit ergriffen, streckte er die Hand aus und strich die langen Locken von ihrem Gesicht.

Dann erstarrte er.

Ohne zu überlegen, ob er ihr damit wehtat, packte er die Frau an den Schultern und drehte sie herum, sodass sie auf dem Rücken lag. Ihr Kopf fiel zur Seite. Er fuhr ihr mit beiden Händen ins Haar und streifte es nach hinten, ein kalkig weißes Gesicht entblößend.

Dann rannte er schreiend den Flur entlang zu der Nonne am Schreibtisch.

Die Frau blickte entrüstet auf. »Leise, leise! Was machen Sie denn für einen Lärm? Hier sind kranke Menschen!«

Oscar blieb keuchend vor ihr stehen. »Das«, stammelte er, »das ist nicht meine Frau!«

»Wieso ist das nicht Ihre Frau? Sie hatte Papiere auf den Namen Blanche Leibowitz bei sich.«

»Verdammt!«, brüllte er, ohne weiter auf die Ermahnung der Nonne zu achten. »Ich werde doch meine eigene Frau kennen! Die Person da drinnen ist meine Schwiegermutter, Mrs. Kate Miller.«

3

Der Rückweg durch die erhitzte Ruinenstadt erschien ihm wie ein Traum. Es hatte einige Aufregung bei den Ursulinen gegeben. Sie hatten ihm die Papiere gezeigt, die auch tatsächlich die Papiere seiner Frau waren. Er konnte sich das nur so erklären, dass Mrs. Miller, als sie vor dem Hurrikan floh, Blanches Dokumente zusammen mit ihren eigenen eingesteckt hatte. Dann mussten ihr die eigenen abhandengekommen sein. Vermutlich war seine Schwiegermutter in einem zu schlechten Zustand gewesen, um überhaupt zu bemerken, dass man sie falsch identifiziert hatte, oder um etwas dagegen zu unternehmen. Aber das alles war nicht so wichtig wie die Frage, wo denn nun die echte Blanche war. Lebendig? Tot? Er hatte versucht, von Mrs. Miller etwas zu erfahren, aber sie hatte ihn nur aus geweiteten Augen angestarrt und sich dann wieder unter ihrer Decke verkrochen.

Er musste sofort eine entsprechende Annonce in die *Galveston News* setzen. Blanche war eine auffallende Erscheinung, es war gut denkbar, dass jemand sie erkannte und ihm Auskunft über ihren Verbleib geben konnte.

Als er am Hafen vorbeikam, stieß er dort auf eine aufgeregte Menschenmenge, die einen Vorgang am Hafenbecken beobachtete. Neugierig drängte er sich durch. Er erfuhr von den umstehenden Schaulustigen, dass ein städtisches Hilfskomitee den Beschluss gefasst hatte, so viele Leichen wie möglich auf See zu bestatten. Deshalb lag ein offener Schleppkahn bereit und am Kai entlang reihten sich Feuerwehr-, Leichen- und Lastwagen, die erschreckende Mengen von Toten herbeischafften. Oscar hörte die Leute sagen, es sei vorgesehen, dass ein Dampfschiff den Kahn zu einem Ort dreißig Kilometer vor der Golfküste schleppen sollte, wo man die Toten über Bord werfen wollte.

Er fragte sich gerade, wer die widerwärtige Arbeit des Einladens, Beschwerens und Überbordwerfens der Leichen leisten sollte, als wütendes und zugleich verängstigtes Geschrei ertönte. Es kam von einer Gruppe schwarzer Hafenarbeiter, die, von Soldaten begleitet, den Kai entlangstolperten. Zorn, Angst und Abscheu prägten ihre Gesichter, und Oscar sah auch, warum: Die Soldaten trieben sie mit vorgehaltenen Waffen vor sich her!

Ein Murren ging durch die Menschenmenge. Man sah, wie die schwarzen Arbeiter versuchten, sich gegen die furchtbare Aufgabe, die ihnen auferlegt wurde, aufzulehnen. Bislang hatte in Galveston immer gutes Einvernehmen zwischen Weißen und Schwarzen geherrscht. Aber jetzt, da sich niemand finden wollte, die schreckliche Arbeit zu verrichten, wurden die unglücklichen Burschen einfach gezwungen. »Ihr bekommt Whisky, jede Menge Whisky«, versprach ihnen der Kommandant der Soldaten. »Aber macht die Arbeit! Je schneller ihr anfangt, desto schneller seid ihr damit fertig.«

Widerstrebend stiegen einige Männer auf die Ladeflächen der Autos und begannen die Leichen abzuladen. Ohne viel Zartgefühl ließen sie sie auf große, auf dem Pflaster ausgebreitete Segeltuchplanen plumpsen, bis sie ein einziges großes Knäuel aus aufgequollenen Körperteilen und verformten Gliedmaßen bildeten. Andere schleiften die vollen Planen zum Schlepper und kippten den Inhalt in den Laderaum, wo er dumpf polternd verschwand.

Oscar wollte sich eben von dem Schauspiel abwenden, das ihm den Magen umdrehte, als er plötzlich erstarrte. Im nächsten Augenblick kämpfte er sich, laut schreiend und mit den Ellbogen Platz schaffend, durch die Menge. »Halt!«, schrie er. »Warten Sie, nicht ausleeren!«

Die Männer, die eben eine Segeltuchplane an den Rand des Kais geschleift hatten, hielten verunsichert inne. Sie blickten die Soldaten an, die mit schussbereitem Gewehr um sie herumstanden. »Was'n los?«, fragte einer.

Oscar hatte es kaum geschafft, den Platz zu erreichen, wo die Plane lag, als zwei Soldaten ihn an den Armen packten. »Ruhig, Mann!«, befahl der Ranghöhere. »Machen Sie hier keine Schwierigkeiten. Was wollen Sie denn überhaupt?«

Oscar streckte die Hand aus. »Lassen Sie mich hin«, stammelte er. »Meine Frau … ich glaube, das ist meine Frau.«

Daraufhin ließen sie ihn los und bedeuteten den Arbeitern noch zuzuwarten.

Er fühlte die Blicke all der Menschen im Rücken, als er die paar Schritte über das sonnenheiße Pflaster des Kais ging und den Inhalt der Plane anblickte. Kein einziges Gesicht war noch zu erkennen und auch die Körper wirkten kaum noch menschlich. Aber den roten japanischen Kimono hatte er wiedererkannt.

»Hier«, stieß er hervor und zeigte auf das Etwas, das in dem Kimono steckte.

Die Soldaten mussten einen Befehl gegeben haben, den er nicht wahrnahm, denn zwei der Arbeiter packten zu, zogen den Körper aus dem Haufen und schleiften ihn ein Stück weit weg. Jemand fasste Oscar am Ellbogen und führte ihn hin. Er starrte benommen die unförmige Leiche an. Immer mehr Details fielen ihm auf. Die langen schwarzen Locken. Die silbernen Kreolen-Ohrringe. Das Korallenarmband, das er ihr selbst geschenkt hatte. Sein Blick glitt hinunter zu den Füßen. Um den Knöchel des einen Fußes hing ein silbernes Kettchen – eine kleine Frivolität, an der Blanche immer viel Spaß gehabt hatte. Der teure Schmuck auf dem zerfallenden Körper wirkte grotesk.

»Nun, ist sie das?«, fragte der Soldat.

Oscar nickte. »Ja.«

Der Mann fasste ihn an der Schulter und drehte ihn um. Viel freundlicher als zuvor sagte er: »Dann gehen Sie doch jetzt zu dem zuständigen Hilfskomitee und sagen Sie dort, dass Sie Ihre Frau identifiziert haben, und … sehen Sie zu, dass Sie von hier wegkommen.«

Oscar verstand, was er meinte. Er sollte nicht zusehen, wie Blanche in den stinkenden Laderaum des Schleppers geworfen wurde. Einen Augenblick lang bäumte sich alles in ihm gegen diese Behandlung auf. Er wollte hinstürzen, wollte verlangen, dass ihm die Leiche ausgehändigt wurde, damit sie anständig begraben werden konnte – damit die schöne, stolze, wüste Blanche nicht ein so unwürdiges Ende fand. Aber gleichzeitig wurde ihm bewusst, dass Hunderte und Tausende in dieser Stadt hatten zusehen müssen, wie ihre Toten wie Müll verbrannt wurden. Emily hatte gesehen, wie die Leiche ihrer Mutter den Flammen übergeben wurde. Vielleicht standen ja auch hier und jetzt unter der Menge Dutzende Angehörige von Opfern, die zusehen mussten, wie die Toten in den Schlepper geschaufelt wurden wie verfaultes Gemüse. Warum sollte man für ihn eine Ausnahme machen?

Er wandte sich ab und ging davon.

ZWEI WOCHEN SPÄTER

1

Der Patient in der geschlossenen Abteilung des städtischen Krankenhauses hockte reglos auf seinem Bett und starrte vor sich hin. Da er nicht als gefährlich galt, hatte man ihn in keine Zwangsjacke gesteckt. Er machte auch keine großen Schwierigkeiten, nur mit Wasser hatte er ein Problem. Er weigerte sich strikt, in eine Badewanne zu steigen, ja er verfiel in Krämpfe, wenn er nur die Arme in einen Waschzuber tauchen sollte. Er hatte Schwierigkeiten beim Trinken und bildete sich ein, an einem Glas Wasser ertrinken zu können. Die Schwestern mussten ihn mit feuchten Tüchern waschen, um ihn überhaupt sauber zu halten. Anfangs hatten die Ärzte versucht, ihm mit Gewalt die Flausen auszutreiben und ihn einfach in die Badewanne zu stecken, über der ein weitmaschiges Metallgitter befestigt war, aber damit hätten sie ihn beinahe zu Tode gebracht. Er war in so grässliche Krämpfe verfallen, dass sie meinten, er würde aus diesem Zustand – sein Körper wurde stocksteif, er bekam Schaum vor dem Mund und verdrehte die Augen – nie wieder zu sich kommen. Danach hatten sie es nicht wieder probiert. Aber da sie auch nicht wussten, was sie mit ihm anfangen sollten, beschlossen sie, ihn zu entlassen. Niemand kam für ihn auf, heilen konnten sie ihn nicht, also blieb nichts weiter übrig, als ihn sich selbst zu überlassen.

Edgar Falstad hörte wie von weither die Stimme einer Frau, die zu ihm sagte: »Sie müssen sich anziehen, Mr. Falstad, der Arzt will Sie sprechen.«

Er ignorierte die Stimme erst, aber als sie von Neuem

und immer drängender seine Gedanken störte, erhob er sich schwerfällig und griff nach den Kleidern, die die weiße Gestalt ihm reichte. Es waren fremde Kleider.

»Das sind nicht meine Kleider«, sagte er.

»Ihre Kleider sind kaputt. Ziehen Sie diese hier an.«

Er gehorchte stumpfsinnig. Die Außenwelt umwaberte ihn mit unklaren Gestalten und Orten, deren Regeln er nicht folgen konnte, deshalb saß er am liebsten still und lauschte den Stimmen in seinem Inneren. Er jubelte innerlich bei dem Gedanken, dass die böse Stadt zerstört worden war, auch wenn es ihn selbst fast das Leben gekostet hätte. Aus dem Fenster seines Krankenhauszimmers konnte er auf die Bretterhaufen sehen und er freute sich über jeden Leichnam, den die Arbeiter darunter hervorzogen. Fahrt zur Hölle, ihr Verfluchten!

Nachdem er die fremden Kleider – ein langärmeliges Hemd und einen schwarzen Anzug – angezogen hatte, führte die Frau ihn zu einem bärtigen Arzt, der eine Weile auf ihn einredete, Worte, die Edgar nicht interessierten. Erst als der Mann sagte: »Haben Sie verstanden? Sie können nach Hause gehen«, merkte er auf.

»Nach Hause«, wiederholte er.

»Ja, genau. Die Schwester wird Sie zum Tor begleiten. Sie können gehen. Hier haben Sie zwei Dollar, um Ihnen über die erste Zeit hinwegzuhelfen.«

Edgar steckte die zwei Dollar ein und ging mit der Schwester. Er trat durch das gewölbte Tor des Krankenhauses und stand, blinzelnd im Sonnenlicht, in dem noch immer verwüsteten Garten, in dem das Unkraut hoch aus den schlammbedeckten Beeten schoss.

Wo war zu Hause? Er erinnerte sich, dass er ja eine Frau hatte. Emily. Zu ihr würde er gehen. Aber sie war ihm untreu, er hatte gesehen, wie sie mit dem Yankee essen gegangen war, er hatte gesehen, wie er im Gartenklub auf sie wartete. Diese Erinnerungen waren ganz klar.

Sie war eine böse Frau. Sie hatte seine Liebe verachtet und war mit dem schmutzigen kleinen Yankee davongelaufen. Sie hatte den Tod verdient.

Mit einem Mal spürte Edgar wieder Kraft in sich, als ihm klar wurde, was er als Nächstes zu tun hatte. Er musste sie finden und töten, damit wieder Gerechtigkeit einkehrte. Entschlossen machte er sich auf die Suche nach ihr.

2

Zwei Wochen nach dem Sturm arbeitete Oscar noch immer für die *Galveston News* und fand, dass man sich ans Arbeiten gewöhnen konnte. Er schlief jetzt nachts zusammen mit zwei obdachlosen Journalisten in einem Zimmer, in dem drei Feldbetten standen, und arbeitete jeden Tag von acht bis neunzehn Uhr. Inzwischen wurde er auch für seine Arbeit bezahlt, denn ein Komitee für Finanzen sorgte dafür, dass freiwillige Hilfskräfte eine Entschädigung erhielten. Das galt vor allem für die Leute, die die schweren Aufräumungsarbeiten leisteten, aber der Herausgeber der *Galveston News* setzte sich für seinen flinken Maschineschreiber ein und argumentierte, dass auch die Arbeit bei der Zeitung gemeinnützig sei. Immerhin war die Herausgabe der Listen von Toten und Überlebenden zurzeit einer der allerwichtigsten öffentlichen Dienste in Galveston.

Oscar nahm an der Seelenmesse teil, die Pater Kirwin in St. Marys Church las, und am Gedenkgottesdienst der jüdischen Gemeinde. Er begleitete Emily auch zum Gedenkgottesdienst der Methodisten. Da sie irgendwo zur Kirche gehen wollte, hatte sie sich zuletzt für die Methodisten entschieden; von allen Glaubensgemeinschaften schienen ihr diese am wenigsten an Reichtum und anderen weltlichen Dingen festzuhalten. Obwohl sie noch zögerte, der Gemeinde beizutreten, besuchte sie die Gottesdienste und Bibelstunden. Oscar ging mit zum Gottesdienst, aber er sträubte sich gegen die Bibelstunden.

Er hasste es, wie ein kleiner Schuljunge belehrt zu werden, und genau das passierte ihm dort. Sie hatten schnell herausgefunden, dass er keiner der ihren war, und sofort angefangen ihn zu traktieren, sodass er nach der ersten Bibelstunde dem Gemeindehaus fernblieb.

Rundum lebte die Stadt wieder auf. Viele Menschen hausten noch in den Zeltlagern, die Rotes Kreuz und Nationalgarde aufgeschlagen hatten, aber in den allmählich schwächer werdenden Gestank des Leichenbrandes mischte sich der Duft von frisch gesägtem Holz. Überall wurden Bretter geschnitten, Gerüste aufgerichtet und Fundamente gemauert. Jeden Tag tauchten mehr neue Häuser aus der Verwüstung auf. Während auf der einen Seite noch Ruinen abgetragen wurden, wuchsen auf der anderen neue Wohnstätten aus dem Boden. Das Brettermeer war bis auf wenige Überreste verschwunden. An den Häusern, die nur teilweise beschädigt worden waren, waren Ausbesserungsarbeiten im Gange.

»Hier scheint jeder zehn Paar Hände zu haben, so wie die Leute zupacken«, bemerkte Oscar, als er mit zwei Journalisten – jenem mit dem grauen Bart und jenem mit den Sommersprossen – beim Mittagessen saß.

»Tja, wir sind hier eben keine Yankees – hier wird nicht geredet, hier wird geschafft«, neckte ihn einer der beiden. »Aber es geht wirklich schnell vonstatten. Und man ist bereits dabei, die Pläne für einen Schutzwall zu entwerfen, damit uns nicht noch einmal eine Flutwelle überrascht.«

»Was sagt denn Dr. Cline dazu?«, fragte Oscar boshaft.

»Er war von Anfang an dafür, einen Schutzwall zu bauen – sagt er jetzt«, erwiderte der Mann und grinste. Dann wurde er ernst. »Trotzdem: Wenn du mich fragst, wird Galveston seinen früheren Glanz nicht wieder erreichen. Die Wunde ist einfach zu tief. Die Leute haben ihre grenzenlose Selbstsicherheit eingebüßt. Sie wissen jetzt, wie verletzlich sie sind, und damit ist viel von ihrer Begeisterungsfähigkeit erloschen. Sie sind tapfer, aber sie sind nicht mehr begeistert.«

Dennoch empfand Oscar ein Gefühl des Triumphs, als er mit Emily durch die neu auflebende Stadt schlenderte. Die Leichenhaufen, deren Anblick ihm zur Gewohnheit geworden war, waren fast völlig verschwunden. Es stank nicht mehr nach faulendem Fleisch und schimmelndem Holz. Auf dem Strand gingen wieder Menschen spazieren und blickten aufs Meer hinaus, wenn die Sonne darauf glitzerte. Liebespaare promenierten und Dienstmädchen schoben Kinderwagen den Weg entlang. Kinder spielten am Rand des Wassers, hoben Muscheln auf und sammelten Krabben in Eimer. Manchmal konnte man angesichts dieser bunten und friedlichen Szenen glauben, es sei nichts geschehen. Aber dann waren da die Restaurants, die Schrimps und Fische von den Speisekarten gestrichen hatten, weil die Leute an die im Golf versenkten Toten dachten und nichts essen wollten, was aus dieser Leichengrube stammte. Von den Restaurants, die sich vor Kurzem noch dicht an dicht am Strand gedrängt hatte, waren nur noch wenige vorhanden. Man sah auch keine Soldaten in Ausgehuniformen mehr, denn die Soldaten von Fort Crockett am anderen Ende der Insel waren alle in der Flut umgekommen. Und es gab keine Badehäuser mehr. Der ehemals so dicht besiedelte Strand erstreckte sich lang und leer und weiß in die Ferne.

Oscar und Emily schlenderten Arm in Arm dicht am Wasser entlang. Der Abend war hell und klar, mit einem kupfernen Sonnenuntergang, der den Sand wie mit Goldkörnchen durchsetzt aufleuchten ließ. Eine freundliche und friedliche Ruhe herrschte. All die Menschen am Strand schienen sich nur gedämpft zu unterhalten.

Oscar sagte: »Ronald hat mir geschrieben. Es geht ihm besser, sein Arm heilt, aber das Auge wird er wahrscheinlich verlieren. Armer Kerl. Er will wissen, wie lange ich noch hierbleibe und was ich weiter machen will – ob ich ewig bei der *Galveston News* arbeiten will.«

»Und? Willst du?«, fragte sie.

»Nein. Ich will fort.«

»Nach Boston?«

»Nein, auch nicht nach Boston.« Er runzelte die Stirn. »Ich weiß eigentlich nicht, wohin ich will. Doch, ich weiß es. Aber es klingt so absurd.«

Emily wartete geduldig. Sie wusste, er würde aussprechen, was ihm durch den Kopf ging.

Schließlich sagte er: »Ich will nach Palästina.«

»Und was wirst du dort machen?«

Er griff nach ihrer Hand und hielt sie fest, während sie nebeneinander herschritten. »Ich will Gott suchen. Dort, wo er sich zum ersten Mal gezeigt hat. Und ich möchte, dass du mitkommst, damit du mir suchen hilfst.« Er zögerte kurz, dann sagte er: »Weißt du, um ein neues Leben zu beginnen, genügt es nicht, dass ich mir fest vorgenommen habe, nichts mehr zu trinken. Es ist ja nicht das Trinken allein, das mein Leben krank gemacht hat. Ich suche Gott, und in den Bibelstunden finde ich ihn nicht. Ich hoffe, du bist mir nicht böse, aber was ich dort höre, sind vorgegebene Antworten, Worte auf Papier – ohne Bezug zum Leben. Wenn ein Hurrikan Fragen stellt, kann man darauf nicht mit vorgefertigten Sätzen antworten.«

Sie lächelte. »Du willst, dass Gott aus Blitz und Donner zu dir spricht? Hüte dich.«

»So habe ich es auch wieder nicht gemeint«, antwortete er verlegen. »Aber ganz Unrecht hast du auch nicht. Ich möchte eine Antwort, die mich ergreift. Die mich wirklich packt.«

»Du suchst die Begegnung mit Gott«, sagte sie.

Er nickte. »Es geht mir nicht aus dem Kopf, was Rabbi

Cohen, Gott schenke seiner Seele Frieden, mir gesagt hat. Viermal hat Gott mir gesagt, dass er mein Leben will. Und ich bin überzeugt, dass er damit nicht gemeint hat, ich soll mein Leben als Filialleiter einer Schuhhandelskette verbringen.« Wieder zögerte er und gab sich dann einen neuerlichen Ruck. »Emily, ich glaube, ich kann nach diesem Hurrikan nicht mehr normal leben. Ich konnte es schon nach Indianola nicht. Aber damals habe ich mein Leben zerstört, jetzt will ich es heilen.«

Sie verließen den Strand und bogen in eine der Gassen ein, in der neue Häuser errichtet wurden. Der Geruch nach frisch gesägtem Holz hing in der warmen Luft. An der Ecke der Straße wurde ein Pferdestall, den der Hurrikan zerstört hatte, wieder aufgebaut. Wasser plätscherte in einen mächtigen steinernen Brunnentrog, der den Sturm überstanden hatte. Männer mit Brettern auf der Schulter liefen hin und her, Hammerschläge hallten.

Im nächsten Augenblick stand Edgar Falstad vor ihnen.

Sein Erscheinen kam so unerwartet, dass sie beide nur dastanden und ihn anstarrten. Er wirkte hager und verfallen, gezeichnet von der furchtbaren Nacht, die er in der überfluteten Zelle verbracht hatte, aber seine Augen leuchteten in wilder Bosheit. »Emily«, zischte er. »Meine schöne, treulose Emily. Du weißt, welche Strafe Ehebrecherinnen verdient haben.«

Emily blickte ihn zornig an. »Geh weg, Betrüger!«, rief sie. »Ich möchte nichts mehr mit dir zu tun haben.«

Der Mann trat einen Schritt näher. Oscar sah, wie er seine klobigen Hände öffnete und schloss und begriff, dass er Emily angreifen würde. Er musste ihr helfen, aber wie? Der ehemalige Kohlenträger und Möbelpacker war ihm an körperlicher Kraft weit überlegen, er würde ihn einfach wegschleudern, wenn er mit ihm zu ringen oder ihn niederzuschlagen versuchte.

Aber es gab einen Weg.

»Emily, lauf fort!«, schrie er. Dann stürzte er ohne jede Vorwarnung auf den Mann zu, sprang ihm auf den Rücken, schlang die Arme um seinen Nacken und biss mit aller Kraft in sein Ohr.

Falstad brüllte vor Schmerz. Er taumelte herum und schlug mit beiden Fäusten auf den Mann los, der sich zäh an ihm festklammerte, packte ihn an den Kleidern und versuchte ihn von sich wegzuzerren, aber der Schmerz betäubte ihn. Oscar hing an seinem Ohr wie ein Terrier, grub die scharfen Zähne immer tiefer hinein, je heftiger Falstad auf ihn losschlug. Der Prediger stolperte und fiel, Oscar mit sich reißend, rücklings in den Brunnentrog.

Der junge Mann ließ ihn los und rollte seitlich ab, überzeugt, Edgar würde sich binnen Sekunden aus dem nassen Behälter befreien und sich von Neuem auf ihn stürzen. Er wischte sich mit dem Ärmel über die blutverschmierten Lippen und ging in Angriffsstellung.

Aber er brauchte nicht zu kämpfen. Er stand nur da und starrte, genauso verblüfft wie die Bauarbeiter, die die Schlägerei neugierig beobachtet hatten.

Edgar lag auf dem Rücken im Trog, seine Beine hingen über den Rand, seine Brust war unter Wasser getaucht. Der Wasserstrahl trommelte auf seinen Bauch. Er hätte sich, kräftig und gewandt wie er war, leicht befreien können, aber er gebärdete sich, als wäre er in Säure gefallen statt in klares Wasser. Sein Gesicht war zu einer grässlichen Fratze verzerrt. Seine Arme fuchtelten steif und unsinnig in der Luft herum, seine Beine zuckten. Schaum trat auf seine Lippen. Er verkrampfte sich. Bei seinen wilden Bewegungen schwappte immer wieder Wasser über sein Gesicht und das gab ihm den Rest. Er verfiel in so heftige Krämpfe, dass ihm die Augen aus den Höhlen quollen und er sich in die Zunge biss.

Oscar stürzte erschrocken hin. Völlig vergessend, dass der Mann ihm eben noch ans Leben gewollt hatte, eilte er ans

Kopfende des Troges und packte Falstads Kopf an den langen Haaren, um ihn über Wasser zu halten. Er wusste nicht, was mit dem Mann los war, sah nur, dass er drauf und dran war, sich mit seinem wilden Gezappel selbst zu ertränken. »Helft!«, schrie er den Bauarbeitern zu. »Holt ihn raus aus dem Trog!«

Die Männer, die bislang vergnügt zugesehen hatten, merkten jetzt, dass etwas nicht stimmte. Zwei ließen ihre Bretter fallen und packten stattdessen Edgar an den Beinen. Aber in ihrem gut gemeinten Bemühen, ihn aus dem Trog zu holen, zogen sie seine Beine nach vorne und nach oben, sodass sein Kopf unter Wasser glitt. Zwar fasste Oscar, der das Ungeschick bemerkt hatte, augenblicks wieder nach, aber es war zu spät. Er spürte, wie der Körper unter seinen Händen schauderte und erschlaffte.

»Er ist ohnmächtig«, schrie er. »Beeilt euch!«

Die Männer zerrten an dem schweren Körper, hievten ihn über den Rand des Troges und ließen ihn auf die Erde fallen, wo er reglos lag. Blut floss aus seinem zerbissenen Ohr und mischte sich mit dem Wasser, das aus dem Bart und den langen Haarsträhnen triefte. Seine Augen waren halb geöffnet, sein Unterkiefer sackte nach unten.

»Mann, der Kerl ist tot!«, schrie einer der Bauarbeiter. »Wie hat er denn das gemacht?«

Jetzt kauerten sie alle um ihn herum. Oscar legte die Finger auf die dicke, vortretende Ader am Hals und fühlte nach einem Puls, konnte aber nichts spüren. »Ruft einen Arzt!«, schrie er. Einer der Männer machte sich auf den Weg.

Emily, die stumm vor Schrecken zugesehen hatte, kam näher. »Tot?«, wiederholte sie. »Aber du hast ihm doch nichts getan – außer seinem Ohr. Das habe ich genau gesehen.«

»Er war noch sehr lebendig, als er in den Trog kippte«, erwiderte Oscar, der jetzt von Kopf bis Fuß die Schläge der groben Kohlenträgerfäuste zu spüren begann. »Aber dann bekam er plötzlich Schaum vor dem Mund und verdrehte die Augen wie ein Epileptiker.«

Sie trat einen Schritt näher und starrte auf das bleiche Gesicht nieder, zwischen dessen halb offenen Lidern das Weiße der Augen hervorblinzelte. Das Wasser, das aus dem Anzug rann, hatte sich in einer großen Pfütze um ihn herum ausgebreitet.

Inzwischen sammelten sich immer mehr Menschen an, die bemerkt hatten, dass da einer regungslos auf dem Boden lag. Sie wollten wissen, ob Oscar ihn umgebracht hätte. Keiner konnte sich vorstellen, dass ein starker und völlig nüchterner Mann am helllichten Tag in einem Brunnentrog ertrank, wenn niemand ihn unter Wasser hielt. Oscar hatte Glück, dass die Bauarbeiter die Szene beobachtet hatten und bestätigen konnten, dass Edgar einem Krampfanfall erlegen war, sonst wäre er wohl noch verhaftet worden.

Schließlich erschien ein Arzt, den der Vorarbeiter des Bautrupps geholt hatte, und kniete neben dem Toten nieder. Er ließ sich schildern, was geschehen war, besah den Mann von allen Seiten und sagte dann: »Vermutlich ist er an einem Herzschlag gestorben, ausgelöst durch einen epileptischen Anfall. Ihr könnt ihn wegbringen lassen.«

Oscar legte den Arm ums Emilys Schulter. Jetzt, wo alles vorbei war, begann er zu zittern. »Er wollte dich umbringen«, stammelte er. »Er wollte dich einfach umbringen.«

»Er hat sich eingebildet, ich wäre seine Frau«, antwortete Emily. »Er muss verrückt geworden sein, als er bei der Flutwelle in der Zelle feststeckte.« Dann wandte sie sich Oscar zu und legte die Arme um seinen Hals. Ihre großen, ernsten Augen blickten ihn an. »Du warst tapfer«, sagte sie mit bebender Stimme. »Ach, Oscar, ich hätte nie gedacht, dass du so tapfer sein kannst. Wie du dich auf ihn gestürzt hast!«

Er wehrte verlegen ab. »Es ist kein sehr männlicher Kampf, jemand ins Ohr zu beißen.«

Emily sah das jedoch von der praktischen Seite. »Was hättest du denn sonst tun sollen? Er war dir körperlich doch weit überlegen. Er war ein erschreckend starker Mann. Hat er dir sehr wehgetan?«

»Nicht so schlimm«, erwiderte Oscar, der sich fühlte, als hätte man ihn durch ein Walzwerk gezogen. Falstads harte Fäuste schienen jeden einzelnen Knochen in seinem Körper getroffen zu haben.

Die Gasse herauf kam ein Fuhrwerk. Edgar Falstads Leichnam wurde auf die Ladefläche gelegt und mit einer Decke zugedeckt, dann kehrte das Fuhrwerk um und machte sich langsam auf den Weg in die Leichenhalle. Die beiden jungen Leute sahen ihm nach, bis es in einer Seitengasse verschwand, dann lehnte Emily den Kopf an Oscars Brust. »Es ist nicht schön von mir, so zu denken«, sagte sie, »aber ich bin froh, dass er tot ist. Er war ein Albtraum.«

Oscar legte die Arme um sie und streichelte ihre Schulter.

So standen sie eine Weile, dann löste Emily sich aus seiner Umarmung und richtete sich auf. »Wenn du nach Palästina gehst«, sagte sie, »dann will ich mit dir kommen.«

Sein Herz schlug so heftig, dass er die Worte kaum hervorbrachte. »Als meine Frau?«

Emily nickte. »Ja.«

3

Eine Woche später standen Oscar und Emily – jetzt ein Ehepaar – an der Abfahrtsstelle der Dampfer. Der Tag war spätsommerlich warm, aber trüb und feucht. Nebelschleier verhüllten die halb wieder aufgebaute Stadt hinter ihnen. Beide hatten kaum Gepäck bei sich, gerade nur zwei kleine Taschen mit dem Allernötigsten, aber Oscar war ungemein stolz auf sich: Er hatte das Geld für die Fahrt nach Boston selbst verdient. Er hatte auch bereits konkrete Pläne für die Zukunft. Er würde so lange arbeiten, bis er genug Geld für die Reise nach Palästina gespart hatte. Was er nach dieser Reise machte, würde davon abhängen, was er dort erlebte.

»Und wenn gar nichts geschieht? Kein Blitz und Donner?«, fragte Emily nachdenklich.

Er lächelte. »Dann gehe ich in die Bibelstunden.«

Sie stupste ihn in die Seite.

Der Dampfer lag bereits am Kai. Menschen eilten über die Gangway. Rauch stieg in einer hohen, grauweißen Wolke aus dem Schlot. Das Hafenbecken war gereinigt worden, nichts mehr erinnerte an das schreckliche Treibgut, das es nach dem Sturm angefüllt hatte.

»Wie schnell sich die Stadt erholt hat«, sagte Emily.

Oscar dachte daran, was der Journalist bei der *Galveston News* zu ihm gesagt hatte, und schüttelte den Kopf. »Sie wird wieder aufgebaut, aber ich glaube nicht, dass sie sich von diesem Schlag völlig erholen wird. Jetzt wissen die Menschen, dass jederzeit ein Hurrikan über Galveston kommen kann, und wer will dann noch in eine solche Stadt investieren? Mein Vater wird es sich sehr überlegen, ob er eine Filiale eröffnet, die vielleicht in der nächsten Hurrikansaison schon wieder in Trümmer zerfällt, und andere Investoren werden dasselbe tun.« Er drückte Emily an sich. »Tut es dir sehr weh von hier wegzugehen?«

»Nicht so sehr«, antwortete sie leise. »Was ich hier hatte, habe ich im Hurrikan verloren, das kann mir niemand ersetzen. Ich muss neu anfangen, genau wie du. Es ist wohl wirklich das Beste, wir fahren weit weg – irgendwohin, wo alles ganz anders ist, die Menschen, die Landschaft, das ganze Denken und Fühlen.«

»Das wird es in Palästina ganz sicherlich sein.«

Der Dampfer tutete zum Zeichen, dass die Passagiere sich an Bord begeben sollten. Die beiden jungen Leute wandten sich um und warfen zum Abschied einen Blick zurück, aber von der Stadt waren nur die Türme der St. Marys- und St. Patricks-Kirche zu sehen, die aus dem Nebel herausragten, alles andere lag hinter grünlichen Schleiern verborgen.

Sie fassten einander an der Hand und eilten die Gangway hinauf.